国家社会科学基金"稀见晚清宣讲小说整理与研究"

（18BZW093）结题成果

宣讲有道：晚清宣讲小说的伦理叙事

杨宗红 著

重庆师范大学文学院「精是」文库

中华书局

图书在版编目（CIP）数据

宣讲有道：晚清宣讲小说的伦理叙事/杨宗红著. —北京：中华书局，2023.1
ISBN 978-7-101-16318-6

Ⅰ.宣…　Ⅱ.杨…　Ⅲ.古典小说-小说研究-中国-清后期
Ⅳ.I207.41

中国国家版本馆 CIP 数据核字（2023）第 153618 号

书　　名	宣讲有道：晚清宣讲小说的伦理叙事
著　　者	杨宗红
责任编辑	王贵彬
责任印制	陈丽娜
出版发行	中华书局
	（北京市丰台区太平桥西里 38 号　100073）
	http://www.zhbc.com.cn
	E-mail:zhbc@zhbc.com.cn
印　　刷	三河市中晟雅豪印务有限公司
版　　次	2023 年 1 月第 1 版
	2023 年 1 月第 1 次印刷
规　　格	开本/920×1250 毫米　1/32
	印张 20　插页 2　字数 600 千字
国际书号	ISBN 978-7-101-16318-6
定　　价	128.00 元

目　录

绪　言 ················· 1

第一章　宣讲小说中的家庭伦理 ········· 90

　第一节　教训与贞顺:宣讲小说中的夫妇之道 ····· 91

　第二节　严慈与孝顺:宣讲小说中的父子之道 ····· 125

　第三节　友与恭:宣讲小说中的兄弟之道 ······ 176

　第四节　仁与忠:宣讲小说中的主仆伦理 ······ 200

第二章　宣讲小说中的乡族伦理 ········· 224

　第一节　笃宗族、和乡党:乡族伦理的主要指向 ··· 225

　第二节　守戒:乡族成员交往时的自我约束 ····· 235

　第三节　礼让:乡族伦理中的交往态度 ······· 254

　第四节　助济:乡族伦理中的仁爱之举 ······· 261

第三章　宣讲小说中的职分伦理 ········· 273

　第一节　务本业、安生理的基本内涵 ········ 273

　第二节　慎教自修:士之职分伦理 ········· 283

　第三节　勤耘节俭:农之职分伦理 ········· 293

　第四节　技精心细:工之职分伦理 ········· 308

　第五节　求利以诚:商之职分伦理 ········· 319

　第六节　忠君爱民:官吏之职分伦理 ········ 332

第四章　宣讲小说的生态伦理 ·········· 345

　第一节　敬畏自然:宣讲小说中的自然崇拜 ····· 346

　　第二节　胎卵湿化皆是命：宣讲小说中的生命伦理 ………… 357

　　第三节　惜生节用：宣讲小说中的生态实践 ………………… 373

第五章　宣讲小说中的伦理悖论 ……………………………… 392

　　第一节　不孝之孝（一）：割肉疗亲的孝道悖论 …………… 392

　　第二节　不孝之孝（二）：杀子卖子孝亲的悖论 …………… 408

　　第三节　节与孝的道德悖论 …………………………………… 425

　　第四节　宣讲小说中的其他伦理悖论 ………………………… 440

第六章　宣讲小说"说—听"模式的伦理传达 ……………… 456

　　第一节　宣讲小说的"说—听"模式 ………………………… 457

　　第二节　"说"与"唱"的伦理追求 …………………………… 472

　　第三节　故事的地方化、神异化与叙事伦理 ………………… 493

第七章　宣讲小说程式化的伦理意味 ………………………… 517

　　第一节　宣讲仪式的程式化 …………………………………… 517

　　第二节　结构程式化的伦理道德审美 ………………………… 531

　　第三节　语言程式化的伦理效果 ……………………………… 552

第八章　宣讲小说"重复"的伦理强化 ……………………… 565

　　第一节　言语重复及其伦理意蕴 ……………………………… 566

　　第二节　情节与主题重复的伦理价值 ………………………… 580

结语　宣讲小说与被压抑的传统性

　　　——从王德威《没有晚清，何来"五四"？》说起 ……… 599

主要参考文献 ……………………………………………………… 610

后　记 ……………………………………………………………… 631

绪　言

明人徐师曾云："夫文章之有体裁，犹宫室之有制度，器皿之有法式也。"①中国古代小说发展到明清，门类已较为齐全而成熟。清代后期，社会上出现了一类以宣讲"圣谕六训"（即"孝顺父母、尊敬长上、和睦乡里、教训子孙、各安生理、毋作非为"）、"圣谕十六条"（即"敦孝弟以重人伦、笃宗族以昭雍睦、和乡党以息争讼、重农桑以足衣食、尚节俭以惜财用、隆学校以端士习、黜异端以崇正学、讲法律以儆愚顽、明礼让以厚民俗、务本业以定民志、训子弟以禁非为、息诬告以全良善、诫窝逃以免株连、完钱粮以省催科、联保甲以弭盗贼、解仇忿以重身命"②）及世俗伦理道德为主要内容的小说类型——宣讲小说。由于与国家圣谕相结合，此类小说自出现后便流行起来。

童庆炳在《文体与文体的创造》中说道："文体是指一定的话语秩序所形成的文本体式，它折射出作家、批评家独特的精神结构、体验方式、思维方式和其他社会历史、文化精神"③，"只有当作家将语体品格稳定地发挥到一种极致，并与作品的其他因素有机地整合在一起，这才形成风格"④。宣讲小说是明清小说的组成部分，其文体形

①〔明〕徐师曾著，罗根泽校点：《文体明辨序说》，人民文学出版社，1962年，第77页。
②《圣祖仁皇帝实录》卷三四，《清实录》（第4册），中华书局，2008年，第3065页。
③童庆炳：《文体与文体的创造》，云南人民出版社，1994年，第1页。
④童庆炳：《文体与文体的创造》，云南人民出版社，1994年，第160页。

态与目前大众所熟知的小说有所不同，其重心是传播圣谕、神谕与传统伦理道德，并以此为旨归。具体而言，传播的文体形态，有在公开场合说唱结合的白话宣讲小说，也有作为案头阅读的文言宣讲小说。就目前所见宣讲小说来看，白话宣讲小说数量多且影响大。

一、圣谕宣讲与救劫语境中的宣讲小说

（一）宣讲：官方与民间的共同活动

"宣"，本义是帝王的宫室。《说文》云："宣，天子宣室也。"①《尔雅·释言》云："宣、徇，遍也。皆周遍也。"②"宣"做动词时有公开说出，使之为大众所知之意。"讲"，从言，冓声，本义为"和解"，许慎《说文解字》云："讲，和解也。"段玉裁注："和当作龢。不和者调龢之，纷纠者解释之，是曰讲。"③"宣讲"合称，指对大众进行传播讲述，但内容不是一般的日常琐事或庸俗之谈，而是有些"高大上"的东西，以此使听者达到和谐的状态。宣讲的主要内容有二：一是儒家经典或帝王圣谕，如《魏书》所说"黄门李郁说《礼记》，中书舍人卢景宣讲《大戴礼夏小正》篇"④。这类宣讲由官方主导。明代以后的史传及一般通俗文学所言的"宣讲"，多属此类。二是宗教典籍或义理，这是明前"宣讲"的主要内容，由宗教人员主持。如《法苑珠林》卷三五引《舍利弗问经》云："摩诃僧祇部，勤学众经，宣讲真义。"⑤《太平广记》卷九

---

① 〔汉〕许慎撰，〔清〕段玉裁注：《说文解字注》，上海古籍出版社，1981 年，第 338 页。
② 〔晋〕郭璞注，〔宋〕邢昺疏：《尔雅注疏》卷三《释言》，《十三经注疏》（下），上海古籍出版社，1997 年，第 2581 页。
③ 〔汉〕许慎撰，〔清〕段玉裁注：《说文解字注》，上海古籍出版社，1981 年，第 95 页。
④ 〔北齐〕魏收：《魏书》卷八四《列传第七十二儒林》，中华书局，1974 年，第 1842 页。
⑤ 〔唐〕释道世：《法苑珠林》卷三五《会名部第三》，中国书店出版社，1991 年，第 534 页。

○《释宝志》云:"(志公)愿于华光殿讲《胜鬘经》请雨。"①再如,《梦粱录》载,杭州高僧著书传法,感人颇深,"列朝宣讲,慧号锡顺,至于入灭,瑞光显然"②。此两类宣讲内容,发出者是帝王、神佛,可谓"神""圣",具有"在上"性。在儒释道尚未兴盛之前的早期中国,帝王或中央政府的命令成为宣讲的主要内容。春秋时的"木铎"宣讲值得注意。郑玄解释《周礼》中的"徇以木铎"曰:"古者将有新令,必奋木铎以警众,使明听也。"③政令与儒家经典的宣讲获得官方与国家的认可。明代朱元璋颁布《教民榜文》以劝民众"为善,勿犯刑宪",为此,要求每乡每里各置木铎一个,选取年老者或残疾不能理事之人"持铎循行本里"宣讲"圣谕六言"④,并令各地遵行。顺治九年(1652)颁行《六谕卧碑文》,照搬"圣谕六言",此"六谕"即被称为"圣谕六训"。康熙将"圣谕六训"扩展至"圣谕十六条",并"以示尚德缓刑,化民成俗至意,应通行晓谕八旗并直隶各省府州县乡村人等,切实遵行从之"⑤。清政府多次发布诏令,要求推行圣谕,宣讲与圣谕的关联也就更密切、更普遍。事实上,明嘉靖以后,民间在宣讲圣谕时,一些儒者常将其细化为乡规民约,圣谕宣讲演变为乡约会讲,如王阳明的《南赣乡约》、罗汝芳的《宁国府乡约训语》《里仁乡约训语》等,宣讲方式由"流动宣诵"转变为"定点会讲",这时候,宣讲已经逐渐在阐释圣

①〔宋〕李昉等编:《太平广记》卷九〇《释宝志》,中华书局,2006年,第595页。
②〔宋〕吴自牧:《梦粱录》卷一七《历代方外僧》,浙江人民出版社,1980年,第160页。
③〔汉〕郑玄注,〔唐〕贾公彦疏:《周礼注疏》卷三《天官冢宰·小宰》,《十三经注疏》(上),上海古籍出版社,1997年,第655页。
④"圣谕六言"即:"孝顺父母、尊敬长上、和睦乡里、教训子孙、各安生理、毋作非为。"〔明〕张卤辑:《皇明制书》卷九《教民榜文》,《续修四库全书》(第788册),上海古籍出版社,1996年,第355页。
⑤《圣祖仁皇帝实录》卷三四,《清实录》(第4册),中华书局,2008年,第3070页。

谕的基础上辅之以事例,宗族、会社宣讲亦模仿乡约会讲①。

　　清朝的圣谕宣讲仿照明朝,宣讲时以明白晓畅的语言对"圣谕十六条"逐条讲述。雍正七年(1729),雍正要求"直省各州县大乡大村人居稠密之处,俱设立讲约之所",于朔望之时宣读《圣谕广训》,并派官员定期检查,"其不能董率、怠惰废弛者,即加黜罚。如地方官不实力奉行者,该督抚据实参处"②。甚至童子入学、童生考试、岁科两试、贡监生科考都要默写《圣谕广训》,"凡不能背录者不准录取"③。为了推行西南地区教化,清政府亦多次下文,要求推行宣讲。对少数民族的语言差异与接受困难的情况,政府亦有举措。如四川建昌府"僻处边隅,四面环彝……生番熟番杂居",但"蛮童不解官语,塾师不能译语,训习似难遽通",为此,雍正八年(1730)谕:"应于汉境内择大村、大堡,令地方官照义学之例,捐建学舍。选择本省文行兼优之生员,延为塾师。令附近熟番子弟来学,日与汉童相处,薰陶渐染,宣讲《圣谕广训》。俟熟习之后,再令诵习经书",当熟番子弟熟习通晓、学业有成后,"令往教训生番子弟"④。地方官员深切认识到在少数民族地区实施宣讲的重要性。陈弘谋《查设义学檄》云:"兴学为变俗之方,则教夷人尤切于教汉户。"⑤他在《义学规条议》中进一步指出,"不得以夷獠而忽之,更不得以夷獠而拒之。如有土目头人阻挠不许

①参见赵克生:《从循道宣诵到乡约会讲:明代地方社会的圣谕宣讲》,《史学月刊》2012年第1期。

②〔清〕昆冈等修,刘启端等纂:《钦定大清会典事例》卷二九七《礼部·风教·讲约一》,《续修四库全书》(第804册),上海古籍出版社,1996年,第330—331页。

③《清朝文献通考》卷七〇《学校八》,浙江古籍出版社,1988年,第5498页。

④〔清〕素尔讷等纂修,霍有明、郭海文校注:《钦定学政全书校注》卷七三《义学事例》,武汉大学出版社,2009年,第288页。

⑤〔清〕鄂尔泰、尹继善、靖道谟纂修:《(雍正)云南通志》卷二九《艺文七》,《四库提要著录丛书·史部》(第242册),北京出版社,2010年,第364页。

向学者,立即究处"①。他们大兴义学;在教育中亦不遗余力地推行
《圣谕广训》,并以此为契机教化本地民众。在圣谕宣讲中,宣讲者还
重视将宣讲与法律加以结合,如陈秉直《上谕合律直解》《上谕合律乡
约全书》、夏炘《圣谕十六条附律易解》、赵秉义《广训附律成案》等。
在清代的律学著作中,《宣讲集要》《宣讲引证》《圣谕广训集证》《六谕
集解》都包含在其中②。圣谕宣讲在清朝实行了两百多年,是清代民
间道德教化的主要形式,一些宣讲者将"圣谕十六条"的原则进一步
细化,再加上民间日常道德教化,圣谕宣讲的内容演变为以圣谕为主
而不局限于圣谕。

　　在中央及地方政府的大力推行下,圣谕宣讲甚至成为一种民间
信仰,一种民间日常生活行为。在清末民国时期,四川地区的宣讲非
常盛行。徐心余《说圣谕》一文记载:"川省习俗,家人偶有病痛,或遭
遇不祥事,则向神前许愿,准说圣谕几夜。"③湖南士绅周汉为《最好
听》作序言:"宣讲之风,蜀中最盛;宣讲之书,蜀中最繁。"④郭沫若言
在他少年时,"我们乡下每每有讲'圣谕'的先生来讲些忠孝节义的善
书","在街门口由三张方桌品字形搭成一座高台,台上点着香烛,供
着一道'圣谕'的牌位。……这种很单纯的说书在乡下人是很喜欢听
的一种娱乐。他们立在圣谕台前要听三两个钟头。讲得好的可以把

---

① 〔清〕鄂尔泰、尹继善、靖道谟纂修:《(雍正)云南通志》卷二九《艺文八》,《四库
提要著录丛书·史部》(第 242 册),北京出版社,2010 年,第 393 页。
② 参见何勤华:《中国法学史》(第 2 卷),法律出版社,2000 年,第 207 页;张伟仁
主编:《中国法制史书目》(第 1 册),"中央研究院"历史语言研究所、台北汉荣
书局,1976 年,第 172—173 页。上述著作对《宣讲引证》《圣谕广训集证》《宣
讲集要》《圣谕广训集解》等有介绍。
③ 徐心余:《蜀游闻见录》,四川人民出版社,1985 年,第 95 页。
④ 〔清〕周汉:《〈最好听〉序》,光绪三十年长沙重刊本。转引自游子安《劝化金
箴:清代善书研究》,天津人民出版社,1994 年,第 42 页。

人的眼泪讲得出来"①。听圣谕宣讲是他少年时代娱乐生活的一部
分。蒋蓝认为，乡村的讲圣谕是十分受欢迎的娱乐活动，民众对该项
活动的喜爱，"不亚于追星族对明星的热爱"②。民国年间的教育总
长傅增湘云："中国演说的事，也时常有之，即如我家四川地方，此风
尤盛。"③傅增湘所言"演说"的内容乃是《感应篇》《阴骘文》《帝君宝
训》与《玉历钞传》这类善书。事实上，晚清宣讲已经出现圣谕与善书
合流的情况，大量的圣谕宣讲书在最前面有仙佛之序、仙佛的谕文等
内容。民国时，成都有不下于 20 个常年宣讲的圣谕台，城隍庙一天
有 60—80 台圣谕宣讲，以"每台听众平均 60 人计，一天就能吸引听
众 5000 人次"，一些善堂也设立了常年的圣谕讲台，还有街坊住户常
临时邀约人来讲圣谕④。"诠释圣谕和《圣谕广训》的书籍一开始就
有劝善惩恶的内容，而且至迟在乾隆年间就有人把圣谕与善书汇编
在一起。……及于晚清，则圣谕及《广训》的诠释书已经严重变味，衍
为善书一类的作品。"⑤善书的阐释往往伴随大量的故事，善书宣讲
成为配合圣谕宣讲的重要组成部分。

　　清代圣谕宣讲的流变，大致经历三个阶段：康熙雍正时的圣谕条
文诠释，此时的《圣谕像解》开始将故事与图像结合起来阐释圣谕；乾
隆到同治时的宣讲圣谕与律条、善书、乡约合流，诠释文本中增加了

---

①郭沫若：《沫若自传第一卷——少年时代》(第 1 卷)，《郭沫若全集·文学编》
　(第 11 卷)，人民文学出版社，1992 年，第 35—36 页。

②蒋蓝：《春熙路史记：一条街与一座城》，四川文艺出版社，2010 年，第 202 页。

③傅增湘：《敝帚千金》，《大公报》1904 年 5 月 25 日。转引自李孝悌：《清末的下
　层社会启蒙运动：1901—1911》，河北教育出版社，2001 年，第 68 页。

④石友山、方崇实：《成都讲"圣谕"回忆》，四川省政协文史资料委员会编：《四川
　文史资料集粹·文化教育科学编》(第 4 卷)，四川人民出版社，1996 年，第
　205—221 页。

⑤周振鹤撰集，顾美华点校：《圣谕广训：集解与研究》，上海书店出版社，2006
　年，第 623 页。

大量的因果报应故事,如《圣谕灵征》《宣讲集要》,故事成了全书的主体;光绪以后的圣谕宣讲以案证故事为主①。可以说,圣谕宣讲以故事作辅助,但早期大部分宣讲文本中的故事少而且极短,附在道理阐释中,无论是从故事的数量还是故事的情节设置、故事长度,及在整个书中的地位而言,都不足以将其视为小说。清代后期因宣讲而生的故事增多、篇幅增长,为宣讲而编撰的故事被搜集整理成册,在各寺庙或善堂刊刻,宣讲小说因而大量出现并流行。

(二)"圣谕六训"及"圣谕十六条":宣讲小说的主旨

　　开篇先阐释圣谕,然后引故事为案证,以证圣谕某一条,这种体例在宣讲小说中比比皆是。最早的宣讲小说是嘉庆十年(1805)的《圣谕灵征》,标题直接标示"圣谕",前为"圣谕六训"及"圣谕十六条",每一条圣谕后有若干故事,如"敦孝弟以重人伦"条,先列"广训",再列"果报";在"敦孝弟以重人伦果报"标题下先是一小段议论,直接阐释标题主旨,然后从卷一至卷三分别有"儿子不孝""媳妇不孝""女子不孝""不孝庶母"等不孝、不悌、不慈等几十个案证。这一体例直接影响到《宣讲集要》与其他宣讲小说。《宣讲集要》共16卷,卷首为宣讲圣谕的规则、"圣谕六训""圣谕十六条"及相关阐释,卷一至卷一四分别围绕圣谕搜集、编撰相关故事。如卷一至卷五共有85个案证故事(其中卷一有17案,卷二有16案,卷三、卷四各有19案,卷五有14案),皆围绕"圣谕十六条"中的首条"敦孝弟以重人伦"展开,每卷直接将本卷将要阐释的圣谕置于最前。与《宣讲集要》编排体例相同的,还有《宣讲拾遗》《法戒录》《辅化篇》等。因宣讲圣谕而产生的宣讲小说,往往在故事前面加上"圣谕"二字以突出它与圣谕的关系,如《采善集》中有"圣谕上开首讲的是孝字"(《孺子行孝》《孝

---

① 参见林珊妏:《清末圣谕宣讲之案证研究》,台北文津出版社有限公司,2015年,第24—26页。

子降妖》)、"圣谕六训上说"(《石压悍妇》《息祸全孝》)等。这种情况，
在宣讲小说中屡见不鲜。

宣讲小说对"圣谕六训"及"圣谕十六条"的阐释比较灵活。有些宣
讲小说虽然没有在每卷之前言明阐释某条圣谕，却将它们放置于整本
书前，如《万选青钱》《化世归善》《孝逆报》等；有些宣讲小说在目录及故
事的副标题中表明它是对圣谕的宣讲，如《还步云梯集》中的《双孝
报——儿媳俱孝》《回心得福——安生理》《失钗得钗——息诬告》《忍
字翰林——和乡党》等。《上天梯》卷一中的《和气致祥》《积善感神》《争
桃入冥》《农桑致富》《诚朴发富》《隆学获报》《黜邪崇正》《讲律遇神》等
八个故事，分别有副标题"敦孝弟""笃宗族""和乡党""重农桑""尚节
俭""隆学校""黜异端""讲法律"等，各自阐明故事主旨。再如咸丰八年
所刊宣讲小说《石点头》的开篇为有关"圣谕六训"的诗，每一训下有诗
10 首，共 60 首，还有文昌帝君勉士宣讲文，部分故事的副标题即是宣
讲的主题，如《天涯寻亲》下的"敦孝弟以重人伦"，《游枉死城》下的"解
仇忿以重身命"，《杀猫受谴》下的"毋作非为"，"敦孝弟以重人伦""解仇
忿以重身命""毋作非为"等皆属于"圣谕十六条"或"圣谕六训"的内容。
也有将圣谕中的部分内容杂糅在副标题中的，如《千秋宝鉴·洞中入
梦》下的"明生理脱凡成仙"，《捡金不昧》下的"毋非为的善报"，《教子忍
气》下的"能和睦乡里的善报"等，"明生理""毋非为""和睦乡里"亦是圣
谕之内容。长篇宣讲小说《辅道金针》则在每卷卷首说明该卷故事所阐
释的圣谕，如卷一的第一至第四回"阐明圣谕第一条敦孝弟以重人伦善
恶引证"，第五至第十回"阐明圣谕第二条笃宗族以昭雍睦善恶引证"，
与此类似者，还有《辅世宝训》。有的宣讲小说直接在标题中言明遵守
或不遵守某条圣谕的结果，如《渡生船》卷四之《作为非恶报》。

随着宣讲的发展，宣讲小说的内容更加丰富多样，有些直接在书
名中表明它以宣讲圣谕为主要目的，如《圣谕灵征》《圣谕六训集解》
《圣谕六训醒世编》；有些以"宣讲"命名，却不一定在故事前面写上圣

谕或圣谕条例,故事本身也未直接表明是对圣谕的阐释,但却是事实上的圣谕演绎,如《宣讲大全》《宣讲大成》《宣讲宝铭》《宣讲珠玑》《宣讲至理》《宣讲摘要》《宣讲回天》《宣讲宝训》《宣讲金针》《宣讲醒世编》《宣讲集编初集》等。"圣谕六训"或"圣谕十六条"乃是大纲,它包括现实生活中方方面面的道德行为规范,如三从四德、三纲五常、五伦八德、忠孝节义等,从个人修养到家庭伦理、社会伦理,从人类社会到自然,皆可包含于其中。同光年间的大量宣讲小说集,如《惊人炮》《普渡迷津》《福缘善果》《上天梯》《同登道岸》《万善归一》《跻春台》等,虽未以"宣讲""圣谕"直接命名,但其主要目的在于宣讲,宣讲的内容皆如孝悌、和睦、节俭、讲法律等,皆有可与之相对应的圣谕。有些故事直接讴歌或褒奖宣讲,如《同登道岸》中的《宣讲脱劫》、《冥案纂集》中的《遵循宣讲》、《劝善录》中的《宣讲解冤》等。

受《宣讲集要》《宣讲拾遗》影响,有些小说的韵语部分以"宣"(有时以"歌""讴""唱")提示,散体叙述部分以"讲"引出,合之而为"宣讲",多数以"宣讲"命名的小说即是如此,《千秋宝鉴》《化世归善》《救世金丹》等也采用了这种形式。至于在故事中表明因为听圣谕而改变行为获得好报的亦多,如《跻春台》中的《平分银》《过人疯》。大量故事在开头或结尾皆有"引案为证"或"从此案看来"的标识,视故事为某伦理道德之"案证",皆表明该故事乃为所宣讲的圣谕或伦理道德之案证。

总体来说,在标题、凡例、序跋、故事中直接标明"宣讲""圣谕""案证"固然是宣讲小说的标识,而那些没有上述标识的小说若所宣讲的内容与主旨依旧符合圣谕,也可归为宣讲小说。耿淑艳将"以康熙颁布的圣谕十六条为主旨,通过敷衍因果报应故事,使百姓潜移默化地接受圣谕的思想观念"的故事底本,或是在"宣讲圣谕的基础上加工编撰而成"的文本名之为"圣谕宣讲小说"[①]。她所列举的岭南

①耿淑艳:《圣谕宣讲小说:一种被湮没的小说类型》,《学术研究》2007年第4期。

圣谕宣讲小说《俗话倾谈》《谏果回甘》《吉祥花》等,在字面上并无"宣讲"二字,但作者的宣讲生身份、小说集前面的序跋皆表明它们是圣谕宣讲小说。概言之,凡是以宣讲圣谕及伦理道德为主要目的,带有明显"宣讲""圣谕"标识,或立意劝善且在形式上模仿圣谕宣讲小说的作品,皆可称之为宣讲小说。

(三)劫难:宣讲小说的社会心理语境

考察宣讲小说为何盛行,不能只局限于清代圣谕宣讲的政治背景,还应考察伴随政治危机的加深以及其他危机所带来的末劫恐慌。

中国自古以来就有"劫"的观念。道教将人遭受的磨难称为"劫数""劫运"。六朝道经中,"大劫""小劫""劫运""劫数""末世"等词不断出现①。至于《洞玄灵宝本相运度劫期经》、《无上秘要》中的《劫运品》、《三洞珠囊》中的《劫数品》等作品,书名乃至专节的"品"都与"劫"相关。"劫"亦是佛教的时间观念。佛教将世界分为成、住、坏、空四个不断循环的阶段,此即为"四劫"。在"住""坏"的阶段,则有水、火、风三灾出现。南朝梁时的《经律异相》将劫与灾相对应,大劫对应大灾,中劫、小劫对应小灾。世界由成到坏要经历三小劫、中劫和三大劫,即三小灾(刀兵、饥饿、疾病)和三大灾(火灾、水灾、风灾)。《法苑珠林·劫量篇》说:"大则水、火、风而为灾;小则刀、馑、疫以成害。"②清初《龙华宝经》又有"草芽劫""胡麻劫""芥子劫"(或"辘辘劫")之说。处草芽劫时,人民有灾,旱涝不收,一番苦楚;处胡麻劫时,天地混沌,日月收光,有刀兵、蝗虫、旱涝、饥馑之灾,黎民涂炭;处芥子劫时,乾坤混沌,日月无光,天降群魔,水火风齐动,刀兵、蝗虫、旱涝、饥馑等灾次第出现,黎民业苦。明清时的民间教派如白莲教、

---

① 李丰楙:《传承与对应:六朝道经中"末世"说的提出与衍变》,《中国文哲研究集刊》1996年第9期。

② 〔唐〕释道世:《法苑珠林》卷一《述意部第一》,中国书店出版社,1991年,第2页。

罗教、弘阳教、龙天教、八卦教、闻香教等在其教义中宣传末世说；圆顿教有"三期末劫"说，认为宇宙经历了青阳世、红阳世、白阳世"三期"（即过去世、现在世和未来世），每一期都要经历无数劫，在红阳世与白阳世之间的劫即为"末劫"，在末劫期，刀、兵、水、火、风、疾等天灾人祸并行，人类无处躲藏。清初《定劫宝卷》《末法灵文》《末劫法宝》等经卷都宣扬"末劫"。清中后期，气候灾害频发而且严重，是中国历史上第五个气候极为异常的时期①，亦是继中国历史上夏禹宇宙期、两汉宇宙期、明清宇宙期之后的第四个重大灾害群发期，被自然科学者称之为"清末自然灾害群发期"或"清末宇宙期"②。此外，当时还有频频发生的地质灾害、瘟疫③。荷兰汉学家田海将自然灾害与流行疾病列为引起谣言与妖术恐慌案的首要的两种背景④。

　　民众的末劫恐慌，并不只在世纪末或社会衰败之时出现，其诱因也不只是自然灾害。最险不过人心，人与人之间因各种原因对各种资源的抢夺以及所引起的烧杀抢掠等不良的社会现象对社会秩序有着极大破坏，它们是酝酿恐慌的肥沃土壤。康熙提出"圣谕十六条"

---

① 张建民、宋俭：《灾害历史学》，湖南人民出版社，1998 年，第 144 页。

② 参见高建国：《灾害学概论(续)》，《农业考古》1986 年第 2 期；徐道一：《严重自然灾害群发期与社会发展》，马宗晋等编：《灾害与社会》，地震出版社，1990 年，第 295—297 页。

③ 有清一代，共有洪涝灾害 1581 次、旱灾 625 次、生物灾害 257 次、疫灾 176 次、地震 522 次、山崩地陷 87 次、风灾 429 次，仅从嘉庆至宣统时期，上述灾害分别发生 496 次、205 次、82 次、78 次、176 次、52 次、139 次。参王元林、孟昭锋：《自然灾害与历代中国政府应对研究》，暨南大学出版社，2012 年，第 207—225 页。1861 年至 1895 年的 35 年间，全国各地共有 17 278 县次发生一种或数种灾害，年均达 493 县次，其中最严重的 1881 年至 1885 年间甚至高达 2829 县次，平均 596 县次。参夏明方：《从清末灾害群发期看中国早期现代化的历史条件——灾荒与洋务运动研究之一》，《清史研究》1998 年第 1 期。

④ 〔荷〕田海著，赵凌云等译：《讲故事：中国历史上的巫术与替罪》，中西书局，2017 年，第 306—307 页。

的直接原因是:"近见风俗日敝,人心不古,嚣凌成习,僭滥多端。狙诈之术日工,狱讼之兴靡已。或豪富凌轹孤寒,或劣绅武断乡曲,或恶衿出入衙署,或蠹棍诈害善良。萑苻之劫掠时闻,仇忿之杀伤叠见。"①1768 年发生在江南的石匠与农夫的"叫魂"事件,演变为使整个社会——从农夫到帝王——都陷入极大焦虑不安中的妖术恐慌事件。"叫魂案"表明,即便是在康乾盛世,人口增长的压力、经济增长的不平衡、官僚体制的腐败、不受法律制约的君主集权制,使得个体生存压力更大,生存空间更小,不安全感更强烈,人们充满敌视情绪,往往把他人(尤其是陌生人)视作危险。事实上,因为种种原因,"移民与过客,商人与江湖骗子,僧人与进香者,扒手与乞丐,拥塞在十八世纪的道路上"②。当社会秩序受到破坏,人们的生命安全遭受威胁,不安全感也就更强,"人们普遍认为周围尽是邪恶、他们的生命则受到隐蔽势力威胁"③。在官府对"叫魂"妖术的清剿中,"普通人就有了很好的机会来清算宿怨或谋取私利。这是扔在大街上的上了膛的武器,每个人——无论恶棍或良善——都可以取而用之。在这个权力对普通民众来说向来稀缺的社会里,以'叫魂'罪名来恶意中伤他人成了普通人的一种突然可得的权力"④。"叫魂案"凸显了整个社会的戾气与道德下滑。清后期,社会更加动荡不安,对外的战争有两次鸦片战争、中法战争、中日甲午战争、八国联军入侵,对内的战争有川楚白莲教起义、太平天国运动、天理教起义、义和团运动等,还有

①《圣祖仁皇帝实录》卷三四,《清实录》(第 4 册),中华书局,2008 年,第 3065 页。
②〔美〕孔飞力著,陈兼、刘昶译:《叫魂:1768 年中国妖术大恐慌》,上海三联书店,1999 年,第 50 页。
③〔美〕孔飞力著,陈兼、刘昶译:《叫魂:1768 年中国妖术大恐慌》,上海三联书店,1999 年,第 299 页。
④〔美〕孔飞力著,陈兼、刘昶译:《叫魂:1768 年中国妖术大恐慌》,上海三联书店,1999 年,第 300 页。

各地层出不穷的"教案",可谓是兵乱不断。"我们首先必须承认,在整个历史时期人们的日常实践经验中,中国和大多数人类社会一样暴力"①,盗匪猖獗、杀人肆虐的事实似乎证明了这一点。此外还有器官攫取与绑架儿童、盗窃胎儿、剪发窃取精气的传闻,以及因此而出现的利用指控解决地方冲突乃至指向特定替罪羊的暴动(一些有地位的人、乞丐、游僧以及因为职业需要的漂泊者,皆有可能成为替罪羊)②,这些都增加了民众的恐慌情绪。

　　相较于政府与官方,民间更需要秩序。人类的五个需求,皆需要建立在秩序之上。"人是以一种匮乏的状态出场的,人来到世上,首先是需要,需要解决自己的匮乏。……需要是人类活动的内部动因,是理解人的活动与人的历史的重要逻辑起点"③,"只要存在着社会冲突,特别是存在着社会冲突不断扩大和激化的可能性,社会秩序就会受到威胁,社会成员就会处于一种普遍的不安全感之中"④。社会矛盾冲突的加深,使安全成为首要需求,安全受到威胁也加剧了各种人际矛盾,愈加刺激人们对处"劫"的窘境的体认。"邪教谓下元甲子必遭劫数"⑤,清中晚期的下元甲子正当"三期末劫"之数。佛教、道教的"末劫"思想在这肥沃的土壤中得到广泛传播,释放恐惧与压力的重要方式之一就是"讲故事"(传播谣言)。口头传播具有极大的能量,在极度缺乏安全感的年代尤其如此,谣言是恐慌情绪的产物,又

---

① 〔美〕罗威廉著,李里峰等译:《红雨:一个中国县域七个世纪的暴力史》,中国人民大学出版社,2013年,第3页。

② 〔荷〕田海著,赵凌云等译:《讲故事:中国历史上的巫术与替罪》,中西书局,2017年,第92—135页。

③ 沈湘平:《理性与秩序:在人学的视野中》,北京师范大学出版社,2003年,第19页。

④ 张康之:《寻找公共行政的伦理视角》,中国人民大学出版社,2002年,第317页。

⑤ 〔清〕黄育楩:《破邪详辩》,中国社会科学院历史研究所清史研究室编:《清史资料》(第3辑),中华书局,1982年,第13页。

刺激恐慌使之蔓延，甚至引起国民性恐慌①。清中后期林立的教派利用"末世论"壮大自己，让"末世论"的传播愈来愈烈，加重了社会的恐慌情绪。恐慌之下"杀机"不止，杀机不止则恐慌更甚，如此恶性循环。左宗棠在《景州石牧元善禀审讯威字团乡勇误戕官弁由》中指出，直东一带擅杀之案层见叠出，"窃虑杀机不止，劫运将临"，以致"百姓实受其害也"②。大劫来临，无人可逃。《聊斋志异·鬼隶》中，鬼隶言"济南大劫"，果然北兵大至，屠济南，罹于难者百万之数。《豆棚闲话·空青石蔚子开盲》中，作者借神人之口言道："当今时世，乃是五百年天道循环轮着的大劫，就是上八洞神仙也难逃遁。"③《子不语·判官答问》中，谢鹏飞回答瘟疫死者是否可查时，道："此阳九百六，阴阳小劫应死者"，疫外尚有大劫数，"水、火、刀、兵，是大劫数，此则贵显者难逃矣"④。《二十年目睹之怪现状》第四十回中有诗："最销魂红羊劫尽，但余一座孤城。"⑤吴郡遭遇寇乱，江浙鼎沸，苏城危在旦夕，朱仙对人言："苍生大劫将临，非人力所能挽回，盍速避。"⑥宝卷中言"劫"更多。嘉庆年间《家谱宝卷》、嘉道之际《佛说弥勒古佛尊经》等，皆承袭前人"末劫"观，并对导致末劫的原因及惨状有具体描绘。

　　宣讲小说言及灾难，多以"劫""劫运"称之。《跻春台·义虎祠》

---

① 〔荷〕田海著，赵凌云等译：《讲故事：中国历史上的巫术与替罪》，中西书局，2017 年，第 206—310 页。

② 〔清〕左宗棠：《左宗棠全集·札件》，岳麓书社，2009 年，第 120 页。

③ 〔清〕艾衲居士编辑，张道勤校点：《豆棚闲话》，江苏古籍出版社，1993 年，第 84 页。

④ 〔清〕袁枚编撰，申孟、甘林点校：《子不语》，上海古籍出版社，1986 年，第 226 页。

⑤ 〔清〕吴趼人著，宋世嘉校点：《二十年目睹之怪现状》，上海古籍出版社，2005 年，第 207 页。

⑥ 〔清〕王韬著，王思宇校点：《淞隐漫录》，人民文学出版社，1999 年，第 35 页。

中说："因见明末，天心不顺，灾异屡见，知是劫运将临。"①《跻春台·
过人疯》中说："且说当时正值末世，劫运将临。"②《同登道岸》中有多
篇故事言及各种各样的劫，其中，《一窍不通》中道："而今世俗大改
变，时值末劫逢下元。"③《点石成金》中言："苦仙佛救世费心力，末劫
年甲子三千几。"④《善家避水》论"劫"云："论大劫十二万九千换更，
天地间无日月混沌乾坤"，"定小劫六十年光阴易混，理与数天律定，
修造在人"，"刀兵劫血成河取人性命，因世人历劫来杀冤造深。……
水火劫或水淹火化灰烬，这都是自作孽非天不仁。……还有那罡风
劫实在凶狠，只吹得地土翻烟雾沉沉。瘟疫劫害得人神魂不定，那怕
你铜金刚倾刻归阴"。明末"天降劫运"，五大劫扰乱红尘。劫运降临
的原因，"一因理数所定，一因人心不古"⑤。纵观小说中的劫，主要
是指自然灾害与战争，遭受这类"劫"的是群体而非个人，此劫所至，
死者往往不分贵贱，而且人数众多，"在天人感应的天人关系中，人与
天（宇宙）即是相互感应，因而由此得出一个结论：就是凡人集体地处
于灾难即是在共同承受一种集体的惩罚"⑥。宣讲小说毕竟是属于
宣讲国家圣谕教化政策的善书性质的小说，宣讲者及民众对导致劫
难的原因，几乎一致用传统天人感应的理论及道德善恶论进行解释，
将导致劫难的根由归之于道德问题。他们宣称，人们之所以遭"劫"，

---

① 〔清〕刘省三编辑，蔡敦勇校点：《跻春台》卷一，江苏古籍出版社，1993 年，第
　65 页。
② 〔清〕刘省三编辑，蔡敦勇校点：《跻春台》卷一，江苏古籍出版社，1993 年，第
　59 页。
③ 《同登道岸》卷四，光绪庚寅岁（1890）新镌本，第 68 页。
④ 《同登道岸》卷二，光绪庚寅岁（1890）新镌本，第 88 页。
⑤ 《同登道岸》卷三，光绪庚寅岁（1890）新镌本，第 26，32 页。
⑥ 李丰楙：《传承与对应：六朝道经中"末世"说的提出与衍变》，《中国文哲研究集
　刊》1996 年第 9 期。

皆因世风日下,人心不古。这又无意中切合了释道之书的有关世道下滑致劫的论述①。宣讲者、小说主人公或其他穿插在小说中的人物皆有这种认知。例如,在《同登道岸》所载的故事《一家乐善》中说:"因刻下世道变,人心陷溺末劫年。"②《天仙换胎》中,主人公张建国对士兵说:"皆因是而今世道变,天降下杀劫动刀弦。"③《八箴保命》言明末"蜀川遭劫","一因气数将尽,人心反常,神王降劫,命黑杀星下界","皆因人心难比古,上天降劫把民诛"④。《真仙化俗》中说:"不体圣教违天命,奸贪邪淫孽冤深,所以酿成大劫运。"⑤其他宣讲小说持相同观点。《指南镜·醒梦钟》中,开基曰:"儿观城乡奸诈非常,大劫恐皆不免。"⑥《照胆台·现眼报》道:"世风日趋日降,难复禹舜尧唐。上而朝廷官长,下而士农工商。忠孝廉节不讲,五伦八德皆亡。因而腥闻在上,黑气蟠结上苍。四大浩劫齐放,水旱乖错阴阳。布下天罗地网,那怕英雄豪强。"⑦《万善归一·天赐妻》言不守闺门、忤逆翁姑、不和妯娌、告枕头状、偷盗谷米等的女子乃是羞辱祖宗、不孝、奸诈、败家、背时的女妖怪,她们又教出不孝不悌、不忠不信、无礼无义、无廉无耻的男妖怪,进而惹出山上、水里的妖怪,"这些男女妖

---

① 如《洞玄灵宝本相运度劫期经》中云:"天地初生,人命长寿而无恶心,道炁纯化无为而治。世王烦耗,民渐生恶,道炁浇浮,天运渐促,天魔下降,野道横行,国主尅暴,兵残民命,疫炁流布,助行威虐,伤胎落子,无辜纵毒,天下无慁,皆遭兵患。"《道藏》(第5册),天津古籍出版社、上海书店出版社、文物出版社,1988年,第851页。《太平经》中的多篇言及"劫"与世道的关系。

② 《同登道岸》卷四,光绪庚寅岁(1890)新镌本,第41页。

③ 《同登道岸》卷三,光绪庚寅岁(1890)新镌本,第58页。

④ 《同登道岸》卷二,光绪庚寅岁(1890)新镌本,第8、11页。

⑤ 《同登道岸》卷四,光绪庚寅岁(1890)新镌本,第79页。

⑥ 〔清〕广安增生李维周编辑校阅:《指南镜》卷四,光绪二十五年(1899)新镌本,板存广安长生寨,第43页。

⑦ 〔清〕果南务本子编辑:《照胆台》卷三,宣统三年(1911)新刊本,第49页。

怪作孽,把世道都坏了,故而天降瘟疫、水火、盗贼、干旱、刀兵,诸劫齐现,无可逃生"①。简言之,种种劫难,都是道德"畸变"的结果。

在圣谕宣讲语境中与劫难乌云笼罩下,宣讲圣谕就成为符合统治者要求的神圣的救劫行为。"圣谕十六条"所宣扬的伦理,从家庭到宗族,再到乡党,从家庭生活到经济生活,从教育到法治,构建了整个社会秩序。

《说文解字》释"圣":"圣,通也。从耳,呈声。"②《尚书·洪范》云:"睿作圣。"孔安国传曰:"于事无不通谓之圣。"③"圣"的本义是耳聪口敏,通达事理,拥有这种能力之人可谓之圣人,帝王、三教之主及后来加封的著名神灵都在"圣"之列。"圣"因其高出于常人,其旨意、谕旨也就具有了"圣"的意味。自圣谕颁行后,在帝王的要求下,各地宣讲日盛,宣讲成为一种神圣的行为。每月朔(初一)、望(十五)各地均要举行宣讲,宣讲时有宣讲坛规、宣讲教规。据《宣讲拾遗》中的《宣讲规则》所载,宣讲时,大众肃静,听宣讲圣谕时,应敦行仪礼:"鸣金,击鼓,诸生虔诚排班、就位,跪、叩首、叩首、三叩,兴,亚跪、叩首、叩首、六叩,兴,三跪、叩首、叩首、九叩,兴,诣圣谕台前跪,代读生恭读世祖章皇帝圣谕六训"④,然后开始宣讲。宣讲坛规对宣讲者及听众都有要求,如宣讲者宣讲时要讲礼仪、身体洁净整齐、言语温和明白晓畅,听众要虚心体会,不可自作聪明,无邪心、不妄动。总之,整个宣讲过程虔诚、庄严、肃穆,具有典型的仪式化特征。"神"本意是天神,有神奇、神异之意,《周易·系辞上》载:"阴阳不测之谓神。"韩

---

①〔清〕石照云霞子编辑,〔清〕安贞子校书:《万善归一》卷四,光绪癸未年(1883)刻本,第 71 页。

②〔汉〕许慎撰,〔清〕段玉裁注:《说文解字注》,上海古籍出版社,1981 年,第 592 页。

③〔汉〕孔安国传,〔唐〕孔颖达等正义:《尚书正义》卷一二《洪范》,《十三经注疏》(上),上海古籍出版社,1997 年,第 188 页。

④〔清〕庄跋仙编:《宣讲拾遗》卷一,光绪二十年(1894)刻本,第 4 页。

康伯注:"神也者,变化之极妙,万物而为言,不可以形诘者也。"①"神"在"无所不通"上与"圣"通。"中国民间对'圣人'观念感受和影响最大的是神、圣互通,神圣互释"②,故"神"与"圣"本是两个不同之词,但民众将之组合成一个词"神圣",圣即神,神即圣。《蓬莱阿鼻路》中,《观音大士劝兴宣讲谕》将"圣谕十六条"极端神圣化:

> 论圣谕是此时立命之本,挽颓风解倒悬救世金针。圣祖爷十六条心传相印,与天地合,其德化育群生;与日月合,其明光悬如镜;与圣贤合,其心善诱谆谆;与鬼神合,吉凶有感即应,能还阳,能返本起死回生。一省讲,保一省消除劫运;一府讲,保一府刀兵不兴;一县讲,保一县瘟疫不侵;一家讲,保一家祸去福生。③

许多宣讲小说文本在诸多案证故事之前,均是先罗列一系列的神谕,《宣讲拾遗》前面就有《文昌帝君蕉窗十则》《武圣帝君十二戒规》《孚佑帝君家规十则》《灶王府君训男子六戒》《灶王府君训女子六戒》《灶王府君新谕十条》,《大愿船》前有《惠民大帝序》,《醒世录》前有《惠民大帝新谕》,《指南镜》前有《文昌帝君序》,《化世归善》所载故事少而多引神佛之谕、神佛之文。承载"圣"与"神"意旨的文本与十六条圣谕主旨一致,圣谕宣讲也就成了神圣行为。

宣讲之神圣,除了宣讲的内容是圣与神的旨意,宣讲过程之严肃外,还在于宣讲具有莫大的社会功能。对于社会,宣讲传递普遍的伦

---

① 〔魏〕王弼等注,〔唐〕孔颖达等正义:《周易正义》卷七《系辞上》,《十三经注疏》(上),上海古籍出版社,1997年,第78页。
② 吕养正:《湘西苗族鬼神崇拜探幽》,中国文联出版社,2001年,第421页。
③ 《蓬莱阿鼻路》卷二《观音大士劝兴宣讲谕》,咸丰十年(1860)刻本,第9页。

理价值观,使社会全面向善,因此,从事宣讲就是一种善行,一种功德。《惩劝录·孝妇免劫》认为,行善的重要方式之一就是请人宣讲圣谕。《同登道岸》中的一则故事名为《宣讲脱劫》,开篇有引诗并解释云:

> 　　诸圣尊经本最灵,宣讲不可太看轻。人能虔诵超人鬼,父脱深坑子脱兵。
>
> 　　这几句话是言诸品尊经,能除灾难而消劫运,化愚顽而为善良,真实训也。无如世上之人,往往见之,视若常谈,漠不经心,反加谤诅,致使灾难频生,无所祷告。愚哉! 奉劝诸君,务须照书行事,不避艰辛,历遍四乡,宣讲劝化,不特明有益于人,而且幽有利于鬼,有时身落井中,子陷贼营,皇天眷顾,一家散而复聚。列位宽坐,今特举一近案以证之。①

故事讲述道光年间,蜀南王国栋偶得善书《法戒录》《救劫新谕》,又见世道堪忧,遂立意遵行宣讲,沿门劝化。郑老三之妻雷氏凶横,为鬼所吓,听王国栋讲圣谕后改做好人。"看来这圣谕二字,都是逐鬼驱邪的,为个好人,尚可解冤。"因为王国栋宣讲诵经,王国栋的儿子旱生夫妻俩又念诸圣经典,咸丰年间蓝大顺起兵,旱生被掳,夫妻一同跳下高岩,蒙神默佑,未曾跌伤。在这场兵乱中,因为宣讲,他们一家免于灾难,最后团圆。同书中的故事《善家避水》讲述曹国材家"遵行圣谕,朔望宣讲,代代流传",曹国材秉承家风,为神佛所保佑,避免了一场灾祸。论及免劫方法,他说:"逢朔望讲圣谕男女静听,这便是救劫法保命丹金。"②宣讲是一种善行,刻善书是一种阴德。《惩劝录·

---

①《同登道岸》卷三,光绪庚寅岁(1890)新镌本,第62—63页。
②《同登道岸》卷三,光绪庚寅岁(1890)新镌本,第24、26页。

灶君显灵》载，武大义所行十善之事中，一是宣讲，二为设义塾，三为刻善书，他每年宣讲圣谕，兼行他善，最后身体康健、高寿，子嗣多且文武有成。反之，鄙薄宣讲、不信宣讲者之言、亵渎宣讲则会受相应惩罚。《普渡迷津·同挽浩劫》反复言宣讲之重要，无论是读书还是耕田，兄弟姐妹夫妻父子都要遵行宣讲，这样才能国昌民顺，家和万事兴，"看起来这圣谕何等重要，谁不该将此文劝化四方。这圣谕莫说是人当钦仰，能遵者即鬼神也要馨香"①。《万选青钱》卷一前有一系列有关宣讲"魔力"的说明，如宣讲时有神灵监察，宣讲具有驱除瘟疫、治疗疾病、祈雨、免兵刃、动风雷之神力。在讲述善书具有治病功能时，宣讲者甚至举了三个例子加以说明。在《保命金丹·朴素保家》中，主人公在父亲过生日时，请宣讲生讲台圣谕，"一则求菩萨与爹妈增福延寿；二则众客听了，知道改过迁善，得免劫运；三则合家男女听了，男遵八字，女守四德，岂不几得其便？"②吴氏不孝，司命灶君显化，责骂道："骂一声赵吴氏实在愚蠢，做些事真糊涂全不近情。为妇女原当要幽闲贞静，你反转爱奢华唱戏玩灯。……遇生辰讲圣谕正为祝庆，上可以加亲寿下益子孙。又不至浪费钱何等安静，这才算我皇上草野良民。勤宣讲莫说是世人当敬，就是那诸仙佛也要凛遵。……从今后勤宣讲须要谨信，如不然悔后迟永坠幽冥。"③宣讲小说中许多故事都涉及因宣讲或印善书而获福报。《指南镜·丹桂园》中的王契祖因宣讲而免于病痛，《脱苦海·立教登科》中的开泰因印善书而得以延续后嗣，《指南镜·皮荷包》中的清福因宣讲求得雨水，《万善归一·集冤亭》中的女鬼劝丈夫行善，"不如别板说善话，劝

---

① 〔清〕岳北守一子编辑，舟楫子校正：《普渡迷津》卷四，刊刻时间不详，第61页。
② 〔清〕岳西破迷子编辑，果南务本子校书：《保命金丹》卷一，刊刻时间不详，第31页。
③ 〔清〕岳西破迷子编辑，果南务本子校书：《保命金丹》卷一，刊刻时间不详，第38—39页。

人及早孝爹妈。无事宣讲把戒化，挽回天意劫不加"①。《渡生船·宣讲善报》宣称宣讲可以消罪、释愆，可以化两次之杀戮，殁后得享冥福，投生富贵。《新刻救劫金丹·兴宣讲》称宣讲可以挽回世道、避刀兵、兴家业。《宣讲福报》一书共 30 个故事，并非言主人公因宣讲获福，而是专指从事宣讲可以获得福报。强调宣讲于个人、于社会的功用，由宣讲小说的命名可见一斑：《宣讲金针》《宣讲醒世编》《普渡迷津》《活人金针》《同登道岸》《上天梯》《惊人炮》《挽心救世录》《保命金丹》《救生船》《脱苦海》《浪里生舟》《换骨金丹》《护生缘》《救正人心》《指南镜》《渡人舟》《济险舟》《保命救劫录》《救劫保命丹》《阴阳普度》《大愿船》等，宣讲活动，如同大炮可以醒人，如同金针可以救人，如同舟船可以渡人、救人于险和劫难，如同金丹可以活人，功劳不可谓不大。

如同前文所言，陷入茫茫劫海苦苦挣扎的人们所遭受之劫，正是因人们自身作孽而由天降下的灾难。他们的"救劫"之旅，需要自身的不断努力。然而，宣讲小说中的救劫叙事，并不单是主人公自救，更多是"他度"与"自度"的结合。自度即自身行善以救劫，他度即借助他者的提示或力量度过灾难。当然，他度建立在自度的基础上，劫难既然是自己所招，只有自度方可消解大劫，他度也才能发挥出效用。救劫中，鬼神似乎无所不在，成为帮助自度者的"他者"。

诸多灾难，是上天降罚使然，但神灵并非置之度外，而是积极参与救劫。神灵下降，通常是化为人间的老人，或僧、道。《同善消劫录·天降麒麟》中，孝子田恒丰遇难，惊动上帝，"命葛仙下凡"，化作道长，唱劝善歌教化世人，其中有云："西眉山上一只船，神圣撑船渡

---

① 〔清〕石照云霞子编辑，安贞子校书：《万善归一》卷四，光绪癸未年（1883）刻本，第 39 页。

凡间。急出苦海登彼岸,方知为善格苍天。"①《采善集·悔过回天》中,灶君化作一须发斑白的老先生点化主人公。再如《跻春台·过人疯》中云:"文武夫子,三教圣人,在玉帝殿前求情宽缓,愿到各处,现身显化,拯救人心,挽回世道。"②神灵的救劫灵活多样,有的是直接点醒世人或救行善者,有的是监督世人,褒奖善人,并对违反圣谕乃至神灵谕旨之人加以惩罚,以免更多人堕入劫海。灶君在宣讲小说中出现次数甚多,《东厨维风录》中之"东厨"即为灶君,全书多叙灶君之训诫及敬灶、遵守并传播遵灶君之训之善报。《惊人炮》《萃美集》《保命金丹》《采善集》《法戒录》等小说中的部分故事亦有灶君参与。直接以"灶君"为题的,如《脱苦海》之《灶神规过》与《敬灶免劫》,《惩劝录》与《孝逆报》中的《灶君显灵》,等等。

　　神灵还附于人身而作文垂训,晓谕尘世。《同登道岸·天仙换胎》中,鉴于"人心如白布下染缸,皂成墨青一般",最终酿成浩劫,于是"七真下凡挽劫救世,圣帝夫子在龙女寺飞鸾显化,开设宣讲,作谕醒世,教人遵守神戒"③。同书的故事《宣讲脱劫》中,"七圣领旨下凡,飞鸾显化,开设宣讲,挽劫救世,费尽心血"④。《辅世宝训》是一部"扶鸾"的小说,其《刑于家政》的开篇即是神灵降临时的鸾诗:"皇天每施不怒威,威风赫赫借鸾飞。飞下云端将劫救,救尔凡民往善归。"⑤光绪丁丑年(1877)间刊刻的《八宝金图》假托灵佑大帝所降的《凡例》指出,该书是因光绪元年(1875)"本境瘟疫流行,乡村市镇无不沾染",五圣群仙视之寒心下泪,故降书"消劫"。属于诸仙诸佛临

①《同善消劫录》卷七,光绪二十二年(1896)新刊本,版存仪南新寺场,第10页。
②〔清〕刘省三编辑,蔡敦勇校点:《跻春台》卷一,江苏古籍出版社,1993年,第59页。
③《同登道岸》卷三,光绪庚寅岁(1890)新镌本,第55页。
④《同登道岸》卷三,光绪庚寅岁(1890)新镌本,第64页。
⑤《辅世宝训》震集卷四,光绪元年(1875)重镌本,蒙阳辅世坛藏版,第24页。

鸾垂训的宣讲小说甚多,如《兰亭集》《换骨金丹》《渡人舟》《济世渔舟》等。降鸾垂训的神灵多且来历不一,其中,有昊天金阙上帝、关圣帝君、灵佑大帝、文昌帝君、颜圣帝君、雷部王天君、太极仙翁、麻祖元君,有天聋地哑、夜游神、功曹神、城隍、灶神各坛真官,甚至还有唐三藏、孙大圣、净坛使者、孙小圣等。

　　"劫"之存在是民众救劫的原生动力。宣讲小说中很多故事的发生、发展都是在现实之"劫"的阴影之下铺陈展开的。在《同登道岸》中,《善家避水》这一故事发生的背景是乾隆辛丑年(1781)大水;《天仙脱胎》与《宣讲脱劫》涉及蓝大顺起义;《义娘显魂》写厦门遭变,海寇郑锦作乱;《八箴保命》所载是张献忠在湖北起兵攻打四川;《地土搬家》叙咸丰六年(1856)五月中旬大坝遭浩劫;《培墓昌后》的背景是乾隆年间的大水。《指南镜》中,故事《皮荷包》提及剑州干旱。"每一个人都是潜在的信仰者"①,瘟疫、饥荒、水旱灾害、盗贼、争斗、各种疾病、贫穷、彼此之间的仇视、尔虞我诈等等,自然灾害与社会灾难混杂,从群体到个人,都处于无边"劫海"之中。求温饱、健康、子嗣,求富贵、平安、长寿、国泰民安都是"常"情。当自然之常、社会之常遭受破坏,成为"非常",使之回归于"常"的诉求也就非常强烈。当人们遭遇非常之变,通常希冀借助非"常"的途径度过各种劫难。大部分民众相信,宣讲是一种类宗教性行为,除了宣讲时的宗教化仪式,文本是"代天宣化""神谕救劫",具有神圣性与虔诚性,以及"宗教性的行善观"②外,宣讲行为本身就是善行,它能使人改过向善。不少宣讲小说穿插了大量的仙佛谕文以及劝善歌谣,如《大愿船·无耻败家》中的《吕祖醒世词》,《跻春台·失新郎》中的《阴骘文》,《辅化篇·嗜

①陈昌文主编:《宗教与社会心理》,四川人民出版社,2003年,第111页。
②杨宗红、冯尉斌:《论晚清宣讲小说的宗教性特征》,《西北民族大学学报》2019年第2期。

酒受累》中的《戒平古墓歌文》,《宣讲选录·敬灶劝夫》中的《吕祖戒牛歌》《戒食犬歌》《敬灶歌》等等。笔者所藏白话短篇宣讲小说集中的大部分故事皆有劝善歌谣,有些故事有不止一首,如《宣讲集要·宣讲美报》中的劝善歌文《孝亲歌》《弟兄歌》《敬长歌》《安贫穷歌》等,居然有 24 首之多。结合劝善歌文进行的宣讲,是救治人心的灵丹妙药。以《跻春台》为例,《过人疯》中说:"今夜晚坐圣台虔诚宣讲,众冤魂在此处细听端详。讲圣谕无非是劝把善向,阴与阳是一理为善则昌。十六条解仇忿个个宜讲,重身命方不负堂上爹娘。忿仇解两下里都无怨帐,有身命事父母才得久长","我们代天宣化,办善劝人,逢冤则解,遇难则救"①。《解父冤》中说:"家中设立一灵位,早晚焚香化纸灰。多接宣讲赎父罪,超度母魂往西归。"②《僧包头》中,兰英时常喊爹妈请宣讲生来家中宣讲,"使一家和睦,知道善恶报应,上下尊卑,也免得作恶造罪,惹祸生灾"③。以"宣讲免劫纳福"为主题的故事,还有《劝善录·宣讲解冤》《最好听·听谕明目》《宣讲选录·宣讲美报》等。

　　宣讲小说是因"响应国家号召"进行宣讲而形成的文本。与受西方影响的报刊小说有所不同,它坚守圣谕与神谕所宣传的国家伦理与民间伦理,并将其视为善书刊刻流传。宣讲小说在世情中说公案、谈伦理,宣传圣谕。宣讲者将故事当成一种救劫的工具,将"圣谕六训""圣谕十六条"及仙佛之谕放在开头,期待它发挥"金丹""船""金针""救劫"的作用,令人"保命","同登道岸",同"上天梯"。

①〔清〕刘省三编辑,蔡敦勇校点:《跻春台》卷一,江苏古籍出版社,1993 年,第 59—60 页。
②〔清〕刘省三编辑,蔡敦勇校点:《跻春台》卷三,江苏古籍出版社,1993 年,第 406 页。
③〔清〕刘省三编辑,蔡敦勇校点:《跻春台》卷四,江苏古籍出版社,1993 年,第 543 页。

（四）宣讲小说的流行

宣讲因"圣谕"而披上了合法外衣，在信"劫"成风、"救劫"成为社会风气的情况下，从中央到地方无不致力于这一行动。地方精英在社会危机严重之时，踊跃参与到宣讲"救劫"之中并成为地方宣讲的主力军。陈霞在《道教劝善书研究》中指出，晚清圣谕与教化通融，民众视二者为一，"'善书'亦被称为'圣谕'或'高台教化'"①，正因为如此，宣讲小说也就被视为善书小说或圣书小说②，宣讲圣谕也被视为宣讲善书。

既然宣讲有功，宣讲者可获善报，这就导致由人捐资刊刻的宣讲小说不断出现。宣讲小说在故事及序跋中经常宣称刻书送人是功德。《八宝金针》借阎罗之口撰有遵拟条例共八条，均为传播该书之善报及怀疑、损害该书之恶报，如自己看过该书又转劝他人则可添福添寿，"有人能印送一部者，加功一百，纪善一十，多数类推"，"能竭力演说，遍讲不倦者，加功五百，纪善五十"；而看过不信，又毁谤该书者"记大罪一万，削寿一纪，恶满按冥律治罪，其先亡宗亲，已经成仙成神者，一律降苦差"③。另有一些书显然系由多个人采集而成。如《普渡迷津》卷三的《毒心害子》下署"周四回采录"，《白手兴家》下署"子一钝采录"；卷四则由"舟楫子校正，守一子编辑，复初子学书"。《二十四孝宣讲》中的《汉文帝亲尝汤药》下署"段镕芳著作，段泽堃修辑"，《王伟元闻雷泣墓》下署"古亳段化鲁著，厚甫堃编辑"，《陆公纪怀橘遗亲》下署"酉易氏化鲁著，厚甫堃修"，《姜诗涌泉跃鲤》下署"酉易氏段化善著，段泽坤辑"，《蔡君仲拾椹奉母》下署"甚桑子"等。这些例证说明，宣讲小说文本与宣讲活动之间，有可能是先宣讲而后有文本，也有可能是先有文本而后再宣讲。宣讲行为与文本采集、编

① 陈霞：《道教劝善书研究》，巴蜀书社，1999 年，第 155 页。
② 姚达兑：《现代的先声：晚清汉语基督教文学》，中山大学出版社，2018 年，第 82 页。
③〔清〕吕咸熙：《八宝金针》，光绪丁未年（1907）刻本，第 3 页。

撰、传播都以宣讲为目的，都是行善行为。所以，书成之后，不为营利，只为更广泛地流行以劝世，如同治甲戌年（1874）柳溪书屋所刊《脱苦海》《上天梯》左下牌记标明"印刷不取版资"。另如，《自新路》由"资马蔡斗铨捐资"；同善堂原版《善恶现报》的牌记为"敬惜字纸，乐善捐资不吝"；光绪庚寅年（1890）刻本《挽心救世录》的左下牌记为："后附灵应仙方，板存平邑上村庙明月斋，有愿刷送自备纸张"；《回生丹》的牌记为"光绪元年（1875）春月悔悟子杨静波捐资翻镌"；宣统二年新镌《采善集》的牌记为："板存罗次县关圣宫，有愿刷者自备烟纸，不取板资亦不出借"，卷六后面附录所有捐刻之人的姓名及捐钱数量；《宣讲大成》的牌记曰："板存许昌县清善局，刷印施送功德无量"，在《重修宣讲书跋》指出捐资者沈君适"时存善念，继又慕道于纯阳吕祖，择清善局以为可履之地……今将宣讲而重修之，又捐重资而刷印之"，跋后还附上 25 个捐资者姓名。另有一些宣讲小说集有多个故事，不同故事由不同人镌刻。笔者所见一本《福海无边》残卷，其中《翰林洞》由刘泰阳、刘泰府、刘泰安兄弟捐刻，《苏草帽》由王恩贤捐刻。《善恶案证》刷印数千部，仅李慎吾就重资刊 1000 部送于乡里。

　　行善不分地域，清代圣谕宣讲通行全国，宣讲小说几乎各处皆有，如山东济南的《宣讲四箴》、东昌府的《化世归善》、聊城的《宣讲宝铭》，河南许昌县清善局的《宣讲大成》、洛阳的《宣讲管窥》；《宣讲醒世编》有宣统元年（1909）营口成文堂藏板本；广东地区则有广州《宣讲博闻录》《俗话倾谈》《谏果回甘》《吉祥花》《圣谕十六条宣讲集粹》，顺德的《宣讲余言》等；台湾地区则有《化民新新》《现报新新》《觉悟选新》《济世清新》《济世新编》等。同一宣讲故事，有很多版本，如《宣讲集要》有咸丰二年（1852）福建吴玉田刻本、光绪三十二年吴莘民经元堂刊本，还有漳州、宝庆、德州重刊本，1914 年上海锦章图书局石印绘图本；《宣讲拾遗》则有同治十一年（1872）梁乐善公局刻本、光绪五

年(1879)威邑中心堂本、光绪八年(1882)西安马氏存心堂刻本、光绪
十六年(1890)豫省朱聚文斋刻本、光绪十九年(1893)苏州校经山房
翻刻本、光绪二十年(1894)兰省城刻本、光绪三十一年(1905)上海文
海雨记书局石印本、光绪三十一年(1905)上海扫叶山房刻本、清末上
海江左书林石印本等。版本多亦说明宣讲小说的流行。

由目前所掌握的材料看,西南云贵川(包括现在的重庆)及附近区
域的白话宣讲小说占了总量的三分之二以上,如四川成都王成文斋的
《福缘善果》,绵东宣讲生钱景明撰辑的《明心集录》,石照(今重庆合川)
云霞子编辑的《万善归一》,果南(今四川南充)务本子编辑的《照胆台》
《惊人炮》《自新路》,岳西(今四川南充岳池县)破迷子编辑的《大愿船》
《脱苦海》《上天梯》,乐至(今四川内江市乐至县)、铜邑(今重庆铜梁)大庙
坝的《救生船》《萃美集》,川北补过子编辑的《退思补过》,平羌(今四川乐
山市)扪心子选辑的《辅化篇》,平邑(今四川绵阳市平武县)明月斋的《挽
心救世录》;云南则有蒙阳的《辅世宝训》《明道新箴》、罗次县的《采善集》、
腾阳的《二十四孝案证》、阳瓜(今巍山县)的《辅道金针》《扶世良丹》、古阳
瓜开化子校阅的《济世良丹》;贵州则有播郡(今贵州遵义)的《石点头》《因
果新编》、义泉(今贵州遵义)静虚子编辑的《阴阳鉴》等。除了岭南的宣讲
小说几乎全是文言外,大部分宣讲小说是白话的,且以说唱为主。有意
思的是,资料表明,西南地区似乎还是一些宣讲小说的“起源地”。目前所
见被称为最早的白话宣讲小说是嘉庆五年(1800)的《圣谕灵征》[1],该

---

[1] 周振鹤认为最早的圣谕与善书的合流之书是《圣谕灵征》。参周振鹤撰集,顾
美华点校:《圣谕广训:集解与研究》,上海书店出版社,2006 年,第 623 页。汪
燕岗直接指出,《圣谕灵征》“是现今知最早加入案证的宣讲书”。参汪燕岗:
《论清代圣谕宣讲在民间之演变及其文化价值》,《社会科学研究》2019 年第 6
期。但其又称“从现存的白话宣讲小说来看,最早的《圣谕灵征》和第二部《宣
讲集要》都出现在四川”。参汪燕岗:《论清代圣谕宣讲与白话宣讲小说——以
四川地区为考察中心》,《文学遗产》2014 年第 6 期。

书内封六："此书由黔省带来，经前署宝应县周捐廉合绅士等募刻。"
咸丰元年(1851)重镌本《广化新编》有"道光十八年(1838)八月吉旦
贵州桐邑向荣杨正生复性氏敬撰"的《原叙》，咸丰四年(1854)的《滇
黔化》由"云南开府"晋良、钟建宁完成。"由于龙女寺'乩鸾著灵'声
威远播，引起不少乩坛的假托与模仿，相传川滇等地源自此坛者，有
数百坛。"①台湾的鸾书体宣讲小说可以追溯至四川龙女寺扶鸾②。
光绪癸未年(1883)刊刻的长达九十九回的宣讲小说《阴阳鉴》则由贵
州遵义府诸多儒士扶鸾完成。同治十年(1871)的短篇宣讲小说集
《宣讲集要》的作者王锡鑫是四川名医，其后出现的《宣讲拾遗》等书，
在体例方面皆受其影响。光绪九年(1883)云南蒙阳重镌的《圣谕六
训集解》，原为"西蜀川东报国坛原本，哲士石含珍编辑"。

　　延至民国，宣讲小说文本仍大量存在。据《中国曲艺志·河南
卷·善书》载，民国时汝南佛堂"培养出一大批善书宣讲者，仅汝南一
县就有百余名。河南全省较有影响的有：开封的段润生、王福堂；汝
南的牛理宣、蒋贺年；浚县的郭全善、柴仁山；桐柏县的姚尊斌、牛斋
公；汲县的何香姑等。他们不仅在本地佛堂宣讲，同时还互相邀请，
交流技艺，有的甚至到省外宣讲"③。民国三十七年(1948)华西协合
大学文学院社会学系孙蕙英的毕业论文《成都市民间读物之研究》列
举了大量的宣讲故事文本，如《栖凤山》《心中人》《葡萄架》《鸡进士》

---

① 王见川、皮庆生：《中国近世民间信仰：宋元明清》，上海人民出版社，2010年，
　　第300页。
② 参见〔日〕武内房司著，颜芳姿译：《清末四川的宗教运动——扶鸾·宣讲型宗
　　教结社的诞生》，王见川、蒋竹山编：《明清以来民间宗教的探索：纪念戴玄之教
　　授论文集》，台北商鼎文化出版社，1996年，第240—265页。
③ 中国曲艺志全国编辑委员会、《中国曲艺志·河南卷》编辑委员会编：《中国曲
　　艺志·河南卷》，中国ISBN中心出版，1995年，第93页。

《孝女坊》《川北栈》《猪说话》等①,这些篇目,在《惊人炮》《跻春台》《浪里生舟》《触目警心》《立心化迷录》中皆可找到。据笔者所藏资料,清中后期至民国初年的宣讲小说有不少于 200 种,大部分都是同光宣年间的。

二、宣讲小说的劝善性

宣讲小说因宣讲而生,“宣讲”是宣讲小说明显的标志。宣讲的目的性决定了它的内容只能围绕圣谕及与之相关的各种道德品质展开,以道德劝善为旨归。康熙年间的《圣谕像解》、嘉庆年间的《圣谕灵征》都是将“圣谕十六条”置于书前,对每一条以案证故事加以说明。以十六卷的《宣讲集要》为例,该书在卷首交代宣讲规则及“圣谕六训”“圣谕十六条”等,主体部分是圣谕条文阐释,《凡例》云:“宣讲惟以圣谕为主,自不必参入他说。”后面各卷直接标明某一条圣谕,其后的故事围绕该条圣谕展开。该书每条圣谕后的案证故事多寡不一,卷一至卷七都是阐释“敦孝弟以重人伦”条,其中阐释“孝”“弟”所引用的案证故事多达 116 个,所占比例最多;卷八阐释“笃宗族以昭雍睦”“和乡党以息争讼”条,所引用的案证故事分别为 4 个、11 个;卷九阐释“重农桑以足衣食”“尚节俭以惜财用”“隆学校以端士习”“黜异端以崇正学”条,所引用的案证故事分别为 1 个、3 个、8 个、3 个;卷一〇阐释“讲法律以儆愚顽”“明礼让以厚风俗”条,所引用的案证故事分别为 4 个、13 个;卷一一阐释“务本业以定民志”条,引用案证故

---

① 在孙蕙英《成都市民间读物之研究》列举的参考文献中,宣讲类小说有 13 篇,分别是:《十年鸡》《珍珠塔》(上、下集)、《痴儿配》《栖凤山》《心中人》《万花村》《川北栈》《猪说话》《糊涂路》《夜明珠》《鸡进士》《审豺狼》《僧包头》,其中《痴儿配》《夜明珠》笔者未见。转引自何一民、姚乐野等主编:《民国时期社会调查丛编·四川大学卷(中)》(第 3 编),福建教育出版社,2014 年,第 781 页。

事 9 个;卷一二阐释"训子弟以禁非为"条,引用案证故事 14 个;卷一三阐释"息诬告以全良善""戒匿逃以免株连""完钱粮以省催科""联保甲以弭盗贼""解仇忿以重身命"条,所引用的案证故事分别为 2 个、1 个、1 个、2 个、4 个。有的书籍的牌记书有"皇帝万岁万万岁",光绪年间仍然如此,只不过此后书前无"圣谕六训"或"圣谕十六条"的情况开始出现,如《萃美集》《惊人炮》《救生船》《跻春台》,这一现象越往后期越多。即便书中未将"圣谕十六条"明白标出,但不能否认它的影响,很多故事都可直接与之对应。当然,有些故事如戒杀生、戒吸食鸦片,或者劝人不要溺女等,就难以与某条圣谕挂钩。《法戒录·关圣帝君序》云:"圣谕王章,法所当法也;嫖赌嚼摇,戒所当戒也。大而名教纲常,仁民爱物,法之惟恐不及法也,小而贪瞋痴爱,顽傲悍妒,戒之惟恐不及戒也……"①任何人都不离家庭、家族、乡党而存在,了解当法不当法之事,自然离不开"圣谕六训"或"圣谕十六条"及衍生的"倡"与"禁"。

(一)娱乐性:其他说唱小说之特色

宣讲小说的独特性可以通过将它与其他形式的叙事文学相比较而凸显。

宣讲小说中有不少故事是从传统小说名著中的一些篇目改编而来,其中"三言二拍"与李渔的《十二楼》《无声戏》中的故事被改编的频率相对较高,文言小说被改编篇目较多的,主要是蒲松龄的《聊斋志异》、汤承蕖辑的《阴阳镜》、宣鼎的《夜雨秋灯录》等。很多民间说唱文学——鼓词、弹词、宝卷、歌册等皆擅长从经典小说中取材。此处仅以"三言二拍"为例说明。

鼓词改编。根据沈阳市文学艺术工作者联合会编《鼓词汇集》、陈新编《中国传统鼓词精汇》,以及李豫等人编撰的《中国鼓词总目》

①〔清〕梦觉子汇辑:《法戒录》卷一,光绪辛卯年(1891)明善堂新刻本,第 2 页。

《清代木刻鼓词小说考略》进行统计,改编自"三言二拍"的鼓词有《百年长恨》《青楼遗恨》《蝴蝶梦》《玉堂春》《珍珠衫》《三巧全传》《乔太守乱点鸳鸯谱》《三难新郎》《摔琴》《俞伯牙摔琴》《朱买臣休妻》《胡迪打秦桧》《雷峰塔》《王二姐思夫》等。另外,上海石印书局还刊有《卖油郎独占花魁鼓词》《苏知县赴任太湖白罗衫鼓词》。其中,与朱买臣、胡母迪(即胡迪)相关的鼓词都有好几种。上述鼓词均属于短篇。又据李豫等人编撰的《清代木刻鼓词小说考略》,鼓词《白罗衫》《卖油郎》《玉堂春》《三笑姻缘》等皆属于长篇,《白罗衫》共二十九回,《卖油郎》长达九十六回。短篇以唱为主,长篇则是说唱结合。

　　子弟书改编。根据中国曲艺工作者协会辽宁分会《子弟书选》、傅惜华编《子弟书总目》、北京市民族古籍整理出版规划小组辑校《满族说唱文学:子弟书珍本百种》《清蒙古车王府藏子弟书》及其他相关资料进行的统计,依据"三言二拍"改编的子弟书有《花叟逢仙》《百宝箱》《青楼遗恨》《摔琴》《三笑姻缘》《三难新郎》《巧姻缘》《巧断家私》《珍珠衫》《胡迪骂阎》《魂完凤愿》《百年长恨》《双生贵子》《凤凰俦》《蝴蝶梦》《麟儿报》《三堂会审》《白蛇传》《卖油郎独占花魁》①等。由于多数学者皆认为子弟书来源于鼓词②,上述所选的"三言二拍"鼓词与子弟书存在篇目相同,甚至内容几乎相同的情况,如《蝴蝶梦》的鼓词与子弟书,《青楼遗恨》的鼓词与子弟书内容几乎相同。

　　弹词改编。根据谭正璧《弹词叙录》及盛志梅《清代弹词研究》进行的统计,依据"三言二拍"改编的弹词有《三笑姻缘》《真本玉堂春全传》《白蛇传》《义妖传》《雷峰塔》等。这些弹词皆属长篇,说唱结合,

---

主要取自"三言"的《唐解元一笑姻缘》《玉堂春落难逢故夫》《白娘子永镇雷峰塔》。

上述鼓词、子弟书、弹词等,主要取自"三言"中的《王娇鸾百年长恨》《杜十娘怒沉百宝箱》《庄子休鼓盆成大道》《玉堂春落难逢夫》《蒋兴哥重会珍珠衫》《乔太守乱点鸳鸯谱》《苏小妹三难新郎》《俞伯牙摔琴谢知音》《游丰都胡母迪吟诗》《白娘子永镇雷峰塔》《苏知县罗衫再合》《唐解元一笑姻缘》《滕大尹鬼断家私》《钱秀才错占凤凰俦》《卖油郎独占花魁》,"二拍"中的《大姐魂游完夙愿,小姨病起续前缘》《李克让竟达空函,刘元普双生贵子》等。

宝卷改编。根据尚丽新、车锡伦《北方民间宝卷研究》的统计,改自"三言二拍"的宝卷有《寒山寺送子宝卷》(改自《宋小官团圆破毡笠》)、《鸳鸯谱宝卷》(改自《乔太守乱点鸳鸯谱》)、《颜三娘教子宝卷》(改自《徐老仆义愤成家》)、《香山寺还愿宝卷》(改自《李克让竟达空函,刘元普双生贵子》)、《白衣庵宝卷》(改自《顾阿秀喜舍檀那物,崔俊臣巧会芙蓉屏》)[1]。又据张灵《宝卷与民间小说》的统计,还有《十五贯宝卷》《双奇冤宝卷》(《十五贯戏言成巧祸》)、《雷峰宝卷》《白氏宝卷》(改自《白娘子永镇雷峰塔》)、《买臣宝卷》(改自《金玉奴棒打薄情郎》之入话)[2]。又据郑振铎所辑《佛曲叙录》,《还金得子宝卷》《昧心恶报宝卷》改自《吕大郎还金完骨肉》[3]。

歌册、木鱼书改编。据北京图书馆出版社编《稀见旧版曲艺曲本丛刊·潮州歌册卷》,"三言二拍"潮州歌册嬗变篇目有《蒋兴哥重会珍珠衫全歌》《宋朝卖油郎全歌》《移花接木竹箭误全歌》《再合鸳鸯全

---

[1] 参见尚丽新、车锡伦:《北方民间宝卷研究》,商务印书馆,2015年,第154页。

[2] 参见张灵:《民间宝卷与中国古代小说》,上海师范大学2012年博士学位论文,第98—115页。

[3] 参见郑振铎:《郑振铎文集》(第六卷),人民文学出版社,1988年,第226页。

歌》《刘元普双生贵子全歌》《行乐图全歌》《白扇记全歌》《最新杜十娘全歌》《三合奇全歌》。又据谭正璧、谭寻编著《木鱼歌、潮州歌叙录》,改编自"三言二拍"的木鱼书则有《杜十娘怒沉八宝箱》《倒乱鸳鸯》。其来源,除了部分可以从篇目中可见外,另外一些则来自"三言"的《金玉奴棒打薄情郎》(《再合鸳鸯全歌》)、《乔太守乱点鸳鸯谱》(《三合奇全歌》)、《张廷秀逃生救父》(《白扇记全歌》)、《滕大尹鬼断家私》(《行乐图全歌》),"二拍"的《同窗友认假作真,女秀才移花接木》(《移花接木竹箭误全歌》)及《李克让竟达空函,刘元普双生贵子》(《刘元普双生贵子全歌》)。

宣讲小说改编。就笔者所藏的材料看,有 27 篇"三言二拍"故事的正话或头回被改编成宣讲小说,其数量多达 56 篇。其中,《收债还债》《狼心妇》《咬舌泄忿》《善念格天》《双生贵子》《姻缘分定》《白银搬家》《芙蓉屏》《灵前认弟》《祝地成潭》《巧姻缘》《还银偿妻》《守正得妻》《燕山五桂》《三义全孤》《清廉为神》《让产立名》《荆树三田》《老长年》《刻财绝后》《还金得子》《嫁嫂失妻》《破毡帽》《负义变犬》《行乐图》《覆水难收》《弃家赎友》《舍命全交》《生死全信》等,主要改自"三言"中的《徐老仆义愤成家》《乔太守乱点鸳鸯谱》《宋金郎团圆破毡笠》《金玉奴棒打薄情郎》《吕大郎还金完骨肉》《吴保安弃家赎友》《羊角哀舍命全交》《范巨卿鸡黍死生交》,"二拍"中的《顾阿秀喜舍檀那物,崔俊臣巧会芙蓉屏》《李克让竟达空函,刘元普双生贵子》《赵五虎合计挑家衅,莫大郎立地散神奸》《酒下酒赵尼媪迷花,机中机贾秀才报怨》等。

从题材及主题上看,同样是说唱结合的改编文本,"三言二拍"鼓词、弹词、子弟书、歌册更重视娱乐性。其娱乐性,一是作者自娱、娱人,二是重视爱情题材及情爱心理,三是重场景、情节的渲染。

先看自娱娱人的创作心态。

鼓词、弹词的命名都与器乐有关,文本多是诗赞系,是具有表演性质的抒情性强烈的说唱结合的民间曲艺形式,具有自娱与娱人的成分。《乔太守乱点鸳鸯谱》鼓词云:"醉笔无端恃酒狂,写一段风流佳话在余杭。"①《白罗衫》鼓词的作者提到该书是消闲之作。卷一开篇云:"诗曰:闲来窗下观残篇,伤哉最苦是罗衫。"卷二第十五回云:"诗曰:闭门编此白罗衫,留与诸公闲暇观。"②长篇鼓词《卖油郎独占花魁》将原本的故事敷衍至九十六回,每回故事前有诗,有些诗是本回提纲,其表述方式是"诗曰……四句提纲叙过",有些诗是抒发感情的"闲言""闲词",其表述方式是"诗曰……闲词少叙(勾开)"。小说结尾云:"一段奇文传后世,内里良言自己追。"③作者将自己创作的鼓词视为可以流传后世的"奇文"。鼓词《青楼遗恨》的结尾云:"结果了青楼一往十娘恨,方可信弄笔的先生不足人烘。"④"不足人烘"虽不比传世"奇文",却也是自我肯定的谦逊之语。

　　子弟书是鼓词的发展,多为文化修养较高的八旗子弟所作,其创作心态,往往是寻知音,抒发胸臆,主体性极为突出。子弟书常在故事开头或结尾处言明故事的消闲性,言明故事乃为消闲之作。如《花叟逢仙》云:"煦园氏公余偶遣怜香笔,写一段老圃逢仙意外文。"⑤《蝴蝶梦(二)》云:"暮秋天惠亭无事消清昼,写一篇有功名教警世闲文。"⑥

①陈新主编:《中国传统鼓词精汇》,华艺出版社,2004年,第865页。
②李豫、尚丽新、李雪梅、莫丽燕:《清代木刻鼓词小说考略》,三晋出版社,2010年,第13—16页。
③李豫、尚丽新、李雪梅、莫丽燕:《清代木刻鼓词小说考略》,三晋出版社,2010年,第803—821页。
④陈新主编:《中国传统鼓词精汇》,华艺出版社,2004年,第946页。
⑤北京市民族古籍整理出版规划小组辑校:《清蒙古车王府藏子弟书》,北京国际文化出版公司,1994年,第398页。
⑥张寿崇主编,北京市民族古籍整理出版规划小组辑校:《满族说唱文学:子弟书珍本百种》,民族出版社,2000年,第26页。

《麟儿报》云："闲着人闷向窗前闲弄笔,少头无尾也串那今古奇观一段文。"①有时也表明作者炫笔,如《鬼断家私》的结尾写道："这本是奸恶温柔家私断,试笔愚言浅薄词。"②《蝴蝶梦(一)》写道："借荒唐以荒唐笔写荒唐事,欲唤醒今古荒唐梦一场。春花秋柳君休念,树叶梅枝草上霜。斋藏圣贤书万卷,著写奇文字几行。"③亦有借子弟书抒情之意,如《三难新郎》云："西林氏阅书快睹三苏事,且把这闺秀天香作美谈。"④《巧姻缘》云："醉笔无端恃酒狂,写一段风流佳话在余杭。"⑤除了对风流佳话的欣赏,也有对世情的思考与不平事的鞭挞,如《青楼遗恨》云："我今笔作龙泉剑,特斩人间薄幸郎。"⑥《摔琴》云："偶成小段非无意,为洗这一片侠肠万斗尘。"⑦子弟书有媚人的趋势,尤其是一部分没落子弟"苦口相劝人不信,无奈何著成唱本去出售"⑧(《浪子叹》),著书的商业性比较明显,为了达成这一目的,娱人是免不了的。

①张寿崇主编,北京市民族古籍整理出版规划小组辑校:《满族说唱文学:子弟书珍本百种》,民族出版社,2000年,第267页。
②张寿崇主编,北京市民族古籍整理出版规划小组辑校:《满族说唱文学:子弟书珍本百种》,民族出版社,2000年,第367页。
③张寿崇主编,北京市民族古籍整理出版规划小组辑校:《满族说唱文学:子弟书珍本百种》,民族出版社,2000年,第19页。
④北京市民族古籍整理出版规划小组辑校:《清蒙古车王府藏子弟书》,北京国际文化出版公司,1994年,第689页。
⑤北京市民族古籍整理出版规划小组辑校:《清蒙古车王府藏子弟书》,北京国际文化出版公司,1994年,第367页。
⑥北京市民族古籍整理出版规划小组辑校:《清蒙古车王府藏子弟书》,北京国际文化出版公司,1994年,第937页。
⑦北京市民族古籍整理出版规划小组辑校:《清蒙古车王府藏子弟书》,北京国际文化出版公司,1994年,第1579页。
⑧张寿崇主编,北京市民族古籍整理出版规划小组辑校:《满族说唱文学:子弟书珍本百种》,民族出版社,2000年,第412页。

　　明清弹词小说有一个重要的倾向,那便是女性作者(或弹唱者)的增加。弹词自《天雨花》后,闺阁作者增加的一个重要原因是弹词的抒情功能与消闲功能。尤其是韵文体弹词,"纯粹出于'消遣'的'笔墨'而写作,作品中屡屡出现创作个体的自白文字"①。大部头的弹词比纯抒情文学更能展示作者之才学及抒发其所思所想,于创作者,是消闲自娱。一般说来,创作都有对潜在读者或听众的期待,无论是案头之书还是书场说书文本,都是含有一定商业期待之作,除了自娱,还期待能够娱人。叙事体弹词与代言体弹词都可以是书斋的东西②,有论者认为,弹词处于书斋与书坊、书场之间,"是一种消闲文学","具有商业性消闲特征","先天具有一种消闲文化的特征"③。由此反观由"三言二拍"改编的弹词几乎皆为长篇,不难发现其间的"消闲"意图。乾隆年间云龙阁刊本《新编东调雷峰塔白蛇传》,其开篇有小曲或七言诗,但有的纯属于与所讲内容无关的"唐诗唱句"。《三笑姻缘》乾隆五十五年(1790)刊本的《引文》说:"《三笑姻缘》,乃唐六如之风流佳话也。……今人演剧,乃编门词,传流于世,以作千秋韵事。予适友人携来阅之,颇觉心爱,故不惮劳,誊录全集,以供闲暇醒目。"④清人吴信天所撰《三笑》弹词开篇云:"何许先生吴毓昌,近来不做猢狲王。吹竽声漫讽千古,弹铗歌惭走四方。番旧谱,按新腔,权将嘻笑当文章。《齐谐》荒诞供喷饭,才拨冰弦哄一堂。"⑤这首《鹧鸪天》全属于作者的自我介绍,与故事无关。《三笑》弹词的开篇

①鲍震培:《清代女作家弹词研究》,南开大学出版社,2008年,第81页。
②陈汝衡:《弹词溯源和它的艺术形式》,《陈汝衡曲艺文选》,中国曲艺出版社,1985年,第523页。
③盛志梅:《清代弹词研究》,齐鲁书社,2008年,第7页。
④转引自路工:《〈三笑〉开创了弹词的喜剧风格》,苏州评弹研究会编:《评弹艺术》(第二集),中国曲艺出版社,1983年,第58页。
⑤〔清〕吴信天撰,竺少华点校:《三笑》,岳麓书社,1987年,第1页。

小曲,文辞雅丽可喜,甚至有集唐人诗句的,如第五回、九回、十三回、三十三回、四十一回、四十五回。一些回目故事的前面,除了小曲,还有"未能免俗,聊复尔尔"的"唐诗唱句"。《三笑》的雅化正是作者自娱心态的外显。潮州歌册是在潮汕地区流行的民间说唱文学,它吸收弹词、词话、戏曲等文体而成,多由妇女在生产劳作时诵唱以自娱。作为"歌册",它主要以唱来讲述故事,演唱者及听者多为女性,娱人与自娱成分都较浓。

再看题材的重"情"性与心理描写的强化。

具有自娱与娱人双重性的唱本如何吸引听众,题材的选择与情节的建构非常重要。鼓词、子弟书、歌册题材丰富,英雄、历史、神魔、世情故事数量众多。弹词中亦不乏历史题材,如《二十一史弹词》《安邦志》《凤凰山》,但以世情为主。春波池上钓者《〈还金镯〉序》云:"自来弹词,多作佳人才子相悦慕,盖滥觞乎传奇。然亦当发乎情,止乎礼义,乃为不诡乎正。"①又戴定相《〈灯月缘〉序》说:"然其间结构翻腾,不外乎悲欢离合,虽非填词一派,而实与传奇异流同源也。"②不惟弹词多才子佳人、悲欢离合,其他民间唱书也偏爱这种题材。"三言二拍"中的故事,有帝王将相,也有妖魔鬼怪、公案、人情世情。在所有情感中,男女之情是最基本最恒久的,也是文学中永恒的主题。综观上述"三言二拍"唱本,16篇鼓词中的婚恋篇目有12篇,19篇子弟书中的婚恋篇目有12篇,弹词全为婚恋题材,11篇潮州歌册与木鱼书中的婚恋篇目有8篇。显然,"三言二拍"唱本所关注的是世情中最基本的东西——两性之情。即便是《义妖传》,看似神魔题材,却

---

① 谭正璧、谭寻辑:《评弹通考》,《谭正璧学术著作集》,上海古籍出版社,2012年,第258页。

② 谭正璧、谭寻辑:《评弹通考》,《谭正璧学术著作集》,上海古籍出版社,2012年,第241页。

是在两性婚恋的框架下展开故事，属于以神魔而言婚恋之作。

　　重娱乐性的另一表现，是题材的重"情"性与心理描写的强化。"唱"本长于情，不仅是题材偏向于言情，亦且是在能表达人物心情处大写特写，细腻的心理描写是非圣谕宣讲说唱文本共同的特点。弹词《三笑姻缘》中大量的"唐诗唱句"几乎都是作者代拟小说人物的抒写心情之作，如第一回《忆月》表达的是对与美人成配的渴望，第五回是女性对镜自赏、回忆"他"对自己的种种温存及对"他"的相思，第九回又是男性对与美人欢好的魂牵梦系。故事的主体部分，亦有多处人物的心理描写，如《惊艳》一回中唐寅对船夫唠叨的不满及追赶秋香船只的急迫，甚至插入多首男女私情的"吴歌"以切合主人公的心情；《三约》一回细致描写了唐寅追求秋香时的复杂心态。

　　再看重场景、情节的渲染。

　　改编自"三言二拍"的长篇弹词与鼓词，均是将短篇故事扩展成几十回几十万字的言情之作。陈遇乾《绣像义妖全传》弹词共五十四回，在原小说的基础上，增加了《讯配》《逼丐》《聘仙》《降妖》《盘青》《惊梦》《赛盗》《收青》等。为了延长篇幅，除了情节的增加，还有场面的铺排、外貌的刻画、心情的敷衍。第三回《游湖》对许仙在西湖上所见之景——铺展开来："十景西湖妙不同，千枝杨柳间桃红。远望重山如叠翠，苍松古柏像飞龙。六桥曲径亭台阁，遥听南屏挈晚钟。湖心亭，在水中，迎来曲院有和风。仰望双峰云里插，天园小有透青松。苏堤春晓人挨挤，男女游春乐兴浓。闻说断桥桥不断，孤山并不独山峰。三潭映月称佳景，柳浪闻莺鸟语哝。荡河船内佳人坐，歌唱谈心知己逢。这首千竿君子竹，那遥百尺大夫松。正是：天下人称名胜地，此身如入画图中。"①弹词《三笑姻缘》共四十六回，与《唐解元一笑姻缘》相比，增加了《闹筵》《双赚》《颂酒》《评对》《叹月》《给母》《互

---

① 〔清〕陈遇乾：《绣像义妖全传》，嘉庆十四年（1809）本，第3页。

狱《三约》等,这些回目都是对原有情节的增加。情节增加的同时,人物也有增加。在《三笑姻缘》中,祝枝山、文徵明、唐寅的妻妾都是后添加的,作者又于情节的铺叙中突出唐、祝等人的才子形象。整部弹词增加话本小说中所未有的情节并肆意渲染,以突出"风流"与"才子",为此,甚至还增加了品味低下的两性生活描写。

短篇的鼓词、子弟书、歌册并不刻意追求情节的连贯性与复杂性,大多遵循原作,偶尔增加一些情节,或选取片段,将原作的简短情节细腻化,在表现人物外貌、心情或者具体细节处详细描绘。《百年长恨》以周廷章的视角用了15句写王娇鸾的美貌,又以63句写王娇鸾的闺房陈设,对于周廷章变心及王娇鸾的绝笔诗、周廷章的报应,只有寥寥数句。《摔琴》省去俞伯牙与钟子期结为知音的过程,重点写俞伯牙重访子期,得知子期已逝,寻其坟茔恸哭,仅对其坟前恸哭的描写就长达33句。子弟书更是擅长写景抒情,"其写情则沁人心脾,写景则在人耳目,述事则如出其口;极其真善美之致。其意境之妙,恐元曲而外殊无能与伦者也"[1],尤其重视在表现主人公情感之处留墨。《青楼遗恨》突出"恨",在"恨"上颇费笔墨。开篇云:"千古伤心杜十娘,青楼回首恨茫茫。痴情错认三生路,侠气羞沉百宝箱。瓜步当年曾赏月,李生何物不怜香。我今笔作龙泉剑,特斩人间薄幸郎。"[2]故事省掉了杜十娘如何赎身,如何与李甲在一起,将重心转移到李甲瓜洲遇孙富及其后面的情节上,以浓墨重彩之笔写瓜洲渡的景色与十娘瓜洲唱歌的曼妙、自沉时的"珠宝展"及对李甲薄幸的怒斥,整个故事抒情意味极浓。"三言二拍"歌册,几乎是通体韵文,也长于心态刻画。《蒋兴哥重会珍珠衫》写陈大郎初见王三巧后的惊艳

---

[1] 傅惜华:《曲艺论丛》,上杂出版社,1953年,第98页。

[2] 北京市民族古籍整理出版规划小组辑校:《清蒙古车王府藏子弟书》,北京国际文化出版公司,1994年,第937页。

之情及谋算三巧的阴暗心理，就用了 34 句，并将原作中薛婆引诱三巧的情节延长，使薛婆挑唆的言语与行为更为丰富。再如《行乐图》中倪太守临终前将财产托于继善，继善的态度在原作中只有"满脸堆下笑来"6 字，而歌册却将其扩展至 175 字以突出继善的自私心态。《再合鸳鸯》比起话本《金玉奴棒打薄情郎》，篇幅增加了大约三倍，众多心理描写的增加是一个重要原因。

（二）劝善性：宣讲小说的显著特征

相对于鼓词、弹词、子弟书偏重于娱乐性而言，宣讲小说的劝善性就强得多，它的劝善性可从小说集的命名及单个故事的命名中窥见一斑。许多宣讲者具有浓厚的救世劝善意识，这在他们编撰的小说集的名称中就有所体现，如《挽心救劫录》《救劫保命丹》《自新路》《法戒录》《劝善录》《千秋宝鉴》《赞襄王化》等。一些小说将"圣谕六训""圣谕十六条"一一罗列，如《法戒录》在讲故事之前先罗列圣谕，圣谕之后，继之以改"心过"、破除酒色财气烟等"过"的《破迷说》，报天地君亲师恩的《报四恩》，以及懒惰、赌饮、好货财私妻子不顾父母之养、纵耳目之欲以为父母戮、好勇斗狠以危父母的"五不孝"罗列，这些都确立了《法戒录》所有故事的主旨；其中改自《醒世恒言》卷三五《徐老仆义愤成家》的《老长年》，就在"圣谕六训"之"恭敬长上"一训之下，于故事标题后又注明："恭敬主人。"光绪十三年（1887）重镌、板存宝庆休南门外本《法戒录》的卷一全为神灵序言及劝善文、劝善歌、劝善格言等，卷二到卷六才是故事文本。其中，改编自《酒下酒赵尼媪迷花，机中机贾秀才报怨》的《咬舌泄愤》，就是在众多劝善诗文笼罩下所作，自不能脱离上述的劝善宗旨。《宣讲集要》中的《荆树三田》《让产立名》（改自《醒世恒言》卷二《三孝廉让产立高名》头回及正话）分别置于"敦孝弟以重人伦"与"明礼让以厚风俗"条目中。

改编自"三言二拍"的宣讲小说涉及夫妻伦理、兄弟伦理、主仆伦理、陌生人之间的伦理等。鼓词、子弟书、弹词中皆有的《三笑姻缘》

在宣讲小说中毫无踪迹。

夫妇关系是五伦之首。"三言二拍"中有多篇表现夫妇关系的小说。《喻世明言》卷二七《金玉奴棒打薄情郎》头回中的朱买臣故事在弹词、子弟书等说唱文学中比较盛行，宣讲者也颇为关注妻弃夫事件，将其改编后作为反面教材编入宣讲小说集中。《崔氏逼嫁》《马前覆水》《覆水难收》皆是对此故事的改编，《千秋宝鉴·覆水难收》直接在故事标题下注明"妻嫌夫"。该故事被《宣讲集要》《宣讲引证》《宣讲大成》等不同宣讲小说改编或收录达到7次之多。

兄弟关系。兄弟关系是五伦之一，亦是宣讲者关注的重要题材。"三言二拍"中一些故事的头回及正话被改编为一篇乃至多篇的宣讲小说，用以阐发兄友弟恭，如《让产立名》《田氏哭荆》《荆树三田》等（改自《醒世恒言》卷二《三孝廉让产立高名》）、《还金得子》《兄弟奇报》《嫁嫂失妻》《天工巧报》（改自《警世通言》卷五《吕大郎还金完骨肉》）、《认弟息讼》《灵前认弟》（改自《二刻拍案惊奇》卷一〇《赵五虎合计挑家衅，莫大郎立地散神奸》）、《遗画成美》《行乐图》《鬼断家私》等（改自《喻世明言》卷一〇《滕大尹鬼断家私》）。有时同一标题的故事会在多部宣讲小说集中出现，如《认弟息讼》在《最好听》《宣讲珠玑》《宣讲大成》中都出现过，只有个别字词不同。

主仆关系。古代社会，仆人依附于主人，主仆关系亦可以算是家庭关系中的一种特殊关系。《醒世恒言》卷三五《徐老仆义愤成家》是"三言"中表现主仆关系的一篇，亦被改编为《法戒录》与《千秋宝鉴》中的《老长年》。

朋友关系。朋友关系也是五伦之一，宣讲小说中宣讲友情的《生死全信》《舍命全交》《弃家赎友》分别改自《喻世明言》卷一六《范巨卿鸡黍死生交》、《喻世明言》卷七《羊角哀舍命全交》、《喻世明言》卷八《吴保安弃家赎友》，改编之作的主旨皆与原小说主旨相同。

宗族、乡邻关系。"圣谕十六条"中"笃宗族以昭雍睦"与"和乡党以息争讼"，一言宗族，一言乡党，大而言之，皆与乡邻相关。由家庭而宗族而社会，由亲及疏、由近及远。《保命金丹·狼心妇》由《拍案惊奇》卷三三《张员外义抚螟蛉子，包龙图智赚合同文》改编而来，言伯母贪图家产，不认侄儿。《宣讲集要》与《宣讲选录》中的《祝地成潭》改自《二刻拍案惊奇》卷一二《硬勘案大儒争闲气，甘受刑侠女著芳名》头回。在《宣讲集要》中，该故事是放在"和乡党以息争讼"条目中，讲述乡邻因争坟地而打官司之事。原故事批判大儒朱熹武断，而宣讲小说则转变为宣扬同乡和睦、不可争讼的主题。

有些故事所阐释的内容不能简单归到哪一类关系中，但所体现的仍然是实实在在的日常伦理道德。

矜孤恤寡济困。"三言二拍"中有关此主题的故事多次在宣讲小说中出现，根据《拍案惊奇》卷一二《李克让竟达空函，刘元普双生贵子》改编的即有《福善祸淫录》《千秋宝鉴》中的《双生贵子》、《宣讲拾遗》《宣讲选录》中的《盛德格天》，根据《醒世恒言》卷一《两县令竞义婚孤女》改编的即有《保命金丹·三义全孤》。它们讲述的皆是有权者或富贵者对不相识的孤子、孤女的照拂。

淡钱财，不昧心。多篇"三言二拍"宣讲小说都有拾金不昧的故事，如依据《拍案惊奇》卷二一《袁尚宝相术动名卿，郑舍人阴功叨世爵》改编的《善念格天》《阴骘变相》中的郑兴儿，以及改自《警世通言》卷五《吕大郎还金完骨肉》正话的诸篇宣讲小说中的吕玉，都是拾金不昧的典范。亦有批驳刻扣钱财、悭吝者，如改自《拍案惊奇》卷三五《诉穷汉暂掌别人钱，看财奴刁买冤家主》头回及正话的《宣讲摘要·收债还债》《劝善录·守财奴》，《保命金丹·刻财绝后》与《宣讲拾遗·阻善毒儿》改自《警世通言》卷五《吕大郎还金完骨肉》头回，其故事中的主人公，皆是极为悭吝之人。还有讲人改过之后广行善事的《燕山五桂》《五桂联芳》（改自《醒世恒言》卷一八《施润泽滩阙遇友》头回），讴歌为官清廉的《法戒录·清廉为神》（改自《醒世恒言》卷一

《两县令竞义婚孤女》头回），也是此方面的代表作。

不贪淫不好酒。古人将酒色财气视为"四大痴"或四大害，因贪淫好酒而误事败德者不乏其人。宣讲小说在改编"三言二拍"时，将有些非酒色主题的故事赋予酒色主题。《拍案惊奇》卷二七《顾阿秀喜舍檀那物，崔俊臣巧会芙蓉屏》的主题言夫妻离散后又汇合，其中关于饮酒只有"俊臣叫家僮接了，摆在桌上，同王氏暖酒少酌"①一句，而在宣讲小说《照胆台·芙蓉屏》中却着力铺写"酒"，言"才子佳人世共夸，一贪旨酒便亡家。若非巧绘芙蓉画，焉得重逢度岁华"②，改原主旨为"克己"戒酒。关于不贪淫，则体现在《法戒录·咬舌泄愤》中。该故事改自《拍案惊奇》卷六《酒下酒赵尼媪迷花，机中机贾秀才报怨》，但故事发生地及主人公姓名则有所不同。

其他。蕴含着守信义、不欺心、正心守分等伦理道德的"三言二拍"故事，亦被改编成宣讲小说。由《拍案惊奇》卷一〇《韩秀才乘乱聘娇妻，吴太守怜才主姻簿》改编的《保命金丹·姻缘分定》以姻缘分定说来反对用心机；《拍案惊奇》卷三六《东廊僧怠招魔，黑衣盗奸生杀》的主题乃是言和尚"怠"，在修道过程中忽然心生杂念而引发魔障，此故事被改为《劝善录·和尚遇魔》；《警世通言》卷二二《宋小官团圆破毡笠》以"不是姻缘莫强求，姻缘前定不须忧"开篇，结尾以他人之语言刘老夫妇为善不终，此故事被改为《保命金丹·破毡笠》。此外，有些婚恋题材宣讲小说往往融合了几个伦理主题，其模式大致是拾金交还失主—代娶—洞房守礼，此模式至少包含"拾金不昧"与"至诚"两个主要伦理，虽然小说名含有"姻缘"或"奇缘"二字（如《跻

---

① 〔明〕凌濛初著，陈迩冬、郭隽杰校注：《拍案惊奇》，人民文学出版社，1995年，第470页。

② 〔清〕果南务本子编辑：《照胆台》卷二《芙蓉屏》，宣统三年（1911）新刊本，第106页。

春台·错姻缘》《赞襄工化·姻缘巧配》《上天梯·大助奇缘》),事实上,宣讲小说并非是才子佳人似的言情小说,而是侧重于姻缘成就过程中的善行,对真正的两性感情却避而不谈。

　　宣讲小说与传统古代小说也有很大不同。鲁迅曾指出中国古代小说源于娱乐:"俗文之兴,当由二端,一为娱心,一为劝善,而尤以劝善为大宗。"①"大宗"主要指事物的本源②。话本小说以"劝善为大宗",即言其以劝善为本,以劝善为传统。事实上,说书人在说书场景中根据具体情况,"各运匠心,随时生发"③。"随时生发"的内容,一般而言不会是严肃的道德说教,而是具有吸引力的语言或情节。自娱娱人诱发了小说的产生,也促进了小说大兴。宋人说书的内容,主要是"烟粉""灵怪""公案""铁骑",故事虽有劝善成分,但作为书场说书,关注的是民众的兴趣爱好,题材广泛,情节复杂,可谓是寓教化于娱乐,甚至主要是为娱乐。鲁迅所举的小说《唐太宗入冥记》《秋胡小说》《孝子董永传》等"多关劝惩",它们与其后鲁迅所举的宋代小说,虽皆有劝善一面,却更见其娱乐性。宋元明清的话本小说,多是书场说书的"整理本"④,商业本位的目的自然是娱乐为先。从《清平山堂话本》"雨窗""长灯""随航""欹枕""解闲""醒梦"六个部分的命名,可见其消闲与娱乐倾向。由于书坊的推动及有闲阶层人数的增多,明末清初话本小说大行于世。冯梦龙的"三言",名曰"喻世""醒世""警

---

① 鲁迅著,郭豫适导读:《中国小说史略》,上海古籍出版社,1998年,第71页。
② 如《淮南子·原道训》云:"夫无形者物之大祖也,无音者声之大宗也。"高诱注:"无形生有形,故为物大祖也。无音生有音,故为声大宗。祖、宗皆本也。"何宁撰:《淮南子集释》卷一《原道训》,《新编诸子集成》(第1辑),中华书局,1998年,第57页。
③ 鲁迅著,郭豫适导读:《中国小说史略》,上海古籍出版社,1998年,第73页。
④ 参见胡莲玉:《再辨"话本"非"说话人之底本"》,《南京师大学报(社会科学版)》2003年第5期。

世",实际上仍是受书坊邀约,受"贾人之请"而作①,是商业出版物。凌濛初、陆云龙、李渔等,是文人而兼书商,他们的小说的确具有劝惩意味,但对其娱乐性却是不加掩饰,更具有商业意味,故凌濛初的"二拍"皆为"惊奇",李渔以"戏"言小说,将小说视为"无声戏",其小说开心解颐、趣味盎然。《娱目醒心编》中的说教众多,作者重视"醒心"却也重视小说的"娱目"性。可以说,在商业社会下,"娱目"是对读者或听众娱乐心理的重视,"醒心"是为了能在传播中受到官方认可而披上的合法性面纱,有了娱目、醒心的双重保证,小说编撰者及书坊主才能获利。

宣讲小说可能也追求"娱目",但更重"醒心",所以其命名不重视以"戏""奇""缘"等字词突出其娱乐性特征以吸引民众,而是重视它在社会中的救劫功能,或将其视为救劫的舟船、度厄的宝筏,如《救生船》《大愿船》《济世宝筏》《浪里生舟》等小说名,或救人性命的良药、金针,如《保命金丹》《救生丹》《济世灵丹》《活人金针》等小说名。它的成书,是神灵降谕,是代天宣化,刻书最直接的目的,是行善。从现今所见的宣讲小说看,其中有不少是在佛寺、道观、善堂刊刻的,如"同善会善成堂版藏"的《大愿船》,"沙市善成堂藏梓"的《触目警心》,"济南城西段店后刘家庄明圣坛存板"的《宣讲四箴》,"山东东昌府高唐州城隍庙明善坛存版"的《化世归善》,"版存富邑自流井香炉寺"的《缓步云梯集》,等等。宗教与道德密不可分,宣讲小说之所以被视为劝善之书,重要原因就在于它融合了劝善性与宗教性。道观、寺庙、善堂、善人刊刻宣讲小说愈加证明它的"善"性,这是其他类型的小说所未有或欠缺的。

---

① 〔明〕冯梦龙编,许政扬校注:《〈古喻世明言〉叙》,人民文学出版社,1990年,第2页。

三、宣讲小说的"以案为证"

中国传统小说尤其是白话小说,对事件、场景、人物予以描写、议论或评价时,往往用"有诗(词或赋)为证",诗赋是"为证"部分所采用的文体,当这种程式化的标志性语言出现,便自然地将小说由散体叙事转换为韵体描写与议论,从而补充了纯散体叙事所带来的不足,并使得故事文本散韵相间,延缓了叙事的节奏。晚清宣讲小说与传统小说在文本表达方面的一个重要区别是"以案为证"。当"以案为证"之类字样出现,则将文本由议论直接引向叙事,又由"从此案看来"之类表达,将故事引向总结与议论。"有诗(词或赋)为证"后面内容的语体是韵文,而"以案为证"后面的语体则是散体而兼韵文。

"案",《说文解字》解释为:"案,几属。从木,安声。"①本指桌案,后又指事件,如惨案、血案,医案等,多指涉及法律问题的事件。就目前已被大众所熟知的宣讲小说《跻春台》来看,其中涉公案的故事有20多篇。或许因其序中又有"列案四十"之语,故事中"从此案看来"出现的次数较多,故有学者认为《跻春台》是"话本小说中公案小说的典范","清末公案小说的代表之一"②。1999年群众出版社出版的"古代公案小说丛书"将其收录。将"案"仅视为公案,是不恰当的。《跻春台》之序中言"列案四十",显然是将小说中的四十个故事都视为"案",但其中如《东瓜女》《节寿坊》《吃得亏》《川北栈》《平分银》《比目鱼》等十几篇所涉及的故事,并不涉及诉讼案件;有些即便与诉讼有关,诉讼却不是主要事件及写作主旨。"案"的含义甚广,凡事件皆

---

① 〔汉〕许慎撰,〔清〕段玉裁注:《说文解字注》,上海古籍出版社,1981年,第260—261页。
② 李停停、刘世仁:《〈跻春台〉研究现状及展望》,《四川文理学院学报》2013年第4期。

可谓"案"。医学中"医案"就是典型的治疗案例,劝善文本中的"案"就是劝善惩恶的故事。周振鹤认为,"案证就是一个个因果报应之类的故事"①。若从广义的因与果、报与应上看,此说是不错的。很多故事,并不能以狭隘的因果报应之说概括,如《惊人炮》中的《鸡进士》《奇男子》《夺锦楼》并无报应情节。民众也将宣讲的故事视为案证,如《救生丹新案·守信获报》中,招弟对父亲说:"那一天,宣讲人讲个案证。"

　　关于宣讲小说的案证,林珊妏、阿部泰记两位学者都有所论述,前者集中于案证故事本身的情节、思想内涵与社会价值②,后者侧重于介绍宣讲的演变及宣讲文本的形式及特点③。这些研究虽有启发意义,但仍有很多问题未能得到解决,诸如与传统"以诗为证"的小说相比,宣讲小说"以案为证"的形式是怎样的,如何在故事中得到体现?"以案为证"是否有文学传统,这种传统又如何演变?案证所证为何,为何重视以"案"为证? 等等。随着近年来大量的宣讲小说文本被发现,相关研究逐渐增多,上述问题很有探讨的意义和必要。

(一)以案为证:晚清宣讲小说的文体特征

　　宣讲小说的"案证"性,在形式上表现在三个方面:

　　一是标题中出现"案""案证"等字样。具体有二:其一为书名中直接出现"案证"字样,很多晚清宣讲小说皆是如此,笔者所见就有

---

① 周振鹤撰集,顾美华点校:《圣谕广训:集解与研究》,上海书店出版社,2006年,第624页。

② 林珊妏:《清末圣谕宣讲之案证研究》,台北文津出版社有限公司,2015年。

③ 参见〔日〕阿部泰记:《宣讲的传统及其变化》,《亚细亚的历史与文化》2003年第7期;〔日〕阿部泰记:《汉川善书中宣讲形式的变化》,《亚细亚的历史与文化》2006年第10期;〔日〕阿部泰记:《圣谕宣讲的历史——果报故事的附加》,《亚细亚的历史与文化》2008年第12期;〔日〕阿部泰记:《河南的宣讲书〈宣讲管规〉——通俗性的强化》,《亚细亚的历史与文化》2011年第15期;等等。

《善恶案证》《案证真言》《二十四孝案证》《宣讲回天案证》(即《宣讲回天》)、《圣谕案证》《宣讲最好听案证》《五更鸡劝世案证》等。有时,不用"案证",而换用"注案""引证""案""证",如《感应注案》《冥案纂集》《宣讲引证》《圣谕六训集证》《圣谕广训集证》等。其二是在故事名的前面或后面加上"宣讲案证"或"案证"以提示故事的性质,如《宣讲案证珍珠塔》《宣讲案证比目鱼》《宣讲案证双槐树》等,《浪里生舟》直接标注为"圣谕案证"①。有些从书名中看不出其"案证"性,但具体故事标题前有"案证""附案"字样,如《化善录·三元记》的扉页亦写其名为"案证三元记",光绪四年(1878)所刊《传家宝》中一篇故事其名为《忍气息讼得道成真案证》,《悃愊集》卷二"戒不和兄弟"主题下有"俗讲附案",载有善报、恶报各一。

　　二是在序言、凡例中点明故事就是案证,或在目录中出现"案证"二字。林有仁《新镌〈跻春台〉序》言:"……而后世之效之(引者注:即《吕书五种》)者甚夥,特借报应为劝惩,引案以证之。……中邑刘君省三,隐君子也。杜门不出,独著劝善惩恶一书,名曰《跻春台》。列案四十,明其端委,出以俗言,兼有韵语可歌。"②此序至少表明,"特借报应为劝惩,引案以证之"是当时普遍存在的情况,《跻春台》四十篇刚好是"列案四十",可见篇篇都是"案证"。《千秋宝鉴》③卷一上的《凡例》中有"是书每案之首""听者逐段逐案潜心理会""是书所集诸案""是书所引案证""有一项而载二案者"等语,其上、中、下册的卷四皆以"案证目录"起首,然后是故事名。有些宣讲小说在目录页上

①蒋守文著,成都市群众艺术馆编:《半方斋曲艺论稿》,四川大学出版社,2006年,第203页。

②〔清〕刘省三编辑,蔡敦勇校点:《跻春台》附录,江苏古籍出版社,1993年,第566页。

③〔清〕智善子校正,〔清〕善化善子参阅:《千秋宝鉴》卷一,同治五年(1866)同善坛刻本,第2页。

以"案证""案目""案证目录"代"目录",再罗列各个案证之名,如《辅世宝训》《辅道金针》《宣讲集要》《圣谕灵征摘要》《指南镜》《救生船》等。《宣讲集要》"息诬告以全良善"目录条下为"俗讲一段,旁引证二条:《息讼得财》《忠孝节义》",此二条,即为"俗讲"的案证故事。《圣谕灵征摘要》是"圣谕"与"案目"同时出现,如"务本业以定民志违谕案目",其下有三案。

　　三是故事中出现"引案以证之""从此案看来"等标志性词语,表明故事的案证性。其常见表达方式是,在诗及议论后,以"引一案以证之"之类的表述引入后面的故事,只是具体表述略有区别。以《保命金丹》为例,如《佣工葬母》中云:"今不惮烦,引一案以证之。"①《孝儿迎母》中云:"众台宽坐,待愚下讲一新案与你们听。"②《七岁翰林》云:"愚下说到此处,且引一案以为证。"③《骄奢遇贼》云:"我今想起一案,众台细听,以为何如乃是。"④《姻缘分定》云:"俗言说:'姻缘一对,棒打不退。'此言信不虚也。众位不信,待我引一案以证之。"⑤据笔者统计,《保命金丹》四卷的 32 个故事中,用"引案以证之""引案以为证"等引起下文故事的,达到 13 个,超过总故事数的三分之一。当故事结束时,常用"从此案看来"引入后面的议论,对整个故事作出总结性评价。前用"引案以证之"引入故事,后用"从此案看来"总结故

①〔清〕岳西破迷子编辑,〔清〕果南务本子校书:《保命金丹》卷一,刊刻时间不详,第 14 页。

②〔清〕岳西破迷子编辑,〔清〕果南务本子校书:《保命金丹》卷二,刊刻时间不详,第 1 页。

③〔清〕岳西破迷子编辑,〔清〕果南务本子校书:《保命金丹》卷二,刊刻时间不详,第 85 页。

④〔清〕岳西破迷子编辑,〔清〕果南务本子校书:《保命金丹》卷二,刊刻时间不详,第 100 页。

⑤〔清〕岳西破迷子编辑,〔清〕果南务本子校书:《保命金丹》卷三,刊刻时间不详,第 17 页。

事，首尾呼应。有些故事前面未言"引案以证之"，而是用其他类似之语引入故事，如《更新宝录·割肺遇仙》引入故事之语是"吾今说到此处，猛想起一个孝女得证仙果的，说来与大众一听"①，末尾仍以"从此案看来"总结故事。还有先直接叙述故事，末尾用"从此（这）案看来"总结，如《回生丹·割耳祝寿》；《跻春台》的40篇中有18篇皆是这种模式。

　　当然，上述三种情况不能截然分开，宣讲小说中有时两种或三种兼而有之。

　　宣讲小说使用"以案为证"的重要原因在于其宣讲圣谕与伦理道德的目的性，其文本形式与内容都服务于此，这就决定了它与传统话本的不同。

　　话本小说与宣讲小说最初都是在公开场所面对听众而说的，两者"说—听"模式相同，但话本小说的兴起是城市经济发展的产物，说话者说的话虽时有劝诫之语，也有劝诫意图，经济追求却是其主要目的，正话前面往往有"拖延时间"等待更多听众来听的入话诗或头回故事。说书人想要吸引的听众，主要是愿意出钱听书的人。正因为如此，他们选择的题材，是民众喜爱的历史、世情、神怪、英雄之类的，他们也愿意在情节的曲折上下功夫。文人拟作的话本有经济目的，如冯梦龙的"三言"是应贾人之请，凌濛初《拍案惊奇》一出，立即"翼飞胫走"，以至于"贾人一试之而效，谋再试之"②，《二刻拍案惊奇》因此而生。拟话本小说作者十分注重小说的劝诫性，并在其序言中反复阐明"型世""警世""喻世""醒世"等教化世人的苦心，但他们的作品依然主要是营利之物。因以娱乐大众为目的，故事本身才更为说

①〔清〕极静子著：《更新宝录》坎集，刊刻时间不详，第31页。

②〔明〕凌濛初著，陈迩冬、郭隽杰校注：《二刻拍案惊奇·小引》，人民文学出版社，1996年，第1页。

话者或小说家所看重,其中"为证"的诗词只是故事的附加,为故事服务。拟话本小说以叙事为主,其知识与义理等都附于故事,换言之,道理与知识不是目的,而是故事的附带。

宣讲小说则不然。就整个故事集及单篇故事来看,大部分宣讲小说的编排体例,与传统的小说有很大不同。

一是全书或单个故事分两部分,第一部分为圣谕、神训及宣讲规则等,第二部分是案证故事,如《宣讲拾遗》《宣讲集要》《圣谕灵征》《千秋宝鉴》《宣讲引证》《万选青钱》《换骨金丹》《法戒录》《石点头》①等。《宣讲集要》共十六卷,卷首除了有多篇序外,还有宣讲条例,以及顺治、康熙、雍正时颁布的宣讲圣谕的谕文,"圣谕六训"及其阐释、"圣谕十六条"、圣谕广训等完全不涉及故事的内容。卷一五没有案证故事,全部为歌,而卷一至卷一四全为案证。案证故事前的内容,从整体上看似乎比例不大,但能占一整卷,却也不容忽视,它是后面案证故事的核心与灵魂,是小说的主题。每个主题,有一个或多个案证。如《宣讲拾遗》"第一训,孝顺父母,衍说一段,旁引古今顺逆证鉴数案","万岁爷说:如何是孝顺父母?……"所引顺、逆案依次为《至孝成仙》《堂上活佛》《爱女嫌媳》《还阳自说》《逆伦急报》五个故事。显然,圣谕第一训"孝顺父母"是五个顺、逆案的主旨,五"案"是"论证"该主旨的"论据"。

二是在故事标题下用小字号的简短言语说明故事主旨。如八卷本《法戒录》,即在案证故事的主标题下用极为简短的副标题注明该故事的主旨,再如《要惜福》案证标题下的副标题为"教训节俭",《双报应》案证标题下为副标题"阻挡非为",《双出家》案证标题下副标题为"嫌媳非为"。有的直接用"圣谕六训"或"圣谕十六条"作为案证的

①《石点头》,咸丰八年(1858)刊本,笔者存。此书与"天然痴叟"所作的拟话本小说《石点头》不是同一部书,乃是宣讲小说。

附注,如《石点头》之《天涯寻亲》案证标题下注明"敦孝弟以重人伦";《游枉死城》案证标题下注"解仇忿以重身命"。也有在目录中的案证标题下以极简洁之语注明故事的题旨的,如《大愿船》《脱苦海》《指南镜》《惊人炮》等,故事标题下用或六字,或八字,概括故事主要情节及主题。《大愿船》目录中每个故事的标题下皆有小注,如《远色登第》下注:"德行训子,拒色高魁。"《贪色显报》下注:"淫妇谋夫,好色斩头。"从标题本可见故事的意旨,小注又补充了标题,二者共同为"案证"树立标的,强化案证故事的意图。

三是先论述某一条圣谕或神谕,再用故事作案证。前文提及的《千秋宝鉴》之《贞淫各报》《戒淫增寿》《诬告绝嗣》《惜字获福》等各篇即是如此,如《贞淫各报》:"六训上说,毋作非为。……我就说个命同报不同的,与你们听……";《戒淫增寿》:"《觉世经》上说,淫为万恶首……我就说个一贞一淫的报应与你们听……";《辅世宝训》卷一"案证目录"的第一条为"敦孝弟以重人伦",其体例是:"(诗略)。阐明圣谕广训第一条:敦孝弟以重人伦。注:敦笃,加勉也;孝者,所以事亲也;弟者,所以事长也;以,因也;重,尊重也,又慎重也;人伦,五伦。引:……孔子曰:'入则孝,出则弟。'孟子圣人,人伦之至也。又曰:'人伦明于上,小民亲于下。'"①后面的四个故事《孝友开风》《旱雷诛逆》《圣免差徭》《树夹恶妇》皆是"敦孝弟以重人伦"及孔孟之语的案证。

宣讲小说是圣谕宣讲的产物,最初,宣讲者奉国家法令四处宣讲,宣讲的主旨是"圣谕十六条","圣谕十六条"涉及到个人与群体、家庭与社会的关系,包囊了个人修养与对国家、社会的义务与责任。最初的宣讲多侧重讲述"圣谕十六条"的内容,从道理上阐释为何要遵循"圣谕十六条"。后来日常生活之理(如仁、义、礼、智、信,节俭、

---

① 《辅世宝训》乾集卷一,光绪元年(1875)重镌本,蒙阳辅世坛藏版,第1页。

爱物、仁慈等）掺入故事之中，补充阐释圣谕的某一主题。无论故事的长短如何，情节如何曲折，人物如何具有代表性，是否占据了文本的主要部分，故事本身都不是宣讲者关注的重点，而是道理的附加。如以写作喻之，话本小说是记叙文，即便有说理成分，并不影响其作为记叙文的本质；宣讲小说是议论文，即便叙事很长，也只是血肉，讲道理才是其筋骨，其论点，就是圣谕与神谕，就是日常之"理"。正因如此，故事前面的诗歌及议论，不是作为等待听众的入话，而是整个故事的灵魂，是作为"议论文"的"论点"，后面的故事，只是作为"案证"，作为论证主旨的"事实论据"而存在。

　　明白了案证作为"事实论据"的作用，再看宣讲小说集的编排体例及单篇文本的讲述体例，不难发现，这正是一般性议论文的框架模式。

　　作为议论文，"论点"是灵魂。宣讲小说集或单个案证故事前面的圣谕及神谕所传达的圣、神之理，显然就是全书或某一故事的主旨。如《宣讲拾遗》中的《文昌帝君蕉窗十则》《武圣帝君十二戒规》《孚佑帝君家规十则》等神谕，其倡导的伦理与"圣谕十六条""圣谕六训"有一致之处。也就是说，每个案证固然阐释圣谕或神谕的某一方面，但整部书就是对整个圣谕及神谕的较为全面的阐释。有些宣讲小说案证甚多，但都为阐释一个主旨服务，其中以孝道为多，如《孝逆报》《二十四孝案证》这两部书都可谓是对"敦孝弟以重人伦"的宣扬。至于案证故事标题下有注的，其所注，就是这篇故事的论点。故事下的诗歌及议论，也是全篇故事的立论之处。《石点头·口德造命》开篇云："伏读帝君蕉窗十则，其三曰：戒口过。窃疑言谈品论，亦常事耳。而帝君必谆谆以此为警戒者何哉？"①后面的案证围绕"口德"展开。《惺惺集》卷五"秽灶污字俗讲附案"中，"污字"有二案，每一案前

─────────

① 〔清〕遵邑梓人张最善刊刻：《石点头》卷一，咸丰八年（1858）刊刻本，第6页。

的相关议论有 1000 字左右,案证故事有 2000 字左右。议论从正反两方面阐释敬惜字纸之理,案证则从正反两方面言敬字之善报与污字之恶报。有些以"宣讲"命名的小说,或许书前无圣谕及神谕,案证前亦无议论,如《宣讲福报》,但考虑到"宣讲"之风及国家、地方对宣讲的要求,其所证,仍不离充满国家意志、神灵意志及世俗伦理精神的天理或常理。宣讲小说结尾以"从此案看来""从此看来"总结故事,恰如议论文画龙点睛之笔,呼应开头的论点。

　　审视案证故事,还可以发现一个有趣的现象,即一些劝善歌文往往借助小说人物之口讲出而被"原文"照录,如《同登道岸·八箴保命》中,廖琢堂平时教育女儿《女儿经》《烈女传》及"三从四德"等,小说通过父女问答,将《灶君女子六戒》及《女子八箴》一一点明。小说中,女儿回答父亲道:"一戒女子在家不孝父母,出嫁不孝公婆;二戒不敬灶君,不敬丈夫;三戒不和妯娌,并不和姊妹;四戒打胎溺女;五戒抛撒五谷;六戒艳妆废字。"①父亲又为女儿解释"八箴":"第一孝字人之本,大本勿亏为完人。……第二顺字最要紧,爹妈呼唤当殷勤。……第三和字即是顺,不刚不柔心气平。……第四睦字儿遵凛,妯娌姑娘共娘生。……第五慈字心不硬,敬老怀幼恤孤贫。……第六良字包括尽,良生良知与良能。……第七贞字行端正,清白守节女中君。……第八静字对儿论,知止定静清其心。"②再如同书《韩婆灵应》以韩婆唱文教化世人:"未曾开言笑哈哈,我笑世人空受磨。花花世界将身裹,迷迷红尘似网罗。敦伦积善有几个,贪恋四害世间多……"③唱文甚长,说四害,说因果,说明心见性、修身养性、正心诚意等。唱文是女主人公受教育的内容,也是对标题"八箴"的阐释与

①《同登道岸》卷二,光绪庚寅岁(1890)新镌本,第 2 页。
②《同登道岸》卷二,光绪庚寅岁(1890)新镌本,第 3 页。
③《同登道岸》卷二,光绪庚寅岁(1890)新镌本,第 62—63 页。

补充,成为故事的一部分,一同印证故事开篇所言的"男子以五伦为重,女子以四德为尊"。善书歌文被原文照录,不仅将其作为"天理"输入给听众,亦强化"六戒"与"八箴"的内容,以助宣讲目的达成。从议论文论证的角度看,众多宣讲故事通过人物而讲的"善歌""善言""善文",成了论证该书或该论点的"道理论据"。

(二)为证之"案"的演化：宣讲小说文体性的逐渐凸显

"以案为证"并非宣讲小说所独有,但宣讲小说表现得尤其明显。若考察明代之后的圣谕宣讲及宣讲文本,以及大量的善书诠释本,不难发现,晚清宣讲小说的"以案为证"不过是对它们的继承、发展与完善,渐至脱离其原来所依附的文本而独立成为具有"案证"形式的小说文本。

圣谕宣讲自明代始。明代的圣谕宣讲多以阐释"圣谕六言"本身及道理为主,但已有用故事作为辅助的倾向。《明朝圣谕宣讲文本汇辑》收录 12 部文本,其中 5 部皆在后面附录有正反报应事例;《太祖圣谕演训》下卷全为报应故事,这些报应故事都极为简短;《皇明圣谕训解》的每一条谕后有"古今事实""宗藩要例""宗藩事宜"等,其后再是极为简洁的善恶二报故事;《圣训演》分"解""赞""嘉言""善行"四部分,其"善行"部分,皆为事例。此外,《圣谕演义》《圣谕图解》皆有事例附之①,故事所占比例小,"附加"之感明显。明代圣谕演绎文本中的正报、反报事例,汇集诗歌的编排体例,对晚清宣讲小说有一定影响。

清代的圣谕宣讲承袭明代。中前期大部分圣谕阐释文本侧重对圣谕本身的阐释,且无案证,渐往后,有一些文本附带了事例。《圣谕广训集证》《圣谕图像衍义》《圣谕像解》《圣谕十六条宣讲集粹》等,所

---

①陈时龙:《圣谕的演绎:明代士大夫对太祖六谕的诠释》,《安徽师范大学学报(人文社会科学版)》2015 年第 5 期。

附之案有多有少。其中,《圣谕像解》先阐释圣谕条文,继之以图,并将原文附载其后,随之解说图中故事,图像与人物故事相互释证。同一圣谕条文下有多图多故事,如"敦孝弟以重人伦"中"敦孝"条下有24图,其中就有传统二十四孝人物中的舜、汉文帝、黄香等,"敦弟""君臣之伦""夫妇之伦"下各14图,诚如其序言所言:"摹绘古人事迹于上谕之下,并将原文附载其后。嘉言懿行,各以类从,且粗为解说,使易通晓。"①图像、"原文"及对图像故事的说明部分所占比例很大,虽然是解释圣谕之旨,就形式而言却不再给人"附带"之感。《圣谕十六条宣讲集粹》由圣谕及圣谕诠释文本与因果报应类故事构成,作者"分门别类,博引旁征,上自王侯君公大夫卿士,下至闺门里巷偏户穷民,远而古圣昔贤名儒硕彦,近而义夫烈女节妇贞姬。凡其懿行嘉言,足以为模楷典型,是则是效,可劝可惩者,无不谨书而备录之刊之"②,其中所载故事有1342则③。

　　明清善书,也多采用案证。书名中有"案证"或"案"的,如《灶王尊经附案证》《玉历钞案证》《感应注案》《丹桂籍注案》《觉世真经证训案阐化编》《阴骘文注案》等。其中,《觉世真经证训案阐化编》逐句释原文,"本训"后,继之以"本案"数则。有的书名用"证"或"注",如《销劫引证》《三圣经灵验图注》《阴骘文图证》《太上感应篇集注》《阴骘文注证》《关圣救谕注证》《感应篇训证》《太上感应篇注证合编》《觉世真经注证》等。其中,《太上感应篇集注》大都是在每句话下,先有"释"来阐释其意,然后是注疏该句之"验",即善恶报应之事,如"不欺暗室"引黄定国事,"孝弟"引李善事,"正己化人"引王心斋事等。《阴骘

---

①〔清〕梁延年编:《圣谕像解》(影印本),四川大学出版社,2017年,第25—26页。
②调元善社辑:《圣谕十六条宣讲集粹》,光绪十四年(1888)刻本。转引自王丽英:《广州道书考论》,华中师范大学出版社,2010年,第217页。
③耿淑艳:《圣谕宣讲小说:一种被湮没的小说类型》,《学术研究》2007年第4期。

文注证》与之相同,如在"济人之急"下的一段阐释后,就是以池州戴成琏之事为证。为醒目,"证"字加阴影印刷。有的书名不用"注""案""证"等字,同样以案为证,如《觉世金鉴》。为了醒目,"注"与"案""训"等,或用方框,或加阴影以突出。以"图说""图注"等命名的,多因事绘图,事图互训,成为劝善之"案"。如《太上感应篇图说》,几乎是一句一注,一图一案,事取善报或恶报之事,其后多有"附"事,事前标识大部分是"案"字。《三圣经灵验图注》于经文后面依次是灵验事数则,并据事绘图,上文下图,一目了然。

　　与圣谕的阐释文本相比,善书中果报案例明显增加。《太上宝筏图说》是对《太上感应篇》的演绎文本,其前有得富、得贵、得寿、得子灵验记,又有祈病获痊、遇难成吉、离散复合、合宅同升灵验记。对《太上感应篇》文本的演绎,先注后案,案后的"附"仍为果报事例,"案"的篇幅远多于"注"。若以单篇视之,经文为题,"注"为阐释,"案""附"为故事,加上"附"案后的诗,与话本小说体例极为相似,倘若抽掉特意标示的"注""案""附"等字样及"附"故事后面注明其出处来源的文字,它更似话本小说了。《感应注案》的体例更为独特,它除了在故事前面有一句《感应篇》原文中的某一句外,其余体式皆无异于宣讲小说,如卷九"以恶为能"句下是标题《囚报恩》,开头及故事骨架是:"人恶人怕天不怕……此四句俚语说人生在世……君若不信,听余下讲个案证。本朝……从此案看来……"《圣谕灵征》是圣谕条文及阐释与案证故事相结合,"灵征"点名了书的体例是以案证为主,有学者认为它是最早的圣谕与善书合流的宣讲类小说①。

　　早期的圣谕宣讲文本与善书文本以文言为主,其中的"案"也以文言为多,每个案证都很简短。这类宣讲文本只能是圣谕、神谕演绎

---

① 汪燕岗:《清代川刻宣讲小说集刍议——兼述新见三种小说集残卷》,《文学遗产》2011 年第 2 期。

之文本,不能称之为宣讲小说。随着时间的推移,宣讲对象越来越庶民化,宣讲的形式和主体发生相应变化,宣讲文本中的"案"越来越多,篇幅逐渐增加,语言也多以白话为主。从《圣谕十六条宣讲集粹》《宣讲集要》《宣讲拾遗》到《善恶案证》《万善归一》《跻春台》《惊人炮》《萃美集》《孝逆报》等,前面的原起、圣谕、圣谕诠释之文都省掉了,只留下故事本身。仅从文本来看,故事就是主体,而不是圣谕、神谕的附带,虽然这类宣讲文本因为劝善性而被视为善书,但这并不妨碍从文体角度将其视为小说。晚清社会,"圣谕阐释＋案证"类文本与单独案证类文本同时存在,只是后者越来越多。纯案证类宣讲小说文本,在广东地区尚存文言(或浅近文言)类,如《宣讲博闻录》《宣讲余言》《谏果回甘》《吉祥花》等,在西南及北方地区以白话为主。没有了所占篇幅甚多的圣谕及其道理阐释,"案证"故事向话本小说的体例靠近,《跻春台》被视为话本小说,原因即在此。不过,一些宣讲小说因为模仿圣谕宣讲及善书模式,学界主要将其视为宗教类书籍而非小说,即便如《惊人炮》《指南镜》《万善归一》《孝逆报》这类与《跻春台》在编创主旨、叙事模式、叙述语言、艺术特征等方面极为相似,几乎以话本小说形式出现的文本,也甚少为学界所关注,众多小说书目也未曾收录①。

(三)"小说教"与"以案为证"式宣讲小说的繁荣

最初的圣谕宣讲文本及善书,多是说理性的,议论性文字所占篇幅很大,后来渐渐将案证插入其中,这与世人天生具有的故事认同与讲故事的本能有关。人类讲故事的历史非常久远,故事离不开叙事,有学者认为,讲述和倾听(书写与阅读)故事是人类的普遍现象,故事

---

① 就笔者目前所知,《话本叙录》《中国通俗小说总目提要》《中国古代小说总目:白话卷》等,只收录了《跻春台》与《俗话倾谈》,大量的"宣讲小说"类文本被尘封在图书馆或散落于民间,近几年才被越来越多的学人发现、关注。

"贯穿于口头与书面文学始终",人类需要故事与小说,才有了故事与小说①。以故事阐释道理,早在先秦两汉即已大量出现。明清是小说最为繁盛的时期,白话小说与文言小说并行不悖,各领风骚。越来越多的人发现,人们对小说的接受远快于对经史的接受。小说的教化功能不下于经史,其原因在于读小说者多,且小说容易感动人,令"怯者勇,淫者贞,薄者敦,顽钝者汗下。虽小诵《孝经》《论语》,其感人未必如是之捷且深也"②。笑花主人亦认为,小说可以令"闻者或悲或叹,或喜或愕。其善者知劝,而不善者亦有所惭恶悚惕,以共成风化之美"③。清初学者顾炎武认为,"小说,演义之书,士大夫、农工商贾无不习闻之,以至儿童妇女、不识字者,亦皆闻而如见之"。由于小说影响世人至深而广,顾炎武甚至将其视为可以与儒释道并存的"小说教",并且认为小说教的影响"较之儒、释、道而更广"④。清后期,梁启超认为应该重视小说的教化功能,他在《译印政治小说序》中云:"天下通人少而愚人多,深于文学之人少,而粗识之无之人多","今中国识字人寡,深通文学之人尤寡",因此,"仅识字之人,有不读经,无有不读小说者"。他认为,"故六经不能教,当以小说教。正史不能入,当以小说入之。语录不能谕,当以小说谕之。律例不能治,当以小说治之"⑤。受过正统教育的文人尚且如此看重小说之用,更何况是一般的宣讲小说编撰者。

---

① 刘俐俐:《人类学大视野中的故事问题》,《中国社会科学报》2013 年 9 月 13 日。
② 〔明〕冯梦龙编,许政扬校注:《〈古喻世明言〉叙》,人民文学出版社,1990 年,第 2 页。
③ 〔明〕抱瓮老人编,冯裳标校:《〈今古奇观〉原序》,上海古籍出版社,1992 年,第 2 页。
④ 顾炎武曰:"钱氏曰:'古有儒、释、道三教,自明以来,又多一教,曰小说。'"〔清〕顾炎武著,〔清〕黄汝成集释,栾保群、吕宗力校点:《日知录集释》卷一三《重厚》,花山文艺出版社,1990 年,第 606 页。
⑤ 〔清〕梁启超:《梁启超全集》,北京出版社,1999 年,第 172 页。

　　大多数宣讲小说的编撰者在小说的序言或凡例中，强调世风日下，劫难频仍的社会需要重振儒家伦理，遵循圣谕与神谕以救劫，他们编辑宣讲小说文本，目的亦在此。这从宣讲小说集的命名中可见，如《活人金针》《保命金丹》《救生船》《脱苦海》《济险舟》《同登道岸》等。宣讲小说所采用的案证，大多是因果报应故事，这对下层民众来说，是最有效的，诚如《宣讲大全》光绪戊申三十四年（1908）本西湖侠汉的序文所云："从来圣贤明性理而不言因果，君相严赏罚而不论报应。……至晚近之世，人心风俗愈趋愈下。善恶既混为一途，则有性理之所难喻，赏罚之所莫能穷者。闲观乡曲，有善士论因果谈报应，而闻者蹶然兴怵然变……所以阐圣贤之教化；懔君相之明威，而使天下之智愚贤否薰蒸于善气而不自知也。"①即便案证不言因果，其说唱结合的方式，贴近现时、现地的故事②，切近日常生活的伦理，都对民众有很大的吸引力，故此，民众也容易接受这种"以案为证"的道理说教，且其效果很好。《〈宣讲拾遗〉自序》指出："近世所宣讲者，有《集要》一书，就十六条之题目，各举案证以实之，善足劝而恶足惩，行之数年，人心大有转移之机。"③正是对案证故事本身感染力的自信，编撰者们才敢将自己的书视为"活人""保命""救生""济险""脱苦""指南"之书。

　　通俗小说阐释"理"，是将理融入故事中。宣讲小说为了达到宣讲教化之目的，对传统通俗小说有继承，更有新变。宣讲小说形式上先谕后案，对于普通民众而言，可以此知道宣讲者宣讲的主旨，避免了因关注故事而忽视其主要意图，甚至"走偏"或曲解故事之意；案

---

① 〔清〕西湖侠汉：《宣讲大全》，光绪戊申年（1908）刻本，第1—2页。

② 以四川白话宣讲小说而言，据笔者统计，主人公居住地或故事发生地在巴蜀地区的，《惊人炮》24篇故事中有14篇，《同登道岸》24篇故事中有10篇，《跻春台》40篇故事中有20篇。

③ 〔清〕庄跛仙编：《宣讲拾遗》卷一，光绪二十年（1894）刻本，第3页。

后评论("从此案看来")呼应开头,也是对前面叙事的归纳,将文本从叙事转向说理,再次强化故事的主旨,有始有终,有起有合,圣谕与神谕之理始终贯穿于文本之中。

"案证"是宣讲小说的核心。案证故事的讲述不同于一般小说。案证虽不离善恶报应,却不能以神魔小说或志怪小说视之,虽有公案,更多世情;虽有神鬼,亦出于世俗。在文本表现形态上,宣讲小说说唱结合,增加大量的唱词,唱词部分常用"宣""讴""唱""歌""哭"等词开端,或另起一段以突出,其内容或重述事件,或抒发情感,故事叙述加上音乐性的吟唱,不仅丰富了宣讲的形式,也增强了宣讲的吸引力,将庄严与轻松、严肃与娱乐融为一体。

晚清众多"以案为证"的宣讲小说自有其艺术特征。《跻春台》作为"以案为证"的宣讲小说,被多数学者认为是清代"最后一种拟话本集"①,是拟话本小说的"回光返照,在话本小说史终结时闪现了最后一点亮色"②。将其视为拟话本小说,说明这部小说具有拟话本小说的特点,且其形式有其新意。阿部泰记将《跻春台》视为"话本体的宣讲本"③,其语言及形式,与传统拟话本有所不同,虽然在情节的曲折性与人物形象的丰满性上与文人创作的话本相比有所欠缺,但却"将絮叨乏味的制度化宣讲从朝廷训令转化为愉悦性的公案叙述,从而在严肃与娱乐之间找到了属于文学的书写空间"④。宣讲小说主题鲜明、形式新颖,其对事件叙述的多重性值得引起学界关注。

当然,与"三言二拍一型"及李渔的拟话本小说相比,"以案为证"

---

① 胡士莹:《话本小说概论》,中华书局,1980年,第656页。

② 欧阳代发:《话本小说史》,武汉出版社,1994年,第473页。

③ 〔日〕阿部泰记:《宣讲本〈跻春台〉是不是"公案小说"?》,*Journal of East Asian Studies*,No. 9,2011。

④ 崔蕴华:《民间视野下的法律唱叙:近代文学中的圣谕宣讲与公案书写——以小说〈跻春台〉为中心的考察》,《社会科学论坛》2013年第9期。

的宣讲小说有所欠缺。它重视说理,故事文本前面的圣谕(神谕)内容过多,题材相对狭窄,情节也不那么复杂,如《采善集》凡例云:"劝善书原以情理为贵,所以奇奇怪怪以及头绪繁冗者概不采入,恐说理不明反乱人之听闻。即间有取者必反复辨明,使人知理有固然,不至妄加訾议。"①这些欠缺也会在一定程度上影响人们阅读或听宣讲时的快感,但若只将圣谕或神谕阐释的内容视为整本书前的一部分,或听第一场的内容,翻过这些部分,后面的故事仍有极大吸引力与可听性。而且一些宣讲故事因处在讲坛宣讲的语境中,宣讲者与听众可以面对面地交流,效果也就更明显。晚清宣讲小说风行,不仅仅是因编撰者之救世苦心使然,亦与接受者乐于接受案证故事有关。

总之,"以案为证"之所以为晚清宣讲小说所采用并成为其重要特征,是中国传统说理文学、劝善文学以故事为例证与圣谕宣讲从单纯讲圣谕到以故事演化圣谕的双重影响使然。作为晚清乃至民国社会普遍存在的一种文学现象,这种案证小说自有其合理之处。当"案证"本身从单纯"为证"的模式中解放出来,成为说唱文学,有其可观之处。若仅仅因故事文本题材及形式千篇一律、形式僵化,便否定宣讲小说,忽视其价值,就有些一叶障目了。

四、研究现状、意义及主要内容

宣讲小说自出现到现在已两百余年,出现的文本不少,但研究者并不多,很有必要对研究现状、研究意义及一些问题予以说明。

(一)研究现状及意义

关于清代小说,一般研究者多聚焦于名家名著及其续作,或着力于揭露社会黑暗的讽刺、谴责小说,以及展示学力学识的才学小说与表现新的审美趣味或思想性的"新小说",很少关注宣讲小说这一类型。

①《采善集》卷一,宣统二年(1910)新镌本,板存罗次县关圣宫,第 1 页。

　　宣讲小说一直流行于清代中后期，并延续至民国。但先进的知识
分子崇尚"赛先生"，崇尚新小说，对表现清代帝王之谕及神灵之谕的宣
讲小说，因其多因果报应之说、掺杂不少鬼神迷信，视之为"糟粕"。新
中国成立以后也因宣讲的是圣谕，反映的是封建帝王的意旨，宣讲小说
自然也被视为宣传封建思想的事物，即便在民间流行，且有大量的小说
文本存在，甚至不少文人都有听圣谕的经历（如郭沫若），但为时代思潮
挟裹，人们对于这类作品，是轻视乃至有意摒弃的。二十世纪八十年代
以后，有关于圣谕及圣谕宣讲方面的介绍与研究开始，归纳之，主要从
两个方面展开：一是社会学及宗教劝善层面的非文学的介绍与研究，二
是将其视为宣讲小说的文学与文献研究。

　　因宣讲小说"宣讲"的劝善性质，一部分研究者把小说性质极强
的《宣讲大全》《宣讲拾遗》等书几乎都视为善书，并从社会学、历史
学、宗教学、民俗学等角度考察圣谕宣讲的演化及传播。较早关注圣
谕宣讲者，关注重点是它的社会教化与孝治功能，如戴宝村《圣谕教
条与清代社会》①、常建华《论〈圣谕广训〉与清代孝治》②。此后，亦有
介绍有关圣谕及宣讲圣谕之文，如《曲艺发展史研究的活标本——云
南圣谕》③、《"圣谕"及"讲圣谕"轶事》④。进入二十一世纪，研究逐渐
多起来。朱爱东根据历史文献及田野调查，考察圣谕坛产生的原因
及合法性，揭示国家与社会的互动⑤；周振鹤《圣谕广训：集解与研
究》的上编详细介绍了清代的圣谕宣讲文本，下编则详细考察圣谕、

①戴宝村：《圣谕教条与清代社会》，《"国立"台湾师范大学历史学报》1985年第
　　13期。
②常建华：《论〈圣谕广训〉与清代的孝治》，《南开史学》1988年第1期。
③黄林：《曲艺发展史研究的活标本——云南圣谕》，《云岭歌声》1994年第4期。
④邓明：《"圣谕"及"讲圣谕"轶事》，《档案》2004年第2期。
⑤朱爱东：《国家、地方与民间之互动——巍山民间信仰组织"圣谕坛"的形成》，
　　《广西民族学院学报（哲学社会科学版）》2005年第6期。

《圣谕广训》及相关的文化现象。一些硕士学位论文也以此为选题,考察圣谕宣讲与传播情况,如《晚清的民众教化——以〈宣讲拾遗〉为观察视角》侧重于从教化的角度考察晚清时期《宣讲拾遗》的主要内容及宣讲情况①;雷伟平主要选取云南、福建、河南三地,考察《圣谕广训》在西南、东南、华中地区的传播情况②;娄玲敏重点考察《圣谕广训》在西南地区的传播③。考察《圣谕广训》在少数民族地区的传播与影响的,还有《圣谕入苗疆:清代以来清水江地区家谱编修中的圣谕及其运用》④、《云南民间信仰组织圣谕坛的形成研究》⑤、《从"圣谕宣讲"看清代少数民族地区的法制教育——以云南武定彝族那氏土司地区为例》⑥等。

　　有研究者在考察圣谕宣讲文本时,发现了一些宣讲文本的故事性。1992年,台湾陈兆南的《宣讲及其唱本研究》⑦梳理宣讲的性质、渊源、类别、演化,并考察现存唱本的内容、体制、题材、本事。其所关注的唱本主要是《宣讲集要》《宣讲大全》《圣谕广训集证》一类。1993年,王尔敏撰文介绍了清代《圣谕广训》的颁行情况,注意到民间在宣讲圣谕时"不免撷拾最粗浅俗俚,转折纡曲,善恶鲜明,果报立见之说唱小本故事,以为资材。此类小本,一本一事,各具题目。纯为人间

---

①陈宇昕:《晚清的民众教化——以〈宣讲拾遗〉为观察视角》,华中科技大学2013年硕士学位论文。

②雷伟平:《〈圣谕广训〉传播研究》,华东师范大学2007年硕士学位论文。

③娄玲敏:《清代〈圣谕广训〉在西南少数民族地区的传播与影响》,云南大学2014年硕士学位论文。

④杨春君:《圣谕入苗疆:清代以来清水江地区家谱编修中的圣谕及其运用》,《原生态民族文化学刊》2020年第3期。

⑤杜新燕:《云南民间信仰组织圣谕坛的形成研究》,《宗教学研究》2020年第1期。

⑥王虹懿:《从"圣谕宣讲"看清代少数民族地区的法制教育——以云南武定彝族那氏土司地区为例》,《贵州民族研究》2017年第11期。

⑦陈兆南:《宣讲及其唱本研究》,台湾中国文化大学1992年博士学位论文。

故事,地方性强,真实性高……故事有明暗,作者多隐名",并进一步指出,圣谕宣讲在"乡里村镇实际内容远为丰富,地方粗浅通俗文物,稍具价值者,可以选为训世教材,大力推广。其淫邪者、发人阴私者、射影咒诅者,多不入选"①。1994年,朱恒夫在镇江发现了小说《触目警心》。游子安考辨了圣谕宣讲的民间化过程,提及《宣讲集要》《宣讲拾遗》《宣讲大全》《宣讲引证》《宣讲回天》《宣讲金针》《宣讲醒世编》等十余种"善书宣讲本"②,这些宣讲本中故事的比例极大。日本学者酒井忠夫所撰《中国善书研究》认为圣谕宣讲是中国的民众教化政策,并对《宣讲集要》与《宣讲拾遗》《宣讲引证》《救生船》作了专门介绍③。张祎琛《清代圣谕宣讲类善书的刊刻与传播》赞成酒井忠夫关于善书的定义,即善书是"为劝善惩恶而辑录民众道德及有关事例、说话,在民间流通的通俗读物","是一种不论贵贱贫富,儒、佛、道三教共通,又混合了民间信仰的,规劝人们实践道德的书"④,他将善书分为图说类、宣讲类、鸾书类、规谏类、因果报应故事类等几种类型,列举"圣谕宣讲类善书"30余种,其中22种属于故事类宣讲。《"汉川善书"探析》⑤、《汉川善书的故事形态、风格和功能》⑥等,都看到了汉川善书的文学价值。虽然研究涉及到的文本中故事较多,但多数研究仍将其视为善书,且故事文本主要集中于《宣讲集要》与《宣

①王尔敏:《清廷〈圣谕广训〉之颁行及民间之宣讲拾遗》,《"中央研究院"近代史研究所集刊》1993年第22期。

②游子安:《从宣讲圣谕到说善书——近代劝善方式之传承》,《文化遗产》2008年第2期。

③〔日〕酒井忠夫著,刘岳兵、孙雪梅、何英莺译:《中国善书研究》(增订本),江苏人民出版社,2010年,第506—529页。

④张祎琛:《清代圣谕宣讲类善书的刊刻与传播》,《复旦学报(社会科学版)》2011年第3期。

⑤肖志刚:《"汉川善书"探析》,华中师范大学2007年硕士学位论文。

⑥韩君:《汉川善书的故事形态、风格和功能》,华中科技大学2007年硕士学位论文。

讲拾遗》《宣讲醒世编》《圣谕灵征》等之中，大量的宣讲小说或散落在民间，或者尘封在图书馆，或保存在一些书商手中，未能被学界发现或引起他们的重视。

就文学研究而言，宣讲的故事文本被视为小说较晚。就目前所见材料看，二十世纪八十年代以前，研究者们不约而同地对这种普遍兴盛的文学形式不予介绍与研究。谢无量《中国大文学史》及鲁迅《中国小说史略》、胡怀琛《中国小说概论》、日本学者青木正儿《中国文学概说》等民国文学史、小说史类图书，皆未提及这一类型的小说。郑振铎《中国俗文学史》提的俗文学有宝卷、弹词、鼓词、子弟书，无宣讲小说。一些小说书目也没有将清代非常流行的《宣讲集要》《宣讲拾遗》视为小说而收录于其中。孙楷第编《日本东京所见中国小说书目》(1954)，阿英编《晚清戏曲小说目》(1957)，柳存仁编著《伦敦所见中国小说书目提要》(1982)，谭正璧、谭寻著《古本稀见小说汇考》(1984)，台北天一出版社出版的《明清善本小说丛刊初编》(1985)，江苏省社会科学院文学研究所编撰的《中国通俗小说总目提要》(1990)，江苏古籍出版社出版的《中国话本大系》(1993)，苗深等标点的《明清稀见小说丛刊》(1996)，林鲤主编《中国历代珍稀小说》(1998)，薛亮著《明清稀见小说汇考》(1999)，石昌渝主编《中国古代小说总目》(2004)，张兵主编《500种明清小说博览》(2005)，陈桂声著《话本叙录》(2001)，刘永文编《晚清小说目录》(2008)，习斌著《晚清稀见小说鉴藏录》(2013)，付建舟、朱秀梅著《清末民初小说版本经眼录》(2016)，日本学者大冢秀高编著《增补中国通俗小说书目》(1987)，樽本照雄编《新编增补清末民初小说目录》(2002)等，除了偶尔收录《跻春台》《俗话倾谈》之外，均未收录任何一本其他清代及民国的宣讲小说。

二十世纪七十年代，已经有人将宣讲故事文本视为文学。娄子匡、朱介凡编著的《五十年来的中国俗文学》认为，"宣讲本属谣俗事物，但在其本身性质及应用上来看，跟宗教性的'宝卷'有些相同，是可以列入俗文学范围的"。他们同时又指出,在社会教育方面,"其道德价值掩盖了文学价值",还认为电台广播插播讲说的节目中关乎日常心理、进德修业、公民常识、社会安全类的,"实等于宣讲,不过没有宣讲之名"①。广播节目宣讲是否包含故事宣讲另当别论,但作者至少承认了宣讲文本属于俗文学。随着《跻春台》的发现,一些小说史及小说书目开始将其视为话本小说并将其纳入其中。1980年胡士莹所撰《话本小说概论》指出,《跻春台》是清代"最后一种拟话本集"②,《俗话倾谈》是话本小说。这一说法在一段时期内得到学界认同。小说史的编写及研究论文也采用此说,如黄岩柏《中国公案小说史》(1991)、张兵《话本小说史话》(1992)、欧阳代发《话本小说史》(1994)、张俊《清代小说史》(1997)等。

也有研究者发现,《跻春台》与一般的话本小说不同。1985年蔡国梁所撰的《明清小说探幽》肯定了《跻春台》作为"拟话本"的文学特色,但指出它的说唱结合的形式有别于一般的拟话本之处:"用力创新,在较大限度内丰富了小说的表现手法,创立了话本小说的别具一格的体制,使读者为之耳目一新。"③蔡敦勇在《〈跻春台〉前言》中指出,该书是一部拟话本小说集,但"通俗而形式多样的韵文唱词,也与其它拟话本不同"④。张一舟明确指出《跻春台》不同于一般"说话人"说话的"话本",而是"供'讲圣谕'的'讲生'宣讲用的底本","这种底本亦称'善书',所以'讲圣谕'也叫'说善书'"⑤。有不少学者注意

① 娄子匡、朱介凡编著:《五十年来的中国俗文学》,正中书局,1975年,第256页。
② 胡士莹:《话本小说概论》,中华书局,1980年,第656页。
③ 蔡国梁:《明清小说探幽》,浙江文艺出版社,1985年,第225页。
④ 〔清〕刘省三编辑,蔡敦勇校点:《〈跻春台〉前言》,江苏古籍出版社,1993年,第2页。
⑤ 张一舟:《〈跻春台〉的性质、特点、语言学价值及蔡校本校点再献疑》,《西南民族学院学报(哲学社会科学版)》1999年第1期。

到《跻春台》的说唱性质。王昕指出:"但通观《跻春台》中大量的唱词、民间小调一类的韵语,令人感到这确是一部从形式到内容都与拟话本有相当距离的,而更像一个靠近民间唱本的混合体。"①崔蕴华则认为《跻春台》是一部以公案形式宣传圣谕的"词话体"小说,"它将絮叨乏味的制度化宣讲从朝廷训令转化为愉悦性的公案叙述,从而在严肃与娱乐之间找到了属于文学的书写空间"②。石麟指出,乾隆以后的拟话本小说创作开始衰落,包括《俗话倾谈》《跻春台》在内的一些"拟话本","打破了传统的小说话本的体制,在故事中插入大段大段的顺口溜,犹如戏台上的唱词,又好像说书艺人代言部分的演唱,亦饶有趣味"③。刘宝强在论述清代文体中的小说时,特别指出作为衰落期话本小说的《跻春台》失去了"早期话本小说的思想光彩",在艺术上"往往穿插大段的说唱韵语,这些韵语都用第一人称演唱,不少是角色的心灵独白,也有情节发展的叙述,有时中间夹有第二人称的对白,形成一问一答,一说一唱。它们虽然没有曲牌,但前后押韵、通俗易懂、朗朗上口,颇似快板、打油诗和顺口溜之类,富有生活气息"④。日本学者阿部泰记认为,《跻春台》不是一般的拟话本,也不是一般的公案小说,而是"宣讲圣谕时使用的案证集。但它虽然不是一般的拟话本,可以说是讲话体的宣讲本",是属于"百姓亲近的话本体案证"⑤。

　　进入二十一世纪,研究者发现了更多与《跻春台》类似的小说文

①王昕:《话本小说的历史与叙事》,中华书局,2002年,第21页。
②崔蕴华:《民间视野下的法律唱叙:近代文学中的圣谕宣讲与公案书写——以小说〈跻春台〉为中心的考察》,《社会科学论坛》2013年第9期。
③石麟:《话本小说通论》,华中理工大学出版社,1998年,第249页。
④刘宝强:《清代文体述略》,电子科技大学出版社,2018年,第146页。
⑤〔日〕阿部泰记:《宣讲本〈跻春台〉是不是"公案小说"?》,*Journal of East Asian Studies*,No.9,2011。

本。中国社会科学院文学研究所研究员竺青于 2005 年连续发表了
《稀见清代白话小说集残卷五种述略》《稀见清末白话小说集残卷考
述》等两篇文章,介绍了《照胆台》《救生船》《萃美集》《辅化篇》《大愿
船》《保命救劫录》《救劫保命丹》《济险舟》等八部与《跻春台》同类的
作品,认为它们组成了"清末川刻白话短篇小说的作品'集群',形成
了清代小说史上地域特色鲜明的一个流派"①,并对《跻春台》作为清
代最后一部白话短篇小说集的说法存疑②。2007 年,耿淑艳发表了
一系列标题含"圣谕宣讲小说"的文章,将圣谕宣讲的故事类文本称
之为"圣谕宣讲小说",即"以康熙颁布的圣谕十六条为主旨,通过敷
衍因果报应故事,使百姓潜移默化地接受圣谕思想观念的独特小说
类型",其中包括《圣谕灵征》《宣讲集要》《宣讲拾遗》《圣谕广训集证》
《宣讲醒世编》等③。此外,《俗话倾谈》《谏果回甘》《吉祥花》《活世生
机》《宣讲余言》《宣讲博闻录》《圣谕十六条宣讲集粹》等都属于此类
小说。她还专门撰文介绍了《宣讲博闻录》《谏果回甘》《宣讲余言》这

---

① 竺青:《稀见清代白话小说集残卷五种述略》,《上海师范大学学报(哲学社会科
　学版)》2005 年第 5 期。
② 竺青:《稀见清末白话小说集残卷考述》,刘世德、石昌渝、竺青主编:《中国古代
　小说研究》(第 1 辑),人民文学出版社,2005 年,第 370—372 页。
③ 参见耿淑艳:《圣谕宣讲小说:一种被湮没的小说类型》,《学术研究》2007 年第
　4 期;耿淑艳:《稀见岭南晚清圣谕宣讲小说〈宣讲博闻录〉》,《韩山师范学院学
　报》2007 年第 5 期。较早提出"宣讲小说"一词的是王汝梅、张羽。他们在
　2001 年出版的《中国小说理论史》中,引用唐代诗人张籍批评韩愈"多尚驳杂
　无实之说"时说道:"我们认为,张籍所说的'驳杂无实之词',指的是宣讲小说
　(白话小说),即是同时人元稹、白居易等在长安家中所听的《一枝花话》之类。"
　参王汝梅、张羽:《中国小说理论史》,浙江古籍出版社,2001 年,第 9 页。白话
　小说是说书人面对听众时"说话"的产物,根据说话而产生的小说,后世多称话
　本,模拟话本的小说,称为话本小说或拟话本小说。以白话小说作为"宣讲小
　说",范围太广,不足以说明宣讲小说的典型特征。

三部宣讲小说①。2011 年,汪燕岗直接使用"宣讲小说"一词,他将竺青所提及的《照胆台》《救生船》《萃美集》等"清末白话小说集"皆称为"宣讲小说"。汪燕岗介绍了新发现的宣讲小说《孝逆报》《保命金丹》和《阴阳普度》,并概括了川刻宣讲小说的题材及文体、版本特征②。在另一篇文章中,他探究了宣讲的演变,认为白话宣讲小说"是古代白话短篇小说中的一种独特类型,它产生于清代圣谕宣讲的背景之下,是民间宣讲圣谕和善书留下的案证故事集及改编本",并介绍了六种宣讲小说:《挽心救世录》《万善归一》《阴阳宝律》《解倒悬》《觉无觉》《惩劝录》③。之后,他的学生也以宣讲小说为研究对象,如陈燕茹《清代圣谕宣讲及其相关故事类作品研究》探讨了宣讲小说的起源、发展、传播,宣讲的仪式,宣讲小说的题材来源及文学价值④;张炫《清代宣讲小说中的"二十四孝"故事研究》系统梳理了二十四孝故事,对《宣讲集要》《宣讲拾遗》《孝逆报》《宣讲大全》《万善归一》中的部分相关故事做了简要概述,考察了故事的来源及改编⑤;张爽《圣谕宣讲表演形式及故事文本研究》更侧重于结合故事文本与活态表演考察圣谕宣讲的表演形式,进而考察宣讲故事的文本特征,比较它们与话本小说的

---

① 参见耿淑艳:《一部被湮没的岭南晚清小说〈宣讲余言〉》,《广州大学学报(社会科学版)》2007 年第 8 期;耿淑艳:《稀见岭南晚清圣谕宣讲小说〈宣讲博闻录〉》,《韩山师范学院学报》2007 年第 5 期;耿淑艳:《岭南孤本圣谕宣讲小说〈谏果回甘〉》,《岭南文史》2007 年第 1 期。

② 汪燕岗:《清代川刻宣讲小说集刍议——兼述新见三种小说集残卷》,《文学遗产》2011 年第 2 期。

③ 汪燕岗:《论清代圣谕宣讲与白话宣讲小说——以四川地区为考察中心》,《文学遗产》2014 年第 6 期。

④ 陈燕茹:《清代圣谕宣讲及其相关故事类作品研究》,四川师范大学 2014 年硕士学位论文。

⑤ 张炫:《清代宣讲小说中的"二十四孝"故事研究》,四川师范大学 2016 年硕士学位论文。

异同①。

　　日本学者阿部泰记较早关注到圣谕宣讲的故事类文本。自 2003 年起,他就在《亚细亚的历史与文化》上发表一系列论文,如《宣讲的传统及其变化》《宣讲中的歌唱表现——二重"案证"效果》《起源于四川的宣讲集之编纂——从方言语汇看宣讲集的编纂地》《宣讲圣谕——民众文学特色的演讲文》《圣谕宣讲的历史——果报故事的附加》《河南的宣讲书〈宣讲管规〉——通俗性的强化》等,对宣讲的传统、形式、宣讲中广泛使用的方言等进行了细致的分析,还介绍了不少的宣讲小说文本,如《宣讲选录》《万选青钱》《宣讲珠玑》《宣讲福报》《宣讲摘要》《宣讲管窥》等 10 多部②。其《〈聊斋〉故事在"宣讲圣谕"》一文,介绍了《宣讲宝铭》《宣讲集要》《宣讲醒世编》《缓步云梯集》《宣讲汇编》《劝善录》《宣讲大全》《万选青钱》《福海无边》《宣讲大成》等 11 部宣讲小说中的故事改编自《聊斋志异》的情况③。台湾学者林珊妏《清末圣谕宣讲之案证研究》的独特之处在于除分析宣讲小说演变过程之外,还分析了宣讲小说与洪范之学、天人感应、王门心学的劝善惩恶与因果报应、明清儒者思想转向中的"宗教化伦理"与

---

①张爽:《圣谕宣讲表演形式及故事文本研究》,四川师范大学 2018 年硕士学位论文。

②阿部泰记的有关论文,具体如下:《宣讲的传统及其变化》(《亚细亚的历史与文化》(7),2003 年 3 月),《宣讲中的歌唱表现——二重"案证"效果》(《亚细亚的历史与文化》(8),2004 年 3 月),《起源于四川的宣讲集之编纂——从方言语汇看宣讲集的编纂地》(《亚细亚的历史与文化》(9),2005 年 3 月),《汉川善书中宣讲形式的变化》(《亚细亚的历史与文化》(10),2006 年 3 月),《宣讲圣谕——民众文学特色的演讲文》(《亚细亚的历史与文化》(10),2006 年 3 月),《圣谕宣讲的历史——果报故事的附加》(《亚细亚的历史与文化》(12),2008 年 3 月),《河南的宣讲书〈宣讲管规〉——通俗性的强化》(《亚细亚的历史与文化》(15),2011 年 3 月),《宣讲本〈跻春台〉是不是"公案小说"?》(*Journal of East Asian Studies*,No.9,2011.3)。

③〔日〕阿部泰记:《〈聊斋〉故事在"宣讲圣谕"》,《蒲松龄研究》2016 年第 3 期。

"社会性取向"的关系，以及圣谕宣讲的儒家内涵，通过"神界""冥界""人界""圣谕宣讲之善书化"探究其感灵、冥游、诉讼纷争故事，以"解析社会时事、小说情节、通俗故事等内容事例"①。该文研究了部分宣讲小说案证故事，视野开阔，但却只以《宣讲集要》《宣讲拾遗》《宣讲大全》这三部白话小说文本与《圣谕宣讲集证》《圣谕十六条宣讲集粹》这两部文言小说文本为对象，对案证故事予以归纳研究，涉及面仍有点偏窄。

　　随着研究的深入，有更多的宣讲小说被发现被研究，如《宣讲博闻录》②，破迷子、务本子的宣讲小说《惊人炮》《自新路》《脱苦海》《上天梯》《大愿船》等，这些宣讲小说劝善主旨明确，且多"近时""近地"故事，说唱结合③。崔蕴华介绍了牛津大学藏《五子哭坟》《宣讲荟萃》《惊人炮》《破镜双圆》等 14 种湖北民间唱本文献，"从文学与审美的角度考察，日常伦理尤其家庭伦理成为善书重要的叙述方式与情感诉求。它的价值不在于词藻的堆积，而体现于现场的嬉笑怒骂、声声如诉，彰显了庶民百姓的日常情感与娱乐情态"④。汪燕岗于 2019 年再次撰文介绍了道光年间的《闺阁录》《法戒录》，分析了圣谕宣讲的仪式、内容及其在民间的变化，作为宗教活动与民间曲艺化的过程，进而分析了圣谕阐释书、故事书、曲艺的文化价值。在占有大量新资料的基础上，一些研究也更细致，如分析女性在面临道德困境时在"经权"之间的选择中所体现出的不违儒家"仁礼原则"的生活智

① 参林珊妏：《清末圣谕宣讲之案证研究》，台北文津出版社有限公司，2015 年，第 39 页。

② 参周宝东：《〈宣讲博闻录〉：圣谕宣讲小说的集大成者》，《明清小说研究》2019 年第 4 期。

③ 参杨宗红：《新见清末"务本子""破迷子"宣讲小说述要》，《重庆师范大学学报（社会科学版）》2019 年第 6 期。

④ 崔蕴华：《牛津大学藏中国宣讲唱本研究》，《北京社会科学》2018 年第 7 期。

慧①,从四川地域特征、宣讲小说本身的特征、编撰者的主观意图分析四川宣讲小说"集群"性的表现等②。除此之外,有的研究还列表举出 30 多种四川宣讲小说③。

归纳上述研究,可以发现,局限于资料的匮乏,目前对宣讲小说相关的研究总体上说是不够的。大量的宣讲小说文本无论是从社会文化,还是从文学研究角度来看都没有得到充分挖掘,现有研究只从部分文本中截取部分话语作为论据。从文学研究角度来看,现阶段的研究关注文献的搜集与介绍,主要探讨宣讲小说文体的形成与文体特征,以《跻春台》为中心的少数几种宣讲小说文本是研究的重点。研究者所介绍的新的宣讲小说文本,除了《宣讲拾遗》已经整理出版,《宣讲博闻录》有影印本外,其他都尚未整理出版,大量的宣讲小说文本尚未被发现,被介绍,被研究。已有的研究缺乏全面性,这与宣讲小说在晚清风行的局面是极不相称的。

中国古代小说的作者一般集中在江浙地区,到清代,广东、北京等地的小说家增多,小说也集中在这些地区。清代,西南云贵川地区的文言小说作者只有 12 人,与整个清代小说家 618 人相比,实在不值一提。清代白话小说的创作在中前期都集中在江浙沪地区,清后期广东、西南等地的宣讲小说增多④,尤其是宣讲小说成为西南地区小说的主流。这无疑是小说史、文学史上重要的文学现象,值得学界

①参冯蔚斌:《论宣讲小说的"经权书写"——以女性的"道德困境"为中心》,《贺州学院学报》2020 年第 1 期。

②参冯蔚斌:《论四川宣讲小说集群之成因及特征》,《福建江夏学院学报》2019 年第 5 期。

③参冯蔚斌:《论四川宣讲小说集群之成因及特征》,《福建江夏学院学报》2019 年第 5 期。

④相关数据及介绍,可以参见杨宗红:《明清白话短篇小说的文学地理研究》,中华书局,2019 年,第 74、96—102 页。

关注。

目前学界虽然介绍了一部分的宣讲小说,比如中长篇宣讲小说《广化新编》《因果新编》《滇黔化》《阴阳鉴》等,为学界开阔了新视野,但仍有大量的宣讲小说未被发现,本书将这些小说引入其中,以便学界更深入地了解宣讲小说全貌,了解封建社会后期小说创作的实际面貌,促进晚清传统小说的研究,丰富晚清小说史、文学史。宣讲小说中,不少文本是从古代文学经典改编而来的,史传、戏曲、文言小说、白话小说都是宣讲小说改编的题材库,从本书亦可窥见清中后期雅文学与俗文学之间、俗文学与俗文学之间的转换,这不仅可以促进宣讲小说的研究,也可以促进与之相关的其他文学体裁的研究。

宣讲小说是一种体例特殊的小说,有拟话本小说的特质,也有说唱曲艺的特征,还有"代天宣化"的神圣性,其间融合了大量的劝善歌谣,是善书也是小说,有现实生活中的故事,也有史实,还有衍生的他界游历,融文学、宗教学、社会学、语言学资料为一体,因此,对宣讲小说的深入研究,还可以促进对其他与之有关的学科的研究。比如《阴阳鉴》,这是目前所见最早的直接将律条与案证结合起来的通过扶鸾形式写成的宣讲小说。清代以律条辅助圣谕宣讲的文本,虽然以通俗的语言演绎圣谕与律法,却不以故事为主,《宣讲集要》《跻春台》等宣讲小说中,虽然有不少故事涉及案情,却并未与具体法律相联系。《阴阳鉴》先律法后故事,通过冥府游历演绎圣谕与律法,显然是清后期圣谕宣讲与律法宣讲结合的典范,长达九十九回的篇幅,无论是对清代社会教化研究、法律研究、文学研究、宗教研究,都是极好的资料。

宣讲小说以"圣谕六训""圣谕十六条"为核心思想,进而扩展至其他俗世的伦理道德,其思想固然是帝王的,却也是传统儒家的。"圣谕十六条"中的"敦孝弟""睦宗族""和乡党""尚节俭""隆学校""黜异端""训子弟""讲法律""务本业""明礼让"等,是中华民族传统美德的浓缩,也是传统教育的重心,宣讲的形式及核心精神对民众荣辱观的教育有一定的启示与参考价值①。当然,宣讲小说中有以扶鸾"代天宣化"等因时代因素而固有的一些落后观念,对于其中的思想,"后世的读者有权利不接受、甚至批判前代作家的世界观,但是并没有权利去歪曲以至阉割前代作家的创作企图。而批判也必须建筑在客观的认知的基础之上,不能跳过认知的阶段而径下判决书的"②。不论宣讲小说文本本身思想内容如何,对曾经客观存在的社会现象及文学样式,学界应加以客观的研究。郭沫若指出:"我们乡下每每有讲'圣谕'的先生来讲些忠孝节义的善书。这些善书大抵都是我们民间的传说。叙述的体裁是由说白和唱口合成,很象弹词,但又不十分象弹词。这些东西假如有人肯把它们收集起来,加以整理和修饰,或者可以产生些现成的民间文学罢。"③宣讲小说作为民众甚为喜爱的民间文学样式,是民众重要的娱乐形式,目前,宣讲小说的说唱形式及说唱文本在湖北汉川(即"汉川善书")、河南汝南(即"汝南善书")等地流行,并成为国家非物质文化遗产,此亦足以证明这种文学形式在民间社会的魅力。站在整个中国文学与文化传统的背景下,可以发现其所折射的文化与审美,不仅是历史的,也是现实的,其所固有的价值为一般史籍文献所不能替代。

(二)需要说明的问题

1.关于宣讲小说与宝卷

宣讲小说与宝卷在文体形态与主旨上有很多相同之处,导致人们认知上的混淆,很有必要对此予以说明。

---

① 参见汪强:《敦风厉俗:清代〈圣谕广训〉施行措施的考察与启示》,《江淮论坛》2018年第6期;刘巨魁:《从清代"讲圣谕"看社会主义荣辱观教育》,《党的建设》2006年第7期。

② 〔美〕余英时:《红楼梦的两个世界》,上海社会科学院出版社,2006年,第18页。

③ 郭沫若:《沫若自传第一卷——少年时代》,《郭沫若全集·文学编》(第11卷),人民文学出版社,1992年,第35页。

　　宣讲小说因其劝善性，在一些地方被称为讲故事类的"善书"（狭义而非广义的），有些地方却被视为宝卷（如《酒泉宝卷》卷三中的《闺阁录》等）。关于善书与宣讲小说的关系，前面已有说明，宝卷与善书之关系，仍旧有些含混。李世瑜在《〈宝卷综录〉序例》中指出，"清同治、光绪以后，宝卷又以一种新的姿态出现，是为后期。即宣讲宝卷（'宣卷'）已由布道劝善发展为民间说唱技艺之一，宝卷也即成为宣卷的脚本。内容也以演唱故事为主，多数已经是纯粹的文学作品，少数尚存有宗教气息"①。刘守华指出，后期民间俗称为"宣卷""宣讲"的宝卷，在南方的江、浙、川、鄂一带则被称为善书，它们是宝卷的支流，"这一活动（引者注：即'宣讲圣谕'）的正式名称就是'宣讲宝卷'，后简称'宣卷'，又简称'宣讲'，许多文本曾以《宣讲大全》、《宣讲拾遗》之类的书名流行于世"②。民间说唱故事本身，不论是叫"宣讲"还是"善书"，"不过是早已扎根于民间的'宝卷'的改头换面罢了"③。显然，这里的"宝卷"，即是宣讲小说。李丽丹认为汉川善书只是广义善书中的极少部分，它与宝卷有很多相同之处，却也有很大差异，不能与宝卷相提并论④。车锡伦也指出，善书与宝卷在内容与形式上有很多相似之处，"单从民间宝卷和宣讲善书的文本，一般研究者看不出它们之间的差别。当代有人将此类宣讲善书文本编入宝卷目录"⑤，如《东北地区古籍线装书联合目录》"集部·戏曲类·宝卷之

---

① 李世瑜编：《〈宝卷综录〉序例》，中华书局，1961年，第1页。
② 刘守华：《从宝卷到善书——湖北汉川善书的特质与魅力》，《文化遗产》2007年第1期。
③ 刘守华：《中国民间故事史》，商务印书馆，2017年，第456页。
④ 李丽丹：《源同形异说差别：汉川善书与宝卷之比较》，《湖北民族学院学报（哲学社会科学版）》2006年第6期。
⑤ 车锡伦：《读清末蒋玉真编〈醒心宝卷〉——兼谈"宣讲"（圣谕、善书）与"宣卷"（宝卷）》，《文学遗产》2010年第2期。

属",所收清抄本"宝卷六种"为《不孝而吝》《听信妻言》《讹诈吃亏》《害人害己》《雷击负心》《骗贼巧报》①。这六种"宝卷",其实就是狭义的善书,更与宣讲小说相类。事实上,宝卷与善书"在历史发展中既没有'源'与'流'的关系,在演唱形态和文本形式上也有明显的差别",如在宣讲活动的仪式、宣讲时是否唱佛号、有无"举香赞""开卷偈"、篇幅长短等,"一般说唱故事的民间宝卷文本,篇幅都在万字以上,以二三万字者为多。单篇的宣讲(善书)文本多是短篇,一般千字左右,多不过二三千字"②。尚丽新还发现清末民初的一些宝卷与善书高度相似,除开部分宣扬民间宗教的,如《佛说安立功宝卷》之外,就是宣传伦理道德的,如《佛说爱女嫌媳宝卷》《佛说至孝成仙宝卷》等,在文本形式上与善书没有什么区别,这乃是宝卷的善书化③。

　　宝卷的门类很多,有故事性宝卷,也有非故事性宝卷;善书有狭义、广义之分,广义的善书中,很多并不属于故事性的。笔者认为,狭义的面向民众(或意图面向民众的)、以宣传圣谕及伦理道德为宗旨的故事类善书与宝卷都可以归于宣讲小说,如《酒泉宝卷》卷三的《白虎宝卷》《闺阁录》;而那些故事类的以宣传神道成佛、普通人修行的修行宝卷、民间传说故事宝卷(如白蛇故事、梁祝故事)等,虽有劝善作用,因不以劝善为旨归,不能算宣讲小说。判断一个故事、一部书是否属于宣讲小说,不能只看书名,而应看作者或编撰者的主要意图。有人认为,"宝卷所叙说的多为宗教故事及历史传说故事,宗教色彩比较浓重;善书除表现上述传统题材外,还贴近现实生活,特别是以叙说形形色色的案件而见长,所以一些地方又把这些本子称为

---

① 辽宁省图书馆、吉林省图书馆、黑龙江省图书馆编:《东北地区古籍线装书联合目录》,辽海出版社,2003年,第3508页。

② 车锡伦:《读清末蒋玉真编〈醒心宝卷〉——兼谈"宣讲"(圣谕、善书)与"宣卷"(宝卷)》,《文学遗产》2010年第2期。

③ 尚丽新、车锡伦:《北方民间宝卷研究》,商务印书馆,2015年,第99页。

'案传',内容和形式都更为生动活泼"①。讲宝卷表现宗教故事与历史故事类的"传统题材"固然不错,但言善书也可以表现这类题材则有待商榷,或者说,将宗教色彩浓厚的宗教故事与历史故事类的善书归为宝卷更适合。至于那些杂糅在宣讲小说集中的非故事形式的劝世诗、劝世文,说教过多而故事性不强的作品,只能作为宣讲时的素材,不能算作宣讲小说。部分短篇宣讲小说偶尔会以神灵为主,如《敬灶获福》,虽然宣传要敬灶神,但并非为敬灶神而敬灶神,而是讲究厨房洁净卫生。这类故事,仍旧可归于宣讲小说。

中国古代小说文体的具体分类比较复杂,按照语言形式分类,有文言小说与白话小说;按照内容分类,文言小说则有志人、志怪、杂俎等,白话小说有世情(人情)小说、神魔(神怪)小说、历史小说、英雄传奇、侠义公案小说;按照表达方式分类,则有韵体小说(如鼓词小说、弹词小说、子弟书小说等)、散体小说;按照是否在书场表演分类,可以分为案头小说与说唱小说。宣讲小说则是按照编创目的或主旨而命名,有文言,也有白话,有说唱结合的,也有案头读本。白话宣讲小说,大致采取了话本的形式。既然侧重于创作主旨,判断作品是否为宣讲小说则不能纠结于其篇幅长短。

2.关于扶鸾宣讲小说

在众多着意于期望通过宣讲而劝善的小说中,有一类通过扶鸾而成的中长篇,往往通过人物或神灵的在阳世或冥府的游历,见证善恶,阐释"圣谕十六条"或伦理道德,期望主人公或扶鸾生通过抄案、传案而向大众宣讲。如《阴阳鉴》,全书采用长篇小说的形式,主人公真君审案,演绎圣谕,阐释律法,反复交代在案人员将自己的经历演作善案或恶案以劝人。虽然中间涉及鬼神、地狱,却不为宗教目的,将其视为宣讲小说更适合。另一种通过扶鸾而成的

①刘守华:《中国民间故事史》,商务印书馆,2017年,第458页。

短篇,如《觉悟选新》《觉世新新》《化民新新》《济世新编》《济世清新》《治世金针》《现报新新》等,皆是宣讲生扶鸾而作,书成之后,用于宣讲之目的。《化民新新》"仁部"例言云:"此集易以宣讲,观之毋谓残籍,或在城市,或在乡村,宜申明报应,揭出原委,悚人听闻,俾善者加勉,恶者回头","此集字字醒豁,一望了然,四方向善君子,不妨多为宣讲……"①降鸾垂训的神灵复杂,有昊天金阙上帝、关圣帝君、灵佑大帝、文昌帝君、颜圣帝君、雷部王天君、太极仙翁、麻祖元君,有天聋地哑、夜游神、功曹神、城隍、灶神等各坛真官,甚至还有唐三藏、孙大圣、净坛使者、孙小圣等。《法戒录》前关圣帝君、纯阳祖师、黄真君、陈真君之序皆阐明"法戒"的含义,以及何当法,何当戒。小说中,这些神灵多在前面的序言中出现,甚少成为故事人物或是宣讲者着意宣扬的人物,即便是《阴阳鉴》这样的长篇,真君与冥君也非作者宣扬的对象。由此,本书也将这类扶鸾小说,无论篇幅长短,都视为宣讲小说。

扶鸾宣讲小说有两种形态。一是在序言中直言故事由降鸾而成,但故事形态与一般小说没有差别,这是大多数扶鸾宣讲小说的形态。如"九天开化文昌帝君鉴定,桂宫司录杨仙、义泉静虚子编辑,文明殿陈真仙付笔"的《阴阳鉴》,"桂宫赞化真官司图金仙编辑"的《广化新编》《因果新编》。二是总体是神佛序言,然后是某年月日时某神灵降临,文本形态是诗+故事标题+议论+故事,如《化民新新》;或者是故事标题+神灵降临诗+故事+神灵之诗,如《有缘再度》。除了多出年月日时及某神降临之外,其他都类似话本小说的形式。扶鸾宣讲小说中虽有神灵为故事中的人物之作,但也不乏现实性作品,如《化民新新》中的《功多厚报》讲刘元普行善而生子,《强占家业》写

---

① 王见川、李世伟等主编:《民间私藏台湾宗教资料汇编·民间信仰·民文化间》(第1辑第4册),台北博阳文化事业有限公司,2009年,第13页。

倪太守大儿子占兄弟家业,这是改编型的世俗故事;也有自创性故事,如《小术害人》《奸拐助恶》等。其间虽有鬼神杂入,但并不妨碍其"现实"的"真实",读此故事,民众首先看到的是善恶有报,何当为,何不当为,看到的是扶鸾者宣讲劝世的苦心。研究宣讲小说,不能忽视这一类型的小说。

3.关于怎样评价宣讲小说中的因果报应

有因必有果,有果必有因,因果联系是宇宙法则,也是中国人传统的信仰。相信因果,是对自然、社会的敬畏。"世俗性的、表面看来甚至渗透着某种宗教原理的善恶因果律,与伦理的合理性之间有着内在深层的必然关联。"①越是受儒家文化影响,受教育程度越高之人,越相信因果。但这种相信,只是"信",但有理性,并不狂热。因为信,故能补王法所不及,以之立人也以之立己,虽然其中充满神道设教的意味,却也是人的道德自救。实现了自救与救人,自然也就达到救世的目的了。即便是在当前的社会,人们仍信因果报应。有研究者对 7021 个受访者进行统计,共有 20.5%(1440 位)的受访者表示相信因果报应的存在,相信因果报应的人群中,女性高于男性。在受教育程度上,若将受教育程度分为七个等级,则不信者与相信者的受教育程度分别是 3.57 与 3.655,即受教育较多者更倾向于相信报应。在经济收入上,不信仰者群体与信仰者群体的月收入平均值为 8550元、8840 元;同为信仰者,农村年收入与城市年收入平均值为28 000 元、90 000 元。由此可以得出结论:受教育较高、收入较高者信因果,因果报应信仰提供了一个行动—后果的因果关系链,在此基础上提供了一个善与恶的道德观念。因果报应信仰为具有较高社会经济地位的人提供了一个此世的补偿。上述研究的主持者认为,即使在无神论传统中,因果报应仍旧存在着维系道德良俗的重要约束

力,应该重视宗教的社会功能①。另有论者认为,"传统果报文化的后世报应理论无疑增强了个体行为的责任意识,甚至在道德塑造中使人陷于'我执'而不得解脱的境地,并且,在使'报应'只能成为信仰而不能求证的同时,它也使道德在敬畏中获得惩戒的力量,由此有力驱动了弥漫全社会的道德生成"②。虽然小说中的果报有某些神异性,但对当时社会的影响,对文学的影响却不能忽视,研究者若因此而忽略宣讲小说,无异于因噎废食。

4.关于伦理叙事与叙事伦理

伦理与道德往往并称,许多研究者亦常将伦理批评与道德批评相等同。但二者同而不同。《说文解字》云:"伦,辈也。从人,仑声。"又云:"理,治玉也。"段玉裁注:"郑人谓玉之未理者为璞,是理为剖析也。"③"伦"的本义是人与人之间的关系,如人伦、天伦,由此衍生出类别、条例、顺序。"理"则有治理、条例之意。故"伦理"即人应该遵循的人际关系的道德准则。"'伦理'是既亲亲又尊尊的客观人际'关系','道德'是由'伦理'关系所规定的角色个体的义务。"④道德是对已然行为的评价,伦理是对应该行为的规定。宣讲小说宣扬的圣谕及日常伦理,都是受众应该遵循的,只有在遵循伦理规定的情况下,才有道德行为的发生。宣讲小说中虽然有很多故事都讲述了人物行为的善或者恶,以及由此而所得的不同结局,但是,宣讲者期待的是

---

① 参见何蓉:《宗教经济诸形态:中国经验与理论探研》,学习出版社,2015 年,第 127—129 页。

② 王忠春:《传统道德敬畏心态形上建构的思维演进与价值考量——以传统官箴果报文化为主要视角》,《山东科技大学学报(社会科学版)》2014 年第 1 期。

③〔汉〕许慎撰,〔清〕段玉裁注:《说文解字注》,上海古籍出版社,1981 年,第 15、372 页。

④ 朱贻庭:《"伦理"与"道德"之辨——关于"再写中国伦理学"的一点思考》,《华东师范大学学报(哲学社会科学版)》2018 年第 1 期。

人物的"应该"。因此,叙事固然是人物表现出来的"已然"状态,是对"过去时间"事件及人物品行的描绘,指向的却是未来时间各种关系的正常状态当如何,不正常状态是如何。宣讲者讲述故事,不是为了故事本身,而是发掘故事的教育意义,人物的道德叙事是表面的,真正的意图是构建和谐的伦理关系。正因如此,宣讲小说中的叙事乃是伦理叙事。"对小说而言,叙事伦理包括有机不可分割的两个方面,即小说故事伦理和小说叙述伦理。……叙述伦理则指叙事过程叙事技巧、叙事形式如何展现伦理意蕴以及小说叙事中伦理意识与叙事呈现之间、作者与读者、作者与叙事人之间的伦理意识在小说中的互动关系。"①伦理叙事与叙事伦理密不可分,伦理叙事必然离不开叙事伦理,叙事伦理中又包含伦理叙事。在文本层面上,伦理叙事是显在的,是内容,而叙事伦理则是技巧,是内在的。伦理叙事通过叙事伦理而凸显,叙事伦理因伦理叙事而有意义。

5.关于晚清

关于晚清,历史学界多将其界定在 1840 年至 1911 年之间,但文学界的界定则不然。阿英在《晚清小说史》中提出"晚清小说",但界限不明,所列举的小说多在戊戌变法至辛亥革命年间(1898—1911)。此后,欧阳健《晚清小说简史》、时萌《晚清小说》直言晚清所指时间为 1900 年至 1911 年。

据现有资料看,宣讲小说在嘉庆年间即开始出现。最早的是江灵中编撰的《圣谕灵征》,该书有嘉庆五年(1800)、嘉庆十年(1805)的序跋。随后,则有《法戒录》,光绪丙午年(1906)重刊本序后所署时间为"嘉庆二十一岁次(1816)"。道光年间则有道光丁酉年(1837)《东厨维风录》,道光二十年(1840)《因果新编》。宣讲小说的编撰在咸丰年间较嘉庆道光年间更多,如咸丰元年(1851)重镌《广化新编》,咸丰

二年(1852)福建吴玉田刻本《宣讲集要》,咸丰四年(1854)新镌本《捷采新编》《采善集》《滇黔化》,咸丰五年(1855)重镌本《圣谕案证》,咸丰八年(1858)重刊本《石点头》,咸丰十一年(1861)《因果明征》。此外,还有《劝善录》《惩劝录》等。

同光时期,宣讲小说更为兴盛,有大量新镌本涌现,《宣讲集要》《宣讲拾遗》等也出现不少重刻本。《万善归一》《赞襄王化》《跻春台》《惊人炮》《缓步云梯集》《触目惊心》皆是在这一时期出现的宣讲文本。宣统年间依然有宣讲小说出现,如《化世归善》《济世良丹》《新选千秋宝鉴》《照胆台》《渡生船》《辅化篇》等。直到民国时期,还有不少宣讲小说出现。

鉴于宣讲小说产生的实际情况,本书所指的晚清,是指 1800 年至 1911 年这一段时期。这种时间划分,无意中切合了费正清《剑桥中国晚清史(1800—1911)》对"晚清"所界定的时间,也与郑大华所言的"近代"吻合①。本书界定的晚清时间与费、郑二人的吻合,不是基于思想的转型,恰恰相反,宣讲小说所宣扬的思想,更符合传统意识形态,但在经世思想与救劫图存这点上,却又与时代思潮有共同之处。

(三)本书的主要内容及结构

人生存于世,伦理感与道德感是个体的天然的需求,也是群体的要求。文学是人学,从其内容到形式,都充满伦理诉求。中国传统社会是伦理型社会,当儒家伦理成为官方意识形态之后,它的影响便渗透到社会生活的各个方面,也深刻地影响了中国文学的教化传统。史传、诗文、小说、戏曲,无不重视它的社会功能,并将其视为主要功能。小说"文备众体",但地位不高。自宋以来,小说中的说教不断增强,从序言到内容,直接的"训诲"不断。小说家为了提升小说的地位,不断强调小说的功能并不亚于经史,同样可以育人、化人,可以

①参见郑大华:《中国近代史的逻辑起点之我见》,《光明日报》2007 年 9 月 7 日。

"警世""型世"等。"叙事伦理学不探究生命感觉的一般法则和人的生活应遵循的基本道德观念,也不制造关于生命感觉的理则,而是讲述个人经历的生命故事,通过个人经历的叙事提出关于生命感觉的问题,营构具体的道德意识和伦理诉求。"①中国古代小说,特别是世情小说,并不关注宏大叙事,它不同于当代小说"通过叙述某一个人的生命经历触摸生命感觉的一般法则和人的生活应遵循的道德原则的例外情形,某种价值观念的生命感觉在叙事中呈现为独特的个人命运"②,而是关注个体及家庭、家族命运,通过人的不同命运揭示道德伦理选择的重要性,通过浓厚的伦理说教,揭示"这一个"命运走向乃是道德伦理选择的必然。小说家则力图以无数的"这一个"命运,引起读者反思,从而建构一个充满道德秩序的世界。宣讲小说之"宣讲",直接面对听众,宣讲者、宣讲文本、接受者、宣讲环境都处于伦理道德语境中,文学的"移风易俗"的要求更强烈,这就决定了它的叙事内容必然是伦理的。

宣讲小说是国家宣讲政策及民间劝善传统的产物,它有着国家背景,不同于一般读写模式的书面文学。"宣讲"化人的目的及化人对象的特殊性,导致宣讲小说更多地是一种口耳相传的以"说—听"为关系纽带的口头文学,它具有口头文学的基本特征,即口头性、表演性、重复性、程序性等。瓦尔特·翁指出,口传文化的思维和表述,其特点主要表现在"添加而非递进"、"聚合而非分析"、"冗赘或'复言'"、"保守或传统化"、"贴近人文生活世界"、"对抗的格调"、"设身处地和参与而非保持客观距离"、"动态平衡性"、"情境而非抽象"③

---

① 刘小枫:《沉重的肉身》,华夏出版社,2012年,第4页。
② 刘小枫:《沉重的肉身》,华夏出版社,2012年,第4页。
③ 〔美〕瓦尔特·翁著,张海洋译:《基于口传的思维和表述特点》,《民族文学研究》2000年增刊。

等九个方面。宣讲小说作为口头艺术,虽然其内容用文字写下来后成为书面文本,但传播却主要通过口头方式来完成。"无论口头的抑或书面诗歌,都拥有其权威性,都是一种艺术的表达。"①对于大多数不识字的普通民众而言,口头传播的亲切性与可接受性,远远优先于书面文学,它所体现的也是口头思维与表达。口头文学是"一宗重大的民族文化财产",不仅反映着"比较有普遍性的世态人情","广泛地反映出一定社会中有普遍性的重要事象",亦且忠实地"表现出人民健康的进步的种种思想、见解"②。宣讲小说是以书面形式存在的民间口头叙事,是一种面对面的表演与交流,尤其有利于圣谕思想的传播。虽然,当宣讲的故事从圣谕坛或讲坛出来进入文本形态,所呈现的口语已经有别于原生口语,但并不妨碍从口头传统角度对它们进行考察。全书分为十个部分:

1.绪言。

宣讲小说是因宣讲圣谕或神谕及日常伦理道德而出现的一种小说文体,"圣谕六训"与"圣谕十六条"是其主旨及核心,它之所以在当时盛行,与那一时期频发的自然及社会灾难密切相关。由于应官方的宣讲命令及社会的"救劫"运动而生,与其他类型的小说相比,宣讲小说的主旨尤其明确,劝善性也就尤其突出,"以案为证"成为宣讲小说重要的特色。到清后期,宣讲成为宣扬官方政令及民间救劫的重要行为,甚至成为一种信仰。

2.宣讲小说中的家庭伦理。

家庭伦理是宣讲小说中最重要的内容,包含着夫妇伦理、父子伦

---

①〔美〕阿尔伯特·贝茨·洛德著,尹虎彬译:《故事的歌手》,中华书局,2004 年,第 9 页。

②钟敬文:《口头文学:一宗重大的民族文化财产》,中国民间文艺研究会上海分会、上海文艺出版社编:《中国民间文学论文选(1949—1979)》(上),上海文艺出版社,1980 年,第 168—169 页。

理、兄弟伦理、主仆伦理。夫妇伦理虽不在圣谕范围内，却是宣讲小说的重要内容。宣讲小说宣扬夫妻关系乃是命定，应该好好经营，而不是彼此嫌弃。丈夫对妻子有教训之责，妻子对丈夫则要敬重、顺从，有规劝之职。夫妻之间应恪守礼，先礼而后情爱。父子伦理与兄弟伦理在圣谕"孝顺父母""尊敬长上""教训子孙""敦孝弟以厚人伦"规定内。父母应教子以义方，先德后艺，因事、因时、因地而教，重言传身教，尊师重道，不溺爱，不残暴，不溺婴。为子女者，以孝为先，安亲之心，养亲之身且推广亲心，特定时也要善于讥谏。兄弟既有血缘之亲，又有朋友之谊，应当遵守长幼有序、兄友弟恭的基本原则，施及于兄嫂、弟媳及侄子。主仆虽无血缘关系，却包含在"家人"称谓中。义仆的种种行为往往是由"高尚之感情"支配。"家主"有义务关爱"义男""家人"。家庭伦理中，凡不义、不慈不孝、不友不悌、不忠不仁等，皆是被批判、被鄙弃的行为。

　　3.宣讲小说中的乡族伦理。

　　宗族与乡党伦理归属于圣谕之"和睦乡里""笃宗族以昭雍睦"与"和乡党以息争讼""明礼让以厚风俗"条。笃宗族、和乡党是乡族伦理的主要指向，其他则可视为手段和方法。个人作为宗族、乡党的一员，在与人相处时，应远离酒色财气这"四害"，淡财忍气，应积口德，勿"口舌"害人。乡族成员在交往时，应谦让守礼。笃宗族、和乡党，需要乡族成员的付出。乡族助济，是民间慈善的重要内容。几世同居需要成员加强自我修养，为公益慈善出力、出财、出智，同舟共济。夺财拥财自富、挟势自重，皆是笃宗族、和乡党之大忌。

　　4.宣讲小说的职分伦理。

　　职分伦理属于圣谕"务本业以定民志"及"各安生理"条。务本业、安生理可使生活的物质资料得到保障，又使自己的禀赋得到发掘，得以施展。"士"是四民之首，对社会有教化之责。为师者教书育人，必须加强自身修养，德艺并重，忌包揽词讼甚至唆讼以图财。"农"处于圣谕"重农桑以足衣食"条中。为农者，需要辛勤耕种，尤其要"尚节俭以惜财用"，主动"完钱粮"。"工"作为技术性人才，应"精于术，利其器"，还要细心、谨慎、仁心。为医者，肩负人命，尤贵于技与德。"商"以经商贸易为本，既要善于谋利，又要以诚为本，买卖公平，以义生利。官吏应忠君爱国、爱民如子，约束好自我、家人及下级。为胥吏者，也应于公门中加强修行，不害民虐民。

5.宣讲小说的生态伦理。

爱护自然、保护生态的伦理，多附带在阐释家庭伦理、乡族伦理之中。敬畏自然，是报天恩与地恩，属于更大层面的孝。所有灾异皆是上天降罚。人、物同一，生命平等，胎卵湿化皆是命，其他生物亦都是有生命的，有"主体性"，有贪生畏死之情，亦知仁义，知感恩或复仇。人只是自然的一部分，应尊重生命，仁民爱物，与其他物类和谐相处、平等对待其他生命。即便有杀生的需要，也应节俭有度，遵守时禁，惜生节用，以时而取，以尽人、尽物之性。农耕社会中，牛犬对人们的生产、生活多有贡献，更应戒杀戒食。宣讲小说的生态伦理，体现了农耕社会的生态关怀。

6.宣讲小说中的伦理悖论。

宣讲小说所宣扬的伦理道德中包含着悖论。割肉疗亲、杀子孝亲都是不孝之孝。割肉疗亲，孝心可嘉，但与"身体发肤，受之父母"之孝相悖，且以人肉疗亲，孝于一时而不孝久远。杀子卖子的孝亲之行与"不孝有三，无后为大"之孝相悖。郭巨埋儿、曹安杀子之类被视为"孝"，其隐藏的却是残忍，是一种致家族无后的大不孝。贞节与孝道虽属不同的道德范畴，但若将二者相连，同样也会产生悖论，如女性为保贞节而违背父母之命、毁害身体，这也与儒家所宣传的某些孝道相违背。种种因孝而"感"天地进而导致大团圆的结局，只是画饼充饥。此外，忠与孝、复仇与仁爱等，都存在伦理悖论。

7.宣讲小说"说—听"模式的伦理传达。

宣讲小说主要是属于宣讲场所"说—听"模式的口头文学,说者与听者共同在场,需要交流互动。在此场合中,既多以散体形式的第三人称全知叙事掌控故事走向,亦多以韵体形式的第一人称限知叙事增强故事的真实性,叙事干预加强了宣讲者与听众的交流。为了从俗,增强宣讲效果,宣讲者以方言讲述故事,且多引格言俗语,以不同语调讲述故事,吟唱劝善歌谣。所讲故事多为本地故事,或将他方故事本地化,同时,还重视故事的神异化以增强伦理道德的崇高性,在暴力叙事中达到奖善惩恶之目的。

8.宣讲小说程式化的伦理意味。

宣讲是一种仪式,有一定的仪式程式。就小说文本而言,从开篇到案证主体及最后的总结,顺案逆案的编排顺序等,都是仪式的文学表现。结构程式中的标题、篇首诗、入话及议论、篇尾诗及议论,不断重复着同一伦理主题。故事本身作为仪式的一环,遵循着某些叙事范型,以证明伦理道德的普世性。特定的空间与时间成为突出伦理主题的重要之技。仪式的主题是宣讲善书,宣讲日常生活的伦理规范,因此语言的程式化特别明显,叙述议论的程式化、唱段程式化是其主要体现。程式化语言在叙事、议论、抒情时各有其妙,大大有利于小说的伦理传达。

9.宣讲小说"重复"的伦理强化。

重复,是口头文学的重要特征。宣讲小说善于运用重复宣传伦理,充满语言、情节、题旨的重复。三种重复各有特点,灵活多变,且呈现不同的伦理审美形态。字词重复是最细微的重复,句子、段落重复也是言语中的重要重复方式,它们都有强化事件、刻画人物、增强语气、突出情感、表达观念之用。情节重复分为同一文本内同一事件的重复与不同事件的重复,不同文本间典型情节的重复。主题重复是在同一圣谕、同一伦理理念指导下不同故事对该题旨的阐释。重复使所讲述的内容得到强调，增强了故事的伦理感，减少受众接受偏差。

10. 结语。

王德威《没有晚清，何来"五四"？》强调新文学从晚清开始萌兴，但也指出晚清时旧传统、旧文学是主流。宣讲小说以宣传圣谕与传统伦理为核心，是晚清社会乃至民国时期都极为流行的民众娱乐与教化方式，然而这种文学样式并未引起学界重视。当一些地方诸如汉川、索河、双槐地区的善书成为地方及国家非物质文化遗产时，重新冷静审视晚清宣讲小说，也就很有必要。

以上内容中，绪言部分交代了宣讲小说的内涵及研究现状，主体部分分别论述宣讲小说的伦理叙事及叙事伦理，涵盖了宣讲小说的主要内容以及艺术特征、叙事艺术。就宣讲小说的思想而言，本书主要围绕"圣谕十六条"的敦孝弟以重人伦、笃宗族以昭雍睦、和乡党以息争讼、明礼让以厚民俗、务本业以定民志、训子弟以禁非为、重农桑以足衣食、尚节俭以惜财用等条展开，而又融合了其他圣谕，涵盖了家庭伦理、乡族伦理、职业伦理、生态伦理等多方面。其理路是，从家庭到乡族到社会，从人与人、人与社会，再到人与自然。综合考察诸多伦理之后，再反思伦理叙事所隐含的悖论，研究就此一步步深入。在考察了小说叙事内容的伦理性之后，接着从小说的艺术性角度考察文体形式的伦理意味。总体上说，宣讲小说的伦理叙事及叙事伦理，前者是小说的主要内容，后者是其艺术技巧，二者彼此关联，密不可分。结语部分思考宣讲小说的当下意义，对宣讲小说的社会意义作更深入的思考。全书首尾贯通，有对宣讲小说外围—社会背景及学界态度的考察，更有对小说本体—思想内容及艺术形式的考察，内外结合，希望能对宣讲小说进行全面深入的研究。

第一章　宣讲小说中的家庭伦理

　　家庭是社会的细胞,是构成社会的基础,家齐才能国治,而后才能天下平。在"家天下"的中国传统社会,家庭伦理尤为重要。农耕社会中,民众对家庭物质及精神生活的依赖性及归宿感,导致对家庭整体利益的重视,每个家庭成员都会自发地、自觉地维护家庭的稳定性及发展性。"由一个男性先祖的子孙团聚而成的家族,因其经济利益和文化心态的一致,形成稳固的、往往超越朝代的社会实体,成为社会肌体生生不息的细胞。这种家族制度虽几经起伏,却不绝如缕,贯穿于西周以后的数千年间"[1],没有其他哪一个国家的家规、族规有中国这样多。尽管统治者将君权放置于首位,但君权却是家庭关系的扩展。分封制下,由父而子而孙,家国同构,君与父一,"尽管统治者一再强调国家的利益高于一切,但人们是在家庭的意义上接受和理解这一点的"[2]。统治者在建构君权神圣之时,除了"天授",还从父权的角度阐释。君于臣,犹如父于子,子孝于父乃天之经、地之义,臣忠于君亦然,移孝作忠的转移完成了由家至国的转移。百姓看重国家利益,固然是国家利益至上的规训的结果,深层动机并不是伟大的"爱国"情怀,而是"站在家庭的立场上对国家承担义务,最终还

---

[1]冯天瑜、何晓民、周积明著,徐勇民绘画:《插图本中华文化简史》,上海人民出版社,1993年,第66页。

[2]张怀承:《中国的家庭与伦理》,中国人民大学出版社,1993年,第57页。

是为了谋求国家对家庭利益的保护,家庭利益是他们的奋斗目标和评判事物的标准"①。"吾中国社会之组织,以家族为单位,不以个人为单位,所谓家齐而后国治是也"②。家庭的关要是和谐、稳定与延续,家庭的整体性约束成员的个性,家庭伦理调节着成员间的伦常关系,进而扩展至宗族、乡党与自然的伦常关系,故此研究宣讲小说中的伦理,首先要研究家庭伦理。

第一节　教训与贞顺:宣讲小说中的夫妇之道

家庭是社会的基本构成单位。"圣谕六训"与"圣谕十六条"涉及家庭关系的有"孝顺父母"条与"敦孝弟以重人伦"条,且都是首条,但这并不意味着儒家不重视夫妇伦理。儒家的家庭伦理承认夫妇是家庭之始,夫妻关系是其他伦理关系的前提。《周易》有云,"天地细缊,万物化醇。男女构精,万物化生"③,"有男女,然后有夫妇。有夫妇,然后有父子。有父子,然后有君臣。有君臣,然后有上下。有上下,然后礼义有所错"④。《礼记·中庸》又道:"君子之道,造端乎夫妇。"⑤夫妇是人伦之始,正夫妇才能正家庭。宣讲小说中有不少篇目,或以夫妇伦理为主要,或在言及孝道时论及夫妇之道。

宣讲小说言及婚姻的作用,其观念仍旧是《周易》《礼记》婚姻观

---

① 张怀承:《中国的家庭与伦理》,中国人民大学出版社,1993 年,第 57 页。

② 梁启超:《新大陆游记(节录):一九〇四年二月》,李华兴、吴嘉勋编:《梁启超选集》,上海人民出版社,1984 年,第 432 页。

③〔魏〕王弼等注,〔唐〕孔颖达等正义:《周易正义》卷八《系辞下》,《十三经注疏》(上),上海古籍出版社,1997 年,第 88 页。

④〔魏〕王弼等注,〔唐〕孔颖达等正义:《周易正义》卷九《序卦》,《十三经注疏》(上),上海古籍出版社,1997 年,第 96 页。

⑤〔清〕朱彬撰,饶钦农点校:《礼记训纂》卷三一《中庸》,中华书局,1996 年,第 773 页。

的延续。《保命护身丹·宠妾杀妻》在引诗后议论道："夫妇为人之大伦。男婚女配，是承先祖之脉运，启后嗣之苗裔，非当儿戏。"①《惊人炮·嫌妻报》引《幼学琼林》中的话道："孤阴则不生，独阳则不长。故天地配以阴阳，男以女为室，女以男为家。故人生偶以夫妇，阴阳和而水火济，夫妇和而家道成。"②在同书的《死复生》中又引诗并议论道：

> 德配乾坤易道成，夫和妇顺振家声。杨花水性终遭害，买物放生死复生。
>
> 这几句话说乾道成男，坤道成女，男女配合，阴阳两利而易道已成。故《易》曰："乾坤定矣。"《诗》云："钟鼓乐之。"而世间之夫妇，良缘由凤缔，佳偶自天成，理当夫唱妇随，夫和妇顺，同心同德，克俭克勤，自然买田置业，生子益孙，而家声丕振矣。③

《石点头·嫌媳》亦道："自古乾坤开辟以来，有天地然后有夫妇，是夫妇者，乃五伦之一，必取二姓合为一姓，或千里、百里、数十里、几里，同居一室，都是前生修定，非可勉强得的。"④宣讲者极为认可传统的婚姻观，认为婚姻的缔结符合阴阳之道，亦是人类繁衍的基础，是极为慎重之事，因此夫妇关系的"和"也就极为重要。婚姻中，男女才貌相当固然是美事，但往往也有美丑、贫富、贤愚、性情不相当的，宣讲者往往宣称并强调，夫妻关系的建立有前世凤因，所谓"千里姻缘

---

① 《保命护身丹》卷二，刊刻时间不详，第 67 页。
② 〔清〕果南务本子编辑：《惊人炮》卷一，民国三年（1914）铜邑成文堂新刻本，第 87 页。
③ 〔清〕果南务本子编辑：《惊人炮》卷二，民国三年（1914）铜邑成文堂新刻本，第 77 页。
④ 〔清〕遵邑梓人张最善刊刻：《石点头》卷一，咸丰八年（1858）刊刻本，第 122 页。

一线牵,阴阳配合始同眠。夫夫妇妇休生怨,如鼓瑟琴到百年。这几句话说人夫妇配偶,皆因前世修积,或好或歹,是怨恨不得的"(《脱苦海·悔过敬夫》)①,"婚姻乃五伦居一,原有定数,如今之世,有幽娴贞静,才貌双全,而配丑夫者;有丰姿标致,性情悍妒,而配才郎者;有貌虽不扬,性极纯静,而不得夫之意者。种种不一,皆由前生修造"(《福缘善果·完贞证果》)②。既然由前世修造,今世应该好好经营,因为夫妻和睦,可使父子、兄弟关系处于最佳状态。

一、男主女辅:婚姻关系中的等差

婚姻关系首先是男女关系,中国古人将这种关系以阴阳之道、乾坤之道为喻,即所谓男为阳、为乾、为天,女为阴、为坤、为地,按照天上地下,自然阳尊阴卑,男尊女卑。男为贵,生为男身,则是前世行善所致;女为卑,生为女身,是前世未修,今生受罚,必须要好好修造,才有成为男身的可能。

宣讲小说反复提及女转男身之事,认为身为女身,是一种罪罚。《惩劝录·嫌妻受穷》中,灶王府君告知徐妹儿:"因前生诵经贪酒,故今罚为女身。"③《圣谕六训醒世编·唆夫分家》中,判官对悍妇齐氏言道:"因尔前世不孝不弟,罚转女身。"④《救世灵丹·谤圣受谴》载贾瑞亭生平骄傲满假,谤圣毁贤,受到冥罚,"三年罪满,发变为女身"⑤。

———————————

① 〔清〕岳西破迷子编辑,〔清〕果南务本子校书:《脱苦海》卷三,同治癸酉年(1873)新镌本,第41页。
② 〔清〕石照云霞子编辑,〔清〕安贞子校书:《福缘善果》卷四,光绪戊戌年(1898)新镌本,第73页。
③ 《惩劝录》卷六,光绪十四年(1888)刻本,第18页。
④ 《圣谕六训醒世编》卷二,宣统元年(1909)石印本,营口成文厚藏板,第17页。
⑤ 《救世灵丹》卷二,刊刻时间不详,第92页。

《普渡迷津·巾帼证果》叙唐氏"五劫转世，皆是女身，杀冤太重"①。反之，身为男身，则是一种善的奖赏。《宣讲大全·梦佛赐子》讲述张氏在丈夫和儿子死时，腹中已有数月之孕，后她生下一女，然后广积阴德，女变为儿，"世间事儿好奇怪，菩萨改换女裙钗。孝子不该绝后代，女转男身巧安排。陆氏守节神灵爱，佛赐麟儿到家来"②。《宣讲集要·女转男身》讲述南华县王五娘的丈夫以杀猪为生，五娘劝丈夫改行，丈夫不听，五娘于是专心念佛，死后，阎王说以她之善，将其投送到行善之家投生，"女转男身"，享受功名富贵。女转男身，不仅是前世今生之事，亦可有现世之报。《惊人炮·女化男》中，息香嫁丑残之夫，遇恶毒之婆，虽极贤淑，却饱受磨难，想到自己命运乖舛，向天祈求愿为男身，后神灵有感于其孝，赐其灵药，女化为男。宣讲者将性别与善恶挂钩，以"转男身"为奖励劝人，或以鬼神语气言说"女身"与"惩罚"，"男身"与"奖赏"的关系："效法蒋公多慷慨，结果福寿花自开。老者修因福如海，少者积德儿女乖。妇女积善转劫快，女转男身栋梁材。"③（《同登道岸·童子搬家》）"我为妇之道已尽，在生无愧内助，死亦不受地狱诸苦，必得女转男身，投生福地。"④（《宣讲福报·劝夫四正》）"田向氏无罪受辱，发放江西黄尚书府中，女转男身，后来少年登科，富贵一生。"⑤（《宣讲珠玑·无名帖》）"奉劝世之为妇女者，要学谢氏救难济急，肯行好事，死即不为神，来世亦可女转男身，投生福地。"⑥（《宣讲福报·阴阳扇》）"花氏全节屈死，安置清福宫享

---

① 〔清〕岳北守一子编辑，〔清〕舟楫子校正：《普渡迷津》卷四，刊刻时间不详，第24页。
② 〔清〕西湖侠汉：《宣讲大全》卷五，光绪戊申年（1908）刻本，第1页。
③ 《同登道岸》卷三，光绪庚寅岁（1890）新镌本，第42页。
④ 《宣讲福报》卷二，光绪戊申年（1908）经元书室重刊本，第35页。
⑤ 《宣讲珠玑》卷三，光绪戊申年（1908）经元书室重刊本，第2页。
⑥ 《宣讲福报》卷四，光绪戊申年（1908）经元书室重刊本，第38页。

福,候世道清平,发放女转男身为贵人。"①(《宣讲福报·活报污节》)
不管因为什么原因发生性别转换,转为男身的前因都是与"善"相关,
是一种"善报"。

男身是"奖赏",女身是"惩罚",实际上是在变相说明"男尊女卑"。
强胜弱,男胜女,女从于男,所以妻应从于夫,以丈夫为天,顺夫、尊夫。
《礼记·郊特牲》曰:"妇人,从人者也:幼从父兄,嫁从夫,夫死从子。"②
妇人以贞节为正,出嫁从夫。丈夫是一家之主,妻子往往称"丈夫"为
"夫主",这在宣讲故事中比比皆是,如"不幸得去年子丧了夫主,立志向
抚孤儿教子读书"(《宣讲金针·苦节受封》)③,"一心想进省城去寻夫
主,又怎奈是女流难行路途"(《宣讲珠玑·孝妇受累》)④等。宣讲者
在叙事时,或他人劝诫妇人而言其丈夫时,也以"夫主"称之,如"张氏
见了夫主,心如刀割"(《宣讲金针·节孝双全》)⑤,"天官黄尚书金殿
朝君,见状元捧旨上奏,才知状元就是云霞夫主"(《萃美集·云霞
洞》)⑥,"你们妇女在外,离却夫主,多有不遵妇道"(《遇福缘·破镜
重圆》)⑦等。夫为主,在夫妻关系中,宣讲者特别强调妻子对丈夫要
忠贞。《闺阁录》是专对女性宣讲的小说,其中的卷二专有一条言"尊
敬丈夫",宣讲者把这一条与"尊敬长上"等同,阐释丈夫之"尊":

　　　　在男子固当尊敬长上,女子必要尊敬丈夫,未必女子遇长上

---

①《宣讲福报》卷四,光绪戊申年(1908)经元书室重刊本,第42页。
②〔清〕朱彬撰,饶钦农点校:《礼记训纂》卷一一《郊特牲》,中华书局,1996年,第
　405页。
③《宣讲金针》卷一,光绪戊申年(1908)经元书室重刊本,第11页。
④《宣讲珠玑》卷三,光绪戊申年(1908)经元书室重刊本,第22页。
⑤《宣讲金针》卷二,光绪戊申年(1908)经元书室重刊本,第12页。
⑥《萃美集》卷三,民国三年(1914)新刊本,板存铜邑大庙场成文堂,第41页。
⑦〔清〕贞子编阅,〔清〕虚贞子校正:《遇福缘》利集,刊刻时间不详,第60页。

不当尊敬?总之,先以丈夫为重。……又有的说,丈夫是平肩人,怎么当下贱,去尊敬他?不知夫是天,妻是地,原有个高下;男为左,女为右,自有个大小。你说是平肩,为甚妻子死,丈夫不过是杖期,丈夫死,妻子怎么要成三年的服?又见丈夫逼死妻子,不过是坐徒,妻子逼死丈夫,怎么就该剐罪?明明他是一大,你是一小,如何傲得去?况你能尊敬,丈夫也喜欢你,上天有好事报答你,那些不好?若不尊敬,不但在生有灾祸,死后还受无数刑罚,又有那些好?①

这些道理有些勉强,尤其是所谓夫妻一方先亡,夫与妻不同的服丧时间以及逼死配偶不同的量刑,于今看来简直是诡辩、胡说,但在当时人们心中则是正常不过的现象,甚至有法律为准绳,故宣讲者满腔正义,侃侃而谈以劝女性。《脱苦海·悔过敬夫》中宣讲生的宣讲即有"尊敬丈夫"一条,其中有云:

夫妇虽然敌乩,职分却有尊卑,夫禀乾刚却像天,妇禀坤顺却像地,天位乎上,地位乎下,只有天绕地,并无地欺天之理。……劝妇女敬夫君古有明训,夫是天妻是地职分卑尊。家从父嫁从夫礼原一定,切不可嫌贫贱各怀异心。……李氏道:"王大嫂,可惜你人倒在行,未闻大义,殊不知夫天妻地,分有尊卑,原要为妻的去恭敬他,他为夫的,要正夫纲吗,岂肯低心下气来顺从你?……天地分,判阴阳,阴阳配合最为良。阴为女,阳为男,乾刚坤柔易道传……"②

---

① 〔清〕梦觉子汇集:《闺阁录》第二册,光绪十五年(1889)本,第1—2页。
② 〔清〕岳西破迷子编辑,〔清〕果南务本子校书:《脱苦海》卷三,同治癸酉年(1873)新镌本,第47—52页。

　　阐释者还将尊敬丈夫与妇女自身富贵荣辱相关联，言及尊敬之中的认命：当夫贱、贫、丑、残、暴时不离不弃，不能羞辱、咒骂，而是耐心细致，好言好语，适度规劝等。《宣讲引证》卷六"敦孝弟以重人伦"后又有"旁引夫妇善恶案证十四条"，其中有《贤妻劝夫》《杀狗劝夫》《夫妻孝和》《持刀化妻》《敬灶劝夫》《彦珠教妇》《徐信怨妻》《崔氏逼嫁》《改嫁瞎眼》《听谕明目》《恶妇受谴》《欺瞒丈夫》《大男速长》《嫌贫遭害》等，这些故事涉及到妻子对丈夫的规劝，妻子凶悍、改嫁、嫌弃丈夫，丈夫的教训改变妻子使之"顺"且"贤"等，贯穿于其中的思想，仍旧是丈夫的尊贵地位及主导地位的不可挑战性。长篇宣讲小说《阴阳鉴》第七回《害兄嫂刑罚不宥，纵妻孥报应难逃》演绎"夫妇律"，共十六条"过"，包括：处富贵忘贫贱糟糠之妻、不立夫纲型于妻妾、纵妾凌妻嫌妻不睦、妻美而悍丈夫纵欲贪欢却不教、有子纳宠服内谋娶、容任艳妆看戏烧香、顺妻妾而废孝悌、嫌妯娌、交友不善、搬弄是非而不查、无事轻詈骂、妻妾病漠不调治、任妻妾虐下、自逸责劳、听任家内不正言而不正色严禁、家庭无事而容任戏谑嬉游等。显然，这些夫妇律有些是对妻妾的要求，但更重视丈夫的"纲常"及对家庭的总体掌控，虽是强调丈夫职责之重，暗含的仍是"夫尊"思想。

二、尊妻、训妻、化妻：为夫之道

　　丈夫地位的尊崇性与其在家庭中的重要性相伴随。在男主外女主内的传统社会，丈夫可以说是家庭的顶梁柱。修齐治平，修身为先，树立自身的榜样作用，才能家齐国治天下平。《诗经·大雅·思齐》有云："刑于寡妻，至于兄弟，以御于家邦。""刑"即"型"，即榜样作用[①]。型于内达于外。《阴阳鉴》第七回《害兄嫂刑罚不宥，纵妻孥报

[①]〔汉〕郑玄笺，〔唐〕孔颖达等正义：《毛诗正义》卷一六《大雅·思齐》，《十三经注疏》（上），上海古籍出版社，1997年，第516页。

应难逃"演"夫妇律"之"过"中，"夫纲不立无型于妻妾"居第二位："夫纲不立，无型于妻妾，容任不孝，闺范不谨，照事受诸苦三百次，大狱监固。"①《桂兰金鉴》一书先阐释"理"，再实以数条简短的案证，其《别夫妇》引《传家箴》云："夫主倡率，贵振夫纲，型于有道，正身以倡，使克全妇顺，切勿昵于私爱，养成骄悍，令得专制，无所忌惮。"又认为夫妇不必担心没有亲昵行为，而是"患狎昵无制"，"型于无术，则夫纲不振"②。丈夫之"型"既包含自身的学术、人品修养，也包含着正确的处世态度和方法，大致可分为二，即尊重妻子，教化与感化妻子。

　　古人曾从读音的角度，论述妻应与夫"齐"。《白虎通·嫁娶》云："妻者，齐也，与夫齐体。自天子下至庶人，其义一也。"③强调妻与夫齐，并不意味着承认男女平等。《释名·释亲属》云："妻，齐也。夫贱不足以尊称，故齐等言也。"④妻与夫"齐"，乃是从"义"考虑，真实的情况是妻"贱"，不足与丈夫等同，不足"尊称"。丈夫既然"尊"，就当行"尊"之事，为妻之榜样。《白虎通·三纲六纪》道："夫者，扶也，以道扶接也。妇者，服也，以礼屈服也。"⑤《大戴礼记·本命》篇的论述更详细："男者任也，子者孳也，男子者，言任天地之道，如长万物之义也。故谓之丈夫。丈者长也，夫者扶也，言长万物也。知可为者，知不可为者；知可言者，知不可言者；知可行者，知不可行者。是故审伦而明其别，谓之知。所以正夫德者。"⑥妻子的"卑"，需要作为"尊"者

① 〔清〕义泉静虚子编辑：《阴阳鉴》卷一，光绪癸未年(1883)刻本，第78页。
② 《桂兰金鉴》卷五，刊刻时间不详，第6页。
③ 〔清〕陈立撰，吴则虞点校：《白虎通疏证》卷一〇《嫁娶》，《新编诸子集成》(第1辑)，中华书局，1994年，第490页。
④ 〔汉〕刘熙：《释名》卷三《释亲属》，中华书局，2016年，第45页。
⑤ 〔清〕陈立撰，吴则虞点校：《白虎通疏证》卷八《三纲六纪》，《新编诸子集成》(第1辑)，中华书局，1994年，第376页。
⑥ 〔清〕王聘珍撰，王文锦点校：《大戴礼记解诂》卷一三《本命》，中华书局，1983年，第254页。

的丈夫教导："女者如也，子者孳也，女子者，言如男子之教，而长其义理者也。故谓之妇人。妇人，伏于人也。是故无专制之义，有三从之道，在家从父，适人从夫，夫死从子，无所敢自遂也。"①总之，丈夫在家庭中的地位之所以高于妻子，还在于他的家庭责任。就夫妻而言，丈夫要承担如同天地长养万物的义务与责任，要"正夫德"提高自身修养，需要顶天立地，言行举止都要适当合义，即要知道何者可为、可言，何者不可为、不可言。不仅如此，还要"以道接扶"妻，教育妻，而不是凭着自己的家庭掌控地位而随心所欲。

　　知何者该为、该言及何者不该为、不该言，这是"知"，也是"智"，既需要知识与涵养，也需要处事的方法与技巧。《维世八箴·失礼误子》本意是言父母教育不当导致儿子韩声远不勤不俭、无恶不作。故事中，韩声远妻游满姑少失教育，娘家失礼，声远所作所为一不足以为妻之法则二又不教其妻，导致妻被卖身死。故事结尾议论道："韩声远果受过教育来，则言可为仿、行可为表，处处都可以为妇人榜样，妇人虽桀骜不驯，见得丈夫威可畏仪可象，也有三分畏惧，又能勤俭持家，他自己也有些不便。盖妇人从夫者也。《诗》曰：'刑于寡妻。至于兄弟。'试问刑于之道何如刑法？韩声远如何知道？是以夫妇之间，皆无礼以自处而弄出多少丑声，做出多少丑事？"②无论韩声远是否被溺爱所害，他的言行不足以"型于妻"，更无法教妻，这是导致他们一家人凄凉下场的重要原因。

　　丈夫之尊重妻子，不在于妻子的外貌而在于其才德能力。《万选青钱·成败由妇》的开篇强调夫妇之伦与君臣之伦并重，接下来言男子当敬妻德，批驳"爱他人材好，爱他穿戴好，爱他嘴巴子甜，别的就

---

① 〔清〕王聘珍撰，王文锦点校：《大戴礼记解诂》卷一三《本命》，中华书局，1983年，第 254 页。

② 《维世八箴》卷八，刊刻时间不详，第 21 页。

莫见爱了。还有些爱小妇人，就恨大妇人，爱后妇人，就恨前妻的儿女"①之行。爱后妇、小妇，就有可能导致休妻。休妻、弃妻最充足的理由是"七出"之条，《宣讲回天·义方训女》云："为娘的按律例把儿教训，且将这七出条细向儿明。更比那德与从关系要紧，若犯了即逐出丑声难闻。第一出公婆前不尽孝敬，第二出无廉耻失身犯淫，第三出尅儿女心肠太狠，第四出欺丈夫撒刁耍横，第五出妒姬妾占强争胜，第六出无生育命犯孤星，第七出多恶疾医药不应，这七出女儿家须要记清。果能够早提防条条谨慎，自不犯这律例贤声远闻。"②还有《触目警心·成人美》中叙莫管氏教训女儿素贞时，也有"七出"之条，内容与上相同。除了无子与恶疾外，不孝父母、淫荡、口多言、盗窃、妒忌等五条都属于道德范畴，弃妻、出妻的条款中，貌丑不在其内。《宣讲摘要·孝化悍婆》中，大成被母亲逼着休弃妻子珊瑚，罗列了珊瑚的几大"罪状"："一休妻二休妻不孝不顺，三休妻四休妻不义不仁。五休妻六休妻东走西混，七休妻八休妻怨骂夫君。九休妻爱妖艳六戒不论，十休妻爱富贵嫌我家贫。"③倘若无理、无故抛弃结发之妻，甚至会上干天怒，受到责罚。休妻者往往要数落妻子的诸多过错，《孝逆报·单衣顺母》叙述闵顺之父要他休了妻子李氏，理由是："……上写着休妻人闵庄情愿，下写着李氏女过犯多端。一休你怨天地不敬早晚，二休你父母前不去问安。三休你多妒忌前后生厌，四休你刻前子心不一般。五休你多言语嘴伶舌辨，六休你私偷窃五谷抛残。七休你不敬夫三从缺欠，妇道家犯七出理当逐焉。写红日照雪冰流归大涧，高山上滚石头永不回还。写完了打手印又踏脚板，交与

①《万选青钱》卷四，光绪二十八年（1902）刻本，第 90 页。
②《宣讲回天》卷二，道光二十七年（1847）刻本，第 38 页。
③《宣讲摘要》卷二，光绪戊申年（1908）经元书室重刊本，第 20 页。

你李氏女另配良缘。"①《脱苦海·三多吉庆》叙一士人本该上榜,但该士人认为妻貌不堪拜客,有了另娶之心,谁知及发榜时竟未中榜,原来天榜因其生了"未贵休妻"的念头,勾掉了他的名字,"方知恶意一起,天神早知",后其终身不第。《顺天宝筏·月下休妻》叙有轮听闻鬼神言他将中解元,遂嫌妻貌不扬,有另娶之心,因有"月下休妻"之念而名落孙山,后发誓永不再娶,才重得功名。在宣讲小说中,很多丈夫嫌妻休妻,不是因为妻之德性不良,而是妻之外貌未合其意。《宣讲金针·鸳鸯镜》《护生缘·钱秀才》《福缘善果·善恶分明》《法戒录·反金昌后》《感悟集·乘威迫胁》《广化篇·嫌妻受穷》《惊人炮·嫌妻报》《石点头·嫌媳》《萃美集·赛包公》《缓步云梯集·姊妹易嫁》《救劫化民·善恶异报》等故事中,丈夫嫌妻、休妻皆是如此。"月下休妻""灯下休妻"甚至成为丈夫起心另娶的典故。在这类故事中,宣讲者反复宣称,夫妻本是前生配合,因貌丑而嫌妻,就是德行有亏。《缓步云梯集·姊妹易嫁》中,文简作《嫌妻报》,言夫妻前定,是父母定,月老成,"岂不闻红颜薄命,丑陋多生贵人。妇人家总要贤淑兼尽,不贤淑纵如花亦可倾城。如因丑而另聘,这心儿怎对得天地神明?"②宣讲小说中,因貌丑而休妻者,几乎没有好报。只要妻无过而被休者,丈夫皆会受到一定惩处。《蓬莱阿鼻路·疑心休妻》《绘图福海无边·解相换元》中,王有道与左成玉二人皆因怀疑妻有外遇,未经查实而休妻,功名被神灵所降。至于为了达到休妻目的,恶意污蔑妻子之贞节而休之者,受到的惩罚更重。《护生缘·钱秀才》中,张邦国因妻麻脸不喜,许银五十两与人合谋,以淫污之事诬之,以致其妻自缢,张邦国最后暴肚身亡,子孙绝灭。《福海无边·苏草帽》中,兴发嫌

①〔清〕岳西破迷子编辑,〔清〕果南务本子校书:《孝逆报》卷六,光绪癸巳年(1893)刻本,第46页。

②《缓步云梯集》卷二,同治二年(1863)刊订本,版存富邑自流井香炉寺,第58页。

妻黄氏本朴,买奸堕害,致黄氏毙命,后来他染上痨瘵,又被续娶妻一刀毙命。

即便没有休妻,无端嫌妻也是丈夫德行不修,依据不同情况,会受到不同惩罚。《广化篇·嫌妻受穷》中,徐妹儿贤德堪仰而貌不佳,受到金桂嫌弃。金桂不与之同宿,且想方设法折磨她,狠毒非常。得神灵庇佑,徐妹儿改嫁后变美家富,而金桂虽讨了一个漂亮妻子却家事急败,落入乞讨境地。《感悟集·乘威迫胁》的情节与《广化篇·嫌妻受穷》同,徐光恒因嫌妻而受贫,饿死于洞中,尸骨被狗吃光。这一故事又被《救劫化民·善恶异报》改编。《惊人炮·嫌妻报》中,明朗幼受岳父母之恩,入赘于王家。在妻桂英的鼓励支持下,明朗前往省城赶考,梦见金榜题名,醒来就嫌弃妻丑,想另娶娇妻。后他与店主之女春香勾搭成奸,岳父母死也未能尽孝,落榜归家后又宠妾灭妻,对桂英非打即骂,甚至与春香一起害死桂英。后他被雷劈死,心肺被挖出。

妻与夫齐,夫对妻是以礼相敬而非昵于情耽于欲。婚后,夫妇不可不爱不亲昵,但要有节度,"以敬节爱,以性约情,情爱真至,白首如新",但若沉溺于夫妇之爱,"爱溺情淫,有言必听,无意不承",反而导致夫纲不振,甚至骨肉参商。《阴阳鉴》第七回《害兄嫂刑罚不宥,纵妻孥报应难逃》中真君有言:"男女居室,人事之至近,人每忽其近而弛闲检、忘道理。不知幽暗中,衽席上,大有礼法,不止在情欲也,唯相敬如宾,不以亵狎慢,不以欢娱忘,便是处妻妾之大工夫。"被真君褒奖的善人谭守仁与妻初婚时,妻"初在小子前戏侮,以正色拒之,后遂不敢放肆"。敬妻,则要与妻同甘共苦,体贴妻之辛苦。真君阐释之律中,"处富贵、忘贫贱糟糠"是一大过,"照一人受诸苦五百次,入大狱三十年,满放鳏贫,若因弃捐命,永监固"[1]。《宣讲集要·宣讲

---

[1] 〔清〕义泉静虚子编辑:《阴阳鉴》卷一,光绪癸未年(1883)刻本,第77、80页。

美报》之《和妻室歌》曰："井臼亲操苦备尝，如何小事便参商。百年家政同心理，勤俭持家自克昌。"①家庭的繁荣昌盛，需要夫妻同心经理家中事务，男主外，妻主内，妻子亲自操劳家务更加辛苦，为丈夫的不应该为一点小事就与妻子发生矛盾，更不能因为自己的富与贵而嫌弃甚至抛弃妻子。在《桂兰金鉴·别夫妇》所列举的案证中，可为楷模者，有"糟糠之妻不下堂"的宋宏，守信娶丑妻、盲妻、哑妻的苏汝惠、刘廷式、郑叔通；让人引以为鉴者则有因贵而弃妻的斐章，因欲结姻豪族而杀妻的鄂州小将，因听妾言弃妻的薛琡宣等，前者皆有好结果，后者或败或死，皆受恶报。

　　古代社会的婚姻关系中，还有妾。男子有为子嗣纳妾者，有因贪色纳妾者。妾虽有妻之部分职能，但在正统观念看来，却不能与妻等同。妾主要是生子，广子嗣是其主要功能。纳妾而嫌妻、凌妻，或因纳妾导致家庭不和，都是丈夫的过错。《渡人舟》卷三中的《李青莲普劝歌》云："论妻妾有等级名分莫乱，若宠妾间命妻天律最严。"②《阴阳鉴》第七回《害兄嫂刑罚不宥，纵妻孛报应难逃》真君演律，"纵妾凌妻"与"嫌妻不睦"都是大过，"照一事受诸苦百次，大狱三十年，满放孤独鳏贫，若有废命监固"，"有子纳宠"导致家庭不和睦，"照一事受诸苦百次，大狱监候二十年，满放孤贫"③。嫡庶有别，妻妾有别，这也是婚姻中基本的原则，也是对与夫"齐"之妻的尊重。

　　丈夫在婚姻中还承担着教育、教化妻子的重任。"世间读书男子，见识扩充，道理明白，尚多失仪，况女人深处闺阁，见闻有限，若非为丈夫以身作则，随时随地谕以礼法家规，不使狎昵无度，淫荡恶劣

---

① 〔清〕王文选辑：《宣讲集要》卷一〇，光绪丙午年(1906)吴经元堂刻本，第5页。
② 《渡人舟》卷三，刊刻时间不详，第12页。
③ 〔清〕义泉静虚子编辑：《阴阳鉴》卷一，光绪癸未年(1883)刻本，第77页。

之性,何以革去?"①由于受教育的程度不同以及社会活动范围的不同,女性在知识、见闻、明理上相较于丈夫,更具有局限性,需要丈夫的范型作用及随时随地的教育。《桂兰金鉴·别夫妇》中认为,妇女挟制丈夫、不孝翁姑、不和姒娌、凌虐婢妾等种种恶习,"虽女子禀性之劣,实男子养成之渐"。当妻子自小缺乏教育,性情凶悍,不贤不淑、不孝不顺时,丈夫不能轻言休妻,而是应想法教育妻子,感化妻子,这才是为夫之"善"。若丈夫不教训妻子,听之任之,当妻子犯过犯事后,丈夫也要承担责任。《宣讲集要·狗报恩》中,廷珍妻李氏恶毒,担心寡嫂毛氏遗腹子分家产,将毛氏生下的婴儿活埋。毛氏知情告官,李氏受罚,"廷珍教妻不严,笞一百"。《阴阳鉴》第七回《害兄嫂刑罚不宥,纵妻孥报应难逃》中的葛伦作歌训世,再言夫妇关系中丈夫之教的必要:"脱离枉死作歌词,奉劝世间众痴迷。乾刚正气须时振,坤维承顺严训之。……若使丈夫无教训,自家人会害自家。"小说将妻子的种种不良行为归之于丈夫的不教:"这些事儿在丈夫,丈夫不教大可诛。全无一点丈夫气,此算人间贱丈夫。"②许多宣讲小说都言及教育妻子的重要性,如《触目警心·修路获金》道:

> 古言道:"教子婴孩,教妇初来。"想人生娶媳,原有贤愚不一,贵在初来之时,为公婆丈夫者,以良言教训,贤则愈见其贤,愚亦可转为智。余见今之教媳者,非打即骂,翁姑见媳成仇,夫妻姒娌为冤,酿成巨祸非等闲。③

《宣讲拾遗·纵虐前子》亦道:

①〔清〕义泉静虚子编辑:《阴阳鉴》卷一,光绪癸未年(1883)刻本,第79页。
②〔清〕义泉静虚子编辑:《阴阳鉴》卷一,光绪癸未年(1883)刻本,第82—83页。
③《触目警心》卷三,光绪十九年(1893)镌刻本,沙市善成堂藏梓,第3—4页。

谚云："教子婴孩，教妻初来。"盖妻贤由教而成，不贤由不教而坏。况妇人之性，每多悍嫉。初来新妇，正当教诲，或因姿色所惑而失教，或因重衾所累而从宽，每每惯成，后至大起胆来，肆横无忌，再加严教责惩，往往弗遵，甚至成仇，岂不悔误？又有不幸，中年丧妻，再娶继室者，初来若不紧查严教，则前室子女之苦，有不堪言者矣。①

《宣讲选录·医悍奇方》中言："善教者，虽有蠢妻谬子，何难化为贤妻孝子乎？"②在小说中，善教者，往往可以化悍为顺，化不贤为贤。具体方法，各有不同。归纳之，大致有三：

一是以身作则，道理相劝。教妻，在妻初进家门时，丈夫就应以身为范，"型于有道，正身以倡"，并以良言或其他方法教妻。《宣讲集要·彦珠教妇》对教妻的方法有较为具体的论述，概而言之，是丈夫起到榜样作用，以身作则，轻言细语教之以道理：

夫者，妻之纲也。妻系女流，未能读诗书明礼义，为之夫者，正宜先其身以作之范，然后将古来贤女哲妇，及孝贞节烈，三从四德之理，朝夕为之分析讲明，使其身体而力行，不使一有所违。倘不听，必再三以开导之。如此，则家庭之内，直如堂陛相交，帏房之中，俨若师保晤对，夫教其妇，妇顺其夫，而家道不由是而兴隆乎！盖妇即至愚，未有不见化于其夫者，妇虽至悍，未有不从顺其夫者。其效为最捷，其从善较男子为易甚。③

①〔清〕庄跂仙编：《宣讲拾遗》卷三，光绪二十年(1894)刻本，第52页。
②〔清〕庄跂仙编：《宣讲选录》卷六，同治壬申年(1872)刻本，第54页。
③〔清〕王文选辑：《宣讲集要》卷七，光绪丙午年(1906)吴经元堂刻本，第12—13页。

《宣讲集要·彦珠教妇》叙赵彦珠娶黄进士之女，黄氏嫁妆丰富，但对婢女不仁慈，彦珠除了以三从四德教之，还从其娘家的角度教育她："果能够依礼行人人钦敬，那娘家父母面何等光生。想贤妻你的父何等声名，谁不称名进士理学先生。书香家养儿女定要教训，因此上方成了这段姻亲。自贤妻入门来颇知孝敬，我父母也时常把你赞称。"①彦珠抓住女子爱惜娘家脸面的心理，以及父母对她的表扬，先扬之，再言婢女之苦，黄氏自然而然就听丈夫之言而改其行。《阴阳鉴》第七回《害兄嫂刑罚不宥，纵妻挐报应难逃》中，谭守仁妻向氏自小缺少家教，初昧礼法，谭守仁"每夜静训诲周悉"，三月后申以大义，再后教以三从四德等，"前后教妻八次"，使之贤淑有仪。

二是"文武"结合，既晓之以理，亦威之以势。《救劫追心录·杀妻感逆》中，文在兹教妻方法又有不同。牛从儒之女有"六恶"：爱打滚、爱吃好饮食、爱走人户、爱使嘴骂人唱小曲、爱摊碟拌碗打锅骂灶、爱翻是非，品性极差。文在兹娶牛氏之后，牛氏旧习复发，任凭在兹捶打亦不改。"文在兹想道：凡为男子教妇人，若只以打骂相加，岂不越成仇忿，不如用良言去感化。及去教训时，他总说婆婆恶得很。文在兹只得吞声忍气，尽他去了。"在兹听了圣谕之后，便起心教训妻子，牛氏又骂婆母时，他装着要杀母亲与妻子解忿，但言因刚吵过架，叫妻先假意孝顺母亲两月，让孝名先传出去。牛氏听其言，两月后，在兹故意说要杀母，牛氏则言再孝一月。这三个月中，牛氏听婆母言她之好，"自此天良发现，越加尽孝"。当在兹再言要杀母时，牛氏只言母好，又将刀收藏，不允丈夫杀母。在兹乘机教训牛氏，说其从前之恶，牛氏悔过，在兹又以道理教妻，自此"一家和睦，共敦孝友"。在故事最后，宣讲者总结道："今之夫妇不和者，愈打愈骂，愈成仇忿，只知嫌妻而不知训妻。训妻者，当先要有一番计策训

①〔清〕王文选辑：《宣讲集要》卷七，光绪丙午年（1906）吴经元堂刻本，第13页。

诲，俟其变化有路，然后一激便醒。切勿徒以刀相吓，恐顽梗未化，汝骑虎不能下背，寸铁伤人，惹下祸患。"①《惊人炮·巧化妻》《福善祸淫录·双大刀》《维世录·设法处妻》中男主公化妻的情节与之类似。

三是以悍惩悍。《宣讲选录·医悍奇方》中，马学士继娶之夫人凶悍异常，嫁至马家居然带着"捣夫砧"，欲先给马学士下马威，而马学士则令群姬夺其棒而威之，夫人力不胜，败走逃入内室大哭，马学士又令以锣鼓乱其哭声，夫人要自尽，马学士备一刀一绳，又令众妾念往生咒。马夫人一哭二闹三上吊的法子用尽，最终屈服于丈夫。

当然，教妻的方法因人因事而异，不能拘泥于一种。《宣讲选录·医悍奇方》认为"为男子者，开导妇女，或善劝，或恶警，皆宜因材而教"②。无论用哪一种教妻之法，都需要智慧，需要丈夫不沉溺于情爱，不溺于妻之貌、财、势而软弱，也不能本身软弱无能，放纵妻子胡来。轩辕生妻张氏悍妒罕闻，轩辕生畏妻如虎，后在马学士帮助下，佯装进京赶考以避其妻。张氏先遭遇人命案件，不得已抛头露面，又得信知丈夫遇意外死亡，只好变卖家产，日食不周。有人说媒，她急忙改嫁，刚入门却为正妻折磨。张氏悔悟，则见所改嫁之夫正是轩辕生，更加惭愧，从此修德改行，成为贤妻。

三、贤、敬、顺、劝、贞：为妻之道

男以阳刚为美，主教；女以阴柔为美，主顺。家庭中，夫为天，妻于夫只能尊之敬之，服之从之，否则就是颠倒乾坤，此乃十恶不赦之事，必然受到严惩。《宣讲集要·恶妇受谴》说："不敬夫论阳律也该当割，到阴司上刀山还要挨叉。这丈夫应该敬报应不假，将此歌传世

---

① 《救劫追心录》卷七，刊刻时间不详，第14、30页。
② 〔清〕庄跛仙编：《宣讲选录》卷六，同治壬申年（1872）刻本，第61页。

上功德更加。"①"不敬丈夫"是灶君六戒中的第二戒。《上天梯·水鬼为神》说道："为妻者要敬夫纲纪勿倒,嫌夫丑怨家贫终无下稍。"②在宣讲小说中,悍妇、恶妇、嫌夫之妇、不贞不节之妇都是对夫权的挑战,必要训之化之,惩之罚之的。不贤之妇的种种行为,都源于对丈夫的不敬。妻子对丈夫的敬,是对丈夫地位的承认,在行为上是自始至终的陪伴相助,是丈夫有过错时的规劝。

敬夫则要顺夫。《宣讲集要·彦珠教妇》中说："从来表贤妇之善行,厥有四字曰'幽闲贞静'。四个字又各有讲义:幽者身居暗室,不见外人也。闲者内主中馈,不与外事也。贞者守正不渝,终身如一之义。静者能安雅淡,不事纷华之意。妇女惟能守此四件,斯可称女中之君子,而为巾帼之英雄也。"③"幽闲贞静"四字是女性的美德,夫妻关系中,"贞顺"是对妻子的规定,也是妻"贤"的表现。贤妻之"贤",多体现在敬夫顺夫、贞顺可风等方面。

夫与妻是阳与阴的关系,阴阳协和方能生家发家。事实上,社会上怨偶甚多,其中不乏为妻不敬丈夫,嫌弃丈夫者。《宣讲汇编·三家免劫》中说："第四件夫妻间多不守分,有几个歌静好相敬如宾?夫嫌妻容貌丑另行小聘,弄得个一家中诟谇器凌。妻嫌夫家屋贫要想改姓,抱琵琶上别船不怕麻筋。"④夫嫌妻休妻遭鄙弃,妻嫌夫凌夫同样遭嫌恶。《宣讲集要》中的《悍妇凶亡》《逆媳斫手》《恶妇受谴》《欺瞒丈夫》《崔氏逼嫁》,《最好听》中的《逆妇化犬》《三虎受报》,《缓步云梯集·嫌哑遇施》《脱苦海·悔过敬夫》《惊人炮·妻嫌夫》《宣讲拾

①〔清〕王文选辑:《宣讲集要》卷七,光绪丙午年(1906)吴经元堂刻本,第32页。
②〔清〕岳西破迷子编辑,〔清〕果南务本子校书:《上天梯》卷四,同治甲戌年(1874)新镌本,第70页。
③〔清〕王文选辑:《宣讲集要》卷七,光绪丙午年(1906)吴经元堂刻本,第12页。
④《宣讲汇编》卷一,光绪戊申年(1908)经元书室重刊本,第59页。

遗·悍妇传法》《破迷录·仙驭恶妇》等,都涉及妻嫌夫、凌夫等问题。

宣讲小说中,夫嫌妻往往因妻貌丑,妻嫌夫凌夫则多因妻美夫丑、妻能夫弱、妻富夫穷等,或是因丈夫软弱而凌夫。商临清妻王氏,素性悍恶,人称母老虎,她挟制丈夫,凡事由她专主,丈夫不敢有动作,"凡丈夫有一句话不如他意,有一事不合他心,他每恶言咒骂,数月内还在呻恨,可怜他那丈夫埋着脑壳,连气都不敢出"[①]。夫妻无后,临清纳妾,王氏又将妾勒死(《宣讲集要·悍妇凶亡》)。吴氏初入门,尚知道敬夫爱子,后见丈夫子诚懦弱无刚,便不将其放在眼中,并凌虐前子,导致子诚怄气身亡(《宣讲汇编·敬兄爱嫂》)。或是因丈夫溺爱而凌夫。余质爱妻李氏太过,事事代为,久而久之,李氏摸着丈夫脾气,渐至于养成泼性,辱骂殴打丈夫(《脱苦海·悔过敬夫》)。或是因娘家富豪而嫌夫。郭文举妻陈氏嫌弃文举拙朴,仗娘家发财,认为管得住男子汉就是女中英豪,对丈夫不是打就是骂,屡屡做凌辱之事,难以言数(《宣讲集要·恶妇受谴》)。或因家贫而嫌夫。买臣之妻崔氏见买臣家贫而生异心,骂丈夫穷鬼,连累了自己,逼他休妻,以便改嫁(《宣讲集要·崔氏逼嫁》)。余光绪家业渐败,妻陈氏每有怨夫之意,又羡慕别人穿得好,遂起邪心想重嫁富家,并不顾有了儿女,日日与丈夫吵闹,后作出苟且之事(《宣讲引证·改嫁瞎眼》)。或仗着自己貌美而嫌夫。刘木匠妻唐氏美貌却无妇德,事事都要丈夫做,对丈夫非打即骂,见祝裁缝颇标致,与祝裁缝勾搭上,更嫌丈夫丑陋,竟然与奸夫密谋害死亲夫(《惊人炮·嫌夫报》)。亦有对丈夫当面一套背面一套者。莫德明妻何氏才貌双全,明虽与丈夫一心一意而暗中偏多隐瞒(《宣讲集要·欺瞒丈夫》)。当然,这些嫌夫、凌夫、欺瞒丈夫者,并未如她们之意,成为"女丈夫"或嫁个更好的,反倒是受到不同程度的惩罚。永诚软弱无刚,妻崔氏把他百般欺磨,曹氏听

①〔清〕王文选辑:《宣讲集要》卷五,光绪丙午年(1906)吴经元堂刻本,第37页。

崔氏教唆，也把丈夫磨的不像儿男，后崔氏暴毙，曹氏自缢（《宣讲拾遗·悍妇传法》）。《破迷录·仙驭恶妇》中，尹氏悍恶无比，杨万石即便得"丈夫再造丸"，受狐仙帮助，亦未能将其改变，尹氏改嫁给屠夫后又狂悖如前，屠夫"拿屠刀川屁股，用牛索穿过，悬吊梁上，荷肉竟出，不管死活"①。此后对她更打骂无厌，屠户身亡后，尹氏落于乞讨之中，住岩穴冻饿而死。《最好听·逆妇化犬》中，李成妻金氏不孝，李成打骂她，金氏反而骂夫，且又跑回娘家告状。有了娘家撑腰，李氏越加肆意，后变为犬。前面的故事中，朱买臣当了大官，崔氏羞愧而死；唐氏的人命案被发现，被处斩；何氏瞒夫，在地狱受罚……当所嫁丈夫不如意时，宣讲者对妻子开出的药方是认命，即"前世修就，今生同缘""千世修来同船渡，万世修来共枕眠"，丈夫孬，是前世修积未到，莫怨家贫，莫嫌丈夫，"嫌夫无好夫，嫌妻无好妻。良缘天定注，何况人心又不服"，"一夫不得到头，二夫不得到老，三嫁四嫁越见嫁得不好"（《渡人宝录·哄医疖子》）②，只有今世好好修，自然后世顺遂。

　　当然，在以夫为尊的社会，大多数妻子都不会如上所言嫌夫凌夫，而是敬夫顺夫。敬夫顺夫是一种情感上的要求与态度上的规定。在"敬"的原则下妻子对丈夫到底是"顺"还是"不顺"，需要具体情况具体处理。当夫行正道，言行可风之时，顺之有利于家庭的和睦发展，反之，当丈夫言行不堪为表率，其所作所为对家庭产生负面影响之时，顺则会让家庭陷入愈加不堪之境，当此之际不顺才是理智之行。不过，不顺当有技巧，劝诫丈夫，使之改不善为善，改不利为利，这才是贤妻该有的行为。宣讲小说十分重视妻在化夫、劝夫方面的作用，故事标题涉及劝夫的，就有《宣讲福报·劝夫四正》《宣讲选录·劝夫孝祖》《宣讲选录·化夫成孝》《回生丹·设法劝夫》等。其

①〔清〕龙雁门诸子编辑并校：《破迷录》卷四，光绪丁未年（1907）新镌本，第 93 页。
②《渡人宝录》卷二，刊刻时间不详，第 93 页。

他在故事标题中未显示,但内容涉及化夫、劝夫的故事更多。《指南镜·洗心池》言及女性在家庭中的作用,其中说道:"从来富贵总由天,一半多居妇女贤。众能曲尽贤妇道,福自天生瓜瓞绵。"①这个故事叙述贤妇劝夫不杀生,舍财为善,因此保全家产,致使痴儿得到功名。《宣讲选录·化夫成孝》亦强调妻在化夫方面的影响:"闻之乾道化生万物,终赖坤成,男儿志在四方,犹须内助,故夫妇为人伦之始,关雎兴风化之原。凡为妇者,职宜助夫成德,劝夫改过,自能享美报,著芳名焉。"②宣讲小说十分欣赏贤妻劝夫之行,认为这也是"妇道",是一大"善",能令家庭兴旺。《圣谕六训集解·女现男身》的副标题即为"女子劝戒非为善报",故事叙陆烈香十分明理守礼,丈夫牛天长则是吃赌嚼摇、唆讼搕索、为非作歹之人。烈香常劝丈夫孝敬父母、和睦亲友、教训儿女、回头务正等,天长不听,反而恼怒,想将妻子卖掉,烈香为守节自杀,转世为男。再如《惊人炮·女丈夫》中的月英,反复以古人故事激励丈夫,并伴夫读书至深夜。《更新宝录·宜早戒》叙述许学书好打牌,其妻以"戒赌歌"相劝,后学书又因受人所激犯赌而受凌辱,方后悔早年未听妻劝。《大结缘·将就错》中,杨氏劝夫花正开戒赌,言赌的"五罪":

> 第一罪忘父母恩德浩大,祖宗们在阴灵暗把罪加。留儿孙在阳世日嫖夜耍,无家规少教约依律加查。第二罪输银钱声名丢下,亦或输亦或赢大半倾家。有亲戚与朋友背地辱骂,骂的是祖先们损阴丧德。第三罪每日里场伙游耍,凡结交尽都是玩友耍家。他赢了心不满还想皮袄,输了钱人笑你是个车娃。第四罪亲友来坐

① 〔清〕广安增生李维周编辑校阅:《指南镜》卷四,光绪二十五年(1899)新镌本,板存广安长生寨,第77页。
② 〔清〕庄跛仙编:《宣讲选录》卷七,民国二十三年(1934)重印本,第51页。

下牌打，客进门不迎送尽管于他。倘耍哥远远来嘻嘎接驾，是姑丈与姨表那怕亲家。第五罪代后人骄傲满假，三五个一成群有能矜夸。父打牌子后面唧唧呱呱，父不父子不子毫莫礼法。[1]

正开听妻之言悔改，后巧遇乾隆避雨而款待之，杨氏被封为一品夫人。

　　贤能之妻劝夫亦有技巧，巧劝夫才能使话语入丈夫心灵深处，使之真正悔悟。《辅化篇·审假人》言妻劝夫应"巧劝"：

　　　　世间妇女，嫁着贤良丈夫，不待言矣。一遇荡子败家，嫖赌吃烟都来，父兄师长之言，亲戚朋友之劝，不可则止。惟有妻子，靠夫过日，不可说斗嘴吵闹莫奈何，轻言细语，不入他耳，便使气不管，那就终身不好。必须设计想方，一心要将丈夫劝转，则心诚求之，妙计自出，顽石也要点头，游鱼也要出听，岂有滥友污得着他，不肯回心的。[2]

宗仁好赌，常交浪子狂徒成群结党，不理家事。其妻金氏想到盗贼多出于赌博，为了让丈夫不赌，多次规劝丈夫。她先将稗子与米、苦瓜同煮待宗仁并以之为喻，言好坏、苦甜之理，宗仁不明，反将金氏毒打。金氏遭打，边哭边言赌之"五罪"：辱祖宗、败家业、坏了榜样、妻卖笑、伤人命等。金氏又将死犬装成人，让宗仁误以为自己酒醉误伤人命，使他重新认识到兄弟情义重于狐朋狗友。金氏借狗劝夫的故事改自元杂剧《杀狗劝夫》，又增添了一些新的内容。杀狗假冒人以

---

①〔清〕绥阳兴化堂晋阳江夏居士同刊：《大结缘》卷三，刊刻时间不详，第100页。
②〔清〕平羌扪心子选辑，〔清〕书痴子校订：《辅化篇》卷四，光绪丁未年（1907）新刊本，第9页。

劝夫之法,的确不失为劝夫良策。《宣讲引证》卷六多引夫妇善恶案,其中《贤妻劝夫》《杀狗劝夫》的主题皆是"杀狗劝夫"。这一主题,在《救劫保命丹·贤女坊》《宣讲汇编·杀狗劝夫》中亦出现,可见此一巧计在劝夫故事中受青睐的程度。

若说夫训妻是因妻不贤、凶悍的话,妻劝夫则多是因丈夫有吃喝嫖赌等恶习。夫训妻侧重于"训",有榜样,有言语,也有硬办法,可谓有软有硬,软硬兼施;妻劝夫侧重于"劝",更多地是以言语相劝,像"埋狗""杀狗"这类的行为都非常少见,可谓十分温和。无论用何种方式,助夫、劝夫都有不同的功德。《广化新编》第十一回《观音堂女尼讲格言,灵应寺天君垂宝训》叙观音堂女尼讲格言,内容是《太微仙君训闺门功过格》,列举了各种女子助夫、劝夫的功与不助夫、不劝夫之过,如:

> 父母贫困,劝夫孝养送终,一年二十功。……遇事辄劝夫为善,及赞助夫为善,一事一功。经年无怠者,另记百功。阻夫为恶,一言一功。能劝夫不为,则照夫所欲为之过准功。见夫有忧或怒,善为劝解,一事三功。助夫以义方,教子成立,百功。化夫行仁成德,三百功。夫处贫困,能以道义慰勉,一无怨讁,百功。夫贵显后,不尚纷华,成夫廉洁,百功。夫性粗暴,每事能委曲善处,一事五功。……阻夫为善,一言一过。若阻夫大事,致夫不为,照夫所为之功,准过。唆夫为恶,一言一过。若夫因而从之,所为之过恶,与自为同。夫有失不善劝化,一过。……夫取不义财,不行劝谏,反生欢喜,所入百钱,一过。对夫一疾言傲色,一过。夫款留正经宾客,不肯具馔,五过。离间夫兄弟骨肉,千过。唆夫薄待兄弟骨肉,一言十过。唆令争竞者,加五倍论。[1]

---

[1]〔清〕桂宫赞化真官司图金仙编辑:《广化新编》,咸丰元年(1851)重镌本,第64—65页。

故事中的"功"所列举的助夫行为包括孝敬公婆、劝夫为善、助夫以义、阻夫为恶、化夫行仁成德等,"过"则与之相反。宣讲小说对化夫、劝夫等,既有态度上的要求,也有内容上的规定。在诸多劝化行为中,"化夫行仁成德"功德最大,有"三百功",原因乃在于这个过程的长期性与艰巨性,既体现劝化内容的选择与技巧,又足见"仁德"本身对于男子的重要性。

敬夫,当为夫守贞,这是妻子最基本的美德及对丈夫应尽的义务。《宣讲至理》中有《守节歌》,奉劝"妇女守节贞",言"妇女若能全节孝,就是尘世头一功",守节之人"天也重看人也重,人间天上有美名",不守节之人则使两家门风败坏,且"死后地狱受苦情,罪满转世孤苦命"①。《顺天宝筏·花园会母》言:"男子以声名为重,女子以贞节为尊。"②《脱苦海·仙药愈病》论述守贞与敬夫的关系:"为妇女者,必为夫保贞节,必与夫同患难,方为敬夫之道。如徒区区承顺,谁人不能,务存一片冰心,自获千载美名。"③《福缘善果·疑奸杀父》云:"守正全贞,不染尘缘,皆尔分内事也。"④当今社会视为男女双方共同遵守的"贞",在古代社会极为狭隘,成为仅对妻的规定。在传统社会看来,子嗣是大事,但这是对于男性而言,为了"广子嗣",有妻时纳妾,妻死后再娶都是正常不过的事,妻子为丈夫纳妾甚至成为她贤惠的标志,纳妾后包容小妾更是天经地义,否则就是妒妇,在"七出"之条内。故而"贞"于男子不可取,于女性是美德,守贞全节只是针对女性而言,并被视为女性分内之事,亦是最重要之事。关于男性的众

---

① 《宣讲至理》卷三,民国四年(1915)万善堂记重刻本,第36页。

② 《顺天宝筏》卷三,刊刻时间不详,第1页。

③ 〔清〕岳西破迷子编辑,〔清〕果南务本子校书:《脱苦海》卷四,同治癸酉年(1873)新镌本,第29页。

④ 〔清〕石照云霞子编辑,〔清〕安贞子校书:《福缘善果》卷二,光绪戊戌年(1898)新镌本,第95页。

多的戒淫故事，表面上看是反对夫妇之外的性爱，根本的原因是对男子之"德"的看重。酒、色、财、气是四大痴，也是四大毒，好色误事不说，也是男性本身品性不修的表现。戒淫并非是劝导丈夫为妻守贞，故此，宣讲小说为社会树立的贞节楷模中，少义夫而多节妇。宣讲小说直接以"贞""节"作为篇目标题的甚多，如《宣讲集要》中就有《尽孝全节》《鬻子节孝》《朱氏节孝》《黄氏节孝》《全节救夫》《割耳完贞》《徐氏完贞》《崔氏守节》《邓氏节孝》，《挽劫新编》中的《保节得子》《节孝无双》《丐妇殉节》，《宣讲汇编》中的《矢志守贞》等。从标题上看，这是针对女性的教化，几乎所有有关贞节故事的主人公均是妻子而非丈夫。

　　宣讲小说中，妻子守贞的情形大致都差不多。《福缘善果·剪发完贞》开篇道："节孝从来立纲常，神天钦仰荷麻光。请君试看雪梅女，留得声名万古扬。这几句格言说世上为女子的，无论富贵贫贱，都要以守贞为重，才能成女中君子，巾帼完人。所以古之人有逼嫁而自割其鼻者，有遇贼而自断其臂者，类皆以贞洁自矢之死靡他者也。"[1]这段议论，一赞贞节，二言古代妇女守贞的重要表现：未婚守贞及自残。《宣讲集要》以贞节为主题的几篇小说，与秦雪梅故事类似的有《徐氏完贞》《割耳完贞》《割鼻誓志》，以及《崔氏守节》《友爱全节》等，其中的主人公，几乎都是自残（截发、割耳、划面）守贞型，《尽孝全节》《全节救夫》则是以生命为代价维护贞节。

　　仔细审视守节故事，对妻子守节有要求的多是丈夫。丈夫一旦将死，会反复叮咛妻子守节，这甚至成了执念。《宣讲集要·友爱全节》叙定纲将死时并无子息，却叮嘱妻徐氏守节："常言道守节妇神人钦仰，竖牌坊挂匾额万古名扬。果能够全节操体夫志向，夫虽死在阴

---

[1] 〔清〕石照云霞子编辑，〔清〕安贞子校书：《福缘善果》卷二，光绪戊戌年（1898）新镌本，第52页。

灵也得沾光。……况儿女这本是阎王注定,我的妻要耐烦苦守清媚。"①因为没有儿女,他叫妻抱养他人之子,徐氏听夫之言剪发守节。同书《黄氏节孝》中的方惟清在临终时叮嘱妻黄氏,亦有一样言语,言守节鬼神敬仰、万古名扬,自己也可阴司沾光。虽然二人并无子息,黄氏还很年轻,惟清却仍要妻子不改嫁以替自己尽孝。事实上,多数节妇的家人(公婆或自己父母)因为种种原因都要求甚至逼迫她们改嫁。有因家贫而劝媳妇改嫁以得彩礼者(如《宣讲集要·尽孝全节》),有因无子公婆怜惜儿媳劝其改嫁者(如《宣讲集要·朱氏节孝》),有时甚至有丈夫赌博欠债被估嫁者(如《宣讲集要·估嫁妻》)。此外,还有逼着儿子嫁媳妇者(如《圣谕灵征·逼子嫁媳》),公婆不贤视媳妇为眼中钉而逼迫儿媳改嫁者(如《万选青钱·兰芳节孝》)。

　　守节故事中的女性都十分年轻,她们守节守贞,甚少是基于夫妇感情深厚,而是贞节观念深入骨髓,考虑的是个人、家庭荣辱。丈夫不才且多次遭受丈夫毒打的涂氏,遭受听信谗言的丈夫毒打且不容辩解并被逐出家门的何氏(《绘图福海无边·节孝双全》),未嫁夫死的徐氏、薛秀英(《宣讲集要·徐氏完贞》《宣讲汇编·矢志守贞》),婚后数月而丈夫死的郑氏(《宣讲集要·割耳完贞》),很难想象她们与丈夫有多深厚的感情。有儿女而守节者,尚可以理解为是抚养小孩的需要,没有儿女且受公婆刁难而能守节者,只是因为她们对贞节本身的看重。《闺阁录·坠楼全节》中,满贞夫家贫困,丈夫本朴,婆婆不学好人,以不义之事劝满贞,满贞道:"男子以声名为大,女子以贞节为重,能全贞节,则上天喜欢,鬼神敬重,必得无穷善报,皇上知道,嘉旌表,建牌坊,死入节孝祠中,受万代的香烟,何等荣耀。"②她不听

---

① 〔清〕王文选辑:《宣讲集要》卷四,光绪丙午年(1906)吴经元堂刻本,第14页。
② 〔清〕梦觉子汇集:《闺阁录》第四册,光绪十五年(1889)本,第8页。

婆母反复劝导,宁愿忍受婆婆的无休止折磨,也坚不失节,甚至坠楼以全节。在礼教统治下,"妇女的生命,只不过第二生命,贞节却是她第一生命"①。深受传统贞节教化思想影响的女性,将丈夫视为"天",将守贞视为天理,改嫁乃是羞辱自身,羞辱娘家之行,是"无耻"之举。《宣讲集要·朱氏节孝》中,婆母见朱氏年轻守寡,劝她改嫁,朱氏道:"尊一声我公婆听媳细叹,媳不比无耻妇想嫁夫男","失节操是一件极大罪案,折堕了好人身万难复还。在生前落骂名被人憎厌,到死后有何脸去见夫男"②。可以说,女性对贞节的看重,往往甚于她们的家人。法国社会心理学家古斯塔夫·勒庞指出,"群体只知道简单而极端的情感;提供给他们的意见、想法或者信仰,他们要么照单全收,要么全盘拒绝,不是视之为绝对真理,就是当作绝对谬论。于是,群体的信仰总是在暗示作用下被决定,而不是经由理性思考孕育而成"③。女性长期处于"女卑"的社会氛围中,作为一个群体,她们不断地受父兄教化,在社会中受三从四德、女子八则、女子六戒的教化,对贞节的维护,远超出于训诫的内容本身,她们由被动的接受者转化为主动的维护者,这不能不说是男性社会贞节教育的"成功"。

　　力倡女性守节,在宣讲者看来是十分必要的。《宣讲集要·鬻子节孝》中,郑氏言不敢再嫁的原因有三:一是婆母年老死后需要有人送上山岗;二是家境贫寒,婆母需要奉养;三是女性从一而终之理。《宣讲集要·齐妇含冤》中,窦氏所言"三不敢改嫁",亦是这三条:

　　　　尊声母请安坐容儿细禀,细听儿将首件剀切详明。母为媳

---

①陈东原:《中国妇女生活史》,商务印书馆,1998年,第242页。

②〔清〕王文选辑:《宣讲集要》卷四,光绪丙午年(1906)吴经元堂刻本,第8—9页。

③〔法〕古斯塔夫·勒庞著,陈剑译:《乌合之众:大众心理研究》,译林出版社,2018年,第36页。

聘娶时辛苦受尽，打首饰缝衣衫多费钱银。讨媳妇原只望养婆
老景，媳焉敢因夫死另适豪门。况且我母家中贫困已甚，专靠儿
苦纺绩易米养生。媳若是负罪名改嫁别郡，母菽水无人奉饿死
中庭。丢老母不留养天律注定，必然要降霹雳焚化媳身。……
（二是）生则养死则葬儿媳本等，七寸棺椁称之古语有云。丧尽
礼祭尽诚人子分定，称家有称家无媳曾听闻。媳若是因夫死遂
生别论，母百年有何人送葬山林。贪富贵厌贫贱弃母不问，媳怕
死堕地狱万难超生。……（三是）儿记得《烈女传》婆婆请听，好
合歹注史册今人吟咏。曹令女刀割鼻节操坚定，史徐氏涂花容
万古标名。崔氏女嫌夫穷覆水难进，陈刘氏数醮苦终为独魂。
常言道是好马双鞍不振，为媳妇舍婆婆岂上别门。[1]

　　《宣讲拾遗·双受诰封》中云："盖妇人之道，从一而终。不幸夫
逝，立志要坚。孝亲扶幼，持家立业。纵受苦劳，终有好处。一朝子
若成名，谁不称扬。纵然无后，当怜公婆年老，痛念故夫恩情，亦当守
节尽孝。虽受苦劳，却得美名，建坊入祠，受皇恩，流芳万古，岂不美
哉。"[2]抛开狭隘的从一而终的观念，在公婆年老无所依靠及儿女年
幼之时，守节养老抚幼的确是出于人道考虑。《保命金丹·双槐树》
言及女性守节即是守家业、守儿女，蕙兰却言还有侍奉婆母，替夫尽
孝。在宣讲小说中，往往将贞、节与孝相连，如《绘图福海无边·节孝
双全》《劝善录·节孝双全》《福缘善果·节孝无双》《惊人炮·贞孝
祠》《护身录·贞孝报》《济世宝筏·节孝流芳》，以及《回生丹》之《孝
贞成神》《孝配节义》等皆是如此。《桂兰金鉴·别夫妇》中，郑朝议之

---

①〔清〕王文选辑：《宣讲集要》卷四，光绪丙午年（1906）吴经元堂刻本，第 29 页。
　　"好合歹注史册今人吟咏"中的"合"似为"和"之误。
②〔清〕庄跛仙编：《宣讲拾遗》卷四，光绪二十年（1894）刻本，第 31 页。

从子娶妻陆氏，伉俪绸缪，二人曾许下一旦对方死不再娶、不再嫁的诺言。郑染病后，再申前言。郑死后，陆氏携资改适，郑鬼魂申书于陆氏，云："十年结发，夫妻一生，祭祀之主，朝连暮以相欢，俸有余而共聚，忽大幻以长往，慕何人而轻许，违弃我之田畴，攘资财而遂去，不惜我之有子，不念我之有父，义不足以为人之妻，慈不足以为人之母，吾已诉于上苍，行理对于幽府。"①陆氏惊骇而死。抛开郑临死时非要陆氏为之守节有些不人道不说，但就信中所言，陆氏携带家财改嫁，上不顾郑父，下不顾有子，的确不仁不义。

　　在极为重视妇女贞节的社会中，守节者不是被旌表，就是受神仙保佑，甚至成神成仙，富贵双全。《破迷录·仙桥完贞》云："妇女何须拜佛神，能全节烈便成真。天宫仙子原无种，大半完贞与孝亲。"②《护生缘·贞孝报》云："从来节孝可格天，只恐世人心不坚。果能守得冰霜志，何愁平地不登仙。这几句话是说人生在世，男子以孝为本，女子以节为先，能将此二字克全，纵有急难临头，暗中必有神灵扶持，做到及底之处，或成仙，或成佛，或为圣，或为贤，皆不可料。"③《蓬莱阿鼻路·嫁嫂失妻》中，宣讲者也借何氏之口论及守节："况妇女能守节天必怜悯，或赐福或赐寿鬼惊神钦。不但于生前时美名留定，死阴司也有面去会夫君。尘世上好嫁的几人昌盛，非短寿即折福终身受贫。纵前生修积好福禄无损，身死后见前夫账难算清。"④在宣讲小说中，坚持守节，视守节为荣、失节为辱的，多是女性自身。当然，这是整个社会贞节观念倡导的结果。帮助贞妇、节妇之人，理所当然就成为被褒奖的对象，故而牛振声仗义全贞娘之贞，声名远播

①《桂兰金鉴》卷五，刊刻时间不详，第 10 页。
②〔清〕龙雁门诸子编辑并校：《破迷录》卷四，光绪丁未年（1907）新镌本，第 1 页。
③《护生缘》卷四，刊刻时间不详，第 86 页。
④《蓬莱阿鼻路》卷二，咸丰十年（1860）刻本，第 27 页。

（《脱苦海·仗义全贞》）；善好做生意丢失钱财，被逼嫁妻喜春抵债，葛林好仗义全喜春节操，得黄金白银一窖。反之，劝人改嫁，逼人改嫁则受到谴责，乃至恶报，如崔薛逼良改嫁，得孽症而丧命（《宣讲选录·义气动天》）。一些故事的标题也表明了宣讲者所代表的时人对失贞、改嫁的直接态度，以及对污节、败节的态度，如《脱苦海·好嫁福薄》《回生丹·失节遭报》《宣讲引证·改嫁瞎眼》《辅世宝训·改节受困》《化世归善·改嫁捷报》《自新路·谋节废命》《宣讲集要·败节变猪》《缓步云梯集·活尸报仇——不节报》等。

　　婚姻需要彼此忠诚，若说女性改嫁是失节之行，是对丈夫的背叛，那么丈夫的另娶也当与此等同。然而事实上并非如此。宣讲小说偶有谴责男性另娶的，如《照胆台·负义男》，但这种谴责具有特殊性。徐松年病危，叮嘱其妻周氏不要改嫁。周氏向神祈祷，愿减己寿以增夫寿，但要求丈夫抚养两个儿子长大，不能再娶。松年允诺。周氏死后没几年，松年熬不住寂寞，另娶曹氏。周氏附体于他人，斥责松年忘恩负义。未及半年，松年病亡。宣讲者斥责的并不是松年另娶本身，而是他违背诺言，违背盟誓。换言之，这是不守信义之行，本就与儒家伦理道德相悖，自然被宣讲者拿来作为反面教材讲给民众，使他们引以为戒。总体上，谴责男性另娶的故事，在宣讲小说中是极少的。

　　对婚姻的忠诚是为了保障血缘的纯粹，当丈夫已死，或被夫家逐出，妻子为丈夫繁衍子嗣的功能已经丧失，或作为"妻子"的身份已经丧失，但世人仍旧重视这类女性的贞节、节烈，一个重要的原因是，不守贞是对夫权的挑战，对丈夫尊严的挑战。从女性本身上讲，改嫁是对长幼的不顾，更是"贪淫"。"淫"为万恶之首，贪淫之人，天怒人怨，自然遭报。将贞节放到男性中心主义的社会中考察，对女性贞节的重视无疑暗示了男性对自己后嗣有血缘纯粹性的窘境。女性"坚定不移"的贞节观给了男性种族纯粹性的安全感与自豪感，避免了血缘混乱的种族危机。"贞节观念之成为迷信,成宗教化,都是由于男子的嗜好,男子的利己要求。"[1]正如尼采所言,人的种种"善"的品格的限定,都是为达到某种特定的意志与目的,"都不是因为其自身的原因而被看作是善的,都不是其本身就是'善的',相反,它们一直都服从于'群体''畜群'的规范,被看作是达到'群体''畜群'的目的的手段,就维护和提升'群体''畜群'而言是必要的"。"畜群"对精神加以歪曲与编造,"所有的强烈快感(纵情、好色、成功、自负、任性、熟知、自信以及轻松愉快)都被打上了罪恶、引诱和不可信的烙印","人们把非本身的东西,把为了某种别的东西、别的人而牺牲自己歪曲为人身上所有的卓越独特性"[2]。男性采取各种手段,从思想上到行动上限制、改造女性的思想,令女性无论何时都屈从于自己的性别身份,屈从于男性之下,并以获得男性的褒奖为荣。受贞节观教育的妇女,的的确确将贞节视为第一性而将生命视为第二性了。

有意思的是,宣讲小说讴歌守贞节的女性,丑化、鞭挞失贞、改嫁的女性,客观上则向人们呈现出俗世社会各种各样漠视甚至鼓励改嫁的行为,"历史而客观地分析,并与同时期世界上其他民族相比,数千年间中国妇女的状况并没有近百年来流行意识所描绘的那么糟糕。……(裹足、贞节、守一等陋习)并非中华主流伦理所为,而是由于统治集团为了强化封建秩序,渐渐脱离了中华主流伦理原本就有的人本和人道主义精神所致"[3]。劝妇女不必守节的,有她们的父母兄弟,有公婆及夫家兄弟妯娌,以及三姑六婆。也有很多男性再娶之时,并不介意女性是否曾经嫁过人,而在于她们的才能、德行、相貌。

---

①陈东原:《中国妇女生活史》,商务印书馆,1998年,第246页。
②〔德〕尼采著,王颖斌编译:《尼采超人哲学》,九州出版社,2019年,第103—104页。
③刘明:《重建中华民族的价值理性——关于中华主流伦理的对话》,陈川雄:《中华伦理读本》,陕西人民出版社,2002年,第328页。

也许正是因为社会上普遍存在改嫁"失节"的情况,才有必要旗帜鲜明地树立起贞节的大旗,不遗余力地为社会树立起可以效法的榜样,重建男权社会中的男权地位。从更远的角度看,"道德不仅有个人意义,且有社会意义与宇宙意义"①。婚姻是神圣的,既合二姓之好,又上事宗庙,下继后世,故此,"夫妇之道,不可以不久也,故受之以恒。恒者,久也"②。夫妇和睦,才是家庭的长久之道。《护生缘·人头愿》云:"夫妇如宾相敬,从无反目鸳鸯。同心黾勉奉高堂,留作儿孙榜样。有子莫收婢妾,有子莫弃糟糠。百年家政好商量,死亦山头同葬。"③其后的议论强调夫妻双方无论贤愚,不能傲慢,也不能抛弃,再娶不义,再嫁不顺。无论是不是出自内心的道德情感,也无论是否为了功利性目的,不改嫁、不另娶这种行为本身彰显的"不只是一种'个人意义'的'坚贞'道德,而是对于'坚贞''永续'之夫妇常道的绝对肯定,具有普遍的'社会意义'和绝对的'宇宙意义'"④。就此而言,站在今天的角度,完全否定传统社会的贞节,也是"过"了。

四、先礼而后情爱

宣讲小说所倡导的良性的夫妻关系以和睦为主调,重视丈夫的榜样作用及对于妻子的教与训,妻子对丈夫的敬与顺,并不将两性之爱视为最重要的因素。两情相悦这种在今天看来最为正常也是最基础的夫妻伦理,在古代社会似乎也成了禁忌。《阴阳鉴》第七回《害兄嫂刑罚不宥,纵妻孥报应难逃》中被真君表彰的善于教妻者自言,初

---

① 唐君毅:《文化意识与道德理性》,广西师范大学出版社,2005年,第42页。
② 〔魏〕王弼等注,〔唐〕孔颖达等正义:《周易正义》卷九《序卦》,《十三经注疏本》(上),上海古籍出版社,1997年,第96页。
③ 《护生缘》卷四,刊刻时间不详,第70页。
④ 汪丽华、何仁富:《爱与生死:唐君毅的生命智慧》,中国广播电视出版社,2014年,第154页。

婚时,"(他的妻)初在小子前戏侮,以正色拒之,后遂不敢放肆"。秦广王与真君在交谈中阐发夫妇相处应该守礼:

秦广曰:"伦常中,除兄弟而外,夫妇亦五伦之一。人生所必讲者,况世人每以妻妾为燕好之乐,纵欲贪爱,不知男治外,女治内,其中原有礼法,关系不小。"真君曰:"男女居室,人事之至近,人每忽其近而弛闲检、忘道理,不知幽暗中、衽席上,大有礼法,不止在情欲也。唯相敬如宾,不以亵狎慢、不以欢娱忘,便是处妻妾之大工夫。"①

从"况世人每以妻妾为燕好之乐,纵欲贪爱"来看,普通民众的夫妇观是切合夫妇关系的本质的,秦广王与真君也不反对夫妇燕好,但认为不能将其视为夫妻生活的全部,更不能因之而忽视夫妇之"礼","幽暗中、衽席上,大有礼法,不止在情欲也"。然而,世人却往往因情爱而忘礼,故此,真君认为夫妻间要"相敬如宾",夫妇之礼"不以亵狎慢、不以欢娱忘"。真君甚至以为夫妇之间的一些不好行为的产生,都是因为耽于情欲燕好:"世之昵情嬉戏,暗家规、陋闺门,恣性越礼,纵欲过度,上冢游山,赛神烧香,观灯看戏,抛头露面,皆非士族家法,初则内则不讲,久则丑声难闻,兹皆不齐家之咎。"②《桂兰金鉴·别夫妇》也认为,夫妇不患不亲,而患"狎昵无制",一旦如此,就会"夫纲不振",妻子就会骄悍:"近见人家妇女,或挟制丈夫,或不敬翁姑,或姒娣争嚷,或凌虐婢妾,或狎昵无度,或纵意往来出入,种种恶习,虽女子禀性之劣,实男子养成之渐。"书借元始天尊之口发议论:

①〔清〕义泉静虚子编辑:《阴阳鉴》卷一,光绪癸未年(1883)刻本,第76—77页。
②〔清〕义泉静虚子编辑:《阴阳鉴》卷一,光绪癸未年(1883)刻本,第81页。

　　　　和与不和，判自初婚。以敬节爱，以性约情，情爱真至，白首
　　　　如新。乍见狎媚，爱溺情淫，有言必听，无意不承，渐至积重。欲
　　　　振夫纲，妇以习惯，谓夫反常，尔攻我敌，两不肯降，门庭鼎沸，骨
　　　　月参商，恩极成忍，自古为然。我劝世人，谨之于先。①

　　有鉴于情爱带来的负面效应，宣讲者殷勤告诫夫妻"切勿昵于私爱"，
应该"以敬节爱，以性约情"。因为夫妻要相处以礼，在《阴阳鉴》第七
回《害兄嫂刑罚不宥，纵妻孥报应难逃》真君所阐释的"夫妇律"中，溺
于妻之色，耽于妻之爱，都是有过当惩的："妻美而悍，纵欲不教，贪欢
过情，照一事受诸苦百次，大狱二十年，满放瘰疬。""家庭无事，容任
戏谑嬉游，照一次受诸苦一次，议监放。""容任艳妆，纵观灯戏，了香
愿，照一事受诸苦五十次，大狱十年，满放聋聩。"②所以在《桂兰金
鉴·别夫妇》所列举的好丈夫中，"遇妻子如君臣"，"每遇妻子，必讲说
礼训及前言往行以教诲之，如严君之御臣"的后汉马良志被列为楷模。
不过，这种"相敬如宾"的相处模式，固然有"礼"，但在如"宾"之下，却有
如"冰"的感觉。《桂兰金鉴·别夫妇》中有另一故事，洛城王八郎因昵
一妓而常殴打妻子，后令妻异居。家产败尽后，妓逃走，他复奔其妻，妻
避之。二人忽然暴死，"亲邻为之置尸一处，至次日方入棺，其夜忽闻斗
詈之声，启户视之，二尸乃反背而卧"③。可见，夫妻感情破裂，妻子即
便没有改嫁，而情感深处，亦难以容纳丈夫。由此反观遭夫毒打并被
逼迫改嫁的节妇，亦可窥见她们内心的真实情感。

　　夫妇相处不以情爱为先，轻男女内在的情爱情感需求，而重礼所
带来的社会效果，这与儒家传统的婚姻观是一致的。《礼记·哀公

①《桂兰金鉴》卷五，刊刻时间不详，第6—7页。
②〔清〕义泉静虚子编辑：《阴阳鉴》卷一，光绪癸未年(1883)刻本，第77—78页。
③《桂兰金鉴》卷五，刊刻时间不详，第10页。

问》云：“昔三代明王之政，必敬其妻子也，有道。妻也者，亲之主也，敢不敬与？”①夫敬妻是出于繁衍子嗣的重要性使然，与妻敬夫还是有别的。对夫之尊与对妻之敬，都是为了夫妇的恒久，家庭的恒久。这种恒久，极有可能因情爱而受到影响。因而，不论对于夫，还是对于妻，“礼”都重于情。这，也是宣讲小说的夫妇伦理观。

第二节　严慈与孝顺：宣讲小说中的父子之道

夫妇、父子、兄弟是家庭关系的三足，每一对关系的双方皆有其规定的伦理规范，用以保证家庭的“和”。传统家庭伦理秩序讲究父子有亲、夫妇有义、长幼有序，由此形成了父子、夫妇、兄弟伦理。这三者中，父母与子女，是代际关系，也是因果关系。虽然古人认为家庭肇端于夫妇，实际上，传统社会对于父子之道的重视远远甚于夫妇之道。《周易·家人》云：“父父、子子、兄兄、弟弟、夫夫、妇妇，而家道正。”②《孟子·滕文公上》中所言“父子有亲，君臣有义”③在“夫妇有别”之前，《白虎通》“三纲”中，君臣、父子也排在夫妇前面。总之，在古代社会，父子伦理、兄弟伦理优先于夫妇伦理，于父子之道的阐释也最多，概而言之，不离“父慈子孝”。按照“父先子后”的因果原则而言，“父慈子孝”，慈在孝先。“父母之爱子，则为之计深远”④，父母爱

①〔清〕朱彬撰，饶钦农点校：《礼记训纂》卷二七《哀公问》，中华书局，1996年，第742页。
②〔魏〕王弼等注，〔唐〕孔颖达等正义：《周易正义》卷四《家人》，《十三经注疏》（上），上海古籍出版社，1997年，第50页。
③〔汉〕赵岐注，〔宋〕孙奭疏：《孟子注疏》卷五《滕文公上》，《十三经注疏》（下），上海古籍出版社，1997年，第2705页。
④〔西汉〕刘向编集，贺伟、侯仰军点校：《战国策》卷二一《赵四·赵太后新用事》，齐鲁书社，2005年，第240页。

子女,是本能,更是职责,子女未成人时,父母以"慈严"抚养、教育子女,使之成为被充分社会化的人,融入社会生活并独当一面。子女应感父母恩,孝敬父母,使他们老有所养,活得有尊严。

一、教以义方:正确的爱子之道

古人十分重视教育,明清时期教训子孙成为圣谕的重要部分(即"圣谕六言"的"教训子孙"条,"圣谕十六条"的"训子弟以禁非为"条)。"训子弟以禁非为"虽其中含有学师、蒙师对学生的教育,但更多是针对父母教育子女而言。宣讲小说对于教训子孙、训子弟所进行的专门阐释,主要围绕三个问题展开:为什么教、教什么、怎么教。

诸多宣讲小说集前对"教训子孙""训子弟以禁非为"的阐释及相关故事的议论都极关注教育的功能,即教育、促进子女成为"人",且使之能保命养家;强调教育是家族兴旺的前提,可以促成社会风俗的变化。《宣讲集要》解"教训子孙"云:

> 人家兴也是子孙,人家败也是子孙。古人说:"有好子孙方是福,无多田地不为贫。好与不好,只争个教与不教。"世上人,那一个生下来就是贤人? 都是教训成的。那一个生下来就是恶人? 都是不教训坏的。也有大姓人家生出来的子孙,辱门败户;也有贫寒人家生出来的子孙,立身扬名,可见全在教训。人生一世,子孙是后程。子孙不好,任你有天大的产业,无有受承,眼光落地,都做了一场话柄。就是手艺人家,也要一个接代的儿孙,所以人家子孙要紧,有子孙的教训也要紧。①

---

① 〔清〕王文选辑:《宣讲集要》卷首"教训子孙"条,光绪丙午年(1906)吴经元堂本,第33—34页。

《圣谕灵征》《千秋宝鉴》《法戒录》《宣讲拾遗》等小说集"教训子孙"条的相关表述，几乎与《宣讲集要》这一段话大同小异。故事不同，由之而生发的议论，又各有侧重。

人之成为人，在于人有羞耻好恶之心，知道伦理纲常。《孟子·离娄下》云："人之所以异于禽兽者几希，庶民去之，君子存之。"①伦理道德是人的本质规定。《宣讲至理·衔刀救母》中言："孟子有云：'人之所以异于禽兽者几希。'言人能知道义，彼不知道义，人若迷了真性，贪眼前一时欢欣，失却道义，乃禽兽之类，转世即是禽兽。"②《宣讲集要》在阐释"隆学校以端士习"时指出，人既要养身，也要养心，"这人一坏了心术，就算不得人了，所以孟夫子说：'逸居而无教，则近于禽兽。'"在学校及家庭教育的双重作用下，"没得一处不设教，无一人不当读书，古时因为读书人多，所以那风俗就好"③。教育的重要作用，首先是变化人的气质，使人明伦，与一般动物区别开来，再由个体的被"教"到群体的"受教"，达到变化整个社会风俗之目的。《赞襄王化·立教登科》的开篇诗及议论讲道："教化从来不可无，乡村赖此醒庸愚。愿人改恶同迁善，俗美风清庆有虞。教化一事，自古有之，舜使契为司徒，教以人伦，倘逸居而无教，则近于禽兽，人似禽兽，岂成世界？所以这教化，是断不可少的。"④宣讲者常引孟子"逸居而无教，则近于禽兽"之格言突出教育的重要性，如《宣讲至理·节孝荣身》中说："昔孟夫子有云：'逸居而无教，则近于禽

①〔汉〕赵岐注，〔宋〕孙奭疏：《孟子注疏》卷八《离娄下》，《十三经注疏》（下），上海古籍出版社，1997 年，第 2727 页。

②《宣讲至理》卷四，民国四年（1915）万善堂记重刻本，第 52 页。

③〔清〕王文选辑：《宣讲集要》卷九"隆学校以端士习"条，光绪丙午年（1906）吴经元堂刻本，第 19 页。

④《赞襄王化》卷四，光绪六年（1880）新镌，板存四川夔州府云邑北岸路阳甲培贤斋，第 67 页。

兽。'盖贤由教而成,不贤因不教而坏,诚哉是言也!"①宣讲小说中,不忠不孝、不仁不义、不讲孝悌忠信礼义廉耻之"八德"、刻薄寡恩、悖逆天伦者,多被称为"禽兽不如"。《宣讲选录·天理良心》中,许克昌与其妻钟氏谈起"天理良心"为人生四宝,"人忘八德,与禽兽何异"? 人因有"心",成为万物之灵,"人之心,号天君,这点灵光别兽禽。随机应变通天界,运用裁成贯古今"②。《宣讲福报·牛倒捍墙》云:"孝弟忠信人之本,礼义廉耻人之根。可见为人在世,断不可忘此八字。若忘八字,则与禽兽何异?"③子弟成人,由教而致,不成人,亦由不教而致。

　　成人的下一步,就是养身立命。不能成人,自然不能作为"人"融入社会并被社会所接受,其结果,往往是无技艺养身,沦落潦倒,或作奸犯科,遭刑罚亡命丧身。宣讲小说反复宣称"子孙是后程","有好子孙方是福,无多田地不为贫,好与不好,只争个教与不教"④。《缓步云梯集·悔过得妻》强调:"人有子孙要知化导,如不将好言化导,则子孙必走斜路矣。一路走斜,或为奸亡身,为盗亡身,为气亡身,上不能承先,下不能启后,断香烟,绝后嗣,皆不教二字害之也。"⑤《宣讲引证》在解说"训子弟以禁非为"时指出,为父兄者教子弟,先"启其德性,遏其邪心,广其器识,谨其嗜好"。子弟明德后,"干纪犯分之咎自鲜矣"。明德而后学技,士农工商,各有传业,倘若不明德、不习艺,"或游手好闲,博弈饮酒,或结纳匪类,放僻邪侈,往往陷溺而不悟",结果"甚者罹法网,犯刑章",不仅对子弟自身是伤害,对家庭、对社会也是危害。若教之得法,"使子弟见闻日熟,循蹈规矩之中,久之心地淳良,行止端

①《宣讲至理》卷三,民国四年(1915)万善堂记重刻本,第38页。
②〔清〕庄跛仙编:《宣讲选录》卷一二,民国二十三年(1934)重印本,第5页。
③《宣讲福报》卷二,光绪戊申(1908)年经元书室重刊本,第50—51页。
④〔清〕庄跛仙编:《宣讲拾遗》卷四"教训子孙"条,光绪二十年(1894)刻本,第1页。
⑤《缓步云梯集》卷一,同治二年(1863)刊订本,版存富邑自流井香炉寺,第52页。

重,可以寡过而保家,即可以进德而成材也"①。能安生也就能立命,就不会有胡作非为之事,自然能够完成齐家治国平天下之大任。

养子当教,养女亦要教。《宣讲回天·义方训女》云:

> 从来养子当教,养女尤不可不教。盖子不教,不过害自己,女不教,更贻害人家。所以古语云:"养子不教如养猪,养女不教如养驴。"诚以女生外向,若教之不善,一旦出了阁,公婆不知孝敬,丈夫不知顺从,妯娌之间,诟谇时闻,子侄之辈,残刻难堪,甚而丑事现于闺门,羞及满族,臭传一乡,种种弊端,难以枚举,皆不教训阶之厉也,故教子不可不早,而教女尤不可稍迟。②

这一议论,《宣讲大全·闺女逐疫》中亦有之。在一般人心目中,儿子是自己家的,女儿是别人家的,在重男轻女观念影响之下,父母对女儿的教育往往重视不够。虽然比不上爱儿子,但爱女之心,人皆有之。从长远角度考虑,女未教,则理不明,事不会,在婆家就会受到公婆妯娌叔伯的厌憎、排挤,不利于女儿在夫家的生活;从家族发展上看,男主外、女主内,女子是否贤淑明理能干,直接影响到她所在家庭的和睦及子女教育;从荣辱而言,关涉两个家族,一旦有"丑事","羞及满族,臭传一乡",影响远甚于男子之丑事。《采善集·失教受辱》认为"教女比那教儿还要紧些",原因是"若是女子教得不好,后来嫁过婆家去,公婆也厌恶他,丈夫也嫌贱他,就是后家爹妈的脸上也不光采。岂不是害了人家,又玷辱自己吗?"③女子失教,受辱的不仅

---

① 〔清〕三山吴玉田镌:《宣讲引证》卷一,光绪纪元年(1875),闽书宣讲总局藏板,第21—22页。

② 《宣讲回天》卷二,道光二十七年(1847)刻本,第34页。

③ 《采善集》卷五,宣统二年(1910)新镌本,板存罗次县关圣宫,第27页。

仅是自己，还有自己的娘家父母。《平常录·养女失教》《万选青钱·养女失教》等故事都阐明了养女失教所带来的危害。

教什么、怎么教是子女教育的重要内容，二者不能截然分开。《宣讲引证》指出，教育应先"启其德性，遏其邪心，广其器识，谨其嗜好"，使之先明纲常伦理，然后"士农工商，各有传业"。该书引《王阳明先生语》云："子孙七八岁，无论敏钝，俱宜就塾读书，使粗知理义。至十五六岁，然后观其志向，为农为士，各随其质以分之。"①书中所举例证，有言教，亦有身教。要言之，教育的内容是"德"与"艺"，德先艺后。《圣谕灵征·父兄不遵师教》认为，"为父兄者，送子弟读书，务要因材施教，谨体圣谕以孝弟为本，材能为末，器识为先，文艺为后可也"②。《采善集·溺爱不孝》旗帜鲜明地反对溺爱，倡导父母要言传身教："大凡教子孙的道理也多，总不外身教言教两行。"言教是"无论子弟聪明愚蠢，都要教他以孝弟忠信、礼义廉耻的道理，使他学为好人"，身教就是要"存些好心，做些好事，留个好榜样与儿看"③。《圣谕六训集解·教训子孙》之《谕男》篇认为教训子孙是一个"齐家之道"，教育子女须频频开导，耳提面命，倘若不听，则要"严教"，具体的教法有三：胎教、身教、言教。身教是事事堪为行为准则，孝敬父母、和睦兄弟、夫妇和顺、结交好人、勤劳节俭、不嫖赌抽烟饮酒、与人为善、忍让等，"这身教本是个上行下效，要如此子孙们才依你教。若不然训谆谆听若藐藐，身不正令不行空把舌饶"④。言教则要因材施教，聪明的先教他立品行，愚蠢的教以具体的手艺等，使其知道孝父

---

① 〔清〕三山吴玉田镌：《宣讲引证》卷九，光绪纪元年（1875），闽书宣讲总局藏板，第4页。

② 《圣谕灵征》卷四，嘉庆十年（1805）刻本，第9页。

③ 《采善集》卷五，宣统二年（1910）新镌本，板存罗次县关圣宫，第21—22页。

④ 〔清〕西蜀哲士石含珍编辑：《圣谕六训集解》卷三，光绪九年（1883）重镌本，第34页。

母、敬长上、笃宗族、和乡里。在《谕女》中，特别强调胎教，胎教之法有不贪淫、心正、身正、眼正、耳正、口正，胎教之外，还重母亲对女儿之教，内容包括孝父母公婆、敬丈夫、和姊妹妯娌、勤纺织、惜五谷、亲理厨灶、三从四德等。

身教重于言教。宣讲小说中有多个故事呈现身教及其效果，如《触目警心·修路获金》云："居媚节俭积钱银，训子辛勤结善因。良匠造成歌坦道，两家同日产麒麟。这几句话是说，世之为坤道者，亦当心存仁慈，利人济物，以善功训子，不以贫苦堕节。"①《大愿船·远色登第》的副标题是"德行训子，拒色高魁"。《宣讲福报·一宝翻梢》云："今人总说别人不是，自己有理，殊不知以身教者从，像崔氏只是自己尽道，别人皆感化。吾愿贤妇淑女，将崔氏所言所行，照样做去，亦必一家安乐，子孙荣贵，乡里播为歌谣，后人传为美谈也。"②《圣谕灵征·不修父道》强调"为人不正其身，带坏子孙，还是与自己添罪"③。故事中，苏洪顺恃家富抛撒五谷、肆意作恶，其子孙也食鸦烟，耍班子，既丧祖宗之德，又害祖宗之后；邢文渊贪恋酒色、唆人争讼、侵吞善款，不正家教，带坏子孙。

身教还包括多行善。《法戒录·培文教》载，杨标之子杨柳堂聪慧，却在婚后大变，杨标广引古人故事，说道理劝之均未能奏效，后一老人告诉他：

> 孟子曰："求则得之。"虽指道德仁义，还兼富贵功名，内外两得，是求有益于得。若不返躬内省，而徒向外去求功名，则求之有道，得之有命矣。内外两失，故为无益。即以功名两字，论功

---

①《触目警心》卷三，光绪十九年(1893)镌刻本，沙市善成堂藏梓，第1页。

②《宣讲福报》卷二，光绪戊申年(1908)经元书室重刊本，第16页。

③《圣谕灵征》卷五，嘉庆十年(1805)刻本，第20页。

是阴功,非单指读书之功。要有此阴功,方得成此名。大凡子弟
有功名,虽是子弟的命,实由父兄的培植。有一辈人的阴功,子
弟必得一步功名;有数辈人的阴功,子弟必得数步功名,这是一
定的道理。①

杨标听老人言,根据自己的特长,修学馆,助贫寒,广行善事。一日,
杨柳堂听《柴夫子训子格言》后猛然警醒,又有感于父亲的苦心,自此
发愤,得以中举。《采善集·积德化子》讲述的是同一个故事,但表述
略有不同,其中同样论及身教之重要性:

古话说:"以身教者从。"要晓得子弟不听说,皆因我平素来
少了品行,己身不正,焉能正人。这样想来,就要做些好事,为个
好人,一则使子弟见了有个好榜样,二则我能积德,亦可以挽回
天心,那上天自然会默佑我的儿子,回心转意,不消劝他,自然会
成好人。所以古话说:"积德以贻子孙,子孙长久受用。"②

教育要灵活,要因人、因时、因事、因材施教。因时施教最主要的
一条是趁早教育。所谓桑条自小礜,子女自小教,像《救世灵丹·雷
诛逆子》中说的,"自小时教得好,到得成立就知道孝弟忠信礼义廉
耻,若教得不好,至年富力强时,必然嫖赌嚼摇,奸盗诈伪"③。因时
而教还指因事而随时施教。大凡善教者,总是灵活的,如因交友而教
交友之道,因不懂因果而教因果之理,不懂法而教以法律知识,见躬
耕而教以节俭,因钱财而教以施舍,以政事而教以忠君爱民等。《宣

①〔清〕梦觉子汇辑:《法戒录》卷四,光绪辛卯年(1891)明善堂新刻本,第4页。
②《采善集》卷五,宣统二年(1910)新镌本,板存罗次县关圣宫,第6—7页。
③《救世灵丹》卷二,刊刻时间不详,第22页。

讲引证》言："读书呢，教他用功夫；见人呢，教他习礼貌；做事呢，教他学勤谨；虑家呢，教他知省俭。空的时候，常将那古往今来孝弟忠信的事，同他谈谈，要他学学。"[1]其中所举的孟母三迁及断机教子，新繁令胡寿安见子烹鸡而斥其奢，御史包蒙泉之母教其以廉洁持身，赵方崖幼时夜读书烤火致祖父教以勤苦等，皆属于因事、因时而教。《采善集·善教登科》言"善教"云："文昌帝君说得有：上等人说性理，中等人说因果。我想四书五经，说的是性理，言辞浑厚，此子愚蠢，怕他读了看做寻常话头，不知警省，故尔说些因果报应，以开导他。"[2]从《法戒录》"教训子孙"条下故事的副标题，皆可看出教子孙的内容，如《培文教——教训诗书》《登科报——教训因果》《要惜福——教训节俭》《阴阳律——教训法律》《将就错——教训戒淫》《务本业——教训艺术》《娘害儿——骄傲不教》。当然，这些教训子孙的内容也是根据具体情况而定的。杨柳堂聪颖过人，五岁读书，十岁能成文，故"教训诗书"；吹篪迟钝，侧重于"教训因果"；富翁童良佐以耕种为业，对二子"教训节俭"；冉大器之子不走正路，大器"教训法律"；林长春之子好逛花街柳巷，长春"教训戒淫"；简居敬有三子，遂"教训艺术"，分别让三子学机匠、染匠、裁缝，亦令他们各务本业。要之，因为教育的内容与方法因人而异，教育也就能落在实处。

　　良好的教育是家庭教育与学校教育的结合。当时的社会中，读书人少而文盲多，多数家长自身文化知识水平有限，不可能传授给子女更多知识与道理，将子女送到学校是明智的选择。作为父母，应该积极送子读书，择良师，尊师重教，且配合老师共同完成教育大任。《赞襄王化·隆学获报》云："学校党庠教化同，人心克正始为功。能

①〔清〕三山吴玉田镌：《宣讲引证》卷九，光绪纪元年（1875），闽书宣讲总局藏板，第6页。
②《采善集》卷五，宣统二年（1910）新镌本，板存罗次县关圣宫，第3—4页。

端士习无亏行，可继文翁治蜀中。这四句话说人生在世，既有父以生之，尤赖师以教之。师也者，所以教喻而成德也。但古之教人，以格致诚正为本，以修齐治平为归，平日讲明孝弟忠信、礼义廉耻。"①《宣讲引证》引《朱子家训增注》语，指出家长除了要身体力行以为表率外，"更择严师益友，为之化导而教益之，使子弟潜孚默化，则品行端而心术正"②。宣讲小说中的甚多不成才者，皆因教师严而家长不配合所致。《宣讲集要》在阐释"隆学校以端士习"时强调："凡送子弟读书，必望子弟成名。要望子弟成名，先要尊师重道。若老师刻成子弟，我就不要护短……你把老师看得重，老师把你子弟当个人。"③教师教圣贤书，教子弟知识及为人处事的道理，故此，尊师重道者有善报，而辱慢师长则有恶报，《宣讲集要》之《葬师获名》《背师坠马》，《圣谕灵征》"隆学校以端士习"条下《父兄不尊师表》《东家侮慢师长》案目皆是例证。

　　宣讲小说中有大量因为善教而子女成材、家庭家族兴旺的故事，也有大量因不善教而引起的子女无品行、无一技之长，作奸犯科、身陷囹圄、亡命丧身的情况。子女失教，原因有几点：一是父母早亡，又无他人引导；二是父母无能，或因自身才学见识品行有限，不能教子女或教育失当；三是吝惜子女早丧母或丧父，或因为得子较晚，或因为独子等原因，溺爱子女。第一种是客观原因，姑且不论，后两种原因尤其是溺爱所引起的失教最为普遍，更为宣讲者所关注。

　　身教失败或溺爱导致失教。《绘图福海无边·苏草帽》中，宏顺

─────────────

① 《赞襄王化》卷一，光绪六年(1880)新镌本，板存四川夔州府云邑北岸路阳甲培贤斋，第36页。

② 〔清〕三山吴玉田镌：《宣讲引证》卷九，光绪纪元年(1875)，闽书宣讲总局藏板，第28页。

③ 〔清〕王文选辑：《宣讲集要》卷九"隆学校以端士习"条，光绪丙午年(1906)吴经元堂刻本，第22—23页。

为人奸诈,处世刻薄,家庭富豪,广有银钱。他对独子兴发爱若珍宝,娇养成性。结果兴发人大性傲,教训不遵,学赌贪嫖,浪败多金,气死母亲,父重伤亦不理睬。宏顺曰:"我自悔生平行为,故遭惨报。正是:天作孽犹可违,自作孽不可活。"①后兴发因逼死二命,被砍碎身体。

不尊师重道加上溺爱子女导致失教。《孝逆报·淫逆变猪》中,白翁夫妇勤苦积家,对独子白天星十分爱惜,事事必依,全不教训。及至送到学堂读书,又对其百般护短,对老师说:"我的儿子读不得书是淡事,不过规着他莫多事。"发现儿子贪淫,白翁要打,白母言:"桑条从小搬,大了搬不弯。儿子于今不成材,只要漫漫教训,何必定要打他?"②天星从此不孝父母、不理家事,贪淫好色,先遭雷击,转世变猪。《赞襄王化·还金昌后》的故事也大致属于此种类型,不过又加上了父母的吝啬,不肯为善。失教的结果,是失教子沦于嫖赌,将泼天家私败尽后乞讨为生,竟至于卖妻。

见识不明加溺爱子女导致失教。父母见识不明,任由儿女胡来,或者为子女的任何行事找到理由,进而听之任之,且以其幼小为之开脱。《维世八箴·失礼误子》中,韩钟离只知养子,不知教育,任随二子胡行,概不禁止。弟骂兄曰大杂种大草包,兄骂弟曰二龟儿子,"钟离全不禁止,反说儿子精伶"。妻姜氏劝夫教之以礼,钟离不听,"反教儿子行奸使巧",其子韩声远不勤不俭以致哄骗偷盗、拐带人妻,后讨口回家,身染瘟疫,弟兄同死。小说议论道:"从此案看来,韩声远到后来无恶不作,总因衣食逼迫起见,而所以无衣无食之故,则由不勤不俭起,所以不勤不俭之故,总由于为父母者不以礼教子起见。……

---

① 《绘图福海无边》卷三,民国元年(1912)重刻本,第1页。
② 〔清〕岳西破迷子编辑,〔清〕果南务本子校书:《孝逆报》卷一,光绪癸巳年(1893)刻本,第34页。

为父母者岂可养子不教如养驴，养女不教如养猪。"①二子互骂显然不对，而韩钟离心思"独特"，视之为"精伶"，又以不义方而教，显然是糊涂之人。糊涂之人而以糊涂之道教子，只能更加误子。《宣讲摘要·鸭嘴湖》更属于因父母见识不明而所教失当的故事。黎光德之子黎永正、徐元兴之子徐安，二人俱是"素性小慧，好为诡诈"，但"黎徐二老均不教以正道，反各夸其伶俐"，及子长成人，"黎永正惯铸假银，人莫辨其真伪。徐安能造伪物，巧于取利"②，二人因此犯事逃走鸭嘴湖，黎永正被人谋杀，徐安因嫌疑入监。结尾议论道："徐黎二老，自夸儿子伶俐，不以义方教之，纵子枉取人财，致使丧命干罚，到老无靠，可为溺爱其子者戒。"③

夫妻双方意见不统一导致溺爱放纵失教。《最好听·咬娘乳》中，胡有厚之子良儿受妻张氏溺爱，就是良儿骂爹娘，张氏全不禁止，反夸良儿乖巧，会骂人了。胡有厚见妻子溺爱良儿，劝其善教，反被张氏大骂，"胡有厚无可奈何，只得忍气吞声"。自此以后，良儿越发不堪，欺辱他人，打架偷盗，张氏护短，又不允许丈夫教训。胡有厚将良儿送至学堂求先生严令教戒，张氏又求先生耐烦宽恕，甚至因为管得严而咒骂先生。总之，虽然胡有厚耐心教子，但良儿因为母亲的溺爱放纵，已经难以改正，最后无法，有厚与张氏分开，良儿愈加肆无忌惮，吃喝嫖赌、偷摸拐骗，陷入狱中被判斩刑。张氏懊悔，良儿憎母溺爱害了自己，数落张氏溺爱种种原由，咬下娘乳：

> 大老爷坐法堂容我讲哪，非小人把母亲妳尖咬落。这都是
> 我的娘他害了我，娘把我不警戒溺爱习唆。自幼时我就爱偷人

①《维世八箴》卷八，刊刻时间不详，第21页。
②《宣讲摘要》卷四，光绪戊申年（1908）经元书室重刊本，第28页。
③《宣讲摘要》卷四，光绪戊申年（1908）经元书室重刊本，第34页。

小货，反夸我会挣家至不警觉。若有人打骂我娘忙护着，人人怕我那娘放刁撒泼。我爹爹把好话教我不错，奈我娘反说他嘴巴太多。送读书娘护短时常逃学，叫先生莫严令由我懒惰。回家来父命我学把田作，娘反转骂爹爹把儿刻薄。因此上不去嫖就去赌博，又好穿又好吃学当耍哥。终日里哥弟们成群结伙，遇着人总讲我七拳八脚。我爹爹只为是受气不过，把母子分出去各自开锅。坏皮气搞惯了那肯改过，不几年把家业连筒丢脱。莫奈何开饭店才把贼窝，今日里犯了案自知罪恶。这都是娘害我未得结果，恨不过因为此咬死贱婆。①

不犯大错，不能领会溺爱之害。良儿反思自己短暂的一生，发现一切的过错都源于溺爱。父母非不爱子，因溺爱而害子，于子于自己，都是莫大不幸。《辅世宝训·护子成冤》的情节与此类似，有富临刑前数落母亲的溺爱，咬下娘乳。故事完毕，宣讲者告诫总结道，为母者不可溺爱孩子，否则就是害孩子。

宣讲小说反复以故事言明子女不教或失教，对家庭、家族产生重大影响，以此警醒世人。《宣讲大全·闺女逐疫》概括失教带来的危害："倘若溺爱不教，听其长成顽性，作厥非为，大则覆宗绝祀，小则败户辱门，虽有万金之家，莫供半年之用，致令为父母者，白首兴嗟，黄泉陨涕，事后空悔，有何益哉？"②《照胆台·暗似漆》开篇言道："人生一世，子孙是后程，子孙不好，任你有天大事业，总无交搁，眼光落地都做了一场话把。所以说事务虽多，训子第一。若教训得好，方为一个宝，目下虽然寒微，不久即能兴家；倘教之不好，乃是一匹草，纵有

---

① 《最好听》卷七，光绪二十九年（1903）刻本，第61—62页。
② 〔清〕西湖侠汉：《宣讲大全》卷七，光绪戊申年（1908）刻本，第15页。

千金之家，莫供半日之用。"①张从俭四十八岁方生一子喜生，喜生本极聪明，然夫妇爱之过甚，不让教师管得过严，教师以《姑息养奸歌》暗示亦不醒悟，导致喜生不学无术，竟至好男风，假托外出贸易连累父母妻子，妻子自缢，喜生被大炮打成肉泥。张老夫妇闻知哭瞎双眼，又连遭盗贼、天灾，竟一贫如洗，落得个讨口下场，"方境人人咒骂，个个指责，都不打发，双双饿死岩洞，无人知觉，竟被猪拖狗扯"。故事结尾议论道："此刻薄成家，视财如命，不修善果，不教儿子，卒至家败人亡，香烟断绝，更留骂名于后世。由此观之，可见子弟不可不教，教之尤不可不早。"②喜生失教，害己、害妻、害父母、害岳父母，小说将之归为不教、不善教之故，可谓中的。《指南镜·哭禁监》《法戒录·娘害儿》《采善集·娇养害儿》《采善集·溺爱不孝》《文昌保命录·娘害儿》《千秋宝鉴·人财两空》等，都是以"溺爱"为主题，《千秋宝鉴·人财两空》还有一个副标题"爱儿是害儿"，即是直言溺爱害儿。标题本身，就是对溺爱之害的警示。

　　由于子女教育关涉子女个人、家庭、家族、社会，责任重大，故善教、不善教各有功过。《广化新编》第十一回《观音堂女尼讲格言，灵应寺天君垂宝训》云："不谨教子女，任令佚游，嬉笑无度，一日一过。"③《阴阳鉴》第八回的标题为《勤授徒冥府逍遥，懒教子阴司惨凄》，"勤授徒""懒教子"与"冥府逍遥""阴司惨凄"各自为因果关系，直接表明对"勤授徒"的肯定与对"懒教子"的否定。真君所演子女律条，具体规定了父母各种"过"及受到的相应惩罚：

　　　　积隐恶，留殃后嗣，照事受诸苦三百次，大狱监固。

---

①〔清〕果南务本子编辑：《照胆台》卷二，宣统三年（1911）新刊本，第55页。
②〔清〕果南务本子编辑：《照胆台》卷二，宣统三年（1911）新刊本，第72页。
③〔清〕桂宫赞化真官司图金仙编辑：《广化新编》，咸丰元年（1851）重镌本，第66页。

姑息养奸，致为败类，照一人受诸苦三百次，大狱八十年，满，放绝嗣报。

家教重名利、轻礼义，不量才质，择业营生，致令游荡无成，贻误终身，照一人受诸苦二百次，大狱六十年，满，放痴聋。

为不才子夤缘功名，贻误子弟，照一人逐事受诸苦百次，大狱五十年，满，放贫赝。

父兄纵逸，无模范垂后，照一人受诸苦五十次，大狱三十年，满，放蒙瞆。

延师教读，无诚敬心，照一人受诸苦五十次，大狱十年，满，放不学。

延师不慎择选，结亲不选贤良，照一人受诸苦三十次，大狱十年，满，放瞬矇。

容任恶习，不严教，照一事受诸苦二十次，大狱十年，满，放瘖聋。

喜占小便宜，不戒止，照一次受诸苦十次，大狱五年，满，放肺痹。

教子弟显背圣贤义理，照一言受诸苦五次，大狱三年，满，放痼盲。

望子弟勤俭，已不以身先之，一味严督，致生腹诽，失教于前，苛责于后，伤父兄情义，进一善言，不听从，照一次受诸苦一次，议监放。

显见奢华，不力禁止，照一次受诸苦一次，议监放。①

这些"过"多达十余条，涉及姑息养奸、不善因材施教、不择师、不修身以教等，除了一两条涉及身教，其余多数与溺爱有关，"过"的大小依

---

① 〔清〕义泉静虚子编辑：《阴阳鉴》，光绪癸未年(1883)刻本，第85—87页。

对子女产生的影响而定。如第一、二、三条,致使子女成为败类,游荡无成,"过"最重,受到的惩罚也就最重。身教不当及教的内容不当,同样有过。

二、戒残毒:以慈爱之心待子媳

父慈子孝,慈是父母的本能,也是对父母的规定。慈利于子女健康成长。但是,因为诸多原因,父母不慈的往往有之,其中就有溺婴。《阴阳鉴》第八回《勤授徒冥府逍遥,懒教子阴司惨凄》将其视为子女律中的大"过":"溺杀己生子女,照一人受诸苦三百次,大狱百年,满,放畜道。"①

溺婴,主要是溺女。之所以产生这一现象,深层原因是男尊女卑的社会现实导致的重男轻女思想,具体原因却各有不同。《宣讲大全·溺女现报》《赞襄王化·农桑致富》《法戒录·狼毒心》《一见回心·嫌女报》等皆有表现。《法戒录·狼毒心》的副标题是"溺女非为",故事言林春多次溺女,其叔父问他原因,他回答道:

> 人在世养女子许多难处,比不得带男儿易于抚畜。要梳头要缠脚不敢失误,买花朵打首饰许多题目。收拾得不合礼被人憎恶,有一点教不到难望贤淑。为养女费尽了许多辛苦,到不如早溺死免受劳碌。
>
> 有女儿到出嫁更见难处,如今人爱体面又爱姑苏。缝衣服要绸缎少用粗布,或三铺或四盖还在不足。若有点办不齐脸皮难顾,嫁过去那公婆时时凌辱。因此上把女儿全不当数,回家来向爹娘啼啼哭哭。
>
> 有女儿放人家难选人户,谁不想攀高门一生富足。也有的

---

① 〔清〕义泉静虚子编辑:《阴阳鉴》,光绪癸未年(1883)刻本,第85页。

先发财后受贫苦,也有的遇着那不好丈夫。平白里将女儿打骂不顾,又憩气又冻饿受尽冤屈。回家来向着你时时哭诉,这情景叫爹娘怎遂心腹。

有女儿家富豪不难育抚,倘若是遇贫穷怎样结局。一无穿二无吃盘养不住,娘受苦女受饿痛入心腹。到此时虽捡起逃生无路,害得他一平生难把头出。到不如早溺死免得受苦,早令他二一世投个富足。

有女儿怕的是门风败露,身长大不学好丑事弄出。见几多退姻亲好不伤楚,见几多打官司受人凌辱。那时节管教你羞愧无路,一辈子难出头如何结局。是亲朋把此事交相告诉,反骂你为父母全不管束。

有女儿才下地不知事务,不比那身长大知识完足。未见天全不知生死之路,好一似梦寐中还在睡熟。就把他拿溺死焉能醒悟,直当得脚踏死路途虫物。细思想这件事无妨去作,纵然是有罪过不损福禄。①

《赞襄王化·农桑致富》中,李成溪指出溺女有四个原因:"有的为好安乐难得抚引,有的为占了胎难把儿生。有的为办嫁奁难把人胜,有的为少衣饭家下清贫。"②其他故事所言的原因,大致相同。《滇黔化》第五回《禁子报力挽颓风,大悲偈劝行善果》中,还记载了一种奇怪的习俗:"每年三六九月逢初二三生者,不论男女皆要,余月日皆不用也。"③综合看来,溺女原因有六:一是养女比养儿麻烦,二是

①〔清〕梦觉子汇辑:《法戒录》卷六,光绪辛卯年(1891)明善堂新刻本,第66—69页。

②《赞襄王化》卷一,光绪六年(1880)新镌本,板存四川夔州府云邑北岸路阳甲培贤斋,第30页。

③〔清〕晋良、钟建宁编:《滇黔化》,光绪三十年(1904)重刊本,第37页。

家贫子多难以养活，三是出嫁时嫁妆难办，四是出嫁后又要找父母麻烦（让父母担忧或令父母受辱），五是腾空以便生儿养儿，六是当地陋俗。至于早点溺死免得长大后受苦及趁其还在梦寐中溺死好似"踏死路途虫物"，更是诡辩、无稽之谈，但这一想法却也是部分人的观念。

　　事实上，上述这些原因并不能作为溺女的充足理由。《法戒录·狼毒心》中，叔父一一辩驳林春之论，如对养女难的驳斥："人生在世，原是为儿为女，况溺女罪大，王法不饶，一经犯出，太爷照例究办，就要流徙一年。即或官可瞒，天不可欺，日后死在阴司，必要受罪。"对于嫁妆丰厚难办，他认为量力而行即可；担忧女儿出嫁后出乖露丑，令自己蒙羞，只需早早教训即可。他指出孩子无论大小都是生命，若担忧其后受贫，自可"或送至育婴堂，寄人抚养，若无育婴堂，或写起生庚八字，掷于道旁，必有仁人君子，救济于他，若凑得几串钱，便可养活"①。生子为常，生子依日而定生死更是可笑。《滇黔化》第五回《禁子报力挽颓风，大悲偈劝行善果》中，布政司评道："人之生也何常，岂有计定时日之理，如谓可定时日而生，亦将可定时日而死乎？是皆好溺子女之俗，而故设此难以借口耳。"②

　　即便有诸多解决方法，溺女仍屡屡发生，这成为清代社会的普遍问题③。《宣讲引证》录严禁溺女圣谕二则。一为顺治十六年（1659）

①〔清〕梦觉子汇辑：《法戒录》卷六，光绪辛卯年（1891）明善堂新刻本，第66—68页。

②〔清〕晋良、钟建宁编：《滇黔化》，光绪三十年（1904）重刊本，第43页。

③参见赵建群：《清代"溺女之风"述论》，《福建师范大学学报（哲学社会科学版）》1993年第4期；肖倩：《清代江西溺女风俗中的"奢嫁"问题》，《江南大学学报（人文社会科学版）》2005年第4期；王美英：《明清时期长江中游地区的溺女问题初探》，《武汉大学学报（人文科学版）》2006年第6期；汪毅夫：《清代福建的溺女之风与童养婚俗》，《东南学术》2007年第2期；张超凡：《清代湖南地区溺女现象与政府救助》，《湘南学院学报》2018年第4期；等等。

左都御史魏裔介上奏:"臣闻江南、江西、福建皆有溺女之风,他省安必其无,父子天性,何分子女,忍心害理,莫此为甚。"顺治下令"严行禁革";二为乾隆三十七年(1772)下谕:"若甫生幼女,毫无知识,何有违犯,乃以恶习相沿,甘心溺毙,其残忍不慈,实与故杀无异。如果事发,到官审实,自应即照故杀子孙律办理,毋庸另立专条。"①宣讲小说中,溺女的情况屡见不鲜,故宣讲小说中常有以此为内容者。如《采善集》专设"溺女类",其中的案证故事有《育女获福》《全家惨报》《溺女绝嗣》《堕胎惨报》;《圣谕灵征》中"敦孝弟以重人伦"条下有《男子打胎溺女》《妇人打胎溺女》《教媳打胎溺女》《助人打胎溺女》等。《阴阳鉴》第五十五回《焦廷荣溺女遭报,祝太平堕胎受刑》中,焦廷荣不修德年过三旬无子,遂多纳妾,谁知妾皆生女,有六女后,自此"遍告众妾,生男则养,生女则溺",前后溺毙九女。《宣讲引证》引《楚香斋丛谈》中的例证:"河口蔡某,产六女俱溺之,七产复女,取刀裂其体。"②其他如石有明妻杜氏连生六胎都是女,尽被淹死(《宣讲大全·溺女惨报》);欧氏溺毙四女(《指南镜·灵祖庙》);贝氏连溺三女,又打一男胎(《宣讲福报·假善诉苦》);阳县许氏连溺四女(《宣讲汇编·红蛇缠身》);李和强逼二媳溺毙二孙女(《宣讲集要·溺女现报》);魏氏数年溺死数女(《宣讲集要·奇胎索命》);周氏连溺二女(《回天保命·溺女生蟾》);等等。故宣讲者在故事宣讲时,多引神仙或当时广为传播的戒溺歌或戒溺文来告诫人们勿溺女,如《济世宝筏》的《九戒溺女》《奇胎索命》中有《孚佑帝君戒溺女歌》,《宣讲集要》中的《武圣帝君十二戒规》就有"九戒打胎溺女",《灶王府君训男子六

---

① 〔清〕三山吴玉田镌:《宣讲引证》卷四,光绪纪元年(1875),闽书宣讲总局藏板,第20—21页。

② 〔清〕三山吴玉田镌:《宣讲引证》卷四,光绪纪元年(1875),闽书宣讲总局藏板,第21页。

戒》中有"三戒嫖赌溺女"，《灶王府君训女子六戒》中有"四戒打胎溺女"，《宣讲大全·溺女惨报》中有《戒溺歌》等。在仙佛之谕及慈生观的影响下，"勿溺女"也就成为一些明理的父母教育子女的重要内容。

　　深入探究溺女父母的内心，其动机可以归于自私与残忍。男婴女婴都是一条命，在溺女者看来，女婴的命抵不过自己的麻烦、面子、财产，不可谓不狠心。《脱苦海·奇胎索命》中云："堪叹世人大不良，一片毒心胜虎狼。忍将自己身上肉，当作粪土弃山岗。"[1]溺婴之父母（或祖父母）全然未能换位思考，亦未将女婴作为一条生命来对待。《阴阳鉴》第五十五回《焦廷荣溺女遭报，祝太平堕胎受刑》云："伤胎溺女，尤干上天之怒，动鬼神之憎，盖上天以好生为心，既生之，则不当杀之，杀之者，逆天也。逆天有罪，焉能逃遣。"[2]《指南镜·灵祖庙》云："各位！像欧氏这番言语，实在逆天行事，试看那最毒的莫若虎狼，他都晓得保护其子，未闻将子吃了的话，难道说人比虎狼都不如了。设若举世效他所为，则天下莫人种了。"[3]在诸多的溺女歌中，既有对狠心溺女行为的谴责，又有言婴儿被溺时的惨状，读之使人战栗心酸。如《宣讲回天·世孝昌后》中云：

　　　　猛虎欲逐逐，不忍吃儿肉。如何父母心，比兽更残酷。十月离娘肚，即刻登鬼录。营穴蚁贪生，蜉蝣习觳觫。悲哉呱呱儿，何辜遭惨毒。或嫌儿女多，女多胜孤独。况生贤淑女，殷然念母族。若恨不生男，更宜先积福。残忍生理绝，仁慈乃孕毓。故杀子女罪，拟徒受桎梏。好生天地德，男女当并育。大发慈悲心，

①〔清〕岳西破迷子编辑，〔清〕果南务本子校书：《脱苦海》卷三，同治癸酉年（1873）新镌本，第 100 页。
②〔清〕义泉静虚子编辑：《阴阳鉴》，光绪癸未年（1883）刻本，第 78 页。
③〔清〕广安增生李维周编辑校阅：《指南镜》卷三，光绪二十五年（1899）新镌本，板存广安长生寨，第 71 页。

庶几广嗣续。①

《脱苦海·奇胎索命》《普渡迷津·乐善保饥》《宣讲大全·溺女惨报》中皆有溺女歌。《普渡迷津·乐善保饥》引《溺女歌》云：

> 溺女歌，溺女歌，提起溺女痛心窝。万般狠毒都还可，惟有溺女造大恶。十月临盆才下地，生擒活捉见阎罗。呱呱一声归大梦，糊里糊涂入南柯。最可怜有口不能诉，有足难走脱。惨已哉痛，若何天地鬼神岂恕却。②

《周易·系辞下》云：“天地之大德曰生。”③溺毙女婴是父母的不仁不慈，亦伤天和。宣讲小说中的不少故事在议论中都言及女子在人类繁衍中的重要性，借以反对溺女。如《宣讲大全·溺女惨报》云：“盖闻乾道成男，坤道成女。男以女为室，女以男为家，是男女居室，人之大伦，如世人尽把女淹了，一个也不留，则世间只有男子，便没有女子，没有女子，则男子无妻，无妻则后代儿孙，把何人生育哩。无人生育，人根岂不绝了吗？”④《指南镜·灵祖庙》云：“设若举世效他所为（即溺女），则天下莫人种了。”⑤《宣讲福报·假善诉苦》云：“盖天地有阴阳，则万物生，夫妇有配偶，则男女产。若独有男而无女，则人

---

①《宣讲回天》卷二，道光二十七年（1847）刻本，第 19 页。

②〔清〕岳北守一子编辑，〔清〕舟楫子校正：《普渡迷津》卷二，刊刻时间不详，第 66 页。

③〔魏〕王弼等注，〔唐〕孔颖达等正义：《周易正义》卷八《系辞下》，《十三经注疏》（上），上海古籍出版社，1997 年，第 86 页。

④〔清〕西湖侠汉：《宣讲大全》卷八，光绪戊申年（1908）刻本，第 1 页。

⑤〔清〕广安增生李维周编辑校阅：《指南镜》卷三，光绪二十五年（1899）新镌本，板存广安长生寨，第 71 页。

类之生育,不亦绝乎?"①《济世宝筏·九戒溺女》云:"三代不育女,其家必绝。"②不过,就溺毙女婴的父母看来,女儿是自己所生,与他人无关,既然能生,也就有权力决定她的生命,至于他人、人类的繁衍都不在他们的考虑之中,甚至因为溺女并不见报应而更加肆无忌惮,如《脱苦海·奇胎索命》中的魏氏说道:"宣讲在发癫,怪我七八天。我溺我的女,有他甚相干?"③完全没有考虑到自己十月怀胎、女儿是自己血脉凝结,是一条活生生的生命,只凭着自己的喜好与所谓"道理",肆意剥夺女婴的生命,可谓不仁不慈之极,丧失了作为父母的本能,远远乖离了父母之道。《普渡迷津·乐善保饥》之溺女歌还列举了救父之缇萦、从军之花木兰、打虎之杨香、寻父尸之曹娥等女性,说明女子也可以光耀门楣。溺女之人,既无慈爱之心,亦不合天理,将有一世孤独之命运,且还可能受地狱之惨报。《阴阳鉴》第八回《勤授徒冥府逍遥,懒教子阴司惨凄》列举的"子女律"中的父母之"过",还有:

　　待媳及婿,异居胞侄,贫富异情,无心关顾,照一事受诸苦五十次,大狱二十年,满,放贫痞。

　　无子时过继,有子后徇私异情,照事受诸苦五十次,大狱二十年,满,放贫寒孤独。

　　偏爱启不睦之衅,外人谈论己子短失,怙恶生怨,照一次受诸苦二十次,大狱十年,满,放聒痖。

　　容任为不当为,见不善不教,有过不戒,恣意打骂,无过失,

①《宣讲福报》卷一,光绪戊申年(1908)经元书室重刊本,第64页。
②《济世宝筏》卷三,民国乙卯岁(1915)重镌本,第7页。
③〔清〕岳西破迷子编辑,〔清〕果南务本子校书:《脱苦海》卷三,同治癸酉年(1873)新镌本,第102页。

任意呼叱，迁怒误责，照一次受诸苦五次，大狱一年，满，放旷珐。

　　幼时不教，老大无成，已有过，谏不听，反加怒责，照事受诸苦十次，大狱五年，满，放瘄。①

从上述之"过"来看，父母不慈主要有三类，即对亲子女不慈、对继子女不慈、对媳妇不慈，既有对亲骨肉的冷酷，也有对家庭中非血缘关系晚辈的残忍。

　　"慈"，《说文解字》解释为"慈，爱也。从心，兹声"②。由慈的构字来看，可以理解为从此心出发，将心比心。《新书·道术》载，"亲爱利子谓之慈，反慈为嚚"，"恻隐怜人谓之慈，反慈为忍"③。慈是父母的本能，所谓"慈者，父母之高行也"④，"为人父，止于慈"⑤。子女是父母血缘的延续，爱子女也就是对自身生命之爱。但有些亲生父母，却因种种原因，对亲子不慈不仁。就对待儿女来讲，爱子甚于爱女，甚至有为了儿子的将来谋害亲女的。《法戒录·狼毒心》中，林春妻余氏担心自己所生女儿影响到儿子，起不良心，将六岁的亲女骗至楼上，锁上房门，断掉饮食，不顾女儿撕心裂肺的哭喊、求饶，活生生将其饿死。《宣讲福报·二子索命》中，杨氏为了与奸夫莫宣能在一起，先捂死第一个小孩，与莫宣能成婚后，又嫌弃第二子，继而饿死这个才一岁多的孩子。宣讲者严厉批评杨氏的狠毒："列位！你看杨氏这样淫毒之妇，只图贪淫好色，不念丈夫的血脉，己身的骨肉，真是比虎

①〔清〕义泉静虚子编辑：《阴阳鉴》，光绪癸未年（1883）刻本，第86—87页。

②〔汉〕许慎撰，〔清〕段玉裁注：《说文解字注》，上海古籍出版社，1981年，第504页。

③〔汉〕贾谊：《贾谊集·新书》，上海人民出版社，1976年，第137页。

④黎翔凤撰，梁运华整理：《管子校注》卷二〇《形势解》，《新编诸子集成》，中华书局，2004年，第1166页。

⑤〔清〕朱彬撰，饶钦农点校：《礼记训纂》卷四二《大学》，中华书局，1996年，第870页。

狼都不如了。"①有的父亲因慑于悍妻威力,冷漠对待乃至不问青红皂白毒打孩子。《圣谕灵征·爱妻虐子》中,朱大世听信后妻之言,以为自己儿子不孝且杀弟,逼得儿子自缢。《缓步云梯集·土神护孝》中,焦大郎亦是听后妻言,见亲女被打,还火上浇油:"你这不争气的女子,留你在世何用? 老子有刀一把,索一根,你逢刀刀死,逢索索亡,随你自便。"②《采善集·前娘索命》中的胡得新与前两位不同,但同样对后妻虐待前子的行为听之任之。还有的父母只听他人挑拨而毒打亲子。《福海无边·双孝子》中的仲仁、仲义本是十分孝顺之人,其父母听了爱说是非的刘四娘的话,"只急得捶胸顿足,边哭边骂",认为二子忤逆不孝,"遂寻两根竹棍,夫妻二人将二子浑身上下饱打一顿",随着刘四娘的不断挑拨,二老也就不断磋磨二子。这类父母看似严格管教或未曾虐待亲子,实际上,却未能从亲子本身出发考虑问题,也未从行动上保护好年幼子女,仍可归于"不慈"。

前娘后子及婆媳关系是父辈与子女关系中的特殊类型,这种因为婚姻而非血缘建立的关系,最容易出现虐待现象。虐待前子与虐待媳妇是家庭中父子关系的主要矛盾。

由于缺乏血缘关系,后母、婆母与前子、媳妇之间缺乏天然的情感。继母新来,还没有自己子女时,与前子的矛盾冲突不明显,当有了自己亲生的子女,财产分割的冲突也就产生了。多数不慈的继母苛待前子,都是在有亲生子女之后。《采善集·前娘索命》中,胡得新继妻艾氏初过门时,对待那两个儿女都还好,"迄后艾氏生了一子,就要分个亲疏,因此把前娘儿女渐渐嫌贱起来"。除了亲疏之别,还有田产分配问题。艾氏心想:"我们家业不大,多了这两个娃娃,将来儿

---

①《宣讲福报》卷三,光绪戊申(1908)年经元书室重刊本,第34页。
②《缓步云梯集》卷四,同治二年(1863)刊订本,版存富邑自流井香炉寺,第
　　16页。

要分田地，女要办陪奁，不如把他磨死算了。"①与艾氏行为相同者，还有《宣讲珠玑·兄弟齐荣》中张春芳的继妻刘氏。刘氏有了亲子春元后，憎恶前子女，"日夜都在想方，总要害死春芳那一房人，使春元独得家财，方遂其意"②。《宣讲摘要·还人头愿》中的胡永成家富，继娶李氏，李氏初来之时抚养前妻之子，耐耐烦烦，如同己出，但抚到五六岁时自己连生二子，"不觉渐渐有溺爱己子，嫌贱前子之意，衣食等项俱有厚薄不同"，她想道："若大家务，倘若把前子文学治死，我二子多得一分家财田地，岂不甚美？"③总之，有了亲子，便为亲子盘算，独占家产成为虐待前子的最主要诱因。由虐待前子扩展至虐待前子之妻，由此又导致婆媳矛盾。《清台镜·贤姑救孤》中的王氏，《宣讲福报·嫌媳恶报》中的吕氏，《萃美集·鹦鹉报》中的朱氏，《指南镜·皮荷包》中的张氏，《护生缘·人头愿》中的韦氏等，莫如此。《圣谕灵征》"敦孝弟以重人伦"条下将继母不慈或父不慈的原因分为几种，在不同的故事中有不同的表现，这从故事的命名中可见一斑：如"有子继母不慈""无子继母不慈""无亲继母不慈""爱妻虐子""继母害女"等。除了"爱妻虐子"的故事讲亲父虐待亲子外，其余皆是讲继母不慈。继母有子不慈是想为亲子独占家产，无子不慈是想将家产给自己娘家弟兄，无亲继母不慈是因为对前子所行一切都有疑心。继母害女多因继女在父亲面前多嘴，出嫁后又在娘家不断拿东西。

如果说后娘前子之间的矛盾多因财产分割而起，而婆婆与亲儿媳之间不存在这类利害冲突，她们也就应该没有什么矛盾了。实则不然。在无血缘关系、无感情基础这一点上，婆媳关系与后娘前子关系是一样的，这种先天不足，加上"男主外，女主内"的生活模式导致

①《采善集》卷五，宣统二年（1910）新镌本，板存罗次县关圣宫，第 81 页。
②《宣讲珠玑》卷一，光绪戊申年（1908）经元书室重刊本，第 9—10 页。
③《宣讲摘要》卷二，光绪戊申年（1908）经元书室重刊本，第 56 页。

婆媳只能待在家中,低头不见抬头见,没有其他方式可以扩展、转化婆媳的生活圈及关注重心,由此导致"婆媳是天敌"。《自召录·孝逆互报》中,安大成寡母沈氏"性极悍恶",百般磋磨媳妇珊瑚;《宣讲集要·嫌媳受累》中,林氏"虐刻非常",虐待媳妇秀英;《宣讲选录·虐媳遭报》中,王氏刻虐童养媳伶姐;《辅化篇·酒色财气》中,寇氏"凶横逞财",嫌贱幼媳秋香,磋磨刻薄打骂。这些待媳妇凶狠的婆婆,对待自己的子女并不如此,因此,她们的"凶横"是一种无原因的专门针对媳妇的行为,在某种程度上是对"婆媳是天敌"的无意诠释。

有些故事直接点明婆婆嫌弃媳妇、虐待媳妇的具体原因。《宣讲集要》引《观音大士劝妇女歌》云:"有等婆婆性子大,轻贱媳妇如泥沙。或嫌媳妇无陪嫁,或嫌愚蠢不通达。媳妇些微错说话,他便烦恼把气发。不是打来就是骂,十天半月嘴喳喳。死死把媳恨心下,总要暗想磨死他。磋磨媳妇心奸诈,阴司定要油锅扎。"[1]第一种原因是婆婆因性子大而虐媳,如上所言,此不赘述。第二、三种原因也比较普遍。因为嫁妆少而嫌媳妇者,如《保命金丹·孝妇脱壳》中的王氏。清贞过门,王氏见媳妇一脸麻子,又无妆奁,心中不喜:"王氏心中不服,暗想我这家业如此富足,打个亲家也要门当户对,接房媳妇也要治酒迎宾,人才状貌,嫁奁体面才是道理,为甚悄悄的抬个净人到屋?况我儿白面书生,当配红粉佳人,今娶如此丑妇,实在令人恶心。"次媳翠枝生得极其美丽,陪奁又十分齐整,"王氏一见,心中大喜,爱如珍宝,不惟活路一毫不要他做,且拿茶递水反要清贞服事"[2]。《宣讲金针·三虎受报》与《保命金丹·孝妇脱壳》主要情节相同,都是讲婆

---

① 〔清〕王文选辑:《宣讲集要》卷五,光绪丙午年(1906)吴经元堂刻本,第45页。
　"阴司定要油锅扎"中的"扎"似当为"炸"。
② 〔清〕岳西破迷子编辑,〔清〕果南务本子校书:《保命金丹》卷四,刊刻时间不详,
　第34页。

婆爱嫁妆丰厚而嫌弃妆奁少的媳妇。《救劫迴心录·义猴报恩》中，孙氏接媳妇周氏为子冲喜，当儿子病愈，孙氏却因此而嫌贱周氏，一次竟然因为周氏煮饭烧糊而打死了她。

猜忌不惟是后母与前子之间的普遍存在，亦是婆媳之间常见的问题。《圣谕灵征·无亲继母不慈》中，陶尤氏对后夫的儿媳任意磋磨，亦是因疑心引起。儿媳看她一眼，就疑心不爱她；儿子媳妇争吵时，提及"初六"，这天刚巧是她改嫁进门之日，又起了疑心；儿媳打扫桌面，将桌面上的礼封拿了一下，又疑心媳妇探礼封轻重，此外种种，不是与穿衣就是与饮食相关（此故事在《圣谕灵征摘要》中列在"敦孝弟以重人伦"条下，名曰《后母不慈前子》）。归纳之，从穿衣吃饭到其他种种事情，脸色、语言、行为皆会引起猜疑。猜疑心起，前子、儿媳的一切行为似乎都带有恶意，于是继母折磨前子，婆婆苛待媳妇也就顺理成章了。关于这点，小说议论道：

> 恶妇！你一切不慈之罪，就是这一点疑心造出。不知疑心最是误人，忠臣可疑为奸臣，孝子可疑为逆子，愚夫愚妇不知避嫌，疑者甚多。且后母与儿媳乃朝夕相见之人，言语往来，又怎能寸寸步步检点得到呢？自必有疏忽大意处，自必有形迹相像处。所以古言道："粪不可尝，言不可详。"如今尘世上的继母与前娘儿媳，每每口角不休，未必是前娘儿媳不孝，后母不贤吗？皆因两个初先各起疑心使然，如错一句话，说的本是无心，听的便疑为有意；失一件礼，失的本是无意，受的便疑为有心，后母听见，放在心中，儿媳听见，也放在心中。久来久去，越记越多，越疑越真，心中发烦。儿媳见了晚母，便说阴弹话；晚母见了儿媳，也说阴弹话。说多就破脸，破脸便相争，自是成仇，牢不可解。其实后母受的冤枉，儿媳受的也是冤枉，何尝真有不慈不孝之心？如今尘世上的继母磋磨儿媳，儿媳不孝继母，都是这般故

态，恶妇今日起此疑心，就是你堕地狱的根根了。①

缺乏血缘联系与感情基础的两个毫不相干的人，只因婚姻而联系在一起，这是猜忌产生的直接原因。这段议论言及的猜忌之害，在某种程度上，解释了众多恶婆婆、恶媳妇的由来。

翻开宣讲小说，可以发现，不慈后母、婆母对于前子、媳妇的虐待行为令人发指：

> （牛氏前子丁丁尚小）口叫肚饿，牛氏怒骂，丁丁越哭不已。牛氏切齿愤懑，抓甜酒一碗煮起，暗对火酒与之吃。丁丁闻之不吃，牛氏怒眼圆睁，手执荆条，压逼他吃……牛氏一见，心中慌乱，恐夫归问其根由，眉头一皱，计上心来，若要无事，除非如此。乃办一灰包透湿，搭在丁丁口上，一时气绝。牛氏送入龛堂后阴沟洞中，仍以石板盖定，意以为神鬼不知（《法戒录·审坛神》）。②

> （李氏毒杀前子胡文学不成，又假装做法事）拿两根板凳，在坛前箱起，将文学放在上面，两手两足，用铁钉钉住，两耳钻眼，插起蜡烛，背上铺些钱纸（《宣讲摘要·还人头愿》）。③

> （王氏）见了全科夫妻，如钉刺目，时刻磋磨……又说王氏那夜就要放火烧柴房，来至柴房，闻听全科正读书，急忙回家，拿火来烧……又说王氏言道："这个奴才，将他烧也烧不死，毒也毒不死，我今夜三更之时，手执钢刀，将他一刀两断。此计岂不甚妙。"……又说王氏见全科一死，心中好不喜幸，全得我那一付毒

---

①《圣谕灵征》卷二，嘉庆十年（1805）刻本，第22—23页。
②〔清〕梦觉子汇辑：《法戒录》卷六，光绪辛卯年（1891）明善堂新刻本，第40页。
③《宣讲摘要》卷二，光绪戊申年（1908）经元书室重刊本，第61—62页。

药,将他毒得颠三倒四,药性一发,磨不过了,才去投江。如今一不做二不休,我不如将林氏这个贱妇喊出堂来,问他过错,将他饱打一顿,打得他跋不起来,鲜血停心必死。……说毕,就拖了一根大棍,抓着林氏就打,打得林氏皮破血流,死去还魂(《清台镜·贤姑救孤》)。①

不慈后母、婆母虐待前子及媳妇的行为大致可以归结为三方面:一是在日常生活琐事上的折磨,不断地让他们做活,但却不断挑剔且不给吃饱穿暖;二是语言上的恶毒攻击;三是肉体上的残酷虐待。三者往往交替,尤以肉体折磨不忍目睹。

家庭和睦是社会稳定的基础,虐待前子、虐待媳妇之行(尤其是非人虐待)是对家庭和睦的极大破坏,宣讲者对此苦口婆心,极力劝解。

有的宣讲者劝继母、婆婆将心比心,善待前子、媳妇。如《福缘善果·虐母化慈》中说:“漫道人心似铁,须知见善思迁。将心比心一般看,自然天良发现。这几句话言世间待媳妇的,往往任意磋磨,全不思人女己女,彼此谁肯甘服。”②将心比心,自己也有儿女,岂忍遭人虐待? 如《采善集·割爱从夫》言道:

> 人生在世,为儿子的,固当要孝顺父母,就是为父母的,也要善待儿女。但是自己亲生的,那个不晓得心痛,惟有那前娘生的,待法就有些不同。殊不知待前娘的儿,更比亲生的,还要待

---

① 〔清〕嘉陵悟性子:《清台镜》卷六,民国庚辰年(1940)重刊本,博古斋印行,第61—72页。

② 〔清〕石照云霞子编辑,〔清〕安贞子校书:《福缘善果》卷一,光绪戊戌年(1898)新镌本,第45页。

得好才使得。怎样呢？古话说："无母何恃。"你想他年纪青青，就离了娘，何等凄惨，原望接个后娘来抚养他，若是一味刻待他，岂不是苦上又加苦吗？[①]

有的宣讲者从日后赡养的角度，劝诫后母、婆母善待子媳。如《采善集·爱媳胜女》言道：

> 世上的人，只晓得爱自己的女儿，不晓得爱媳妇。依我讲来，这爱媳妇比那爱女，还要强些。怎样呢？你想媳妇虽是人家的人，到底在你家下过活终朝，若是待得他好，他自然晓得服事你，纵然不贤德的，都晓得感你的情，也要报答你二三分。至若讲到女子，长大来是人家的人，不能长行来服事你，就是有孝心的，不过心头罣欠吓，生期满日来看吓，死了哭你几场。这样想来，你说爱女的强吗，爱媳妇的强呢？况且待得女好，未闻有那个跟你立牌坊，送匾额的，若是待得媳妇好，不惟人人夸奖，就是神圣都喜欢。假如有点祸祟来，那神灵都要保佑你的。[②]

还有的宣讲者从宗庙祭祀的角度考虑，劝诫后母应该善待前娘子媳，如《采善集·爱如亲生》言道：

> 大凡为后娘的人，只晓得爱自己的儿女。依我讲来，自己的儿女固当爱，就是前娘的儿女，亦要待得好才使得。怎样呢？你想自己虽然生得有儿，未必个个都靠得着，若是把前娘儿待得好，他自然晓得感你的情，日后老来，他也要供养你，百年归世，他也要送

---

① 《采善集》卷五，宣统二年（1910）新镌本，板存罗次县关圣宫，第 72 页。
② 《采善集》卷五，宣统二年（1910）新镌本，板存罗次县关圣宫，第 57—58 页。

老归山。断未有说不是他的娘,待你就有些不同处。这是甚么缘
故呢?古话说:"爱人者,人恒爱之。敬人者,人恒敬之。"就是外
人,都是一礼一答,何况是自己的儿,岂有不爱娘的吗?①

这不仅是将心比心,亦且上升到宗庙祭祀、善恶报应了。上述后娘虐
子虐媳者,几乎都是恶报结尾,再看故事标题,也可见虐待之结果:
"嫌媳恶报""虐媳遭报""前娘索命""继母不贤遭惨报"。反之,善待
前子、善待媳妇者辄受善报。

三、孝顺:宣讲小说中的子女之道

由于父权制及君权制的影响,中国传统文化看重孝悌,将孝看作
治国之要,十三经中《孝经》占其一。"圣谕六训"与"圣谕十六条"中,
首位是"孝顺父母"条时与"敦孝弟以重人伦"。《宣讲集要》等宣讲小
说在阐释孝顺父母方面,理由大致相同,即人是父母所生、精血所聚,
母亲十月怀胎受尽辛苦,在抚育子女成人的过程中又受尽苦累,无论
从血缘关系上还是情感上,父母与子女之间的关系不可割裂,父母养
育子女,子女应孝顺父母。关于孝的方式,《宣讲拾遗》诠释"孝顺父
母"言道:"孝顺也不难,只有两件事。第一件要安父母的心,第二件
要养父母的身。"②"尽心"于内,"尽力"于外,内外合一,才为真孝。
孝,首先是养亲,在物质上保障父母衣食无忧,此即养身;"毋博弈饮
酒"可谓是对父母心的顺承,即安父母之心。《万选青钱·莲花现母》
以歌谣的形式言孝亲的几个方面:

---

① 《采善集》卷五,宣统二年(1910)新镌本,板存罗次县关圣宫,第76—77页。
② 〔清〕庄跛仙编:《宣讲拾遗》卷一"孝顺父母"条,光绪二十年(1894)刻本,第
　　16页。

　　人生在世甚么好，看来惟有孝字高。孝字又是甚么好，能顺亲心便为高。顺亲之外甚么好，酒肉奉亲便是高。奉亲之外甚么好，终身不忘便为高。不忘之外甚么好，多行善事便是高。行善之外甚么好，接起香烟便为高。①

　　这段俗歌言及的孝亲所包含的念亲、行善、子嗣，是对顺亲、养亲之孝的扩展。马斯洛需求理论认为，人有五大需求，生理需求与安全需求是首要的，也是最基础的。养亲是基础，孝敬父母首先是让他们维持生存所需的物质需求得到保障，顺亲是心理需求与物质需求的双重结合，是养亲的提高。大多数孝道故事，都是养与顺同时进行，强调"养"。《宣讲集要》中的《郭巨埋儿》《子路负米》《王祥卧冰》《姜诗跃鲤》《蔡顺拾椹》《营工养亲》《嫁妻养母》，以及《宣讲金针·轮供争养》《遇福缘·乞食奉姑》《宣讲拾遗·仁慈格天（附卖身养孝）》等，都属于养亲身兼带顺亲心之孝。

　　养亲依据个人情况而定，穷人有穷人的养法，富人有富人的养法，不必拘泥。《宣讲拾遗·孝顺父母》对养亲身与安亲心各有说明。养亲身即是"随你的力量，尽你的家私，饥则奉食，寒则奉衣，早晚好生殷勤。遇时节作庆拜，遇生辰作祝贺，有事替他代劳，有疾病请医调治"②。安亲之心，需要想父母之所想，"行好事，做好人，不撞祸，莫告状"，教育妻妾、儿女在父母面前"柔声下气，小心奉承，莫要违拗，莫要触犯"③，善待祖父母、叔伯、兄弟姐妹。桓宽《盐铁论·孝养》指出，"善养者不必刍豢也，善供服者不必锦绣也。以己之所有尽

---

① 《万选青钱》卷三，光绪二十八年（1902）刻本，第13—14页。
② 〔清〕庄跛仙编：《宣讲拾遗》卷一"孝顺父母"条，光绪二十年（1894）刻本，第17页。
③ 〔清〕庄跛仙编：《宣讲拾遗》卷一"孝顺父母"条，光绪二十年（1894）刻本，第17页。

事其亲,孝之至也","今之孝者,是为能养……故上孝养志,其次养色,其次养体"①。士农工商,男女长幼,都可"以己所有,尽事其亲"。不同身份之人有不同的尽孝方式。如《千秋宝鉴》中的民孝、农夫行孝,《缓步云梯集》中的富孝、贫孝、幼儿孝,以及《法戒录》中分别叙述的士农工商的行孝等,这些不同身份之人行孝,情况不同,但都尽心尽力,养老之身,安老之心。养亲不止局限于让父母有吃穿,在物质上满足父母,还有对父母的精心照料。《二十四孝案证》《孝逆报》等专言孝道的宣讲小说集中,有富贵者之孝,如文帝尝药、朱寿昌弃官寻母、黄庭坚涤亲溺器;也有贫贱者之孝,如闵子骞芦花单衣而跪谏、子路负米、董永卖身葬父、江革佣工供母、蔡顺桑葚供亲等;有老者之孝,如老莱子斑衣戏彩;有童子之孝,如陆绩怀橘、黄香扇枕、吴猛喂蚊等。尝药、涤器、尝粪、负米、怀橘等等行为,看来都是日常小事,却时时处处体现着子女的孝道。当养亲身成为需求的首位,甚至有卖妻、卖子、埋子的情况发生,如《法戒录·嫁妻养母》中的士人杨正国家贫,欲将妻嫁出得银养母;《缓步云梯集·曹安杀子》中的曹安母病想吃肉,曹安卖子无人买,遂起杀子之心,杀子得肉以奉母。至如《宣讲集要·郭巨埋儿》中的故事,亦与曹安杀子类同。

孝是一种发自内心的情感。亲在,顺亲、敬亲、娱亲,事无巨细,一一心到手到,方是真孝。"贵其礼,不贪其养,礼顺心和,养虽不备,可也。……故富贵而无礼,不如贫贱之孝悌。闺门之内尽孝焉,闺门之外尽悌焉,朋友之道尽信焉,三者,孝之至。居家理者,非谓积财也,事亲孝者,非谓鲜肴也。"②且看《阴阳鉴》第三回《冥王殿真君演律,逍遥宫开元候封》中被褒奖的孝子张开元讲述如何孝亲:

---

① 〔汉〕桓宽原著:《盐铁论》卷五《孝养》,上海人民出版社,1974年,第56页。
② 〔汉〕桓宽原著:《盐铁论》卷五《孝养》,上海人民出版社,1974年,第57页。

　　黎明即起，洒扫庭除，内外整洁，亲所行止处，更留心整饬。若亲将起，敬候榻前，询及安危，即披衣奉履，扶持出外。坐则奉槃进水，授巾请盥；食则布席列馔，候膳奉箸，每日三餐，不敢忽略，日日如是。……夜则设簟衾褥，亲未寝，则敬候，寝则为之解衣覆被，定息方退，犹必时刻省视。盖衰年人，如风烛瓦霜，恐有不测，故小子不敢忽视。……春夏寒暑不一，衣服酌量加减，寒则温之，热则凉之，蚊虫蚤虱，则寻捕之。若天气酷热，扬扇拂暑，不可太急，恐因风中暑，反为不美。……秋气肃杀，冬风凛冽，老年血气衰颓，怎敌严寒？则为之塞向墐户，奉衣围炉，而袄褥必有新棉，被衾不宜火烘，恐中火毒，须赤身暖被，以待亲卧。……老年人脾胃衰弱，全仗饮食调养。每餐必问而后进，求其适口，四时菜蔬，熟则先奉，三餐肴馔，味必亲调。尤不时梨枣饴蜜以甘之，潃随以滑之，脂膏以膏之，有余必请所与，有嗜不敢自甘。诚以垂暮之年华有限，养日无多，何敢悭吝，使颐养有缺。……（亲有病）寻医服药，求神问卜，带不解，衣不宽，至诚感神，尽心调理，无时少宽。……遇亲呼，手执业，则投之；食在口，则吐之，唯唯而起，敬候教训。若生气，则顺受，勿触亲怒。……（亲有过失）下气怡色，柔声以谏，见志不从，又敬不违，劳而不怨，必谕亲于道而后已。又不可以从亲之令为孝也。《曲礼》云："三谏而不从，则号泣而随之。"又不可以亲不受谏，而遂置之度外。……（亲有行动）近则步履，必亲随之，远则肩舆，必敬扶之，不可用马，恐年老衰疲，误受倾跌，反为不孝。……（养身）衣袄、疾痛、病痒、劳役而敬体之，出入先后急缓而敬扶之。冠带垢，则请漱；衣裳垢，则请浣；面垢请靧，足垢请洗。五日烊汤请浴，衣服绽裂请补缀，不使亲身失和。……（养心）忧则事之转喜，气则事之转平，志未动而先慰，事已著而代劳，则安矣。……（在父母侧）寒不敢袭，痒不敢搔，有问则敬对，无命不敢退，进退周旋，出入升降之必慎其防。哕噫嚏咳，欠伸跛倚，睇视唾洟之无敢或亵。凡与亲言，则视足，坐则视膝，均所自励者也。①

在与真君的对话中，张开元讲述他的孝顺父母之道：不同时辰不同季节对待父母日常饮食起居都有不同，父母有疾病、行动不便之时也有不同的尽孝方法，既养亲身也养亲心，还有在父母之侧时对自己的要求。

发自内心的孝，使子女即便遭遇父母的苛待，依旧无怨无悔。《宣讲集要·大舜耕田》中，大舜受后母百般苛待，"舜只是百般将就，小心事奉"，后母放火想烧死他，他只当无事，还反思自己所做是否不够，才遭后母不喜。姜诗妻庞氏被婆母逐出，寄居邻居家，仍旧纺花绩麻卖钱买珍馐美味奉母。伯俞被母亲杖责，见母年老手持竹杖精力衰弱而悲泣。《宣讲集要·夫妇孝和》中，马大的母亲要将家产均分给其家三女，马大夫妇俱顺母意，不敢违命。《宣讲集要·王公孝友》中，李氏想己子独占家产，"灿章知后母之意，便欲自缢，以慰后母之心"，但想到这样死会给后母留下恶名，才忍下。也有愿意以生命全孝的愚孝者。《破迷录·花仙配》中，许恩荣的继母恶毒，要害恩荣，恩荣本来逃走在外，却要回去，理由是"晚母而今要我回去，不能顺母之意，是不孝也。……常言道：'君要臣死，不得不死，亲要子亡，不得不亡。'"②父母在世而不能相见，于是便有寻父、寻母者（如《宣讲集要》中的《子诚寻父》《寿昌寻母》，以及《宣讲引证·大男速长》等小说中的主人公）；父母有难，有无论生死尽心营救者（救生者如《孝逆报》之《负母脱难》《打虎救父》中的江革与杨香；救死者如《同登道岸·血河救母》中的佛引与《指南镜·红罗巾》中地狱救母的闺秀）

①〔清〕义泉静虚子编辑：《阴阳鉴》，光绪癸未年（1883）刻本，第33—35页。
②〔清〕龙雁门诸子编辑并校：《破迷录》卷四，光绪丁未年（1907）新镌本，第53页。

等;父母生病,有愿减自己寿益亲者(如《指南镜·绿杨桥》中的徐元义,《采善集·爱媳胜女》中的闰姑);父母离世,尽心安葬,有卖身葬父母者(如《宣讲集要》之《卖身葬父》《卖身葬母》中的俞淑兰与胡桂香,《保命金丹·佣工葬母》中的金有义等),或哀思痛苦,于是就有丁兰刻木、王哀泣墓。《孝逆报》中的二十四"逆报",亦多是因不养,以及因为"养亲"问题而引起的种种不孝之行,究其原因,为对亲没有情感认同。

孝中含有敬、顺等之意。诸多宣讲小说中的孝子,当父母有所偏爱乃至于对己苛刻之时,他们几乎都能忍受、顺从,以安父母之心,如《宣讲集要·大舜耕田》中说:"父母有贤的,有不贤的,不贤更要安心。"①但宣讲小说主张顺亲之心时不盲从,如《跻春台·僧包头》中说:"古来孝子从治命,从乱绝亲不义名。还望爹妈施怜悯,姻缘生死性命分。儿头可断身可殒,要儿改字万不能!……饿死也是儿的命,何劳爹妈枉费心,嫁奁有无凭人赠,好女不把嫁妆争。"②当父母所做有不对之处时,子女自然不能盲目依从,甚至有进谏的责任。《采善集·息祸全孝》在开篇议论道:

圣谕六训上说:孝顺父母。这"孝顺"二字,到人人都晓得,但这个"顺"字,又不可一味以顺亲为孝嘞。怎样呢?譬如父母叫我去杀人,我若是顺亲之命,当真把人杀了,难道不偿人家的命吗?既要偿命,还不是杀我自己一样,孝又在那里呢?所以古人说:"阿意曲从,陷亲不义,一不孝也。"这样想来,父母吩咐好话,为儿子的就不可傲令,若是父母与人角孽,或是与人有仇气,

①〔清〕王文选辑:《宣讲集要》卷一,光绪丙午年(1906)吴经元堂刻本,第14页。
②〔清〕刘省三编辑,蔡敦勇校点:《跻春台》卷四,江苏古籍出版社,1993年,第545页。

吩咐我去打人杀人，这不过是一时气急嘛，为儿子的只有善言几谏才是。若是父母不听，也要想方设计，不得误事，这才算得是孝。①

宣讲者认为，若父母所言所行不对，就不能顺。如父母叫杀人，若真杀了人就要偿命，这就是不孝。叙述者引古语"阿意曲从，陷亲不义，一不孝也"说明真正的孝是父母有过错，子女应"善言几谏"，"若是父母不听，也要想方设计，不得误事"。故事中，汤仕泽的父亲性情暴躁，与醉酒的邻居吴顺富发生冲突，他要仕泽打人，仕泽忍下，不一会吴顺富溺水而亡，一场祸事得以消免。仕泽违父命看似不孝，但却因此全身，仍为孝子。《宣讲拾遗·感亲孝祖》对几谏父母亦有较为详细的解释：

尝闻国有谏臣，君不至于不仁；家有诤子，亲不陷于不义。语云："事父母几谏。"圣人尝以谏亲之道示人，而为子者，独未之闻耶。倘父母少有所失，人子岂忍坐视，听父母陷于非礼非义之境哉！是必怡声柔色，几微进谏，见志不从，不可因亲之怒而即止。或指此以示彼，或借人以镜己，待父母悦服而心始安也。若父母执迷不悟，甚至鞭挞以劳，亦不可生嫉怨之心，申己之是，言亲之非也。仍起敬起孝，委曲婉转，感其亲心，必待改悔而后已。②

在这个故事中，松华夫妻嫌弃二老话多，以小车送至山上茅屋中，且

---

①《采善集》卷二，宣统二年（1910）新镌本，板存罗次县关圣宫，第 65—66 页。
②〔清〕庄跋仙编：《宣讲拾遗》卷二，光绪二十年（1894）刻本，第 21 页。又见于《宣讲选录》卷一同名故事。

不听儿女的反复进谏。儿女商量后，将送祖之车精藏，且故意使父母知晓。父母问原因，答道："留此以待亲老耳。"松华夫妇愕然感悟，即迎接父母归养，终成孝子。

父道当尊，《论语·学而》云："三年无改于父之道，可谓孝矣。"《论语正义》引汪中注云："三年者，言其久也，何以不改？为其为道也。若其非道，虽朝死而夕改可也。"①"三年"是概数，是多年或终生。父道正则遵，不正则改，这也是孝。《宣讲拾遗·改道呈祥》亦道：

> 圣人有言曰："三年无改于父之道，可谓孝矣。"是说父平日所当行之事者，而子不忍心改也。虽然，如父平日好善乐施，谦恭逊让，如其道，何止三年？当终身无改，是为大孝。如父平日刻薄悭吝，机谋奸刁，如其非道，何待三年？即改之，亦不为不孝。无改，亦不足为孝矣。②

在这个故事中，周祥泰为人口甜心苦，家颇富豪，他在临终时告诫儿子德隆须要看人行事、哄骗他人、弄虚作假方能兴家。德隆并未遵从父言，而是买卖公平、童叟无欺，谁知未上三年二子双亡，德隆悲痛至极，心中怪疑，设香而祝，方知父死乃天罚，二子是"破""耗"二星下凡来败家的。因其为善，上天见喜，才收回二星，免其玷辱。《圣谕六训醒世编·自省改道》叙述梁新敏奸巧异常，大斗小秤，临终时嘱咐其子继富承其衣钵。继富以父遗嘱当遵行，且以圣人所云"三年无改于父之道，可谓孝矣"为依据，为人做事与父无异，结果家被抢，全家被害。新敏所行之道可谓恶道，继富遵此父道看似孝，实则恶，家败人

---

① 〔汉〕郑玄注，〔清〕刘宝楠注：《论语正义》卷一《学而》，上海书店出版社，1986年，第15页。

② 〔清〕庄跂仙编：《宣讲拾遗》卷六，光绪二十年（1894）刻本，第10页。

亡乃是最大的不孝。

　　当父母毒打子女，或当"父要子亡"时，孝子不要忘记"小杖则受，大杖则逃"，以免陷亲于不义。《救劫保命丹·白花井》云："为人子者，处亲之变，小杖则顺受，不受则拂亲之心，固不孝也。大杖宜逃走，不逃而死则陷亲于恶，又遗亲后悔，亦不孝也。"①《宣讲摘要·至孝格亲》中，舜父欲以大杖责打大舜，舜暗想道："人子于亲，小杖则受，大杖则逃，若舍死敌住，万有一差，岂不陷亲于不义吗?"②忙迫之间，他只得跪走躲避。《萃美集·鹦鹉报》中，长发被继母嫉恨，得知继母要害他，却不允许兄弟长春说继母不是，也不外逃。长春劝兄："哥哥呀! 你乃读书人，那书上说小杖则受，大杖则逃。哥哥这是如何讲的呃，你若顺我母一死，是陷母于不慈，母落万代骂名，嫡母骨血断绝，你的孝在何地?"③"不孝有三，无后为大"，立于危墙之下、甘受大杖，即便是父母之命，最后的结果是令父母有不慈之名、无后之实，这又是不孝了。故而，真正的孝，是灵活的，在适当的时候要善于变通，否则就是愚孝。《缓步云梯集·曹安杀子》的结尾议论道："割股救亲谓之愚孝，至于杀子救亲，其愚更甚，是孝也，固不足为世法。"④愚孝其心可取，其行甚"愚"，故不当法。

　　孝亲，当推广亲心。想亲所想，行亲之所欲行，对亲之所爱已亦爱之行之。《宣讲集要·推广亲心》言道："凡祖父母伯叔父姑母伯母婶母及兄弟姊妹，皆父母亲爱之人，父母心所欲为，力所不足的事，都要件件体贴，替父母做到心满意足。如春风吹树，花花叶叶，莫不含和受气。如此使父母快活，才讲得个尽孝。"⑤子爱父母，亦应孝顺祖

①《救劫保命丹》卷一，民国乙卯岁(1915)重刊本，版存乐邑松存山房，第115页。
②《宣讲摘要》卷一，光绪戊申年(1908)经元书室重刊本，第7页。
③《萃美集》卷一，民国三年(1914)新刊本，板存铜邑大庙场成文堂，第75页。
④《缓步云梯集》卷三，同治二年(1863)刊订本，版存富邑自流井香炉寺，第88页。
⑤〔清〕王文选辑:《宣讲集要》卷一，光绪丙午年(1906)吴经元堂刻本，第40页。

父母。孝敬祖父母亦是宣讲小说所倡导的重要孝行。《孝逆报》中的《乳祖享福》《诬祖遭诛》,《宣讲拾遗》中的《贤孙孝祖》《劝夫孝祖》,《千秋宝鉴》中的《改逆成孝》《陈情表》,《救劫保命丹》中的《阴阳雷》,《圣谕灵征》中的《孙子不孝》《孙妇不孝》《曾孙不孝》《曾孙媳妇不孝》等,都是劝孙孝祖的故事。孝祖,不仅是亲之所愿,也是报本。《救劫保命丹·阴阳雷》言:"水有源来木有根,后人休忘前人恩。宗族本是连枝叶,祖父祖母更当尊。""祖也者,亲之根也。亲也者,子之本也。知有本而不知有根,虽孝犹之未孝。知有根而不知有本,虽孝亦如不孝。"不报祖恩,即是忘根本:"为子孙者,务必祖亲兼孝,方不愧虚生于世,不然根本若坏,何为人乎? 何谓孝乎? 又与禽兽何别乎?"①从爱子孙的角度来说,祖父母之爱有时更甚于父母之爱,所以,无论是从体亲心,还是从报本、报养育之恩的角度来说,孝顺祖父母都是必要的。

《孝经·开宗明义章》云:"身体发肤,受之父母,不敢毁伤,孝之始也;立身行道,扬名于后世,以显父母,孝之终也。"②《千秋宝鉴·陈情表》中,李密问祖母孝顺的方法,祖母回答"有大孝小孝,小孝服劳奉养,大孝扬名显亲","发愤读书,出去做官,就是扬名"。李密听祖母的话,努力攻书,亦且于小事上奉母,最后成为尚书郎,"扬名显亲之心亦遂"。后李密辞官奉养祖母,皇帝再次征招时,李密写下闻名至今的《陈情表》。"显亲扬名"是众多父母对子女的期望,读书可以达到这一目标。《自召录·公道娘子》中的叶麟欲行善无钱,想到读书行孝:"我今行孝,惟有发愤读书,光前裕后,显亲扬名,为二老吐

①《救劫保命丹》卷三,民国乙卯岁(1915)重刊本,版存乐邑松存山房,第59页。
②〔唐〕玄宗注,〔宋〕邢昺疏:《孝经注疏》卷一《开宗明义章》,《十三经注疏》(下),
　上海古籍出版社,1997年,第2545页。

气增光。"①立身行道、显亲扬名的方式很多,许多因为忠孝节义而扬
名者,于父母而言,都是孝。在阐释"敦孝弟以重人伦"条时宣讲者引
《圣谕广训》原文,云:

> 人子欲报亲恩于万一,自当内尽其心,外尽其力,谨身洁用,
> 以勤服劳,以隆孝养。毋博弈饮酒,毋好勇斗很,毋好货财、私妻
> 子。纵使仪文未备,而诚悫有余。推而广之,如曾子所谓居处不
> 庄非孝,事君不忠非孝,莅官不敬非孝,朋友不信非孝,战阵不勇
> 非孝——皆孝子分内之事也。②

由孝顺父母推而广之,庄、忠、敬、信、勇也即《孝经》所言的"立身行
道",都是"孝子分内之事"。《圣谕灵征·孙子不孝》中说:"古人有言
曰:'一举足而不敢忘父母,一出言而不敢忘父母。'上者,要立身行
道,扬名于后世,以显父母。次者,须为好人,作好事,培植祖德,生以
安父母之心,死以安父母之魂,这就是大孝子。"③立身行道,未必扬
名显亲,但显亲扬名需要立身行道。孝父母是终身之事,应落到实处
而不是虚名,做事不循天理是不孝,死后作些法事也不是真孝,多做
善事,"为好人,作好事",推广亲心才是孝。《采善集·合丸报母》中
的王德昌母在生他时难产而亡,德昌长大后得知实情,内心伤惨,想
道母亲恩情无以报答,从药书上知晓益母丸救女人家难产大有功效,
于是不惜银钱,多制些益母丸拿来布施,救活无数产妇的性命。这种
由自己母亲推及所有与母亲类同妇女的行善,可谓是真正的大孝了。

---

①《自召录》亨集,刊刻时间不详,第89页。
②〔清〕王文选辑:《宣讲集要》卷首,光绪丙午年(1906)吴经元堂刻本,第42页。
③《圣谕灵征》卷二,嘉庆十年(1805)刻本,第39—40页。

四、不孝:子女之大恶

作为安亲心的孝,包含的行为与要求更多、更高。父母爱子,总希望子女做个好人:品性无亏、与人友善、大有出息等。事实上,深受父母宠爱却不孝者众。《圣谕灵征》"敦孝弟以重人伦"条下所列举的不孝故事就有《儿子不孝》《媳妇不孝》《女子不孝》《不孝庶母》《不孝出母》《不孝抚养父母》《前子不孝后母》《前媳不孝后姑》《小媳不孝公姑》《嫁女不孝父母》《女婿不敬妻父母》《孙子不孝》《孙妇不孝》《曾孙不孝》《曾孙媳妇不孝》《外侄不孝舅父》等,可谓囊括了家庭中众多的不孝。

不孝的具体表现虽然很多,但大体上仍可以归于"不养亲身"与"不安亲心"。《采善集·五不孝俗讲》《法戒录·五不孝》中专引《孟子·离娄下》所言"五不孝":"世俗所谓不孝者五,惰其四支,不顾父母之养,一不孝也;博弈好饮酒,不顾父母之养,二不孝也;好货财,私妻子,不顾父母之养,三不孝也;纵耳目之欲,以为父母戮,四不孝也;好勇斗很,以危父母,五不孝也。"①这五不孝,更多是从原因上分析"不养"。当然,不养必然不能使父母"安"。对宣讲小说中的不孝,《阴阳鉴》第三回《冥王殿真君演律,逍遥宫开元候封》中真君所演的"事亲律"阐释较为具体:

> 积一切恶,亏体辱亲,败坏德泽,照各事受诸苦,满,入阿鼻,永不放生。

① 〔汉〕赵岐注,〔宋〕孙奭疏:《孟子注疏》卷八《离娄下》,《十三经注疏》(下),上海古籍出版社,1997年,第2731页。宣讲小说中多次直接或间接引用该表述,如,〔清〕梦觉子汇辑:《法戒录》卷一,光绪辛卯年(1891)明善堂新刻本,第14—18页;《采善集》卷一,宣统二年(1910)新镌本,板存罗次县关圣宫,第37页。

父殁后,庶母慈母,不巧安慰,无故逼嫁,照不孝事受诸苦,满,入活大狱百年,满,放畜道,自愿改嫁者,当别论。

祖父业产,无故荡尽,照各事受诸苦,满,入热恼大狱三十年,满,放极贫。

争竞财物,照所争百钱受诸苦一次,入活大狱,议监,满,放如是报。

久淹亲柩,照事受诸苦,入黑大狱,照淹年,满,放流尸报。

父母丧葬,不尽心力,潦草塞责,照不尽心事,受诸苦,入黑绳大狱,照一丧二十年,满,放路毙报。

父母大仇在身,忘报,照各事受诸苦,入活大狱二十年,议放。

不思自励,甘作下愚,无一才德可见,照事受诸苦,入热恼大狱,满,放痴拙。

中年无嗣,姑听自来,不思修德求后,照各事受诸苦,入黑绳大狱十年,满,放尼僧。

报亲大任在身,终日酒色逸乐,照事受诸苦,入叫唤大狱,照年分,满,放贫苦。

父母有短,不掩盖,宣扬出外,照事受诸苦,入活大狱,照一事一年,满,放聋哑。

父母奉养有缺,不务勤俭,以充甘旨,照事受诸苦,入热恼大狱,照缺日受,满,放少衣食报。

父母疾病,不尽心力以求医药,照事受诸苦,入叫唤大狱,照亲病日,满,放瘫报。

在外闻亲病,不速回调养,照事受诸苦,入活大狱,照在外日,满,放跛躄报。

仓皇危难时,图自逃祸,不急顾亲,照事受诸苦,入活大狱,满,放躴,亲废命,入畜道。

因贫贱失先世清白,照事受诸苦,入叫唤大狱十年,满,放乞丐。

亲在好远游,照事受诸苦,入大狱十年,满,放蹩报。

父母大过,不善劝化,致亲丧德,照事受诸苦,入大狱十年,满,放瘖报。

兄弟姊妹贫乏,有余力,不加厚周恤以娱亲心,照一人受诸苦二十次,入大狱,满,放贫报。

兄弟小衅不睦,伤亲心,照事受诸苦十年,入大狱十年,满,议放。

父母责怒抵触,照一句受诸苦一次,入大狱监候,放瘖聋。

当供养日,私饮食,照次受诸苦各十次,监满,放痰癣报。

贫贱丧亲,未能尽志尽礼,后得意荣显,只一己欢娱,无忆亲念,照事受诸苦,满,放疛报。

父母前颜色不和悦,出一恶声厉色,照一次受诸苦十次,议监放。

居丧未禫,畅饮茹荤,服吉演戏,生子纳妾娶妻,赴试听乐,照一次受诸苦十次,议监,满,放瘖聋跛蹩。

出一怨亲言,含一怒亲意,照一次受诸苦一次,监满,放涩痖。

吝啬财物,拂亲心,照百文钱受诸苦十次,监满,放贫穷。

亲好善,故阻止,一言受诸苦五次,监满,放痴痖。

推诿一日供膳,亲受饥饿,照一日受诸苦五次,监满,放厕嗌报。

习为无益,违父母一义方训,照一事受诸苦五次,监满,放不学报。

私买玩好悦妻子,不奉父母,照一文受诸苦三次,监满,放鳏独。

怨亲朱业,不顾亲养,照一日受诸苦三次,监满,放乞丐。

父母衰惫，强之任劳，不思替代，照一日受诸苦三次，监满，放痿。

一事欺父母，照一事受诸苦三次，大事图利己，加十倍受诸苦，入大狱，满，放贫穷痴拙。

亲在不养，专图好名，喜行布施，及一切分不当为事，百钱受诸苦一次，议监放，倘遇万不得已者，免苦。

忿争不禁，忘亲构祸，照事受诸苦一次，因祸危亲，加十倍受苦，议监放。

有疾，不慎医药风寒，照一日受诸苦一次，议监放。

父母有赐，不恭受，接家书，随拆随看，照一次受诸苦一次，议监放。

私窃亲之微物不报，照物值受苦，若隐匿构怨，满门沸疑，指神咒诅犹匿者，加十倍受苦，议监满，放瘖报。

起一怨谤念，腹诽念，照一念受诸苦一次，监满，放瘟报。

亲忌日无哀痛惨怛至诚思慕意，母难日无追思恩德念，照次受诸苦一次，倘纵酒快乐，燕宾演戏，加倍受诸苦五十次，议监，满，放痴聋。

出入跬步不谨，致有损伤，照次受诸苦一次，成残废，不能救药，加五倍受苦，议监，满，放跛报。

有事出外，不思念父母在堂，照一日受诸苦一次，基久留外境，缺养缺葬，加十倍受诸苦，议监，满，放无子报。

遇甘旨及欢乐，不思亲享受，照一次受诸苦一次，若沉酣饮乐，致恼父母，加三倍受苦，议监放。

奴婢为父母喜悦，因小失，在亲前轻加詈骂，致拂亲心，照一次受诸苦一次，因而逃匿，加五倍受诸苦，议监放。

违父母志，不勤学忌成忽教导，不留心遵守，照一次受诸苦一次，议监放。

亲责怒不内省,照一次受诸苦一次,大杖则逃,小杖则受,若溺于顺受,致亲失手打死,以枉死论,加倍受诸苦,大狱监候二十年,放畜道。

事亲只循虚文,于饥饱痛痒,寒暄逸劳等件,不曲意体恤,照一日受诸苦一次,议监放。

对亲失敬,出言不逊,视父母作平等人,照一次受诸苦一次,议监放。

亲有劳,可代不代,有疾不亲煎汤药,尝而后献,使奴仆代劳,照一次受诸苦一次,议监放。

于父母汤药,已须先尝,方可献亲,即有万不得已事,必父母病稍可,免苦,奉父母命,怠惰致亲怒,照一次受诸苦一次,议监放。

不爱亲以道,凡事曲从,致亲背义,奉命怠惰,致亲怒,照一事受诸苦一次,事关伦纪风化,加十倍受诸苦,议监,满,放。[1]

这一段所阐释的子女不孝亲的表现多达 53 种,其中有不知而犯与明知故犯者。不知误犯,法犹可宥,明知故犯,罪实难恕。作恶、亏体、辱亲、逼母改嫁、荡祖业、争财产、丧葬不尽心、父母之仇不报、甘做下愚、不修德、耽于酒色、扬亲之短、不勤俭、不尽心侍疾、危难时不顾亲、亲在远游、不劝父母改过、不恤兄弟姊妹、偷食、亲亡不思不忆、恶言、厉色、怨亲、怒亲、诽亲、拂亲、欺亲瞒亲、违亲、傲亲、推诿、阻亲行善、忘亲、忿争、偷窃等等,都是不孝。概言之,衣食住行、生老病死、言行举止上,有任何音、色、貌、行上对父母的不当之处,都是不孝,即便只是心上的不满、不从都是不孝。

推广亲心为孝,反之,做所有与亲心相违背的事皆为不孝。《同

---

①〔清〕义泉静虚子编辑:《阴阳鉴》,光绪癸未年(1883)刻本,第 26—32 页。

登道岸·天仙换胎》中，建国与儿子正礼言孝需要"尽心竭力，做到精微之地"，不守"八德"是为不孝：

> 这八德之中，一个字有亏，都是不孝。若遵行一字，做到极处，必成其孝。怎见得咧？不弟，手足参商，非孝也；不忠，必是奸雄，非孝；不信，言不可复，非孝；不礼，傲慢尊长，非孝；不义，事不合宜，非孝；不廉，临财苟得，非孝；不耻，不畏羞辱，非孝。这八个字，乃天下安国定邦之宝，为人在生立身处世之箴铭。①

《礼记·祭义》引曾子之语，云："身也者，父母之遗体也。行父母之遗体，敢不敬乎？居处不庄，非孝也。事君不忠，非孝也。莅官不敬，非孝也。朋友不信，非孝也。战阵无勇，非孝也。"②结合上文及宣讲小说中其他故事所反复提及的曾子所言的不孝（如《宣讲集要》《宣讲博闻录》中均有"居处不庄非孝，事君不忠非孝，莅官不敬非孝，朋友不信非孝，战阵无勇非孝"的表述），如此一来，不忠不孝不悌、不廉不耻、不敬不信、不礼不庄不义等，皆是不孝。身体发肤受之父母，孝之始在于保身、敬重己身，但若只重己身，而不重视"八德"，则会殃及双亲。

《礼记·祭义》云："大孝尊亲，其次弗辱，其下能养。""小孝用力，中孝用劳，大孝不匮。"③子女不孝的行为，主观上的"不养"及客观的"不能养"占多数。《孝逆报》中的诸多"逆报"故事，有不尊父教、不将父病放于心上抓错药致父死者（《淫逆变猪》）；有不给翁姑肉食，背着

---

① 《同登道岸》卷三，光绪庚寅岁（1890）新镌本，第 54 页。
② 〔清〕朱彬撰，饶钦农点校：《礼记训纂》卷二四《祭义》，中华书局，1996 年，第714 页。
③ 〔清〕朱彬撰，饶钦农点校：《礼记训纂》卷二四《祭义》，中华书局，1996 年，第714—715 页。

翁姑偷食者（《偷食砍头》《藏鱼变蛇》《瞒食欺亲》）；有轮供时不给父母衣食者（《雷神扯甑》）；有家富却不顾父母者（《逆女挖心》《忘恩变狗》）；有欲令母死者（《一雷双报》）；有不孝父母，父死而不知者（《石崩压逆》）；有污祖偷食者（《诬祖遭诛》）……这些逆子不仅在衣食上苛刻父母，在家庭事务上不让其停歇，而且在言语上凌辱双亲，如《逆报一家》中，王春说他母亲，"贱老婆子，做事不知好歹，说话不晓高低"，"真真吃了不认帐，还要把屁放"。前文《圣谕灵征》提及的不孝，大抵如此。不养及不能养者，辱亲身心，亦辱己身，大大远离了"弗辱"，何来"尊亲"？

　　不孝有诸多表现，但导致不孝的原因则只有几条，且多与财相关。标题直接言及因财不孝者，如《千秋宝鉴》《采善集》中的同名故事《重财忘亲》。《圣谕灵征》在阐释"孝顺父母"时言及几种不孝："今人不孝顺的事也多端，且只就眼前与你们说，假如父母要一件东西，值甚么紧，就生个吝惜的心，不肯与他……又有一等人，背了父母，只爱自己的妻妾，丢了父母，只疼自己的子女……今人不能孝顺的，又有一个病根，他说道，我本要孝顺，怎奈父母不爱我……"①吝啬钱财、只爱妻子儿女、怨恨父母偏心或不慈，都是导致子女不孝的原因。具体到各个故事，原因又有区别。以《圣谕灵征》为例，其中，有因父母无能、败家而嫌贱者，如《儿子不孝》；有因养母偏心而不孝者，如《不孝养父母》《前子不孝后母》；有在婆家与公婆不和睦而娘家父母不喜而不孝者（《嫁女不孝父母》）。另外还有一些其他原因导致的不孝，如嫌弃父母多嘴、脾气不好（如《媳妇不孝》《小媳不孝》），庶母对自己母亲不好而对庶母不孝（《不孝庶母》），曾祖不疼祖父母而不孝曾祖（《曾孙不孝》）等等。《阴阳鉴》第三回《冥王殿真君演律，逍遥宫开元候封》所言不孝的种种"过"部分涉及不孝之因，如"私买玩好悦

---

① 《圣谕灵征》卷一"孝顺父母"条，嘉庆十年（1805）刻本，第18—19页。

妻子，不奉父母""怨亲失业，不顾亲养"等等。

回过头再看"五不孝"。"惰其四支"者，缺乏获得物质的能力及照顾父母的能力，是"不能养"；"博弈好饮酒"者顾己身而忘亲身，且将钱财花在赌博饮酒上，甚至惹出祸端，令父母担忧受怕；"好货财私妻子"者只重钱财、只爱妻子，将父母忘在一边，与"博弈好饮酒"一样都是"不顾父母之养"；"纵耳目之欲"者由于放纵自己，乱听乱看乱说乱做，乃至于恬不知耻；"好勇斗很"者斗气逞强，轻则打架斗殴、重则杀人放火，害了自己，也害了父母，在客观上导致父母遗羞，甚至危及父母，限亲于死地。无论是客观上还是主观上，只要未能实现"养"，未能体现"敬"，对父母身心产生负面作用的，都是不孝。

宣讲故事中，不孝者一律得到恶报。这一点，从一些故事亦可见不孝的恶果，如《孝逆报》"逆报"中的《淫逆变猪》《忘恩变狗》《诬祖遭诛》《雷霆诛逆》《偷食砍头》《折杖受刑》《厌亲吃粪》《周将诛逆》，《宣讲集要》中的《神诛逆子》《逆子自杀》《妒逆遭报》《逆子分尸》《神谴败子》《恶媳变牛》《不孝冥报》《哭灵咒子》《逆子遭谴》，《自新路》中的《逆亲爆肚》《雷诛四逆》，此外还有《大愿船·雷神诛逆》《挽劫新编·坛装逆妇》《孝行集录·四逆遭诛》《普渡迷津·忘亲灭身》《脱苦海·逆妇变驴》等。反之，只要孝，必定有善报，如《宣讲集要》中的《孝避火灾》《片念格天》《孝义善报》，以及《宣讲金针·恩亲感神》《宣讲摘要·苦孝获金》《缓步云梯集·土神护孝》《孝逆报·孝感仙姬》等。具有情节导向的故事标题不仅呈现了孝逆的不同结果，还暗含了叙述者的褒贬态度。

抛开鬼神之说，从家庭教育的角度来讲，《宣讲拾遗》《圣谕灵征》《法戒录》还反复提及"孝顺还生孝顺子，忤逆还生忤逆儿。但看檐前水，点点不差移，这个报应，断然不爽"。宣讲小说言及孝报、逆报时，总是不厌其烦地提醒那些不孝者，他们对父母不孝，子女也会对他们不孝：

　　父母养女,翁姑待媳,恩德原是一样的,虽粉身碎骨,都是报之不尽。乃如今有等妇女未读诗书,罔知大义。在娘家说女生外相,父母不该他孝;在婆家说公婆未生我养我,更不该他孝,便把这个"孝"字推得干干净净。岂知你不孝敬公婆,你的媳妇亦决不肯孝敬于你。①(《普渡迷津•巾帼证果》)

　　古人说:"孝顺还生孝顺子,忤逆还生忤逆儿。"这两句话说尽人情。你们不信,试想家门亲戚,自然明白。比如那一家人,一辈孝顺,二辈更见孝顺,三辈四辈无不孝顺,真是龙生龙子,凤养凤凰,又加之以得些好报应,光大门庭。你们说这孝顺到底爱人吗不爱人?又如这一家人,老子忤逆,儿子益见忤逆,孙孙末末无不忤逆,孽根一辈坏辈,一报还报,又必定要出些大报应,显化世人。你们想这忤逆,带坏后人吗没有嘞?②(《万选青钱•褙灵悔罪》)

　　《普渡迷津•巾帼证果》中,广真母突然性情烦躁,甚至无故打女,广真从无怨言。母死,广真守孝三年,毫无虚假,嫁到婆家亦孝顺无比,甚至割肝奉姑,后得升仙。同里卞氏不孝公婆,甚至以鸡屎假冒糖入药,最后变了狗。故事中言孝逆异报,虽与自己不孝公婆父母,儿子媳妇也会不孝自己无关,但议论中所含"孝→孝""逆→逆"的道理却是实的。《万选青钱•褙灵悔罪》中,王德昭不孝,气死父母。他的两个儿子王仁、王义同样不孝,王仁以父亲原来不孝之事作为自己不孝的话柄,王义亦找借口将母亲骗出家门,不再理她。德昭夫妇知这是自己不孝的报应,跪在长街忏悔自己的种种不孝。《一见回

①〔清〕岳北守一子编辑,〔清〕舟楫子校正:《普渡迷津》卷四,刊刻时间不详,第14—15页。
②《万选青钱》卷三,光绪二十八年(1902)刻本,第21页。

心·顺妻弃母》中，胡氏不孝，怀安听之任之，甚至顺妻逆母，设计分家产，轮供时又十分各啬母之衣食及其他费用。后胡氏娶媳，其恶更甚于她，其子也顺其妻逆母，所作所为，一如怀安夫妻曾经的逆母之行，程度有过之而无不及。此时，怀安夫妇悔恨过往的不孝，最后沦落乞讨，被雷打死。

由此反向考察宣讲小说中的诸多孝报、逆报，可以发现，子女的孝与逆，与父母的孝逆教育有莫大关系。父母自己尽孝，亦给子女进行孝的教育并严格教训，子女自然孝。若自己不孝，又对子女溺爱，坏榜样与溺爱所带来的无能与是非观的错乱及行为的放荡，自然培养了不孝之子。不过，宣讲小说中亦反复阐明，"天下无不是的父母"，父母之是非是他们自己的事，自有其赏罚，子女孝顺父母是子女的事，不能因为父母的种种过错而更改，孝自有奖赏，不孝自有惩罚。

有论者分析中国传统社会的"慈孝"伦理时指出："退回到元典精神基础上对'慈'和'孝'进行理性分析时，便会发现中华传统主流伦理对'慈'和'孝'在强调上的差异，正体现着它的公正与合理性——当一个人需要'孝'的时候，这个人往往处于弱势地位：或年老体弱，或百病缠身等等。而能尽'孝'者，却正处于强势地位。对于这种由于自身状况不同而造成的不等势地位，以儒家伦理为核心的中华传统主流伦理必然要倾向于弱势者。这恰恰体现了中华传统主流伦理一贯的人道主义精神。"①在父子关系上，先父而后子，慈先孝后，体现了强者对于弱者的包容与关怀。一些宣讲故事虽然其中因为过度突出"孝"而导致失于人情人性，但总体上，宣讲小说中倡导的孝顺行为与精神在今天仍有其积极意义。

---

①刘明：《重建中华民族的价值理性——关于中华主流伦理的对话》，陈川雄：《中华伦理读本》，陕西人民出版社，2002年，第326页。

第三节　友与恭:宣讲小说中的兄弟之道

家庭成员的三种主要关系中,还有次于夫妇、父子的兄弟关系。夫妇关系始于情爱,父子关系源于血缘,兄弟关系是因父母而建立起的平等的手足关系。兄弟是儒家五伦之一,也是"天伦",即兄先弟后是天然的伦次。《尔雅·释亲》云:"男子先生为兄,后生为弟。"①《释名·释亲属》云:"兄,荒也。荒,大也。故青徐人谓兄为荒也。""弟,弟也,相次第而上也。"②故《谷梁传·隐公元年》云:"兄弟,天伦也。"范宁注:"兄先弟后,天之伦次。"③通常所言家庭中的兄弟关系,包括因同父、同母建立的兄弟、兄妹、姊妹关系以及由兄弟派生出的妯娌、姑嫂、叔嫂关系。

一、同气连枝、合爨共食:兄弟伦理建立的基础

兄弟是同辈之间最具有血缘关系之人,用古语来讲是"同气连枝",即同禀父母精气而生,父母是共同的"根"。有研究者指出,探究同一父母或同父、同母所生之所以能成为友爱发生的依据,必须"透过父母本身生命精神的一贯性、统一性来给以说明"。因为父母本身的生命精神存在一贯性与统一性,"作为父母生命精神客观化的子女,兄弟姐妹之间具有自然的'一心共命意识',这种意识在每个独立存在的兄弟姐妹心中具有自然的一贯性与统一性",正是"这种自然的'一心共命的意识',兄弟姐妹之间便存在相互间'以他为自'的精

---

① 〔晋〕郭璞注,〔宋〕邢昺疏:《尔雅注疏》卷四《释亲》,《十三经注疏》(下),上海古籍出版社,1997年,第2592页。

② 〔汉〕刘熙:《释名》卷三《释亲属》,中华书局,2016年,第40页。

③ 〔晋〕范宁注,〔唐〕杨士勋疏:《春秋谷梁传注疏》卷一《隐公元年》,《十三经注疏》(下),上海古籍出版社,1997年,第2365页。

神性自然友爱"①。事实上,大部分人面对自己的兄弟姐妹时,"一心共命意识"就油然而生,自然反向探寻他们生命的来源之处,再为这种共命意识寻找理由。从宣讲者到故事人物,宣讲小说不断言说"同胞"与"同气连枝"之类的话语。《大愿船·欺兄遭谴》云:"同气连枝本自荣,些须言语莫伤情。一回相见一回老,能得几时为弟兄。这首诗说弟兄同胞而生,共乳而养,譬如那一株树木,虽有许多枝叶,都从一本发出,气脉原是连贯的,务要大齐茂盛,方才好看。若有几枝枯朽,就连那好枝都丑了,人有弟兄,也是这样。"②同父同母同是父母精血,同父异母则是同父亲的精血,无论全同还是只同一方,皆可谓"同气"。宣讲小说中,对"同气连枝""同胞共乳"的表述甚多:

格言云:"同气连枝各自荣,些须言语莫伤情。一回相见一回老,能得几年为弟兄。"语云:"兄须友爱其弟,弟必恭敬其兄,弟兄和气顺亲心,事事一堂余庆。"又云:"本此同枝同气,今生那有来生。如何财产太分明,枕上唆言莫听。"③(《自召录·公道娘子》)

弟兄同枝本自荣,须知和气莫参商。叔嫂亦宜相亲爱,若起疑猜祸便侵。这几句话说,世人弟弟兄兄,共母而生,比如树木,千枝万叶,同出一本,荣则同荣,枯则同枯。弟兄共乳生成,手足相关,劳逸与共,原要和和气气,笃子友爱,决不猜疑。嫌起芥积而至于阋墙翻反之交作,以贻门内之羞。④(《绘图福海无边·

①何仁富、汪丽华:《生命教育十五讲:儒学生命教育取向》,中国广播影视出版社,2018年,第198—199页。

②〔清〕岳西破迷子编辑,〔清〕果南务本子校书:《大愿船》卷一,光绪六年(1880)重镌本,同善会善成堂藏本,第38页。

③《自召录》亨集,刊刻时间不详,第87页。

④《绘图福海无边》卷二,民国元年(1912)重刻本,第12页。

血书饼》)

　　本是同胞共母生,莫因财产便相争。果能孝弟无虚假,定许升闻荷显荣。这几句格言说人生在世,若要兄弟和顺,要预先将情理认得真,看得透。想兄弟虽有多寡不一,总是共母胞胎而生,即属异母兄弟,无非是父亲的血脉,比你外面结交的哥弟要亲切许多。①(《大愿船·让产立名》)

　　上面这些议论,只是宣讲小说众多阐释兄弟关系内容的一小部分。"同气""连枝""同胞"都是说明兄弟皆是由一气而生,一根而成,具有共同的根,是血缘至亲之人。同根共本,犹如身体中的手与足,手、足虽然是身体的不同部分,各是独立存在,却因骨肉关联,疼痛相关。反之,兄弟虽然是血肉至亲,疼痛相关,却不是对方的构成部分,所以成为兄弟是一种缘分。《万选青钱·状元拜坟》中说:"弟兄前世修积来,今生才得共母胎。""你们晓得弟兄是前世修积来的不? 要前世修积得有缘,今生才成为弟兄,所以说当哥哥要爱弟弟,当弟弟要敬哥哥,晷得父母欢喜,才是道理。"②格言"同气连枝各自荣,些须言语莫伤情。一回相见一回老,能得几年为弟兄"出自唐代法昭禅师的《兄弟偈》,很多宣讲小说中都有这一"格言"。《赞襄王化·口德遇仙》《宣讲集要·宣讲美报》《大愿船·欺兄遭谴》《萃美集·审磨子》《惊人炮·三斤肉》《化世归善·善弟救兄》,以及《广化新编》《因果新编》《宣讲引证》中皆有之,但表述略有差异。"一回相见一回老,能得几年为弟兄",凡为兄弟,皆是前世修造,今生有缘,有今生无来生,这是何等的珍贵,又是何等令人心酸! 敦煌曲子词写得更为凄怆:

_____

① 〔清〕岳西破迷子编辑,〔清〕果南务本子校书:《大愿船》卷一,光绪六年(1880)重镌本,同善会善成堂藏本,第 25 页。

② 《万选青钱》卷三,光绪二十八年(1902)刻本,第 42 页。

"姊妹兄弟如手足。断却难相续。共汝同胞骨肉连。争得不心酸。长如今生身强健。兄弟勤相见。一朝身命染黄泉。难得再团圆。"①宣讲小说不断说着"一回相见一回老",不断强调骨肉亲情,有今生无来世,"世间最难得者兄弟"(见《萃美集·桂花桥》《宣讲拾遗·虎含蛇咬》《辅世宝训·孝友全身》等),目的是希望世人好好爱护、珍惜兄弟姐妹之情。

　　兄弟骨肉相关,宣讲小说常将兄弟视为"手足",《复元集·兄弟联科》中说,"手足原来并蒂生,一枝茂盛百枝荣"②;《救正人心·水晶印》中说,"弟兄友爱重天伦,手足不分季与昆"③;《千秋宝鉴·老长年》中说,"原是同胞共一体,犹如手足不相离。弟敬兄来兄友弟,一堂和睦有昌期"④。弟兄如手足,彼此依赖,少一手不能做事,少一足不能行路,弟兄不相顾,则如手脚互不相顾。宣讲小说为了突出兄弟情的重要性,常将兄弟与妻子对比,《脱苦海·家有余庆》中,绍祖劝胜贵与兄长和睦:"弟兄如手足,妻子如衣服,衣服破裂犹可补,手足一断难再续。"⑤《宣讲大全·忤逆受报》中言:"盖闻妻子如衣服,弟兄若手足。衣服破犹可更改,手足损难以再续。则是弟兄之重于妻子也,明矣。"⑥《宣讲金针·欺兄逼寡》对此的阐释更具体:

————————

① 张锡厚主编:《全敦煌诗第二编·曲词》(第十二册),作家出版社,2006年,第5577页。

② 〔清〕空真子阅正,〔清〕虚性子同阅:《复元集》卷二,光绪癸巳年(1893)新镌本,第1页。

③ 〔清〕凌虚主、正一子、师古子编辑,〔清〕学贤子校录:《救正人心》卷二,刊刻时间不详,第27页。

④ 〔清〕智善子校正,〔清〕善化善子参阅:《千秋宝鉴》卷二,同治五年(1866)同善坛刻本,第76页。

⑤ 〔清〕岳西破迷子编辑,〔清〕果南务本子校书:《脱苦海》卷二,同治癸酉年(1873)新镌本,第51页。

⑥ 〔清〕西湖侠汉:《宣讲大全》卷一,光绪戊申年(1908)刻本,第5页。

古语有云："兄弟如手足，妻子如衣服。衣服破，犹可补，手足折，焉能续？"是说弟兄譬如人之身子一般，若无两手两足，焉能成其人形？又有古语云："十指连心肝。"是言一处疼，处处皆疼，所以弟兄谓之为骨肉。①

手足重于衣服，兄弟重于妻子，自然不能因为妻子而坏兄弟情义：

娇妻本是外来人，怎比弟兄骨肉亲。花里莺声君莫听，恐伤和气灭天伦。

这几句格言说妻虽娇美，原是外面讨进来的，怎比得弟兄，共精血而成，同胞胎而生，乃是手足之情，骨肉之亲……刘先主当日有云："弟兄如手足，妻子如衣服，衣服破裂犹可补，手足断折难再续。"《朱子家训》又云："重资财，薄父母，不成人子。听妇言，乖骨肉，岂是丈夫？"《诗》曰："兄弟阋于墙，外御其侮。"凡有急难事来，外人终是靠不着，得力还是在弟兄。②（《上天梯·重伦获金》）

古云："兄弟犹如手足，妻子恰似衣衾。"衣衾既敝，犹可更换，手足若折，无可复得：是兄弟更切于妻子也。既为兄弟，当出入相友，守望相助，疾病相扶持，过失相劝化，同福寿，共患难，友恭宜笃，情义宜重矣。③（《宣讲选录·埋金全兄》）

如果说手足之情是基于血亲而产生的依赖感及不可分割感，那

①《宣讲金针》卷一，光绪戊申年（1908）经元书室重刊本，第55页。
②〔清〕岳西破迷子编辑，〔清〕果南务本子校书：《上天梯》卷四，同治甲戌年（1874）新镌本，第14页。
③〔清〕庄跛仙编：《宣讲选录》卷一，民国二十三年（1934）重印本，第47页。

么长时间同居合爨共食、行止相依，兄弟还是同学、朋友、室友，其亲密感与亲切感是他人无法相比的。"兄弟者，分形连气之人也。方其幼也，父母左提右挈，前襟后裾。食则同案，衣则传服，学则连业，游则共方，虽有悖乱之行，不能不相爱也。"①宣讲小说多以笔墨描绘兄弟幼时相处的亲密无间。《善恶镜·子振箕裘》言兄弟幼时的友爱情况："幼年相待出诚意，吹埙吹篪笑嘻嘻。糖食果饼不顾己，一匹竹马打伙骑。"②《赞襄王化·口德遇仙》指出，因为同母所养，同胞所生，"同想幼小时，仲吹篪，伯吹埙，饮食相让，竹马共乘，若遇外人稍欺压，不顾生死来相争。真可谓如手如足也，不计孰拙孰能。"③《惺惺集》"灶君第二戒男子不和兄弟"条中这样描绘兄弟幼时如何相亲相爱："你看走路，则哥在前弟在后，如雁行一般，食则同席坐，夜则同床睡。父母若打哥哥，老弟便来护，旁人若欺老弟，哥哥便去争。哥哥若哭泣，老弟亦泪流满面。老弟若发笑，哥哥亦欢容笑脸，悲喜相应，痛痒相关。真是生来的一点天性哩。"④因兄弟之亲密，古人有兄弟雁行之说。《礼记·王制》云："父之齿随行，兄之齿雁行。"⑤《惊人炮·三斤肉》言："手足相联似雁行……世之弟兄，本是手足之情，气血相联，痛痒相关"，"好比那天边鸿雁，飞则同飞，止则同止，莫得分离一个的"⑥。兄弟若有一人离去，就是"雁行折翼"，存者自然哀痛

---

① 〔北齐〕颜之推：《颜氏家训》，上海书店出版社，1986年，第3页。

② 〔清〕怀真子编辑，〔清〕破迷子校正，〔清〕务本子校书：《善恶镜》卷二，光绪乙未年(1895)镌本，第35—36页。

③ 《赞襄王化》卷二，光绪六年(1880)新镌本，板存四川夔州府云邑北岸路阳甲培贤斋，第101页。

④ 〔清〕古阳瓜辅化坛尽心子编辑：《惺惺集》卷二"灶君第二戒男子不和兄弟"条，同治九年(1870)新镌本，板存蒙阳辅化坛，第2页。

⑤ 〔清〕朱彬撰，饶钦农点校：《礼记训纂》卷五，中华书局，1996年，第208页。

⑥ 〔清〕果南务本子编辑：《惊人炮》卷二，民国三年(1914)铜邑成文堂新刻本，第1页。

难忍。

二、兄友弟恭:兄弟伦理的基本准则

兄长弟幼本是一种自然秩序,古人却由这种自然之序扩展至伦理秩序,悌成为仅次于孝的第二大伦理,是仁之本质体现。《孔子家语·弟子行》云:"孝,德之始也。悌,德之序也。"王肃注曰:"悌以敬长,是德之次序也。"[①]诚如"孝"对于"慈","悌"也对于"友",父慈在前,子孝于后。同样,兄友于前,弟悌于后。《说文解字》释"友":"同志为友。从二又相交。"[②]释"悌"曰:"悌,善兄弟也。从心,弟声。"[③]《尔雅·释训》曰:"善父母为孝,善兄弟为友。"[④]引申为亲爱、友好之意。《荀子·君道》曰:"请问为人兄?曰:慈爱而见友。请问为人弟?曰:敬诎而不苟。"[⑤]《释名·释言语》曰:"友,有也,相保有也。"[⑥]兄弟之间彼此相依、相保、相有。"友"中也含有敬、爱。《新书·道术》曰:"兄敬爱弟谓之友,反友为虐;弟敬爱兄为之悌,反悌为敖。"[⑦]弟对于兄,则恭、敬。《说文》曰:"恭,肃也。从心,共声。""敬,肃也。"[⑧]《礼记·曲礼上》曰:"君子恭敬撙节退让以明礼。"何胤注云:"在貌为恭,

---

① 〔三国〕王肃注:《孔子家语》卷三《弟子行》,上海古籍出版社,1990年,第31页。

② 〔汉〕许慎撰,〔清〕段玉裁注:《说文解字注》,上海古籍出版社,1981年,第116页。

③ 〔汉〕许慎:《说文解字》,中华书局,1963年,第224页。上海古籍出版社1981年版的《说文解字注》中未收录此字,故此采用中华书局1963年的《说文解字》本。

④ 〔晋〕郭璞注,〔宋〕邢昺疏:《尔雅注疏》卷四《释训》,《十三经注疏》(下),上海古籍出版社,1997年,第2591页。

⑤ 〔清〕王先谦撰,沈啸寰、王星贤点校:《荀子集解》卷八《君道》,《新编诸子集成》(第1辑),中华书局,1988年,第232页。

⑥ 〔汉〕刘熙:《释名》卷四《释言语》,中华书局,2016年,第48页。

⑦ 〔汉〕贾谊:《贾谊集·新书》,上海人民出版社,1976年,第137页。

⑧ 〔汉〕许慎撰,〔清〕段玉裁注:《说文解字注》,上海古籍出版社,1981年,第434、503—504页。

在心为敬。"①"友"多对于兄言,"悌"多对于弟言,"友悌"合言就是"善兄弟",都含有"敬"之意。可以说,兄友弟恭、兄友弟悌有互文之意,即兄弟友恭、兄弟友悌。

仔细审视兄友、弟恭,还可以发现,它们相较于兄爱、弟爱情感意味更深,兄弟之间首先是有血缘亲情存在,《同登道岸·友爱无双》云:"手足原来一气连,比儿犹父情相牵。"长兄当父,兄弟却不同于父子,兄爱弟,似父,但待弟似朋友;弟恭兄,发自内心,兄弟之间,彼此善待对方。友、恭既包含朋友之道,又包含兄弟之亲,还有"相保"之助。兄友弟恭成为中国传统社会理想的兄弟之道。《尚书·康诰》中的一段文辞值得注意:

> 元恶大憝,矧惟不孝不友。子弗祗服厥父事,大伤厥考心;于父不能字厥子,乃疾厥子;于弟弗念天显,乃弗克恭厥兄;兄亦不念鞠子哀,大不友于弟。惟吊兹,不于我政人得罪,天惟与我民彝大泯乱。曰:乃其速由文王作罚,刑兹无赦。②

由此可见,在《尚书》时代,兄友弟恭的观念就已经确定,并将兄不友于弟、弟不恭于兄视为大恶。兄友于弟,弟恭于兄,是因为"念鞠子哀"与"念天显",此二者一是因孝,一是因超自然之力。兄生于弟未生之时,这是弟无法改变的,或曰是天的意志,天定次序;弟生于后,兄长已见过父母养育幼弟之艰辛,不悌不友,即是不敬天、不敬父,最终导致"民彝大泯乱",自然罪不可赦。

---

① 〔清〕朱彬撰,饶钦农点校:《礼记训纂》卷一《曲礼上》,中华书局,1996年,第6页。

② 〔汉〕孔安国传,〔唐〕孔颖达等正义:《尚书正义》卷一四《康诰》,《十三经注疏》（上）,上海古籍出版社,1997年,第204页。

　　不过,兄友弟恭伦理秩序的建立并不完全排除因为自幼相处以及由爱而建立的情感基础。友、悌都是发自于内心,兄友弟恭的行为体现的是个体情感的自然外化,由此而建立的伦理秩序是天经地义的。当然,以此来约定兄弟之间的关系及相处模式时,似乎有将规则强加于平等的兄弟关系之嫌。但若兄弟情感深厚,这些外在的形式就不是条条框框,就不是约束,若兄弟之间有隔阂,乃至有冲突,有这些条框约束,不至于让兄弟产生冲突,甚至成为仇人。

　　长幼有序是一种天伦,由天伦进入人伦,是对自然或宇宙规则的认同。儒家伦理讲究嫡庶有别,在财产继承上,讲究嫡长子负责制。不过,宣讲小说以普通大众为宣讲对象,虽然不反对一夫多妻,但更主张男性在无子的情况下纳妾,正妻无子,自然也就无所谓嫡庶之分。也正因如此,宣讲小说中的兄弟冲突,多是同父母兄弟或同父异母兄弟间的冲突,极少数属于嫡庶冲突。宣讲者赞成长幼有序,更赞美兄弟之间的互助互爱。

　　《宣讲集要》卷六"弟"字下共有 13 个案证故事,从正反角度阐释何为"兄友弟恭"。

　　一是兄长对于弟妹有抚育责任。就兄而言,因其年长,具有在年龄及阅历上的优势,部分程度上承担着父母的责任,如照顾、教育弟妹,因此古有"长兄如父"之说。《白虎通·三纲六纪》在解释兄弟姊妹关系时说:"谓之兄弟何? 兄者,况也。况父法也。弟者,悌也。心顺行笃也。""谓之姊妹何? 姊者,咨也。妹者,末也。"[①]兄之于弟,犹如父之于子。实际上,长兄长姐自小带着弟妹,自然而然会涌出如父、如母般的责任感与类似于父爱、母爱的情感。当父母双亡时,长兄长嫂、长姐就承担了父母的职责,抚养弟妹,在此,"长兄当父,长嫂

___

① 〔清〕陈立撰,吴则虞点校:《白虎通疏证》卷八《三纲六纪》,《新编诸子集成》(第 1 辑),中华书局,1994 年,第 380 页。

当母"之"当"，就是承担、担当之意。《宣讲集要·高二逐弟》言："凡父母早故，丢下兄弟妹子，没有挨靠，全仗自家哥嫂，殷勤抚养。"①廖宗臣夫妇在父母死后，将才满数月的妹妹闰娘与自己的女儿同乳哺养，后奶水不足，又将女托付给邻妇养而自乳其妹。闰娘与女俱长成后，他们夫妇待闰娘独厚，出嫁时，妆奁亦多于女。《宣讲集要·士俊归家》中，黄士俊之兄年长他十岁，黄士俊自幼跟着兄长读书，其兄教书之后，教弟"十不可"："一不可负爹娘养育深恩，须当要学大舜尝慕终身。二不可薄兄弟手足至亲，须当要学夷齐推让不争。三不可夫妻间忤逆不顺，须当要学郤缺相敬如宾。四不可朋友间寡恩失信，须当要学晏婴久敬心诚。五不可贪女色前程削尽，须当要学狄公拒止淫奔。六不可好赌博坏了品行，须当要如吴士日新又新。七不可逞气性好勇斗狠，须当要学张公百忍不争。八不可唆争讼起人隙衅，须当要如李元排难解纷。九不可在人前谈闺道闱，须当要学李定作文劝人。十不可秽字迹得罪神圣，须当要如王公惜字如金。"②"十不可"包含孝悌、守信、谦让、行善等，士俊之兄以此教弟为人，谆谆训诫中所包含的对兄弟的关爱，不下于父亲对于子女之爱。士俊进京会试途中听闻兄长病重，不顾自己功名，急忙归家侍奉兄长汤药，此举亦充分阐释了"弟恭"在一定程度上是对"兄友"的回报。《宣讲集要·胡耀欺兄》在讲述兄弟"欺兄"时却也叙述了兄长对于兄弟的付出与爱护。胡耀十一岁时父母亡故，全仗兄长养活并送到学堂读书。胡耀好赌，胡荣又多方劝诫，并为之娶妻。分家后，胡耀将家产荡完，胡荣又将其接到家中同过日子。其他宣讲小说中，兄长抚养弟妹的故事亦多，如《惊人炮·奇男子》中刘么回答员外道："长兄当父，长嫂

①〔清〕王文选辑：《宣讲集要》卷六，光绪丙午年(1906)吴经元堂刻本，第32页。
②〔清〕王文选辑：《宣讲集要》卷六，光绪丙午年(1906)吴经元堂刻本，第17—18页。

当母，我爹妈早死，蒙兄抚养成人。"①《万缘回生集·双头祝寿》中，李木匠之父死时，其继母所生之弟才七岁，"李木匠竭力挣钱，侍奉老母，盘养幼弟，毫无怨心"②。兄长对兄弟的抚养责任，在兄弟死后，延续到侄子身上。《宣讲集要·全家福》叙杨伯道在兄弟夫妇死后，即便自己已有九个儿子，亦将侄子廷芳接到自己家中抚养，"凡饮食衣服，教训择师，胜如亲生。又择取名媛，以定姻亲"③。年迈时，担心亲子欺压侄子，他又将家产分作两股，己子一股，廷芳一股。《宣讲集要·稽山赏贫》中，春荣弟早亡，弟媳生下光前半年后亡。弟媳死后，春荣夫妇以侄儿光前为重。贼人入侵，只能救下一子，其妻杨氏放下亲子光后而带侄子光前逃走。

兄长不仅要抚养弟妹，还须要教育弟妹，且要得法。《万选青钱·至诚感弟》言："为哥子的，亦要体父亲爱儿子的心肠，拿来爱兄弟，才是道理。又怎样爱法嘞？兄弟间有愚蠢的，要漫漫教他，有不成材的，要好好劝他，切莫说我是个哥子，兄弟有不听说的，我打也打得，骂也骂得。若是动辄就打骂他，不惟不听你约束，反转结成仇恨，还要伤父母的心，这也不是爱兄弟的道理。总之要以恩德去感化他，不怕你兄弟铁石心肠，那天良一发现出来，断未有不回心的。"④以父亲爱儿子的心肠爱兄弟，近于仁。"仁"者爱弟，在教育时，不能用暴力手段，而应用爱，用更温和手段。《孟子·万章上》云："仁人之于弟也，不藏怒焉，不宿怨焉，亲爱之而已矣。"⑤《万选青钱·至诚感弟》

①〔清〕果南务本子编辑：《惊人炮》卷一，民国三年（1914）铜邑成文堂新刻本，第13 页。
②《万缘回生集》卷四，刊刻时间不详，第 1 页。
③〔清〕王文选辑：《宣讲集要》卷六，光绪丙午年（1906）吴经元堂刻本，第 12 页。
④《万选青钱》卷一，光绪二十八年（1902）刻本，第 48 页。
⑤〔汉〕赵岐注，〔宋〕孙奭疏：《孟子注疏》卷九《万章上》，《十三经注疏》（下），上海古籍出版社，1997 年，第 2735 页。

中,陈家兄弟三人,老三不务正业,老大陈世恩认为当大哥的"骂也骂得,打也打得",否则家产荡尽,后在老二的劝说下,转换了教育方式,从此他对老三的关心细致入微。老三不领情,认为兄长假仁假义,世恩不在意,始终如一,终于感动三弟,"以恩德感化兄弟者,更比打骂估住兄弟之为高也"①。《宣讲集要·让产立名》中,许武十五岁时父母双亡,时许晏九岁,许普七岁,"多亏许武日率童仆耕田,夜教兄弟读书,如此数年,兄弟俱已成立,家业亦渐兴盛。弟兄三人俱未婚配,食必同器,宿必共榻"②。许武以身教弟,弟兄三人彼此谦让,亦都有所成就。

二是兄弟相爱,彼此扶持。《法戒录·大团圆》改自《聊斋志异·张诚》,讲的是张诚孝友成性,见母亲欺辱张纳,便替兄打柴,又劝母亲善待兄长。猛虎将张诚衔走,张纳舍命追赶,自杀殉弟,被救醒来后又四处寻弟。《宣讲集要·云霄埋金》中,云彦吃喝嫖赌无所不为,其母大怒,将云彦灌醉准备沉塘。云彦弟云霄跪求母亲,甚至以自缢威胁,求母放兄长一条生路,"弟兄情原是那排行同伴,若是我兄长死我也孤单"③。云彦被放仍不悔改,云霄将所积之金银埋于后园。云彦家产荡尽至于卖妻,后沦为乞丐,不禁悲从中来,悔恨不已,云霄见云彦有悔改心,将其接回,又令兄开垦后园,使之得所埋之金,复置家产,接回嫂子。

兄弟和睦,不仅仅局限于骨肉兄弟,还有兄嫂、姑嫂、妯娌的和睦。夫妻一体,敬兄必敬嫂。"长兄当父,长嫂当母"之"当",还有"当作"之意,即将兄嫂当作父母一样尊敬。宣讲小说驳斥兄死嫂不亲的

---

①《万选青钱》卷一,光绪二十八年(1902)刻本,第48、50页。

②〔清〕王文选辑:《宣讲集要》卷一〇,光绪丙午年(1906)吴经元堂刻本,第20页。

③〔清〕王文选辑:《宣讲集要》卷六,光绪丙午年(1906)吴经元堂刻本,第20页。

观念,如《采善集·哥死嫂不亲》认为,兄与嫂敌体,兄当亲,嫂亦当亲,兄死了,嫂即是兄,侍奉嫂子当如侍奉兄长一样,"况且古话说:'长兄当父,长嫂当母。'这样想来,哥之分与父并,嫂之分与母并,母该亲,嫂亦该亲"①。长兄在抚养弟妹的过程中,嫂子功不可没。宣讲小说中多有"嫂娘"之称,如《萃美集·献西瓜》中云:"尊嫂娘你请坐妹有话论,听为妹有几句话对嫂明。"②《万选青钱·兰芳节孝》云:"涂氏与弟弟完配,兰生夫妇俱喊涂氏是嫂娘,事奉如母亲一样。"③《宣讲汇编·知恩报恩》云:"想奴一尺五寸,不见一双爹娘。如今身强力又壮,是谁将我抚成行。乳哺恩亏嫂娘,耐烦抚育不敢怠荒。与奴勤包缠,与奴常洗浆……"④前文中,廖宗臣之妻、杨伯道之妻,以及众多"存孤"叙事中(如《触目警心·爱弟存孤》《石点头·稽山赏贫》)抚养侄儿的女性,都为兄弟做出了巨大牺牲。当弟兄出现嫌隙,他们的妻子的规劝则可避免这种嫌隙走向恶化,乃至于使兄弟和好。《圣谕六训醒世编·劝夫友弟》中,赵连璧结交狐朋狗友而薄待其弟,甚至将弟弟连芳逐出,连芳家计窘迫,连璧亦丝毫不照顾。连璧妻桑氏暗中相帮,甚至杀狗冒以人命劝夫,让连璧明白只有兄弟才会生死相替。在桑氏的劝导下,兄弟和好。

　　三是兄弟妯娌和睦不分家。和妯娌,亦是兄弟相和的重要内容。宣讲小说不仅写妯娌和睦之家的熙熙景象,亦且劝导人们,妯娌因兄弟而成,兄弟为骨肉,妯娌自然就如姐妹一般,成为妯娌不容易,不要因小事起嫌隙,且妯娌和睦,这亦是为后代树立榜样。《脱苦海·贤女化逆》云:

---

① 《采善集》卷一,宣统二年(1910)新镌本,板存罗次县关圣宫,第76页。
② 《萃美集》卷二,民国三年(1914)新刊本,板存铜邑大庙场成文堂,第75页。
③ 《万选青钱》卷二,光绪二十八年(1902)刻本,第83页。
④ 《宣讲汇编》卷二,光绪戊申年(1908)经元书室重刊本,第62页。

　　妯娌原来几世修，莫因些小便成仇。若思娶媳能和睦，趁此先将好样留。

　　这四句格言说人家三妯四娌，并聚一堂，原非偶然遭逢，都由前世修积，故得今生聚会。虽是异姓，却在一家，不啻姊妹之亲，岂等邻里之妇？原要甘苦与共，彼此莫分，方免公婆恚气。若为些小事故，便你吵我闹，岂还成个人家吗？须要想今日一班妯娌，异日都要做婆婆，设若我的媳妇也照样学样，看你心上又怎得安然。到不如趁此留个好榜样，儿媳依样化葫芦，你想好也不好？①

《宣讲拾遗·教子成名》直录《何仙姑和妯娌文》，将妯娌和睦之因阐释得更为具体：

　　妯娌犹兄弟也。为妇女者，虽未字之先，有父母，有姊妹，有兄嫂弟媳，而相聚日短，要不若妯娌之一世百年，共居处，共言笑，家务共商议，井臼共经营；死则共入宗祠，祭则共享时食之相亲相近，永无闲也。本异姓也，而居然同宗；本异母也，而宛若同气。得为妯娌，诚人生一大幸事欤。维彼兄弟，情何以异？夫齐家者，莫不欲睦兄弟。而吾谓兄弟之睦，必自妯娌始。何也？妯娌能睦，虽兄弟有嫌隙，而劝解之，则嫌隙消；妯娌不睦，虽兄弟相友恭，而谮诉之，则友恭失。然则睦妯娌之所系，亦重矣哉。②

这一观点，在《东厨维风录·教训妇女章第八》中亦有之：

---

①〔清〕岳西破迷子编辑，〔清〕果南务本子校书：《脱苦海》卷三，同治癸酉年（1873）新镌本，第67—68页。"儿媳依样化葫芦"中的"化"似当为"画"。
②〔清〕庄跛仙编：《宣讲拾遗》卷四，光绪二十年（1894）刻本，第24—25页。

尔莫说亲姊妹就算希罕,这妯娌比姊妹亲热非常。在生时做一家同锅共爨,到死后定都是埋笼一山。尔妇女手扪心细想一想,妯娌间有什么争短论长。你让我我敬你和和气气,同约着孝公婆尊敬夫郎。①

妯娌因兄弟而成,亦因兄弟而亲,且百年后会同归于祖茔,论情论理,都应彼此友爱。《闺阁录·和妯娌歌》中说:"妇女最要重伦常,妯娌和睦莫参商。妯娌本是弟兄样,原来不可分弱强。嫂嫂须要爱弟媳,弟媳须要敬嫂娘。就是弟媳不敬我,我的爱心也莫忘。就是嫂娘不爱我,我的敬心只如常。"②妯娌只要彼此尊敬、关爱,自然家庭熙和。宣讲小说中不乏妯娌和睦而家庭亦雍睦一堂者。《救劫保生丹》之《雍睦一堂》中,柯氏长媳待弟兄不啻姊妹同胞,待两个年幼的童养弟媳如亲妹妹一般,两个弟媳长大,待长嫂如母;《争死救嫂》中,高氏替嫂入狱;《二难题门》中,郑氏徐氏两妯娌犹如姊妹,徐氏富豪,但从不藏私,时刻想到郑氏,而郑氏凡事都抢先来做,代徐氏劳苦。凡是公婆表扬,郑氏、徐氏都推对方,公婆斥责,都争认罪。徐氏病,郑氏焚香祷告,愿以身替。所生之子,不分你我,两个孩子,三四岁时亦分不出哪个是亲母伯母婶母,一总都喊妈妈。《觉世新编·张氏和妯娌美报》中,张大娶妻李氏,张二娶妻周氏。两妯娌你敬我爱,做事不分彼此,说话不争长短,有张郑氏、张徐氏之风。妯娌是"外姓人",血脉关系不如兄弟那样具有天然的亲昵性。妯娌和睦,可谓是家庭和睦的润滑剂,有了和睦的妯娌,家庭总体倾向于敦睦。也正因为如此,宣讲小说对于那些能和睦妯娌的女性,无一例外都给予赞美讴歌。

---

① 《东厨维风录》,民国癸亥年(1923)重镌本,第69页。
② 〔清〕梦觉子汇集:《闺阁录》第三册,光绪十五年(1889)本,第18页。

兄弟妯娌相和，相亲相爱，不分彼此，自然也就不会分家别居。不分家是兄弟和睦的外在体现。《宣讲集要·荆树三田》中，田真、田广、田庆三兄弟友爱、妯娌和睦。田庆稍长，田真教他道理，让他认真读书。田庆妻闹着要分家，并设计让紫荆树上的鹤飞走。田真兄弟准备分家时，紫荆树枯死，三兄弟大哭，誓言不分，"复将荆树扶起，荆树如应声而荣，鹤亦复集"①。《宣讲集要·和睦美报》叙嫂嫂李氏与弟媳周氏十分和睦，李氏生子，周氏服侍十分殷勤。周氏无子，过继兄嫂之子，后李氏又生一子。《指路碑·无心掌》中，周于德、周于利两兄弟"虽受窄逼，心亦不怨，且素敦友爱，食则同器，居则同席，若当饮食之时，兄若不至，弟必候之，弟如不至，兄不先尝，兄饭食完，弟必接碗以添，双手相捧，若有言语，必欢容笑脸，轻言细语，从未高声大气，真可谓埙篪并奏，棣萼联辉"②，两妯娌之间亦不分彼此。

上述三种"兄友弟恭"的相处模式，在众多宣讲故事中所呈现的风貌丰富多样。《脱苦海·家有余庆》中，孔定国次子绍祖在父兄殁后，见几个侄儿大的不识时务，小的未懂事情，遂殷殷教训，合家后，"凡日用服食皆薄于己子而厚于侄儿，至于亲戚馈送，于侄等之亲则从其丰，于儿辈之亲则从其俭，宁肯自己吃亏，不令他人抱歉"③。《宣讲汇编》中，亦有多个故事讴歌兄弟友爱。其中，公子寿、公子伋平日相互友爱，面临生命危险时彼此相顾，争死以全对方（《二子乘舟》）。邹瑛周旋于兄嫂与母亲之间，兄长去世，更是周全维护寡嫂，多方劝母善待嫂嫂（《敬兄爱嫂》）。米氏嫌弃前子玉璧及其妻冯氏，亲媳高氏与嫂情投意合，你爱我敬，当母责罚嫂嫂时，则事事与嫂担

---

① 〔清〕王文选辑：《宣讲集要》卷六，光绪丙午年（1906）吴经元堂刻本，第24页。
② 《指路碑》卷二，刊刻时间不详，第63页。
③ 〔清〕岳西破迷子编辑，〔清〕果南务本子校书：《脱苦海》卷二，同治癸酉年（1873）新镌本，第46页。

当。玉璧死后,米氏侄儿米为宝垂涎冯氏美貌,调戏之时遭凶而亡。高氏担心冯氏,自认为凶手而入狱(《争死救嫂》)。周之英、周之美兄弟妯娌和睦,周之美遭贼诬陷入狱,周之英闻兄误累命案,需以银赎罪,因家中无银,周之英四处借贷不着,卖身以赎兄(《卖身救兄》)。商二日食艰难,前往商大家中借米遭拒,商大家遭抢,商二勇斗歹徒,商大不念弟家贫,一毫不舍,商二被迫搬走,贼人再至,抢劫财物,商大重伤身亡,妻子沦落乞讨。商二不计较嫂子薄情寡恩,将嫂与侄接到家中一同生活,又出银两让侄贸易。后商二无意中挖到兄长所埋之金,亦全予侄(《尊兄抚侄》)。另有些故事,从其名亦知所讲述的为兄弟之情,如《宣讲福报·友爱致祥》《宣讲金针·争死救兄》《法戒录·让梨敬兄》《触目警心·爱弟存孤》《遇福缘·友爱化家》《救劫保命丹·吃鳖化弟》《新民鉴·千里寻兄》《复元集·替弟伸冤》《复元集·舍命全兄》等。《救正人心·水晶印》有一段议论,甚有概括性:

> 人之有弟兄者,当以友爱为重,不可争财论产,彼此角羀,以伤和气。须知同胞骨月,痛痒相关,即或分居析爨,也要有无相济,患难相同,不可随其颠覆,不救不扶,忍视其冤枉死亡。若弟兄俱富,被人欺压,盗贼相侵,病故患难,为弟兄者,替他经理调停,银钱出入,不私不漏,于己虽未垫贴分文,也算对得天地,质得鬼神。人人所能,不足为异,至弟兄俱贫,如然有难,或讼狱牵连,丧病横灾,儿女嫁娶等事,能替竭力调停,不顾倾家破产,垫贴银钱,此等弟兄,恒不数觏。①

---

① 〔清〕凌虚主、正一子、师古子编辑,〔清〕学贤子校录:《救正人心》卷二,刊刻时间不详,第27页。

总之,和谐的兄弟关系中,有兄养弟者,有争相替死者,有抚养侄男侄女者,有善待寡嫂(弟媳)者,有彼此谦让者,有良言相劝者,有千里相寻者,有为之申冤者……各种行为,共同诠释兄友弟恭,展现家庭中兄弟之间和睦雍容的景象。

三、寄语同枝连气者,休教煮豆把箕燃

诚如《阴阳鉴》第七回《害兄嫂刑罚不宥,纵妻孥报应难逃》所言,"世间敬奉兄嫂者寥寥,而害兄逼嫂者比比",现实中虽不乏兄弟姒娌和睦的事例,但兄弟参商却也是普遍存在。对此现象,从宣讲小说的一些标题就可见一斑:《宣讲金针》中的《听刁刻弟》《欺兄逼寡》,《圣谕灵征》中的《弟不恭兄》《兄不友弟》,《宣讲选录》中的《高二逐弟》《胡耀欺兄》,《新民鉴》中的《兄不友弟》《弟不恭兄》《傲弟欺兄》《骨肉相残》《兄弟相害》,以及《救劫保命丹·逼嫁失女》《宣讲珠玑·听唆欺兄》《福善祸淫录·嫁嫂失妻》《文昌保命录·害侄遭报》《千秋宝鉴·刻财欺兄》《大愿船·欺兄遭谴》《回生丹·刻弟显报》等。标题中"刁""欺""害""残""逼""不恭""不友",正是社会上兄弟不睦现象的一般表现形式。《阴阳鉴》第六回《重手足济兄获偿,恤孤寡敬嫂受旌》侧重演兄弟律,真君指出世上弟兄不尽道者广,"此也咏阋墙,彼也怀角弓,同胞共体之情,弃而成器凌之状,同怀也而秦越视之"者甚多,兄弟不睦之"过"多达二十八条:

> 兄弟贫乏,力能振救,漠不恤助。忽心欺凌幼弟、异出庶出兄弟、兄弟之子。照逐事受苦外,待一人受诸苦二百次,入大狱五十年,满,放极贫瘖瘘,致废命,阿鼻监固。
>
> 亲殁争财产不睦,照百钱受诸苦一次,热恼四十年,满,放贫痴痖。
>
> 弟兄大仇怨人,与之交,照交一人受诸苦百次,入大狱三十

年，满，放瘄跛，若同谋害弟兄者，大狱各加十倍，废命，阿鼻监固。

无故贻累一事，受诸苦五十次，大狱二十年监候，有意嫁祸，加三倍，满，放疤瘄。

责善不纳，因而构怨不睦，漠视幼弟，善恶事，不尽心劝戒，逐事受苦外，待一人受诸苦四十次，大狱二十年，满，放瘶痤。

兄弟子侄，不能殡葬嫁娶，只一己营私，漠不周全，照一人受诸苦三十次，入大狱十年，满，放孤独贫乏。

薄情短谊，匿怨不忘，照一事受诸苦二十次，大狱十年，满，放贫哮。

分产，巧设机关，择美推恶，照百钱受诸苦十次，若恃强争多，加五倍，大狱三十年，满，放躄聋贫困。

难事，能任不任，巧心推诿，一事受诸苦二十次，若累害弟兄，加十倍，大狱二十年，满，放贫瘄。

小事不忍，争竞财物，不睦，照一事受诸苦二十次，大狱十年，满，放癫疛。

有大过，不婉规劝，遇不睦，从中左袒，不用意调和，照一事受诸苦十次，大狱五年，满，放瞽聋。

向人摘短失，饮食间发语诮责，照一事受诸苦十次，大狱一年，满，放瘄。

借物，能借不借，照值百钱受诸苦一次，大狱监候，满，放极贫，

矜夸劳惠，致不睦，照一次受诸苦五次，大狱监候，满，放痴痖。

子与侄争竞，各护所生，不辨曲直，照一次受诸苦五次，大狱监候，放独。

昵情徇私，姑待种祸，直切启衅，照一次受诸苦五次，大狱三

月,监候,满,放矇疴。

逸言不察,动加责怒,照一次受诸苦三次,监候,满,放盲瞎。

同居遇事,规避不为,照一事受诸苦三次,若因累,加倍监候,满,放跫。

同居不和,分居不睦,不生悔心,照一次受诸苦三次,若因不通往来,加十倍,大狱三十年,监满放瘫。

无故疾声詈骂,抗傲各距,照一次受诸苦三次,监候,满,放瘖。

异居闻疾不候,三五月不晤,亦不思念,照一次受诸苦三次,监候,满,放跰跼。

弟兄闻急难不赴援,反欢喜,照一次受诸苦三次,监候,满,放痉踏。

任事不尽心力,小事受诸苦三次,大事加倍监候,满,放痴废。

见小过不规戒,任小事矜夸,照一次受诸苦一次。

姊妹相见,失礼度,嬉笑不时,照一次受诸苦一次。

遇正事规劝,不悔悟,反恚怒,照一次受诸苦一次。

善言不听,听不从,照一次受诸苦一次。

已穷困,赖弟兄,子侄周济,反生不满心,照一念受诸苦一次。

往来尚虚文,无手足相关意,照一次受诸苦一次。

服丧无哀痛惨切意,照一次受诸苦一次,以上各条议监放。①

上述兄弟相处时的"过",有行为上的,也有心态上的,小则有漠

---

① 〔清〕义泉静虚子编辑:《阴阳鉴》,光绪癸未年〔1883〕刻本,第62—65页。

视、记恨、斗气、差别对待、不劝善、不调和、指谪、矜夸、推诿、护短、徇私、信谗不察、有劝不听、任事不尽心力、无故詈骂、虚文、不睦不悔、幸灾乐祸;大则有争产、欺凌、不救贫、嫁祸等。兄弟未成人之时亲密友爱,而成人成家后却有了诸多的"过","过"除了上文中包含的争产、偏私等原因外,还有其他很多。真君有言:"弟兄所以不睦者,大都惑银钱,论强弱,溺家业,争多寡,遂忘同胞之情。"《萃美集·审磨子》中对此又有所补充:"如今世上的人,遇亲朋友相亲相爱,见弟兄则变脸变色,不是因田产货财生忿,便是因私方儿女成仇,不是因妻妾刁唆兴讼,便是因旁人簸弄角撃,种种俗弊,难以枚举,累及父母,焉有孝弟。"①导致兄弟阋墙的原因较多。《善恶镜·子振箕裘》中的《劝世文》对此概括较为全面:"长大只为私欲蔽,良知良能渐渐稀。有等争斗为财利,有等口角为穿衣。有等阋墙为田地,有等为顾枕边妻。有等儿女常护庇,有等为把私房积。"②归之,论银钱、争强弱、溺爱儿女、任妻妾、听簸弄等,都能导致兄弟心生嫌隙。《惺惺集》"灶君第二戒男子不和兄弟"条引古语"最毒莫如枕头状,迷人惟有温柔乡"告诫兄弟"第一要莫听妇人话",其余是莫听旁人话、莫积私房、莫想分家、要忍让、兄友弟恭、轮流养亲莫太分彼此、厚待侄男侄女、痛痒相关、谏诤劝阻不良之行。只要处理好这些个方面,兄弟就会和顺,"弟兄和顺是堵墙,挡住外面祸万般"。

宣讲小说中反复言说成为兄弟是前世所修,成为妯娌乃前生结缘,妯娌虽不是骨肉至亲却因丈夫之间的兄弟关系,也不啻于同胞手足,"既为同胞手足,凡家中银钱货帛,油盐柴米等项,强点弱点总不是外人所得,可以不必深为计较。何者? 你能和睦妯娌,天亦必以美

———————

① 《萃美集》卷四,民国三年(1914)新刊本,板存铜邑大庙场成文堂,第88页。
② 〔清〕怀真子编辑,〔清〕破迷子校正,〔清〕务本子校书:《善恶镜》卷二,光绪乙未年(1895)镌本,第36页。

报予之,若徒因些微细故,处处认真,终必结成仇忿,久之戾气相招,祸事频来,家业未有不倾败者"①。虽然如此,兄弟不分家,柴米油盐酱醋茶、赡养父母、抚育小孩,时时相处,处处打交道,难免有意见不一致、观点相冲突之时,难免有言语摩擦、给人脸色,兄弟之间或许不觉得,但妯娌之间往往因此而计较。诸多不和中,妻子的"枕头状"最不容忽视。上述种种原因,都是导致枕头状的直接诱因。《宣讲集要》阐释"弟"时,将枕头状作为弟兄不和的首要。在宣讲小说中,反复说枕头状之害。《宣讲金针·听刁刻弟》云:"无如世之为人弟者,往往轻贱兄长,或残害兄长,原其故,多因妻妾刁拨成的,究竟终遭惨报。"②《冥案纂集·孝逆异报》云:"人往往视父母如路人,兄弟阋于墙者,其故何也?大都惑于妇人之言,喜听枕头状耳。"③《闺阁录》专设《枕头状》,共 2552 字,116 句,以歌词形式言妻子枕头状的表现及其危害,其中就涉及妻子挑唆丈夫与兄弟姐妹之间的矛盾:"叹弟兄自幼来本来和睦,为甚的受了室就各分心? 皆因是每晚间枕头状很,这一状告得来手足离分。"④《万善归一·天赐妻》则言:"有专告枕头状,使弟兄参商,吵闹分家,这是败家的妖怪。"⑤将枕头状与败家、妖怪一起说,足见其危害及宣讲者对这种行为的深恶痛绝。由此,宣讲小说一再强调妇言不可听。《救劫保命丹·逼嫁失女》言:"弟兄原来手足同,勿听妇言角反弓。"⑥《照胆台·雷打雷》言:"弟兄本是伦常

---

① 〔清〕广安增生李维周编辑校阅:《指南镜》卷二,光绪二十五年(1899)新镌本,板存广安长生寨,第 80 页。

② 《宣讲金针》卷二,光绪戊申年(1908)经元书室重刊本,第 4 页。

③ 《冥案纂集》卷四,光绪戊申年(1908)新刊本,古鹿同化文社藏板,第 1 页。

④ 〔清〕梦觉子汇集:《闺阁录》第三册,光绪十五年(1889)本,第 19 页。

⑤ 〔清〕石照云霞子编辑,〔清〕安贞子校书:《万善归一》卷四,光绪癸未年(1883)刻本,第 71 页。

⑥ 《救劫保命丹》卷四,民国乙卯岁(1915)重刊本,版存乐邑松存山房,第 45 页。

亲,妯娌才为外姓人。切莫听妻乖骨肉,起心反害自己身。"①在《善恶镜·子振箕裘》中,列举了兄弟不和的诸多表现:

> 那知气运有隆替,分家三年见高低。弟兄不肯借升米,些小言语就撕皮。我是我来你是你,院坝当中夹打壁。动说分家成邻里,哥弟两不相怜惜。更有不顾妹和姐,酒会不肯送礼仪。若是富豪你就喜,望他时常送东西。倘若贫寒全不记,那管受冻与受饥。向你拨借不得已,推三诿四总无益。沾动把脸来黑起,恿得姐妹泪悲啼。②

上述兄弟不和的表现尚是轻的,较严重的是欺骗、谋害、逼迫等,其结果往往触目惊心。《最好听·贤妇敦睦》中,承光为占家产逼嫂嫂改嫁不成,暗办毒药欲害嫂嫂与侄儿,最后反而害了自己的妻与子。《同登道岸·点石成金》中,王二、王三兄弟俩为独占黄金,一人给弟下毒、一人持斧砍兄,终致双双死亡。《辅化篇·雷打雷》开篇诗云:"嫂寡儿孤最可怜,亡兄血泪洒黄泉。听妻谋害心何忍,怎不凶顽怒上天。"③故事中,广兴夫妇为谋家产,三番五次害嫂嫂与侄儿,后装雷害人反被雷劈死。《文昌保命录·害侄遭报》中,刘君祥在父母死后殷勤抚养幼弟君祺长大,为之完婚。君祺夫妇懒惰,在君祥夫妇死后,起心毒害侄子安邦,安邦逃走,君祺又污侄子是匪徒,请官员将其正法。《阴阳鉴》第七回《害兄嫂刑罚不宥,纵妻孥报应难逃》中,何洪

---

① 〔清〕果南务本子编辑:《照胆台》卷四,宣统三年(1911)新刊本,第 54 页。
② 〔清〕怀真子编辑,〔清〕破迷子校正,〔清〕务本子校书:《善恶镜》卷二,光绪乙未年(1895)镌本,第 36 页。
③ 〔清〕平羌扪心子选辑,〔清〕书痴子校订:《辅化篇》卷一,光绪丁未年(1907)新刊本,第 38 页。

发常存残害兄长之念，屡屡夜偷兄田之水灌己田，害得兄长初难栽秧，栽插后无收获；又屡次勾引擅长飞檐走壁的小偷去偷兄长之银钱以便分赃，导致兄长因而冻饿而死……这些恶人对兄弟嫂侄的残害，远甚于外人。尤其是当兄嫂于自己尚有养育之恩时，做出这种行为更是猪狗不如了。

孟子有云："亲亲仁也，敬长义也。"①又云："仁之实，事亲是也；义之实，从兄是也；智之实，知斯二者弗去是也。"②仁者，人也。兄弟同根而生，本应相互扶持，相互敬爱，守仁持义，这才是真正的"智"，而不是为了一己之私而弃之不顾，甚至行伤害之实。兄弟和睦，是父母的心愿，《复元集·舍命全兄》中说，"人生世间，有父母即有弟兄，弟兄和气方安亲心。若是弟兄不和，亲心如何得安？所以不孝与不弟相因，事亲与事长并重，能为孝子，然后能为悌弟也"③。友悌关涉孝道，兄友弟恭，不仅顺亲心，亦且为后人树立榜样，正如《救劫保命丹·雍睦一堂》所言："弟兄姒娌非偶然，莫因毫末起争端。若要子媳敦和睦，先须孝友做样看。"④正因如此，《遇福缘·友爱化家》殷殷告诫众人：

家门和顺乐无边，雍睦一堂适性天。好样须从前代立，陋规勿使后人传。父兄已失友恭谊，子弟何由手足联。寄语同枝连

---

① 〔汉〕赵岐注，〔宋〕孙奭疏：《孟子注疏》卷一三《尽心上》，《十三经注疏》（下），上海古籍出版社，1997年，第2765页。

② 〔汉〕赵岐注，〔宋〕孙奭疏：《孟子注疏》卷七《离娄上》，《十三经注疏》（下），上海古籍出版社，1997年，第2723页。

③ 〔清〕空真子阅正，〔清〕虚性子同阅：《复元集》卷二，光绪癸巳年（1893）新镌本，第23页。

④ 《救劫保命丹》卷五，民国乙卯岁（1915）重刊本，版存乐邑松存山房，第96页。

气者,休教煮豆把箕然。①

　　要之,在中国传统社会伦理思想中,兄弟为手足,痛痒相关,兄弟友爱、姒娌和睦则父母高兴、举家和美、家族兴旺;兄弟彼此参商,不但父母怄气忧心,亦且让旁人有可乘之机,害人害己。前世所修,今世才为弟兄姒娌,切莫因些小之事争强论短,这不仅是孝是友,亦且可为后人树立典范。在讲究多子多孙即是福的观念下,源于血缘亲情的兄友弟恭的相处之道在家庭生活中特别重要。

第四节　仁与忠:宣讲小说中的主仆伦理

　　家庭生活中,还有一种特殊的关系:主仆。主仆关系的存在,其实是雇佣与被雇佣的关系,但被雇佣者作为家仆服从于家庭中的主人,他们被称作家仆、家奴或家丁,由此与家庭产生了不可分割的联系。"家人"的含义中即有"仆人"这一义项。研究家庭伦理,不能不考虑具有人身依附性质的主仆关系。

一、仆人与家人

　　严格地说,仆人并非家人,他们作为服侍家庭成员的存在,往往失去人身自由,因依附于主人通常被叫作家仆、家丁、家奴等。仆人的来源很多,但不论如何,只要他们成为家中的奴仆,就成了"家人"。"仆"因"家"而言。《礼记·礼运》载:"仕于公曰臣,仕于家曰仆。"②仆依附于"家",在某些时候,仆从可称为"家人"。《说文解字》曰:"仆,给事者。从人从菐,菐亦声。"段玉裁注引《诗经·大雅·既醉》"景命有

━━━━━━━━━━

① 〔清〕贞子编阅,〔清〕虚贞子校正:《遇福缘》利集,刊刻时间不详,第38页。
② 〔清〕朱彬撰,饶钦农点校:《礼记训纂》卷九《礼运》,中华书局,1996年,第341页。

仆"云:"《毛传》:'仆,附也。'是其引伸之义也。"①《睡虎地秦墓竹简·法律答问》载:"'家人之论,父时家罪殹(也),父死而诵(甫)告之,勿听。'可(何)谓'家罪'?'家罪'者,父杀伤人及奴妾,父死而告之,勿治。"②从文中"家人之论"与"家罪"看,"奴妾"也包括在"家人"之内。《汉书·辕固传》载:"窦太后好《老子》书,召问固。固曰:'此家人言耳。'"颜师古注:"家人言僮隶之属。"③若将皇室当成一大家,其中的奴仆——宫女,便为"家人子","宫中名家人者,盖宫人无位号,如言宫女子、宫婢"④,"《史》、《汉》中的'家人子'与先秦时代的'婢子'一样"⑤。虽称家人、家人子,但仍改不了奴仆就是奴仆的事实。

　　奴仆也有叫作义子、义男、义儿的。宋代,"势家赁人子女为仆妾,抑令立契,谓之义男、义女。与父母永诀。"⑥《大明律》有"奴婢殴家长新题例",标题中"奴婢"与"家长"相对,由此即可见二者之间的关系。"今之为卖身文契者,皆不书为奴为婢,而曰义男义女,亦犹不得为奴婢之意也。"⑦海瑞《兴革条例》云:"奴仆。率土之滨,皆天子之民也。律止功臣之家赐之以奴。其余庶人之家,止有顾工人,有乞养义男。顾工人月日满则止。谓之义男,与己为男也。与己为男,则

①〔汉〕许慎撰,〔清〕段玉裁注:《说文解字注》,上海古籍出版社,1981 年,第103 页。

②睡虎地秦墓竹简整理小组编:《睡虎地秦墓竹简》,文物出版社,1978 年,第197 页。

③〔汉〕班固:《汉书》卷八八《儒林传第五十八》,中华书局,1962 年,第 3612—3613 页。

④〔清〕俞正燮:《癸巳存稿》卷七《家人言解》,辽宁教育出版社,2003 年,第 199 页。

⑤何九盈:《"家人"解诂辨疑——兼论女强人窦太后》,北京师范大学民俗典籍文字研究中心编:《民俗典籍文字研究》(第 12 辑),商务印书馆,2013 年,第 24 页。

⑥〔宋〕潜说友纂:《咸淳临安志》卷四七,浙江古籍出版社,2012 年,第 1679 页。

⑦〔清〕薛允升著,怀效锋、李鸣点校:《唐明律合编》卷二二《良贱相殴》,法律出版社,1999 年,第 595—596 页。

当与己子论年，列为兄弟，与己孙列为伯叔侄。服劳奉养，理所当然。虽不能兼爱，然衣食婚丧与己子孙不宜甚至相远。"①义男与雇工在某种程度上相同，但更侧重于与主人的"亲人"关系。"家仆谓之义男，即有父子之义。于父，仆即有兄弟之义矣，于义女义男妇亦然。"②当然，义男与雇工的区别还有时间长短之别及其他不同。"官民之家，凡倩工作之人，立有文券、议有年限者，以雇工论；只是短雇受值不多者，以凡人论。其财买义男，恩养年久，配有室家者，同子孙论；恩养未久，不曾配合者，士庶家以雇工论，缙绅家以奴婢论。"③有研究者指出，义男"具有双重性，即兼有养子与奴仆的双重身份"④。明清白话小说中多有称购买的奴仆为义男、家人的：

> 秀童是九岁时卖在金家的，自小抚养，今已二十余岁，只当过继的义男，故称"阿爹"。⑤
>
> 羊雷道："义男谋害家主，其中必有委曲。"⑥
>
> 从来只有家主管义男，没有个义男管家主。⑦

宣讲小说中亦有将仆人叫作义男者。《宣讲拾遗·天公巧报》

①〔明〕海瑞著，李锦全、陈宪猷点校：《海瑞集》，海南出版社，2003年，第303—304页。

②〔清〕张履祥：《杨园先生全集》，《四库全书存目丛书》（子部第165册），齐鲁书社，1995年，第198页。

③"中央研究院"历史语言研究所编：《明神宗实录》卷一九四，"中央研究院"历史语言研究所校勘影印本，1966年，第3655页。

④许文继：《"义男"小论》，《中国社会经济史研究》2002年第4期。

⑤〔明〕冯梦龙编，严敦易校注：《警世通言》，人民文学出版社，1995年，第214页。

⑥〔清〕清溪道人编次，肖逸标点：《禅真后史》，上海古籍出版社，1996年，第221页。

⑦〔明〕陆人龙编撰，陈庆浩校点：《型世言》，江苏古籍出版社，1993年，第256页。

里,陈翁称购买的来喜:"我收他,为义男,娇生无比;今现在,南学中,诵读书籍。"①《浪里生舟·审花狗》中亦有:"先有义男韩三寄拜魏母,为人忠实"②,韩三即为家中奴仆。《因果新编》第二十一回《仗经功毒妇幸投人世,践字迹三人共入阿鼻》中言:"古人称奴为义女,男仆号曰义男身。"③《宣讲引证》卷八"仆妇"条:"家人为义男,仆妻为义妇。"④不过,宣讲小说中更多地是将仆人叫作家人:

　　　且说怀刚此夜归家,家人禀知怀刚,心中想道……不觉大哭一场,正在伤心,忽然家人报道:"主母回来了。"⑤(《宣讲金针·以德报恩》)

　　　正清之妻,素口贞静,计无所出,向家人吴义商议,许以多金……吴义又十分催促,只得将春生交与家人葛太照管……家人葛太痛主母尸身不知藏于何地……⑥(《宣讲金针·鸦雀报》)

　　　其时,漆姓有一当买办的家人,认得这存仁存义……那漆姓家人,一路来指了地方,查了住处,果见他父母已老,实系穷困,回复主人不题。⑦(《福海无边·双孝子》)

　　　寿昌见家人话异,遂再三询问,老家人知不能隐,遂向昌言

①〔清〕庄跛仙编:《宣讲拾遗》卷四,光绪二十年(1894)刻本,第61页。

②〔清〕石照云霞子编辑,〔清〕自省子校书:《浪里生舟》卷二,民国甲寅年(1914)重镌本,新都鑫记书庄藏板,第73页。

③〔清〕桂宫赞化真官司图金仙编辑:《因果新编》,民国戊辰年(1928)重镌本,第70页。

④〔清〕三山吴玉田镌:《宣讲引证》卷八,光绪纪元年(1875),闽书宣讲总局藏板,第12页。

⑤《宣讲金针》卷一,光绪戊申年(1908)经元书室重刊本,第40页。

⑥《宣讲金针》卷三,光绪戊申年(1908)经元书室重刊本,1—6页。

⑦《福海无边》卷一,光绪十七年(1891)镌刻本,第16页。

道：(歌)尊一声大老爷容我禀告,待老奴一件件细说根苗。①
(《二十四孝案证·弃官寻亲》)

　　忽家人报道:"可喜可贺,主母已生子矣。"②(《指南镜·梯仙阁》)

　　真正的家人是有血缘或婚姻关系的人,仆人虽可以叫"家人",但他们与真正的主人的家庭成员之间并不存在上述关系。仆人称呼主人家成员只能叫作"主人"或叫作老爷、夫人(主母)、少爷、小姐等。奴仆称所服务的男主人为家主,女主人为主母,实际上暗示了他们在所服务的家庭中低主人一等的非真正家人的身份。如《劝善录·阴骘变相》中,周兴复自我介绍:"小人家住在宜都,家主名叫周兴复。"③《大愿船·让产立名》载:"又嘱咐奴仆俱要小心安分,听两个家主役使,早起夜眠,共扶家业。"④《宣讲金针·双诰封》中又道:"次妻莫氏,生下一子,命老仆冯仁上街割肉,闻得主人凶信,归告主母。"⑤《宣讲集要·陆英访夫》中又道:"乳母说道:'主母在日,早知你兄长有不容你之情。'"⑥《因果新编》第二十一回《仗经功毒妇幸投人世,践字迹三人共入阿鼻》言:"奴仆多把奇功干,只要家主有洪恩。"⑦称呼看似小事,却也蕴含着等级观。奴仆对主人的称呼,将他们自己与主人家真正的家人区别开来。

---

①《二十四孝案证》,光绪八年(1882)重刊本,版存腾阳明善堂,第25页。
②〔清〕广安增生李维周编辑校阅:《指南镜》卷四,光绪二十五年(1899)新镌本,板存广安长生寨,第93页。
③《劝善录》卷二,光绪十九年(1893)仁记书局重刊本,第16页。
④〔清〕岳西破迷子编辑,〔清〕果务本子校书:《大愿船》卷一,光绪六年(1880)重镌本,同善会善成堂藏本,第28页。
⑤《宣讲金针》卷三,光绪戊申年(1908)经元书室重刊本,第1页。
⑥〔清〕王文选辑:《宣讲集要》卷六,光绪丙午年(1906)吴经元堂刻本,第44页。
⑦〔清〕桂宫赞化真官司图金仙编辑:《因果新编》,民国戊辰年(1928)重镌本,第70页。

在经济上依附于主家,但无人身依附的长年、佃户、佣工,他们与卖身于人的奴仆有所区别。他们在主人家做工,出卖劳力,获得相应的报酬。他们也称雇主为主人、主母。《文昌保命录·重缘配》载:"次日佃户见得日已当午,未见主母出来汲水炊爨……伊妻大叫几声:'不好了,主母吊死。'"①《救生船·保命丹》载:"雇工道:'我主母死了,我不得空。'"②主人需要劳力时,则要以钱"请"长年,"请"雇工,因此有了雇工与主人的关系,反之则是"帮"。如《浪里生舟·破舟脱难》中,李氏"家屋富足,无人经理,请雇工二人。一名崔正富,帮了二十多年,为人忠厚老成,视主之事,如己之事"③。既然是"请",是"帮",被请之人人身相对自由,期满则走。然而,在雇佣期内或期未满,在为主人服务时,他们也可算是主人的"家人"。《跻春台·孝还魂》将"家人""雇工"混用:"家人尽起,见是盗贼,四处寻赶。雇工走至堰外,见大树下睡着一人,手拿尖担。雇工捉着喊曰:'贼在这里,我捉着了!'"④当然,若彼此没有协议,却都愿意视对方为自己的家人或主人时,依然可以用"主人"与"家人"的称呼。

二、仆义主仁:主仆伦理的主要指向

主仆关系是家人关系,自然也有类似于家人的情感。这种情感的产生,源于长期的传统主仆伦理的宣扬,也源于彼此长期的相处。蔡元培分析主仆情感的产生,认为"仆之于主,虽非有肺腑之亲,然平日追随既久,关系之密切,次于家人,是故忠实驯顺者,仆役之务也;

---

①《文昌保命录》亨集,刊刻时间不详,第51页。

②《救生船》卷四,同治壬申年(1872)重刊本,会仙堂藏本,第27页。

③〔清〕石照云霞子编辑,〔清〕自省子校书:《浪里生舟》卷一,民国甲寅年(1914)重镌本,新都鑫记书庄藏板,第15页。

④〔清〕刘省三编辑,蔡敦勇校点:《跻春台》卷四,江苏古籍出版社,1993年,第524页。

恳切慈爱者,主人之务也"①。当主仆感情深厚及作为仆从之人的责任感产生,便有众多可歌可泣的义仆、忠仆涌现:"自昔有所谓义仆者,常于食力以外,别有一种高尚之感情,与其主家相关系焉。或终身不去,同于家人,或遇其穷厄,艰苦共尝而不怨,或以身殉主自以为荣。有是心也,推之国家,可以为忠良之国民,虽本于其天性之笃厚,然非其主人信爱有素,则亦不足以致之。"②蔡元培所言的三种义仆,在宣讲小说中亦多载有之。

　　义仆中最感人的,莫如以身救主、殉主者。《福寿根·莺刁头》中,柏生茂陷入人命案中,子常青愿替父受刑,父子争相认罪,县官将二人一同收监。待发现人头可免一人之罪,生茂的奴仆崔道成见主受冤,"恨不能以身替祸,日夜焦愁"。他与妻子商量,其妻青莲甘愿割头救主。元杂剧《赵氏孤儿》被改成宣讲小说《圣谕六训醒世编·尽义存孤》。故事讲的是赵朔遭奸臣屠岸贾陷害,他的一婴儿也不被放过。门客公孙杵臼因藏婴而遭杀害,另一门客程婴以己子替代真正的赵氏孤儿,并将赵氏孤儿抚养长大报仇。《最好听·忠孝节义》与《赵氏孤儿》有些类似。故事讲的是樊德馨拒绝了魏忠贤走狗的招纳,甚至与之抗衡,被诬陷下狱。为防止幼主遭害,德馨的仆人柳芳将亲子贵元假充小主出首,另一仆人顾婴则抱着幼主逃走,抚养成人,教以武艺,最后复仇。以死救主的,还有《大愿船·忠魂报主》中的王大伦,《萃美集·玉连环》中的苏籍、苏华、苏荣、秋红、春香,《圣谕六训醒世编·阖府全贞》中的一众仆人,《仁寿镜·久冤得伸》中的老仆顾城等。《维世录·六姑娘》的故事与《福寿根·莺刁头》类似,都是主人陷入人命案,仆人之妻主动割头报主,但因妻为女性,与死者性别不合,不能替主,最终,

---

①蔡元培:《中国伦理学史(外一种)》,商务印书馆,2010 年,第 164 页。
②蔡元培:《中国伦理学史(外一种)》,商务印书馆,2010 年,第 164—165 页。

夫妻杀子救主。这一故事，在《浪里生舟》中又载，标题即为《杀子救主》。

　　有尽心尽力为主人做事的。《万选青钱·二姓同荣》中，雇工邱老幺做活路认真且做得好，凡田头山上家中，又不要主人担心，"样行都做得归归一一的，每日进出，有规有矩，不乱说，不乱笑，凡遇主人之女，长者视为姐，幼者视为妹，就是捡一条线，一文钱，都要交与主人家。凡赶场支买支卖，剩得几个钱，亦必要退还主人"①。《指路碑·忠义可风》中，晁子俊的雇工庾贵素性忠直，在家佣工十八九年，"视主人之事犹如己事一般"。当晁子俊行事稍乖，庾贵直指其非，毫不避忌。后逢兵乱，子俊夫妇皆毙命，他们唯一的儿子己儿亦将被杀。庾贵为救下己儿，以自己的妻与子为人质，将己儿送给他人抚养。《法戒录》与《千秋宝鉴》中的《老长年》改自《醒世恒言·徐老仆义愤成家》，故事整体情节相同：阿寄自幼帮徐家，视主事如己事，直言敢谏。徐哲死后，留下颜氏及儿女，阿寄虽已年老，却不畏艰苦，外出贩漆、贩米，因善于抓住商机，获得大利，为主人购田买屋、安排好主人子女的婚嫁，将所挣之银三万六千两，一一交给主人，又以张公艺、高昺安、紫荆三田、伯夷叔齐等事迹殷殷劝告幼主要和睦。此外，《破迷惊心集·忠主孝亲》中的崔善人之仆倪国珍挖田时获金，仍将金交与主人；《千秋宝鉴·破舟脱难》中的正富尽心为主，灾难来时不离不弃；《指南镜·醒梦钟》中的孙三，虽然年老，依旧乞讨口食以供养主人。他们的行为，完美诠释了仆对主人的忠心。

　　有苦辛抚养幼主者。《最好听·仗义抚孤》中的李元夫妻染瘟疫而亡，将幼子李续托付于仆人李善。李善回答："主人吩咐，只要小人力所能为，焉有不允之理？"为避免族人占家产而害幼主，李善背着幼主逃难，乞讨度日。李续稍大，每日同行，讨的饮食必俟李续吃完，李

─────────────

① 《万选青钱》卷四，光绪二十八年（1902）刻本，第68页。

善始敢动唇,仍以主仆礼待,不敢少慢。后闻清官上任,始诉冤,要回主人家产。《救生丹新案·为猴所感》中的陈常在主人遭遇兵乱时,抱着少主春郎逃走,为了不被贼兵追上,将亲子福保舍下。陈常夫妇抚养春郎,百般周全,又延师教读,"每遇有客在前,春郎陪坐,陈常在旁拱立,侍奉烟茶,执奴仆礼"①。春郎懒读书文,陈常跪哭而进谏。《宣讲拾遗·双受诰封》中的存义赶考无音讯,妻莫氏改嫁留下一子,老仆冯宝与奴婢碧莲辛苦盘养,年荒米贵,日食难度,采些藜藿和饭度日,又送其读书,备极辛苦。上文中的顾婴、程婴、庾贵等,同样也是抚养幼主型人物。

　　作为买卖或战争牺牲品的奴仆,是没有人身权利的,他们依附于战胜者或购买他们的主人,是主人的私有物,主人死后,他们有可能陪葬,主人犯罪,他们则会被株连。"人性的首要法则,是要维护自身的生存,人性的首要关怀,是对于其自身所应有的关怀。"②"人的最原始的感情就是对自己生存的感情;最原始的关怀就是对自我保存的关怀。"③奴仆的生命及荣辱都与主人息息相关,这就注定了他们将自己与主人绑定,忠于主人。有研究者通过徽州的主仆契约发现,"义父和义男或主仆之间形成了豢养和服役的关系,建立起了类似父子关系般的虚拟的血亲关系。义男和仆人在承担义和孝的双重义务时也获得了某些权利。一方面,家主要承担起给仆人娶妻婚配的父亲般的义务。这使得卖身者也能够像正常人那样有自己的家庭生活并最终有可能形成一定的家族规模。另一方面,能够获得生存的物

---

①《救生丹新案》卷二,刊刻时间不详,第 18 页。
②〔法〕卢梭著,何兆武译,何兆武选编:《社会契约论》,商务印书馆,2002 年,第 7 页。
③〔法〕卢梭著,李常山译:《论人类不平等的起源和基础》,商务印书馆,1962 年,第 112 页。

质保证"①。然而，当我们审视宣讲小说中的忠仆，他们忠于主人，以身救主殉主、以子还命、艰苦抚孤、艰难扶家、为主复仇、终身不去，或遇其穷厄艰苦共尝而不怨，并非只是为获得主人赋予的婚姻权与物质保证，更是有一种"高尚之感情"在支配他们。仆人在作出这些选择之时，考虑的是"忠"之本身。且看仆人们的忠主心声：

> 想人生在世，为臣忠君，为奴忠主。能尽忠心者，天地为之郑重，人神为之咸服，幽冥为之钦敬，姓名标于当时，芳徽流诸后世。纵不能显扬于生前，亦可以受封于殁后。或为天曹真神，或受地府冥职，无非由忠而得，从忠而造。倘有不忠，心怀奸诈，天地人神无不怨憾，生遭天谴，死堕地狱，受尽三途苦楚，尚候万劫超生。或变毛类羽族，或变飞禽走兽，无非失却一点忠心，而竟造下万般罪孽。夫妻身为主人奴仆，主人有难，理当不顾生死，不惜性命保全父子二人，尽我忠心一片，殊为得理。常言说得好："得人点水之恩，须当涌泉而报。"主人恩高德厚，杀身恐难报答，焉有不救之理？②（《福寿根·莺刁头》）

> 臣尽忠，奴报主，各行其道。理当然，要如此，何用心焦。③（《福寿根·莺刁头》）

> 苏籍忙请苏荣、秋红、春香上前言道："想公子小姐遇难，我姊妹弟兄曾受大人重恩，如今奸贼嫁害，事在燃眉，我合你坐视不理，忠在那里？义在那里？不如替主身亡，忠义两全。不知你三人意下如何？"三人齐声言道："为臣尽忠，为子尽孝，为奴尽

---

① 胡中生著，黄山市档案局（馆）编：《徽州家族文化》，北京时代华文书局，2017年，第 326 页。
② 〔清〕沐诚子著：《福寿根》卷一，光绪丁亥年（1887）新刻本，第 36—37 页。
③ 〔清〕沐诚子著：《福寿根》卷一，光绪丁亥年（1887）新刻本，第 38 页。

义。我等为奴作婢之人,蒙主人厚恩,如同父母一般。今遇急难,不能舍身替主,何以为人? 我等甘愿替死无恨。"①(《萃美集·玉连环》)

> 又说莲香见姑娘投江身亡,想道:"为臣尽忠,为子尽孝,为奴尽义。奴曾受过员外厚恩,生同小姐一路,死应同小姐一路。"拜谢员外之恩,一步跳下江心。②(《萃美集·云霞洞》)。

> 正富道:"糊说,人不忠良,死为下鬼。既受主人之托,当忠主人之事。古往今来,贪生怕死的终不得好死。狗有报主之恩,鸦有反哺之情,我崔正富堂堂男子,连禽兽都不如吗?"③(《千秋宝鉴·破舟脱难》)

上述仆人忠主的真实心态,首先是"忠"的本身,是奴仆忠于主这种天经地义的观念。忠于主,指向的是"主"这个抽象的概念,至于主是谁不重要,只要是主,都要忠。主人"是自为存在着的意识","它的本质即属于一般的物",主人"通过独立存在间接地使自身与奴隶相关联,因为正是在这种关系里,奴隶才成为奴隶"④。仆人依赖主人而存在,只要是仆人的身份,都要服从于"忠"。所以,与其说仆人忠于个体的人,不如说是他们忠于主的身份,进而上升为忠于"忠"的这种信仰。仆人始终处于低于主人的权力系统中,但是,权力并不是某一阶层独有的资产,它是具体的、特定的,是不稳定的点,渗透于社会各领域,"在社会身体的每一个点之间,在男人和女人之间,在家庭的

---

① 《萃美集》卷五,民国三年(1914)新刊本,板存铜邑大庙场成文堂,第68—69页。
② 《萃美集》卷三,民国三年(1914)新刊本,板存铜邑大庙场成文堂,第18页。
③ 〔清〕智善子校正,〔清〕善化善子参阅:《千秋宝鉴》卷三,同治五年(1866)同善坛刻本,第66页。
④ 〔德〕黑格尔著,贺麟、王玖兴译:《精神现象学》(上卷),商务印书馆,1979年,第127—128页。

成员之间,在老师和学生之间,在有知识和无知识的人之间,存在着各种权力关系,它们不仅仅纯粹是巨大的统治权力对个人的投射;它们是具体的、不断变化的、统治权力赖以扎根的土壤,它们使得统治权力的发挥功能成为可能"①。在社会权力的毛细血管作用下,在社会等级文化全方位的"监视"之下,为主为奴都深刻地内化为等级观念。奴仆的行为,已经不需要外在的、强制性权力的压抑,而是自我监视,是主体自我意识的体现。黑格尔认为,奴隶本身要做的事,正是主人要做的事,奴隶的行动正是主人自己的行动,奴仆做事,是主人支配的结果,但也意味着代替主人行使"这一方面"的权力。将领、监察使、管家、书记……各级官员,都是上级赋命的,他们因为赋权而拥有权力对相应的人、事负责,对上负责。被赋权者认可,被周围人认可,被自己认可,方是"仆"价值的真正实现。

仆人看似是被权力压制的一方,却也是享受权力的一方,他们的权力来自于他们的知识:奴忠于主的观念知识以及生活技能。福柯认为,知识具有保护个人的作用,是生存下去的手段,知识与权力之间存在着不可剥离的动态关系,施加给肉体的权力只是一种保持"特权"的运作手段,"我们应该承认,权力制造知识(而且,不仅仅是因为知识为权力服务,权力才鼓励知识,也不仅仅是因为知识有用,权力才使用知识);权力和知识是直接相互连带的;不相应地建构一种知识领域就不可能有权力关系,不同时预设和建构权力关系就不会有任何知识"②,"总之,不是认识主体的活动产生某种有助于权力或反抗权力的知识体系,相反,权力—知识,贯穿权力—知识和构成权

①〔法〕米歇尔·福柯著,严锋译:《权力的眼睛:福柯访谈录(修订译本)》,上海人民出版社,1997年,第149页。
②〔法〕米歇尔·福柯著,刘北成、杨远婴译:《规训与惩罚:监狱的诞生》,生活·读书·新知三联书店,1999年,第29页。

力—知识的发展变化和矛盾斗争，决定了知识的形式及其可能的领域"①。所以，在权力问题上，必须抛弃意识形态对立，在知识问题上，抛弃利与害关系的对立与主体的第一性。奴仆处于奴仆的权力网络中，掌握着具体的生活技能知识，这些知识配合着观念知识，服务于主人，也服务于自己。主人享受着奴仆的知识服务，即便这些知识赋予了奴仆一些主人所未有的权力，也不会导致主仆对抗。阿寄在老主人死后，用他的商业知识与技能为小主人母子挣下偌大家业，又以其管理才能与综合统筹能力为之安排好婚姻家庭，以其社会知识进谏主人当注意的问题。更多的时候，宣讲小说强调的是仆人的观念知识（观念体现了传统、经验、价值，就此而言，观念即知识。相对于具体知识，观念知识更具有普遍性）。"灵魂是肉体的监狱"②，深受儒家伦理文化影响的仆人，将这些主仆知识内化，主仆一体，主贵仆贵、主荣仆荣、主辱仆辱观念成为深入到仆人骨髓中的知识，也正因如此，才能在主人危难之时，仆舍生取义以自己的生命及自己家人的生命为"义"作祭。

　　传统儒家文化讲究相互性，"报"是其中的一种重要特色。宣讲小说提及的忠仆、义仆之所以忠且义，一个重要的原因是他们心中具有的感恩、报恩思想。《保命金丹·赤绳系足》中，韦固叫家人韦用做事，韦用道："小人吃公爷的饭，穿公爷的衣，原是差东走东，指西跑西，纵然赴汤蹈火，也是不敢辞的。"③《指路碑·忠义可风》中，"子俊见其忠耿，一切大小事务，概行信任，凡一饮一食，必呼同席，虽是主

---

① 〔法〕米歇尔·福柯著，刘北成、杨远婴译：《规训与惩罚：监狱的诞生》，生活·读书·新知三联书店，1999 年，第 30 页。
② 〔法〕米歇尔·福柯著，刘北成、杨远婴译：《规训与惩罚：监狱的诞生》，生活·读书·新知三联书店，1999 年，第 32 页。
③ 〔清〕岳西破迷子编辑，〔清〕果南务本子校书：《保命金丹》卷三，刊刻时间不详，第 57 页。

仆,不啻手足,又与之娶妻"①。《万选青钱·二姓同荣》中,主人见邱老幺有忠有孝,有节有义,"越实爱重他"。《福寿根·莺刁头》中,崔道成一步步引导妻子,道出主人的恩情:"昔日四方乞食,多蒙主人收留,才有今朝,这饮食尽是主人的咧。""多蒙主人怜惜冷冻,才与我们备体彰身,这衣服也是主人的咧。""(瘟疫流行,夫妻患病)多亏主人不辞劳辱,亲身煎汤熬药,百般经佑,我夫妻所以才好。"由此自然而然地总结道:"人非衣食则死,病非调治则亡,我夫妻死亡数次,主人救了数次",所以"那怕蹚江落海,踏汤扑火,不但一次,就是数次,也要剖死亡生去救的"②。《萃美集·云霞洞》中,莲香殉主跳江,一个重要的原因是"奴曾受员外厚恩",加上主仆感情深厚,才有此义无反顾的选择。

奴仆们的忠义不是被强迫的,而是自己的主动选择。"一切高尚的道德都来自一种凯旋般的自我肯定,而奴隶道德从一开始就对'外在'、'他人'、'非我'加以否定,这种否定就是奴隶道德的创造性行动。……高尚的价值观方式正好是与此相反的情况:它的出台和成长都是自发的,它寻求其对立面,仅仅是为了自我欣赏,欢乐愉快地肯定自己。它的否定概念,如'下等的'、'卑贱的'、'坏的'等,与它本身的肯定概念相比较而言,是后来形成的、模糊的对照图像。它自己的基本概念完完全全充满了生命和激情,即:'我们是高贵者,我们是善人,我们是俊美的,我们是幸福的!'"③尼采将"高尚的道德"与"奴隶道德"对举,奴隶道德虽然具有创造性,但需要外部的刺激,具有一定的消极性。但是在多数义仆的行为中,主仆不是对立的,他们奴仆

————————

① 《指路碑》卷三,刊刻时间不详,第17页。

② 〔清〕沐诚子著:《福寿根》卷一,光绪丁亥年(1887)新刻本,第36页。

③ 〔德〕尼采著,谢地坤、宋祖良、程志民译:《论道德的谱系·善恶之彼岸》,漓江出版社,2000年,第21页。

道德的形成不是外在刺激。主人具有高尚的魅力(如那些为国尽忠者),待仆人如同家人,信任、尊重仆人,且在长期相处中彼此建立起深厚情感,在这种情况下,"反抗"不是美德,而是忘恩负义。忘恩负义者,无论其对象是否是主人,都是对作为顶天立地的"人"的否定,反之,忠义是尼采所言的"高尚的道德",是奴仆引以为豪的幸福情感。报恩以有恩可报为前提,在一定程度上是对主"仁"的肯定,是对主仆和谐关系的肯定。报恩式的服从刺激了奴仆的主体意识。朱迪斯·巴特勒指出,"'服从'意味着被权力屈从的过程,同时也是成为一个主体的过程"①,"这样的服从是一种权力,作为一种控制的形式,它不仅单方面地对一个特定的个人起作用(acts on),而且也激活(activates)或形成了主体"②。报恩式服从是一种良心,朱迪斯·巴特勒在《良心使我们屈服》中指出,良心可以对表现的东西加以约束,"良心对于公民主体(citizen-subject)的生产和管制是基本的,因为良心使个体转向,使主体化的申斥对他(她)成为可能"③。权力使个体成为主体,"(主体)凭借控制和依赖而屈从于他人;通过良心和自我认知而束缚于他自身的认同"④。宣讲小说中的奴仆,并不是被权力压制下唯唯诺诺的没有主体意志之人,他们有独立之思想,有自身的价值判断,有大无畏的行为选择。他们不是作为屈从者出现,而是一个个鲜活的行为主体。从上文中崔道成妻青莲的一番话,可以看出奴仆在

①〔美〕朱迪斯·巴特勒著,张生译:《权力的精神生活:服从的理论》,江苏人民出版社,2009年,第2页。

②〔美〕朱迪斯·巴特勒著,张生译:《权力的精神生活:服从的理论》,江苏人民出版社,2009年,第80页。

③〔美〕朱迪斯·巴特勒著,张生译:《权力的精神生活:服从的理论》,江苏人民出版社,2009年,第111页。

④〔法〕米歇尔·福柯著,汪民安主编:《福柯读本》,北京大学出版社,2010年,第284页。

生命与道义之间的态度，即他们视忠义为天地正道，受人之托，忠人之事；受人之恩，报之以忠，乃为天理，也是人之为人之所在。所以，与其说仆人忠于主，不如说忠于理，忠于"人"之本身，否则就无异于禽兽了。

郑玄注《周礼·地官司徒·师氏》中"敏德以为行本"云："德行，内外之称，在心为德，施之为行。至德，中和之德。"①奴仆长久服务于主人，成为主人的"家人"，在一定程度上也就拥有了作为主体的尊严，自觉地维护着"家"以及家庭中的主人。"阿寄的所作所为显然是在告知我们，奴仆的服从本不当是一种被动的行为，相反，它应该是属于一种积极主动的姿态。否则，服从便无法成为真正的忠实。……一个地位被动的服从者，并非不能掌握权力和主动。""服从的内在行动机制同时也在暗示我们，家仆在自觉执行主人命令的情形下，还必须经过第二次命令；这个命令纯粹是由其向自我发出的，亦即'我命令自己服从'。""义仆的本质就在于，其自觉服从于主人的行为是将自身当作人而非工具来对待的，他借此构建而不是损毁自身；在他的身上，体现着人之为人的存在论真理。尽管作为奴仆他缺少自由的前提，但当他把这一前提作为命运来理解时，事实上，自由对于他亦便不再是个问题了。"②宣讲小说中的义仆，具有极大的主体性，他们在服从的同时，最大限度地张扬着他们主体性的光辉。也正因为如此，许多义仆最后也享受着独立的"人"的权力。在前述宣讲故事中的义仆，王大伦没后，先成为衙前土地，后升本县城隍；李善忠义双全，被拜为太子舍人，后又为太守；阿寄老了病了，颜氏命二子亲奉阿寄饮食，一切衣衾棺椁件件从厚，葬于徐哲墓旁，以便岁时祭奠，又分家财一股与阿寄之子，奉养其老母，里人赏阿寄之忠义，禀知

①〔汉〕郑玄注，〔唐〕贾公彦疏：《周礼注疏》卷一四《地官司徒·师氏》，《十三经注疏》（上），上海古籍出版社，1997年，第730页。
②路文彬：《忠仆：文学或现实中的权力与主体》，《东方论坛》2011年第6期。

府县，奏闻于朝，旌表其闾，后颜氏二子，均入胶庠，阿寄子亦幼年登科；公孙杵臼被追封大夫之衔；葛太归家，正清父子十分厚恤，不以仆人相待，为之娶妻生子，家颇富足；顾城之子救主而死后，他在五十岁时再生子，主人为之延师教读，后中举人，为知县……总之，仆人在献身于"忠"时，付出了很多，他们实现了作为"人"的价值，在一定程度上不仅自己亦且让后代摆脱为奴的命运。换个角度，这是主仆规训的一种策略，这种策略，可以不断刺激更多的仆人以忠义立身。

三、恶主与恶奴

宣讲小说倡导的是和谐的主仆关系，这种和谐关系的建立，需要主仆双方的善。但有仁义之主，也有刻薄之主，有忠仆，也就有恶奴。《阴阳鉴》第十三回《惩恶仆儆醒奸顽，发幽光表彰潜德》演奴仆事主律中的"过"有：

> 因主富足，不顾主家饥寒，照一人受诸苦五百次，大狱监固。
>
> 离间主家骨肉，传述主人是非，见主失势，背主私逃，转事新主，引坏幼主，透漏财物，主枢在堂，不尽至诚心力安葬，照一人受诸苦三百次，大狱二百年，满，放畜道。
>
> 主有大过，不巧为规劝，播弄是非，侵凌同辈，有一难为事，巧于推委，挑诱同辈不忠，照受诸苦百次，大狱八十年，满，放瘖痴。
>
> 主有小过，背地作笑语；主有疾，不小心服侍；主有鞭笞怒骂，不顺受；主有使用，唐突支吾，照一次受诸苦三十次，大狱三十年，满，放蹼跛残疾。
>
> 唆主为恶，阻主为善，不甘心服役，生异心，见同伴不忠，不劝止，抵触主人，欺侮幼主，克弄主财，违主教训，窃主微物，为主

骗债，俱照一次受苦一次，议监放。①

　　恶仆之恶，有态度上的，也有行为上的。不顾主人饥寒、私逃、欺主、窃主财、不规谏、引主为恶等等，都是"过"。恶仆是忠仆的反面，其所作所为与忠仆截然相反。《千秋宝鉴·破舟脱难》中，雇工崔正富极忠，另一仆人屈二则"为人尖巧，屡屡背主，偷东盗西，躲懒贪眠"，反乱来临，屈二挑唆崔正富携银私逃，"我二人有这些银子，不如远远逃难，还要归家受死么？"②《大愿船·忘恩刺目》载，钟武夷遭难欲投江，被金必华所救，在金家佣工且受重用，"来了年余，衣丰食足，只吃得肥头大面，渐渐玩起苏来，当面则胁肩谄笑，做些逢迎之态，背地则偷天换日，使尽奸巧之心，兼之懒惰好睡，往往偷盗钱米与人通奸"。以假面目欺骗主人获取信任后，"钟武夷见主母不疑，便去通知强盗暗约分赃，得赃之后，意欲远逃他方，也免在此帮人受累"③。跟随金必华贸易时，为了独占百两银，他灌醉主人，将主人推下河，偷窃银两逃走。《惊人炮·奴欺主》中，仆人袁二奸诈非常，每在主前讨好卖乖，凡买进卖出都是由他经理，"时常浸漏谷米、暗藏家私，买加尖而卖抽头，欺哄主人主母"④，由此引发家主与他人的诉讼。被逐出之后，他潜入主人家中杀了另一忠仆，盗走银钱，使主母陷入奸情案中，导致主母的女儿自杀。奴仆不忠主人者，还有《圣谕灵征·雇工不忠主人》中的张世发，其不忠者，如以好用奸，偷盗主人家财，暗恨、

①〔清〕义泉静虚子编辑：《阴阳鉴》，光绪癸未年（1883）刻本，第45—46页。
②〔清〕智善子校正，〔清〕善化善子参阅：《千秋宝鉴》卷三，同治五年（1866）同善坛刻本，第64、66页。
③〔清〕岳西破迷子编辑，〔清〕果南务本子校书：《大愿船》卷一，光绪六年（1880）重镌本，同善会善成堂藏本，第67、70页。
④〔清〕果南务本子编辑：《惊人炮》卷四，民国三年（1914）铜邑成文堂新刻本，第22页。

偷骂主人，怠玩日工导致歉收，收捡疏慵遗失诸多财物，心气躁暴损失工具若干。其至还有杀害主人、逐出小主者。《上天梯·关帝接头》中的董兴，因与奴婢调笑，被主人斥责，怀恨在心，暗存杀主之意，并付之于行动。《救生丹新案·逐出小主》中，先春对仆人萧二长信任不疑，临终时将妻莫氏、妾陈氏及幼子托付于他照料。孰知二长掌管家计，私通主母，嫌弃陈氏及幼主碍眼，污蔑陈氏与人有奸，逐出小主。参照《阴阳鉴》第十三回中的奴仆事主律，上述行为，件件都是"过"。

　　主与仆之关系，类同于君臣、父子关系。《圣谕灵征·雇工不忠主人》中，阎王以君臣关系阐释仆人为何要忠于主人，言"忠孝乃人之大节，雇仆事奉主人，犹如臣子事奉君王"，"主仆犹如君臣，这是人之大伦"，"奴欺主，犹如臣欺君，子欺父，这是没得饶恕的"①。《滇黔化》第十一回《怜义仆途中济金，遇高僧观内玩景》有《义仆文》，其中有云："仆之于人，綦重也。以家庭言之，名则别为主仆；以朝廷言之，分则等于君臣。此其道并重于伦常，此其义必全于夙夜，而不可轻心掉之也。"②文中列举仆人最初孤苦伶仃、饥寒交迫、辗转流离的种种苦况，主人对他们的恩遇，说明当主人处危难之时，仆人当以义报之：

　　　　是以有义者于此，或报之于内，而丝毫不敢自欺；或报之于外，而跬步不忍相别；或报之于本身，而遇其事不避其难；或报之于子孙，而临其节不夺其志。且有明报之，而披肝沥胆，不敢自暇而自逸；有暗报之，而匿迹韬光，惟求自靖以自献，此即义也，亦即忠也。夫名义所在，大节攸关，天地鉴其精诚，鬼神亦默为护佑。若彼背主远逃，不思尽心而竭力，欺孤凌铄，反欲得利以

①《圣谕灵征》卷三，嘉庆十年（1805）刻本，第2、4—5页。
②〔清〕晋良、钟建宁编：《滇黔化》，光绪三十年（1904）重刊本，第76页。

肥身，或食其食而反为穿窬之盗，或利其利而且怀奸宄之谋，人
所共愤，神自不容，报应到时，有徒叹噬脐而已也。①

"夫名义所在，大节攸关"，忠义，不惟是臣对君，亦是仆对主应有
的态度与精神。恶仆的种种行为，非但不是报恩，反是恩将仇报。
《回生丹·孝配节义》引圣帝之语，云："为人要尽忠孝节义等事，方于
人道无亏。若不尽忠孝节义等事，其人虽生，其心已死，是谓偷
生。"②《宣讲集要》阐释"诚匿逃以免株连"条云："夫主仆之间，乃大
义所在，逃人背主蔑义，窝逃者党不义而蔑王章，逃者恃匿者，以为之
薮也，法安得恕。"③《缓步云梯集·还头诛仆》中将仆对于主尽忠与
为子尽孝、为臣尽忠并提。《救世金丹·雇工撇主》亦言"主仆之间，
如君臣一样，臣食君禄，须当尽忠报国。雇工得人身价，亦当尽心竭
力"④。《指路碑·忠义可风》高度评价庚贵：

> 嗟乎！庚贵一农夫耳，其存孤之概，保节之口，大非儒者所
> 能及。所以遇贼不惧，临难不惊，见色不苟，虽然脱灾免难，富贵
> 两全，其报谅不止此。世之口读黄卷，身服青衿，尚然欺孤凌寡，
> 败人名节者，观此能不愧死？⑤

《万选青钱·忠孝节义》亦道：

---

① 〔清〕晋良、钟建宁编：《滇黔化》，光绪三十年（1904）重刊本，第77页。
② 《回生丹》卷一，同治四年（1865）刻本，第21页。
③ 〔清〕王文选辑：《宣讲集要》卷首"诚匿逃以免株连"条，光绪丙午年（1906）吴经
　元堂刻本，第59页。
④ 《救世金丹》卷四，刊刻时间不详，第48页。
⑤ 《指路碑》卷三，刊刻时间不详，第23页。

> 《真经》云:"人生在世,贵尽忠孝节义等事,方于人道无愧,可立身于天地之间。"若不尽忠孝节义等事,其心已死,是谓偷生。可见人忠心、孝心、节义心,一个字都少不得,少了一个字,就有愧于人道,能全四个字,方可立于天地。不然,心是死心,虽有一个身子在世上立起,都是莫祥的。所以我劝你们,要体关圣人之意,个个都存那忠孝节义的好心肠,自然发富贵、享高寿、多子孙,流芳百代也。①

忠,与孝、节、义一样,使人立身于天地之间,是立身之基,是人之为人的必要条件。奴忠主犹如子孝父、臣忠君,可歌可泣。相反,奴欺主,犹如臣欺君,子欺父,不忠不义,可谓罪大恶极。

奴仆不忠主人,是贱对贵的挑战。宣讲小说阐释仆人之所以应该忠于主人,是因为他们曾经的修造导致他们的地位低下,成为"贱人",只有忠于主,忠于职,才能避免来生再为至贱之人。《因果新编》第二十一回《仗经功毒妇幸投人世,践字迹三人共入阿鼻》中,阎王爷训斥恶奴程氏:"世上为奴为仆的,他是世间至贱人。或是禽兽来投胎,或从恶业来投生。夺了聪明与才智,给他愚蠢一性情。生在贫穷人户内,懵懵懂懂过光阴。"②仆人在自称时,也往往以犬马相比。《圣谕六训醒世编·阊府全贞》中,老仆人尽节时的一段言语云:"自幼儿蒙周门豢养若犬,倾家时同患难死也应当。知恩德犬与马垂缰湿草,何况我万物灵为人一场。舍这条残性命愿酬家主,我岂能独逃生大恩皆忘。我甘心尽义亡伴随情愿,幽冥中去侍奉太君身旁。"③

---

① 《万选青钱》卷三,光绪二十八年(1902)刻本,第 32 页。引文中"都是莫祥的"之"祥",当为"样"之误。

② 〔清〕桂宫赞化真官司图金仙编辑:《因果新编》,民国戊辰年(1928)重镌本,第70 页。

③ 《圣谕六训醒世编》卷二,宣统元年(1909)石印本,营口成文厚藏板,第 21 页。

为仆者，为人者，以忠实不欺为善，以奸诈欺人为恶。"卑贱"的出身更应通过不断的修行积累善功来改变，而不是继续为恶。

主仆律主要是对仆人的要求，但也不是说主人对待奴仆就能随心所欲。《阴阳鉴》第十二回《重辛勤欣开雀选，蓄阴谋堕入狼吞》演主人对待婢仆律中，列举了主人之"过"及所受惩处：

> 收养少女，得卖重价，致陷丑类；美婢为人煽惑，不禁不配，照一人受诸苦百次，大狱八十年，满，放淫奴，受极辱报。
>
> 听任奴婢疏慵淫荡，不用忠直，不弃奸佞，才德兼全不格外安置，终作仆视，明知好人子女，故买不还契，不许续，妄残肢体，俱照一人受诸苦八十次，大狱六十年，满，放残瘄。
>
> 多养婢仆，不使服正业，妄教无益歌词；收一背主奴仆，知不遣回，滥收强悍，致生坏事；任仆婢嘈杂，不戒规矩；不为富仆立嗣，亦不赐享祀，议受苦五十次，大狱四十年，满，放贫疾。
>
> 在外惹事，未行不戒，已行不逐；纵势欺凌尊长，辱怨忽慢，当配不配，留生祸端，俱受诸苦四十次，大狱三十年，满，放聋瞽乞丐。
>
> 老病无依，不恤不救，同起家仆，视为平等，不为悯恤；少仆出外，容任亵狎，奴仆子弟有美质，不为扶持成学；任事之仆，当娶不娶，遣婢不择良配，只顾自己得财，俱拟受诸苦三十次，大狱二十年，满，放跛蹿瘄聋。
>
> 谮诉不察，辄倾信之，传述家庭短失，不严禁止；虐使一事，不量材，不悯恤，俱拟受诸苦十次，大狱八年，满，放矇聩。
>
> 琐屑事，指神证盟，自性乖张，屡加苛刻，拟受诸苦五次，大狱一年，议监放。
>
> 无心过失，苛责太甚，命事不教，徒观成效，拂意迁怒，冤打白骂；劳苦疾病不恤，不给衣食，自己求乐，苦婢以难不恤，俱拟

诸苦一次,议监放。①

主人是奴仆的家长、家主,对奴仆的言行举止有监管之责,奴婢淫荡、不务正业是主人之过,纵仆行凶惹事是过,当为之娶而不娶、当为之嫁而不嫁、刻薄待下等都是过。

宣讲小说反对主人虐下。《圣谕灵征·主人刻薄雇工》中,毛三德刻薄成家,动辄咒骂且骂得刻毒,"看见雇工坏事,也不察他有心无心,动口就骂,骂的言语,又太恶毒,还要动辄乱打,他不能做的,你要估住他做;他不能挑的,你要估住他挑。使雇工伤力成病者,已有三人"②。《滇黔化》第十一回《怜义仆途中济金,遇高僧观内玩景》中的主人心毒、口毒、手更毒,"不管是甚么东西,拿起竹棍子也在打,拿起木棒棒也在打,打得周身皮破血流,喊天喊地,叫爹叫娘,都不放手,还有用钻子钻的,用火剪烙的,足足治得他七生九死"③。又或者不准吃、不准穿,动辄打骂,将人打死。阎王质问且告诫主人,奴仆做错事,要看有心无心,要将心比心:

> 在你以为他是下人,将钱买的,任你苛刻,俱是该当的,全不想人之儿女,如己之儿女,你身发财,焉保子孙尽不贫穷?设你子孙贫穷,出外帮人做活,被人家也似你一样刻酷,动口恶骂,动手乱打,做不成的,估住你的儿做,挑不起的,估住你的儿挑,你心又当如何?④

---

① 〔清〕义泉静虚子编辑:《阴阳鉴》,光绪癸未年(1883)刻本,第39—40页。
② 《圣谕灵征》卷三,嘉庆十年(1805)刻本,第1页。
③ 〔清〕晋良、钟建宁编:《滇黔化》,光绪三十年(1904)重刊本,第78页。
④ 《圣谕灵征》卷三,嘉庆十年(1805)刻本,第1页。

宣讲小说中,刻薄的主人其结局是可怕的。毛三德刻薄雇工,被打入割心地狱受刑;姜从理刻薄待奴,且常与奴婢苟合,"除淫罪外,该受十六小地狱之苦,各一千二百次,打入活大狱三百年,满放畜道"①。仁心、仁德是人之为人最可贵之处,刻薄待下不如以恩德待下。主人要求仆人以义以忠,自然也应自律自尊,以仁自爱。《大明律例》言:"仆之于主,其身贱也,贱固不可以犯上。主之于仆,其身尊也,尊则不可以取辱。"②待下以德,是御下之道,也是主人的自尊之道。不过,相对于对奴仆的约束,主仆律对主人的约束要少得多,也轻得多。

---

① 〔清〕义泉静虚子编辑:《阴阳鉴》,光绪癸未年(1883)刻本,第43页。
② 转引自邓建平:《资本、权份与经济社会的演化》,九州出版社,2015年,第126页。

第二章　宣讲小说中的乡族伦理

　　乡族是较于家庭更大的单位,它包括具有一定血缘、地缘关系的族人,也包括无血缘而有地缘、业缘关系的邻舍及乡民。在社会结构中,乡族可谓是以血缘、地缘与业缘为纽带而形成的社会关系体。"地域上的靠近可以说是血缘上亲疏的一种反映,区位是社会化了的空间"①,宗族是家庭的扩展,乡邻多为同宗同族之人,或多多少少有一定姻亲关系。业缘"是指因从事同一职业而建立的一种人际关系,它是血缘意识和地缘意识的泛化"②。地缘关系是血缘关系的扩展,业缘关系中地缘关系起很大作用。凭借血缘与地缘关系及业缘等因素而形成的亲族、乡邻、师友关系,民众才能获得群体认同感与归宿感。虽然乡族伦理并不局限于乡村,但宣讲小说更多地是面向乡土社会,"在以农立国的中国农村宗法社会中,对众多的农民发生最大影响的,与其说是儒、释、道等,不如说是正统文化本土化了的宗族伦理。宗族伦理不仅支配着农民的思想,而且规范农民的行动"③。"圣谕十六条"中,紧接着"敦孝弟以重人伦"的就是"笃宗族以昭雍睦"与"和乡党以息争讼"。"圣谕六训"中紧继"孝顺父母"的是"尊敬

---

① 费孝通:《乡土中国》,生活・读书・新知三联书店,1985年,第72页。
② 王雪华:《清代吏胥的血缘、地缘和业缘关系》,《武汉大学学报(人文科学版)》2012年第3期。
③ 叶显恩、韦庆远:《从族谱看珠江三角洲的宗族伦理与宗族制的特点》,《学术研究》1997年第12期。

长上""和睦乡里"。

　　笃宗族、和乡党是乡村社会和谐的重要体现,要达到这一目的,须将孝悌推而广之。故而,乡族伦理是家庭伦理的扩展,即将孝友伦理推而广之,由孝而推及对他人之敬,由兄友弟爱推及对他人之友爱,"老吾老以及人之老,幼吾幼以及人之幼",由小家的孝悌友爱推广至乡族。在具体行为上,笃宗族、和乡党囊括了重农桑、尚节俭、隆学校、黜异端、讲法律、明礼让、务本业、训子弟、息诬告、完钱粮、联保甲、解仇忿等,有个人的责任与担当,也有从日常行为规范到对族际、地际关系的处理。

　　"对艺术文本进行审美理解也是一种再体验:体验他人的人生,同时也体验自己的人生。"[1]"因为理解他人总是在自己的生活经验中去进行"[2],所以宣讲小说对不同伦理的阐释、解读、宣扬,无不是宣讲者与听者共同体验现实社会伦理道德时所体现出的生活智慧,以及将这种生活智慧推及社会、国家、自然的宏大构想。

第一节　笃宗族、和乡党:乡族伦理的主要指向

　　不论城乡,宗族与乡党都是民众不可绕过的团体。家是社会最基本的构成单位,由家而族,构成宗族。"在漫长的历史中,家族的力量,是一个人无法摆脱的力量。之所以如此,不仅是基于天伦的血脉渊源无法人为割裂,是一种宿命的关联,同时,家族血缘也是个体生命历程中无法超越的一种掌控力量。在漫长的帝国时代如此,甚至,在近代历史上依旧以一种惯性一般的相对独立性制约掌控着人们的

①刘运好:《文学鉴赏与批评论》,安徽大学出版社,2002年,第305页。
②殷鼎:《理解的命运:解释学初论》,生活·读书·新知三联书店,1988年,第239页。

生活。"①聚族而居是中国传统社会的特色，一个"乡"，往往由一个或几个宗族构成，各个家族之间互相往来、通婚，由此而形成"乡党"。《尔雅·释亲》云："父之党为宗族。"②《周礼·地官司徒·大司徒》云："令五家为比，使之相保；五比为闾，使之相受；四闾为族，使之相葬；五族为党，使之相救；五党为州，使之相赒；五州为乡，使之相宾。"③所以，宗族、乡党融合了地缘与血缘、亲缘乃至业缘。建立比、里、族、党、乡之目的，乃是为了相亲、相扶、相保，本身也就包含有"笃"与"和"之意在其中，也只有"笃"与"和"，才能发挥出这些宗族、乡党在国家治理中稳定器的作用。

一、笃宗族、和乡党的重要性

《宣讲拾遗》在阐释将"笃宗族以昭雍睦"与"和乡党以息争讼"依次安排在"敦孝弟以重人伦"之后的理由时说："父母兄弟之外，便有宗族。虽比父母稍远，还是一本一派，流传下来，须该认得亲切，休得待如陌路。故第二条要笃宗族以昭雍睦。宗族之外，便有乡党。非右即邻，非亲即故。或系父兄同辈，或系宗族姻亲，乖戾不和，定生祸隙。故第三条要和乡党以息争讼。"④宗族与乡党虽有区别，却也相互包容，笃宗族时自然也在和乡党，同样，和乡党时自然包含着睦宗族。宣讲小说详细阐释了何谓笃宗族、和乡党，以及"笃""和"的重要性。《宣讲集要》《宣讲拾遗》《圣谕灵征》《宣讲引证》等都有对"圣谕

---

① 赵炜：《乡土伦理治道：传统视阈中的家与国》，中国矿业大学出版社，2011年，第64页。

② 〔晋〕郭璞注，〔宋〕邢昺疏：《尔雅注疏》卷四《释亲》，《十三经注疏》（下），上海古籍出版社，1997年，第2593页。

③ 〔汉〕郑玄注，〔唐〕贾公彦疏：《周礼注疏》卷一〇《地官司徒·大司徒》，《十三经注疏》（上），上海古籍出版社，1997年，第707页。

④ 〔清〕庄跛仙编：《宣讲拾遗》卷一，光绪二十年（1894）刻本，第11页。

十六条"中"笃宗族以昭雍睦""和乡党以息争讼"及"圣谕六训"中"和睦乡里"的阐发,所言内容几乎相同。《宣讲集要》除了在卷首阐发这两条圣谕外,还专门在卷八单独诠释,后再配以案证故事"证"之。其他宣讲小说集虽未对此集中阐释,但案证故事及相关议论却也从不同角度点明笃宗族、和乡党的必要性。以《宣讲集要》卷首及卷八的相关阐释为例,即可看出宣讲者的阐释要点。

首先,宗族也好、乡党也好,其成员都是关系极为密切之人。"人之于邻里,虽素未相识,而一见如故。何也? 其关系密也。至于族戚,何独不然。族戚者,非惟一代之关系,而实祖宗以来历代之关系,即不幸而至流离颠沛之时,或朋友不及相救,故旧不及相顾,当此之时,所能援手者,非族戚而谁? 然则平日宜相爱相扶也明矣。"①就宗族而言,宗族是家之延伸,不可忽视:"夫家之有宗族,犹水之有分派,木之有分枝。虽远近异势,疏密异形,要其本源则一。故人之待其宗族也,必如身之有四肢百骸,务使血脉相通,而疴痒相关。"②何谓宗,何谓族:"人生在世,原有宗族。怎么叫做宗族? 这宗就是同一个祖宗发脉的,不论远房亲房,弟兄叔侄,都是同宗之人,这就叫做宗。那族就是一本九族,以上四辈,以下又四辈,连自己就是九辈,就叫做九族。"③街坊邻居"田地相连,屋宇相接,鸡犬相闻,起眼相见,一块地土脱不去、躲不开"④。又阐明何谓乡党:"怎么叫做乡党呢? 就是田地相连,房屋相接的,乡党既然是乡邻,一进一出,你也看见我,我也

---

①蔡元培:《中国伦理学史(外一种)》,商务印书馆,2010年,第164页。
②〔清〕王文选辑:《宣讲集要》卷首"笃宗族以昭雍睦"条,光绪丙午年(1906)吴经元堂刻本,第43页。
③〔清〕王文选辑:《宣讲集要》卷八"笃宗族以昭雍睦"条,光绪丙午年(1906)吴经元堂刻本,第2页。
④〔清〕王文选辑:《宣讲集要》卷首《六训解三》,光绪丙午年(1906)吴经元堂刻本,第32页。

看见你。你那里狗咬，我这里听见；我这里鸡叫，你那里听倒；就是守粮食，我也看倒你的，你也看倒我的，你们想一想，这乡邻的人不是亲戚，便是相好朋友。"①概言之，宗族乡党们比邻而居，是邻居，是亲人，是朋友。《宣讲集要》及其他小说集中关于"圣谕十六条"各条的阐释，几乎都转引自《圣谕广训》，虽无什么创新，却是皇帝谕旨，流传甚广，案证故事前关于宗族、乡党关系的议论，都可以从《圣谕广训》所对应的圣谕条中找到大致相同的表达。

　　宣讲者们认为人在一起就是缘分，乡邻之间不是亲眷却也同于亲眷："宇宙间茫茫大块，千村万落，何所纪极，偶然与这些人生同一时，住同一乡，岂不是有缘？""可见乡里最要紧的，虽不是亲眷，到比那隔远的亲眷，更相关切。虽不是兄弟，到比那不和好的兄弟，更得帮助有力。"②宣讲者引古语、俗语"非宅是卜，惟邻是卜""百万买宅，千万买邻"言明万千世界中为邻、为亲人、为朋友不容易，可谓是上天降下的"缘分"，理当珍之惜之重之。《圣谕六训集解·和睦乡里》中的《谕男》《谕女》以问答的形式阐释和睦乡里的重要性。其中，《谕男》篇云："皇上总教我们和睦乡里，这乡里为何要和睦呢？你试想天地间宽大无比，土又多人又广远近不齐。偶然与这些人同住乡里，真有缘才遇着，和睦是宜。"③《谕女》篇又云："皇上总教我们和睦乡里，这乡里为何要和睦呢？你试想四海内广大无比，田土宽人物广远近不一。忽然与这些人同乡共里，都皆是有缘法幸遇同居。"④这些议

————————

① 〔清〕王文选辑：《宣讲集要》卷八"和乡党以息争讼"条，光绪丙午年（1906）吴经元堂刻本，第17页。

② 〔清〕王文选辑：《宣讲集要》卷首，光绪丙午年（1906）吴经元堂刻本，第32页。

③ 〔清〕西蜀哲士石含珍编辑：《圣谕六训集解》卷三，光绪九年（1883）重镌本，第2页。

④ 〔清〕西蜀哲士石含珍编辑：《圣谕六训集解》卷三，光绪九年（1883）重镌本，第17页。

论与《宣讲集要》之议论大致相同,同言成为乡里皆是缘,朝夕相处,自要和睦;更何况,其中还有朋友、姊妹、亲戚等。

其次,邻里、宗族往往祸福相关,需要相互忍让、互济互助。乡邻、宗族之间因地缘、血缘及其他原因交往密切,也往往容易因为些微小事而起摩擦。"顾乡党中,生齿日繁,比闾相接,睚眦小失,狎昵微嫌,一或不诚,凌竞以起,遂至屈辱公庭,委身法吏。负者自觉无颜,胜者人皆侧目,以里巷之近,而举动相猜,报复相寻。……诗曰:'民之失德,干糇以愆。'言不和之渐起于细微也。"[1]"大凡人家灾祸,多从与人不和睦起。亲戚不和睦,他还顾些体面,只有那乡里不和睦,决定有灾祸,所以乡里关系最紧,决要和睦乡里。"[2]所以,缓急可恃者,莫如乡党,"务使一乡之中,父老子弟,联为一体,安乐忧患,视同一家,农商相资,工贾相让,则民与民和",不能以"小故"妨碍宗族乡党的和睦:

> 若以小故而黩宗支,以微嫌而伤亲爱,以侮慢而违逊让之风,以偷薄而亏敦睦之谊,古道之不存,即为国典所不恕。尔兵民其交相劝励,共体祖宗慈爱之心,常切木本水源之念,将见亲睦之俗,成于一乡一邑。雍和之气,达于薄海内外。诸福咸臻,太平有象,胥在是矣。可不勖与![3]

《圣谕广训》阐释"和乡党以息争讼"云:"夫天下者,乡党之积也。"人是社会性动物,群居是本能。每个人都归属于特定的群体,只

---

①〔清〕王文选辑:《宣讲集要》卷首"和乡党以息争讼"条,光绪丙午年(1906)吴经元堂刻本,第45页。

②〔清〕王文选辑:《宣讲集要》卷首,光绪丙午年(1906)吴经元堂刻本,第32页。

③〔清〕王文选辑:《宣讲集要》卷首"笃宗族以昭雍睦"条,光绪丙午年(1906)吴经元堂刻本,第44—45页。

有在属于他们自己的特定的群体中，才能找到情感的归宿与个体的价值。马斯洛将人的需要分为七种，分别是生理需要、安全需要、爱和归属需要、尊重的需要、认知需要、审美需要和自我实现的需要，越往后，需要的层次也就越高，但高层次的需要是建立在基本需要的基础之上的。宗族乡党给予人的，有低层次需要的满足，也有较高层次需要的获得。人不能离开家族、乡邻、朋友，家族不睦伤亲情，朋友不睦伤友情，邻里不睦伤邻里情，这些情分一伤，便引起争竞、斗殴、诉讼，于个人、于家族、于邻里都是伤害，何来安全感？何来爱与归宿感？何来尊重？

　　睦宗族、和乡党有诸多好处。《圣谕六训集解》"和睦乡里"条云："能和睦一乡人爱你敬你，凡出入人都不把你相欺。若官府见了你这等尚义，必定要加奖你名姓高题。""倘不和一乡人恨你骂你，凡出入人都要把你相欺。若官府见了你绝情寡义，必定要处治你法难漏遗。"①当然，和睦乡里的好处并不止于此，但因和睦而受人尊敬，人不相欺，不受刑罚则是肯定的。宗族为同祖之后，不睦宗族会惹得祖宗、地方神灵不高兴，从而加以惩罚。《指南镜·丹桂园》云："或暗加以谴责，或阴耗其家财，到头来还是不能悠久"，反之，"能雍睦宗族之人，天心喜悦，祖宗护佑，无子者赐以贵子，有子者光大门庭，未有不得美报的"②。《照胆台·巧团圆》亦言睦宗族带来的美报：

　　　　从来修善可回天，求子消灾福寿绵。睦族笃宗功德远，散而
　　复聚巧团圆。

---

① 〔清〕西蜀哲士石含珍编辑：《圣谕六训集解》卷三"和睦乡里"条，光绪九年（1883）重镌本，第7页。引文中的"加奖"似为"嘉奖"之讹。
② 〔清〕广安增生李维周编辑校阅：《指南镜》卷三，光绪二十五年（1899）新镌本，板存广安长生寨，第32—33页。

这首诗言无子者不必外求，只在轻财为善，方可挽回上天，天心眷顾，生子何难？不但得贵子，而且己身消灾却病，福寿绵长。设若刻薄悭吝，必然断绝后根，族间有子不抱，家业拿来瓜分，死为孤魂野鬼，那时追悔无门。何若修善修福，立功立德，凡一本九族，六亲四邻，有贫寒者，周济之；困苦者，提拔之。《阴骘》有云："家富提携亲戚，岁饥赈济邻朋。"矜孤恤寡，敬老怀幼，救人之急，成人之美。种种善事，一一为之，可以免劫运，逃刀兵，处处遇奇缘，散而得复聚。①

人生所求者，无非福禄寿，无非平安与子嗣众多。睦宗族顺天意，亦可挽回天意，免劫难。上文中，宣讲者言善恶报应，其指向乃是笃宗族、和乡党。

二、笃宗族、和乡党应守之则

《阴阳鉴》第十一回《笃宗族受旌冥府，薄亲谊罹罪阴司》所演宗亲律亦从不同角度说明宗亲的各种行为准则：

本宗绝嗣，利其财产，不为立嗣，照值百钱受诸苦一次，大狱监固。

富贵时订婚，因贫贱反婚，照一姻受诸苦百次，大狱百年，满，放贫鳏。因婚结仇，加诸苦一倍，监固。

嫁娶苛责求全，致生仇怨，照一姻受诸苦八十次，大狱六十年，放姻仇报。

族有孝义节烈，应表不表，吝惜财力，不倡首；本族孝义节烈，见其贫乏，漠视不恤，不代请旌，照一人受诸苦五十次，大狱

---

① 〔清〕果南务本子编辑：《照胆台》卷四，宣统三年(1911)新刊本，第100—101页。

五十年,放旌表害报。

待有服宗亲,即小功缌麻之丧,忽其贫弱,擅服色服,不为礼,或因怨阻丧,照一人受诸苦三十次,大狱三十年,放如是报。

族有聪敏子弟,贫不能学,漠不培植,照一人受诸苦三十次,大狱三十年,满,放瘖聋。

急难求救,能救不救;遭不幸,流落无依,能顾不顾,始终异志,照一人受诸苦三十次,大狱三十年,满,放贫跛。若因失救废命,加五倍,大狱监固。

负一重托,摘发阴私,照一事受诸苦三十次,大狱三十年,满,放矇瞍。若因受害加倍,大狱监固。

相与宗亲,虚文诡媚,无至诚心;备责死后过失,藏私怨不忘;不以德义相爱,失背公道;只循私情,接交不以礼文,贫富异情,照一人受诸苦十次,大狱十年,议监放。

有益宗亲,无损自己,巧为规避;正经事索见,诡托不晤;失前辈交交信,失一庆吊国;小事抵触尊长,乖一尊卑次序;仗尊凌卑,恃富压贫,照一次受诸苦一次,大狱五年,议监放。

亵狎前辈宗亲,尔汝相称,劝善不听,见过不规;借物能应不应,因贫贱绝往来;远来饰情虚留,礼貌不恭,朝进即欲夕出,或闭门不纳。照一人受诸苦一次,议监放。①

十一条宗亲律中,不为宗族立嗣、悔婚、嫁娶苟求、不恤贫苦、不培植贫困子弟、丧不为礼、不救危难、辜负托付、怀私怨、失信于人、抵触尊长、目无尊卑、凌辱贫寒、不规谏过错等,都是"过","过"的反面就是该为之事、该为之行,对富者、贵者、贫者、长辈、晚辈等,各有要

————————
① 〔清〕义泉静虚子编辑:《阴阳鉴》,光绪癸未年(1883)刻本,第25—26页。

求。和睦宗族乡党之行甚多，诸如前文《照胆台·巧团圆》《指南镜·丹桂园》所言济贫寒、拔困苦、恤孤寡，《惊人炮·鸡进士》中的调解邻里纠纷等。处乡之道有七："处乡之道，第一曰尊尊，第二曰贤贤，第三曰老老，第四曰幼幼，第五曰恤孤贫，第六曰周窘急，第七曰解忿争。于此数者，留心体贴，便是和睦乡党第一法则。"①这七条是对睦乡党之道的高度概括，是经验，亦是期待。

要之，在笃宗族、和乡党，建设和谐乡村社会的过程中，每个人应该谨守的原则是：约束自我、礼让他人、相互助济。

三、笃宗族、和乡党与其他圣谕之关系

"圣谕六训"及"圣谕十六条"作为纲领性条目，并未具体言及如何笃宗族、和乡党，从《圣谕广训》与宣讲小说的相关阐释及具体案证故事可以发现，"笃宗族以昭雍睦"与"和乡党以息争讼"条可以将圣谕所规定的所有内容纳入其中，即敦孝弟以重人伦、重农桑以足衣食、尚节俭以惜财用、隆学校以端士习、黜异端以崇正学、讲法律以儆愚顽、明礼让以厚民俗、务本业以定民志、训子弟以禁非为、息诬告以全良善、诫匿逃以免株连、完钱粮以省催科、联保甲以弭盗贼、解仇忿以重身命等，对于宗族之睦、乡党之和具有重要影响。部分案证故事的议论中，有对"圣谕十六条"彼此关系的分析，如《辅道金针》第三十三回《皮善女南海受封，孟恶妇地狱剥剥皮》言："未有敦孝弟而不笃宗族者，亦未有笃宗族而不敦孝弟者。"②《圣谕灵征·解仇忿善报》可纳入"解仇忿以重身命"条下，该故事与《宣讲集要·忍让睦邻》是表述不同的同一故事，在《宣讲集要》中则在"和乡党以息争讼"条下。《辅世宝训》兑集卷八《孝友全身》是"解仇忿以重身命"条的案证，故

---

① 〔清〕义泉静虚子编辑：《阴阳鉴》，光绪癸未年（1883）刻本，第24页。
② 《辅道金针》卷五，光绪戊子年（1888）镌刻，报恩辅道坛藏板，第28页。

事结尾道："重身命的人，就是能解仇忿的了。知道仇忿当解，就是敦孝弟以重人伦，笃宗族以昭雍睦，和乡党以息争讼，重农桑以足衣食的人了。"①从议论中可见，解仇忿与笃宗族、和乡党是紧密相连的，或者说它是笃宗族、和乡党的重要举措。该书在阐释"解仇忿以重身命"条时议论曰：

> 大凡为人，知仇忿之宜解释，知身命之当保重者，必是以孝弟为敦、人伦为重之人也；必是以宗族为笃、雍睦为昭之人也；必是以乡党为和、争讼为息之人也；必是以农桑为重、衣食自足之人也；必是以节俭为尚、财用是惜之人也；必是以学校为隆、士习为端之人也；必是以异端为黜、正学当崇之人也；必是以法律为讲、愚顽是儆之人也；必是以礼让为明、风俗自厚之人也；必是以本业为务、民志自定之人也；必是以子弟为训、非为自禁之人也；必是以诬告为息、良善自全之人也；必是以匿逃为戒、株连自免之人也；必是以钱粮为完、催科自省之人也；必是以保甲为连、盗贼自弭之人也。观此，若非解仇忿、重身命，焉能上下相资，首尾相应？读者玩索而有得焉，则终身用之，有不能尽者矣。②

在该书的宣讲者看来，"解仇忿以重身命"条与其他圣谕各条是一以贯之的。同理，重农桑则丰衣足食，"仓廪足而后知礼节"，知礼则风俗厚，隆学校、训子弟、讲法律等，令人知何当为，何不当为，如此则民守法，不斗狠、逞勇、使气，仇忿不起，诉讼不行、诬告不兴，民风和醇；戒匿逃、完钱粮、联保甲免了株连、催科、盗贼，则乡族平安。再

①《辅世宝训》兑集，光绪元年(1875)重镌本，蒙阳辅世坛藏版，第36页。
②《辅世宝训》兑集卷八"解仇忿以重身命"条，光绪元年(1875)重镌本，蒙阳辅世坛藏版，第26—27页。

如"息诬告以全良善"条,息诬告本就含有争讼之意,亦与"息争讼"呼应。可以说,笃宗族、和乡党是目标,它需要正人心,而禁非为、黜异端、隆学校是手段,它们都有"正人心"之用,自然也就达到家族"笃",乡党"和"之目的。

第二节　守戒:乡族成员交往时的自我约束

乡族成员之间免不了相互交往,成员之间在交往时的一些小事,稍不注意,就会引发矛盾冲突。《宣讲集要·成玉教子》云:"乡党最宜要和好,莫因小事起忿争。你尚仁来他有义,一乡和气少事情。大凡小事相顾照,犹如挖窖捡金银。"①为了避免乡党间发生矛盾,致使乡邻成仇,特别需要乡族成员在相处时谨小慎微,自我约束。因酒色财气、口舌之争而致乡邻不睦的故事,在宣讲小说中比比皆是。作为案证,它所阐释的自然也就是圣谕、神谕中的和乡党、笃宗族条。

一、戒"四害"

所谓"四害",即酒、色、财、气,有时又被称为"四堵墙"或"四障"。《活人金针·冤家夫妇》云:"信乎? 酒色财气四堵墙,多少明人在中央。有人跳出墙边外,便是长生不老方。人当法王章而除四害可也。"②《破迷录·酒色财气》云:"酒色财气四堵墙,人人都在墙内装。有人跳出垣墙外,一生不老寿延长。此言酒色财气害人好比四堵垣墙限人,使人入乎其中,莫能跳出一般。可见酒色财气害人最甚,人人都为所误。若有不为所误,能出四害,就如跳出墙外,不为所限一

①〔清〕王文选辑:《宣讲集要》卷一二,光绪丙午年(1906)吴经元堂刻本,第6页。
②《活人金针》卷二,刊刻时间不详,第51页。

样。"①《照胆台·四害误》中所言的"四害",也即酒、色、财、气:"务要四害看穿,方能立身保命,灾害不侵。若图一时之兴,见酒便好,遇色即贪,逢财便谋,有气即逞,终必惹事生非,杀身亡命,那时抱恨无涯,追悔不已。何如栽培心地,涵养性天,不受四害缠绕,自得一身安泰,乐何如之。"②《宣讲集要》"训子弟以禁非为"条下,《士珍醉酒》重言酒害,《淫逆报》《将就错》《双人头》重言色害。可见,酒、色皆属于"非为"类。

酒、色、财、气四害之"害"在社会交往中最易发生。多数人分析其害时,较为笼统,且多聚焦于它们对行为主体自身的危害。事实上,"四害"除了危及自身与家人,也危害他者,危害社会,有时甚至因为危害他者而危及自身。

"四害"中,酒害排在首位。《辅化篇·嗜酒受累》劝人饮酒要适度,不要滥饮,一旦滥饮,"被药性昏迷,虽平日是个忠厚长者,那时恃着酒性,言语行事,就不似前此那般恭敬了……你一席,我一台,饮得津津有味,卒至不醉无归。及酒酣耳热,不顾皮毛,或打架角辈,或兴词告状,或误伤人命,或坠水落岩,种种祸胎,都是这酒惹起的"。在该故事中,杨大川及其四个儿子、女婿钱洪喜均好酒贪杯,"每于亲朋宴饮,必至酩酊大醉,兼之癖气乖张,常发酒疯"③。《因果新编》第十四回《空假真三个法宝,儒释道一颗明珠》中的钱洪喜拜年归家,中途因醉酒忽而发狂,用石打中雇工之额。亲戚劝诫,再言酒害,其中有碍乡邻和睦之行的则有:纵酒使性,翻是弄非,争长论短话不断。洪喜不听。三月舅子娶亲,他竟然在新房中大醉,次日死于岳父家,累

---

①〔清〕龙雁门诸子编辑并校:《破迷录》卷二,光绪丁未年(1907)新镌本,第63页。

②〔清〕果南务本子编辑:《照胆台》卷一,宣统三年(1911)新刊本,第39页。

③〔清〕平羌扪心子选辑,〔清〕书痴子校订:《辅化篇》卷四,光绪丁未年(1907)新刊本,第75—76页。

岳父家陷于刑狱。"有等大愚人，三杯下肚子，放了脸，乱了性，胡言乱语辱骂人。……还一等大痴人，醉了酒，胆大包天不顾命。杀了人，披枷又带锁，法场取斩填人命，可恨真可恨。"①饮酒本身并无过恶，但有人饮酒后却不能控制自己的言行，"也有过饮成病的，也有因醉失仪的，甚至借酒兴以贪花，而花愈鲜，乘酒势以逞气，而气更烈"②，不少人因酒而壮胆、壮色，犯下杀人、抢劫、奸淫之事。

　　食色，性也。"色"本身无过错，但需对象适当，若对象不对，就会违背社会伦常，甚至钻穴逾墙，杀人害命。《最好听·审财神》云："酒色财气，均足以害人。四字中害人最毒者，莫如财与色。""万恶淫为首"，"四害"中色害为最。《因果新编》第十四回《空假真三个法宝，儒释道一颗明珠》云："还有等无廉耻，好邪淫，不和家室贪外情。奸人妻共女，花街柳巷妄游行。……还有等大恶人，色胆迷天不顾命。见人美貌妻和女，或估奸，或通淫，被人撞着了，刀下见阎君。或起狗胆狼心，用药毒人命，可恨真可恨。"③有些人为色欲所驱，有娇妻美妾却觊觎他人美色，时刻图谋，乃至强霸他人妻女，甚至引诱、强奸寡妇、处女，一旦私情败露，女性自杀，家族蒙羞怀忿；或有孕，私自堕胎；或者因为私通被发觉，直接毙命。《照胆台·现眼报》直接引诗并议论道："淫为万恶自戕生，拐带私逃败节名。买盗诬攀罪众甚，冤冤相报不容情。……更有酒色之徒，霸道横行。见人妇女美貌，设法要为婚，买盗攀诬，白肉生疗。"④《阴阳鉴》第六十九回《贪色欲身心皆罪，谈闺阃口舌并诛》中，真君亦指出贪图美色者之害："身为他人之

①〔清〕桂宫赞化真官司图金仙编辑：《因果新编》，民国戊辰年（1928）重镌本，第43页。

②《宣讲摘要》卷二，光绪戊申年（1908）经元书室重刊本，第26页。

③〔清〕桂宫赞化真官司图金仙编辑：《因果新编》，民国戊辰年（1928）重镌本，第43页。

④〔清〕果南务本子编辑：《照胆台》卷三，宣统三年（1911）新刊本，第34页。

室，一经犯淫，已聘者嫌贱乎夫子，未订者永弃乎空闺，寡妇形单影只、含泪终宵。或奉翁姑、或抚孤子，方期名垂彤管、节留青史，乃一被污辱，父母不媳，子女不母，因被污辱而遭嫌贱，损坚贞而留秽名，心何甘也？"[1]所以，贪色者害的是他人的家庭，败坏的是社会风俗，而自身之害亦由此而来。《浪里生舟·判铁钉》中，张三妻黄氏好饮酒，其姑表在家，二人遂打酒割肉对饮，进而勾搭成奸，张三发觉，黄氏与奸夫将张三劝醉后害死，最后自己也遭刑。

人生惟财色关最难打破，虽难，也不难，关键在心态。《阴阳鉴》第六十九回《贪色欲身心皆罪，谈闺阃口舌并诛》中，平等王的一段议论可作戒色妙法：

> 凡人制欲，唯理可以胜之。欲念初起，年老者以父母视之，平等以姊妹居之，年幼者以子女待之。如此存心，未有不止遏者。不然，或以恕道思之，推己及人，将人所不能受者，反诸己必不堪，如此以思，欲念亦平。更不然，则以报应警之，以俄顷之欢娱，负弥天之大罪，何苦以父母贵重之体，泄于贱婢粪溺之地。重其己而轻其物，则更无有不息者。能着此般想，纵国色天香，亦视为粪土污泥矣。[2]

寻花摘柳，使女性隳节败名，皆是将其他女性视为与自己无关的他者，一旦将其视为母亲、姐妹、女儿，自然欲心顿灭。推己及人的思维方式以及报应警惕，也是从思想上根除、熄灭欲心的好方法。一些能拒淫者正是采用了这些方法，全人名节，全己节操。《宣讲至理·淡

---

[1]〔清〕义泉静虚子编辑：《阴阳鉴》卷九，光绪癸未年（1883）刻本，第53页。
[2]〔清〕义泉静虚子编辑：《阴阳鉴》卷九，光绪癸未年（1883）刻本，第55—56页。引文"平等以姊妹居之"的"平等"之后，疑漏"者"字。

色轻财》中的主人公尤敬亭拒绝了夜奔之女,其斥责夜奔之女的话中有一句:"青天在上,鉴观不爽,纵令使无人知,亦当畏鬼神稽察。"他在所作诗中亦曰:"吁嗟乎! 心非木石兮,安往而不迷。想鉴观之有赫兮,天道难欺。"①《宣讲福报》之《双报应》与《力挽颓风》,《触目警心·五桂联芳》《石点头·仙人化斋》等宣讲小说反复引吕祖之诗言说淫与不淫之果报:"二八佳人体似酥,腰中伏剑斩愚夫。虽然不见人头落,暗里摧君骨髓枯。"此诗亦被当作重要的言说材料。《宣讲大全·拒淫登科》中,乔生规劝同门,其中有云:"人人有姊妹,个个有六亲。你若贪花柳,报应不非轻。特恐样还样,还须心比心。你今淫人妇,人固忍着声。人若淫你妻,你心疼不疼。淫报原不爽,何曾肯饶人。有因淫削籍,有为淫除名。"②乔生之劝,正是平等王所言的方法,他自己曾两次拒绝夜奔之女。

　　财害是"四害"中的又一害。《史记·货殖列传》云:"天下熙熙,皆为利来;天下壤壤,皆为利往。"③财虽为天下公物,却不能为每一个人所拥有,财富也不能平均分配。有为财而父子、兄弟、夫妇相残者,更何况是邻里、亲戚乃至不相干之人呢?《宣讲集要·祝地成潭》叙述乡里因风水而争竞,结尾议论道:"世之同乡党者,勿论亲疏远近,富贵贫贱,大家都要和气一团,嫌疑不生,声势不逞,争竞不起,词讼不兴,方是安生产,长子孙之计。非然者,或挟仇忿,或谋财产,或争田土,辄与人构讼相争,其不至于倾败者,几希矣。"④挟仇忿、谋财产、争田争地,即是因气、因财、因利诱发的不和。《圣谕灵征》中的《为财气不睦宗族》《为捐田不睦宗族》《为阻葬不睦宗族》三个故事,

①《宣讲至理》卷五,民国四年(1915)万善堂记重刻本,第15—16页。
②〔清〕西湖侠汉:《宣讲大全》卷一,光绪戊申年(1908)刻本,第7页。
③〔汉〕司马迁:《史记》卷一二九《货殖列传》,中华书局,1975年,第3256页。
④〔清〕王文选辑:《宣讲集要》卷八,光绪丙午年(1906)吴经元堂刻本,第31页。

标题即阐明了财气、田产、丧葬之事皆可导致宗族不和。《阴阳鉴》第三十三回《起沉沦五殿考校，恶悭吝众丐夺食》中，真君在阐释财利时指出："每见世之贪财辈，灭伦灭义，害理害心，凡事之不可为者，无不坦然为之。"[1]真君所演七条财利律中的"过"包括：第一，富不在足，恒存贪求心，不行利济事。第二，业多无厌，益求无足，以滋奢侈。第三，富贵人占贫贱便宜，图谋人产；受人炉火丹术，设谋行使。第四，故意拖延国课，能纳不纳，只图私用；买业揹价不清，故为迟留；置业短价，不悯危急；拾人财物，见赎不归。第五，恃势占业，乘难谋夺。第六，收取田租，无体恤心，恣意索取，不谅人缓急。第七，过取酬谢，多卖价值，设计诱取，放账过利，伪货取钱，轻出重大，图用假银，应还厌索，不问而取，应出多吝，非分妄干，非义滥与，负人应贷，夺人爱物，惯发水米。七条财利律中，第三、五、六、七条都是极危害乡邻和睦的，故皆因有大小不同之罪而受罚。贪财之害远不止真君所言及的上述七条。例如，《因果新编》第十四回《空假真三个法宝，儒释道一颗明珠》中指出："独怪那有种千方百计磕诈人，诱人赌博把家倾。或有些拦路劫抢，或有些黑夜偷人。有使大斗及小升，有用大戥并大秤，有用假物滥货哄愚民。"[2]危害最严重者，即是害命了。

　　"四害"中，气也是一害。人不能无气，但不能逞气。"逞"的本义是通达，后渐有炫耀、放任之意，乃至于任性斗气。真正有修养的人是内敛的，逞气是心胸狭窄的表现。薄于宗族亲谊者，其中不乏以贤智、门阀、族势、富贵、学问文章、事业而骄人、傲人、欺人、压人、害人的，于是尊尊、贤贤、老老、幼幼之道尽失，不恤孤贫不周窘急，逞我之

---

[1]〔清〕义泉静虚子编辑：《阴阳鉴》卷五，光绪癸未年（1883）刻本，第8页。

[2]〔清〕桂宫赞化真官司图金仙编辑：《因果新编》，民国戊辰年（1928）重镌本，第43—44页。

强,鄙他者之弱。《因果明征》第三十七回《纵性造恶招显报,忍让居心作神明》言:"凡为人者,必忠厚和平以立身,礼让含忍以待人,勿骄傲满假,勿矜能炫长,我即能矣,能于我者尚多,人纵不明我之不明者,正自无限,切不可执一己之私,鄙驳于人,讥刺于人,限量于人,人能如此涵养性情,保命立身,可以免灾祸之侵扰,化强暴之凌辱。"很多时候,冲突的起因也就是口角之争、鸡毛蒜皮的小事而已。"为士为民,性情急躁,毫不知反观内鉴,凡事仗恃才能,倚占富豪,视贫贱如履草芥,欺愚鲁如同蝼蚁,一丝不顺,胜气相凌,欲处人十分,到九分犹不止,此等之人,自以为豪强英杰,实是粗鲁匹夫,逢事不忍不让,忘身及亲,倾家荡产,只在须臾。"①阎王爷所审之案中,李秉良平生无他罪,但恃口舌伶俐,欺官藐法,侮慢尊长,凡事盛气凌人,恃才妄作,暴躁成性,得罪老成,被重责二百嘴掌,又被敲牙拔舌;杨永清身为读书人,不知养气,反为几句言语不忍,挟嫌争气,兴词告状,被判坐火坑罪。逞气之人,也许本性并不恶,但为害却大。因争胜而逞气,也是导致乡邻不和的重要原因。宣讲小说反复言说气之害以及忍气之重要。《上天梯·斗很杀身》云:

快将心性养平和,斗很抬凶祸更多。天网恢恢疏不漏,恶人自有恶人磨。

这四语说人莫不有气,气能养得正大则为浩然之气,可以完塞两闲,担当世道。至于血气乃无名之火,若不制伏,则有燎原烧山之势,不是生灾,便是惹祸,终久莫有好下场处。无如世俗之人,不肯吃亏,不肯让人,动说人争一口气,所以你很我不服,你恶我不怕,为点些小事,就争斗起来。一旦出事,可用钱赔礼,大则丧身倾家,那时方才失悔,悔已迟矣。殊不知人很莫得天

①《因果明征》卷三,同治五年(1866)重镌本,庙北山扬善坛藏板,第53页。

很，天要收你，任是拔山好汉，盖世英雄，何曾一人漏网？况强中更有强中手，恶人难免恶人磨。此理是一定的。①

再如《万选青钱·忍气旺夫》亦云：

> 忍忍忍，忍为众妙之门。父母面前能忍，永无忤逆事情。弟兄面前能忍，自然和气盈庭。公婆面前能忍，时存一片孝心。夫妇面前能忍，家道何愁不兴。先后面前能忍，和气再不吵分。灶神面前能忍，佑尔福寿康宁。家族面前能忍，祖宗无不欢心。朋友面前能忍，自无祸患来临。凡事忍上加忍，天爷自有眼睛。再能忍人难忍，鬼神暗中知闻。张公曾有百忍，劝尔宜学古人。②

气之害大，忍气也就特别重要。宣讲小说中"忍气歌""忍让歌""醒气歌""百忍歌"不断出现，言说争竞之害及忍让之用的故事亦甚多，除了《宣讲集要》中的《无心得地》与《忍让睦邻》外，还有《明心集录·杨一悦亲》《劝善录·斤半脲》《救时宝筏·四戒好勇斗狠顺案》《宣讲福报·烂瓷坛》，《保命金丹》中的《同日双报》《烈女报仇》，《圣谕灵征》中的《周公训妻》《汤公家训》，《阴阳鉴》第八十回，《滇黔化》第十九回、第二十一回等。《滇黔化》第二十一回《孙庆华作文辞邻友，黄大亨述旧助行装》直录《睦邻文》，认为忍让与忠恕、忠信等，同为"睦邻之要道"：

> 忍像心中插把刀，心插刀时忍便高。些小事，莫心焦，就是

---

① 〔清〕岳西破迷子编辑，〔清〕果南务本子校书：《上天梯》卷三，同治甲戌年（1874）新镌本，第86页。
② 《万选青钱》卷四，光绪二十八年（1902）刻本，第71页。

大事也丢抛。能如此，也不淘闲气，也得乐消遥。让是四邻不相争，不相争斗自和平。或田地，或钱银，牛马出入小事情。能如此，他的心满足，我也免劳神。公是处世不循私，一循私来便不宜。或口角，或官司，公公直直把事为。能如此，我也无袒护，他也不生疑。恕是人心如我心，人心我心一般情。或他富，或他贫，设身处地体天真。能如此，我既存好念，自然感动人。忠是一片实心肠，实在心肠为人忙。或这样，或那行，尽心尽意自思量。能如此，我也无奸诈，他自喜心旁。信是不敢哄他人，哄了他人失我真。一句话，细分明，心是口来口是心。能如此，我不说诳话，他自感我情。①

作者认为，"忍"虽像心上插把刀，却于人于己大有好处，忍可使人少争竞、少诉讼。只要实心为人，讲究恕、忠、信，并设身处地为他人想，心存善念，人皆心生欢喜。

《大愿船·忍气免祸》强调"忍气"：

> 气乃无名火，能烧万仞山。愿人常制服，忍字是贤关。
>
> 这几句格言，说人的气性是逞不得的。于今人发气谓之冒火，这火虽无形而其势最烈。火发之时，随即扑灭，若不将他制服，无论家财烧得完，就是性命都烧得绝。及至事后追悔，岂不可惜？我说要制服，又用甚么方法咧？只在一个忍字。如何叫做忍？忍者容也，古人造此忍字，怎么从刃又从心？谓人欺我太甚，就如拿刀伤了我的心，也要忍着这口气，不与他计较。所以圣人云："小不忍则乱大谋。"盖惟能忍，方成大事，如越王句践是也。推而言之，万善皆由能忍而积，万恶皆由不忍而成。忍虽是

①〔清〕晋良、钟建宁编：《滇黔化》，光绪三十年（1904）重刊本，第67页。

勉强工夫，而存心养性，皆从此字入门。试看世间大富贵人，都是会忍气的人，那披枷斩首的人，都是不肯忍气的人，所以这气是断断不可逞的。①

从某方面而言，忍中有饶恕，"量大能容物，气和可睦邻"，只要能忍能恕，和睦自兴。《宣讲集要·七世同居》所载程氏七世能够同居的重要原因是能效张公艺"百事容忍"，"凡百事，相忍让，休把气逞"，自此凡事大家忍让，无恃强凌弱、以下犯上之事。故事标题表明逞气不如忍气高、忍气致福、逞气招祸者，还有《宣讲集要》之《小忿丧身》《忍让睦邻》，《采善集》"忍气类"条下的《忍让得地》《忍气免祸》《逞豪偿命》等。

在很多时候，"四害"往往同言。《同登道岸·一窍不通》云："酒色财气一气贯，三字有他乐无边。"②《浪里生舟·判铁钉》亦云："酒是色之媒，财是气之根。大事由小起，莲从藕叶生。"③在宣讲故事中，往往由一害而及他害。《破迷录·酒色财气》中的王义美是个好酒之徒，因饮酒被李麻、王福谋财害命，马氏受王假刁唆牵扯无辜之人陈一品。一品妻曹氏美貌，王假起心谋夺，与姘头林氏害死一品。最后案明，为害者皆受惩罚。小说在结尾总结道："即此以观义美好酒，一品逞气，李、王贪财，王假好色，俱为所误。人可不为戒哉！"④《宣讲集要·士珍醉酒》载，刘士珍因贪酒而夫妻拆散，何大嫂何二嫂

---

① 〔清〕岳西破迷子编辑，〔清〕果南务本子校书：《大愿船》卷三，光绪六年（1880）重镌本，同善会善成堂藏本，第75—76页。
② 《同登道岸》卷四，光绪庚寅岁（1890）新镌本，第69页。"三字有他乐无边"中的"他"即指"财"，言酒、色、气三害因有钱而起。
③ 〔清〕石照云霞子编辑，〔清〕自省子校书：《浪里生舟》卷二，民国甲寅年（1914）重镌本，新都鑫记书庄藏板，第99页。
④ 〔清〕龙雁门诸子编辑并校：《破迷录》卷二，光绪丁未年（1907）新镌本，第76页。

为贪财而身受惨刑，两个和尚为贪色而尸骨不全。故事以"醉酒"为标题，乃因为醉酒是引子。该故事在《照胆台》中更名为《四害误》。《明心集录·喜鹊伸冤》与《宣讲集要·士珍醉酒》主体情节大致相同，即马老五好酒，赵文通与杨翠姑好色，李歪嘴与陈毛牛贪财，李正芳与陈大明逗气。

　　酒色财气对风俗的败坏在宣讲小说中被反复言说。神佛多有阐释"四害"者。《阴阳鉴》第八十回《养全德总结阴律，明速报再醒阳间》议论道："酒色财气，乃戕性之蟊贼，伐性之斧斤，世人何为沉溺于此，而不知戒哉！虽酒以成礼，酗于酒则性乱而失德行之雅；色以怡情，伤于色则性迷而乱名教之防；财可养命，溺于财则性贪而起鲸吞之祸；气以率志，逞乎气则性刚而厉侮乱之阶，攘攘黎庶。沉于四者之中，而迷而不悟，亦焉知其所终极矣。"①《因果明征》第二十七回《坏佛法和尚变驴，从释教小鬼为僧》云："四障者，酒色财气也，人若染着酒色财气，使心无主宰，灵根蒙蔽，何能明心见性？"②酒色财气之害，就是乱德乱性，从而乱风俗。《催原登舟·五害真解》云："夫酒者属木，多饮者成病，醉后者迷智矣。夫色者属水，交配者即生，好淫者灭礼矣。夫财者属金，所求者劳苦，谋利者无仁矣。夫气者属火，急暴者易老，勇斗者失义矣。夫洋烟者属土，久服者必死，贪爱者忘信矣。"③菩萨从金木水火土的角度，阐明这"五害"对仁义礼智信的缠绕，其下十个案证，多言戒酒色财气烟等，即《戒酒成真》《戒色成真》《戒财成真》《戒气成真》《戒烟成真》《戒淫成真》。戒除"五害"，则仁义礼智信全复。

---

① 〔清〕义泉静虚子编辑：《阴阳鉴》卷一〇，光绪癸未年（1883）刻本，第87—88页。
② 《因果明征》卷三，同治五年（1866）重镌本，庙北山扬善坛藏板，第7页。
③ 《催原登舟》卷上，民国庚申年（1920）重镌本，版存绵东永定场，第53页。

二、戒口舌

在乡族纠纷中，还有一种口舌之害。佛教戒律中有"不妄语"，且将不妄言、不绮语、不两舌、不恶口作为"十善"的主要内容。俗话所说的"祸从口出"源出于《史记·宋微子世家》，宋愍公因对南宫万口出恶言，导致杀身之祸。此后，"祸从口出"几乎都指说话不慎对说话者本人所产生的危害。然而，"人言可畏"，口舌之争对他人之害更大。《老残游记》续集第八回中，老残在地狱见到有人因口过受刑，认为口过只是小事，不当受研磨重罪，但阎王则言人皆知杀、盗、淫不当犯而不犯，唯有口过，人们以为不算什么，事实上它却是除却逆伦之罪外的大罪，原因是杀人依律法可抵命，而口过不同："若是口过呢？往往一句话就能把这一个人杀了，甚而至于一句话能断送一家子的性命。"[①]杀、盗、淫危害个体，而毁人名誉会导致世界黑白不分，"世界上的大劫数，大概都从这里起的"[②]。犯奸淫受很多条件限制，人们尚还有一定节制，但造谣仅凭两片嘴，坏人名节易，更易累积罪恶。挑唆是非使人抑郁死亡，其罪又比杀人罪加一等。而且时间越久，口舌之过越多，累积之罪会变得更大。

以故事言口舌之害是宣讲小说的重要内容。《阴阳鉴》第二十六回《凛彝训投生富贵，拨本实拟放苦贫》中，言语律所列举的人们常犯的"口过"有：口是心非；攻发人阴私，曲理人捏词状；谈闺道阃，传述丑事，引伤风化，出言阻婚，诋毁行善；捏造混名淫歌，播传人恶事；出不利人语，谈污秽事；任意出损德言，提前贤过失以矜夸己见；出言欺诳，好论僻怪，妄言破人善戒；信口雌黄，言不由衷；擅发自誉词，背地爱骂人，好议人往时卑贱；随口戏谑；等等。这些"口过"中，还包含用

①〔清〕刘鹗著，高新标点：《老残游记》，岳麓书社，1989年，第166页。
②〔清〕刘鹗著，高新标点：《老残游记》，岳麓书社，1989年，第166页。

文字中伤人的行为。该书第二十七回《彰隐德众魂出苦，惩妄言诸犯入狱》的案证中，有因口舌而害人性命受惩罚者，如杨华林。杨华林对孀妇王氏之女起淫心而被拒，遂扬言该女有淫行，导致此女被夫家拒婚，女抑郁成疾废命；杨又扬言该女系因产难死，导致女沉冤莫白，王氏亦因此染病身亡。杨华林肆行无忌，逢人便道破绽，加倍讥讽。"好言自口，莠言自口，言出无心，听之有意。言而善，一启齿而造无穷之福，言而不善，一矢口而开无穷之祸"①。所以，口孽当戒，口德当行。

　　古人有语言崇拜，认为文字是对天地的模仿，大量的象形文字可谓是象天法地之物。《〈说文解字〉叙》曰："古者庖牺氏之王天下也，仰则观象于天，俯则观法于地，视鸟兽之文，与地之宜；近取诸身，远取诸物；于是始作易八卦，以垂宪象。及神农氏结绳为治，而统其事，庶业其繁，饰伪萌生；黄帝之史仓颉见鸟兽蹄远之迹，知分理之可相别异也；初造书契，百工以乂，万品以察。……仓颉之初作书，盖依类象形，故谓之文。其后形声相益，即谓之字。文者，物象之本。字者，言孳乳而浸多也。"②从这段《叙》看，语言文字是圣人依据自然所创造，具有神圣性。古代还有仓颉造字"天雨粟，鬼夜哭""河出图，洛出书"的传说，无一不言文字之神奇。故善用语言文字可得天之和，不善用者则违天之和。大者，一言可以兴邦，一言可以丧邦；小者，言可助人，亦可害人。《宣讲汇编·忍口获福》中，祝期生以口舌压人，尤喜唆人是非，不知害人多少。毛老蠢笨，割草踩坏刁大嫂的粮食，祝恐吓他说刁大嫂要找他拼命，吓得毛老逃到远方；尹大与姚麻子吵嘴本为小事，祝期生刁唆尹"争气"，结果尹进了班房……总之，本来都

---

① 〔清〕义泉静虚子编辑：《阴阳鉴》卷四，光绪癸未年（1883）刻本，第35页。
② 〔汉〕许慎撰，〔清〕段玉裁注：《说文解字注》，上海古籍出版社，1981年，第753—754页。

是小事，因为祝期生调拨，都变成了大事，不是人逃走，就是打架入监狱，更有败坏女性名节，害得人妻离子散，甚至家破人亡的。祝期生故事见于明人陈继儒撰《福寿全书》"祝期生"条、李贽撰《因果录·祝期生》，康熙时贾存仁修订改编的《弟子规》中亦皆有之。宣讲小说中，《最好听》《宣讲汇编》之同名故事《忍口获福》，《上天梯·利口刺舌》将此故事敷衍。《利口刺舌》叙议结合，强调利口刺舌之害：

> 口舌杀人利似刀，退藏于密最为高。请君细看狂言辈，几个能将恶报逃。
>
> 天地生人，予以口舌，非徒以进饮食也。原欲辅世立言，补偏救弊，上以赞天地之化育，下以勤朝廷之德教，斯口舌乃不虚生。无如于今世俗的人，所最重者惟有口才。常见大庭广众间，有人会说几句话，便推之曰某某真说客也。然以其说排难解纷则可，以其说劝善惩恶则可，以其说垂训教人，亦无不可。倘不如是，或自恃其嘴尖舌利，彰人之短，扬人之过，道人隐情，发人阴私，使人父子不睦，叫人兄弟不和，是以有用之才，反成造恶之具也。那知舌尖杀人，最干天怒，及到酿祸受报而后悔，出口之兴戎亦已晚矣。[1]

宣讲者认为，口舌主要是用来教人而不是用来害人的。口舌往往杀人于无形，故"口舌杀人利似刀"，胡言乱语，逞一时之快，结果导致"有的被你一番谗言，抑郁成疾把命绝。有的被你几次谤讪，悬梁投水把身灭"[2]。利口者也许主观上并无害人之意，客观上却有人因此

---

[1]〔清〕岳西破迷子编辑，〔清〕果南务本子校书：《上天梯》卷三，同治甲戌年（1874）新镌本，第97页。
[2]〔清〕岳西破迷子编辑，〔清〕果南务本子校书：《上天梯》卷三，同治甲戌年（1874）新镌本，第101页。

而受害不浅,故小说强调积口德、戒口孽。《采善集·阻善活报》道:"口里阴德不要钱。"又引古语云:"口孽与淫孽、杀孽并重。"①《照胆台·贞淫报》引古诗云:"口舌杀人不用刀,谈闺道阃罪千条。许多子弟成痨瘵,皆受狂徒暗地刁。"②《因果新编》第二十五回《戏言嬉笑为哑口,隐善扬恶押敲牙》言口舌之罪,曰:"轻薄口过,伤天地之和,犯鬼神之怒,其罪与杀生邪淫等。"③

　　在诸多口孽中,谈闺道阃、坏人名节最可恶。众多宣讲故事所引的诸种垂训中,《灶王府君训男子六戒》的第六戒即"戒好谈闺阃",《武圣帝君十二戒规》的第三戒即为"戒道人过失,自饰己过者同罪",《文昌帝君蕉窗十则》的第三戒为"戒口过",原因在于,古人将名节看得极重,往往有因名节被人败坏而丧命的。《采善集·败节变猪》在总结口舌败节的危害时说道:"人生在世最易犯的,莫如口过。但这口过亦多,惟有败节这件事,最是丧德的。怎样呢? 你想妇女家,原以名节为重,若无故诬赖他,或者为挟点嫌疑,想方设计都要害他,一吓公婆丈夫晓得了,就要退婚,那女子有冤难伸,岂不是要去寻短路吗? 不但这样,就是他的爹妈都会活生生的气死。这样想来,造口孽的人,与那持刀杀人的何异呢?"④《指南镜·灵祖庙》的副标题为"谈闺阃,遭显报",这是一篇劝人勿妄谈闺阃的故事,"从来惟口易启羞,何苦妄谈结冤仇。试看谈闺道阃辈,几个到头得下楼……盖人生这口舌,若能谈忠言孝,排难解纷,劝人为善,则为功不少。若一味糊言乱语,谈闺道阃,不察虚实,妄加以不美之名,其为祸亦烈。何者? 在言之者,以为快一时之耳目,不关紧要,而不知此中或破人家产,或害

---

①《采善集》卷五,宣统二年(1910)新镌本,板存罗次县关圣宫,第103页。

②〔清〕果南务本子编辑:《照胆台》卷一,宣统三年(1911)新刊本,第2页。

③〔清〕桂宫赞化真官司图金仙编辑:《因果新编》,民国戊辰年(1928)重镌本,第81页。

④《采善集》卷五,宣统二年(1910)新镌本,板存罗次县关圣宫,第97页。

人性命"。故事中,叶春榜恃其口才,往往无中生有说得好听以悦人
之耳目,谈人闺阃说得实实可据,"因之妇女含冤莫诉者甚多"①,如
朱何氏因叶春榜污蔑其行为不正,被丈夫休弃。与前文所述《上天
梯·利口刺舌》一样,该故事认为人的口舌应该用来扶世道挽回乾
坤,谈忠孝劝化顽梗,"至闺阃暧昧事无形无影,切不可逞口才乱出于
唇。有许多贞节女可对神圣,被谗言来败坏其冤难伸。彼必然寻短
路死于非命,这冤仇在地府岂肯甘心?……细思想这口过罪有数等,
一损德二伤理三害他人"②。《阴阳鉴》第六十九回《贪色欲身心皆
罪,谈闺阃口舌并诛》云:

> 病由口入,祸由口出,言不可不慎也。夫谈闺道阃,大损名
> 节。世上青年子弟,黄卷名流,每聚馆谈笑,终宵不寐,非说东家
> 女流,即道西家处子。奈何因一时之戏谈,丧平生之德行。然言
> 而不关轻重也,不过形其窈窕,自负口孽,言而有伤名节也。且
> 因偶尔讥刺,丧人性命。……盖言者,心之声也。口欲出是言,
> 心必计算得失,有功人世,虽千万言犹少也,有害名节,即一二语
> 已多。……口谈其事,何异身蹈其愆。试思尔肆口戏谈,诱坏几
> 许人物,戕害多少性命……口中言语,关一世之荣辱,笔上机锋,
> 诚千古之流传。世上有等青年才子,白面书生,材高倚马,技擅
> 雕龙,按其行事,每自负鸿材,妄制笔墨,或无中生有,曲肖其神,
> 或指实按名,细陈其悃,使传遍天下,引坏少年,伤败世风。③

---

① 〔清〕广安增生李维周编辑校阅:《指南镜》卷三,光绪二十五年(1899)新镌本,
板存广安长生寨,第70页。
② 〔清〕广安增生李维周编辑校阅:《指南镜》卷三,光绪二十五年(1899)新镌本,
板存广安长生寨,第72页。
③ 〔清〕义泉静虚子编辑:《阴阳鉴》卷九,光绪癸未年(1883)刻本,第50—52页。
根据文意,"细陈其悃"中的"悃"似当为"阃"。

从礼的角度来讲，胡言乱语属于非礼。《论语·颜渊》有言："非礼勿听，非礼勿言。"①《阴阳鉴》第五十六回的标题为《昧师箴刻薄遭谴，谈闺阃肆言受刑》，真君在故事中论及言与事、理之关系云："言者，心之声也。心有是言，而因以形之于口，盖事必因言而达，理必因言而显。此固不得不出诸口，有不得为良辅之妨者也。若夫言不根诸至理，事不关乎性分，则虽娓娓而道，侃侃而谈，究竟等于无稽之妄说，何益也？"②也就是说，"言"是个人品性的反映，也是理与事的真实呈现。"非礼勿言"是儒家对礼的要求，也符合释道之"口戒"，亦是生活中的"谨言"常识。

以谈人闺阃而致女性毙命的故事，还有《宣讲摘要·冤枉话》《脱苦海·谈闺受谴》《一见回心·淡话惹祸》《善恶镜·奸人破肚》《采善集·挟嫌造孽》《回生丹·吊花巾》《缓步云梯集·催鬼扇》《宣讲福报·红绣鞋》等。其中，《宣讲福报·红绣鞋》的副标题为"口德口过两报"。有的劝人勿以口舌害人的故事往往还穿插入《戒口孽歌》《戒谈闺阃歌》等。如《上天梯·利口刺舌》录有《戒口孽歌文》，其中有云：

> 一见人有过，你就糊乱说。说某人不矜细行，说某人有亏大节，说某人嫖赌嚼摇，说某人败常乱德。总要描情尽态，分外添设。遇歹人固由你乱讲，遇好人更加以不美的名色。可怜那贤男淑女，端人正士，却被你丧败了不得，埋灭无限英雄，阻谤许多豪杰。正所谓：心存丈八矛，意存三尺铁，舌下有龙泉，杀人不见血。……为甚么只图你乱讲，不管他人死生与离别。有的被你

---

① 〔汉〕郑玄注，〔清〕刘宝楠注：《论语正义》卷一五《颜渊》，上海书店出版社，1986年，第262页。
② 〔清〕义泉静虚子编辑：《阴阳鉴》卷七，光绪癸未年（1883）刻本，第100页。

一番谗言,抑郁成疾把命绝。有的被你几次谤讪,悬梁投水把身灭。全不怕短寿算、损福泽,除脱远大前程,红册名字移黑册。到除言,最惨烈,红铁烙嘴唇,割舌无休歇,哭哭啼啼,悲悲切切,不知何年何月,才得投生再转劫。①

歌文概括性地指出口孽所包含的内容以及危害,并进而指出,口舌害了他人,也害了自己。凡谈闺阃者,皆因害人而害己。

"谨言"不仅仅是口头上的,也包括不以文字中伤人。《最好听》与《宣讲珠玑》中的同名故事《无名帖》叙述王子光心术不正,与田寡妇有隙,遂私造无名帖,污田寡妇与人通奸,"将帖写了数张,各处粘起",田寡妇因此自缢。王子光又瞧中梅春姑,调戏不成,怀恨在心,又私造些无名帖四处粘贴,说梅春姑闺门不正,春姑亦自缢。山有青之妻则是遭遇了无名帖,被丈夫嫌弃误杀。擅造无名帖,害三人性命,言之可畏,非同一般。

口孽害人,口德助人。忍口谨言是口德,言语劝化人更是口德。古话说:"口里阴德不要钱。"宣讲小说中有多个故事讴歌以口德积善者,如《宣讲回天》之《相随心变》《方便嘴》《女中君子》,《石点头》之《口德造命》《忍口获福》,还有《辅世宝训·口德裕后》《善恶镜·善解纷时来遇贵》《缓步云梯集·飞来媳妇》(其副标题为"口德美报")、《更新宝录·孤魂井》《上天梯·口德遇仙》等。《宣讲汇编·忍口获福》中,李定以《戒口孽歌》劝人,自此子弟皆知检点;《宣讲回天·相随心变》中,鲁宗虞劝人不纳妾,又调解纠纷息讼,劝僧人谨守清规,"此鲁宗虞劝和尚一大口德,其余劝人戒嫖、戒酒、戒烟、戒贪财、戒逞

---

①〔清〕岳西破迷子编辑,〔清〕果南务本子校书:《上天梯》卷三,同治甲戌年(1874)新镌本,第101—102页。

气，难以尽述"①，后免于贫贱且高寿；《宣讲回天·方便嘴》中，熊荣甲"生平全仗嘴行方便，遇读书人，谈些至情至理，遇愚蠢人，讲些阴果报应"，他劝人孝悌、戒烟、忍让息讼，"此老一生劝人戒赌、戒酒、戒贪色、戒逞气，并以一切当戒之事劝人，真述之不尽"②，受其感化之人不少。那些把宣讲作为己任，以宣讲化人者，亦是"积口德"，如《赞襄王化·讲律遇神》，其结尾云："从此看来，可见为善不论贫富，能以口德教化愚顽，使他不罹于法，不破其家，即是人生亦大功德矣。世之读书士子，慎勿以无权自诿，而让美前人也。"③《宣讲回天·女中君子》引古语云："劝人终有益。"又云："人不劝不善。"④《阴阳鉴》第四十五回《背王章地府惩治，遵圣谕天庭旌封》演劝善律，云："世间功德，唯劝人为善为最，盖劝人为善，胜于自己为善。"原因是，"盖一己之为善有限，不若劝人为善之推暨无穷也"⑤。人能劝人，乃一件大好事，费心不多，而积德甚大。

《石点头·口德造命》言："欲世道之返朴归淳，莫如先戒滕其口说，凡夫为利口，为佞口，为谗口，为笑口，无妨朕舌先扪。为善言，为德言，为劝善言，为规过言，要必称心而出，则易口过而为口德，将见出言有章，足以型方而训俗，亦惟德动天，足以转祸而为福也。"⑥哈贝马斯认为，人们之间的交往有三种模式，认知的、交互的、表达的，但都与语言相关。在交往中，每一个人都是语言的参与者。言语交

---

① 《宣讲回天》卷一，道光二十七年（1847）刻本，第 26 页。
② 《宣讲回天》卷二，道光二十七年（1847）刻本，第 53、59 页。
③ 《赞襄王化》卷一，光绪六年（1880）新镌本，板存四川夔州府云邑北岸路阳甲培贤斋，第 70 页。引文"即是人生亦大功德矣"中的"亦"或为"一"之误。
④ 《宣讲回天》卷二，道光二十七年（1847）刻本，第 60 页。
⑤ 〔清〕义泉静虚子编辑：《阴阳鉴》卷六，光绪癸未年（1883）刻本，第 53 页。
⑥ 〔清〕遵邑梓人张最善刊刻：《石点头》卷一，咸丰八年（1858）刊刻本，第 6—7 页。

往，需要真诚、真实、正确，不能虚假、污蔑、错误，只有这样，人与人之间才能彼此信任，正常交往。口过害人，导致社会风气败坏，口德裕人，能够营造良好的世风。无论男女老幼，强弱贵贱，无论何种职业，都可以因人、因事、因时、因地而积口德，于人利，于己利，于乡族和睦更是大利。

第三节　礼让：乡族伦理中的交往态度

中国素称礼仪之邦，"礼"字使用频率极高，如礼貌、礼仪、礼俗、礼遇，以及在各种场合中所体现的行为规范，如五礼（吉礼、凶礼、军宾礼、嘉礼）。"礼"为会意字，从示，从豊。《说文解字》曰："礼，履也。所以事神致福也。"①礼的本义是通过具体的仪式，表达对神灵的敬畏与崇敬，向神求福。与"礼"相关的"履"，从尸，从彳，《说文解字》释"履"："履，足所依也。"②"履"作动词，有践行之意。对践行的内容，儒者有所说明。公孙弘言："仁者爱也，义者宜也，礼者所履也。"③郑玄言："礼者，体也，履也。统之于心曰体，践而行之曰履。"④田再思言："夫礼者，体也，履也，示之以迹。"⑤也就是说，"礼，履也"即是体验、践行仁、义等，或者说，仁义精神的外在行为体现就是礼。礼最初是各种仪式本身，但不离敬的情感态度、社会准则与道德规范，以及这种规范的物化之物（礼物）。具体到人与人之间的交往时，礼多指受伦理规范约束的具体的行为规范。简言之，符合伦理道德规范的

①〔汉〕许慎撰，〔清〕段玉裁注：《说文解字注》，上海古籍出版社，1981年，第2页。
②〔汉〕许慎撰，〔清〕段玉裁注：《说文解字注》，上海古籍出版社，1981年，第402页。
③〔汉〕班固：《汉书》卷五八《公孙弘》，中华书局，1962年，第2616页。
④〔汉〕郑玄注，〔唐〕孔颖达等正义：《〈礼记正义〉序》，《十三经注疏》（上），上海古籍出版社，1997年，第1225页。
⑤〔后晋〕刘昫等撰：《旧唐书》卷二七《礼仪七》，中华书局，1975年，第1025页。

行为都合礼，违背伦理道德的行为即是非礼。

一、礼无处不在

《礼记·曲礼上》云："鹦鹉能言，不离飞鸟；猩猩能言，不离禽兽。今人而无礼，虽能言，不亦禽兽之心乎！"[1]人与禽兽的最大区别是人知礼。将"明礼让以厚风俗"作为"圣谕十六条"之一，原因在于礼就是风俗的根本，有"厚风俗"的作用。《圣谕广训》所阐释的第九条"明礼让以厚风俗"，在《宣讲集要》及其他一些宣讲小说中皆被全引过来，内容大致是说礼无处不在，为天地之经，万物之序，"但凡道德仁义，尊卑贵贱，冠昏丧祭，郊天祭庙，不论那一件，都离不得礼"[2]。礼是发于内心的，也是具体的，孝顺父母、尊敬长上、夫妻和睦、弟兄相爱、朋友有信、亲戚相照等都有礼在，磕头作揖是礼，晨昏定省是礼，和气待人、谦恭不争也是礼，穿衣打扮合体、言语轻重得当等都含有礼。"礼之用贵于和"，循于礼者无悖行，自然达到"和"之效，无礼者则行悖，让人离心离德。

人与人交往，最起码的是有礼貌，以礼相待。凡是强横、跋扈、计较、抢夺之行，都属于不守礼，故"礼"又常与"让"并提，《圣谕灵征》"明礼让以厚风俗"条中有《富贵人不明礼让》与《贫贱人不明礼让》《明礼让善报》等内容。富贵人不明礼让，体现在待客时懒于为礼，去人家里不讲礼，不作揖且讪笑人多礼，嘲笑谦卑逊让者为足恭胁肩、行路循长幼之序者为假哥、周济人者为养贼害民、尊敬长者为阿谀逢迎等。邹志发贫贱又不明礼让，闹新房、清醮时不诚敬严肃，四处闲逛，以看妇女为乐。陶公明礼让，注意男女大防，亲朋来者不敢为博

---

①〔清〕朱彬撰，饶钦农点校：《礼记训纂》卷一《曲礼上》，中华书局，1996年，第7页。

②〔清〕王文选辑：《宣讲集要》卷一○"明礼让以厚风俗"条，光绪丙午年（1906）吴经元堂刻本，第16页。

弈之事,亲族有事则力为解散,业内古墓复之培之,亲邻尊辈无论贫贱老幼"当以公称者必称公,当以爷称必爷",语言毫无犯上,神佛寿诞必宣讲圣谕以化乡人,有争必让,有难必助。《辅道金针》卷五的标题下特意标出"阐明圣谕第九条明礼让以厚风俗善恶引证",从第三十回到第三十三回皆围绕此条圣谕展开故事。其中,第三十回《段真官阴阳相重,田恶犯幽显同斥》中的善士将平素遵循的对于他人的"明礼让"的行为用歌文的形式表现出来:

> 窃念夫父母在恩隆教养,常命说尔成文礼让莫荒。在家庭固当要孝亲敬长,出外去切不可滋生事端。四海内皆兄弟有礼有让,勿争强勿傲慢在在堤防。……此之外凡待人不敢轻慢,交以道接以礼非义不谈。对同类即相勉德业名望,化浮薄立品行表率村乡。对农工即相勉勿乖勿妄,通有无平意气举止端庄。对商贾即相勉公平是尚,除虚伪存心术勿近奸贪。其余的一切人至诚相感,化争竞除暴戾与世咸安。①

同书第三十二回《冥王加礼重隍司,鬼卒抽肠骂恶犯》中,杨城隍在世时所遵循的"礼让"也是用歌唱的形式表达出来的:

> 出外敬尊长,让在礼中行。自甘居怯懦,不屑逞豪横。启口防疏慢,举足避险坑。纵多失礼处,清夜常思寻。不敢存欺妄,负咎在隐微。有过立心改,无德亦怀刑。……当做则敢做,小心加小心。见人不忘礼,出入皆懔遵。强者即相让,弱者不欺凌。……凡己所不欲,勿以施于人。足恭非正道,巧言当戒惩。外温而内肃,笃敬以存诚。让是礼之实,和乃用之名。谦卑而逊

———————

① 《辅道金针》卷五,光绪戊子年(1888)镌刻,报恩辅道坛藏板,第3—4页。

顺，自不露骄淫。奢华则防礼，质朴固本真。①

杨城隍指出，见人不忘礼，出入皆懔遵，结果是"强者即相让，弱者不欺凌"，"乡党皆见爱"。最重要的是，"让是礼之实，和乃用之名"，"一家行仁让，举国化骄矜"。

宣讲小说中一些故事的标题也体现了"礼"有笃宗族、和乡党的作用。《宣讲集要》卷八"笃宗族以昭雍睦"条下的案证故事有《七世同居》《创立义田》《接嗣报》《无赖叔》，"和乡党以息争讼"条下的案证故事有《教子息讼》《忍让睦邻》《解忿愈疾》等。《辅世宝训》"笃宗族以昭雍睦"条下的案证故事则有《笃亲美报》《族毒绝嗣》《神赐桂枝》《诬奸嚼舌》，"和乡党以息争讼"条下的案证故事则有《贴银息讼》《唆讼削名》《劝夫息讼》《护儿乞食》等。《法戒录》"和睦乡里"条下的故事还有副标题，如《无心得地——忍耐和睦》《化蛇报怨——回心和睦》《飞龙拔宅——富不和睦》《败节变猪——贵不和睦》《握苗报仇——贫不和睦》《替牛还债——贱不和睦》《释仇白怨——贱能和睦》《赌钱息讼——贵能和睦》。《圣谕六训集解》"和睦乡里"条下的附案有《解忿愈疾——男子和睦乡里善报》《飞龙拔宅——男子不和乡里恶报》《睦邻发籍——女子和睦乡里善报》《咒鸡遭谴——女子不和乡里恶报》等。《千秋宝鉴》中，《教子忍气》的副标题是"能和睦乡里的善报"；《上天梯》中，《积善感神》的副标题是"笃宗族，生双贵"。从上述副标题可见，和、笃的形成，不离于忍让、互助，不离于个人言语的谨慎、有错则改的处世态度、不兴诉讼的处世原则、助人为乐的美德等，副标题中虽未见"礼"，礼却在其中。

礼往往体现在细枝末节中。《桂兰金鉴》"睦宗族"条所举案证中，楚中刘漫塘劝告族人，言："宗族不睦，皆起于情隔。今日会饮，善

————————

① 《辅道金针》卷五，光绪戊子年（1888）镌刻，报恩辅道坛藏板，第20—21页。

相劝,过相规,或有事抵牾者,彼此一见,亦相忘于杯酒间。"①在"和乡邻"条的案证故事中,丑娘说人是非遭冥罚。《圣谕六训集解》"和睦乡里"条有《谕男》《谕女》两文,以问答形式解释如何"和",其中有济贫穷、相帮扶、安本分、尊重他人、讲公平、忍耐、礼让、宽以待人、调解纠纷、将心比心、做事留余地、训子弟不惹事生事、不妒忌、不欺、不哄、不骗、不偷盗、不争吵、不说是非等。《阴阳鉴》第十一回《笃宗族受旌冥府,薄亲谊罹罪阴司》以"笃宗族"为标题,其中薄宗亲中即有傲骄之行:"盖今之世禄,每薄于宗族亲谊,见族谊中尊长父老,一经贫乏,待如奴仆者。""乡党中,父兄宗族所在居乡,而或以贤智先人,或以门阀先人,或以族势先人,或以富贵先人,或以学问文章先人,或以事业闻望先人,有一于斯,其人品心术大坏矣。夫人居乡党里间间,岂唯事事不可先人,即平日尤当曲尽其道。"②按照前文,这些因以己之能而"先人"的行为,都是违礼之举,在人际交往中,应极力避免。

二、谦让不争:乡族纠纷的处理之法

"礼让"一词中,"让"中有"礼","礼"中含"让",但关注点不同,具体要求也就不同。关注于前者,如前面的论述,"让"只是"礼"的一部分;关注于后者,"礼"则是"让"的体现。"让"又与"忍"组合成"忍让",成为笃宗族、睦乡党的重要方法。

既忍且让即忍让。"忍"字心上一把刀,在功名利禄等利益与他人相关时,在己可退一步,不与他人争胜,即便是自己有理,亦当退一步,不盛气凌人。

邻里之间,因为地缘关系,挨门靠户,"不是拉扯的亲眷,就是住

①《桂兰金鉴》卷五"睦宗族"条,刊刻时间不详,第3页。
②〔清〕义泉静虚子编辑:《阴阳鉴》卷二,光绪癸未年(1883)刻本,第23—24页。

处的朋友"，时时相见，矛盾也最多，往往会因为一些鸡毛蒜皮的小事
发生纠纷，如"或因小儿们斗气；或因妇女们搬嘴；或因鸡儿狗儿，有
甚骚扰；或因茶前酒后有些差错，甚至为借贷不遂，衔怨成仇的；讨债
过凶，合气打架的；造房屋，打墙垣，买田地不曾尽让通知，争那数步
地界，竟致变成仇敌的"①。因边界、坟冢争执而起纠纷的故事在宣
讲小说中甚多。《法戒录·无心得地》中，陈翁家与张荣耀家边界相
连，边界处有陈翁培植风水的六根大柏树为张姓所砍，陈翁子欲去争
论，却被父亲阻止："此去不是伤他，就是损我，惹出事来，开头虽是为
我，到底还是害我。"他以忍让告诫儿子，忍不是懦弱，而是志气超卓，
且不伤天地之和，反之，不忍则会起祸，其至惹出人命，害人害己，"相
骂无好口，相打无好手"，"忍得一时之气，免得百日之忧，争的没有买
的多"②，又训之以《忍让歌》。张家砍树，陈翁反买礼物去赔小心；张
越加得意，又侵占与易老五相连边界的风水地。易家不服上告，两家
打了七年官司，家业皆败。《宣讲集要·忍让睦邻》与前述故事大致
相同，都是强者争夺弱者的边界或树木，但弱者训子《忍让歌》："为人
还是忍让好，不可傲躁逞横豪。监内犯人有多少，皆因气暴方坐牢。
自古圣贤垂训教，谁个不言忍字高。……尔辈要体吾训教，切勿各自
逞英豪。倘若不遵要傲躁，归家定打不恕饶。"③后来其邻良心发现，
归还原物，两家和好。强者不悔改，再欺他邻，最终遭恶报。《法戒
录·化蛇报怨》讲的也是因为邻里中豪强欺压弱者，在其坟山中放牧
牛马，弱者忧愤成疾，死后化蛇报怨。上述三个故事中，主人公既忍
且让，最后免于遭殃，而争竞逞强者则无有好结果。邻里因地界而起

---

①〔清〕三山吴玉田镌:《宣讲引证》卷三，光绪纪元年(1875)，闽书宣讲总局藏板，
　第1页。

②〔清〕梦觉子汇辑:《法戒录》卷三，光绪辛卯年(1891)明善堂新刻本，第2—3页。

③〔清〕王文选辑:《宣讲集要》卷八，光绪丙午年(1906)吴经元堂刻本，第38页。

争执的情况，在《大愿船·忍气免祸》《上天梯·斗狠杀身》《圣谕灵征·和乡党善报》《最好听·驼子伸腰》《救生船·保命丹》《圣谕六训集解·飞龙拔宅》，以及《宣讲集要》之《祝地成潭》《教子息争》等故事中也有出现。

礼之实，存乎让，大凡知礼者必谦让，不谦让必不知礼。上述邻里边界故事中，有相争者，也有谦让者，但凡谦让之人最后都免于害，而争强好胜者无一例外遭恶报。从谦让可见人品气性。《宣讲引证》卷三"和乡党以息争讼广训衍引证"下所列举的"谦让"条有："切不可仗着我有钱，去欺侮那贫穷的人"，"不可倚着我有势，去压制那没前程的人"，"不可卖弄自己的聪明伶俐，去欺哄愚笨的人"，"不可凭着自己的强横霸道，去凌辱那软弱的人"①。同书卷七"明礼让以厚风俗广训衍引证"下指出，让是行礼的根本，"断不可起一点贪心，就去你争我夺"，"断不可逞一时忿怒，就去相骂厮打"，"断不可因他穷苦，便故意轻贱他"，"断不可见他软弱，便生心算计他"②。因好争不让，则有读书人自矜才学瞧不起他人，种田人争夺地界，工匠商人好强赌胜争抢主顾，当兵的动不动就拿刀弄杖斗气打架。"与人相处之道，第一要谦下诚实"，"我宁让人，勿使人让我；我宁容人，勿使人容我；我宁吃人亏，勿使人吃我之亏；我宁受人气，勿使人受我之气"③。谦让能感人化人，厚风俗，自然也就能笃宗族、和乡党。《宣讲集要·大德化乡》中，尚书杨公举少时被邻居怀疑偷鸡，遭咒骂而不与之计较，邻里进出由其家亦装不见，近邻侵占其地基，他题诗："普天之下皆王

<hr>

① 〔清〕三山吴玉田镌：《宣讲引证》卷三，光绪纪元年（1875），闽书宣讲总局藏板，第4—5页。

② 〔清〕三山吴玉田镌：《宣讲引证》卷七，光绪纪元年（1875），闽书宣讲总局藏板，第5—6页。

③ 〔清〕三山吴玉田镌：《宣讲引证》卷七，光绪纪元年（1875），闽书宣讲总局藏板，第12页。

土,再过来些也不妨。"他还卖掉因鸣叫惊吓邻里之子的驴而步行。杨公举的这些谦让之行,一点点影响着乡邻,"由是乡里之人,一家大少,多感化焉"①。

第四节　助济:乡族伦理中的仁爱之举

乡族成员人数众多,能力、贤愚、财富有别,还有一些鳏寡孤独、老弱病残者。构建和谐的乡族社会,需要彼此帮扶,相互助济。

一、乡族助济的伦理基础及发展

乡族助济的另一种说法即是民间慈善。儒家提倡爱人,《论语·雍也》云:"博施于民,而能济众。""夫仁者,己欲立而立人,己欲达而达人。"②孟子提出"四端",其一即为"恻隐之心"。《礼记·礼运》倡导天下为公,"人不独亲其亲,不独子其子,使老有所终,壮有所用,幼有所长,矜寡孤独废疾者皆有所养"③。墨家主张兼爱,反对饥者不得食,寒者不得衣,劳者不得息,主张行"义"。《墨子·经上》曰:"任,士损己而益所为也。"④《墨子·经说上》又云:"任,为身之所恶,以成人之所急。"⑤此外,道家认为财为天下共有,主张损有余以补不足,"常力周穷救急,助天地爱物,助人君养民,救穷乏不止"⑥,反对积财

---

①〔清〕王文选辑:《宣讲集要》卷八,光绪丙午年(1906)吴经元堂刻本,第29页。
②〔汉〕郑玄注,〔清〕刘宝楠注:《论语正义》卷七《雍也》,上海书店出版社,1986年,第133—134页。
③〔清〕朱彬撰,饶钦农点校:《礼记训纂》卷九《礼运》,中华书局,1996年,第331—332页。
④〔战国〕墨翟:《墨子》卷一〇《经上》,上海古籍出版社,1989年,第76页。
⑤〔战国〕墨翟:《墨子》卷一〇《经说上》,上海古籍出版社,1989年,第79页。
⑥王明编:《太平经合校》,中华书局,1960年,第251—252页。

不周急。佛教以慈悲为怀,倡导施舍,广种福田,拔一切众生苦。这些仁爱、爱人等,都是助济的伦理思想基础。《韩非子·内储说上》阐释"慈惠"云:"慈惠,行善也。"①行善乃出自于慈心。仁爱之心是济助的前提,爱人则爱己,爱己则爱人。

　　社会救助,有官方的,也有民间的。《周礼·地官·大司徒》提出"以保息六养万民"②之法(慈幼、养老、振穷、恤贫、宽疾、安富),管子提出"九惠之教"(即老老、慈幼、恤孤、养疾、合独、问疾、通穷、振困、接绝)等,都是对老弱病残等弱势群体的救助。鳏寡孤独是"天下之穷民而无告者"③,文王治岐时,对他们优先照顾。齐桓公向管子询问商汤得天下的原因,管子回答:"(商汤)夷竞而积粟,饥者食之,寒者衣之,不訾者振之。"④他建议,"致天下之民"应当做到:"民无以与正籍者予之长假,死而不葬者予之长度。饥者得食,寒者得衣,死者得葬,不訾者得振。"⑤这些济民措施,为后世承袭,如六朝时各帝王屡下赈贫恤患的诏书,"曹魏下达类似慈善诏书5次、西晋6次、东晋14次、十六国各政权9次、宋13次、南齐7次、梁5次、陈5次,呈现出历朝皆有、次数频繁的特点",北朝在各种情况下下达的慈善诏书数量,北魏43次,东魏2次,北齐2次,北周6次⑥。北魏时甚至在地

①〔战国〕韩非著,姜俊俊标校:《韩非子》卷九《内储说上》,上海古籍出版社,1996年,第130页。

②〔汉〕郑玄注,〔唐〕贾公彦疏:《周礼注疏》卷一○《地官司徒·大司徒》,《十三经注疏》(上),上海古籍出版社,1997年,第706页。

③〔汉〕赵岐注,〔宋〕孙奭疏:《孟子注疏》卷二《梁惠王下》,《十三经注疏》(下),上海古籍出版社,1997年,第2676页。

④黎翔凤撰,梁运华整理:《管子校注》卷二三《轻重甲》,《新编诸子集成》,中华书局,2004年,第1401页。

⑤黎翔凤撰,梁运华整理:《管子校注》卷二三《轻重甲》,《新编诸子集成》,中华书局,2004年,第1398页。

⑥蔡定益:《魏晋南北朝的慈善事业》,南昌大学2005年硕士学位论文,第6、8页。

方基层组织设立"三长"轮流供养孤独贫病等。除此之外,各朝代政府还专门设有官方慈善机构,如南齐时设有六疾馆,梁朝时设有官方慈善机构——孤独园,隋代建义仓,唐代设悲田养病坊,宋代有福田院、居养院和安济坊,元代有孤老院和养济院。明代法律规定在郡县广设养济院收养鳏寡孤独残疾等,清代政府亦多次下诏给养"穷民鳏寡孤独笃废残疾不能自存者,该府州县申详抚按,动支预备仓粮给养"①,仅浙江官办的善堂就有养济院 76 所、育婴堂 70 所、栖流所 13 所、普济堂 6 所②。

　　官方之外还有民间慈善。民间慈善在政府与精英人士、寺院慈善的参与及推动下风起云涌。其中有乡族救助,系官员将俸禄补助乡族,如"(朱邑)身为列卿,居处俭节,禄赐以共九族乡党,家亡余财"③,"(韦彪)清俭好施,禄赐分与宗族,家无余财"④,"建初中,南阳大饥,米石千余,(朱)晖尽散其家资,以分宗里故旧之贫羸者,乡族皆归焉"⑤,"(任隗)所得奉秩,常以赈恤宗族,收养孤寡"⑥。也有富人散财救助乡邻者,如献帝初,百姓饥荒,张俭"乃倾竭财产,与邑里共之,赖其存者以百数"⑦。地方精英、普通民众、僧人等都是民间慈善

①《世祖章皇帝实录》卷一七,《清实录》(第 3 册),中华书局,2008 年,第 1647 页。
②赵凯杰:《善在官民之间——清代浙江慈善组织研究》,浙江大学 2016 年硕士学位论文,第 13—43 页。
③〔汉〕班固:《汉书》卷八九《循吏传》,中华书局,1962 年,第 3636 页。
④〔宋〕范晔撰,〔唐〕李贤等注:《后汉书》卷二六《韦彪传》,中华书局,1965 年,第 920 页。
⑤〔宋〕范晔撰,〔唐〕李贤等注:《后汉书》卷四三《朱晖传》,中华书局,1965 年,第 1459 页。
⑥〔宋〕范晔撰,〔唐〕李贤等注:《后汉书》卷二一《任隗传》,中华书局,1965 年,第 753 页。
⑦〔宋〕范晔撰,〔唐〕李贤等注:《后汉书》卷六七《张俭传》,中华书局,1965 年,第 2211 页。

的参与人员。他们或个人参与救助,或共同募捐成立善堂,如明代各地的同善会;清代,浙江嘉兴县的普济堂就是由地方士绅所创办。由邑人、里人、乡绅、邑绅、商人等创办的地方育婴堂、保婴会、接婴堂等达到 65 所,恤嫠类善会善堂 24 个,施棺助葬类民间慈善组织 130 个,单一救济类如扶老会、任恤会、安养堂等慈善组织 37 个,综合性善会善堂 22 个①。1724—1735 年间,山东、河南、江苏、浙江、福建、广东六省各州县新增善会善堂 80 多所,有清一代,民间育婴堂、普济堂、栖流所等,江苏有 969 所,浙江有 367 所②。至于个人的施济行为,更是难以数计。"慈善属于道德范畴,慈善事业的非强制性和慈善行为的自愿性,决定了社会成员的善爱之心对慈善事业的发展起着道德支配作用。"③善爱之心为慈善事业奠定了道德基础,无论参与者从事慈善行为的目的为何,都对鳏寡孤独等弱势群体、遭遇灾难及不幸的难民给予了充分的帮扶,呈现了浓郁的道德化倾向。

二、乡族助济方式

乡族助济,是民间慈善的一部分。宣讲小说以此为主要题材,倡导的是乡族的和睦。其助济的方式众多,宗族助济是最重要的一方面。

宣讲者十分欣赏大家族同居,在《惊人炮·鸡进士》《宣讲汇编·让产立名》《法戒录·老长年》中,张公艺九世同居瓜瓞绵延,成为宣讲者与小说人物劝导他人津津乐道的话题,《宣讲集要》《千秋宝鉴》中的同名故事《七世同居》就是对这种现象的呼应。《圣谕灵征》《宣

---

① 赵凯杰:《善在官民之间——清代浙江慈善组织研究》,浙江大学 2016 年硕士学位论文,第 43—76 页。文中数据,不包含由县令、官府创办的组织。

② 王海云:《明清之际江南地区民间慈善事业流变探析》,陕西师范大学 2019 年硕士学位论文,第 58 页。

③ 郑功成、张奇林、许飞琼:《中华慈善事业》,广东经济出版社,1999 年,第 8 页。

讲集要》"笃宗族以昭雍睦"条引《圣谕广训》的对应条目指出了如何笃宗族：

> 昔张公艺九世同居，江州陈氏七百口共食。凡属一家一姓，当念乃祖乃宗，宁厚毋薄，宁亲毋疏。长幼必以序相洽，尊卑必以分相联，喜则相庆以结其绸缪，戚则相怜以通其缓急。立家庙以荐烝尝，设家塾以课子弟，置义田以赡贫乏，修族谱以联疏远。即单姓寒门，或有未逮，亦各随其力所能为，以自笃其亲属，诚使一姓之中，秩然蔼然。父与父言慈，子与子言孝，兄与兄言友，弟与弟言恭，雍睦昭而孝弟之行愈敦，有司表为仁里，君子称为义门，天下推为望族，岂不美哉！①

几世同居者，除了长幼、尊卑有序之外，重要的是相互帮助，齐心协力为家族的慈善事业添砖加瓦，如通缓急、设家塾、置义田等。家族为公、乡族为公，自己为私，处理好公私关系，宗族乡党才能和睦。注重大节，也要重视细微末节。在处理好与同族、邻里关系的同时，还要约束自己与家人。《七世同居》中，程氏弟兄之所以能达到七世同居，一是兄弟和睦，效仿张公艺，以紫荆三田故事为戒；二是不听信妇言只顾自己，原因是，一般妇言无非利己，唯利是图，而公益慈善则具有利他性。

　　当然，要保证家族的长久，需要为成员提供物质、教育等方面的支持，因此，设置义田、义庄、义学等，将之作为家族的公共资产实行

---

① 《圣谕灵征》卷三"笃宗族以昭雍睦广训"条，嘉庆十年（1805）刻本，第57—58页。《宣讲集要》卷首"笃宗族以昭雍睦"条，第44页。又见于《钦定大清会典事例》卷三九七《礼部·风教·讲约一》"雍正二年"条，《续修四库全书》第804册，上海古籍出版社，1996年，第317页。

家族救助,这是笃宗族的重要举措。故雍正鼓励宗族"立家庙以荐烝尝,设家塾以课子弟,置义庄以赡贫乏,修族谱以联疏远",这种观点随着《圣谕广训》进入宣讲小说,也为宣讲者所宣传。不过,义学、义田等的创立,需要有能力之人的主持。《宣讲集要·创立义田》云:"笃宗族的,若要做大事业,专靠那富贵有力量的人。"范仲淹为宰相后,用俸禄购置公田,"每年收谷八百石,文正公定立条款,日食人一升,岁衣人一件,嫁女者五十千,娶妇者三十千,再娶者十五千,葬老者二十千,葬幼者十千。族之聚集举火者九十口,择族中年长有德的人,经理账目,每年报销"①。范仲淹去世后,其子范纯仁继为宰相,体父志,又增置义田千亩。从范仲淹设立的条款来看,义田具有救助功能,惠及族人。有研究者指出,义田具有养济族人、助学重教、救荒赈灾、敬宗奉祀等功能②。也可以设置其他互助组织救济族人。《宣讲集要·创立义田》还提及明人邓成美考虑到年岁丰歉不常,自己无力救荒,就约族人商议,办了一个"周利会"以保阖族,在年丰时每亩出谷一斗,青黄不接时,低利借出,遇荒年则看族人缓急,散给以活之。《宣讲引证》阐释"笃宗族以昭雍睦"时引《蓝鹿洲文集》中的黄性震之事为证。黄性震"董其事,鸠工筑土堡为藩篱,俾族众咸有宁居,中立大宗庙,次立小宗庙,联五服之亲,各置祀田,租千余石以供烝尝,立义塾,令阖族读书其中,置书田租四百石为膳,修膏火之资,复置义田租八百石,以赡族中冠婚丧祭孤寡贫穷无告者"③。故事所讲范仲淹、邓成美、黄性震所作所为之事,可谓是宣讲者对雍正"笃宗族以昭雍睦"条圣谕的演绎。

---

① 〔清〕王文选辑:《宣讲集要》卷八,光绪丙午年(1906)吴经元堂刻本,第 10 页。
② 陈秋云:《清代闽浙苏地区的义田制度及当代启示》,《社会科学家》2014 年第 4 期。
③ 〔清〕三山吴玉田镌:《宣讲引证》卷三,光绪纪元年(1875),闽书宣讲总局藏板,第 2 页。

　　财是天下公物，需要流通。夫妻、父子、兄弟尚且有为财而反目者，更何况血缘关系或地缘关系比较疏远的乡族之人及其他人。慈善之事，需要疏财、散财，悭吝、刻薄爱财皆不利于慈善之行。《阴阳鉴》第三十三回《起沉沦五殿考校，恶悭吝众丐夺食》中，真君所演财利律中大小不等、受不同之罪的"过"有："富不知足，恒存贪求心，不行利济事"，"业多无餍，益求无足，以滋奢侈"，"富贵人占贫贱便宜，图谋人产"，"故意拖延国课，能纳不纳，只图私用，买业揩价不清，故为迟留，置业短价，不悯危急，拾人财物，见赎不归"，"恃势占业，乘难谋夺"，"收取田租，无体恤心，恣意索取，不谅人缓急"，"过取酬谢，多卖价值，设计诱取，放账过利，伪货取钱，轻出重入，图用假银，应还厌索，不问而取，应出多吝，非分妄干，非义滥与，负人应贷，夺人爱物，惯发水米"①等。这些"过"，一言以概之，都是十足的利己主义，所以，也就无法行利济事、悯危急、谅人缓急。只有富者恤贫苦、贵者恤贫贱、有能力者助无能力者，才能让宗族强大。

　　救助乡族的方式多样。《桂兰金鉴》"睦宗族"条下阐释宗族应该"遇饥寒则相周，值危难则共救"，列举的案证有三百年同居的"义门太守"浦江郑濂；晏平仲贵后，"父族无不乘车，母族无不足衣食，妻族亦无冻馁"②；范仲淹买田数百亩，助族中贫乏及丧葬等。在"和乡邻"条下解云："和之者，出入相友，守望相助，疾病相扶持，缓急相济而已。"其下相关案证有：永清人史秉直意外得银数万，"凡可周贫恤匮者，无不为之。岁凶，出粟八万石，以赈饥民，未几盗贼蜂起，复散家资，以保乡里"③；福建陈绪昌值岁荒，买粮借给里中不能糊口者；眉州苏果遇岁凶，卖田以赈邻里乡党及熟人等。同书"时行方便"条

①〔清〕义泉静虚子编辑：《阴阳鉴》卷五，光绪癸未年(1883)刻本，第9—10页。
②《桂兰金鉴》卷五"睦宗族"条，刊刻时间不详，第2页。
③《桂兰金鉴》卷五"和乡邻"条，刊刻时间不详，第5页。

引古人"方便十则",其中不乏助济之事,如"寻方便,在济贫,饥寒良可悯,推解莫厌频。寻方便,在敬老,光景迫桑榆,居食须安饱。……寻方便,在抚孤,伶仃怅无依,颠危急相扶。寻方便,在抚下,仆役皆人子,百事从宽大。寻方便,在掩骸,白骨虽已朽,游魂实堪哀"[1]。武进人张献可,性慈好施,尝施棺三千,又续施雇丐者掩道旁尸。此外,《桂兰金鉴》中还设有救难、济急、恤孤、怜贫、舍药、矜寡等条:

> 解急非一端,如疾病则药饵急,死丧则后事为急,饥寒则衣食为急,婚嫁则聘奁为急。凡人情迫切处,一时无措,皆谓之急。但能随心随力,多方设法以济之,便是阴陟。[2]

> 恤者怜其稚昧养之教之,使之成立也。盖幼而无父,乃天下之穷民……[3]

> 贫者,衣食不周,营运全无之谓。人皆有父母,彼独仰不能事,人皆有妻子,彼独俯不能畜,馈遗恒缺,亲戚疾之。……怜者,以实心行实惠,非徒口头之叹息也。但贫人中亦有不肯受怜者,务要施之无迹,令彼受之有名,方为仁厚君子。[4]

> 药者,草木之精,足效其灵于生民,但出处有远近,价质有低昂。富贵者,千金直如反掌之易;贫贱者,分厘不啻良玉之难。病人心摇摇如悬旌,家人惟皇皇以莫措,倚枕待毙,惨伤孰甚?愿有力者,精选到地,制就丸散,有求必应;无力者,或纠约同志,捐资施舍,或抄写良方,遍传天下。医家若能为此,不以风雨寒

---

①《桂兰金鉴》卷五"时行方便"条,刊刻时间不详,第6—7页。

②《桂兰金鉴》卷五"济急"条,刊刻时间不详,第17页。"便是阴陟"中的"阴陟"似为"阴骘"之讹。

③《桂兰金鉴》卷五"恤孤"条,刊刻时间不详,第30页。

④《桂兰金鉴》卷五"怜贫"条,刊刻时间不详,第33页。

暑惮劳,不以远近夜深阻滞……①

　　《阴阳鉴》第七十五回《黄仲书贪残坏善,梁国祺恻怛好施》中,真君在重新阐释尽伦修身诸律中有"功"的律条时,主张矜孤恤寡、敬老怜贫、捐资成美:"遇亲族吉凶婚嫁,力不能办,尽力应济,勿沾名钓誉心,终身不怠。""见善人受重冤急难,力为挽救,无望报心。""良陷为贱,骨肉分离,穷途人士不能还乡,贫人危急,极贫人负公私偿账,存矜恤心,力为保全。""人不得已行乞,尽力周给复业,无望报心。""建义学,立义田,设义仓,置义冢,立育婴堂,建养济院。""夏施茶帐,冬施袄被,凶荒施粥,疫病施药。""收葬无主尸柩,造桥修路,疏河掘井,修凉亭,设渡船,施刻善书,刷送良方,创修庙宇。"②

　　济急、恤孤、怜贫等行为都是利他之行,是对家族、乡党和睦的贡献,正因如此才被倡导,而吞公、危公之行才被斥责。《宣讲回天·吞公受谴》《广化新编·吞公肥己遭惨报》,《辅道金针》第二十二回《仗势吞公遭惨报,无行败品受真刑》等故事,都是赞利他而斥自私,赞济急而贬吞公。《宣讲回天·吞公受谴》的副标题是"不笃宗族",故事讲述萧含英管理宗族中的钱财,却只富自家,不管他人,甚至每年以公积钱完粮,与人争执后又以公积钱做讼费、阻葬族叔、视宗族如路人。宣讲者给予此类人以恶报,足见对吞公之行的痛恨。

　　宣讲小说中众多利他之人皆热心于慈善。《济世宝筏·白玉坠》叙霖苍改过后,于本处兴立十全会,"凡远近贫穷鳏寡孤独者,无不沾其恩泽"③,时值岁荒时,他代四乡贫民完纳钱粮。《最好听·十全

①《桂兰金鉴》卷五"舍药"条,刊刻时间不详,第 43—44 页。

②〔清〕义泉静虚子编辑:《阴阳鉴》卷一〇,光绪癸未年(1883)刻本,第 27—28 页。

③《济世宝筏》卷三,民国乙卯岁(1915)重镌本,第 6 页。

会》讲述张天文创办十全会劝人为善，具体包括：敦伦会、戒嫖赌会、育婴会、放生会、修培古墓会、平等会、矜孤恤寡会、息讼会、惜字会、敬神会。其中育婴会"积些银钱，如贫家儿女愁难抚养的，每月给米数升"，矜孤恤寡会"方境有孤儿寡母，共为提携，莫使他穷而无告"，惜字会"每年出钱收买字纸，一则惜字，二则济贫"①。《福海无边·望烟楼》中，福建陈昌绪仿照范仲淹周济乡邻的做法，建望烟楼，每日晨起登楼而望，见乡邻未有出烟者，便急命人送米于其家；凡族戚有不能嫁娶埋葬者他亦常常助之，后遇灾荒年，他又将家中各色值钱之物一概搜去变钱，买回谷米救济本境之人。

　　现实生活中，有很多人一心为己，见善而不为。《阴阳鉴》第四十三回《何春膏受治地府，金象乾加封天庭》中，真君阐释救济律中的六大"过"为："造一事贻害无底"，"坐害一冤，谋害一命；遇兵荒，能济不济，倚势压良为贱，纠众阻葬"，"见死不救，见骸故弃，平人坟茔，以私倾人家业，乘危下石，贪谋风水，侵占公地"，"苦逼债负，私用非刑，秘经验方，见人冤能白不白，见孤弱可救不救，见弃孩不顾，悭吝不行方便，作事好名，半途厌弃"，"遇桥梁破损，能修不修，路毙不埋，当贵人前，破人艺术"，"岁荒囤米待高价，路遇贫乏不施一文，遇急难当救不救"②。卞城王认为，救难济急是代天培养生命，力扶颠沛者其功必赏，而坐视其危亡者于法不容，救人之难，济人之急，有力者能之，并不全在财物。真君所阐释的救济律包括出财出力的行为，将不囤积居奇、不坏人性命之行视为救济律之补充，见善而不为违背了仁义之道，因具体情况而有不同程度之"过"，会受到不同惩处。

---

①《最好听》卷五，光绪二十九年（1903）刻本，第20页。
②〔清〕义泉静虚子编辑：《阴阳鉴》，光绪癸未年（1883）刻本，第29—30页。

　　《最好听·积金楼》有云:"天生富贵之人,原望救济一方贫民。"①《脱苦海·双魁状元》亦云:"天生富者为何因,原为世间济贫民。"②富贵人占据了更多财富,以财助人理所当然。但救助他人并非只能富人、乡绅参与,贫者、弱者同样可参与其中。助人之行种类甚多,可以施财,也可以施力,亦可以药方助人。《宣讲拾遗·排难解纷》中,沈万言善于依情况而劝人,除了积其他之善,还传药方与人,他所传药方有:痧血之疾方、恶疮方、下胎衣方、漏疮方等。《宣讲集要·传方解厄》是一篇专门讲述施济药方的故事。嘉兴府寒士冯嘉言简验良方,抄写后遍贴城内外以救人疾病。与之类似者,还有《千秋宝鉴·合丸报母》。故事中,王德昌得知母亲因生他难产而亡,思想报答母亲,知益母丸于女人家难产大有功效,于是不惜银钱,多制些这种药丸拿来布施,但凡乡中产妇,有难产的,都在他家来拿丸子,他并不要人一文钱,足足做了几年,救活产妇的性命无数。

　　总之,欲成一方风俗,当存慈悲仁爱之心。《脱苦海·双魁状元》列举了诸多和乡党、睦宗族的行为:"或造船或修桥或是补路,病施药热施茶冷施衣服。出银钱与人家完男嫁女,凶荒年做赈济设厂施粥。"行善要因时因地因人而为,因时则"冬时急宜施衣以御寒,夏时施茶以解渴,病时施药以疗疾,死时施棺以敛尸,他如热施草鞋夜施灯笼";因地则"山坡崎岖则修路,江河阻隔则造船,三叉路竖碑以指迷人,山岇处种树以憩行者";因人则"人有鳏寡孤独,更有痴聋瘖痖,须当分其老幼,悯其残废,其于宗族姻亲,出于一本者尤宜厚加怜恤"③。乡族之人应勇力

①《最好听》卷二,光绪二十九年(1903)刻本,第 50 页。

②〔清〕岳西破迷子编辑,〔清〕果南务本子校书:《脱苦海》卷二,同治癸酉年(1873)新镌本,第 79 页。

③〔清〕岳西破迷子编辑,〔清〕果南务本子校书:《脱苦海》卷二,同治癸酉年(1873)新镌本,第 81—82 页。

行善济人,与人方便,自己方便。在灾难四起,医疗卫生条件有限、教育未能普及、衣食不能得到保障、伤残死亡遍地的年代,个体的能力不足以抵御各种不幸,这个时候,乡族的救助就非常必要。善是观念的,应设身处地为他人思考,由观念到责任到行为,努力践行。从个人角度出发,仁者爱人,助济他人是仁者的体现,亦是行善累德的手段。无论是处于地缘、业缘关系的民间互助,还是由于血缘关系的宗族互助,都是乡族和谐的巨大力量。行善似乎是个人意愿,但从宗族的繁衍、乡党的和睦而言,则又是每个具有血缘、地缘、业缘关系之人共同的责任。

第三章　宣讲小说中的职分伦理

每个人在社会上都有众多的身份,每种身份都有必须遵守的行为规范与准则。职分伦理即遵守自己所从事的职业活动中的规则以及在此职业身份下的各种行为规范,它包含着职业伦理,但比职业伦理内涵更丰富。《汉书·食货志》云:"士农工商,四民有业。学以居位曰士,辟土殖谷曰农,作巧成器曰工,通财鬻货曰商。"①"四民"皆是国家的柱石,他们的伦理道德,亦对社会产生深远影响。

"圣谕十六条"之"务本业以定民志"中的"务本业"与"圣谕六训"中的"各安生理"皆含有职分伦理。作为家庭之本分所应遵守的道德,在上一章中已经分析,因此,本章所言的职分伦理,多就士农工商医等社会职业身份应遵守的伦理而言。

第一节　务本业、安生理的基本内涵

人在社会中,"分"是多样的,如有家庭中的"分",也有社会中的"分"。宣讲小说所阐释的"务本业以定民志"中的"本业",是人作为家庭之"分"与社会之"分"的本业。本业包含着本分,但本分与本业未必相等。《救劫保命丹·白花井》云:

①〔汉〕班固:《汉书》卷二四《食货志》,中华书局,1962年,第1117—1118页。

人生世上，无论儒释道三教，士农工商四民，男女老幼，均宜守分度日，切莫乖张害人。儒守忠恕之分，释守慈悲之分，道守感应之分，士农工商各守执业，共安生理，方为守分。彼其中又有男女老幼之别，男必以忠孝为守分，女必以全节为守分，老必以慈爱为守分，幼必以孝弟为守分。守则守矣，犹必以百折不回，至死不变，常常体贴，久久操持，诚能恒久不已，终必得其吉祥也。倘不守分而作非为，存心奸诈，立意猖狂，贪财好色，冤枉害人，迫至水清石见，就有明明报应，尔岂久留于世乎？其见无常，必此时也，人可不各守其分也？①

这段话强调的是"守分"，不同人有不同的"分"，这些"分"并不限定于某一职业，但从事某一职业必定要守分："士农工商各守执业，共安生理，方为守分。""圣谕十六条"中，有"务本业以定民志"条而无"安生理"条，"圣谕六训"有"安生理"条而无"务本业"条。务本业、安生理，既同又不同：安生理者，必要务本业，务本业也必然安生理。

本业与生理并不单指职业及职业之分。《辅世宝训》在阐明"务本业以定民志"条时列有《名利双收》《奸巧落难》《烈妇重伦》《改节受困》四个案证故事。前两个故事侧重于主人公坚守所从事的职业，后两个故事则侧重女性守节。《辅世宝训·烈妇重伦》的末尾议论道："从这案看来，做人总要立定志，守定业，到后来自然有好处，只消瞧蒋起良翁婿两个善恶分明，报应不爽矣。"②结合故事来看，"立定志"是重点，起良悔婚，其女桂贞坚持，一为不定志，一为立定志。《辅世宝训·改节受困》中，莲英夫死改嫁，后夫依旧是个穷人，她不禁懊悔："若立定志不乱想，何消跳踏在坑凹。"三年后第二任丈夫又死，她

---

①《救劫保命丹》卷一，民国乙卯岁（1915）重刊本，版存乐邑松存山房，第110页。
②《辅世宝训》巽集卷五，光绪元年（1875）重镌本，蒙阳辅世坛藏版，第60页。

愈加悔恨:"细想来无定志把路走坏,今日里受这苦实在不该。"故事的结尾议论道:"这就是警戒后来的妇女,倘遇夫死,要立定心志,不可改嫁,要专务职业……"①显然,这两个故事阐释的"务本业以定民志",是家庭身份的本业。宣讲小说中,"务本业以定民志"条下讲务家庭本业的故事甚多。《宣讲集要》"务本业以定民志"条下有九个案证故事,其中,《务本业案》是父亲教育学机匠、染匠、裁缝的三个儿子各守职业道德;《传方解厄》是寒士冯嘉言抄写简验良方遍贴城内外,活人甚多;《天理良心》言儒者不可将天理良心当出,当铺主人奉守天理良心而成巨富;《自了汉》载吕年悭吝刻薄,不肯施舍行善,死前方悟;《劝盗贼》载仁厚长者陈实劝盗贼,盗贼改业;《双善桥》载贫者朱琦无人肯清,听人劝不怨天尤人而力行善事;《女转男身》载王五娘成婚后劝丈夫改屠业不成,自我修行;《估嫁妻》载甘克桂好赌钱饮酒吃洋烟,竟然嫁掉妻子;《方便美报》载富豪王臣父子见善必为,时行方便,终得美报。九个故事从不同角度阐释何为务本业,要言之,即遵守职业道德,做适合自己身份的事,如儒者写字劝人,富者以财助人,贫者以嘴劝人,妻子劝夫,丈夫不胡作非为、不嫁妻……人在社会上的身份多样,每一种身份都有其该为之事与不该为之事。在宇宙中,人亦是一种身份,亦当心存仁爱,爱人及物。

再如"安生理",既有职业生理之"安",亦有个人遵守社会伦理之"安"。如《全家福》这个故事讲述的是兄弟叔侄彼此谦让之事,在《圣谕六训集解》中,该故事阐释的是"各安生理",在《宣讲集要》中,则是阐明"敦孝弟以重人伦"。《圣谕六训集解》卷四为阐释"各安生理"的案证,其中《谕男》篇直言道:"第五训又教人各安生理,我皇上作此条

---

①《辅世宝训》巽集卷五,光绪元年(1875)重镌本,蒙阳辅世坛藏版,第67、70页。

所为甚的？因生理是一个衣食之计，安生理方能够足食丰衣。"①其后继续阐释不同人当习何种生理，指出从事士农工商四业所需禀赋不同，如聪明智慧者当读书，强梁者当学武艺，软弱者适宜学手艺，头脑精明者适于经商等。个人的情况不同，选择的生理也有差别，应遵守的生之"理"亦与职分伦理相关。所以，《谕女》篇多言女勤于蚕桑、做好家务、辅佐丈夫，简言之，做好内务，这些生理明显与传统的社会分工不相关，更应作为家庭之"分"。

从职业与职业之分来讲，宣讲小说引《圣谕广训》之阐释及相关故事所阐明的务本业、安生理，其内容有以下几点：

其一，务本业、安生理可以使生活所需的物质资料得到保障。《宣讲集要》等引《圣谕广训》"务本业以定民志"条云，业是立身之本，本业也即孟子所言的"恒产"。"各安生理"条中，"生"即生命，"理"即道理，"凡人要生，必须循理，所以叫做生理"。《脱苦海·失业遇怪》开篇云：

> 业以养生不可荒，士农工贾各奔忙。一勤天下无难事，那见懒人好下场。
>
> 这几句俗语说人生在世，无论士农工商都要各勤职业，能勤则名可成，利可就，足以养亲活子而无难；若是心无定见，身无恒业，或见异而思迁，或游手以好闲，心中想起百端事，到底一事做不成，卒至惰其四肢，一身之衣食莫保，一家之冻馁堪悲。及到贫苦无告，非怨命苦如人，即怪神不佑我，而岂知皆职业不勤害之也。语云："勤俭黄金本，苦人天看成。"富贵都从勤俭做出来

---

① 〔清〕西蜀哲士石含珍编辑：《圣谕六训集解》卷四，光绪九年（1883）重镌本，第2页。

的,断未有坐地等花开,不做自然来之理。①

人一旦无恒业,会"一身之衣食莫保,一家之冻馁堪悲",所以如《照胆台·双毛辫》中所言,"无论士农工商,七十二行做买做卖,开店坐铺,杂货担子,都是生理,总要公平交易,安意为之。大的有大成,小的有小着落,都可兴家创业,足食丰衣"②。《圣谕六训集解·各安生理》之《谕男》篇中说:"读书人安生理所求如意,务农人安生理足食丰衣。手艺人安生理家成业立,买卖人安生理致富称奇。果遵行不但说民安生理,就从此安天下太平有期。"③事实也是如此,只要务本业,虽不一定有富贵,断不致有冻馁之忧,一旦士农商与百工技艺因为"安"而到达"精"的程度,各行俱能发迹,可利就名成。《法戒录》中有一故事,标题即为《务本业》。该故事讲简居敬家中贫寒,长子成礼学机匠,次子成廉学染匠,三子成方学裁缝,父子皆谨守务本业之理,未上三年,三子皆有成就:长子开机房,次子开染坊,三子出师后无有暇日,竹篱茅舍竟成了画栋雕梁。

其二,"务"与"安"当依据自己禀赋、才能而定。之所以各有各的本业、生理,乃是各有各的"分",天分不同,所长各异。上天生民必各付一业,智愚、强弱有别,所付之业有异。《宣讲集要》卷一一专门阐释"务本业以定民志"条,特地论及于此,言聪明之人该读书,不聪明之人当务农,强梁者当操武艺,软弱者当学手艺,读书、务农、习武、学艺分别是聪明者、不聪明者、勇武者、软弱者之本业。《维世六模》特

---

① 〔清〕岳西破迷子编辑,〔清〕果南务本子校书:《脱苦海》卷一,同治癸酉年(1873)新镌本,第38—39页。

② 〔清〕果南务本子编辑:《照胆台》卷三,宣统三年(1911)新刊本,第72页。

③ 〔清〕西蜀哲士石含珍编辑:《圣谕六训集解》卷四,光绪九年(1883)重镌本,第6页。

设《训工匠章》,其中有云:"皇天生育万物,惟人性最聪明,或是为官为宦,或是处富处贫,贤愚原不一等,人分劳力劳心,野人宜养君子,君子以治野人,各有当勤本务。"①这种观点看似有偏见,却有一定道理:性愚性蠢者固然可以读书,软弱者也可习武,若能花更多时间与精力,一直坚持下去的确会有所获,但在相同情况下,禀赋优异者所具有的先天优势,使其更容易,也更可能成为行业的佼佼者,而禀赋较差者,则有可能劳而无功。

其三,"务"与"安"包含着对所从事职业的坚持,有从一而终之意。"务"从力,本义即致力于某事。作为名词时,它又有事物、职业之义。"务,专力也,本犹根也。业,职业也。定者,安而不移之意。民,指士农工商而言。志者,心之所向也。"②所以,"务本业"即是以本业为务,致力于本业。专力于某一职业,坚定不改,是"务本业"的根本规定。《宣讲引证》"务本业以定民志广训衍引证"条下云:"心里要拿定主意,事业能够一定,心里就不胡思乱想了。古人书上说道:'事业要好,只在志气。'"又引《桑维翰传节录》中的例证加以说明:桑维翰人丑形怪,遭试官厌弃,劝其改业,翰以"砚穿则易"以示其志,最终进士及第。另引《节录战国策》中的苏秦之事为证:苏秦说秦王失败,遂勤苦读书,后功成名就,以此证明"事业要大,只在勤劳"③。此二故事,一阐明"定志",一阐明"务本"(即"勤"),定志中有勤,务本中有志。"人若勤谨,便不好事业也好起来了。只要主意拿的稳,尽心

①〔清〕周小峨:《维世六模》卷九,光绪十三年(1887)刻本,第34页。
②《辅世宝训》卷五"务本业以定民志"条,光绪元年(1875)重镌本,蒙阳辅世坛藏版,第34页。
③〔清〕三山吴玉田镌:《宣讲引证》卷八,光绪纪元年(1875),闽书宣讲总局藏板,第1—2页。

竭力的去做,到老再不休歇,这方是务本业哩。"①勤谨是务本业的基本要求。古语有云:"水滴石穿。"又云:"只要功夫深,铁杵磨成针。"长期致力于某一事,是务本,也是勤。换言之,能守定某一职业之下的"勤",就是务本,务本可将事情做到极致,成就自己。

"务"与"安"之后,其志定,故而"定志",反过来,志定后,自然"务",自然"安"。《宣讲集要》卷首在阐释"各安生理"条时,以树木花草生地上为喻,指出虽有迟早不同,"若勤力灌溉,日至之时,自然结果成熟"。"务""安"指不能见异思迁:"这件已做得,旁边问说别件更好,便丢了去做那一件。一心想东,又一心想西,千般百弄,到底一事无成。"又引语云:"为人莫要心高。""自在不成人。""安常便是福,守分过一生。"②此之"常",即自己一直所从事之事,不"安常",就是与命斗,与天斗,这很难成功,且各行有各行的苦乐,因此,"世人须要各随本分,各安生理,安意为之,没有三心两意,将自己现成生理丢了不管,弄自家智术,欲与那造化争衡,能被你胜了的?"③各守本业,则业无不成,坚持本业,是安常顺命,也的确是生之理。《宣讲集要·宣讲美报》中的《务本业歌》云:"或读诗书或种田,都要早起夜迟眠。工商亦是好生计,急急勤勤莫搁延。"④"勤"即是专,即是"务"。各行有乐有苦,如务农人面朝黄土背朝天,看起来似乎下贱,但务农者只要勤耕勤种,便是水旱年,广种薄收,也可糊口,眼不见官府,脚不踏城市,胜似山中宰相、世上神仙;贫衣大布比那锦绣穿的更温,妻与子亦不会骄奢淫逸,完全不必羡慕做官,丢弃本业去学手艺、买卖。

---

① 〔清〕三山吴玉田镌:《宣讲引证》卷八,光绪纪元年(1875),闽书宣讲总局藏板,第4—5页。

② 〔清〕王文选辑:《宣讲集要》卷首,光绪丙午年(1906)吴经元堂刻本,第35—36页。

③ 〔清〕王文选辑:《宣讲集要》卷首,光绪丙午年(1906)吴经元堂刻本,第36页。

④ 〔清〕王文选辑:《宣讲集要》卷一〇,光绪丙午年(1906)吴经元堂刻本,第6页。

　　忠于本职而不改，是务本。《辅世宝训·名利双收》中，周长久夫妇平生务本力农，"纵遭旱涝，亦不怨天，苗秀不实，亦不怨地，牛马践履，亦不怨人"。送二子去学堂读书，虽二子资质不好，却不允许他们回家种田，后长子专心学医，成为远近闻名的医生，次子坚持读书，亦成名补禀。故事的结尾议论云："各执一业，不可半涂而废，自然有成器的时候。"又引俗语云："世上无难事，只要有心人。"①不论士农工商，皆要守之不移，到那纯熟之时，自能名利双全。《辅世宝训·奸巧落难》则是从反面说明不定志、不务本之害。洪兆瑞读书不专心，后学木匠才五个月又嫌弃赚钱少，转学铁匠才一个月又逃回家中。学经商，他又疏于管理，偷奸昧心，赔了本钱，还被收监受刑。出狱后他旧性不改，为贼所杀。小说最后总结道："这就是不务本业，又无定志，还要奸巧，所以遭此杀身之祸。"②《维世六模·定志获福》是其"训农章"之后的案证，开篇诗曰："立志过人始算强，休将本业自抛荒。一勤天下无难事，苦尽甜来福泽长"③。该故事又阐释"务本业以定民志"乃是教士农工商"各执其业，各安其分"，不能畏难而苟安，见异而思迁。王大志"春耕夏耘，戴月披星，每年收获，胜过他人，可谓不荒本业者也"④。他因力于务农，家道小康，生四子朝福、朝禄、朝寿、朝喜，令他们依据自己喜好，选定本业，并训以本业之道。朝福务农、朝禄学经商、朝寿专务儒业，他们守父训，务本业，五年之后，务农者积谷盈仓，为商者积财满箱，读书者芹藻生香。小儿子朝喜懒惰，无定志，一时学这一时学那，一无所成，且养成诸多恶习，又不听父亲教训和管束，终于受人哄骗，成为乞丐，见众兄皆有所成，惭愧撞

① 《辅世宝训》巽集卷五，光绪元年（1875）重镌本，蒙阳辅世坛藏版，第36、43页。
② 《辅世宝训》巽集卷五，光绪元年（1875）重镌本，蒙阳辅世坛藏版，第53页。
③ 〔清〕周小峨：《维世六模》卷九，光绪十三年（1887）刻本，第23页。
④ 〔清〕周小峨：《维世六模》卷九，光绪十三年（1887）刻本，第25页。

石而死。

其四，务本业者利己利人。务本业、安生理可为自己及家人提供物质支撑，从而"定民志"，进而睦宗族、和乡党。读书人务本业则会为官为宦，己身尊贵，阖家荣耀，又能教书育人，使世人知书识礼，"补天地之不及"；习武者南征北剿，受封享受爵禄，家人沾光，又除贼安良，与国家除害，保安天下；农民务本业，上可以养父母，下可以畜妻子，有剩余卖与人，使人有吃穿；手艺人务本业，挣钱买田购房，又将所做之物卖出，使人有物可用；商人买卖交易，使物流通，有无互换。人若无业，不能养己，不能利人，与禽兽无别。更有甚者，"那精伶的就会食人害人，不精伶的就会挖墙割壁；那强梁的就会五抢六拖，那软弱的就会食凭凭饭，况且这几等人那有一个好结果，不是犯王法丢监坐卡，就把得人家打死杀死，或是讨口乞丐岩边树下冻死饿死"①。《荀子·王霸》云：

> 商贾敦悫无诈则商旅安，货通财，而国求给矣。百工忠信而不楛，则器用巧便而财不匮矣。农夫朴力而寡能，则上不失天时，下不失地利，中得人和，而百事不废。是之谓政令行，风俗美，以守则固，以征则强，居则有名，动则有功。②

所以，从个人发展、家庭和睦、社会稳定的角度来看，务本业、安生理都是非常必要的。

其五，各行业都有各行业的要求与伦理规范。士人读书教书、农

---

① 〔清〕王文选辑：《宣讲集要》卷一一"务本业以定民志"条，光绪丙午年（1906）吴经元堂刻本，第 2 页。
② 〔清〕王先谦撰，沈啸寰、王星贤点校：《荀子集解》卷七《王霸》，《新编诸子集成》（第 1 辑），中华书局，1988 年，第 229 页。

民耕田种地、商人经商贸易、工匠作手艺，皆是他们的本业，也是他们的生理。其中的本分与生理除了对于他们职业的外在规定，也有本职的内在要求，即行业伦理，任何非分之事、非分之想，都是不务本业，不安生理之行。《圣谕灵征》"务本业以定民志"条指出："为士的要修德业，莫习伪学；为农的要勤田业，莫辞辛苦；为工的要作正经之业，莫造不法之器；为商的要勤分内之业，莫取不义之财；为兵的要习行伍之业，莫贪分上之事。"①该段话将四民各自应为之行一一点出，语虽简，而内容丰富。行当行之事，守当守之理、当守之分，这就是"善"。反之，见异思迁，舍弃本业而分外贪求，或不勤于业，荒废本业，不牢守行业道德，都是"恶"。众多宣讲者皆认为，人之不务本，不守分，都是因为贪求非分之财。财乃生存之基，但只能得当得者，求分内之财。分内之财，多多益善，非分之物、非分之财一丝一毫不能苟取：

> 分所当得者，谓之分内之财，此外皆非分也。分内者虽千钟之奉，不以为泰，分外者即一介之微，不敢自安，苟或贪之，营情分外，心劳形役，鲜有能得之者。即使能得，亲戚薄之，朋友鄙之，徒败品行，何乐此为。②

不同职业，其"本"不同，其"分"也不同。士农工商医，各有其本，各有其分。只有务好本守好分，才能养家扬名，才能利己利人。《维世六模》分别有《训士子章》《训农夫章》《训工匠章》《训商贾章》及相应的案证故事，表明对士农工商的要求。

---

① 《圣谕灵征》卷五"务本业以定民志果报"条，嘉庆十年（1805）刻本，第10页。
② 〔清〕三山吴玉田镌：《宣讲引证》卷八，光绪纪元年（1875），闽书宣讲总局藏板，第5页。

第二节　慎教自修：士之职分伦理

人禀气而生，气有清浊，人有贤愚。"四民"中，士人居于首位，也是最为"尊贵"的存在。相较于农工商的每日担惊受怕，奔波无休，士人个个都是有凤根，实出于"天幸"。《因果新编》第十八回《都统司讲明道学，大王爷丕振儒风》云："一幸的为了人身，二幸的无废疾无残形，三幸得姿性灵敏，四幸芹香泮水，桂折蟾宫列士林。"[①]。作为社会精英，士人承担的责任也极为重大。

一、以教人为己任

士为"四民"之首，承担的责任也极为重大。《赞襄王化·讲律遇神》在故事前面的一段议论言及士之贵与责任之重的关系："语云：天生贵者为何因？原为天下化愚民。正宜体天之德，上为朝廷辅教化，下为草野厚风俗，方无愧身首四民。……殊不知在国曰市井之臣，在野曰草莽之臣，何必出身做官而始施其教化乎？"[②]作者批驳士人认为自己不是官员，无教化之权是错误的，强调只要是士，都应该以教化为己任。"圣谕十六条"中有"隆学校以端士习"条，强调人心养成离不开教育，而教育离不开学校、教师，故而需要隆学校、尊师长。《脱苦海·立教登科》云："教化从来不可无，乡村赖此醒庸愚。……我皇上于省府州县之地，设立教官，每月督率绅耆约正，宣讲圣谕，使穷乡僻壤同沾王化，妇孺庸愚共领德教。……然朝廷之教化，责在君

---

① 〔清〕桂宫赞化真官司图金仙编辑：《因果新编》，民国戊辰年（1928）重镌本，第58页。

② 《赞襄王化》卷一，光绪六年（1880）新镌本，板存四川夔州府云邑北岸路阳甲培贤斋，第59页。

相，而草野之教化，责在师儒，苟读书人不为之振兴，则教化终隘而不广。"①以其如此，对"师"本身的素质要求也就更高。教师作为读书人，不能只着意于自己的功名，应考虑作为"四民"之首的社会责任，他们是整顿风俗陋习的主要力量，应教学生遵圣教、体圣德、爱人、与学识品行优异者相交等。教师在教学中，不能只教以句读之类的知识本身而不教以德，甚至教师本身学识、修养欠缺，或者对待学生听之任之，不履行严格管束教导之职。作为合格的教师，正确做法是：

> 至于教大学堂的老师，与子弟就要好生讲究心学，凡讲孝弟忠信，礼义廉耻，定要教他身体力行，讲不孝不弟不忠不信的事，教他时常省察，好生警戒。又要因材施教，子弟是精伶的教他老实些，不可欺欺诈诈。子弟愚蠢的教他明理些，免得糊糊涂涂。子弟强梁的教他淳善些，免得横行霸道。子弟软弱的教他发很些，免得委委靡靡。至于嫖赌嚼摇，一切不好的事，教子弟们都要戒得干干净净，免得玷辱圣教。②

教大学堂如此，任教私塾也是如此。要教学生遵圣教、体圣德，因材、因人、因事施教，在具体的教育教学中，德为上，艺为下，以圣贤为根本，以诗词歌赋、作文写字为末艺。善待学生、严格要求，将学生培养成一个学识渊博、道德高尚之人，这才是真正合格教师的教育目标。《辅世宝训·善诱发祥》中，鲁成曾教学，先器识而后文艺，远来从其教者甚多。在教以一般道德的基础上，他又根据学生的兴趣爱

---

① 〔清〕岳西破迷子编辑，〔清〕果南务本子校书：《脱苦海》卷二，同治癸酉年（1873）新镌本，第17—18页。
② 〔清〕王文选辑：《宣讲集要》卷九"隆学校以端士习"条，光绪丙午年（1906）吴经元堂刻本，第21页。

好,教以士德、农德、工德、商德,可谓极其"善诱"。《脱苦海·立教登科》中,李开泰才学优异,却不见赏于主司,遂以教学为务。有感于读书人中败名节者甚多,于是他"凡教子弟,先讲人伦品行,后学文艺词章,将朝廷所颁圣谕广训十六条,命人人熟读,然后逐条讲解,每日读书毕,复将《感应篇》《阴骘文》《觉世经》接讲数句,又引善恶果报以证其事,终岁勤勤恳恳,寒暑不间。凡从其门者,皆知敦伦立品,为善去恶"①。李开泰还将《圣谕广训》《三圣经》等求同窗好友给学生讲授:"于今教化不振,家多逆子傲弟,世鲜正士端人,不如从根本教起,化以圣谕圣经,使之明伦理,正心术,一为国家培人材,二为草野正风俗,必如此而后教化可行。"②鉴于经师多骄傲满假,蒙师所教多系幼童,他勤劝几位蒙师不成,遂劝化富人助银,多设义馆,"每年延接立品之士,务从根本教起,酌量资性聪明者,先培其德行,然后授以诗书文艺,以为国家之用;即愚钝者,授以《三圣》《孝经》《小学》",又想道"一世劝人以口,百世劝人以书",于是"将年中所得脩金,翻刻《广训》《三圣经》,并《孝经》《小学》等书,遍散各处书馆,拜托先生教读讲解,自己于功课之暇,又编集劝孝戒淫等文,刷印千万余张,无论远近乡村,粘贴布送"③。如此力兴义塾,教化民众,自当为士人楷模。

二、以修身为本

学高为师,身正为范。从根本上言,外因为辅,内因为主,士风的形成,需要依赖士人的自觉。凡为士者,穷则为乡党表率,达则为国

---

① 〔清〕岳西破迷子编辑,〔清〕果南务本子校书:《脱苦海》卷二,同治癸酉年(1873)新镌本,第21页。
② 〔清〕岳西破迷子编辑,〔清〕果南务本子校书:《脱苦海》卷二,同治癸酉年(1873)新镌本,第22页。
③ 〔清〕岳西破迷子编辑,〔清〕果南务本子校书:《脱苦海》卷二,同治癸酉年(1873)新镌本,第25、28页。

家干城。士之品性如何,对整个社会风气有重大影响。读圣贤书,做圣贤事,五伦八德要躬行实践,而不是纸上空谈。社会将士视为"四民"之首,足见对士的重视。人待士重,士亦当自重,以成人材而厚风俗为己任:

> 士习端,而后乡党视为仪型,风俗由之表率。务令以孝弟为本,材能为末,器识为先,文艺为后,所读者,皆正书,所交者,皆正士。确然于礼义之可守,惕然于廉耻之当存,唯恐立身一败,致玷官墙。……然学校之隆,固在司教者有整齐严肃之规,尤在为士者有爱惜身名之意。士品果端,而后发为文章,非空虚之论,见之施为,非浮薄之行,在野不愧名儒者,在国即为良臣,所系顾不重哉![1]

《阴阳鉴》第八回、第十七回至第二十回、第四十五回、第四十七回等都论及士的重要性及道德修养之必需。第八回《勤授徒冥府逍遥,懒教子阴司惨凄》演端蒙律,秦广王指出,蒙以养正,人生善恶端自幼冲,"教以善后便是善人,教不善后便是恶人",但事实上,近来世风不古,人心愈诈,士习日陋,学术益衰,只图寻章摘句,弋取功名,以此教子孙训生徒,生徒也恬不知羞,一旦成名却毫无实学。第十七回的标题为《巡三殿先明学识,演诸律首重知行》,明确说明士人要"先明学识",之后"首重知行"。士人之身,是天地之身、父母之身、民物依赖之身,应作圣贤羽翼,作国家栋梁,有"为天地立心,为生民立命,为往圣继绝学,为万世开太平"的"四为"精神,应"学究天人斯尽性,功参造化自安仁",以修身作为必修功课,将身所具之理一一修之,"使身之所具,视听食息,不失其官,身之所接,孝弟慈让",由一身而

---

①《圣谕灵征》卷四"隆学校以端士习广训"条,嘉庆十年(1805)刻本,第1—2页。

齐家，而治国，而平天下。"为士者，诚能绍十六字之薪传，阐千百年之道统，淑身淑世，成己成物，穷不失志，达不离道"，其责重大。真君专为士人演致知诚正律，列举士人何当为，何不当为。在《阴阳鉴》第十七回《巡三殿先明学识，演诸律首重知行》、第二十回《记功过三苏永茂，正蒙养独苗流芳》、第四十五回《背王章地府惩治，遵圣谕天庭旌封》真君所指士人之当受惩之"过"有：

> 圣贤经传不能精通，道理不能透彻，授徒传业，徒袭取应人，蔽人聪明，误人子弟……读书忽略道理，不潜心讲究、心体力行，徒借讲学以邀名誉，于穷理真得，实无心钻研；圣贤道理、经史义蕴，未曾贯通，轻为著书谬陈己见，紊乱义理，引坏后世……自命通儒，浪慕服官，于圣贤用世经术，毫无所得，津津以词章自诩，科名为务，圣贤知行功夫，不深体验……一生粗略，义利不明，趋向不正，自好虚名，以误误人，学术茫昧，自知己不若人，不发耻心，自图勉励……读书偏设意见，致乖圣贤正理，假私意，侈口鄙人，妄动笔墨嘲笑……学问不期渐进，躁念躐求，终害有得，厌故喜新，终无成效，察理揆事，疑似处懒于考问，不精思求通……喜看淫秽诗词小说，与人宣说，诱坏子弟……闻人宣讲善书，开导善言，漫然不听，不自返观，善书当前，有关人伦日用者，不肯留心佩服，有人求念不念……遇古人德行可法不法，无效慕心，读圣经贤传，诸子百家，不细心揣摩，粗晓大意，自谓已足，不知以为知，不能以为能，辨论偏私，善言逆耳，以人视言，不虚心下问……①

生平未尝积功累德，矜世傲物，富贵骄傲满假……德不称福，无悚惧心，人作威福，有效尤心……假公济私，隐然自喜，善行未深，妄希福报……境遇累心，处患难不思改过，未得志，想得

志时受用,有意为虚伪,不自猛省,终日纵心游荡不收……夜息时,不能志气清明,梦魂颠倒,纤小利便,得失动心,懒于考究,驰意功名,不自持,寒暑多懂扰心,富贵无厌足心,贫贱多希慕心,七情过节失正,起损德好名念,游戏不制……①

　　编撰淫词邪说,捐资刊板,发卖取利……著书立说,显背道理,致人疑谤,不善引诱,误人子弟,牵引人为不善……唆人一讼,阻善书不通行,为师受人至诚供养,不用心训诲……诮人为善,一心为私,不成人美,见人毁圣贤书籍不劝止,见人怨怒从旁加甚,不解释,率意阻人行善,妄毁人谈果报,不耐烦引诱愚昧人,因忿欲讼,不竭力劝止……见善不奖,见过不劝,诱人作恶,助成恶事,不善劝化,致善言不入……②

上面所言士人之"过",有行为上的不修,也有思想态度上的不修。即便只是态度上的不修,也成为过而受到惩罚。在古人看来,士以聪敏而成,不守士德者,除了受一般的地狱之刑,还要受专门针对士人的刑,如放不学痴拙、不学至愚、愚顽无文、受文字凌辱、目盲唇缺、学而不成、淫秽书害、痴呆、贫困聋盲等。反之,严铎范则可名登紫府。《阴阳鉴》第八回《勤授徒冥府逍遥,懒教子阴司惨凄》中,钟天爵以教学为业,自身极孝且顺,以孝道、悌道、忠厚之道教学生,剖明道理,比拟世情,且严格督查,"使中规矩,凡致知力行,诚意正心,修身齐家,治国功夫,无不毕训,庶几在家能为孝子悌弟,在国可为治世能臣"③。第十七回《巡三殿先明学识,演诸律首重知行》中的魏天衢,一生刚直不阿,行为不苟,训子弟以实行,凡圣贤一言一动,必诲之,体

---

①〔清〕义泉静虚子编辑:《阴阳鉴》卷三,光绪癸未年(1883)刻本,第43—44页。
②〔清〕义泉静虚子编辑:《阴阳鉴》卷六,光绪癸未年(1883)刻本,第52—53页。
③〔清〕义泉静虚子编辑:《阴阳鉴》卷一,光绪癸未年(1883)刻本,第89页。

诸身、见诸行,视为身心性命之学;程嗣贤身列儒林,教育学生躬行实践,不徒口耳之记诵,受其教者众多。真君审判不良士人时,特将朱子《白鹿洞规训》提出并加以阐发,不难看出时人对士风的重视。

其他宣讲小说也反对作为"四民"之首的士罔识圣贤经纶,不培本根,不着意五伦八德,不守蕉窗十则,学问不精,希图寻章摘句,好谈闺道阃。《维世六模》中的《训士子章》斥责那些"阔眼藐视尊长,反目不认友朋。日每乡里惹事,横行霸道欺人。动辄逞势弹厌,出言大貌不禁"①的士人。《惰师变犬》在《宣讲集要》中隶属于"隆学校以端士习"条之案证,在《法戒录》中是"各安生理"条之案证。在该故事中,主人公有三罪:第一罪,教子弟不讲德行,只图教诗书求取功名;第二罪,由学生终日胡混,讲诗书改文章未警心;第三罪,不讲德性,吃酒打牌。以此三罪,主人公变为白犬。在《法戒录》中,该故事的副标题是"士不生理",三罪则是士受人束脩而无功效于人,饱食终日无所用心,交朋结友误人子弟。

士人多有修身得功名、不修己身而黜落的。以《脱苦海》中的故事为例说明。其中,《吟诗及第》中的柳茂春特别重视教导学生的德行,黎淳受其教导,明色欲之害,小心谨慎,纵见如花如玉之貌的女子,必存若姊若妹之心,毫不敢稍起邪念。赴省科举时,他劝导同行之人,助银解一老母之困,照顾生病同窗,在京城又拒绝夜奔之女;在《三多吉庆》中,某士人得神灵投梦,言他将得榜元,便有嫌弃丑妻而另娶之心,以此他竟然终身不第;《易经除鬼》劝人立品端方、正直无私:"人生立品贵端方,正直无私共表扬。漫道奸顽能犯己,鬼魔当此亦潜藏。"②这几句话是劝人立品的意思,人无论富贵贫贱,只要把心

①〔清〕周小峨:《维世六模》卷九,光绪十三年(1887)刻本,第4页。
②〔清〕岳西破迷子编辑,〔清〕果南务本子校书:《脱苦海》卷一,同治癸酉年(1873)新镌本,第88页。

头打扫得洁洁白白，光光生生，就可以不好色，不贪财，不损人，不利己。秀才尤敬庭守父教，行住坐卧都合礼法，通达诸子百家，淹贯三坟五典。为母守孝时，有艳妇夜奔勾引，百般缠绕，敬庭怒骂而去。次夜少妇又来，以白银五十两与之，敬庭虽贫，却拒而不纳。妇女变厉鬼，敬庭以《周易》将其扑灭："那怕你鬼怪妖魔，却敌不过我羲文周孔的道法。"①若非敬庭品正行端，不为财色所迷，焉能除鬼？

三、敬字纸，勿唆讼

敬惜字纸一直是中国民众的重要信仰。敬字纸的重心是敬重文字，兼带敬重写有文字的纸张，即有字之纸。作为士，应遵守的德甚多，具有明显职业色彩的是敬重字纸，不以字纸害人，不包揽词讼。《脱苦海·惜字延龄》中有《惜字歌》言文字之功：

> 上古无字苦结绳，世事何曾记得清。幸生苍圣把字定，采取鸟迹与虫文。普教万民同识认，照样写来有定凭。千年万载不改更，那怕事务甚纷纭。后世才知开混沌，着出五典与三坟。禹汤文武继尧舜，因出孔圣订五经。读之愚者可以醒，读之拙者可以能。朝廷无字国不正，草野无字事不成。账目无字记不稳，节气无字辨不真。字不可少就当敬，何故把字太看轻。②

《万选青钱·宫花入梦》指出，"字是圣贤的心血，要敬重才是"，批判士子"吃圣贤饭、穿圣贤衣，识字而不敬字，读书而不惜书，断简

---

① 〔清〕岳西破迷子编辑，〔清〕果南务本子校书：《脱苦海》卷一，同治癸酉年（1873）新镌本，第 97 页。
② 〔清〕岳西破迷子编辑，〔清〕果南务本子校书：《脱苦海》卷一，同治癸酉年（1873）新镌本，第 58—59 页。

残编,任意抛弃,糊窗裹物,随处皆然,或入厕而不洗手,或抠脚而亦
看书,或贪眠而抛卷于床,或誊文而嚼稿于口;写恶语写淫词,鬼神怒
目;不敬书,不惜字,圣贤痛心;师不戒弟,罪有攸归,弟不听师,名终
难得"①。细想来,文字是圣贤所造,自有一番苦心。不敬字纸,自然
也就有不敬圣人意,难以揣摩圣人之苦心。不懂圣贤意,又如何写得
出圣贤文?《护生缘·钱秀才》云:"士为四民之首,最宜品行端方。
莫干词讼入公堂,便是圣贤志向。"②士掌握着文字,也擅长于利用文
字,上替君王安邦定国,下与黎庶去危就安,用以教人,其泽大;用以
害人,其害深。《宣讲集要·滥写遭谴》中,何泽彦幼读诗书,长于书
写,其友谢甫元垂涎于钟尹氏,求泽彦帮忙,泽彦得甫元钱财,写下几
张歌谣说钟尹氏的丑处并四处散置,如是再三。尹氏因此遭受丈夫
毒打,泽彦又替写离书。尹氏另嫁后得知实情,状告于官,泽彦被杖
责八十,且受神灵斥责,两手肿痛,如折断一般,溃烂三日而死。

　　"讲法律以警愚顽"是社会之责,更是士人之责。但此"讲法律"
并不是赞成动辄打官司,恰恰相反,是通过宣讲等,使人明白圣谕,讲
孝悌忠信礼义廉耻,不违法犯法。《宣讲集要》"讲法律以警愚顽"条
有四个案证:《宣讲美报》《钻耳狱宣讲》《谈白话宣讲》《息讼得财》,由
标题可知,宣讲是"讲法律"的主要方式,由此达到"警愚顽"之目的,
进而实现息讼、无讼。宣讲是代天宣化,宣讲的故事,往往是士人编
撰而由宣讲生宣讲。据《钦定学政全书》中的《讲约事例》载,雍正七
年(1729)皇帝准奏,下令各州县设立讲约所,"于举、贡、生员内,拣选
老成者一人,以为约正。再选朴实谨守者三四人,以为值月。每月朔
望,齐集乡之耆老、里长及读书之人,宣读《圣谕广训》,详示开导"。
乾隆元年(1736)皇帝要求地方官及教官,"不时巡行讲约之所,实力

①《万选青钱》卷二,光绪二十八年(1902)刻本,第88页。
②《护生缘》卷四,刊刻时间不详,第16页。

宣谕，使人人共知伦常大义"①。乾隆二年（1737），两广总督鄂弥达上奏折，强调绅衿在化民成俗中的作用。多数宣讲生本身也是具有一定文化的读书人。为士者，当重文字，只可以文字行善，教化民众，不能以文字为恶。以文字构陷他人以达到谋利之目的，此乃士之大恶。

　　社会将唆使词讼视为士之大恶，除了息讼思想的主导，更重要的是，某些士借着掌握文字之便利，以唆讼为手段达到谋财的目的，往往将无作有，将小作大，无事生非，害人不浅。《缓步云梯集·白扇题冤》中，陈三献幼读儒书，未能上进，长无执业，先习代书，后为讼棍，凡方中有事，未能给他好处，便唆讼不止，所害人甚多。土豪李野猫赠其银两三十并许诺将女儿许配与他为妾，受此诱惑，三献请人于白扇题诗，杀人后构陷野猫的仇人巴云星。文士惯于以刀笔害人者，还有惯习敲搕，又善刀笔，作词唆讼、案积如鳞的杨国安（《宣讲珠玑·顶门针》）；包揽词讼，枉状告人，诬搕银钱的杨芝顺（《救劫保命丹·阴阳雷》）；年六十余岁还专于包揽词讼，靠弄冤枉钱过活终朝，三子皆死而不改的吴秀才（《触目警心·滴血成珠》）等。"圣谕十六条"中，有"息诬告以全良善"条，批判那些奸宄不法之徒：

　　　　好事舞文，阴谋肆毒，或捏虚以成实，或借径以生波，或设计以报宿嫌，或移祸以卸己罪，颠倒是非，混淆曲真，往往饰沈冤负痛之词，逞射影捕风之术。……更有教唆词讼者，以刀笔为生涯，视狱讼为儿戏，深文以冀其巧中，构衅而图其重酬，乡里畏之，名曰讼师。因而朋比协谋，党恶互证，有司或一时受蔽，致使善良之辈，不能自白，桁杨在前，棰楚在后，炼锻之下，何求不得，

①〔清〕素尔讷等纂修，霍有明、郭海文校注：《钦定学政全书校注》卷七四《讲约事例》，武汉大学出版社，2009年，第292页。

纵至事明冤雪，而拖累困苦，小则废时失业，大则荡产破家，善之被诬可悯，而凶顽之诬善良，尤可痛恨也。①

士读圣贤书，当体圣贤志，培养自己的君子人格，以德化人。"君子喻于义，小人喻于利。"②人虽然不能脱离凡尘，皆有物质方面的追求，却不能将物质放在首位。上文所言的舞文弄墨之徒必然是读书人，这类人因钱财或者其他个人欲望而道德沦丧，将读书人的礼义廉耻置之不顾，求利而利失。读书人坚守职业操守，以化人为目的，调解纠纷，则不求利而利自至。《宣讲集要·息讼得财》中，一蒙师专心教读，惟恐误人子弟，有余力辄读律，凡罪犯刑书，无不熟习，却不以此作为牟利之具，而是尽可能调解纷争。"士子读书穷经期于济用，我之所以喜读律者，特为后日居官判狱地步，得志泽加于民，不得志独行其道而已，岂肯为人兴讼乎？"③他对前来求他写状词之人言及诉讼之害，使双方和睦如初，二人感激，赠之以银。在众多宣讲者看来，士人习词讼就是不学正道，这是士之耻、士之恶。

第三节　勤耘节俭：农之职分伦理

农是国家之本。"圣谕十六条"中有"重农桑以足衣食"条，《宣讲集要·务本力农》对此解释道："农桑者，衣食所由出也。使一夫不耕必受饥饿，一女不织必受寒冷，是以人生在世，贵以农桑为急务，不然

---

①〔清〕王文选辑：《宣讲集要》卷首"息诬告以全善良"条，光绪丙午年（1906）吴经元堂刻本，第57页。

②〔汉〕郑玄注，〔清〕刘宝楠注：《论语正义》卷五《里仁》，上海书店出版社，1986年，第82页。

③〔清〕王文选辑：《宣讲集要》卷一三，光绪丙午年（1906）吴经元堂刻本，第4页。

恐仰无以事，俯无以畜，其不致束手无策也。"①农桑可以提供衣食，是社会之本，故为第一要紧之事。在以农为本的中国传统社会，农人的职分伦理一直是受人关注的问题。

一、以勤为本，辛苦耕耘，遵守"农德"

宣讲小说引《圣谕广训》具体阐释如何"重农桑"，强调种植有讲究，南北不同、高低有差，各地应依照气候及土壤情况，选择适宜的农作物，并致力于此，"高燥者宜黍稷，下湿者宜粳稻"②，切不可贪外事以致天时失宜，或先勤后懒、半途而废，不可轻易改业；做农活的同时应饲养家禽家畜，"即至山泽园圃之利，鸡豚狗彘之畜，亦皆养之有道，取之有时，以佐农桑之不逮，庶几克勤本业，而衣食之源溥矣"③。阐释"各安生理"条时，特指出务农虽苦，却苦中也有乐：

> 若是有田的人家统领子弟奴仆，勤耕勤种，一粒落地，万颗归家，比买卖的利有千倍万倍。园中栽桑，地下栽棉有穿的；池中蓄鱼，园中蓄菜，家中畜牲有吃的。便是天年水旱，广种博收，也有糊口。眼不见官府，脚不踏城市，山中宰相，世上神仙，这也是最好的，何必定要做官？假如无田的人家，租得几亩，典得几丘，勤勤耕种，完了主人租，落得几斗米，虽是粗茶淡饭，到比那膏粱吃得有味；虽是粗衣大布，到比那锦绣穿的更温。妻子也不骄奢惯了，儿孙也不游荡惯了，那农田的真有许多妙处，故论本

---

① 〔清〕王文选辑：《宣讲集要》卷九，光绪丙午年（1906）吴经元堂刻本，第 5 页。
② 〔清〕王文选辑：《宣讲集要》卷首"重农桑以足衣食"条，光绪丙午年（1906）吴经元堂刻本，第 46 页。
③ 〔清〕王文选辑：《宣讲集要》卷首"重农桑以足衣食"条，光绪丙午年（1906）吴经元堂刻本，第 47 页。

分生理,此为第一手艺。①

编撰者言农之乐,并非出于向往,而是以此言务农既有如此好处,人们自当安心于农。

"四民"之职,皆不离勤,勤于农尤其重要。《济世宝筏·活变驴》云:"务农人第一要克勤克俭,凡晴雨听自然不可怨天。"②《赞襄王化·农桑致富》亦云:"业可养身戒勿荒,圣王立政首农桑。一勤天下无难事,转盼成家世代昌。"③传统社会中农是靠天吃饭的,特别讲究"时",一旦误了农时,就可能毫无收成。每一农时该种何物、该采取何种行动,都不能随意或懈怠,春种夏耘,秋收冬藏,不能颠倒错乱,亦不能在任何一环节偷懒或作假。《维世六模》中的《训农夫章》以神灵的语气训农夫只要不懒惰、不辞艰辛,自然能丰衣足食:

> 春来早起勿懒,大家齐上高山。早起三朝勤动,揽工可当一天。切勿清晨酣睡,起来日已三竿。处处都吃早饭,尔家未烧火烟。如此何以东作,披星戴月田间。……夏至勤耕苦耨,耘田急力向前。锄禾日当正午,横身汗湿衣衫。切勿畏热思懒,乘凉只想偷闲。炎天伏暑割草,禾苗气势厌厌。六月如雨三降,遍地广布金钱。秋来田中谷熟,安排获稻新镰。如不勤为收捡,恐遭秋雨连绵。……冬日飘风发发,严寒雪雨漫天。万物收藏闭塞,可以坐享家园。而今人稠土窄,三冬那得清闲。加之旱潦不一,一

---

① 〔清〕王文选辑:《宣讲集要》卷首"各安生理"条,光绪丙午年(1906)吴经元堂刻本,第36—37页。

② 《济世宝筏》卷一,民国乙卯岁(1915)重镌本,第31页。

③ 《赞襄王化》卷一,光绪六年(1880)新镌本,板存四川夔州府云邑北岸路阳甲培贤斋,第24页。

年仅了了一年。更宜克勤克俭，莫辞稼穑艰难。昼尔于茅未息，宵尔索绹不闲。足趼而犹任重，手胝未敢偷安。载芟载柞陇畔，荷蓑荷笠田间。或是风雨有阻，便为放犊平原。并未消闲时刻，犹恐有误日天。①

遵循"勤"道，是农之根本。《脱苦海·失业遇怪》中，高登云自祖以来传家教子，男则耕田种粟，女则树桑养蚕，定有成规，不许懒惰，到他那一代，已置田数万亩，而农桑仍然如故，并不因富而好逸。他告诫儿子："不读便要耕，游戏误终身，朝廷无空地，世上无闲人。莫谓耕耘苦，田地养命根，土中生白玉，地内出黄金。"②虽年近五旬，方登云仍每日率领三子挖土犁田。临终之时，告诫后人要"各安生理"。子孙在母亲死后，却忘记了父母遗命，做活时彼此推诿，好逸恶劳，从此日子越过越紧，乃至遇怪。重本则家兴，农之本就是务于农且勤耕，依时种不同作物，栽树种桑养蚕，披星戴月，朝日无休，长年如此，何愁家不兴？《辅世宝训·重本兴家》中，尹曰耕夫妇坚守农之职分，十年内共积有数千金银，送子读书，各皆成名。总之，农人欲兴家，必守"勤"，在勤上下功夫。《圣谕六训集解·各安生理》之《谕男》云："务农人要求生须循天理，切不可贪外事天时失宜。凡耕耘及收藏莫忘四季，怕天年有水旱积谷防饥。"③农人的"天理"是循天时，所谓春耕夏耘、秋收冬藏是循天理。耕种时，要依据农作物品种及特征，依据土壤干湿肥瘠、土地位置向阳向阴等情况，因时因地而为，耕种的深浅、肥料的类型、施肥的早晚，以及耕种的作物品种都有差别。《赞

---

① 〔清〕周小峨：《维世六模》卷九，光绪十三年（1887）刻本，第22—23页。
② 〔清〕岳西破迷子编辑，〔清〕果南务本子校书：《脱苦海》卷一，同治癸酉年（1873）新镌本，第39页。
③ 〔清〕西蜀哲士石含珍编辑：《圣谕六训集解》卷四，光绪九年（1883）重镌本，第5页。

襄王化·农桑致富》云："下种时务要分节气早晚,那样土宜那样细查的端。……凡树木又不可蓄禁田坎,阴山大收成少苗似香签。田坎薄不住水渗漏难免,闲无事用重棍捶紧田边。……近宅场做小菜紫茄红苋,春瓜果冬萝葡菜蔬满园。"①《宣讲集要》"重农桑以足衣食"条下《农桑法语》的案证中,成大标耕田养蚕多年,事事得法,他的经验就是勤苦,具体说来是耕田插秧有季节、雨晴差异,施肥则要依据土壤与秧苗本身情况而定;养蚕则先培植桑树,然后依据情况截枝、施肥,养蚕也要讲究冷暖晴雨干湿等。简言之,勤中还有技巧。《宣讲集要·务本力农》的副标题是"重农桑案",该故事改自《汉书·黄霸传》,故事中的主人公王霸日以农桑为重,时常以此教育家人,家人畏惧他,于是勤耕苦织,男有余粟,女有余帛。为农不能懒惰,妇女要尽心纺织,男儿要竭力耕田。要做到因时耕种,因时收获,不能让田土荒芜,禾生荆棘,亦不能将田土尽栽鸦烟以获利。

勤俭者,必然发家。《辅世宝训·善效东邻》中,江汉家以耕织为业,母亲死后,不善耕织,而东邻老翁善于治家,到收获之时计量,多收者多奖,一年之后,"勤者愈勤,惰者亦勤矣"。江汉家在母亲去世后,亦仿效东邻老翁,数年之后,家亦大富。反之,农人不勤,则田土荒芜,粮食无收,继而飘游浪荡,无有好结果。《辅世宝训·败子乞食》中,苗丰善能体勤俭而富甲一邑,而其子茂田在父亲死后,对农桑漠不关心,最后竟至于乞讨。《圣谕六训集解·殃及妻儿》中,袁可大家业富足,有祖田六百亩,自祖父耕种为生,但他却奸诈存心,懒惰为人,自幼不安生理,专以吃赌嚼摇为本。可大自以为不曾杀人放火,只不过闲耍打牌,并未有错,妻劝其安生理反受毒打,后家产败完,"想去读书,年又大了;想去耕田,田又败了;想做手艺,又不会,且怕

----

①《赞襄王化》卷一·,光绪六年(1880)新镌本,板存四川夔州府云邑北岸路阳甲培贤斋,第27—28页。

劳苦；想做生意，又无本钱；想去卖工，又怕害羞"。走投无路之下，他遂设计暗害亲堂弟媳宋氏，将其逼嫁以得昧心银钱六十两，以此为本开当铺、米料杂货铺等，又大斗小秤，作假百端。一日有穿红衣人立于大斗上，三日后家发大火，袁可大被烧死，其妻与子遭可大之害，亦被神灵惩罚。"奉劝世人，切戒袁可大之昧生理可也。"①此语可谓语重心长。

倘若田土乃祖辈所传，从孝道角度而言，子孙当思治业不易，即便家业富豪，仍不能让田土荒芜，应瘠土成林，若因懒惰而致失去田地，更是大不孝了。《圣谕灵征·男子不勤耕种》写合州某男子不勤耕种，惰其四肢，不顾父母之养，败坏祖宗之业，被打入抽筋断肢地狱。《阴阳鉴》第三十二回的标题为《侮残废硕肤受罪，荒田业懒农遭刑》，在所列"荒田土恶案"中，伍官王斥责黄初元怠惰自安，坐耗先业，不思祖父治业辛苦；大利归农，享福日久，一足不至田土，春耕不足不为补济以助耕耘，秋田不犁成为荒旱；郭芬佃种田土却懒惰成性，使腴田荒瘠，又弃瘠不种。懒惰，是人之恶，更是农之恶，以此之故，才成为"恶案"，受到惩处。

农以耕田为业，视田土为生命，依稼穑而生存。"四民"之中，最苦是农，春耕秋收，一粒一颗，万苦千辛。所以，辛勤劳作固然是农之美德，尊重他人田土禾苗，亦是农之本分。《醒心篇·孝善报》言："曾不思，五谷者，养人之命。割青苗，由如那，提刀杀人。"②《法戒录》有三则故事言及农事。《无心得地》中，富户张荣耀每每放牛马出来践踏陈翁粮食，砍伐与陈翁边界处属于陈翁家的树木。《飞龙拔宅》中，夏家父子凡边界相连，有不圆界的，估住佃客侵占，遭雷击。《揠苗报

---

①〔清〕西蜀哲士石含珍编辑：《圣谕六训集解》卷四，光绪九年（1883）重镌本，第17页。

②《醒心篇》卷五，刊刻时间不详，第27页。

仇》中，仇便家道寒微且不守本分，诈言周一清在他祖坟山放牛，将坟石踩垮，要与他兴讼；输了官司后，仍欲害人，暗锯周一清梨树，伙同不良子弟毁害正在怀胎的秧苗。周一清见秧苗被毁，心如刀割，掉下眼泪：

> 一见了田中苗概行睡倒，不由我这一阵身如穿刀。莫不是薅秧时太踩很了，莫不是遇虫蝗吃坏禾苗。莫不是天怒我居心不好，莫不是风吹坏叶尽枯焦。真令我这一阵难以猜倒，到把我这一阵珠泪长抛。细思想做庄稼苦之不了，一年中在田内受尽煎熬。开了春依节气去把田耖，到此时决不敢空闲一朝。清明节平秧田忙将种泡，过一七方下泥不敢停消。上秧水只恐防天色不好，淹了水又恐怕风雨不调。立夏到要栽秧人人忙了，又犁田又车水大小受劳。栽了秧怕的是田中生草，半月后抛活路来把秧薅。薅过后田塍边时常看照，水一干那禾苗必受煎熬。直待那谷成熟秋收一到，打进仓那时节方免忧劳。为庄稼我也曾睡晚起早，为庄稼我也曾背磨肩挑。为庄稼无一日不积粪草，为庄稼无一日不把心操。为庄稼直做得从小到老，从未见怀胎时苗尽枯焦。苦只苦一家人不够吃了，伤只伤田中禾正在打苞。这都是天降灾祸害不小，到不如回家去细说根苗。①

小说以大段歌词写周一清在秧苗被拔除后的痛苦心理，字字句句透露着农人种田的辛苦、熬煎、担忧，悲伤的背后，更是务农者的艰辛、勤劳。此外还有《劝惩录·斤半脿》中郭天相暗埋石碑于边界，逞豪强侵占他人地土，强行砍伐张姓的林中树木，仗骄横践踏坟墓，秧田

_____

① 〔清〕王文选辑：《宣讲集要》卷八，光绪丙午年（1906）吴经元堂刻本，第47—48页。

内撒稗等故事。这些行为都是农之不务本，不安生理。务农者应将心比心，想想他人披星戴月勤耕苦种，方能使一家无饥，那么偷水盗粪、毁人稼禾，只图自己丰肥、抢占田产之行，岂能不被天诛！《法戒录·替牛还债》中，游清林平素豪强凶暴，他有五恶，其中一恶就是"他地界中，不准别人放牛，自己养牲却向别人界中践踏"①。游文芳与他边界相连，牛扯脱鼻索，走至清林田中吃粮食，清林竟然将牛打死。还有一些农人为了扩宽自己的田土，甚至毁人坟冢。《绘图福海无边·节孝两全》载："见多少，耕田人，不尚节俭不尚勤。怨天地，呵神明，还有开垦平古坟。"②"开天辟土，农夫正业"，但毁坏坟冢则是与死人争地，却是极损阴德的事。

二、重黍粟，尚节俭

节俭是中华民族的传统美德，这一美德的形成，源于农耕社会的现实。"圣谕十六条"中，第五条即是"尚节俭以惜财用"。《圣谕广训》在阐释该条圣谕时指出，留有余之财，备不时之需，物力有尽而取用不尽，一味追求奢华，就会导致荒歉，并倡导"为天地惜物力，为朝廷惜恩膏，为祖宗惜往日之勤劳，为子孙惜后来之福泽"。惜物力指对农言，惜恩膏指对兵言。《圣谕灵征》"不务本业祸延妻子"条下有两案《米浆染布》《谷米熬糖》，其他宣讲小说在明确标明"尚节俭以惜财用"的条目下，也多言及重粟等，如《宣讲集要》之《惜福报案》《暴殄天物》；其他未直接言明与农有关，而实际写农人之节俭的，如《辅世宝训》"尚节俭以惜财用"条下的案证《勤俭家风》《闺中令范》《悭吝毁家》《饿死命妇》。《采善集·节俭传家》在开篇即言："圣谕上说尚节

---

① 〔清〕梦觉子汇辑：《法戒录》卷三，光绪辛卯年（1891）明善堂新刻本，第23页。
② 《绘图福海无边》卷四，民国元年（1912）重刻本，第12页。

俭以惜财用,可见这个节字,就是叫人莫乱用钱的意思。"①由此可知,尚节俭具有广泛性,但对农的要求更高。

尚节俭与惜财用相配,说明了二者之间的关系。《圣谕六训集解·勤俭传家》中,富翁童名良耕读传家,亲率二子种田,凡家中女儿媳妇,亦各令织纺,不准空闲浪费,"衣食两件,事事节俭"。他常向两子说:"人生在世,当一为天地惜物力,二为朝廷惜恩膏,三为祖父惜往日勤劳,四为儿孙惜将来之福,与其妄费,何如救济孤贫?"②童翁所言,与《圣谕广训》所言相同,足见"惜物力"等已成为民众的普遍认知。在"尚"与"惜"的背后,暗含"物"的来之不易(是天地之精华、大自然的赐予、圣人的伟迹,是祖辈辛勤劳作的结果),以及应物尽其用(献于朝廷、留于子孙、救济孤贫)。谷米乃养命之宝,来之不易,惜物力即为尚节俭之一种,重粟惜福就是善行,就是功德;反之,则为恶。"灶王府君训女子六戒"的第五戒即为"戒抛撒五谷"。一些神灵甚至以遭遇灾荒就是因人们犯抛洒五谷之罪使然以警诫世人。《蓬莱阿鼻路·搜鸡煮人》中,寇氏在地狱受刑,其中一原因就是抛撒五谷。《圣谕灵征·男子鸡鸭抛撒米谷》中的岳池林余氏喂鸡鸭六十五年,抛撒谷米一百多石,故在地狱受刑。

宣讲小说言敬五谷、重粟惜福,其言说对象主要针对农人(即前所谓"惜物力指农言")。"民非五谷不能生,终岁勤劳始有成。粒粒皆从辛苦出,世人何故太看轻。"这首诗,在宣讲小说中多次出现,如《保命金丹·骄奢遇贼》《普渡迷津·重粟惜福》等。以敬五谷为主要内容的,有《惺惺集·灶君第五戒女子抛撒五谷》《缓步云梯集·重粟感神》《更新宝录·敬五谷》《圣谕六训集解·勤俭传家》《东厨维风

---

① 《采善集》卷五,宣统二年(1910)新镌本,板存罗次县关圣宫,第11页。
② 〔清〕西蜀哲士石含珍编辑:《圣谕六训集解》卷三,光绪九年(1883)重镌本,第37页。

集·敬惜五谷章》,《阴阳鉴》第四十八回《弃谷米卢恶遭谴,刻贫穷万犯受刑》,《滇黔化》第十三回《惜米谷弟兄作文,贱圣贤师徒受谴》等。《惺惺集·灶君第五戒女子抛撒五谷》指出,粮食不是天生,而是神农氏尝百草,教民稼穑,树艺五谷而得,男女老幼贫富强弱等,都离不了五谷。编撰者详详细细叙说农夫耕种之难,从播种栽秧施肥等过程一一说起,除了告诫女子爱惜粮食之外,还指出不惜粮食所遭受的种种报应。灶君训诫的"敬惜五谷"之法有:不可多养鸡鹅鸭,更不可用米饭喂养;莫舂粑粑,莫磕米面,莫许熬糖,更莫用米汤米浆浆衣裤等项;残汤剩饭不可轻抛;舂不可太过舂熟,地上、灶头洒了米粒当拾起;等等。故事中,地主陈端之妻陈张氏勤俭持家,凡地下有一粒饭必捡起来,洗净吃了;就是锅中泔水内有漂着的残饭,她都是捞了喂鸡犬。装谷米处,也是打扫得干干净净的,不使踏着一粒。谷箩米柜,时时盖整,不使鼠耗虫侵。鸡只养一公一母,求其司晨报晓。遭遇灾荒时,神灵因她敬惜五谷而赐其粮。《圣谕六训集解·勤俭传家》认为,少养鸡鸭,种植应该多样化,适当时,可以用蔬菜代替五谷及肉禽:"多种豆与荞麦皆是本务,种红花与芙蓉不充口腹。栽白菜与青菜波菜萝葡,栽芋头与洋芋瓜果包谷。少割肉少做粑勿把酒煮,有客来菜蔬多免去割肉。切不可好体面宰鸡割肉,非至亲小菜饭推点豆腐。闲暇时也只可一饭一粥,好美味吃多了必定折福。"[1]《保命金丹·骄奢遇贼》中,江西王仲勤家资巨富,十余匹马都是喂的尽谷,几十只猪都是喂的尽饭,鸡鸭数百倾谷一大斗,吃不尽的遍地皆生秧毡,而门外之求食者虽大声疾呼他亦毫不周济,兄弟王仲义劝之亦不听。王仲义与之相反,统率二子躬耕,亦教训子媳要勤俭,要爱惜五谷。其《惜福歌》云:"劝世人,要惜福,惜福第一惜五谷。你把五谷惜

---

[1]〔清〕西蜀哲士石含珍编辑:《圣谕六训集解》卷三,光绪九年(1883)重镌本,第38页。

得好，后代儿孙衣食足。"①仲义告诫子媳不可抛洒五谷，不要以粮食喂养牲畜家禽，不要用粮食做酒、熬糖等事，以正反事例言说敬惜之利、抛洒之害，劝人积谷。"爱重五谷福泽多"，后来天灾三年，仲义得神的提醒，安然度过，而仲勤却招致盗匪，家财被抢劫一空，仅存性命。《东厨维风录·敬惜五谷章》言五谷是天地的精血，又是农人汗水凝结，敬惜五谷是尊重天地，尊重劳动。除了一般的不浪费粮食之外，"又家中鸡猪鹅鸭，宜少养些，一则免多结命债，一则少糟蹋五谷。若以谷米拿了喂养六畜，更是欺天罪，何也？以六畜享受不得人的俸禄，故也"。小说家以地狱之罚警醒不敬五谷者："有因不敬五谷，而罚二世冻饿殒命的；有因不敬五谷，而罚今生折子磨孙的；有因不敬五谷，而遭瞎眼报的；有因不敬五谷，而遭硬食报的；有因不敬五谷，而富贵降作贫贱的；有因不敬五谷，而长寿折作短命的。"②抛弃五谷，暴殄天物，阳受天谴，阴受冥罚。《阴阳鉴》第二回《勘一殿孝子蒙休，征庶狱流僧受罪》中，王李氏、刘田氏、花方氏等，生前抛弃五谷，好喂鸡鸭，不惜谷米，煮酒造浆，践踏糟糠，造饭熬粥，乱倾颗粒，被打入饥渴厂。不敬五谷，结果何其可畏！

　　一些农人并不将以粮食喂养鸡鸭视为不该为之事，他们为口腹之欲，"每日要喂谷米两三升"，多喂鸡鸭以多生蛋。宣讲者认为，鸡鸭本来不应多吃，要是不善吃，反而会诱发各种疾病；小孩吃饭时任其随意抛撒五谷，或吃不完的坏了就喂鸡犬猪等，都非良善之行，故此，马氏因每日将谷四五升喂鸡鸭遭雷击。《惺惺集·灶君第五戒女子抛撒五谷》载陈端所作《劝善歌》，批判践踏五谷之行："有等妇人任作践，娃娃任抛地平川。……更有喂鸡不检点，狼藉五谷在阶前。"谢

①〔清〕岳西破迷子编辑，〔清〕果南务本子校书：《保命金丹》卷二，刊刻时间不详，第101页。
②《东厨维风录》，民国癸亥年（1923）重镌本，第41、43页。

尚珍与妻张氏多喂鸡鸭，抛撒之五谷不计其数，刘泉劝他们："天地间要重粟惜福不浅，若糊吃乱糟蹋只顾眼前，凡饮食过浓厚是为贪餍，殊不知能淡泊明志养廉。美酒肴也只可供亲前面，惟自奉须俭约古有明言。"①《普渡迷津·重粟惜福》中，金必富赖祖先田业，勤耕苦种，"其人生平贵重五谷，凡见一粟一粒，必屈身以捡之"，他对易太婆言说"勿抛撒五谷"的劝善文，内容涉及五谷来之不易、糟蹋五谷的种种表现，将谷米与金玉等同："黄谷子黄金一等""白米饭白玉同尊"，并说吃五谷无灾无病等，反对以粮食喂养家禽牲畜。一些人将抛撒五谷视为暴殄天物之行，作为"戒"教导子弟，如《福缘善果·贞女训子》《绘图福海无边·节孝两全》《圣谕六训集解·勤俭传家》等，无一例外都反对用粮食喂养鸡牲。在很多人看来，喂狗喂牛还可算"正途"，因为它们看家耕地，而喂鸡鸭多为满足口腹之欲罢了，为此而浪费粮食自该受罚。

在今天看来，以粮食喂鸡牲并无什么不对，但这应以钱粮充足为前提，清末社会尚未达到这个水平。即便是在今天，粮食安全都是最重要的问题，何况是在自然与社会灾难频发的中国传统社会。"圣谕十六条"将"尚节俭以惜财用"作为其中之一，其节俭，也多就农桑而言。在农业生产全部取决于上天的情况下，五谷安全尤为重要。鸡鸭若任其食草食虫，饲养它们并无不可，以谷米喂之，一则有违惜粮之道，二则有碍节俭之德，易使人养成骄奢淫逸之习，于个人、于社会皆不利。《滇黔化》第十三回《惜米谷弟兄作文，贱圣贤师徒受谴》引和尚之诗云："春时耕种夏时耘，粒粒颗颗费力勤。春去细糠如剖玉，炊成香饭似堆银。三餐饱后无余事，一口饥时可疗贫。堪叹沟中狼

---

①〔清〕古阳瓜辅化坛尽心子编辑：《惺惺集》卷五，同治九年(1870)新镌本，板存蒙阳辅化坛，第36、41页。

藉贱,可怜天下有穷民。"①当社会上还有那么多的人食不果腹,既然有充足的粮食,为何不用来行善助人以积德积福呢?

三、交租纳钱粮

在中国人的心目中,家国一体,"天下之本在国,国之本在家,家之本在身"②,有国才有家,有家才有身。家与国的关系,犹如子女于父母,父母养育子女,子女亦当报答父母。农民耕种田地收获粮食以养家人天经地义,上交钱粮给国家自然也就天经地义。《圣谕广训》阐释"完钱粮以省催科"条时先言赋税古已有之,且取之于民、用之于民:"且以制官禄所以治我民,以给兵饷所以卫我民,以备荒歉所以养我民,取诸天下,还为天下用之。"钱财谷米看似交给了皇上,实际上都用在了民之身:

> 尔试思庙堂之上,所日夜忧劳者在于民事,水溢则为堤防,旱魃则为虔祷,蝗蝻则为扑灭,幸不成灾则尔享其利,不幸成灾则又为之蠲租、为之赈济,如此而为民者尚忍逋赋以误国需,问之于心亦何以自安?譬人子于父母,分产授业以后,必服劳奉养,庶尽厥职,乃父母恩勤顾复不遗余力,而为子者自私其财,缺甘旨而违色养,尚得谓之人子乎?③

---

① 〔清〕晋良、钟建宁编:《滇黔化》,光绪三十年(1904)重刊本,第3页。
② 〔汉〕赵岐注,〔宋〕孙奭疏:《孟子注疏》卷七《离娄上》,《十三经注疏》(下),上海古籍出版社,1997年,第2718页。
③ 周振鹤撰集,顾美华点校:《圣谕广训:集解与研究》,上海书店出版社,2006年,第439—440页。又见于〔清〕王文选辑:《宣讲集要》卷首"完钱粮以省催科"条,光绪丙午年(1906)吴经元堂刻本,第61页;《圣谕灵征》卷五,嘉庆十年(1805)刻本,第43页。

　　这段话，亦出现在《圣谕灵征》"完钱粮以省催科广训"条及《圣谕灵征·完钱粮善报》中。《宣讲集要·教民完粮》叙文正风每逢完粮之时，便说田地是自己银钱买的，五谷是我请人种来的，"圣上又未出个毛钱，每年要纳我们钱粮，不知有何功德"，县令斥责他，完钱粮并非是横征暴敛，"自古来有地土就有田园，有了田就该要报国恩典"①，但凡为民服务的官员、兵丁都需要钱粮养着，且国家储存钱粮，也是为灾荒年之备，倘遇荒年，以便开仓四散而全百姓。完钱粮就是报君恩，亦是保自身。《圣谕灵征·怨粮》用更浅白的语言讲述完粮之必须及不完粮之"过"：

> 　　狗奴每年说田土是你买的，五谷是你种的，皇上未曾出钱，就无功德，不该纳你的钱粮，临到出钱之日，又说奈官不何，也赏他钱几百文。狗奴说出此种糊言，实系不是人类，殊不知天以历数与皇上，则是普天之下，尽是皇上之土，如何说是你出钱买的呢？况尔等有钱买田，有力耕种，而皇上不设文武百官，把这些贫民管束，把那些贼匪捉拿，狗奴所种之五谷，你还想收得成吗？你有妻女，又还得个安全吗？你有房屋，又能得个稳坐吗？你有衣服，又能得个好穿吗？你有性命，又能得个保全吗？享得皇上莫大之恩，反说无功德，不该纳你钱粮，狗奴自讲，你还有点人心没得呢？②

　　《圣谕灵征·完钱粮善报》中，江成云家极贫寒，以游学为食。他有三分银粮之田，却仍坚持缴纳，其重要原因是报"食皇上水土之恩"，"我想皇上之恩，还不止于减粮、发粟、救水旱、消蝗蝻而已。试

---

① 〔清〕王文选辑：《宣讲集要》卷一三，光绪丙午年（1906）吴经元堂刻本，第17—18页。

② 《圣谕灵征》卷五，嘉庆十年（1805）刻本，第45页。

看白日咽匪，夜晚盗贼，以及强邻痞徒，不是皇上设官管住，我们在路上行走，草店居宿，尚还得个安然自在否？从此寸寸步步想来，皇上之恩，即粉身碎骨，尚不能报其万一，何忍骗这点钱粮不完？"①君如父，民如子，以下奉上，先公后私，是子之职、民之职，钱粮与国恩并重，完钱粮是农人的义务，也是对君恩、国恩的报答。按时完纳钱粮，可尽孝尽忠，也可以免受衙役催逼，还会受到善报。《辅世宝训·毒妇累夫》中，怀以仁有二百余亩田，临终时告诉妻涂氏"第一的完钱粮丝毫无减，早备银早早上吃食要钱"②。丈夫死后，涂氏将钱粮托与兄弟以义掌管。临缴纳时，以义却受妻蛊惑外出，未能按时缴上，受到催征。《圣谕灵征·漏粮漏税》在故事后议论完钱粮的几多乐处："一不得受甲长之言语，二不得受胥役之诛求，三不得受官长之羞辱。及至死后，又不得受冥主之拷问，还有福报相加，岂非至乐之事乎！"③反之，抗粮则如忘父母养育之恩。《辅世宝训·抗粮破家》中，边永定有百亩田，却每每在完纳钱粮之时冷漠以待，已经三年未完纳。差役说以国家、兵丁及民众之需，永定不交钱粮，还结交匪徒抗粮，最后身死人亡。《辅世宝训·孀妇抗粮》中的孀妇廉氏储存着钱粮，却假托诸多缘由不缴纳，结果遭到惩处。

　　儒家以五伦八德为美，忠君亦在其中。农看似与忠君不相关，其实不然。《辅道金针》第四十五回《信心乐善同膺秩，仗势抗粮共抽筋》中，七人因为要计谋抗粮受到冥罚，后悔不及。《济世良丹·不忠恶报》言"四民"各自的"忠"："士子当忠勤宣讲，农夫当忠早完粮。工匠当忠求诚实，商贾当忠税莫瞒。"④《因果新编》第十三回《假僧人长拘地狱，好

①《圣谕灵征》卷五，嘉庆十年（1805）刻本，第46页。
②《辅世宝训》坤集卷七，光绪元年（1875）重镌本，蒙阳辅世坛藏版，第50页。
③《圣谕灵征》卷六，嘉庆十年（1805）刻本，第44页。
④〔清〕古阳瓜开化子校阅：《济世良丹》卷上，宣统二年（1910）保善坛本，第40页。

和尚静听伦常》中，王爷对众僧言及"忠"："君臣二字，乃人生第一大伦，纵樵夫渔叟，耕夫牧童，都有难逃之分"，"做百姓，不抗粮，不骗租赋。安本分，勤本业，就是良民"①。《阴阳鉴》第二十九回《毁厘局放生痴哑，骗佃租堕落穷乞》亦云："粮乃国家重务，为子民者，仅献此忠而已。"②为国尽义务，是每一个人的职责。作为农民，按时纳粮，就是尽忠了。

第四节　技精心细：工之职分伦理

　　"工"出现甚早，春秋时就已经出现"百工""工匠"之称谓。《尚书》中多次出现"百工"一词，如《尧典》云"允厘百工，庶绩咸熙"③，《皋陶谟》云"百僚师师，百工惟时"④，《益稷》云"元首起哉！百工熙哉！"⑤这里的"百工"并非是纯指工匠，而是指百官。百工有一般的工匠，也有因技艺尤其精湛而上升的工官⑥。张亚初等人指出，百工既指管理官营手工作坊的工奴，又指管理工奴的工头⑦。古籍中又有"工匠"一词。《孟子·梁惠王下》载孟子对齐宣王道："为巨室，则必使工师求大木。工师得大木，则王喜，以为能胜其任也。匠人斫而小之，

---

① 〔清〕桂宫赞化真官司图金仙编辑：《因果新编》，民国戊辰年（1928）重镌本，第40页。
② 〔清〕义泉静虚子编辑：《阴阳鉴》卷四，光绪癸未年（1883）刻本，第63页。
③ 〔汉〕孔安国传，〔唐〕孔颖达等正义：《尚书正义》卷二《尧典》，《十三经注疏》（上），上海古籍出版社，1997年，第120页。
④ 〔汉〕孔安国传，〔唐〕孔颖达等正义：《尚书正义》卷四《皋陶谟》，《十三经注疏》（上），上海古籍出版社，1997年，第139页。
⑤ 〔汉〕孔安国传，〔唐〕孔颖达等正义：《尚书正义》卷五《益稷》，《十三经注疏》（上），上海古籍出版社，1997年，第144页。
⑥ 刘成纪：《释"百工"》，左靖主编：《百工》，同济大学出版社，2018年，第19—21页。
⑦ 张亚初、刘雨：《西周金文官制研究》，中华书局，1986年，第49页。

则王怒,以为不胜其任矣。"赵岐注曰:"巨室,大宫也。《尔雅》曰:'宫谓之室。工师,主工匠之吏。匠人,工匠之人也。'"①到后来,工、匠主要指通过手艺谋生之人,诸如裁缝、木匠、石匠、染匠、陶匠、医生等②。作为技术性人才,"工"也有他们的伦理规范。

一、精于术,利其器

从工、匠二字的含义看,术之精是工匠立身之基。《周礼·冬官·考工》云:"知者创物,巧者述之,守之世,谓之工。百工之事,皆圣人之作也。"又云:"天有时,地有气,材有美,工有巧,合此四者,然后可以为良。"③《汉书·食货志》亦云:"作巧成器曰工。"④"工"与"巧"同言。《说文解字》云:"工,巧饰也,象人有规矩也。与巫同意,凡工之属皆从工。"⑤"匠,木工也。从匚斤。斤,所以作器也。"段玉裁注:"工者,巧饬也。百工皆称工称匠。独举木工者,其字从斤也。以木

①〔汉〕赵岐注,〔宋〕孙奭疏:《孟子注疏》卷二《梁惠王下》,《十三经注疏》(下),上海古籍出版社,1997年,第2680页。

②医虽不在"四民"之属,它与"卜"(占卜)、"相"(看相)均属于方技内。事实上,医既然属于方技,自然含有技在其中。早期的医与巫相连,将其与占卜、星象等并列,自无异议,但后期之"医"几乎脱离于巫,完全就是一门技艺了。《自新路·全孝格天》中,杜光才行医多年,自认为是"艺术人"。张舜徽《四民可增为六》指出:"'养生治疾曰医,御侮保邦曰兵。'庶有以明于医兵之为用,与士农工商轻重略等,不可或缺也。"参张舜徽:《爱晚庐随笔》,华中师范大学出版社,2005年,第97页。张舜徽认为,"四民"之外,还应增加"医"与"兵"。故此,本书以医与"技"相关,将其归于"工"中。

③〔汉〕郑玄注,〔唐〕贾公彦疏:《周礼注疏》卷三九《冬官·考工》,《十三经注疏》(上),上海古籍出版社,1997年,第905—906页。

④〔汉〕班固:《汉书》卷二四《食货志》,中华书局,1962年,第1118页。

⑤〔汉〕许慎撰,〔清〕段玉裁注:《说文解字注》,上海古籍出版社,1981年,第201页。

工之俑，引申为凡工之俑也。"①可见，为"工"者，需要"巧"，以巧作器。"匠"本义为"木工"，又衍生为在某方面造诣高深的所有工匠。工、匠皆以"巧"为行业特征，故有"能工巧匠"之说。《韩非子·定法》云："夫匠者，手巧也；而医者，齐药也。"②艺精是工匠谋生的基础。艺精人勤的艺人，才会被人们所请。《维世六模》中的《训工匠章》云："百工技艺宜精，各行俱能发迹，俱可利就名成，总要工精艺熟，谦和朴实敏勤，为工原望人请，慎勿日塞坛门。"③案证故事中，萧华廷手艺精通，远近延请不绝。王天赐手艺精工，人人争延。《辅世宝训·善诱发祥》劝导为工者："尔等为工听我言，金石土木可攻焉。为工当知为工法，总是要把心来专。学到精微奥妙处，自然有名又有钱。"④坚守工法，手艺高妙，财名自来。

艺精是工匠的立身之基，也是对工匠最基本的道德要求。古人主张"道寓于技，进乎技"，技中含有"道"，即宇宙规律。道技相合，技术与自然条件相合，"巧者"是次于圣人的存在。要成为巧者，非三两年以上时间不可。《新唐书》承《周礼》之言，亦认为百工为圣人之作，但其后则由巧者传承："钿镂之工，教以四年；车路乐器之工，三年；平漫刀稍之工，二年；矢镞竹漆屈柳之工半焉；冠冕弁帻之工，九月。"⑤不同工种，精细程度不一，学习年限也就有长短。所以，工匠往往是父传子、师传徒，口传心授，以心传心，须仔细体会。道、技真正合一

---

① 〔汉〕许慎撰，〔清〕段玉裁注：《说文解字注》，上海古籍出版社，1981年，第635页。

② 〔战国〕韩非著，姜俊俊标校：《韩非子》卷一七《定法》，上海古籍出版社，1996年，第236页。

③ 〔清〕周小峨：《维世六模》卷九，光绪十三年（1887）刻本，第35页。

④ 《辅世宝训》艮集卷三，光绪元年（1875）重镌本，蒙阳辅世坛藏版，第30页。

⑤ 〔宋〕欧阳修、〔宋〕宋祁撰：《新唐书》卷四八《百官志三》，中华书局，1975年，第1269页。

后，就如庖丁解牛、津人操舟一样，可以做到随心所欲而不逾矩。《考工记》强调"巧"，当材料具备时，唯有"巧者合之"。所谓巧者，即是技术精良之人。《因果录》提及士农工商各自的职业特征，其中，"为工艺精要勤谨"，精与谨，概括可谓极其恰当。《圣谕六训醒世编·感天济众》云："为工者，技艺精，便民利用。"①《采善集·文昌帝君八反歌俗讲》云："父母爱儿十分心痛，你看读书的望他成名，耕田的望他庄家好，贸易的望他生意兴隆，学艺的望他手艺精通。"②《维世六模》之《训工匠章》亦云："百工技艺，造物利用，用术宜精。"③艺精，是百工的家人及社会对"工"的共同期待。

《礼记·曲礼下》云："医不三世，不服其药。"④无论"三世"是指行医三代，还是指《针灸》《神农本草》《素问脉经》，总之，行医之人要么经过长久的实践，要么饱读医书，才能对患者病症有充分的了解与把握，所开之药才能对症，不致出现医疗事故。良医可以济世，庸医最易伤人。所以，如《护生缘·无心掌》中所言，"医行三代昌，医行三代殃，医行三代绝"⑤，良医可救人无数，医行三代，故必发。《照胆台·糊涂虫》又言，"庸医杀人不用刀，轻轻巧巧送阴曹"⑥，故庸医行医三代，害人必多，自身亦会遭报应。医生还应知晓阴阳五行、脏腑经络、虚实寒热、药性温凉等。《化世归善·遵训享福》中，陈浩然的长子陈正心能记几个药方，就赶着给人治病。陈父告诉儿子，未看过《本草》《难经》《脉理书》等，就不能知药性凉热、苦辣酸甜，不知如何

---

① 《圣谕六训醒世编》卷二，宣统元年（1909）石印本，营口成文厚藏板，第 4 页。

② 《采善集》卷一，宣统二年（1910）新镌，板存罗次县关圣宫，第 33 页。

③ 〔清〕周小峨：《维世六模》卷九，光绪十三年（1887）刻本，第 35 页。

④ 〔清〕朱彬撰，饶钦农点校：《礼记训纂》卷二《曲礼下》，中华书局，1996 年，第 68 页。

⑤ 《护生缘》卷四，刊刻时间不详，第 52 页。

⑥ 〔清〕果南务本子编辑：《照胆台》卷一，宣统三年（1911）新刊本，第 63 页。

把脉探病原，他令其子看《医宗金鉴》《寿世保元》《药性赋》《医方集解》《铜人镜》《针灸大全》等医书，告诉他要勤学、精心，还要有丰富的阅历与经验。陈正心用了十年工夫，医理通达，声名远播，能医很多疑难杂症。

在所有需要"艺"的业中，医技最贵。《因果明征》第二十九回《庸医误人变畜类，善士施药福儿孙》道："九流之中医为先，阴德阴功须要全。儒理精通学医理，心坚技熟福寿坚。""三教之外，医道独尊，九流之中，医士为贵。"谚语云："学医不精，暗刀杀人。"医关乎人的生命，对于精的要求尤高。为医者，"须要将儒书读过明白，道理精通，见闻广阔，然后熟读医书，考验药性，药性有寒热温平，用药分君臣佐使，人病分春夏秋冬，有寒热虚实，第一要脉理精详，望闻问切，审症用药，是不可少的"[①]。学医时间短，医理不甚明就忙于行医，必然误人病情，甚至害死人。该回故事中，毛宾一字不识而结交庸医，习学药草略记汤头，便自逞才能与人医病，五年伤害二十六命。《因果新编》第七回《吝财主发为饿鬼，劣医生变作耕牛》强调"医实司人之命"，"医以救人，术体天心"。尹禁买得一本医方捷径，胡乱记得几个汤头，就去与人医病，伤寒去用归脾，心虚认作血气症，汤药不明暗杀人，男女误死十二命。《福缘善果·师弟异报》认为世间百般艺术，以医为贵，"世人漫将医理夸，全凭心地定生涯。祸淫福善终须报，岂有丝毫半点差。这几句话说世间百般艺术，惟医为最贵，然医之一道，必须要精察脉理，熟识药性，庶可以济人而活世，亦可以保身而成家"[②]，批驳庸医不知脉理之浮沉、不识药性之温平而遽然以医士自命。《维世六模》特设《医道章》，强调"良医可以济世，庸医最易伤

---

① 《因果明征》卷三，同治五年（1866）重镌本，庙北山扬善坛藏板，第14—15页。
② 〔清〕石照云霞子编辑，〔清〕安贞子校书：《福缘善果》卷四，光绪戊戌年（1898）新镌本，第33页。

人"，列举种种无实学的庸医，如"药性识得几味，寒热温平不分。汤头检得几个，补泄轻重不明。脉诀记得几句，未审迟数浮沉"，亦强调"既以医为职业，便要把艺学精"，具体而言，"伤寒要法仲景，内伤东垣老人。难经务宜熟讲，内景务要分明。景岳临症十问，更兼察色观形。更有切脉一道，八纲先要分清。浮表沉里易见，迟寒数热宜精。审其有力无力，虚实补泻分明。虽然同是一病，要别轻重久新。更有贵人富室，治变异乎贫人。先天后天各异，岂可造次而行。用药须熟本草，医书记载分明。无拘内外两科，总要艺精而仁"①。庸医害人，"医行三代绝嗣"，良医有功于人，"医行三代发甲"，所以，为医者不可不慎，医术不可不精。

二、细心、耐心、仁心

"精"是对百工的总体要求，具体过程则有所不同。与艺精相伴随的，是细心、谨慎。工面对的对象是物，艺是建立在对物的把握基础上的，万物皆有其性，工匠应仔细了解对象的特性，根据物性而构思、动手行动。工匠中有"工依于法，游于说"之说，郑玄注《礼记·少仪》云："法，谓规矩尺寸之数也。"②依照规定的规矩尺度，确定好材料后才能设计生产。木工、铜匠、裁缝、画师、医生，不同之业有不同的规矩及标准："用器不中度，不粥于市；兵车不中度，不粥于市；布帛精粗不中数，幅广狭不中量，不粥于市。"③工匠的产品，只有"中度"者才能进入市场，为消费者所接受。"中度"是最终结果，而过程，离不开细心与谨慎。这其中，体现的是对艺的"精"与态度的"谨"的双

①〔清〕周小峨：《维世六模》卷一三，光绪十三年（1887）刻本，第17页。

②〔清〕朱彬撰，饶钦农点校：《礼记训纂》卷一七《少仪》，中华书局，1996年，第534页。

③〔清〕朱彬撰，饶钦农点校：《礼记训纂》卷五《王制》，中华书局，1996年，第200页。

重要求。

　　宣讲小说对工匠的细心、耐心、谨慎并未作过多的阐释，但并不意味着对这一道德要求的忽视。《万缘回生集·双头祝寿》中，大木匠告诫小木匠："百工技艺在专精，造作须当各尽心。不从本分为生活，纵然深巧有谁寻。"艺之精，是一个长期摸索实践的过程。李木匠让幼弟跟着自己学木匠时谆谆告诫他："明日里随兄去修造宅院，斧怎砍锯怎解用心细观。不知者有为兄与你指点，总之要莫懒惰各自肯专。论树木有大小又有长短，其样料作某用裁取当然。修房屋造楼阁亭台宫殿，量地势取屋样规矩方圆。前代人有成法照样去干，要取巧则在人非可言传。"①这是说木匠建房造物，讲究实用美观，对用料、各种木料的性能应了如指掌，如何依据木材大小长短、建筑所在地势高低而修造，都需要细心学习。从某种程度上说，李木匠之言体现了传统的天人合一观念。工匠遵守这种原则，才能做到真正的精。《醒世录·孝感仙女》中，苏氏教攻子萧华廷学裁缝的诸多技巧，如看人高矮胖瘦才下剪刀，裁剪时将布排伸、宽窄比好，下剪时手眼高超，缝衣时针针要到，"一件衣功多布少，上滚襄狠把力淘。外脱肩灰面拈好，大周围栏杆轻挑。盘云勾四角要到，恰似那歪嘴仙桃……"②总之，缝制一件衣功多布少，其中巧妙难以一言说尽，只有慢慢习操。《法戒录·务本业》中，简居敬对三个儿子关于做机匠、染匠、裁缝的告诫，重心也在于艺精与细心。

　　细心谨慎是对每个工的要求。木匠不细心，则尺寸弄错；染匠不细心，则色彩弄混；画匠不细心，则图画失真；医生不细心，则药物弄错，害了人命。于医而言，尤其需要谨慎。宣讲小说中的多个故事斥责庸医，如《兰亭集·庸医遭报》，《阴阳鉴》第十六回《勒厚利庸医误

<hr>

① 《万缘回生集》卷四，刊刻时间不详，第1—2页。
② 《醒世录》卷一，刊刻时间不详，第30页。

世，开仁网众魂超释》，《因果明征》第二十九回《庸医误人变畜类，善士施药福儿孙》等。庸医最显著的特点，一是医术不精，二是行医不谨而误人性命。《缓步云梯集·审医生》中，宣讲者一开篇语重心长地告诫道："劝太医，莫徒名，诊脉开方要细心。下付药，要对症，休嫌人家药价轻。药虽有，贵贱论，其中要分君与臣。依古理，炮制精，古言价实货要真。想人家，得了病，只想一服病就轻。你若是，不认真，误人性命罪不轻。虽人生，有命定，为医总要尽其心。心能尽，天地欣，太医多出好儿孙。"①吉水县医生罗庆同开药室生理，"他卖的药当土炒的就土炒，当酒制的就酒制，当蜂蜜制的就用蜂蜜制"②，这是诚信，也是耐心。诊断准确后，医生开药抓药，都要细心检点，要斟酌好良方，寒热相调，还要"经手煨，药倒起，先尝后进"。《辅道金针》第三十四回《职业无疏班冥府，艺术不明堕幽囚》云："为工者尽其心莫将人哄，凡居肆以成事竭力秉忠。……为医学求真方医药两到，勿粗心妄充抵徒把钱捞。"③《宣讲拾遗·改道逞祥》告诫医生，"庸医杀人不用刀"，一旦药被误用就会误人性命，既设药店，就该发兑道地药材，"遵古炮制"，分量公平，果能疗疾，即取重利，亦不为亏心。众多庸医误人命，其中一个重要的原因就是不细心、不谨慎。《因果明征》第二十九回《庸医误人变畜类，善士施药福儿孙》中，林长青"外科内科，一切方脉，件件精通"④，却因自矜才能，误用汤药，伤人七命。谨慎于医，何其重要！

三、以技求财，诚于人、诚于事

工匠依靠手艺为生，出售的是"艺"，其务本之道，就是售艺，而非

---

①《缓步云梯集》卷三，同治二年(1863)刊订本，版存富邑自流井香炉寺，第49页。
②《缓步云梯集》卷三，同治二年(1863)刊订本，版存富邑自流井香炉寺，第49页。
③《辅道金针》卷五，光绪戊子年(1888)镌刻，报恩辅道坛藏板，第47—49页。
④《因果明征》卷三，同治五年(1866)重镌本，庙北山扬善坛藏板，第16页。

其他。大凡技艺越高、越诚信的艺人，越能谨守自己的职业道德，制造的产品越受欢迎，也为更多人所请。以技入道、以技服人、以技谋利是工匠应谨守的法则。《法戒录·务本业》的副标题为"教训艺术"，表明该内容单为手艺人而设教。故事中，简居敬担忧自己死后儿子们忘记"各安生理"，将对三个儿子的告诫写成家训，其内容可谓是对机匠、染匠、裁缝的职业伦理要求：

> 开机房乃是你本等生理，莫欺老莫瞒少公平正直。论织布有宽窄又有粗细，切不可暗地里短少丈尺。煮线子须说是离不得米，细检点莫拿去抛弃污秽。买与卖必须要公平交易，勿欺己勿欺人货真价实。……人家的布和线须要仔细，切不可任师夫将布隐匿。靛缸内要下饱布才经洗，莫做那哄人钱自把心欺。浆布时用牛胶才是正理，再不然用豆浆颜色更奇。断不可用米浆害了自己，贱谷米老天爷定然不依。……见人家绸和缎莫起私意，若偷藏人识破半文不值。裁剪时要下细不可造罪，也免得践踏了绸缎布匹。缝衣服本当要针针过细，排得正钩得匀不稀不密。艺术高品行端谁个不喜，东家请西家迎日不停息。①

艺有百端，同为工匠，务本守分的具体内容有所不同，其大要，不离艺精与道德良心，这是工匠的立身之本。故居敬家训的内容，因艺不同而有区别。居敬夫妇死后，弟兄三人分居各爨。成礼、成廉谨遵父训，各勤职业，竟成巨富。惟成方心大，违逆父命，嫌弃裁缝获利少，不听兄长及妻劝告，学画工又坏了良心，渐渐游玩赌博，继则窃玉偷香，沦为乞丐，后在二位兄长帮助下改过，故事结尾总结道："从这一

---

① 〔清〕梦觉子汇辑：《法戒录》卷四，光绪辛卯年（1891）明善堂新刻本，第27—28页。

案看来,教训子孙各安生理,就有如此发达。"

工匠依靠技术而存身,赚的钱财,也只应是技术钱。《阴阳鉴》第三十一回《压贫薄贪婪遭谴,守富贵鄙吝伏诛》云:"工匠技艺,原只取工价。"[1]艺精,适当多要一点钱财尚可理解,但不能赚取材料之钱。《因果明征》第三十三回《为工奸诈堕黑暗,雇仆忠实享富豪》中,主人公以技艺营生,他指出人生百途,艺业营生理所当然,但也应安分守己,"或工金木,或工土竹,各勤本业,各精其技,或制造什物贩卖,都要实落坚固,或为人创造屋宇,制作什物,俱要实心实意的做,存一片忠实之心,受人一分钱财,必有一分利人之道,心地光明正大"[2]。事实上,一些工匠往往通过偷瞒材料赚取昧心钱。为银工金工者,以假作真,罔取市利;为木工画工者,画栋雕梁,使风雨飘泊,或描春工,引坏人心风俗;为工人者,矜能炫长,为人作事,虚度光阴。木匠李春和建造大成殿得分外之财却不尽心力,恃其精伶才干将人木料损坏无用,且反恶口辩乱,与人挟嫌,偷安怠惰,甚至故意将活歇起,可谓为工奸诈、不精艺业;银匠刘士玉以假作真,害人倾家荡产以自富;画工甘和专好画美女描春宫,铁匠汪迎祥图钱财为匪徒造火枪大炮。有些工匠作假货而哄贫民,混时光而骗雇主,不惟谋人之钱财,而且妒人之技能。《辅道金针》第三十四回《职业无疏班冥府,艺术不明堕幽囚》云:"凡属百工技艺,只须不在无益之列,皆可务为本业,但立心要正,做事要诚,交往要直,取纳要公,方可至死无愧。"[3]工匠为了钱财,忘记了"艺"才是他们的立身之基,而将艺之外的不当之行作为谋利之具,如销银掺铜、打铁挟灰、琢石为玉、铸钱挟铁等,这些作假行为,为小利而玷污了他们的技艺,可谓本末倒置。

---

①〔清〕义泉静虚子编辑:《阴阳鉴》卷四,光绪癸未年(1883)刻本,第96页。
②《因果明征》卷三,同治五年(1866)重镌本,庙北山扬善坛藏板,第27页。
③《辅道金针》卷五,光绪戊子年(1888)镌刻,报恩辅道坛藏板,第68页。

工匠往往到人家做工，除了技艺精通，为人谨慎，还需具有为雇主作想的品德。《万缘回生集·双头祝寿》中，木匠告诫兄弟除了艺精之德，还有为主人着想之德："凡造作莫只图精致好看，亦必要求坚固多管几年。有材料当顾惜替人省减，方寸木皆有用莫乱抛残。鲁班经原来是先师遗范，须当要体规模取法先贤。欲善事先利器所用物件，食百家取万户品正行端。到人家切莫把妇女窥看，又不可去乱说他人闲言。好和歹要吃莫讲茶饭，更不要抬身价讨人憎嫌。抑或是主人家将你待慢，切莫去做手脚使人不安。得人钱忠人事莫惹人怨，东家请西家迎四季不闲。"①上述木匠的道德规范，也适用于其他手艺人。

有些工匠善于巫术，一旦主家稍有怠慢，便作法蛊魇、好食懒做混日，乃至性情乖戾，言行每多佻轻，惹人起淫念，开人情窦淫心，这些都是不务本。《维世六模》中，《皮匠翻梢》作为《训工匠章》的附案，言为工者亦当安分，不贪求意外之财。陈翁幼习皮匠，凡与人上鞋补鞋，随人开钱，或多或少，毫不计较。如此四十余年，日子甚为淡泊，从未有非分之想。一次补鞋时，发觉客人遗落的纹银六锭，他不起贪心，还与失主，亦谢绝酬谢之银。失银主人是江南巨富，见陈木匠如此高行，十分叹赏，请他在铺清理出入账项。陈木匠在此做事，仍旧忠实无欺，后得善报。《复元集·工人免厄》以工匠为主人公，提出"人生总要有天良，无论百工与各行"，并引"不费钱的功德例"云："雕画不亵渎圣像，造物必求坚实，不耽延挨工，不轻毁成物，不污损人衣服，不偷窃人材料，造作不苟且草率，不传播主东家常隐微，不图带买受谢、哄买假货，不因主人酒饭简慢辄生坏念，不爱人小利，不抛撒米粮，勿论主人当面背后，都是一样勤谨忠实……"②故事中，蒸酒工常

①《万缘回生集》卷四，刊刻时间不详，第2页。
②〔清〕空真子阅正，〔清〕虚性子同阅：《复元集》卷五，光绪癸巳年（1893）新镌本，第1页。

习良忠厚老实,从不耍奸,颗粒必珍,金作砺本朴诚笃,买卖公平,丝毫不敢苟且,二人因此德而免于火灾。

总之,宣讲小说中的工匠伦理,以业精为基础,却又注重以道驭技,具体体现在:对己讲究艺精;对艺讲究与自然之物的契合,与自然规律的契合;对人讲究诚,以艺谋财而不存非分之想。这种于人、于物、于己的态度,正是中国工匠精神的体现。

第五节　求利以诚:商之职分伦理

中国古代社会重农抑商,商位于"四民"之末,经商也为末业,但商人既为"四民"之一,商业也为四业之一,于社会不可或缺。《管子·乘马》云:"市者,货之准也。……故曰:市者可以知治乱,可以知多寡,而不能为多寡,为之有道。""聚者有市,无市则民乏。"[1]人们通常说无奸不商,奸、商似乎总绑在一起。《韩非子·备内》言及商人以求利为本:"舆人成舆则欲人之富贵,匠人成棺则欲人之夭死也。非舆人仁而匠人贼也,人不贵则舆不售,人不死则棺不买,情非憎人也,利在人之死也。"[2]舆人与匠人本身对于客户并不存在仁与不仁,商人心中所想,无非是利,在求利之心的驱使下,才有欲人贵或夭死。商人与客户是依存关系,无客户,无买主,利无所出。欲利己,先利他,只有坚守商德才能真正获得大利。归纳之,商人作为促进货物交换与流通的中介,其德涉及自身的智慧才能、思想品质、意志、经营理念、经营原则等,具体有以下几方面:于己求财重利善于经营;于

---

[1] 黎翔凤撰,梁运华整理:《管子校注》卷一《乘马》,《新编诸子集成》,中华书局,2004年,第88—89页。

[2] 〔战国〕韩非著,姜俊俊标校:《韩非子》卷一七《备内》,上海古籍出版社,1996年,第67页。

所卖货物真实量足;于人诚实守信,公平交易;于社会仁人助人以作回报。

一、善于谋利,不畏艰苦

商人以经商贸易为本,贸易求财、在买卖中获利是其天职。既以经商为业,就得敬业,但求利并非那么容易,为商之人应善于发现民众的需求所在,寻找商机,并付之于行动,才能达到目的。"精明"是商人的一个重要标签,甚至有"无奸不商"之说。所谓"奸",即人们通常所理解的囤积居奇、缺斤少两、弄虚作假等。对"奸"的负面评价甚多,但也不得不承认,"奸"往往与巧、智相连,带有精明的成分。若精明得当,讲究诚信,"奸"亦可谓智,可谓慧。在西南方言中,说某人很"奸",并不意味着贬斥该人,而是有夸奖其聪慧之意。

宣讲小说中,一些精明的商人善于发现他人未发现的商机。《劝善录·好朋友》中,崔佳贫穷但头脑灵活,腊月三十吃了鸡后,与朋友许午在河边挖得黄膏泥把鸡毛粘起,捏了十多个小雄鸡到寒山寺卖。"原来那寒山寺是苏州一座名胜庙宇,每年自正月初一起,以至上元节,那烧香的男妇大小络绎不绝,还有多少无事老人携带孙儿孙女庙前看热闹呢"。因寺内新年会场热闹,众多小孩见用鸡毛做的小雄鸡稀奇有趣,争相购买,五钱一个,不到半日,就卖了二百多钱,于是他们又买了几只鸡,迫下毛来,做了一百只小雄鸡,次日卖完。他们把那吃不完的鸡肉又卖与烧腊馆内。几日买卖利息广,分开几处赶会场。一月后,想到小雄鸡不过是一玩物,小儿玩厌就不买了,崔佳见苏州城内没有卖卤黄豆的,就改卖卤黄豆,"从来胜地说姑苏,未见卤豆稀奇物。一斗卖钱一串五,大本经商反不如"。这卤豆卖了月余,崔佳见苏州城内绸缎铺虽多,究无卖零绸缎的,又买了缎铺内的零头缎匹沿街货卖,"一年生意多顺遂,真个是赚钱不费力。年终两人把账计,六百两银子尚有余"。绸缎铺老板见他诚实,将铺内值银三千存货让他发卖，只要本钱。崔佳、许午两人"正月十六大开张，好似顺风走任洋。一年还清底货账，尚赚白银过斗量"①，五年之内，赚银百万。从崔佳的经营之路来看，他的精明之处体现在：一是不错过任何一个消费群体，哪怕是小孩。二是善于充分利用现有材料。最初买鸡是为了自己吃，鸡毛用来捏小鸡，而有了多余鸡后，又让鸡肉与鸡毛都得到充分利用。三是善于发现"无"，从"无"中寻找和发现商机。过年时小孩无新奇玩物，所捏小雄鸡就畅销；苏州未见卤豆，就以营销卤豆赚钱；无零卖绸缎的，遂以零卖绸缎谋利。四是不固守一样生理，但也不做超出自己能力之事。五是诚信，明白诚信的价值，不巧取非为。利用地域差异，物通有无，获得利润差价，是精明商人的一贯做法。如《照胆台·巧团圆》叙遵义人朱世有以贩布为业，常在云南省大理府太和县往来贸易，听闻大理府布价陡长，就贩布到大理。《法戒录·还花受产》叙常熟县商人钱洪顺以贩丝为业，得知蜀川丝广，便到川买丝；又闻蜀川棉花贵，遂置办了十多包随运。《护生缘·喜鹊报》写冉再思在本地贩卖白芷，听闻中坝场白芷甚贵，便买了几挑，往中坝进发。

　　做买卖能赚大钱最好，但也不能忽视小钱。利钱多也做，利钱少也做，薄利多销，才能积少成多。许多商贩做的小本生意，只要赚钱就卖，不图赚钱多。"做生意的将本求利，都是贱买贵卖，但有了主顾，须要公道待他，不可欺哄人，谎骗人。利钱多也做，利钱少也做。俗语说得好：'见快莫赶。'又说：'十日滩头坐，一日走九州。'这是买卖人的务本业了。"②在服务态度上，亦要坚守和气生财的理念，"谦光可致千乡客，和气能招万里财"，做生意者若自以为有货物，摆着脸

①《劝善录》卷四，光绪十九年（1893）仁记书局重刊本，第48—49页。
②〔清〕三山吴玉田镌：《宣讲引证》卷八，光绪纪元年（1875），闽书宣讲总局藏板，第6—7页。

色固守一个价格，有人讨价还价就怒气冲冲，人争一口气，顾客就会宁可别处吃点亏，不肯杵这鼻子灰，久之就无人光顾他的生意了。

经商有两种类型，一为行商，一为坐商，都需要吃苦耐劳。前者无固定场所，他们往来于不同地方贩卖布、漆、米、茶叶、药材、香料、珠宝、杂货等，后者有固定营业场所，如开店铺、客店、当铺等，有字号。坐商经商有讲究，如开店铺的需要货物齐全、殷勤待客、耐心细致，《宣讲集编初集·谋生秘诀》中说，"至铺中往来买卖人客，须留心识认面目，谨记姓名，以便东家掌柜不在，到门便识也。日或升过别铺，结识为光顾客也"①。《济世良丹·不忠恶报》中，有信的杂货店见货就收，不择客户，每年也有银钱收入。行商需要四处往来，长久离家，早起迟眠，奔走不息，经历风霜雨雪、炎热酷暑，担忧盗贼匪徒，可谓十分辛苦。即便是坐商，也得出门寻找货源。商人"挟数万之资，经风涛之险，受辱于关吏，忍诟于市易，辛勤万状，所挟者重，所得者末"②。曾有诗文详细刻画行商的辛苦："人生最苦为行商，抛妻弃子离家乡；餐风宿水多劳役，披星戴月时奔忙；水路风波殊未稳，陆程鸡犬惊安寝；平生豪气顿消磨，歌不发声酒不饮；少资利薄多资累，匹夫怀璧将为罪；偶然小恙卧床帏，乡关万里书谁寄？一年三载不回程，梦魂颠倒妻孥惊；灯花忽报行人至，阖门相庆如更生；男儿远游虽得意，不如骨肉长相聚。请看江上信天翁，拙守何曾阙生计？"③《宣讲引证》卷七引《朱子家训增注》概述小商贾之苦：

> 世有肩挑贸易小民，一钱八分资本，贩卖菜果杂物，穿街走巷，朝出暮归，炎夏三伏，不避赤火烧心，隆冬五更，那辞冷风刺

①《宣讲集编初集》卷二，同治十一年（1872）刻本，第 86 页。
②〔明〕李贽：《焚书》卷二《又与焦弱侯》，中华书局，1975 年，第 49 页。
③〔明〕冯梦龙编，许政扬校注：《喻世明言》，人民文学出版社，1990 年，第 276 页。

骨，以为一家糊口之计，吁！亦劳矣。不思广厦富商、朱门公子极会讨便宜，初犹以为亏本，必不可售，谁料南北街巷之人，偏多如是，势不得不贱卖矣。一日两日家中之食用，市上之亏折，前借微本，尽已消镕，又不得不重借以苟延日月，久之利债愈多，索债者猛如狼虎，生意转觉无聊，至有抑郁而死者，有卖男鬻女者，有饥寒难忍，流为非作歹者，惨苦难悉。①

总之，经商之苦，难以一言说尽。宣讲小说中的不少行商，或贩布，或贩丝，往来于各地，往往有商者死于江河波涛中，或盗匪手下，即便不死，也有财货尽失的。《同心挽劫录·善遇奇缘》中，重庆人桂芳借银贩米欲至五通桥发卖，将至五通桥，忽然风波汹涌，桂芳幸得逃生，却货物俱失，腰无半文，哭天无路，喊地无门，只得募化沿门。《回天保命·修善延嗣》中，山东东昌府王心斋携所贷银两欲至福建贩卖丝绵，中途被贼劫掠，浑身着伤，狼藉归家。再如《一德宝箴·义犬护尸》中，贵州安平县邱光福往云南贩卖药材，归家途中遭到船匪杀害。至于在经商途中染病，亡身异乡的，也不在少数。面对种种艰苦，商人都不能懈怠，需要吃苦耐劳，方能成功。《立心化迷录·葡萄架》中，袁上林在儿子寿生出门经商之前嘱咐道："买卖中常打算赚钱才往，若无利寻别项再作主张。"②寿生买了一些布匹，到处发卖，闻听重庆布价还高，就把布发到重庆，站了几日，卖不下去，又往江津县中白少场去发卖。那个地方的客商甚多，布价亦高，他就把布卖完了。之后他又去买货，未上半年，赚钱有五百两。为贸易辗转三地，其中艰苦可想而知。但因能吃苦，最后终于赚到了钱。

---

① 〔清〕三山吴玉田镌：《宣讲引证》卷七，光绪纪元年(1875)，闽书宣讲总局藏板，第 11 页。
② 《立心化迷录》卷二，刊刻时间不详，第 5 页。

二、以诚为本,买卖公平

商人赢利,天经地义,赢利有技有道。《周易·乾卦》曰:"利者,义之和也。"①《阴骘文》云:"斗称须要公平,不可轻出重入。"真正精明的商人,看到的是义中利,在义中取利。"商则通有无,权贵贱,交易而退,各得其所,务体公平,勿蹈欺诈"②,"贸易莫图眼前富,公平义取四方银"③。公平交易、义利并重是商贾经营的基本原则与理念。

"诚"是商人伦理的基础。诚构架了双方互利的桥梁,"唯天下至诚,为能经纶天下之大经,立天下之大本,知天地之化育"④,"诚者,真实无妄之谓,天理之本然也"⑤。诚是天地的自然存在,唯有以诚信构建公平的买卖关系,买卖这一活动才能长期保持。早在先秦,哲人们就十分重视"诚"。《管子·乘马》言:"非诚贾不得食于贾,非诚工不得食于工,非诚农不得食于农,非信士不得立于朝。"⑥《礼记·王制》亦曰:"布帛精粗不中数,幅广狭不中量,不粥于市。"⑦诚贾、中数、中量是对商人、商品的规定,前者是品行,是基础,后两者是体现,

---

① 〔魏〕王弼等注,〔唐〕孔颖达等正义:《周易正义》卷一《乾》,《十三经注疏本》(上),上海古籍出版社,1997年,第15页。

② 〔清〕三山吴玉田镌:《宣讲引证》卷一,光绪纪元年(1875),闽书宣讲总局藏板,第19页。

③ 《善恶巧报》,光绪乙亥岁(1875)重刊本,笔者存,第4页。

④ 〔清〕朱彬撰,饶钦农点校:《礼记训纂》卷三一《中庸》,中华书局,1996年,第780页。

⑤ 〔宋〕朱熹:《四书章句集注》,《新编诸子集成》(第1辑),中华书局,1983年,第31页。

⑥ 黎翔凤撰,梁运华整理:《管子校注》卷一《乘马》,《新编诸子集成》,中华书局,2004年,第91页。

⑦ 〔清〕朱彬撰,饶钦农点校:《礼记训纂》卷五《王制》,中华书局,1996年,第200页。

是要求。《通书·诚上》云："诚者,至实而无妄之谓,天所赋、物所受之正理也。"①《通书·诚下》又云："诚,五常之本,百行之源也。"②《荀子·正名》进一步提出"正利而为谓之事,正义而为谓之行"③。真正的事业必然是正义的,必守正义而行。

交易中的诚信体现在对物的要求与对人的态度上。

首先,在买卖之物上,讲究物与价之间的相等,物真价实。其"真"包含着物本身的真,数量、斤两、质量的真。但凡缺斤少两、以假做真、大斗小秤者,都是背离了"货真"的原则,会自砸信誉与店铺名声,反而赚不了钱。《辅德嘉模》第十四回《下普陀烈女明操,出粪坑贱妇陈罪》中,专善问将军"计利必害义"的问题,将军回答:

> 人到饥寒切肤的时候,即不顾义,一味计利。这利又从何而来? 必至出于咺骗,咺骗不止,必至为盗贼之所为也,是义终久离他不得。尔看做生意人,出入公平,货物高矮,不相混杂,价值贵贱,不肯朦混,找折凭个涨跌,人人知他不欺心,他的生意就一天比一天的好了,到后来谁个不得饱暖? 若是那使奸弄巧的,明明搭他讲成的是好货,到以拿回家,总有那不好的掺杂其间,凭你眼快,他都会掉换,银钱出入,他也要搓挪一点,久之被人识破,他的生意就一天比一天不如,到后来又见谁个能掌大资本?④

---

① 〔宋〕周敦颐著,陈克明点校:《周敦颐集》卷二《通书》,中华书局,1990 年,第 12 页。

② 〔宋〕周敦颐著,陈克明点校:《周敦颐集》卷二《通书》,中华书局,1990 年,第 14 页。

③ 〔清〕王先谦撰,沈啸寰、王星贤点校:《荀子集解》卷一六《正名》,《新编诸子集成》(第 1 辑),中华书局,1988 年,第 412—413 页。

④ 〔清〕阳瓜慎独子参订,〔清〕阳瓜辅德坛校刊:《辅德嘉模》卷二,刊刻时间不详,第 58—59 页。文中的"咺骗"似为"诓骗"之讹写。

　　这一段议论以非常浅显的语言说明公平买卖之所以能获利的原因。以假作真,欺瞒顾客,只能获得一时之利,而不能获得长利。对于坐商来讲,店铺是固定的,顾客也大致是固定的,顾客上过一次当,就不会再上第二次当。商人只要凭天理良心,不仅对得起自己的良心,亦且稳定了顾客,照顾生意的人就多,薄利多销,积少成多,自然也就有了钱赚。《赞襄王化·定志获福》说,"为商亦是正业,但须以良心为本,货物不可掺假,斗秤不可欺人,方得皇天眷顾,利赚多金"①,反之,"若是斗秤不公平,又惯卖假货,一回哄怕了人,二回人就不照顾你。譬如你们做生理的人,与人家买货,货物又假,升斗不够,且问你们二回还照顾他不照顾他? 你们上了人家当,二回定不找他,人家上了你的当,二回他又肯照顾你吗? 这是人情一定的道理,既然没得人照顾你,生理定会折本,如今那折本的人,越做那没良心的生理,越没良心越没人照顾,越没人照顾越见折本"②。顾客就是上帝,没有了信誉也就没有了顾客,钱由何而赚呢?

　　所谓物真,即是保证其质量。《赞襄王化·一钱翻梢》揭露一些人为了利而不顾义,弄虚作假:

　　　　古人说:"宁向直中取,莫向曲中求。"世人不明这个道理,偏要米发水,漆掺油,油掺漏子糖,糖掺石羔面,红花掺粉子、麻筋与油糖。有的赚了钱,有的把脸伤,究之还是该富的才富,该穷的还是穷。至于药铺内面,假的更多,首乌充白术,桔梗做洋参,白苕当山药,粉子做茯苓,值价药少抓,衬包药多捡,病人床上在

①《赞襄王化》卷一,光绪六年(1880)新镌本,板存四川夔州府云邑北岸路阳甲培贤斋,第76页。
②〔清〕王文选辑:《宣讲集要》卷一一"务本业以定民志"条,光绪丙午年(1906)吴经元堂刻本,第7页。

呻吟，只望一服像手拈，谁知卖的是假药，吃下反转把病添。因此病轻的加重，病重的就死，济生堂遂改作收生堂了。[①]

上述议论指出，不良商人于物中掺假，如油中掺假，酒中兑水，或者米谷发水、生漆掺油、油掺漏子糖，糖掺石膏面，或者缺斤少两，这些行径固然可恶，但还不至于直接危及到生命。药铺贩卖的药若质与量出现问题，如首乌充白术，桔梗作洋参，白苕当山药，粉子做茯苓，病人买到假药，去了钱财，吃下反而把病添，病轻的加重，病重的就死。卖假药误人病之行，更是罪无可恕了。

　　货真还得价实。商人将本求利，因不同之物有不同价格，物稀且珍贵，供不应求，价格自然就高，这并不违背"货真价实"的原则。货真价实指货物本身的质与量以及它们在市场上的常与稀与价格相一致。《护生缘·无心掌》中，主人公实行"良心买来良心卖"，其交易原则有四不：一不叫虚价，二不卖假货，三不欺老少，四不短丈尺。但一些经营者并非如此，他们将以假作真的物品卖真物品的价格，以量少之物卖足量之物的价格，大秤小斗、短尺少升等。《赞襄王化·一钱翻梢》中，叶长青嘱咐儿子："为商贾总要把天良为本，不欺老不瞒幼价实货真。切不可用大斗暗使小秤，切不可高抬价过取钱银。"[②]为商贾者不可存心奸诈，以假货哄人。《维世六模》之《训商贾章》云：

　　　　行商要通商路，坐贾要知贾情。切勿贪求过分，更为格外经营。总宜货真价实，一本许利三分。童叟并无欺哄，斗称出入公

①《赞襄王化》卷二，光绪六年(1880)新镌本，板存四川夔州府云邑北岸路阳甲培贤斋，第84页。
②《赞襄王化》卷二，光绪六年(1880)新镌本，板存四川夔州府云邑北岸路阳甲培贤斋，第89页。

平。……哄人生意不久,长兴必不哄人。……公平和气四字,可
作商贾良箴。……百般商贾,将本求利,通易有无,固要算计,也
要公平,良心不昧,取四方财,和气为贵。①

行商有商路,有商道。货真价实是公平交易的基础,也是诚信的
体现。

在对待顾客上,童叟无欺。货真价实是对物本身的要求,童叟无
欺是对交易对象的态度。买卖双方交易的是物,而直接面对的是人,
在买卖过程中,二者不能分开,故公平交易、童叟无欺往往一同言及。
如《脱苦海·三多吉庆》中的徽州王志仁"熟习买卖,惯走江湖,素来
公平交易,童叟无欺"②,《救劫保命丹·白花井》中的罗定州商人黄
廷彦"贩布为业,公平交易,童叟无欺"③。宣讲小说中反复强调和气
生财,"和气"的对象,是所有顾客,无论男女老幼。童叟是社会的弱
者,不欺弱小,仁心可嘉,这类商人,自然不会弄虚作假。《维世六
模·盗贼鸣冤》云:"凡做生意的人,皆想赚钱,不愿折本,然赚钱的
人,必因货真价实,童叟无欺,而又一团和气,满面春风,兼之手稳口
稳身稳,所以主顾才多,生意茂盛。"④《宣讲摘要·遵命配丑》又云:
"买卖切莫高抬价,童叟无欺自发达。秤尺公平休诡诈,无义钱财不
肥家。成败原自有造化,正直存心自兴家。"⑤小说肯定商人可以赚
钱,反复强调价实货真,和气生财,不可奸巧耍威武。一些父母教育
子弟经商,也一再强调诚信交易,不欺童叟,不欺愚鲁,并将其视为生

①〔清〕周小峨:《维世六模》卷九,光绪十三年(1887)刻本,第46—47页。
②〔清〕岳西破迷子编辑,〔清〕果南务本子校书:《脱苦海》卷一,同治癸酉年
　(1873)新镌本,第14页。
③《救劫保命丹》卷一,民国乙卯岁(1915)重刊本,版存乐邑松存山房,第111页。
④〔清〕周小峨:《维世六模》卷九,光绪十三年(1887)刻本,第47页。
⑤《宣讲摘要》卷二,光绪戊申年(1908)经元书室重刊本,第50页。

意长久兴隆之道。

公平交易，利于人，满足人的需求，利于己，协调着人己关系，很好地将义与利统一起来。宣讲小说编撰者称"以利为利是小人"，"财用须从大道生"，认为经商不能奸巧坏良心，亦且认为，不义之行只会害利，甚至有害于命。《辅世宝训·棠棣竞秀》曰："总是买货要求真，又要公平做交易。假货只能哄愚人，谁能哄得伶与俐。愚人受了你欺哄，祸事来把你寻觅。"①《化世归善·遵训享福》中，陈父以秤上有十六星为引子，说道："南斗六北斗七星十三个，再加上福禄寿一斤方成。短一两折了福二两折禄，短三两福禄寿一概折清。你若卖给人些十二三两，你若买十八两还有余零。只顾你赚两钱眼前快乐，那知道损阴骘造罪不轻。损了福折了禄还有奇祸，亏了人落咒骂玷辱祖宗。从今后你须要改邪归正，存良心管许你买卖兴隆。"②奸猾商人，不是在阳世受报，就是在冥间受惩处。《宣讲集编初集·积福儿郎》叙杨崇兰恃势，欺人欺物不知几何，其后二子贩运于岳州，经过洞庭湖，遇大风覆舟，沉水而死。《扶世良丹》第九抄传《大秤小斗转叫花》中的赵仁大秤小斗、卖米发水、造假银卖假货，转世为叫花。《因果明征》第三十三回的标题为《奸商昧良遭显报，险诈居心变畜牲》，从标题可见奸商之恶果。反之，交易公平者，不仅生意兴隆，亦且有其他善报。《赞襄王化·一钱翻梢》中，叶长青做药铺生意尤其讲究诚信："但他的红花，与别人不同，人家多掺拣粉，他却办的净货，人家都用大秤，他却比人小些"③，以此之故，他被人叫作"叶公道"。因货无虚价，人无二心，四乡之人都喜欢向他买货，生意十分闹热，不上十年，

---

①《辅世宝训》离集卷六，光绪元年(1875)重镌本，蒙阳辅世坛藏版，第5页。

②《化世归善》卷二，宣统辛亥年(1911)新刊本，板存平原城东南魏庄广济善局，第22—23页。

③《赞襄王化》卷二，光绪六年(1880)新镌，板存四川夔州府云邑北岸路阳甲培贤斋，第85页。

他就利赚多金，从此家业日盛，置业乡间。《度世救劫·周将护门》中，沈正号公平做小买卖数年获利百铫，开米店买卖原斗进原斗出，每斗只赚钱两三文，以供家口，毫无一点贪心，父子皆然。他遇难时，有周将护门。《法戒录·朱衣救火》中，古道成做贸易营生，极重视公平交易，失火之时，朱衣救之，且得了四坛银子。《回天良策·小善成仙》中，广陵人李珏行商公正，最后成仙。

商贾乃人之常道，必须光明正大，勿欺勿诈，升斗戥秤，一般出进，贩卖货物，应真实勿欺，无论行商坐贾，都要本分平心地做，将本求利，明找明取，得乎自然，理所该当。这些都是为商的正道，亦即商的务本业。如若机巧百端，将得罪于上天。《因果明征》第三十三回《奸商昧良遭显报，险诈居心变畜牲》中云："或官府刑讼之牵缠，或瘟疫痨瘵之侵扰，困苦床枕，缠绵沉滞，必使其荡尽不义之财，或有水漂火焚，家破人亡，为之报应"①。《采善集·报四恩俗讲》认为政府设场市街道提供交易场所，"又怕我们有口角，有争斗，替我们均其物价，一其升斗，定其戥称，每场中又设几个首人，不得以强凌弱，以大押小"，因此"做买卖的，公平交易，尺寸斗升，依朝廷的制度，莫去瞒老欺幼，笼哄愚人"②，这就是报君恩。中国古代社会以孝治天下，奸商的种种行为，或令自己身命不保，或令名声受损，这也是遗父母羞，属于不孝。同书在阐释"好货财私妻子不顾父母之养不孝也"条时将不公平交易视为不孝，原因是人家上了当，就会咒骂对方祖先，或诅咒他们子孙不昌盛。《复元集·贤妇保家》中的一段议论以商人之孝来说明商人应讲商德：

　　　　人生起家，贵存天理良心。凡升斗秤尺，务要正直公平，以

①《因果明征》卷三，同治五年(1866)重镌本，庙北山扬善坛藏板，第33页。
②《采善集》卷一，宣统二年(1910)新镌本，板存罗次县关圣宫，第7页。

义为利，方可长久。故有一世之德者，必有一世之子孙保之，有十世之德者，必有十世之子孙保之，其大略然也。若徒一味奸巧，十分盘剥，用尽自己机谋，轻出重入，不管他人死活，妄取强求，此谓逆天行事。昧理图财，只顾眼前，那计后世，究竟得之易，失之亦易矣。①

中国自古就有义利之辨，《论语》即有"君子喻于义，小人喻于利"②之说，对义、利的不同追求就是君子与小人的分别。不少理学家都承认求利是人的本能，是"人情之所欲"，义、利并不一定是截然对立的，"利者，义之和"，"义之和处，便是利"③。商人重利，利义并不冲突，反而是彼此促进的。《墨子·兼爱中》云："夫爱人者，人必从而爱之；利人者，人必从而利之；恶人者，人必从而恶之；害人者，人必从而害之。"④利人亦必利己，反之，利己亦须利人，"兼相爱，交相利"。商业活动中，一味自私自利只能让自己寸步难行，但凡获大利者，皆不离于诚。诚发于心，不因人异，童叟不欺，货真价实，不缺斤少两，是商人在交换伦理中起码的准则。《赞襄王化·定志获福》中，王大志告诫朝禄为商之"分"是"须以良心为本，货物不可掺假，斗秤不可欺人"。诚实守信是商业活动中最基本的伦理，也是商人伦理的核心。

---

① 〔清〕空真子阅正，〔清〕虚性子同阅：《复元集》卷五，光绪癸巳年（1893）新镌本，第 73 页。
② 〔汉〕郑玄注，〔清〕刘宝楠注：《论语正义》卷五《里仁》，上海书店出版社，1986 年，第 82 页。
③ 〔宋〕黎靖德编，王星贤点校：《朱子语类》卷六八《易四·乾上》，中华书局，1986 年，第 1704 页。
④ 〔战国〕墨翟：《墨子》卷四《兼爱中》，上海古籍出版社，1989 年，第 30 页。

第六节　忠君爱民：官吏之职分伦理

官吏是官与吏的合称。《说文解字》云："官，吏事君也。""吏，治人者也。"①经过科举选拔的职务较高者是官；掌握一定才能，执行具体事务的职务较低的工作人员为吏。具体表述中，二者或分而言之，或合而言之，本书不将其分开而论。"临天下者，以人为本。欲令百姓安乐，唯在刺史、县令"②。官吏虽不属于"四民"，却是国家与"四民"之间的中介，他们执行国家命令，管理"四民"。国家通过官吏控制"四民"，进而达到控制民众之目的。《韩非子·外储说右下》曰："闻有吏虽乱而有独善之民，不闻有乱民而有独治之吏，故明主治吏不治民。"③"故吏者，民之本纲者也，故圣人治吏不治民。"④官吏的素质、能力、态度对国家机器能否良性运行影响极大，也对民众的生活秩序产生重要影响。

治吏从严，治民从宽，从社会管理及稳定程度而言，官吏的伦理道德建设极为重要。官多为由考中功名的士人担任，官德中包含着士德，却比士德要求更高、更严。对官吏的伦理要求甚多，《阴阳鉴》第五十七回至第六十七回所述的居官律中，官吏应当受惩罚的行为有：欺凌同寅，徇情纵法，黜陟不当；亲近奸吏，漠视小民，纵役威势小

---

① 〔汉〕许慎撰，〔清〕段玉裁注：《说文解字注》，上海古籍出版社，1981年，第1、730页。

② 〔后晋〕刘昫等撰：《旧唐书》卷七四《列传第二十四》，中华书局，1975年，第2618页。

③ 〔战国〕韩非著，姜俊俊标校：《韩非子》卷一四《外储说右下》，上海古籍出版社，1996年，第192页。

④ 〔战国〕韩非著，姜俊俊标校：《韩非子》卷一四《外储说右下》，上海古籍出版社，1996年，第199页。

民,不严戒衙役搕索;裒昵绅耆,烦民迎送,费民供应;罔上行私,媚权行诈,不遵上谕;需用累民,不察不恤;创弊营私,不凛君命,不恤生民,任吏舞弊不严禁;关防不严,任家属交通,吏役舞弊致欺蔽;惧势徇情,不能尽法,背公行私,国法乖戾;临事执成见,无详慎,误事;任性忿怒,不能制伏坏事;俸少用繁,以致滥取;贪逸恶劳,委任废事;等等。真君所阐之律,从反面说明了对官吏的道德要求。

对官吏的伦理要求,体现在他们自身的德行修养,对待国事、对待人民的态度,以及对待所掌管的事务的态度等诸多方面。

一、忠君爱国,以国以民为先

官吏是国家选拔的人才,上效忠于君,下负责于民,食君之禄,分君之忧。天下太平、朝廷无事时,坚守清、慎、勤三字,不图肥家润身,就是忠君;国家遭遇变故时,护君、保君、保民,曲全救民,乃至舍身取义,杀身成仁,为国捐躯。《普渡迷津·同挽浩劫》中的合州州主张祁仁,《破迷惊心集·除寇安良》中的曾国藩,《破迷录·忠孝节义》中的白不缁父子,《指南镜·醒梦钟》中的云南太和知县黄居仁,《换骨金丹·临难不苟》中的金玄,《圣谕六训醒世编·阖府全贞》中的周吉,《醒梦晨钟·阖家全节》中的湖南潭州知州李苇,《指路碑·一门死节》中的武来雨等,都是忠君爱民的好官。上述官员所体现的美德,有以下几方面:

忠于其职,在所管辖的范围内教化民众,安定地方,面对危难不苟活,活则为君为民。《普渡迷津·同挽浩劫》中,合州州主张祁仁奉行圣谕,躬率宣讲,务使男妇老幼皆知改恶从善,到潼川之后又教民以"八德"。咸丰元年,广西兵乱纷起,蚕食两广,攻陷沿江一带省会,掳掠杀戮,官兵未及交锋,闻风而丧胆者有之,临阵而死节者有之,投降者亦众,皆莫敢与之抗衡。张祁仁时为潼川府尊,奉命解粮五千作官兵之资,却被乱兵抢去,自身亦被擒。张拒不投降,欲自刎而不得,思念圣朝厚恩，每每哭泣通宵。他后趁机传回消息于潼川，使民免遭浩劫。小说结尾议论道："如张公祁仁，处难不忘其君，不忘其民，忠也。"①

忠于职事，表现在不畏权贵，不求苟安，虽危身而不惧，以身殉道，以身殉国，不苟安于世。《同心挽劫录·白玉堂》载，白不缁忠直且为官清正，严嵩父子专权，满朝文武俱皆畏威，不缁刚直不阿，凡议朝政，铁面无私，累与严嵩抗衡，不惧生死，后被奸臣陷害，死时身无长物。其子白玉堂长大，学习兵法，倭寇作乱时，助官兵英勇杀敌。再如《换骨金丹·临难不苟》中的明代大臣金玄教其子以礼义忠信，父子自勉不为名教罪人。李自成起义，而国已不支，虽忧官卑职小无力报效，却也准备赴急难以殉国。他先整束衣冠，望阙再拜，转身跳入御河，水浅不死，家人来救，金玄口牙啮其臂，俯首直入泥泞而死，家人亦共赴国难。《指路碑·一门死节》亦载，庆符县令武来雨爱民如子，当贼人反，知城不可守，写下遗书于壁上，请匪人勿伤民一人，从容就死。遗书中有诗云："无端鼙鼓震山河，民不知兵倒曳戈。守令有文惭绛灌，幕师无武笑随何。频抛白骨埋荒野，一着丹心矢靡他。此际更怜诸士女，何堪遭暴日消磨。"②《圣谕六训醒世编·阖府全贞》中，宁武关总镇周吉镇守京西咽喉要路代州时，刀兵四起，乱兵屠戮百姓，各州城府县俱各望风而溃，总镇率领仅剩人马战斗至死，其家人亦自刎共赴国难。"凡为官正应当忠君为本，遇国难任捐身留下贤声"③，这是周吉的心声与行动。

为君分忧，以国为上。《辅道金针》第四十八回《小游生奉命朝

①〔清〕岳北守一子编辑，〔清〕舟楫子校正：《普渡迷津》卷四，刊刻时间不详，第78页。

②《指路碑》卷三，刊刻时间不详，第25页。

③《圣谕六训醒世编》卷二，宣统元年（1909）石印本，营口成文厚藏板，第19页。

天，玄穹主罩恩演谕》中承恩坊上的对联云："持万国之纪纲佐天理物，听九重之恩命御地扶民。"①《破迷惊心集·除寇安良》中，曾国藩博通经史，胸有沟壑，未当官时，有代天行化道济天下苍生之念。他先将廿二王章，不分遐迩州邑，神会里巷，红白酒筵，只要人民荟萃之处细讲；中解元点翰林后，想到南方的兵乱，主动请命前去镇压，率领三千雄兵，不分星夜飞奔江南；国库紧张，将家下银钱以助国朝粮饷，屡败屡战，终于攻破南京。开篇诗赞曾国藩曰："正直代天行化，慈祥为国救民。"正文前又有《步步娇》赞曰："不拘不挺存心，代天振启顽民。但愿世为太古春，不愧宇宙肖子，方算天地完人。复克蕴岂弟同咏，天下饥溺切己身，后步金阶麟阁标名。"②对联、诗赞是对主人公德行的总结，亦可谓是对士德的提炼。此外，整顿士风，教民化俗，选拔人才，奖掖后进等，都可以算得上为君分忧之举。

二、爱民如子，广行仁政

人们常以"父母官"称呼当地官员。《滇黔化》第一回《为求官弟兄谈志，因失子夫妇归家》中的《恤民》言："九重天子爱元元，官吏斯民一体联"，"呼为父母人皆仰，视作儿孙我亦怜"③。民在危急之时，常不自觉地呼天喊地叫父叫母，称官为父母，实指望他们能解自己于危难水火中。爱民如子，亦是对父母官的最起码的规定。

但凡爱民者，急民之所急，想民之所想，忧民之所忧，虽危身亦不顾。《指南镜·醒梦钟》中的黄居仁爱民如子，凡有利于民之事，无不尽力为之，尤能洁己奉公，一清如水。太和遭遇大旱灾，他禀上级请求开仓救民，上命未达之前，因灾情紧急，他先开仓放粮，又将自己宦

---

① 《辅道金针》卷八，光绪戊子年（1888）镌刻，报恩辅道坛藏板，第13页。
② 《破迷惊心集》卷三，刊刻时间不详，第56页。
③ 〔清〕晋良、钟建宁编：《滇黔化》，光绪三十年（1904）重刊本，第5页。

囊所余之数,概用来赈济,又劝富人乐捐。因这些措施均不能解决问题,饥民抢夺粮食,居仁又对民晓以大义。有官要求斩杀暴动之民,被擒者百余人,被杀者数十人,居仁见所擒之民都是老幼,不忍加刑,命放回归家,且将所余粮银概来赏赐贫民。上司言其擅发国课,藐法欺上,将其降级撤任,要其赔偿救民命之时所用银两一万二千六百五十两,忧急交加下,居仁与其母亲气急而死。天地之间人命为贵,民遭遇奇荒,嗷嗷待毙之时,仁人君子都当竭尽全力救济,为一方父母自当想方设法,倾力相救。黄居仁救民于危难,免民于更大暴动,而己遭不幸,亦可谓死国,是忠君爱民的典范。

报国,自然要与民分忧。《桂兰金鉴》"救民"条指出,上天所做一切都是为民:"立君立相,立百官有司,无非为此民也。其生豪杰,生圣贤,成仙佛,成神明,亦无非为此民也。其布五行,长万物,奠山川,定劫运,开治乱,审报应,亦无非为此民也。"官为民之父母,或作为救民者,皆当为民捍患恤灾。民有急难,官匍匐救之,如父母救子女。"民而曰救,非有权位者不能济也。然有权位者,夙矢忠君爱国之心,自平日不刻民,不虐民,利为民兴,害为民去,而蚩蚩之氓皆陶然乐生矣,何庸言救耶?而所需乎救者,意外之虞耳。或值兵燹,而将蹈于锋刃,或值水旱,而将就于沟壑,或值大差役,而将痛裂于肌肤,则不得已而号呼望救矣。"以民为上,当君主有错,则极力进谏。唐高宗时,营造宫室,征讨四夷,民力寝竭,张文瓘谏曰:"王者养民,逸则富以康,劳则怨以叛,秦汉广事四夷,创建宫室,二世而崩。武帝末年,户口减半,民罔常怀,怀于有德,无使劳而生怨。"[1]帝善其言,卒为罢役。《阴阳鉴》第五十九回的标题为《挽末流十殿提苦,行苛政数子遭殃》,所演居官律中,"遇大灾荒,应申不申。勘详不早,民命如悬。不设法蠲赈,致害民命","地方利病,漫不经意,百废俱弛","有顾陈因

循不行,苟应大宪,檄行害事",“私意创法,贻害生民",“知例病民,可革不革,沿旧例,推委或贪利不革"①等,都属于不爱民之行,皆有不同程度之“过",会受到不同的惩处。

地方百姓是否平安守法,与官员有莫大关系。官清民自安,清与廉相连。“清"含有清廉不贪、清醒明白之意,不贪为清,不昏为清。《周礼·天官冢宰》考察官员的“廉",有廉善、廉能、廉敬、廉正、廉洁、廉辨等。官不清,以自己为重,则有可能虐待下民,导致民不聊生;或者胡乱行事,政令乱行,亦是扰民害民。《广化新编》第五回《不行善衔房火烧,刻剥民官吏雷击》云:“吾闻邑降天灾,非仅庶民之无良,亦由官长之不德。"②《救生录》第十四回《金天君南天等候,杨善童漫步讴歌》有一段唱词,说明官害民之种种:“虽然说遭兵燹处处逃难,我敝地尚能保不离他乡。皆因由地方官道义不讲,谁一个从古制守法王章。弊不除利不兴酒色是尚,逞矜骄逞营谋占祖荣光。总说是倚权势欺下犯上,家不齐国不治一味豪强。将八则与五伦件件剥丧,此浇风此漓俗已遍四方。……为官僚原本是以作民望,为甚么苟虐民做事不堪。"③清廉则不贪,清醒则不糊涂,知道何该做,何不该做,就不会出现上述行为。

官员爱民还体现在断狱上。但凡爱民者,必定仔细查案,做到以事实为依据,以法律为准绳,秉公断案,而不是因为偏听而偏断,或收受贿赂而徇私枉法,导致冤假错案。众多与公案相关宣讲故事中的清官,细心断狱,情法统一,以案教育民众。如《护生缘·喜鹊报》中,县官见微知著,以官职为赌注要求开棺验尸,又化为算命先生探访案

---

① 〔清〕义泉静虚子编辑:《阴阳鉴》卷八,光绪癸未年(1883)刻本,第34—35页。
② 〔清〕桂宫赞化真官司图金仙编辑:《广化新编》,咸丰元年(1851)重镌本,第27页。
③ 《救生录》耻集,刊刻时间不详,第10页。

情,最后获得提示,案件真相大白。《宣讲回天·阴骘御史》写仁山见老鼠拖鸡蛋,想到家内的偷盗案件,重新查案后找到真凶。《劝善录·赛龙图》中,施公断案,不简单凭借所谓物证即刑讯逼供,而是仔细问案,假托神佛,很快将真凶找出,又成全胭脂与鄂生,情法兼顾。结尾议论曰:"奉劝世人,惟愿诸公勤勤讲说,切勿轻弃焉可。"①由此可见宣讲者对此类官员的殷切期待。

三、约束自我、家人与胥吏

在宣讲小说中,反复提及一句话:"生在公门好修行。"《挽生救劫传·审春牛》云:"人在公门正好修,富贵贫贱天自由。"②《破迷录·阴阳巧配》亦云:"人生在世,总以正直为本,身在公门,正好修积。"③在汉语中,"修行"一词有两个含义,一是修养德行,二是学佛或学道,具有宗教意味。不管是日常修行还是宗教修行,都不离自我管理、自我约束。

官员须上报国恩,下立人品,居心忠厚正直,若心术邪刻,为官必取祸患,行害人之事。顺治九年(1652)皇帝钦定立学校规条卧碑于明伦堂之左,要求生员恳告父母不非为,立志当忠臣清官,留心、体悟书史所载忠清事迹,居心忠厚正直,不可干求官长、结交势要、爱身忍性,不纠党人、干涉词讼,不立盟结社及把持官府、武断乡曲等④。学校条规对生员的要求,又何尝不是对官员本身的要求?所以,本身品性优良的士子在居官之后,其未成为官员之前的德行往往尤为人所称道。如《宣讲回天》之《阴骘御史》与《阴骘状元》中的两位主人公仁

---

① 《劝善录》卷二,光绪十九年(1893)仁记书局重刊本,第36页。
② 《挽生救劫传》卷三,刊刻时间不详,第62页。
③ 〔清〕龙雁门诸子编辑并校:《破迷录》卷一,光绪丁未年(1907)新镌本,第49页。
④ 慈溪市文物管理委员会办公室、宁波市江北区文物管理所编:《慈溪碑碣墓志汇编·清代民国卷》,浙江古籍出版社,2017年,第424页。

山与舒兰严。仁山未为官之前，凡县中人若有冤枉则尽力解围而非贪财弄弊，赵家五兄弟以种田为生，却为匪徒攀咬遭受严刑逼供，仁山见他们孝友可风便为他们洗刷冤屈，因其淡然无欲，"以正直之心拔冤累之苦"，被神灵赐予御史之职。舒兰严处馆归家，将仅有的馆银十五两救助因被迫卖身而欲投水的马氏，使他们夫妻团聚，自己归家却身无分文，最后，兰严生子后成状元。从故事本身层面上看，舒兰严行善与其子舒芬成状元与官德无关，但从更深一层想，很多官吏之贪残，与其家人的需索有一定关系。父母有仁民爱物之心，淡泊钱财，其子女亦会深受其影响。《脱苦海·惜字延龄》中云："宋郊救蚁得中状元之选，叔敖埋蛇反享宰相之荣。"[1]许多得官者所行的阴骘，或为放生，或为拒淫，或为救人，这些行为所体现的，是仁心，是不贪不淫，这正是一个合格官员所应具备的品德。为官之后，官吏的道德修养，也需从这些方面加强。

为官者须修身。有一部分官员为官，不是为成就济世安邦之宏愿，而是将做官当作个人享受的平台。《阴阳鉴》第五十八回《惩贪官以儆酷吏，表良吏而励纯臣》中何昏官的一段言语具有代表性："凡人由服古以至入官，殚精毕虑，丧财破家，几经图维，始获一官半职，方期取民之财帛，诳君之钱粮，以饱己囊，润家私，使世世子孙永享勿替者，人情大抵然也。"[2]在何昏官看来，众多想尽办法为官者，都是为得到个人私利，故此才有贪污之事发生。他们的贪，不仅是为个人，也是为家人，为子孙。为自己、家人、子孙计，的确是人的共性，但诚如评点者所言，这些话"道尽贪官肺腑"，"欲永享勿替，何不施德于民，自能长久"。真正为自己、家人、子孙考虑，不能只考虑一时，而应

①〔清〕岳西破迷子编辑，〔清〕果南务本子校书：《脱苦海》卷一，同治癸酉年（1873）新镌本，第 57 页。

②〔清〕义泉静虚子编辑：《阴阳鉴》卷八，光绪癸未年（1883）刻本，第 14 页。

是长久。以财产润身富家只是一时,以德教人,方为长久之计。为此,真君特别强调官员的操持:

> 居官重操持。若无贞操慎持,将处己不严,则胥吏每得乘间,抵隙而动以非分。甚或窃权弄柄,假官威以骇诈乡愚,一方鼎沸,四民鲜靖,是何异携羽翼以资猛虎,委民膏而饱饥鹰。谁之过与?故居官者,当清心寡欲,节操自励,则胥吏无自行奸,家人无从舞弊,不然志节不坚,品为下人所窥,而胁权坏事。罪归于己者,祸犹小,为害于间阎者,罪更大也。①

居官者的操持会影响到他们的家人及下级。清代最为民害者,"一曰吏,一曰役,一曰官之亲属,一曰官之仆隶。是四种人,无官之责,有官之权。官或自顾考成,彼则惟知牟利,依草附木,怙势作威,足使人敲髓洒膏,吞声泣血。四大洲内,惟此四种恶业至多"②。官吏若不修行,不自持,则家人及下人都会借机舞弊,祸害自己乃至乡民。《阴阳鉴》第五十八回《惩贪官以儆酷吏,表良吏而励纯臣》中,都市王认为诸葛亮"淡泊以明志,宁静以致远"这一句话实为居官要领,不可一时或去:"盖人能淡泊自守,不为利欲所扰,则居心俭素,自能量入为出,随遇知足,何有妄取妄求,遗下人舞弊之渐哉?"③不能约束自己与家人,也是官吏的"不自持"。官员李馥"生性极怠",凡事委任内弟与堂侄。此二人依仗李馥之势,铺张浪费、收受贿赂、贪赃枉法、把握词讼,"造无边罪孽",而李馥不知情。他自认为这是他人过

① 〔清〕义泉静虚子编辑:《阴阳鉴》卷八,光绪癸未年(1883)刻本,第18页。
② 〔清〕纪昀著,董国超标点:《阅微草堂笔记》卷六《滦阳消夏录六》,重庆出版社,1996年,第99页。
③ 〔清〕义泉静虚子编辑:《阴阳鉴》卷八,光绪癸未年(1883)刻本,第18页。

犯,与己无关。实际上,以至重之任而托之匪人,无异于"执百族之性命而畀之豺虎",导致"以尸位而旷其官,以攘夺而欺其君,以蠹役而厉其民",而这一切,皆归之于李馥的不作为。故此,其家人、亲人之罪皆由李馥承担。何宗宪任宰西京,纵容衙内差役搕索乡民,无论案之大小,差役皆以各种明目榨取银钱竟至九千多两,能贿者转曲为直,或罚钱借公归己,又假公勒募四乡,发灾难财。由此,衙役所犯之罪,亦皆由何宗宪承受。"有父母斯民之责,得当出以诚求保赤之心",官吏为民父母,上不负天子之托,下不负子民之望,须加强修积,不能"有崇高之名,富厚之实,生杀之权,振救之力"而虐民害民。真君所阐之律中,官吏之"过"有:"亲近好吏,漠视小民,纵役威势小民,不严戒衙役搕索","关防不严,任家属交通,吏役舞弊,致欺蔽","贪逸恶劳,委任废事","明知奸蠹讼棍,姑息纵养,为害黎庶","吏滋弊端,欺隐包侵,不严除,致民困日深","规则不严,任用不当,致奸蠹得意,小民受害"等。第六十七回《惩贪官纵囚逃罪,儆蠹役暴敛横征》再阐赋税律,其中"催征钱粮无善法,严比吏差,使民转受蠹害,吏滋弊端,欺隐包侵不严除,致民困日深","勒折浮收,格外加征,徭赋不均,弊端百出。规则不严,任用不当,致奸蠹得意,小民受害。新设弊害……漏富累贫,加码敷耗,遗累害民。境内荒芜,不设法开垦,可耕不劝耕"[1]等,都是官吏之"过",会受到不同程度的惩处。反之,那些严格约束胥吏的官才是循良之官,堪为民牧。《阴阳鉴》第五十七回《谒都市再阐阴律,着官箴首旌循良》中,刘葆光狷介自守,不妄取与,他认为"役吏奸猾者,有司纵之也",任职时他将蠹役虎差猾吏摒去,只用老成慎重辈,并慎重晓谕他们:"不罔上行私,不欺君虐民,不纵役索贿,不假势惊人,不勒收国课,不妄兴利弊。"[2]在他的严格要求

---

①〔清〕乂泉静虚子编辑:《阴阳鉴》卷九,光绪癸未年(1883)刻本,第32页。
②〔清〕乂泉静虚子编辑:《阴阳鉴》卷八,光绪癸未年(1883)刻本,第8页。

下,胥吏不敢非为,民俗丕变,市野欢欣。

在国家官僚系统中,还有一大批的胥吏,其数量远远多于官员。他们是真正的办事人员,因长期在地方任职,形成地方势力,倘若官员失察或不作为,他们也就会成为实际权力的控制者,成为地方之害。顾炎武言清代胥吏情况云:"今夺百官之权,而一切归之吏胥,是所谓百官者虚名,而柄国者吏胥而已。"①在宣讲小说中,的确有大量胥吏仗着职务之便为非作歹的。《缓步云梯集·雷劈六恶》中,黄蜂针父子每每持刀弄棍,横行霸道,行凶抢劫,危害乡里。一次因抢劫杀害四人,人赃俱在,黄蜂针又攀扯良善李华,李华受刑枉招,被罚银十两。差役刘龙、刘虎见李妻颇有姿色,将其奸污,又将她卖女之银二十两拿来作嫖赌酒肉之费,竟不赎取李华。李华闻知实情气逼而死,妻女亦自缢而亡。小说开篇即言主旨:"奉劝公门列位,正好傍佛修行。休因贪财心急,只徒多得钱银。财如取得公正,自然福及子孙。世多公门魔障,全然不存好心。在衙领下签票,下乡扰害良民。索钱套勒欺诈,多因逼命亡身。兼之淫人妻女,似如德丧不赢。此等儿孙不达,死必坠入狱门。"②小说告诫公门之人,以活人、息讼为德,不要贪图银钱。《福缘善果·疑奸杀父》中,武庠曾武魁最初"凡里党中人,有大小事故,无不从中解释然,有个扶持风化的样子"③,乡人将其举为团总。此后,他便骄傲起来,每日在城乡市镇闹酒宿娼,无不备至,若有人请他论理,动辄恶骂不休,武断乡曲,钻揽词讼,搕诈钱物。

---

①〔清〕顾炎武著,〔清〕黄汝成集释,栾保群、吕宗力校点:《日知录集释》卷八《吏胥》,花山文艺出版社,1990 年,第 374 页。

②《缓步云梯集》卷一,同治二年(1863)刊订本,版存富邑自流井香炉寺,第 73 页。

③〔清〕石照云霞子编辑,〔清〕安贞子校书:《福缘善果》卷二,光绪戊戌年(1898)新镌本,第 76 页。

正是由于官员的不良或不作为,胥吏作恶才会成为社会痼疾。宣讲小说反复强调公门人员的修行。在众多宣讲者看来,胥吏之所以为恶,重要原因是贪财、无仁心。公门修行并非难事,《广化新编》第八回《俞善士修词劝世,石翰院作歌化人》云:"公门孽海无边,一言一字可回天","常把人心比己心"①,只要将心比心,不贪不酷不害人,就是修行,倘若再多做些好事,更是大大的修行了。当然,宣讲小说中也有专门的故事揭露胥吏之害。《滇黔化》第二十三回《孙韩氏偕夫谈亲德,孙李氏舍子归钟门》有《劝书役俗歌》,其中有云:

> 　　常言道公门中好行方便,切莫要耍声势诈害愚顽。六房中或经书或是老典,好比那老爷的耳目一般。必须要把恭事细心调办,要替那百姓们雪恨伸冤。莫夸你跟官人有些能干,不论非不论是只讲银钱。衙门中发的财那个长便,到后来只落得食缺衣单。劝尔等总要将良心发见,吏满了少不得也要为官。至于你差役们一曹干办,更其要安本分广种心田。你不过大老爷一个使唤,怎么样动不动就把人拴。就说是奉官差下乡叫案,也要分是唤票或是雷签。有奸民自然是要动铁链,为甚的受了贿就无罪愆……②

歌二十五句,五百字,既言胥吏该为之事,又言他们所作之恶,劝其心存善念,为百姓着想。《阴阳鉴》第六十七回《惩贪官纵囚逃罪,儆蠹役暴敛横征》,《因果新编》第四回《蠹役放生为哑子,淫人行孝作娼婆》,第五回《奸皂隶长遭五苦,工刀笔遍历三涂》等,皆言奸蠹舞弊,

---

① 〔清〕桂宫赞化真官司图金仙编辑:《广化新编》,咸丰元年(1851)重镌本,第47页。
② 〔清〕晋良、钟建宁编:《滇黔化》,光绪三十年(1904)重刊本,第83页。引文中,"必须要把恭事细心调办"之"恭"似当为"公"。

有害于国,有病于民。《阴阳鉴》第四十四回《拯沉溺扶危相报,隆学校助笔获隽》云:"官清而吏亦终浊,国之害也,民之疾也,是国典之就湮也。"[1]官吏为害无非为自己与家人,倘若由此带来更坏的结果,不仅害自己,亦且危及家人乃至后代子孙。如此自警,自然也就能熄灭不良之心。

《广化新编》第十二回《见高僧听般若心经,遇老人知茌平德政》中的《纯阳吕祖警世真言》有云:"当官若不行方便,作甚么;公门里面好修行,凶甚么;刀笔杀人终自杀,刁甚么。"[2]约束自我及家人,不仅是官吏的自我修行,也是民众对官员及一般胥吏的期待。

---

[1] 〔清〕义泉静虚子编辑:《阴阳鉴》卷六,光绪癸未年(1883)刻本,第44页。

[2] 〔清〕桂宫赞化真官司图金仙编辑:《广化新编》,咸丰元年(1851)重镌本,第71页。

第四章　宣讲小说的生态伦理

宣讲小说以"圣谕十六条"为根基，其他伦理皆与之相关。如言父母恩时兼言天地君亲四恩，言"勿作非为""尚节俭"条时言惜物命、不杀生等，《宣讲引证》之"尚节俭以惜财用广训衍引证"由节俭而及"报四恩"，《宣讲集要》"敦孝弟以重人伦"之"孝"字条下附录"丧事修斋办""尚节俭以惜财用"阐释父母亡后不能一味奢华办丧事。"天地以好生之心为心"，倘若伤害生命，有负于天心，反为父母添罪，欲孝而不孝。抛开"圣谕十六条"之外，各宣讲小说故事前面的神佛谕言也反对杀生，将戒杀生作为人的重要美德，甚至作为功德来看，这虽具有明显的功利性，却也从不同角度阐释生态保护乃是善行。有论者指出，"从某种意义上可以说，中国古典美学领域是中国古人生态智慧最理想的栖身之地。正是通过许许多多中国古典美学家、艺术家的自觉和不自觉的努力，中国古人的生态智慧才得以保存、传递和弘扬"[1]。融合了儒释道思想的生态伦理叙事，在宣讲者的故事宣讲中，传达了普通民众的生态伦理观念与原则。

---

[1]樊美筠：《中国传统哲学中的生态智慧——以美学为例》，《中国哲学史》1998年第3期。

第一节　敬畏自然:宣讲小说中的自然崇拜

中国人的思维深受儒释道影响,其生态伦理观极为丰富。儒家站在天人合一的角度思考人与自然的关系。古代的"天",既是自然之天,也是人格之天,二者并不能截然分开。古人将自然之天视为人格之天,反映了他们的自然崇拜。《尚书·舜典》曰:"肆类于上帝,禋于六宗,望于山川,遍于群神。"①对何谓"六宗",说法不一,马融认为是天、地、春、夏、秋、冬;刘歆认为是水、火、雷、风、山、泽;贾逵认为是日、月、星、河、海、岱;司马彪认为是天宗、地宗及四方之宗等,无论观点如何变化,六宗都指自然。上帝、六宗、山川、群神并提,足见自然即"上帝",即"神"。天客观冷峻而又富有人情,生长万物,以民心为心。《尚书·蔡仲之命》云:"皇天无亲,惟德是辅。"②人只要通晓天理,依天行事,即与天合。朱熹云:"天人本只一理。若理会得此意,则天何尝大,人何尝小也!""天即人,人即天。人之始生,得于天也;既生此人,则天又在人矣。"③道家的天更是自然之天,主张道法自然,人只是"四大"之一,应该顺天,对万物不妄作,无以人灭天。佛教以因果报应为基,在某种角度上亦可谓善恶报应,其善恶,与儒家道家宣传的善恶虽然有一定程度的差别,但主流还是一致的。落实到生态上,三者又出奇的同调,那便是尊重自然,敬畏自然,这种思想,深深影响到宣讲小说的生态观念。

---

① 〔汉〕孔安国传,〔唐〕孔颖达等正义:《尚书正义》卷三《舜典》,《十三经注疏》(上),上海古籍出版社,1997年,第126页。
② 〔汉〕孔安国传,〔唐〕孔颖达等正义:《尚书正义》卷一七《蔡仲之命》,《十三经注疏》(上),上海古籍出版社,1997年,第227页。
③ 〔宋〕黎靖德编,王星贤点校:《朱子语类》卷一七《大学四》,中华书局,1986年,第387页。

一、天地：万物的来源与依存

人之存于世，固然是父母精血凝聚而成，当感激父母恩德；然人却是万物之一，万物都禀阴阳二气成形，而后一切都依赖天地而存，日月星辰、风雨雷电、四时寒暑无不是天地所赋予。《大结缘·六翰林》中的主人公吉天相十分敬畏天地，感激天地君亲师之大恩，其原因是："人生在天地间各自默默，覆载恩照临德广布仁泽。恐黎民无长养情同盗跖，有风云合雷雨照以日月。"这是天恩。地恩则是为人提供栖息地，且生产人类所需的各种物产："地之恩生五谷桑麻遍野，生珊瑚与玛瑙金银铜铁。生山林产竹木修造宅舍，马牛羊鸡犬豕无限器物。"①《采善集》与《法戒录》中皆有《报四恩》。其中关于天恩、地恩的具体阐释是：

> 　　如何是天的恩？天以阴阳五行化生万物，惟人独禀天的正气以生，所以这个形骸，这个性命，都是天所与的。莫得天何以能成人？白天有太阳，照曜万国，任其作为。夜晚有月光照临下土，息其勤劳。莫得天，何以有昼夜？又有春夏秋冬，往复自然，使人知道节序，寒热暑雨，消长得宜，使万物得其长养。莫得天，何以知其变化？一年内，分十二个月，一月内，分三十天，一天内，分十二个时候，一时内，又分作八刻，使人便于考察。莫得天，何以有定期？②
>
> 　　如何是地的恩？地主于载，飞禽走兽，昆虫草木，万物皆载其上。独为人所赖以载者最重：莫得吃的，地就生下些谷米粮食，与我们吃，不得受饥饿；莫得穿的，地下就生下些桑麻丝棉，

---

① 〔清〕绥阳兴化堂晋阳江夏居士同刊：《大结缘》卷三，刊刻时间不详，第61—62页。
② 〔清〕梦觉子汇辑：《法戒录》卷一，光绪辛卯年(1891)明善堂新刻本，第7页。

与我们穿,不得遭寒冷。若无地,这穿吃怎么得全? 又见我们无银钱用,就生下许多金银铜铁,珍宝货物,以资其用费。无地怎能用不竭? 又怕我们无烧的,无有世业的,就有大山小山,生下许多树木柴草,任其砍伐。若无地,怎能取不尽? 又虑我们受水灾,就生下许多江河溪沟,引水至海,不至横流天下,以害民居。若无地,怎能得享安然? 且把这地拿推开说,人生必受五行,无地就无形身,人死必归黄土,无地就无埋葬,更有起房子,修屋基,砌城池,作宫室,原为栖身计。若无地,又造在何处? 从此想来,一时无地,一时就无人类;一方无地,一方就无人烟。你看那一点不是地的恩?[1]

天赋予人的形骸,使人的生命得以诞生,四恩中,天恩排在首位。日月昼夜寒暑节气等,都依赖于天而生。只要依照天心,则五谷丰登。人的贫穷富贵等,都是天赐予的,不能呵风骂雨,怨天恨地,“日月星辰,总要存个敬心,切莫唾流星,指虹霓,呵风骂雨,辄指三光,久视日月,对北恶骂”,“打大雷,要知是上天发怒,对天不可赤身露体,当天不可脱衣洗澡,解大小便,早莫向东,晚莫向西,午莫向南,永不向北”[2]。总之,于天,只能敬之畏之。

天在上,是“覆我者”,地在下,是“载我者”。地恩排在四大恩中的第二,《报四恩》中阐释地恩相对多一点。在所有依赖地而活的动植物中,人更加依赖于地,人的赋形离不开地,衣食住行、吃穿用度赖地而出,死后的归宿处也是地。修造、出行等,很多与地相关的日时都需要有所禁忌。“自然的神魅是敬畏自然的前提,正因为自然神魅的存在,人类的情感才有所敬,人类的行为才有所畏,人类在自然面

---

[1]〔清〕梦觉子汇辑:《法戒录》卷一,光绪辛卯年(1891)明善堂新刻本,第9页。
[2]〔清〕梦觉子汇辑:《法戒录》卷一,光绪辛卯年(1891)明善堂新刻本,第8页。

前的禁和忌才得以产生。"①《阴阳鉴》第三十五回《慢神灵阳报废命，轻字迹阴罚殛身》曰："天覆我者也，勿夜起裸露，勿当天唾骂，勿指天咒诅，勿呵风骂雨，此敬天也。地载我者也，勿犯戊己，勿毁山川，勿指地咒骂，此敬地也。"②《上天梯·礼神证果》亦曰："天高地厚谁为主，上下神祇共劻扶。天降风雷并云雨，地生万民与百物。日月星辰长照住，飞潜动植有名目。人生其间无差误，不少饮食与衣服。"③天地恩情如此之大，人如一旦不顺心，怨天骂地，甚至就晴雨怨天，行路骂地坎坷，实际上无异于忘恩负义。

天地之恩难以言表，但天地不言，世人常忘记或忽视它的存在，以致有"怨天恨地，呵风骂雨，欺神灭像，污秽三光，玩视日月，对北涕溺"④等情况发生。《阴阳鉴》第四十五回《背王章地府惩治，遵圣谕天庭旌封》中，新德因犯上述过错，遭到雷击，还阳后忏悔自言："天运乎上，地处乎下，日月运行乎中，主宰于是张焉，纲维于是范焉。为云、为雨、为雷、为电、为雹、为雪、为雾、为霰、为风，而不得已者，莫非天也。"陈述天地的这些功德之后，再言人对天地的态度："人托处乎天之下，即当尊天敬天，达天奉天，顺天乐天，而不可违背乎天，指视乎天，詈骂乎天。"⑤天覆地载，天地于万物有功，人只能尊天敬地、顺天乐天，而不能因自己的不顺而指天骂地，违天背天，否则，将获罪于天，遭天谴天诛。牟天福田多冷水，秧苗不茂，骂地不已；郭寿祺因亲墓葬下湿地，恒骂地不生吉穴；蒋恒元种瘠土，屡被洪水冲刮，怨天恨地；贺长发经商江湖，怨风不顺，骂天不佑；吕国兴种秧损坏，怨地不

---

①冷天吉：《儒家"礼禁"自然的生态学意蕴》，《河南社会科学》2016年第3期。

②〔清〕义泉静虚子编辑：《阴阳鉴》卷五，光绪癸未年（1883）刻本，第29页。

③〔清〕岳西破迷子编辑，〔清〕果南务本子校书：《上天梯》卷四，同治甲戌年（1874）新镌本，第5页。

④〔清〕义泉静虚子编辑：《阴阳鉴》卷六，光绪癸未年（1883）刻本，第60页。

⑤〔清〕义泉静虚子编辑：《阴阳鉴》卷六，光绪癸未年（1883）刻本，第61页。

出种，还有怨久旱不雨暑气蒸腾者，恨月色清明有碍穿窬者，因风损花而骂风神者，出行受阻呵风骂雨者。这些行为，往小了说是个人心性极差，往大了说，就是不敬天地。《上天梯·礼神证果》中，乞丐列举今人种种不敬天地的现象，其中也有呵风骂雨、涕唾秽污、指三光发咒诅、唾星指霓、忌日动土等。《宣讲选录·杨雄控天》是一篇专门讲述呵风骂雨获罪的故事。小说的开篇议论指出，天道无私，人处事不顺，家宅不安，是自己作恶使然，若不知责己，反求于天，动曰天不佑我，则是失当了。杨雄父子素无天良，多做谋财害命之事，因此家中不是大人生病，就是小口不安，庄稼非旱即涝或雹打霜杀。杨雄由此恨天骂天，乃至到公堂控天，结果却将自己所作恶事说出，受到恶报。县令断案完毕，晓喻百姓："堂下的众百姓天良莫变，凡作事莫忘了头上青天。孝父母敬天地天人共羡，恶莫作善奉行克感苍天。莫学那杨雄贼欺天大胆，自作孽不可活反敢怨天。看起来天无私德孽分判，善获福恶遭诛主持在天。作恶人他自觉天爷不管，倘上天暗降灾他反恨天。众黎庶体天心大家共勉，历年来旱与涝全在龙天。"①在天人感应论盛行的古代社会，县令之言很好地诠释了杨雄遭恶报的原因，这种原因也能被听者更好地接受。

《礼记·祭法》云："山林、川谷、丘陵能出云，为风雨，见怪物，皆曰神。"②大多数神都是自然的人格化，不敬神也就是不敬自然。《滇黔化》第十二回《玉皇观训诂感应篇，柳家庄印送灶君戒》的"灶君禁条"即有"一禁不敬天地神祇，呵风骂雨，毁谤神灵"③。报天地之恩并非费时费力费财之举。俗讲所举的报天恩故事中，"一伞老

①〔清〕庄跛仙编：《宣讲选录》卷一二，民国二十三年（1934）重印本，第 26 页。
②〔清〕朱彬撰，饶钦农点校：《礼记训纂》卷二三《祭法》，中华书局，1996 年，第692 页。
③〔清〕晋良、钟建宁编：《滇黔化》，光绪三十年（1904）重刊本，第 87 页。

人"之所以能在大旱中祈得雨,就在于他生平敬奉上天日月星"三光",每出外解臭还以伞遮身,不令秽污三光;其报地恩,也只是每月戊日不动土、不挑粪而已。至于不呵风骂雨、不咒诅天地,更是轻而易举之事。

二、皇天无亲,惟德是辅:灾异与德行

在人与自然的关系中,天人合一是最大的追求。但天与人的地位并不平等。《说文解字》曰:"天,颠也。至高无上,从一大。"①如前所言,人的形骸及所赖以生存的一切都是天地的恩赐,在自然之"天"及天神之"天"面前,只能顺天依天,以人合天,上体天心,下顺人意。人虽然具有强烈的主体意识,但只是天的生物之一,人固然可以凭借自己的能力做事,但最终还得依靠天。人固然可以巧于机谋,但天更巧于报应,人的所作所为最终还是逃不过天的监察与惩处。早在先秦就有天人感应论,提出"天视自我民视,天听自我民听"②,天人相关,相互感应。《礼记·中庸》云:"国家将兴,必有祯祥;国家将亡,必有妖孽。"③董仲舒对天人感应阐释得尤其详细。他在《春秋繁露·阴阳义》中论道:"天亦有喜怒之气,哀乐之心,与人相副,以类合之,天人一也。"④风雨雷电水旱等,都是天所呈现的喜怒哀乐之情。人类的穷奢极欲、残暴荒淫,只会惹怒上天,上天以灾异警告谴责。《春秋繁露·必仁且知》在论述灾异与天谴之关系时指出:"灾者,天之谴也;异者,天之威也。谴之而不知,乃畏之以威。《诗》云:'畏天之

①〔汉〕许慎撰,〔清〕段玉裁注:《说文解字注》,上海古籍出版社,1981年,第1页。
②〔汉〕孔安国传,〔唐〕孔颖达等正义:《尚书正义》卷一一《泰誓中》,《十三经注疏》(上),上海古籍出版社,1997年,第181页。
③〔清〕朱彬撰,饶钦农点校:《礼记训纂》卷三一《中庸》,中华书局,1996年,第777页。
④〔汉〕董仲舒:《春秋繁露》卷一二《阴阳义》,上海古籍出版社,1989年,第71页。

威.'殆此谓也。凡灾异之本,尽生于国家之失,国家之失乃始萌芽,而天出灾害以谴告之,谴告之而不知变,乃见怪异以惊骇之。"①在天人感应论中,人与天是服从与主宰的关系,人见天的警告,应反思并纠正所行,以回天心。

中国自古以来气象灾害、地质灾害、生物灾害频发,人们在探究灾难的原因时大致都将其视为天之所为,而天降灾祥又与人力相关,《尚书·汤誓》曰"有夏多罪,天命殛之"②,《尚书·泰誓上》亦曰"商罪贯盈,天命诛之"③。灾难的发生与人民的应对都是伦理问题、道德问题。

宣讲小说关于灾异的观点与传统社会一致,都认为灾异是人作恶的结果。《同登道岸·善家避水》载:"及至乾隆辛丑年,天时大变,皆因人心不古,灾劫频临,六月二十三夜,孽蛟涌水,黄河崩颓,陆地成江,水涨数丈,淹死人民无数,也有逃出水城,高阜安身。"④《同登道岸·培墓昌后》又载:"有等不法之徒,见官廉慈,一不妄索民财,二不轻用国法,渐渐放肆,仍蹈前辙,无恶不作,酿成灾劫。一因气数,二由人造。至乾隆年间,五月中旬……突然天降滂沱,大雨倾盆,四乡陆地成江,仅存平度州高阜未淹,四门百姓进城逃劫,无食充饥,只饿得号泣动天,悲声震地。"⑤瘟疫的发生也是因为人民不善。《福缘善果·疑奸杀父》载:"是年人民不善,诽圣谤贤,上干天怒,瘟疫频

①〔汉〕董仲舒:《春秋繁露》卷八《必仁且知》,上海古籍出版社,1989年,第54页。
②〔汉〕孔安国传,〔唐〕孔颖达等正义:《尚书正义》卷八《汤誓》,《十三经注疏》(上),上海古籍出版社,1997年,第160页。
③〔汉〕孔安国传,〔唐〕孔颖达等正义:《尚书正义》卷一一《泰誓上》,《十三经注疏》(上),上海古籍出版社,1997年,第181页。
④《同登道岸》卷三,光绪庚寅岁(1890)新镌本,第31页。
⑤《同登道岸》卷四,光绪庚寅岁(1890)新镌本,第47—48页。

临,合乡同染,死者无数。"①《万善归一·黑神庙》借瘟神之口说道:
"因为凡民十恶不善,浊气冲天,恼怒上皇,故差我等下凡放瘟,收取
恶类……"②《最好听·故不点》载,明朝末年,"大足县李结刀豆,川
南李生王瓜,桐树生关刀,保宁府天鼓鸣,安岳县降红雨,成都东岳大
帝像自动,全川地鸣,剑州大水,北斗不现,叙州铜鼓鸣",其原因是
"人心犹然奸诈,不知改悔"③,故而天屡示变。灾异发生,还有可能
是人间怨气上冲而至,如《窦娥冤》所述之事。《一德宝箴·三年不
雨》正与此类似。杨氏极孝极贞,却遭遇冤情,"可怜杨氏在监受尽苦
楚,日夜悲泣,怨气上冲,感动天心,天亦欲为孝妇削冤,因此三年不
雨"④。当冤情得解,杨氏出狱,果然天降滂沱,平地水涨三尺。

　　自然灾难多具有地域性,灾异之报亦是针对地域内大多数民众
的。《阴阳鉴》第八十三回《刮佛金难逃火厄,亏友谊暗遭水灾》中,转
轮王直言:"奔堤倒堰,报之大者,主于上苍,覆舟溃岸,报之小者,司
于冥府。夫水之为患,亦无往而非报也,或淹禾苗,浸黍稷,奔河岸,
败沟渠,溺货物,遭漏湿,其人造如是之孽,应受如是报。"⑤该书第八
十三回的标题为《刮佛金难逃火厄,亏友谊暗遭水灾》、第八十四回的
标题为《惩贪婪报以水旱,警刻薄施与虫蝗》,标题将自然灾难与人类
行为对应,"刮佛金""亏友谊""贪婪""刻薄"是灾异发生之原因,"惩"
与"警"是目的,火厄、水灾、旱灾、虫蝗等是手段。故事中,真君再言
灾异与善恶之关系:"世人之作恶不一,而冥府之施报各异,当其按恶

①〔清〕石照云霞子编辑,〔清〕安贞子校书:《福缘善果》卷二,光绪戊戌年(1898)
　新镌本,第80页。
②〔清〕石照云霞子编辑,〔清〕安贞子校书:《万善归一》卷三,光绪癸未年(1883)
　刻本,第59页。
③《最好听》卷一〇,光绪二十九年(1903)刻本,第11页。
④《一德宝箴》卷三,刊刻时间不详,第87页。
⑤〔清〕义泉静虚子编辑:《阴阳鉴》卷一一,光绪癸未年(1883)刻本,第34页。

以惩,有以旱干而报者,亦有以水溢而报者。以旱干水溢而罚恶,则其警之也小,而其施报也显而奇。"①一般来说,水旱等自然灾害,影响的是一小地方乃至一乡、一县,很少只影响一家一户的。小说言其施报之"奇"在于雨阳不均,水旱不时,或久旱不雨,或久雨不日,或无日不晴、无日不雨。最奇者,"雨不施于田间,泽不沛于园圃,众人皆润而己得渴,众物皆生而己独死"②。再如"凡虫之戕贼物类者,其报大主于上苍",虫蝗之害,大而州县省郡,小至乡党村户。但也不得不承认,在同样的灾害面前,因为地理位置的不同以及其他原因,有的人损失大,有的人损失小,有的人没有什么损失甚至还有获利,这就为灾异与善恶报应提供了阐释的空间。至于未为恶而受害者,亦非上帝不仁,而是"欲策励黔黎,使之保和太和,安于于穆,复其性天,追臻隆古"③。简言之,天降灾异不是残忍以妨民,而是借此彰善恶而励末俗。《阴阳鉴》第八十四回《惩贪婪报以水旱,警刻薄施与虫蝗》中,黔东龚开贵为恶多端,田禾枯槁,该地本无旱灾,因祷即雨,龚田复润,苗反勃然,天又广布虫害,数日满田皆生青虫,半月苗稼如割,"接壤者无害,唯龚无收",但龚不反思,继续为恶,于是陈粟亦遭虫而成糟糠。在真君议论虫蝗时,小说插入评语道:"世之遭虫蝗者宜早改过,勿归处于天时,当悔过于自己焉可。"④联系标题"警刻薄施与虫蝗",诚如标题所言,降灾不是目的,而是手段。

　　宣讲小说中,还有很多雷击事件与人之善恶有关。《因果新编》第二十四回《怨天地阴阳俱遭谴,骂鬼神死生并受刑》载,木匠刘堂积恶太多,学些邪法多机变,使心用计害良民:主人把他稍怠慢,他就造

①〔清〕义泉静虚子编辑:《阴阳鉴》卷一一,光绪癸未年(1883)刻本,第37页。
②〔清〕义泉静虚子编辑:《阴阳鉴》卷一一,光绪癸未年(1883)刻本,第37—38页。
③〔清〕义泉静虚子编辑:《阴阳鉴》卷一一,光绪癸未年(1883)刻本,第46页。
④〔清〕义泉静虚子编辑:《阴阳鉴》卷一一,光绪癸未年(1883)刻本,第47页。

魔掩压人，或雕骰子安梁上，或造木人颈吊绳，而且还骂雨恨晴、呵风厌露辱雷电，怨天怨地怨鬼神，"万恶滔天天大怒，雷神击死入幽冥"[1]。《救劫保命丹·雷开棺》载，孙秀英贤孝可嘉，死后雷开棺使之复活；敬氏不孝公公，助夫忤逆，生遭雷击。《缓步云梯集·雷劈奸冢》则是讲主人公因不善，死后冢坟被雷击开，木头尸骨，抛于遍野。雷报故事在宣讲小说中极多，不孝、不悌、不忠、不友、奸诈害人、呵风骂雨等都会遭雷击。宣讲小说故事标题中直接点明与雷有关的，有《宣讲集要》中的《雷打周二》《雷击钟二》《雷打逆女》，《宣讲拾遗》中的《雷打花狗》《阴恶遭雷》，《宣讲宝鉴》中的《雷击五逆》《双受雷劈》，《大愿船·雷神诛逆》《保命护身丹·雷神显灵》《宣讲至理·雷诛诈逆》《宣讲选录·龙雷显报》《福海无边·雷神碑》《劝善录·雷神显明》《破迷录·一雷双报》《宣讲明快·雷报分明》等，径直把雷击事件与"逆""恶"等词汇同论，将天视为奖惩的评判者及实施者，足见"天意"之威力。以灾异言事，言德行，既符合神道设教之理路，也迎合了民众接受之心理。

天之警人，大至水旱虫蝗瘟疫，小至个人因虫而引发之疾。《阴阳鉴》第八十五回《扶伦常重差虫部，正风化再遭齿伤》中，真君认为："降祥降殃，天道之赏罚固然，然祥无所不降，而殃亦无所不施者，固不独虫报为然也。然降殃至于施虫，则其警世也密以周。"[2]牙疼耳痛，时刻伴随其身，难以根治，不害性命而又疼痛难忍，饮食俱废，可谓报应之速，"其望世人之迁善也，挚以切矣。倘世人见报知警，革其旧染之污，复还本来之善，自然生享康强，死受安乐，不致久困沉

---

①〔清〕桂宫赞化真官司图金仙编辑：《因果新编》，民国戊辰年（1928）重镌本，第77页。

②〔清〕义泉静虚子编辑：《阴阳鉴》一一，光绪癸未年（1883）刻本，第50页。

沦"①。虽然,个人病痛不能以灾异言,然而于个人而言,时刻处于疼痛之中而不能解,又何尝不是灾?

　　人与自然的和谐是生态伦理的主题,也是天人合一的体现。天道与人道统一于仁,人以自我为中心惹天怒而降下灾祸,也只有内视反听、修身审己,立即改过以挽回天意。《圣谕六训醒世编·感天济众》载,明天启年间,晋陵等处连年凶荒,至丙寅年春,三旬未雨,禾苗欲槁,故事中张可乾之言亦可谓一篇"天人感应论":

　　　　虽则天降旱灾,亦由人心悖逆所致……古书所载,凡天地之化育兴衰,因人心正与不正之攸分。人心正,则阴阳之气顺,阴阳之气顺,则春发夏长,秋收冬藏,四时序焉,万物生焉,屡得年丰岁稔,真乃嗷鸿不作,硕鼠无闻。但人心一坏,违天理,灭良心,作种种之孽,冤气充塞宇宙之间,以致天不清,地不宁,阴阳反常,四时失序,应风者不风,应雨者不雨。人作异常之孽,天降非常之灾,因有旱涝饥馑,瘟疫刀兵,水火盗贼等患……②

张可乾进而指出,本地大灾,应是人心不善,触怒皇天使然。官府公文亦言此灾乃人心悖逆所致,"若民皆知忏悔,俯伏祈祷,庶乎可回天心"。故事中一白发老翁所唱内容大致与前同,都是劝人悔改。老翁敬惜字纸,亦且敬畏三光,众人以老翁德行高而请其祈雨,果然雨至。

　　天命主义不是否定人力,而是强调人力的善与恶。有论者指出,中国古代的天人感应与灾异天谴故事,其政治目的是罪己思过、修正

①〔清〕义泉静虚子编辑:《阴阳鉴》一一,光绪癸未年(1883)刻本,第50页。
②《圣谕六训醒世编》卷二,宣统元年(1909)石印本,营口成文厚藏板,第2页。

过失、敬畏自然①。如果说史传的灾异、妖祥是"国有失道"的表现，史学家借此以规劝君主的话，宣讲小说中的灾异则是宣讲者通过故事的讲述及相关理论的说教以教化下层民众，使之复归于善之本性。

众多有关水旱的故事中，《劝善录·龙神遭谴》一篇也值得注意。魏征斩龙的故事流传颇广，本故事人物及情节几乎与《西游记》第九回《袁守诚妙算无私曲，老龙王拙计犯天条》同，当是由《西游记》改编而来。故事的开篇议论立定了主旨："圣谕解仇忿以重身命，盖仇忿不解必致杀身亡家，诸如此类，不但凡民受累，且天神亦然。"②袁守诚算命极准，龙王不服，不按照上天规定的时辰及降雨量降雨，因违背天命，犯下杀身之罪，被魏征梦中斩首。错时辰、错雨路、错雨数，看似无大过，然考虑到降雨之地、之时、多寡对地方水旱灾害的影响，对生命本身的影响，小过亦是大过了。宣讲者虽侧重于言说"解仇忿"，然故事的主要事件则是龙王不听上天之命，违反天条，是天罚。神违背天，结果尚且如此，又何况普通下民？

第二节　胎卵湿化皆是命：
宣讲小说中的生命伦理

人们对生态的关注，最根本的出发点是对生命的关注。这种生命，不仅人类有之，其他万物皆有。上文言及天恩、地恩，既是将天地当成物理之天地，也视其为有人格意志的人格化的天地。正因如此，才有迎其所好者有赏而违其所好者有罚。在道家看来，万物由天地

---

① 张首先：《天人感应与灾异天谴：传统中国自然与政治的逻辑关联及历史面相》，《深圳大学学报（人文社会科学版）》2019 年第 1 期。

② 《劝善录》卷二，光绪十九年（1893）仁记书局重刊本，第 46 页。

而生,皆是天地之子,"天地不仁,以万物为刍狗"①,人是万物中的"一大",虽然是宇宙"四大"之一,却没有什么特殊性,在天地面前应该"道法自然",遵守自然道德法则。佛教强调众生平等,主张慈悲为怀,反对杀生。儒家虽然认为天地之中人为贵,但实质上,"是虽其分之殊,而其理则未尝不同。但以其分之殊,则其理之在是者不能不异"②。人因分殊而异,而其理则一,站在天理的角度,人与他物没有什么区别。正因如此,人应视自己为天地万物之一员,对待他物的态度应该是"君臣也,夫妇也,朋友也,以至于山川鬼神鸟兽草木也,莫不实有以亲之,以达吾一体之仁,然后吾之明德始无不明,而真能以天地万物为一体矣"③。人因分殊而贵,更应友善对待自然,民胞物与,与其他物和睦相处,与天地万物为一体,如此才能可持续发展。故而,各朝各代都有保护生态的相关律令。

　　善待自然,善待生命,是生态伦理的核心及最基本要素。"所谓'生态意识',是指人们在把握和处理人与自然环境的关系时应持的一种健康、合理的态度,应有的一种认真、负责的精神,其要义在于,尊重物类的存在,维护生命的权利,顺应自然运行的规律,谋求自然世界的和谐关系,保证自然系统的良性循环、正常流通和动态平衡。这种生态意识的确立和张扬,有一个绕不过去的关隘,那就是传统问题。"④宣讲小说具有强烈的敬畏生命意识,在表达这些生命意识时,又不约而同地借用传统的儒释道言说,或作为故事的某一情节,将其作为善恶报应之因,或作为整个故事,表达对物类的同情及对杀生放

---

①〔春秋〕老子著,陈忠译评:《道德经》,吉林文史出版社,2004年,第8页。

②〔宋〕朱熹撰:《晦庵先生朱文公文集》卷五九,朱杰人等主编:《朱子全书》(第23册),上海古籍出版社、安徽教育出版社,2002年,第2854页。

③〔明〕王守仁撰,吴光、钱明等编校:《王阳明全集》卷二六《大学问》,上海古籍出版社,1992年,第969页。

④姚文放:《文学传统与生态意识》,《社会科学辑刊》2004年第3期。

生的态度。

一、物人同一：宣讲小说中的生态平等意识

宣讲小说关于生命的看法，受儒释道生命观的影响，认为在道德属性上人优于他物，在生命的本质上却又与他物相同，人与物并无其二，都是禀天地之气而生，都属于天地之子，同属于有生命体。《东厨维风录》中的《痛惜生灵章》引用灶君之语，阐释物与人同：

> 灶王府君曰：自有天地，即有万物。万物者，天地之子；天地者，万物之母。天地生育万物，犹父母生育儿女一般，栽者培之，倾者覆之。然万物分两大派，一派是植物，树木草毛，能生根发叶者是；一派是动物，飞潜动蛰，胎卵湿化，能行走动作者是。这个人，也是动物中一部分，为动物中最聪明灵巧，最有能力的，故与天地并列为三才。然天地以风雷雨露滋养万物，犹父母以衣服饮食滋养儿女。是人与万物，同受天地的造化，同沾天地的抚育。万物与我最关痛痒，其贪生怕死之心，人物皆同，他不过形象与人不同耳。[1]

人与物同为天地之子，同受天地造化，在生命的本质上并无差别，有别者只是形体，"不过形象与人不同耳"，而不是生命本身，只因所禀之气有异，人才能成为万物中的灵巧者。在后面的议论中宣讲者指出，杀物以保（或饱）自己之时，应"揆之，物吾同与之旨"。一般飞禽走兽不可伤，小小的蚂蚁同样是命，也不可伤。如同人一样，飞禽也有"家人"，有夫妻儿女之乐，打一鸟雀，导致其配偶的孤独，幼鸟无所养。《宣讲博闻录·白饭成金》劝人莫打鸟："劝君莫打春头鸟，子在

---

①《东厨维风录》，民国癸亥年(1923)重镌本，第43—44页。

巢中听母归。"①《救世灵丹·打枪惨报》中云："春来莫打山中鸟，子在巢中望母归。"②诗句均是言物之情与人之情同，劝人不要打飞鸟。

生命的平等性，还在于其他物种与人是前世今生，或是本身与化身的关系。中国传统社会有化生观念，如炎帝少女化为精卫鸟，瑶姬化为瑶草等；佛教有六道观，认为世界可分为过去、现在、未来三世，众生分别在天道、阿修罗道、人间道、畜生道、饿鬼道及地狱道中轮回。按照佛教"自作自受"的观点，一切万物虫蚁，是人作孽之报身，畜生与人为一。道教亦有五道，据《太上老君虚无自然本起经》，五道即为天神、人神、禽兽神、饿鬼、地狱。五道各有劫数，人入五道，无有休时。若被五欲六情惑乱，"受罪展转入五道生死，无有休息时"③。蠢动含灵，皆有佛性，既然是轮回或者化身，那么生命还是那个生命，只是形体不同而已。

宣讲小说言及应该爱惜生灵时，常引人与畜的前世今生来说明。《劝惩录·豹魂报》劝人爱惜物命，因为"人物俱皆是命"，物命"不过是前生少积功善，多作恶孽，死入地狱，转世为禽为兽，或为水族"④。《圣谕灵征·僧道不解仇忿》引《玉历宝钞》中语，指出人若不积善，被"罚为魑魅魍魉，山妖木客，水怪僵尸游魂，或附灵性于狐狸熊罴蛟蛇之类，在百十年之不等"⑤。正因如此，物犹人，皆爱命贪生，命虽微而不可戕。《宣讲至理·衔刀救母》引孟子语："人之所以异于禽兽者几希。"其后的议论，言人与禽兽的区别在于是否知义，人能知义，物

---

① 〔清〕西樵云泉仙馆编：《宣讲博闻录》，广西师范大学出版社，2015年，第866页。
② 《救世灵丹》卷二，刊刻时间不详，第31页。
③ 《道藏》（第34册），天津古籍出版社、上海书店出版社、文物出版社，1988年，第621页。
④ 〔清〕克一子校，〔清〕许元善书，〔清〕守一子注：《劝惩录》卷三，刊刻时间不详，第8页。
⑤ 《圣谕灵征》卷五，嘉庆十年（1805）刻本，第64页。

不知义，抛开道德成分，人亦不过是动物之一，与禽兽类同，如不修行，转世即是禽兽。再如牛，如《宣讲至理·耿生择术》中所言，"前世间他为人失了主意，欠下债转生牛还账受屈。以杀牛求利息不合天理，世上人纵私心要把天欺"①。当所欠之债还清，牛又会转世为人。

　　宣讲小说还叙述人与其他物种之间的变化以说明人与物"同一"。《因果明征》第三十五回《纵火焚烧堕黑暗，掘人坟墓坐寒冰》则云："举凡一切昆虫禽兽，俱是人所变的，只因他前世昧却本来，造诸恶孽，失落人身，发往六道，辗转轮回，永失人性。"阎王斥责好打猎者，言"贪生怕死，人物一体"②。第三十六回的标题为《纵欲贪淫变鸡犬，荒时废业坐火坑》，从中可见鸡犬与人的同一关系。《宣讲金针·五世轮回》中，士人郑心田因不善，第一世变马，第二世变犬，第三世变蛇，第四世变人早亡，第五世投生福地为人。即便在轮回中，他依然能忆前生。如此，犬马蛇人四种形象，非郑心田，却也是郑心田。光绪壬辰年（1892）间刊出的《禽兽轮回》中的"天垂案证"有因种种恶行而变异类者，如浪子不孝变马、恶媳变牛、童安玗欠债不还变牛、元氏妇刻薄争利变牛、会师妻严酷变狗、解奉先负心变牛、煤郎母不务本业变驴、某妇事姑不敬变狗、王某横恶变牛、某录事妻妒忌变羊、白起变公蜈蚣又变牛、李林甫变鸡、秦桧变犬、刘自然变驴、邬天泽变猪，等等。此外，《阴阳鉴》第三十四回《造假物畜牲偿债，逃邪教贫蠢消愆》，《扶世良丹》第七抄传《作屠户罚变六畜，贪花柳永堕四生》，《大愿船》之《无礼变畜》《贪财变猪》《负义变犬》，《孝逆报·忘恩变狗》《救世金丹·母猪告状》《宣讲摘要·红字牛》《万选青钱·红蛇缠身》《脱苦海·逆妇变驴》《上天梯·贪僧化鸟》《浪里生舟·猪说

①《宣讲至理》卷四，民国四年（1915）万善堂记重刻本，第19页。
②《因果明征》卷五，同治五年（1866）重镌本，庙北山扬善坛藏板，第42、44页。

话》《增选宣讲至理·诈财变牛》《劝善录·变牛偿债》《指南镜·白貂裘》《口里慈航·釜中鱼跃》等等，都讲的是人轮回或直接变为畜生的故事。众多轮回变化故事虽然是为某种主旨服务的，却仍旧暗含着物与人的同一性。

也有动物轮回或变化为人者，如《缓步云梯集·误结冤》中，关帝庙犬被人毒死，投生本城熊太医为儿报仇。与行恶而沦为畜生道对应，行善可复为人身，如《增选宣讲至理·义犬救主》中，义犬救主死后投生富贵人家为书生，"为犬做出人事，死后即成人形，转世必然富贵"①；《同登道岸·良马状元》中，良马在主母难产时，主动送人至医馆看医生，不幸失蹄跌岩而死，转世至吕家，后成状元；《宣讲至理·衔刀救母》中，小牛因衔刀救母之孝，转世为人，后为巡抚。不过，动物要转世为人，并不容易。《增选宣讲至理·诈财变牛》中，陈东本三世为牛后，才因其子行善复为人形。《护生缘·钱秀才》的故事与此类同，主人公都是经过几世的动物，方复为人身。《八宝金针》第十七案中，始一问飞禽是否可复还人身，乩判曰："既贬入禽道，灵性已失，饮啄之外无所知，栖息之外无所晓，无论难复人身，即转为胎生，亦极难矣。其下湿生，而为鼋鼍龟鳖鱼虾鳅鳝等类，化生而为蜂蝶蜈蚣蛆虫各种，不特大远于人，亦且远乎禽兽矣。"②轮回中，人易于沦为胎卵湿化之类的其他动物，而这些动物却不易转人身，故沦为畜生道的故事较多而转为人道者较少。相对而言，宣讲小说中动物通过修炼成人的故事较多，这是动物化为人的重要方面。《保命金丹·虾蟆化身》中，故事的开篇诗云："漫道神仙根尽深，都从本性苦修成。昆虫尚有归真日，何况人为万物灵。"其后议论曰："倘为气禀所拘，物欲所蔽，不求已放之人心，失却本来之面目，生前是被人皮，死后必入畜

① 《增选宣讲至理》卷四，刊刻时间不详，第 4 页。
② 〔清〕吕咸熙：《八宝金针》卷上，光清丁未年（1907）刻本，第 60 页。

道,反不如那山精水怪,苦修苦炼,卒至复转人身,上登天界,愧良多也。"①人失迷本性,失却本来面目,死后入畜生道。精怪修炼而成人身者,如王永相之子。王永相生下一子,竟然是虾蟆。这个虾蟆本是佛祖莲台座下之物而入红尘,因行善,变成相貌堂堂之人。还有精怪以人的面目出现并与人类一起生活的,如《辅化篇》之《卧云阁》《仙狐配》中的狐狸精,《浪里生舟·朝阳洞》中的猩猩,《万善归一》之《义鼠配》《碧云洞》中的鼠精、狐精,等等。

在民众心目中,关于动物与人本质相同的认知并不仅仅停留在感性层面。《宣讲集要·女转男身》中,五娘劝丈夫不杀生,言:"天地间人与物同一性命,他虽然是蠢物也知贪生。人怕死物贪生一样性情,夫呀!怎不知惜物命体其良心。孟夫子曾说过择术当慎,为甚么要学这伤生事情。"②《救时宝筏·十戒食牛犬鳅鳝等肉顺案》说道:"尝思天地有好生之德,圣贤寓爱物之仁,是知飞潜动植,与胎卵湿化,命虽至微,其贪生怕死之念,与人无异耳。"③《催原登舟·献食菩萨度戒杀成真》引诗曰:"鸟兽各形性本同,因腹伤杀换身容。看破放牲还命债,积功修悟妙无穷。"④草木禽虫皆是命,物与人性情不相远,凡贪生怕死皆一般。这种认知,正是爱物惜生的前提。明代理学家王阳明说:"盖天地万物与人原是一体,其发窍之最精处,是人心一点灵明。风雨露雷、日月星辰、禽兽草木、山川土石,与人原只一体。"⑤宣讲

---

① 〔清〕岳西破迷子编辑,〔清〕果南务本子校书:《保命金丹》卷四,刊刻时间不详,第 100 页。

② 〔清〕王文选辑:《宣讲集要》卷一一,光绪丙午年(1906)吴经元堂刻本,第 31—32 页。

③ 《救时宝筏》卷六,刊刻时间不详,第 65 页。

④ 《催原登舟》卷下,民国庚申年(1920)重镌本,版存绵东永定场,第 55 页。

⑤ 〔明〕王守仁撰:吴光、钱明等编校:《王阳明全集》卷三《传习录下》,上海古籍出版社,1992 年,第 107 页。

小说所传达的生态观念,与理学家的生态观念是一致的。或者说,中国古代的生态观,在宣讲小说中得到了充分的体现。

二、禽鸟亦犹人:宣讲小说中"物"的主体性

物与人同受天地之气而成,与人同一,有贪生畏死之情,亦有其他喜怒哀乐好恶等丰富的情感。佛教世界观中,众生世界(包括人及其他动物)即为有情世界。"有情具云有情众生,即动物也"①,动物是有情世界之物,本身亦具情感:"有情以心身离减逼迫条件而自由活动为乐,以心身紧增逼迫条件而不能自由活动为苦。"②自由是动物的天性,但也有自愿的付出与牵挂。宣讲小说所呈现的有情世界之"情"丰富多样,无一不显示出它们的主体意识,以及伴随这种主体性而带给人的震撼。《桂兰金鉴·利物》反驳动物"灵蠢判绝",列举诸多例证以说明并非如此:

> 唐明皇之马,不肯为禄山上寿;唐昭宗之猴,不肯为朱温起居;宋少帝之白鹇殉帝于海:是物知有君臣也。蜀中之猿,索其子死而肠断;柳州之猿,抱持母皮而死;鲜于氏之蝠,识其母气而来:是物知有父子也。房氏之鸡,能以死殉其雄;武后之秦吉了,能念其配;柳氏有贞燕,淮安盐城有烈鸳:是物知有夫妇也。智觉寺之鹊大庚,李氏之猫能哺他子:是物知有同类也。陇山之鹦鹉,能思上皇;清溪之燕,王成之骟能杀贼:是物之忠于所事也。鲁山之鹳,能衔衣而诉;京兆之鸦,能触铃而诉:是物知贤守令也。然则物何异于人哉?物之益人,可不利诸。③

---

① 太虚大师著,周学农点校:《真现实论》,中国人民大学出版社,2004年,第81页。
② 太虚大师著,周学农点校:《真现实论》,中国人民大学出版社,2004年,第81页。
③《桂兰金鉴》卷五,刊刻时间不详,第84页。

议论中列举的事例所表现出来的动物的品质,有君臣、父子、夫妇之义,有知同类、忠于事之德。其后多案,无不彰显微小物类的主体性。酒保王五入狱,将被判死刑,官"执笔欲判,蝇辄成群,集其笔端,逐去复来,不得下笔"①,遂知此人受冤枉,原因是王五不害苍蝇。比丘在路上救蚁延寿一纪,俞一郎放生增寿二纪;一山妪大雪日以谷济鸟且不惊动它们,后鹤衔明珠相赠;李昭嘏三世不养猫,在登科年老鼠再三将其试卷衔给主司,后昭嘏及第。由之可见,动物并非蠢笨无识。

　　禽兽知恩,是多数宣讲小说在涉动物言说时的共同观点。《阴阳鉴》第五十回《紊宗支恶妇遭谴,拔苦爽天君巡冥》中,真君曰:"世间最灵者人,而最蠢者物也。然人虽灵而受恩每多负恩,物虽蠢而受德恒见报德。彼黄鸟衔环,赤蛇献珠者非耶? 夫犹是一物也,而酬恩报德如是。"②宣讲小说提及孝,几乎都言羊跪乳、鸦反哺。动物之孝,并非只有羊与乌,其他物类亦有孝道。《衔刀救母》的故事在《千秋宝鉴》《法戒录》《宣讲至理》《宣讲选录》中皆有。《千秋宝鉴》《法戒录》在该故事后有小标题:"畜牲行孝。"故事中,母牛将被宰杀,小牛偷偷将刀衔走藏起。屠夫因此感动,到山上修行,牛子牛母亦随之,并一同听经。母牛死,小牛每日至母牛坟前,哀号数次,以头垒土成坟。母牛转世为毛修道,于山上担水放牛,小牛见毛修道如亲人一般,寸步不离,离则叫唤不止,并一直帮他担水,临死前,亦向毛修道叩头。牛之行孝,较于人之行孝,不让分毫。

　　动物报恩的故事在宣讲小说中多次出现。报恩的主体,有《福寿根·义鼠报》《万善归一·义鼠配》中的鼠,《福寿根·猴寄书》《救生丹新案·为猴所感》中的猴,《救生丹新案·犬报主恩》中的犬,《万善归一》之《天赐寿》《碧云洞》中的龟、狐,《指南镜·夕阳楼》中的燕,

①《桂兰金鉴》卷五,刊刻时间不详,第 54 页。
②〔清〕义泉静虚子编辑:《阴阳鉴》,光绪癸未年(1883)刻本,第 14 页。

《宣讲金针·鸦鹊报》中的喜鹊，《惊人炮·乌鸦报》中的乌鸦，等等。这些动物，当它们被人所救，在恩人遭遇困难或灾难时，则以自己的方式报答人的救命之恩。《绘图福海无边·义鼠盘粮》中，灾荒年受段氏之惠的老鼠将粮食从富家转运至其家以帮助他们度日。《福寿根·义鼠报》中，周仁父子在洞中饥饿欲死，曾受其恩惠的洞中群鼠每日衔食吐入锅内以供他们一日之用。《上天梯·牛犬报恩》中的常公子被盗贼抢劫落水，花犬跳入水中将其拖上岸，再遇贼时，花犬护主被打死，常公子第三次遇贼，花犬魂附病癫老黄狗咬伤恶贼，再被打死。因为主人之恩，犬三次拼死报答，其忠可嘉。《救生丹新案·为猴所感》中，寒冬腊月，猴在主人死亡后哀号，求人将主人埋葬；主人葬后它并不随之离去，而是"绕土三匝，恸号跳踯，触石而死"。葬主殉主，猴之忠义，远超于一般之人。《福寿根·猴寄书》中，路道平豢养之猴善通人性，日夜似犬看守家屋，凡有所使，一呼即去。道平读书，青猴为其母子传递音信；道平入狱，其母疯癫，猴为道平母子供饮食。《醒世录·龟入废井》讲述放龟得龟报恩，开篇诗中有云："介虫感恩来报怨，方知买物放生宜。"[1]宣讲小说提及的感恩之介虫，有《最好听·龟仙配》中的龟，有《惊人炮·洋蛛报》中的蜻蜓、蜘蛛，还有蚂蚁、鱼等。可以说，飞禽走兽，即便至微之生命，赋性虽殊，恶死则一，所以，它们得到人的庇佑后皆能感恩图报。

　　动物知恩报恩，往往超越于人，它们之义，亦被宣讲者反复提及，如义犬的故事，在《一德宝箴·义犬护尸》《宣讲大成·义犬救主》《清台镜·金鞭指哑》《清台镜·贤姑救孤》《缓步云梯集·乌龙报主》《宣讲选录·狗报恩》《萃美集·善缘桥》《萃美集·芦江河》《普渡迷津·祸福是征（犬鸣冤）》《口里慈航·黄犬报德（救狗有恩）》《浪里生舟·审花狗》《渡人舟·义狗坟》等中皆有所载。其中的犬，或者因为主人

①《醒世录》卷一，刊刻时间不详，第41页。

的豢养，或者因为主人的救命之恩，于是护主咬恶，保护主人幼子，甚至以生命的代价护主，其忠诚与感恩图报之行，读之令人怆然。《宣讲大成·义犬救主》开篇议论曰："人为万物之灵，所以灵于物者，不是说他有知识，是说他知道义，能尽伦常；倘若不知道义，不尽伦常，虽有知识，与禽兽何异？且禽兽中亦有知尽伦知义的，如乌鸦反哺，羊羔跪乳，雁不重配，犬能救主，是禽兽中之灵者也。"①禽兽之灵者，又何止上述几个物种？《缓步云梯集·惜命还命》中，还有其他因惜物命而得好报的，如银鱼报恩、猴子报德、鹦哥报信的故事。宣讲小说中，即便是植物被人爱护，也会报恩，如《普渡迷津·爱物成道》中的白茯神，《破迷录·花仙配》中的玉兰花仙。无情之物尚且如此，何况有情世界？《万善归一·义鼠配》中，宣讲者感叹动物的知恩图报："（人）反不如蠢然物类。在人爱惜姑容，不过顺机生养，何尝有意栽培？而物则铭心镂骨，视若再造之恩，百计图报，多方保护，亦如其全我者以全人，而心始无遗恨也。"②《阴阳鉴》第五回《綮宗支恶妇遭谴，拔苦爽天君巡冥》写一人将渔港改为放生池，"初港内鱼畏人，见影即潜，后闻履声，喁喁水面，有摇尾乞怜者，有引领瞩望者，有伸头点额，俨谢活命者，或沉或浮，盈千累万"③。这是描写鱼类获生后的感激。顺机生养也好，有意放生也好，只要于动物有恩，它们皆尽己所能，用不同形式回报施惠者。艾伯华《中国民间故事类型》列举的"动物与人"与"动物或精灵帮助好人，惩罚坏人"的动物故事类型中，都包含动物报恩（苍蝇、蚂蚁、母鸡、鸟、蝴蝶）、老虎报恩、蛇报恩、燕子报恩④。

①《宣讲大成》卷五，刊刻时间不详，第 62 页。
②〔清〕石照云霞子编辑，〔清〕安贞子校书：《万善归一》卷三，光绪癸未年（1883）刻本，第 1 页。
③〔清〕义泉静虚子编辑：《阴阳鉴》卷一，光绪癸未年（1883）刻本，第 17 页。
④〔德〕艾伯华著，王燕生、周祖生译：《中国民间故事类型（修订版）》，商务印书馆，2017 年，第 26—34 页。

虽然叙事类型有所区别,但几乎都包含救助动物与遭遇危险时动物报恩这两个要素。宣讲小说动物报恩的故事模式,正与此同。宣讲者一方面叙述动物报恩等以言不应杀生,另一方面则以动物之德反观人德,肯定动物之德。

被杀生的生物,往往也会复仇。《护生缘·喜鹊报》中,王用武平生好打鸟雀,当他杀人之后,一群鹊鸟拦住县官将其引至埋尸之处,由此实情大白,王用武受斩刑。《跻春台·双冤报》中,高秀杀蛇,后来被蛇咬而丧命;王氏食虾,后因虾而负屈。《劝惩录·豹魂报》中,杜天佑与席金贵好虐杀生物,杀生无数,一日见洞中二豹,乃将洞门封闭,用火燎熏数日,二豹死亡。后杜天佑妻与子皆非正常死亡,天佑亦瞎,后受冻饿而死,席金贵父子三人死于豹洞。宣讲者议论道:"试看天佑喜食醉虾鲜鱼,家败尽双目俱瞽,冻饿而死。……席金贵父子放火烧山,枪打禽兽,以致父子同死洞中,妻媳皆嫁,人财两空,更受挖心地狱之苦,将来人身必失。"[1]故事虽未直言所杀生物之复仇,但其中却有动物复仇之意。《缓步云梯集·误结冤》与《扶世良丹》第九抄传《钻山打猎遭野虎,大秤小斗变叫花》等故事,无一不标示着动物亦有着复仇意识。换个角度思考,因救命之恩而报恩,因被杀而复仇,何尝不是对生命本身的珍爱?

动物的情感并不只限于此。人类社会各种情感中最崇高的母爱,在动物世界亦表现得淋漓尽致。《万善归一·天赐寿》中,小鹿被射死,母鹿"见鹿儿睡在地下,四处一臭,即伏身喂乳,用脚一扒,鹿儿不动,母鹿眼泪汪汪,守住鹿儿走了三衔,大叫数声而死"[2]。猎人将

---

① 〔清〕克一子校,〔清〕许元善书,〔清〕守一子注:《劝惩录》卷三,刊刻时间不详,第 13 页。

② 〔清〕石照云霞子编辑,〔清〕安贞子校书:《万善归一》卷四,光绪癸未年(1883)刻本,第 78—79 页。

鹿母腹破开,见其肠子皆寸断。美国知名动物行为学家乔纳森·巴尔科姆所著《鱼什么都知道》通过描绘鱼的生活,告诉世人,鱼并非如我们所认为的那样低下,它们有意识,有情感,能够交流,会使用工具,懂得合作,甚至懂得讨好与欺骗①。彼得·渥雷本认为,"对于情感来说,智力往往多余。如同前面多次强调的,感觉由本能程序控制,因此对所有的生物来说,有着事关生死的重要性,这就意味着所有生物也都或多或少地拥有感知能力。至于这个物种是否能够对感觉进行思考,可不可以通过反射延长,或者以后是不是还能再次唤醒,都是第二位的"②。"经过数百万年的进化,动物已经趋于完美,只是它们的生存环境与我们人类不同而已。我认为,人类和动物在各自环境中生存下去的本领都是足够的。那我们又凭什么认为动物没有人类聪明呢?"③也许,动物不像人类这样去理性思考,更多依靠本能、感觉,但这对于动物的生命已经足够重要了。事实上,动物具有更多的情感,《动物的精神生活》描写了松鼠极致的母爱、公鸡会对母鸡说谎、渡鸦对伴侣的忠贞、母鹿悲吊死去的同类、马儿会感到羞愧悔恨、小林姬鼠对受难同伴的感同身受、老鼠将战术教给下一代……"只有与我们切身利益相关的,我们才会给予其肯定的评价。但对于自然来说,每个生命都有活下去的权利,生命的价值不以我们人类的排序为标准。"④当我们站在人类中心主义立场去评判动植

---

①参见〔美〕乔纳森·巴尔科姆著,肖梦、赵静文译:《鱼什么都知道》,北京联合出版公司,2018年。

②〔德〕彼得·渥雷本著,湘雪译:《动物的精神生活》,译林出版社,2017年,第222页。

③〔德〕彼得·渥雷本著,周月译:《动物的内心戏》,北京联合出版公司,2019年,第168页。

④〔德〕彼得·渥雷本著,周月译:《动物的内心戏》,北京联合出版公司,2019年,第120页。

物,站在自己的立场审视异类,就会认为异类低于人类。这种人类中心主义的行为与立场,才是导致生态危机的根源。

宣讲小说的编撰者具有浓厚的动物保护观念,他们通过不同的故事表现有情世界之情,甚至站在物的角度思考。《石点头·伤命失德》描述鸟失伴后的情状与心情:

> 春日融和,百鸟衔草垒旧窝,双双飞舞、对对吟哦,好一似恩爱夫妻难舍割。可恨那无情汉瞒天设计、暗地造戈,平空一声响亮,哀哉命丧南柯,雄孤飞而魂魄落,雌独宿而泪滂沱。三更思故偶,午夜发悲歌。道傍人问那鸟鹊,问的是:"嗟所为何叹所为何?"那鸟回言对他说:"恨的是打枪那位哥哥。打枪那位哥哥,你自己手摸胸膛细揣摩,假若你夫妻被人拆散,看你心下如何?看你心下如何?"①

这一段唱词,在《救世灵丹·打枪惨报》中的《劝戒打鸟枪歌》也曾出现,但部分字词有所不同。该故事言物类莫不避死贪生,"怜儿之鹿舐箭伤而寸断柔肠,畏死之猿望弓影而双垂血泪"②。故事先言鸟雄飞雌从的和乐美景,再言遭遇失偶时的撕心裂肺,然后质问猎人,让其反思自己若丧偶该当如何。《滇黔化》第三回《美乐村子孙歌祖训,白杨岭牛犬报人恩》中的《戒杀犬食犬歌》除了直接说明犬之功外,也以犬之语气质问杀犬之人:

> 我还有个说法,设若狗能叹话,与你食他的讲一番道理,说:"我在你家,进进出出我替你看,东东西西我替你守;白日间你出

---

①〔清〕遵邑梓人张最善刊刻:《石点头》卷三,咸丰八年(1858)刊刻本,第51页。
②《救世灵丹》卷二,刊刻时间不详,第34页。

门我看家，夜晚来你在睡我在听；有好客来我替你接住，有强盗
来我报你知道；我又不怨你家贫，我又未恨你打骂，我也只好重
过尽心竭力了。且拿跟我吃，不过些微点饭，间或饭都不拿跟我
食；睡的不过些微点草，间或草都莫得；热天来阴凉处，你立摄我
在外厢边去，待我也算刻薄了。更要害我的命，食我的肉，你拿
理道说点来听吓？"食他的人平心想一想，看有话回他吗莫
得呢？①

犬的质问再次说明自己的任劳任怨，所付出之多，要求之少。虽然这
样，它还是不免被杀，其中的委屈愤怒，可想而知。以犬质问，效果甚
于人直接之质问。

草木禽虫皆是命，能于危急中救得一命，胜照百盏佛灯。《扶世
良丹》第九抄传《钻山打猎遭野虎，大秤小斗变叫花》亦叙述钻山打猎
者在地狱受刑，动物索命报仇："最怕的野虎狱饥渴厂上，所杀的众生
灵讨命偿还。啄的啄咬的咬满身毒滥，嚼者嚼吃者吃咤出脑浆。"②
《阴阳鉴》第三十九回《猎禽兽诸物索命，毒鱼虾异类噬身》描述了众
多被杀害的生灵被允许向杀生者索命时之种种情景：

只见飞的、走的、潜的、蛰的山类水族，一切遭害物命，簇簇
拥拥，咸来狱前，仰面扬眉，伸头引领，张牙舞爪，开口启唇，恨不
得即索其命。则见：虎视眈眈，协烂班而并出；兔走爱爱，偕羽族
以俱来。嗜头颅、咬肢体、群相及矣；噬肉皮、吸血液，大可痛哉。
更有蝼蚁苍蝇，拥微弱之大队；螳螂蝉蜕，抱沉冤之欲鸣。同来
狱下，共雪含冤。猎户与烧山诸犯，身受其殃。更有水类鳞族介

①〔清〕晋良、钟建宁编：《滇黔化》，光绪三十年（1904）重刊本，第28—29页。
②〔清〕南滇毕清风抄传：《扶世良丹》，光绪三十四年（1908）本，第16页。

族，狱有大池，咸处其中，渔户与毒河诸犯，扭入其中。鱼嘬背，
虾刺心，蟹鼓两箝而夹舌，蚌贾两虎以灭肤。水蛭虻虫，吸血而
心犹怨，螺丝虾蟆服汁而气不平。残害水族者，转为水族所
残也。①

辛格在《动物解放》中指出："只要某个生物感知痛苦，便没有道
德上的理由拒绝把该痛苦的感受列入考虑。无论该一生物具有什么
性质，平等的原则要求把他的痛苦与任何其他生物的类似痛苦——
只要其间可以做大概的比较——做平等的看待。"②动物遭杀时，它
们也有反抗与嘶喊，但人类忽视它们的痛苦，也不能对它们的痛苦感
同身受。宣讲小说往往写异类在生命遭遇危险时，以梦的形式求告
于人，或死后向阎王告状，这些皆表明它们对于生命的珍爱以及被害
的不甘。上文中，动物当被允许索命时的种种行为，表现了它们对杀
身害命者的痛恨，这又是对"物与人性情不相远，凡贪生怕死皆一般"
的另一种体认。

"尽管我们不能赋予动物同样的权利，但至少应该尊重动物。
它们都是成熟的，它们在各自环境中的成就是我们无法比拟的。
它们跟我们一样，在精神和身体上都完全适应了周围的生存条
件。"③胎卵湿化皆是命，动物亦有灵性。将心比心，人又何忍于为
一己私欲，虐待动物，甚至于杀生害命？宣讲者对动物与人关系的
叙述，对动物自身生命渴求的书写，对它们报恩复仇行为的讲述，
以及对其内心世界的揣摩，都在彰示着他们强烈的生命关怀。这

---

① 〔清〕义泉静虚子编辑：《阴阳鉴》卷五，光绪癸未年（1883）刻本，第95页。
② 〔英〕彼得·辛格著，孟祥森、钱永祥译：《动物解放》，光明日报出版社，1999
年，第12页。
③ 〔德〕彼得·渥雷本著，周月译：《动物的内心戏》，北京联合出版公司，2019年，
第169页。

种关怀,与当今社会的生态关怀,虽然产生的时代背景不同,却在理念上殊途同归。

第三节　惜生节用:宣讲小说中的生态实践

生态伦理的核心,是人与自然的和谐相处。"人在他们的存在中和其他存在者相遭遇,命中注定要把自己的存在作为一个问题来面对,因此,他们在所做的各种事情中就和存在有双重的关联。"①词、物共生,各种各样的动物名,不是一个个与生命不相关的词语,而是具有丰富情感内涵的生命。人固然在灵智上优于他物(至少人类自己这样认为),但在生命形态上却与万物平等,不可因智识强于其他生物,就以为自己是自然的中心与主宰,对其他生命持有生杀大权。尊重自然是观念,更是实践,惜物命、节物用是与自然和谐相处的基本方式。

一、仁恕爱物:戒杀与放生

儒家在界定人时,"人"与"仁"互释,将德性视为人之为人的首要因素。如《孟子·尽心下》道:"仁也者,人也。合而言之,道也。"②《礼记·中庸》又道:"仁者,人也。"③刘熙《释名》亦道:"人者,仁也。""仁"是人之为人的本质规定。《礼记·礼运》云:"人者,天地之心也,

---

① 〔英〕S. 马尔霍尔著,亓校盛译:《海德格尔与〈存在与时间〉》,广西师范大学出版社,2007年,第246页。
② 〔汉〕赵岐注,〔宋〕孙奭疏:《孟子注疏》卷一四《尽心下》,《十三经注疏》(下),上海古籍出版社,1997年,第2774页。
③ 〔清〕朱彬撰,饶钦农点校:《礼记训纂》卷三一《中庸》,中华书局,1996年,第775页。

五行之端也。"①人为五行秀气所生，是天地之心，应包容、仁爱万物，怀仁懂礼，以己度物，仁民爱物。孔子甚至将爱惜物命与孝同言。《礼记·祭义》曰："曾子曰：'树木以时伐焉，禽兽以时杀焉。'夫子曰：'断一树，杀一兽，不以其时，非孝也。'孝有三：小孝用力，中孝用劳，大孝不匮。思慈爱忘劳，可谓用力矣。尊仁安义，可谓用劳矣。博施备物，可谓不匮矣。"②当将物视为与人一样的生命，都是天地所生时，推己及物，产生民胞物与的认知，自然而然不杀生害命，自然也就是对天的孝了。倘若从动植物乃人之衣食所在，属于"衣食父母"的角度考虑，杀生也就的确属于不孝之行。

　　戒杀放生故事是民间宣讲的重点。宣讲者多以天地有好生之德为由，劝人当顺天心合天意，以爱物救物为上。宣讲小说除了直接论述物命不可伤，还直接引用大量戒杀文、放生文及歌谣，如《戒杀文》《放生文》《戒食牛犬文》《云栖山人放生文》《戒杀放生谕》《劝戒打鸟枪歌》《吕祖放生歌》《惜生歌》《戒杀歌》《悯牛歌》等。长篇宣讲小说往往在不同回目中引用放生戒杀文，如《广化新编》第十回《德扬镇戒食牛犬，东岳庙讲说经文》中的《吕祖牧牛歌》，第十六回《丞相府迎师训子，灵峰观拜佛延生》中的《云栖禅师放生文》；《滇黔化》第三回《美乐村子孙歌祖训，白杨岭牛犬报人恩》有《戒杀牛食牛歌》《戒杀犬食犬歌》各两首。《福寿根·猴寄书》写的是杀人移祸的故事，旨在劝人不要胡作非为，紧扣《圣谕广训》之"毋作非为"这一条。路道平因为借贷之事，被人冒名顶替赴约，顶替者得银杀人，路道平被捕入狱，路道平之母田氏因此而疯，打骂打鱼人。其后则有一老翁训以上天有好生之德，必要痛惜生灵，珍重物命，并大段阐释孔子等人"钓而不

①〔清〕朱彬撰，饶钦农点校：《礼记训纂》卷九《礼运》，中华书局，1996年，第348页。
②〔清〕朱彬撰，饶钦农点校：《礼记训纂》卷二四《祭义》，中华书局，1996年，第715页。

网"之论；又引董仲舒所论，以及《淮南子》《抱朴子》中关于"鱼""网"之言，后又言庖羲氏以鱼为祭的尺寸要求，《礼记·月令》之时禁，《周礼》取之有时，《感应篇》"无故杀龟打蛇"等关于生态的论说共有九百三十多字。故事中，打柴人被田氏误认为儿子而推跌倒，昏迷中梦见白发老翁言及他入山林砍伐等事。原来，此人前世爱入山林，多毁林伤生，才有此劫。虽然，这些议论都偏离了原故事的情节，但不妨碍其成为宣讲者的生态说教或者生态知识的宣扬。

　　天地有好生之德，万物有贪生之心，人当以天之心为己心，体贴天意，心怀仁慈，痛惜生灵。现实生活中，人因为贪图口腹之欲，或图杀生的快感，甚至虐杀动物。《劝惩录·豹魂报》开篇诗曰："物命虽微不可戕，好生为念契穹苍。一虫一蚁休残害，任意杀伤报怎当。"故事的首段概括描述虐杀动物的过程："或利刃破腹，尖刀刺心，或剥皮刮麟，断喉劈壳，滚汤活煮，盐酒生腌。"故事中，杜天佑嗜酒好味，"每虾必以火酒生腌，曰醉虾"，"食鱼以沸汤调五味，将鱼剖腹抽肠，用手提其鱼翅，其鱼摇头摆尾，置沸汤中，曰鲜鱼"。言及此，作者认为，人生在世，杀生为次于淫之第二大恶，"作恶则以淫人妻女为第一，其次则杀生一事。不知古人置重物，则先省之倾汤，则先视之惜生之心，何等专一"[1]。杜天佑残暴鱼虾，忍心灭理，其庚兄席金贵残害生灵亦不亚于他：

　　　　值春月放火烧山，以便开挖耕种，或禽或兽，不见则可，倘若见之，虽一二日必以枪打倒，方遂其心。居宅湫隘地阴湿，广生蚯蚓及千脚虫，金贵见之甚恶，则以石灰放穴中，或以铁钳夹付火中，如此之类甚多……（其子牛儿）朝夕游戏，以发蛰惊栖，填

<hr/>

[1]〔清〕克一子校，〔清〕许元善书，〔清〕守一子注：《劝惩录》卷三，刊刻时间不详，第1—2页。

穴覆巢,伤胎破卵,射飞捉走,杀龟打蛇为乐。①

席金贵父子一次打豹不得,竟然以石头将豹子封在洞中,用火燎熏数日,豹死后父子抬着豹子到家剥皮食肉。述及此,宣讲者又忍不住议论道:"人生须体好生为心。凡登山网鸟,临水毒鱼,俱干天怒。且人物俱皆是命,不过是前生少积功善,多作恶孽,死入地狱,转世为禽为兽,或为水族。而人当念彼受苦,随地爱惜,以全胞与之量。岂可设陷阱,用毒物,取之以肥己身,得无报乎?"②残杀动物,违背上天好生之心,缺仁少慈,故事以杜天佑夫妇及席金贵父子遭受的恶报警诫众人,说明违逆天意之后果。

在讲述戒杀放生的故事时,宣讲者常直接以人物之口回答有关动物的杀与不杀。天地好生,物亦贪生,作者反驳"物原供人之食,杀之不为丧心"之论,认为"杀生者即不谓之丧心,实可谓之忍心,亦不咎其忍心,当咎其贪口腹之欲,而失仁爱之心也"③。在一般人看来,喂养的牲畜家禽等物,如猪羊鸡鸭鱼等,本来就是食用的。虽然如此,也应杀之有理,如《万选青钱·案中有案》《千秋宝鉴·暴殄天物》《普渡迷津·爱物成道》《惊人炮·洋蛛报》等宣讲小说多次引用《礼记》的"四无故不杀"(即"诸侯无故不杀牛,大夫无故不杀羊,士无故不杀犬豕,庶人无故不食珍"④)。《上天梯·同登道岸》有关于杀与不杀的议论:"物当生旺时杀之才为杀","当死时杀之不为杀",即便

---

① 〔清〕克一子校,〔清〕许元善书,〔清〕守一子注:《劝惩录》卷三,刊刻时间不详,第3页。

② 〔清〕克一子校,〔清〕许元善书,〔清〕守一子注:《劝惩录》卷三,刊刻时间不详,第7页。

③ 〔清〕克一子校,〔清〕许元善书,〔清〕守一子注:《劝惩录》卷三,刊刻时间不详,第1页。

④ 〔清〕朱彬撰,饶钦农点校:《礼记训纂》卷五《王制》,中华书局,1996年,第189页。

是竹木草苗,也应是方长不折、相时而伐,只有这样才能保证长久之用。《普渡迷津·爱物成道》言人当体上天好生之德,不可伤生害命,以悦一时之口腹:"大而猪牛羊犬,小而水族山禽,赋性虽殊,恶死则一也。闲有可杀者,非养亲祭祀婚娶而外,不可轻用。故《戴礼》有云:诸侯无故不杀牛,大夫无故不杀羊,士无故不杀犬豕,庶人无故不食珍。"①物皆好生恶死,若必杀生,也只能在必用之时,如祭祀、婚娶等,在当杀之时而杀。"当杀而杀不为杀",即便当杀之时,也要慎杀,不当杀之时则要戒杀、不杀。

　　牛,作为农耕社会耕种时必不可少的工具,更不能随意杀之。《上天梯·牛犬报恩》言随意杀牛是昧牛之恩,与忘恩负义无异。古之诸侯,在祭祀之时才杀牛,"天子祭天地以牺牛,诸侯祭山川以索牛,是因天地之恩大,山川之神尊,故用此有功之物方可报德,所以诸侯无故不杀牛,至于祭文庙亦用牛者,以圣人之德,参天地故也,人分胙肉而食者,不敢亵神惠也"②。除开祭祀、敬神之外的杀生,以畜牲为当杀之物,并不是正确认知。《宣讲拾遗·南柯大梦》中,韩生问道:"六畜生就所饲之物,自古杀而食之,有何不可?"肖唐回答:"不杀是体天地好生之德,仁也。不食是不与六畜结冤,智也。再说杀生之报,丝毫不爽,可不畏乎!"③肖唐之论具有代表性。杀生造孽,所求不过口腹之欲,或蝇头小利,而丧人之仁性,与物结怨,的确不仁不智。《万选青钱·案中有案》在论及不杀生后,引孟子"亲亲而仁民,仁民而爱物"语,可见宣讲者对戒杀放生所持的态度。《千秋宝鉴·暴殄天物》则认为,所谓天地生物是拿来养人之说,"不过是以强凌

---

① 〔清〕岳北守一子编辑,〔清〕舟楫子校正:《普渡迷津》卷二,刊刻时间不详,第 83 页。
② 〔清〕岳西破迷子编辑,〔清〕果南务本子校书:《上天梯》卷三,同治甲戌年 (1874)新镌本,第 110—111 页。
③ 〔清〕庄跛仙编:《宣讲拾遗》卷五,光绪二十年(1894)刻本,第 46 页。

弱,以大压小,犹如大鱼吃小鱼,小鱼吃虾子一样"[1]。人作为万物之灵,本不应与禽兽等同,即便是杀,也要取之有时,用之有节。

《礼记·中庸》云:"唯天下至诚,为能尽其性。能尽其性,则能尽人之性;能尽人之性,则能尽物之性;能尽物之性,则可以赞天地之化育;可以赞天地之化育,则可以与天地参矣。"[2]上天有好生之心,凡抱质以游、赋性而生者,无不使之各安饮食,以遂其生,各复其性。不杀生、爱惜生命,让动物以其自在的方式存在于天地之间,即是尽物之性。《法戒录·伤物命》中的道人劝人"尽物性,效法至诚"之语,显然是对《中庸》观点的继承。物之性皆贪生爱命,属羽者爱飞,走兽爱山林,游鱼爱深渊,胎卵湿化都有自己的生命及生活空间,织网设套、安板撬洞,捕捉生物甚至害其命,都是对物性的伤害。《阴阳鉴》第三十九回《猎禽兽诸物索命,毒鱼虾异类噬身》的主题为戒杀,其中有真君的议论,曰:

> 生,天地之所以为德也,是故天曰大生,地曰广生。生之外,天地别无所以为心也。则能体其心者,无不自爱其生以爱人之生,爱人之生以爱物之生。而奈何自爱其生,转不爱人之生与物之生,而反戕人之生与物之生,以伤天地之和,干天地之怒者,抑独何与?夫戕物之生,亦无异戕己之生。戕己之生者,己所不欲,而戕物之生,物岂欲乎?抑何弗思之甚矣。且天地之大,何所不容?试思蠃虫三百有六,毛虫三百有六,羽虫三百有六,鳞虫三百有六,介虫三百有六,以饮以食,各遂其生,以飞以跃,各

---

① 〔清〕智善子校正,〔清〕善化善子参阅:《千秋宝鉴》卷一,同治五年(1866)同善坛刻本,第21页。

② 〔清〕朱彬撰,饶钦农点校:《礼记训纂》卷三一《中庸》,中华书局,1996年,第777页。

适其性。天壤间一名一物，莫不各具负阴抱阳之质，莫不各有血气心知之性。尔既受其生，彼独爱其死乎？夫人物之生，原无异致。戕人之生者，伤包容之德，戕物之生者，损含宏之量。而无如戕害异类者，不惕然醒、惕然悟，而偏嗜杀之无已矣。或纵火烧山，或荼毒江河，或射飞逐走，或发蛰惊栖，或填穴覆巢，或伤胎破卵。不知彼肆一时之虐，而物已悉伤其类。彼取一刻之欢，物已尽歼其族。此等举动，良可浩叹。更有猎户渔师，贪取物命，习为常业，或父子相传，或兄弟相率，时而登山追生逼死，时而临水网鱼罟鳖。彼固得以养妻活子，物竟悲夫失侣亡群。嗟乎！世之愚也，夫焉有杀生而可以养生者乎？[1]

"性"，从心，生声，生而有之。人之初，性本善，残杀动物，丧失人之为人的本性，世上亦无以杀生而养家之理。《滇黔化》第十七回《观听讼善士服廉明，祭神祇清宫驱虎豹》中，县太爷晋良劝人戒杀，他以"射飞逐走，发蛰惊栖，填穴覆巢，伤胎剖卵，春月燎獮，无故杀龟打蛇"六句为题作成时文六篇，以勉世人。其中，《射飞逐走》诫勿戕生，勿射飞逐走，应尽物之性，"且天生人，覆生物，物物使之自率其性也。鸟以性之飞者，日率其性而遂其飞，至不遂其飞，而害其飞，而鸟之情惨也。兽以性之走者，日率其性而快其走，至不快其走，而厄其走，而兽之心伤也"[2]。《发蛰惊栖》劝人勿"物当静而使之动"，当尽物之情性，"且夫待时而动者，物之情也，动极思静者，物之性也。故当欲动之时，而或见或飞，既可相安于咸若，而当宜静之际，则为潜为止，亦将各适其天怀"[3]。《填穴覆巢》《伤胎破卵》《春月燎獮》《无故杀龟打

①〔清〕义泉静虚子编辑：《阴阳鉴》，光绪癸未年（1883）刻本，第82—83页。
②〔清〕晋良、钟建宁编：《滇黔化》，光绪三十年（1904）重刊本，第34页。
③〔清〕晋良、钟建宁编：《滇黔化》，光绪三十年（1904）重刊本，第36页。

蛇》等时文劝人勿伤生害命,失天地好生之心,"生为我所欲,亦为物所欲,欲则推心置腹,而恕道宜存"①。六篇时文,从物性、人性等角度阐述不能伤生害命,这种动物保护意识,正是对儒家生态思想的诠释,也是对传统生态意识的发挥。

二、节俭有度:时禁、时取

节俭是一种合理的生活方式,关乎人的德性,也具有生态意义。节俭,减少了对物的消耗。很多时候,人的杀生,是基于物用的基础,或食动物之肉,或用动物皮毛,或以之换钱购买其他物用,用之有节,尚情有可原,用之无节,就会大量杀生。节俭,减少了资源消耗,实现了生态的可持续发展,缓解了生态压力。

传统生态伦理中包含着用物以时、取之有度之要求。《逸周书·大聚解》之"禹禁"云:"春三月山林不登斧,以成草木之长;夏三月川泽不入网罟,以成鱼鳖之长。"②取之有度,用之有节,是儒家的生态智慧,也是"圣王之制"。《荀子·王制》载:"圣王之制也,草木荣华滋硕之时则斧斤不入山林,不夭其生,不绝其长也;鼋鼍、鱼鳖、鳅鳣孕别之时,网罟毒药不入泽,不夭其生,不绝其长也……洿池、渊沼、川泽谨其时禁,故鱼鳖优多而百姓有余用也;斩伐养长不失其时,故山林不童而百姓有余材也。"③这些阐释,都是将取物有度、有节与物尽其用并谈,指出这种行为的生态优势是为了更好的取与用。也就是说,取物以时、取用有节,是为了更好的发展。《论语·述而》主张"钓

---

① 〔清〕晋良、钟建宁编:《滇黔化》,光绪三十年(1904)重刊本,第39页。
② 黄怀信、张懋镕、田旭东撰,李学勤审定:《逸周书汇校集注》卷四《大聚解》,上海古籍出版社,1995年,第430页。
③ 〔清〕王先谦撰,沈啸寰、王星贤点校:《荀子集解》卷五《王制》,《新编诸子集成》(第1辑),中华书局,1988年,第165页。

而不纲，弋不射宿"①，《孟子·梁惠王上》也认为，"数罟不入洿池，鱼鳖不可胜食也；斧斤以时入山林，材木不可胜用也"②。保护自然资源，不竭泽而渔，合理利用，才有不可胜食之物，不可胜用之材，民才能养生。《吕氏春秋·义赏》云："竭泽而渔，岂不获得，而明年无鱼；焚薮而田，岂不获得，而明年无兽。"③取物尽，随时乱砍乱捕乱杀，可能导致物种灭绝，又何来可供利用之物呢？

　　为了可持续发展，古代政府承继了圣王之制，极重视环境及物类保护，要求"禁发有时"。自商时，朝廷就设置了掌管山川的官职，具有掌管"以时禁发""物之厉而为之守禁"之职能。《淮南子·主术训》说："故先王之法，畋不掩群，不取麛夭，不涸泽而渔，不焚林而猎。豺未祭兽，罝罦不得布于野；獭未祭鱼，网罟不得入于水；鹰隼未挚，罗网不得张于溪谷；草木未落，斤斧不得入山林；昆虫未蛰，不得以火烧田。孕育不得杀，鷇卵不得探，鱼不长尺不得取，彘不期年不得食。"④先王之法中，包含着取物有节、有择、有时的观点，鸟兽在其未长成时、怀孕之时皆不得取，草木正在生长时不能伐，取时不能尽，禁止涸泽而渔、焚林而猎。《管子》所载"禁发有时"亦是先王之法，《八观》《地数》《七臣七主》等篇目中皆有相关表述："山林虽广，草木虽美，禁发必有时……江海虽广，池泽虽博，鱼鳖虽多，罔罟必有正。"⑤

①〔汉〕郑玄注，〔清〕刘宝楠注：《论语正义》卷八《述而》，上海书店出版社，1986年，第148页。

②〔汉〕赵岐注，〔宋〕孙奭疏：《孟子注疏》卷一《梁惠王上》，《十三经注疏》（下），上海古籍出版社，1997年，第2666页。

③〔战国〕吕不韦著，〔汉〕高诱注：《吕氏春秋》卷一四《义赏》，上海古籍出版社，1989年，第107页。

④何宁撰：《淮南子集释》卷九《主术训》，《新编诸子集成》（第1辑），中华书局，1998年，第686—687页。

⑤黎翔凤撰，梁运华整理：《管子校注》卷五《八观》，《新编诸子集成》，中华书局，2004年，第261页。

民众必须严格遵守时禁,"有动封山者,罪死而不赦"①。管子所言"六务四禁"中,春禁是禁止乱砍滥伐、焚林,夏禁则是禁射鸟兽:"六务者何也? 一曰节用,二曰贤佐,三曰法度,四曰必诛,五曰天时,六曰地宜。四禁者何也? 春无杀伐,无割大陵,倮大衍,伐大木,斩大山,行大火……夏无遏水,达名川,塞大谷,动土功,射鸟兽。……春政不禁,则百长不生。夏政不禁,则五谷不成。"②管仲作为政治家,充分意识到节用、"四禁"在农业社会中的作用。

　　非时不入山林、非时不猎等时禁措施,被写入《礼记》中。《礼记·月令》规定了每个月的礼制,其中每个月都有所禁,涉及生态环境保护的主要是春季及初夏:孟春之月"牺牲毋用牝。禁止伐木。毋覆巢,毋杀孩虫胎夭飞鸟。毋麛,毋卵",仲春之月"毋竭川泽,毋漉陂池,毋焚山林",季春之月"毋有障塞。田猎、罝罘、罗罔、毕翳、喂兽之药毋出九门",孟夏之月"毋有坏堕,毋起土功,毋发大众,毋伐大树",仲夏之月"毋艾蓝以染,毋烧灰,毋暴布",季夏之月"树木方盛,乃命虞人入山行木,毋有斩伐"。到了仲秋之月才可以"命宰祝循行;牺牲,视全具;案刍豢",季秋之月"天子乃教于田猎",仲冬之月"山林薮泽,有能取蔬食、田猎禽兽者,野虞教道之",季冬之月"命渔师始渔"③。对时禁之时间、内容有具体规定,并言明其原因。春及初夏之禁皆因动植物生长发育正当时,秋冬开禁则是动植物已经长成并成熟,到了本该收获之时。《月令》根据春生、夏长、秋杀、冬藏的自然规律而设不同的禁,有利于生态保护。反之,如果不禁好杀,"动不以

---

①黎翔凤撰,梁运华整理:《管子校注》卷二三《地数》,《新编诸子集成》,中华书局,2004年,第1360页。
②黎翔凤撰,梁运华整理:《管子校注》卷一七《七臣七主》,《新编诸子集成》,中华书局,2004年,第995页。
③〔清〕朱彬撰,饶钦农点校:《礼记训纂》卷六《月令》,中华书局,1996年,第224、231、235、242、248、252、262、268、280、284页。

道,静不以理",又杀必务尽,则"自夭而不寿,妖孽数起,神灵不见,风雨不时,暴风水旱并兴,人民夭死,五谷不滋,六畜不蕃息"①。"山林梁泽以时禁发",林禁、鱼禁等,都是依据自然规律而设,给动植物休养生息的时间,对生态环境的保护有利于可持续发展。在农业社会,时禁措施对国计民生具有十分重要的作用,故被各朝政府所采纳。据《睡虎地秦简》,秦朝的《田律》可谓中国最早的自然环境保护法②,其后的一些诏书或政令均在继承《月令》及秦律基础上颁行时禁法令③,具有浓厚的生态保护意识④。明代设有虞衡之官,据《明史·职官志》,朝廷规定"冬春之交,罝罛不施川泽;春夏之交,毒药不施原野"⑤。明清帝王的诏令中,亦不乏禁焚、禁伐、禁猎等内容。清代多有政令或相关文章说明不能随意宰杀耕牛、毒害鱼类⑥。在民间社会,亦将禁止滥伐树木纳入乡约家规⑦。

　　"文化是一种通过符号在历史上代代相传的意义模式,它将传承的观念表现于象征形式之中。通过文化的符号体系,人与人得以相

---

① 〔清〕王聘珍撰,王文锦点校:《大戴礼记解诂》卷一三《易本命》,中华书局,1983年,第260页。

② 刘海年、杨一凡:《中国最早的有关自然环境保护的法律规定》,《人民司法》1983年第4期。

③ 参见余文涛、袁清林、毛文永:《中国的环境保护》,科学出版社,1987年,第29页。

④ 参见周景勇:《中国古代帝王诏书中的生态意识研究》,北京林业大学2011年博士学位论文;程民生:《宋代的野生动物保护法》,《野生动物》1984年第3期。

⑤ 〔清〕张廷玉等撰:《明史》卷七二《职官一》,中华书局,1974年,第1760页。

⑥ 参见赵杏根:《论清代动物保护思想与实践》,《哈尔滨工业大学学报(社会科学版)》2014年第3期。

⑦ 如江西董氏《樟木坑禁约》,要求"除斫取地柴外,如有盗取树木一枝一丫者,一经察获,立拘赃犯到祠,分别责罚。见证报信,亦即记功给赏。其有在场确见,徇情隐匿,亦拟为从,一体同罚。"参见党晓虹:《中国传统乡规民约研究》,西北农林科技大学2011年博士学位论文,第150页。

互沟通、绵延传续，并发展出对人生的知识及对生命的态度。"①之所以不厌其烦地介绍古代的动植物保护思想及法令，乃是为了说明宣讲小说中大量的生态言说与古代的生态思想及律令有一致之处。《福寿根·猴寄书》中，老翁训渔夫，言上天有好生之德，人当以天之心为己心，必要痛惜生灵，珍重物命，又引《月令》关于渔禁，《周礼》要求以时而取、不得非时而用等以说明此道理。《阴阳鉴》第四十九回《辞六殿再录铁案，谒万灵大敲金钟》中，在真君演爱物律后，真君与泰山王各有一大段议论：

> 真君曰："物之生也，有茂对时育之仁；其取也，有相时节取之道。獭祭鱼，然后虞人入泽梁；豺祭兽，然后田猎，鸠化为鹰，然后设罻罗。昆虫未蛰，不以火。推之，鱼禁鲲鮞，兽长麛麑，毋伤胎破卵，毋折启蛰，毋伤蚔蠖，毋竭田泽，毋漉陂池，毋焚山林。凡田猎，罝罘罗网取物之具、砒礵炉底喂兽之药毋制造，皆所以逆生道也。唯圣人本好生之德，洽于民心，施于物类，故大禹懋迪厥德，而鸟兽咸若；文王化行南国，而草木繁多。则物之盛衰，与政治相维系。凡今之人，慎勿以微物未植，而漫不关心也。"
>
> 泰山曰："万物之并育，于两间而不相害也。是故阴阳出入之机，固流行于造化，而范围曲成之理，尤待命于人工。唯圣人体天地自然之道，极裁成辅相之宜，不杀则必竭。圣人若为天作刑官，物无罪，淫即其罪，则称天以诛之，所以平物之骄也，即所以赞天地之化也。不蓄则不泺，圣人若为天作旬宣，物无荣，生即其荣，则代天以牧之，所以平物之和也，即所以赞天地之育也。盖物与人，俱托命于天地，而待培于圣人。唯圣人尽己性，尽人

①王铭铭：《"格尔兹文化论丛"译序》，〔美〕克利福德·格尔兹著，纳日碧力戈等译：《文化的解释》，上海人民出版社，1999年，第11页。

性,以尽物性,其德实与天地相参。若辈读圣人书,当体圣人教,由亲亲而仁民,仁民而爱物,庶乎可也。"①

这段话,显然也是深受儒家至诚尽性及赞天地之化育之论的影响。

杀生,要么是性情残忍,要么是图利贪吃。宣讲者一方面阐明人及他物都是天地之子,杀生有违天心,一方面又宣扬节俭的生活。《阴阳鉴》第三十五回《慢神灵阳报废命,轻字迹阴罚殛身》以真君之口,言俭除了可以涵养个人品德之外,还有足财用、免匮乏、期久远之用。并非是"天地之盖藏无穷,百物之生产靡尽,取之不匮,用之不竭",而是"物产愈出则愈损,宝藏愈泄则愈亏",所以"天地亦不能多所赢余,以供世人之奢侈"②。浪费之徒"耗天地之厚藏",自不能得天地之佑。真君所演惜物律中,受惩之行有:性爱奢侈、轻忽物用、肆行暴殄、纵欲逾节、不安分循;遇荒年不省节、行吉凶礼不量力、毁弃食物、抛弃谷米;服食厌恶喜美、服饰过奢、享用过度、修饰屋宇过华丽;饮食过分、毁坏器物、践踏菜麦、任意折损方长之物、委弃未熟果食;等等。

节俭生活,其实就是适度消费。适度消费,是可持续发展的重要方面。唐朝宰相陆贽在《均节赋税恤百姓》第二条"请两税以布帛为额不计钱数"中说道:"夫地力之生物有大数,人力之成物有大限,取之有度,用之有节,则常足;取之无度,用之无节,则常不足。生物之丰败由天,用物之多少由人。是以圣王立程,量入为出,虽遇灾难,下无困穷。理化既衰,则乃反是,量出为入,不恤所无。……是乃用之盈虚,在节与不节耳。不节则虽盈必竭,能节则虽虚必盈。"③节俭,

---

① 〔清〕义泉静虚子编辑:《阴阳鉴》卷七,光绪癸未年(1883)刻本,第11—12页。
② 〔清〕义泉静虚子编辑:《阴阳鉴》卷五,光绪癸未年(1883)刻本,第35页。
③ 〔唐〕陆贽著,刘泽民校点:《陆宣公集》卷二二《均节赋税恤百姓》,浙江古籍出版社,1988年,第252页。

是个人美德,也是对自然的尊重与爱护。《滇黔化》第三回《美乐村子孙歌祖训,白杨岭牛犬报人恩》言及人们杀牛,不是不知道牛的辛苦及对农业生产的贡献,而是因杀牛所赚之钱远高于杀猪杀羊,或者是因鸡鸭鱼等易得而吃厌了,而牛肉因难得而贵重,当成珍馐。《济世宝筏》中的"十戒食牛犬"将需求与杀生的关系说得非常清楚:"设人尽不食,彼何为而杀之乎?是食牛犬之罪更胜于杀牛犬之罪也。"表面看来,食牛犬之罪远小于杀生之罪,但如若不贪口、不贪钱,没有需求也就没有买卖,也就没有杀害,这样才能做到物遂其性,人得其用。从这个方面来说,此说是有道理的。

三、农耕社会的生态关怀

中国古代社会的文明属于农耕文明,前文所言的时禁,即是根植于农耕文明而立法的典型。在农业生产过程中,牛犬的地位不容忽视。《风俗通义·佚文》曰:"牛乃耕农之本,百姓所仰,为用最大,国家之为强弱也。"[①]犬则是看护家庭、守护家庭的重要力量。明代,盛行把"牛戒"写成乡规民约,如朱溍的《誓禁屠牛乡约》《申禁乡屠牛乡约》《申禁屠牛小贴》等。

牛犬作为六畜中的两种,主要功能不是作为食物(包括祭祀),而是耕种看家。《上天梯·牛犬报恩》中有诗云:"牛代耕田犬守家,百般愁苦最堪嗟。如何世上贪残辈,偏把畜牲美味夸。"其后再言牛犬守家耕田,有大功于人,"人当记其功劳,怜其苦楚,俟其老死而埋之,方是爱物的心肠"。故事中的《悯牛歌》以"君不见"开头,列举牛在耕地时的惨况,以及耕地时的勤苦:

---

① 〔东汉〕应劭撰,吴树平校释:《风俗通义校释》,天津人民出版社,1980年,第400页。

君不见,牛耕田,努力前奔不少延。人在后,他在前,犁耙千斤好作难。绊着颈,枷住肩,脚要踩沟不敢偏。拖不动,就几鞭,皮肉打破好心酸。夹脚溢,不肯翻,一犁转来像石砖。溢泥田,似深渊,陷住难抽受熬煎。骂不歇,打难宽,眼含珠泪何曾干。日当午,口流涎,想要出气又难言。望难了,到田边,农夫拖犁又转弯。敌不住,心内烦,一步一跬又向前。放牛娃,心多奸,割草还要把假掺。有泥沙,吃不完,说要把牛饿几天。莫奈何,勉强餐,皮瘦肉消腰臂弱。到夏来,热不堪,晒得口渴无人牵。蚊子多,日夜缠,耳摇尾打四脚弹。到冬来,天气寒,风吹霜飘有谁怜?冷地睡,湿地眠,缺少青草到牛栏。人烤火,把门关,还说冷冻心不安。可怜牛,难饱餐,一件皮袍四季穿。一年中,苦万千,替主代劳种满山。人吃米,味甚甘,何曾把牛念一番。吃谷草,价甚廉,渴来不过饮清泉……①

歌谣言牛的辛苦,一是耕种之时本身披枷带锁不舒坦,二是耕种过程中遭受主人打骂,三是耕地硬板多石,四是所食之劣及所住环境之恶。牛虽为劳作的动力,却又往往成为主人的口中之食,或者卖出被杀。悯牛诗充满了作者对虐待或者杀牛之人的批判。故事中还有《怜犬歌》,言犬可解人之忧闷,又可招财进宝、看家防盗贼,极忠于主人,甚至救主人性命,而所食,不过骨头粪便。其他戒杀文或劝善歌谣中,戒食牛犬也是重要内容,所劝,也无非是说牛犬之辛苦,劝人们不要杀之。《平常录·兄弟夺魁》中的《戒杀歌》言耕牛"耕田种地犁耙重,做出五谷养人身",犬看家"防夜守更甚艰辛,白日屋边团团走,

---

① 〔清〕岳西破迷子编辑,〔清〕果南务本子校书:《上天梯》卷三,同治甲戌年(1874)新镌本,第111—112页。

夜晚檐后处处行。若有动静忙开口，大声疾呼追贼人"①。《口里慈航·釜中鱼跃》的《戒杀文》言："无故常杀耕牛命，不念耕牛甚苦辛。牛只食草把水饮，何忍杀他来食吞。皮挤鼓骨错器皿，试看伤心不伤心。"犬守夜更辛勤，"白日常防人闯进，黄昏着意守财门。逮夫夜深人睡尽，盗贼作祟吠几声。倘或主人睡未醒，犬吠不住使主闻。俾主觉悟前照映，叱之摇尾始稍停。况犬他常食人粪，何忍食之以烹蒸"②。简言之，若无牛犬，田何以耕，夜何以守？

从农业生产的角度看，牛是耕农之本，有功于人。"君所恃在民，民所恃在食，食所资在耕，耕所资在牛；牛废则耕废，耕废则食去，食去则民亡，民亡则何恃为君？"③所以，非天地圣人，不敢杀牛去祭祀。《礼记》所言三"无故不杀"是针对天子、诸侯、大夫而言，统治者尚且无故不杀，更何况是普通百姓。中国历史上，不乏禁杀牛犬的法令。《唐律疏议》载："马牛军国所用，故与余畜不同。若盗而杀者，徒二年半。"④唐昭宗《改元天复赦文》载，屠牛之罪不在赦免范围内。《大明律》载："凡私宰自己马牛者，杖一百。……若故杀他人马牛者，杖七十，徒一年半。"⑤《大清律例·户律》的规定与之大致相同："凡私宰自己马牛者，杖一百。……若故杀他人马牛者，杖七十，徒一年半。……若故杀缌麻以上亲马、牛、驼、骡、驴者，与本主私宰罪同。"⑥这条禁令，

①《平常录》卷三，刊刻时间不详，第 38 页。
②《口里慈航》卷三，光绪二十六年（1900）刻本，板存仁邑文公场，第 47—48 页。
③〔宋〕欧阳修、〔宋〕宋祁撰：《新唐书》卷一一八《张廷珪传》，中华书局，1975 年，第 4262 页。
④〔唐〕长孙无忌等著，袁文兴、袁超注译：《〈唐律疏议〉注译》，甘肃人民出版社，2017 年，第 543 页。
⑤怀效锋点校：《大明律》，法律出版社，1999 年，第 123 页。
⑥张荣铮、刘勇强、金懋初点校：《大清律例》，天津古籍出版社，1993 年，第 343—344 页。

在《圣谕六训醒世编·墙打顽民》张先生口中又得到阐释："《大清律》上说着,宰杀自己的耕牛,初犯枷号两月,再犯充军,贩牛卖与牛屠同罪。"①《宣讲至理·耿生择术》中,耿生劝屠牛之人:"牛耕田种五谷有功于世,天下人衣与食皆赖其力。……世间人全仗他耙田耕地,他有这无量功人不能及。"然后指出,庶民宰杀牛"大犯法律","宰杀人若逃脱朝廷律例,逃不脱循环理无早有迟。宰杀人有许多没有后嗣,阴曹府受冥刑更是惨凄"②。显然,耿生的劝说,是有法理依据的。禁屠令的发布,是站在农耕立场上讲的。就犬而言,在民间社会,犬的功能不仅是看家,还可以辟邪禳灾、田猎、食用、药用。宣讲小说在言及戒杀犬之时,只将目光集中于它的看护功能,以及它对主人的忠诚上。戒杀牛犬的观念及禁令更显示出中国传统社会的农耕性。

　　牛有代耕之劳,犬有守夜之功。宣讲小说中有大量的劝人勿食牛犬文,言牛犬之辛苦。《广化新编》第十回《德扬镇戒食牛犬,东岳庙讲说经文》里,东岳庙前的石碑刻有戒杀牛犬文,指出六畜中有功于人的,只有牛犬,"杀之者,国有刑法;食之者,幽有祸愆"③。且附《吕祖牧牛歌》以示警,歌谣中言及牛之苦累及食牛肉之报。《滇黔化》第三回《美乐村子孙歌祖训,白杨岭牛犬报人恩》中有《戒杀牛食牛歌》《戒杀犬食犬歌》,其他劝人勿食牛犬的具体篇目还有《缓步云梯集·肉牛爬背》《采善集·不惜物命》《宣讲选录·敬灶劝夫》等。《济世宝筏》前面的神佛之谕,其中一条即是"十戒食牛犬",《东厨维风录》有"戒食牛肉章",诸多篇目中所引《武圣帝君十二戒规》、关帝圣君《觉世真经》及灶君条规,其中即有"戒食牛犬肉"条。宣讲者(或

①〔清〕西蜀哲士石含珍编辑:《圣谕六训集解》卷一,光绪九年(1883)重镌本,第22页。

②《宣讲至理》卷四,民国四年(1915)万善堂记重刻本,第18—19页。

③〔清〕桂宫赞化真官司图金仙编辑:《广化新编》,咸丰元年(1851)重镌本,第59页。

故事中人物)劝人勿杀勿食牛犬,还从构字上进行阐明,如《护生缘·双逆报》言"牢字从牛,狱字从犬,不吃牛犬,牢狱可免"①,《口里慈航·釜中鱼跃》言"牢字从牛真武训,不食牛肉免牢刑"②。宣讲小说反复言说牛犬的辛苦与重要,以及它们任劳任怨的精神,质问杀生者于心何忍,字里行间,是仁者对不仁者的批判。

　　中华民族自古就有牛犬崇拜,不少地方、不少民族都有祭祀牛犬的传统。汉族、瑶族、羌族、苗族、壮族、蒙古族等都有牛神崇拜,甚至一些神灵就是人身牛首。如炎帝"人身牛首",这种体貌,暗示炎帝神农"实现了从渔猎时代到农耕时代的转变",是部落农业文明的显著特点③。具体到各民族,或许信仰的理由不一,但作为农耕文明中的汉民族或深受汉民族影响的其他各民族,深深地认识到牛犬的农业价值。作为宣讲者,在他们的宣讲中也从这个角度劝人戒杀戒食牛犬。

　　宣讲小说以宣讲圣谕为主要目的,常推己及人,由人而至物。如果说,"圣谕十六条"是对人与人类社会的关注,戒杀放生宣讲则是在对人的关注中注意到人与自然的关系,有对人与自然的双重关注。对自然的关注固然有为人类本身发展的考虑,但更多的是讲究人与自然的共生,承认自然的主体性。"在我看来,中国古人的生态意识在很大程度上并非仅仅保存在抽象的哲学中,而是保存在具象的美学中;并非仅仅保存在道家美学中,而且在儒家和佛家美学中也多有表现。从某种意义上可以说,中国古典美学领域是中国古人生态意识的最理想的栖身之地。正是通过许许多多中国古典美学家、艺术

---

① 《护生缘》卷二,刊刻时间不详,第19页。
② 《口里慈航》卷三,光绪二十六年(1900)刻本,板存仁邑文公场,第47页。
③ 刘永国:《探寻"炎帝神农文化"的轨迹——首次"炎帝文化暨炎帝故里研讨会"综述》,《理论月刊》1991年第2期。

家的自觉和不自觉的努力,中国古人的生态意识才得以保存、传递和弘扬。"①宣讲小说将戒杀放生宣讲作为重要内容,宣讲题材的故事性,宣讲主旨的鲜明性,宣讲方法的娱乐性,极有利于民间生态意识的形成及发扬,对当时社会的生态保护起着重要作用。

---

①樊美筠:《中国传统美学的当代阐释》,中国社会科学出版社,1997年,第67页。

第五章　宣讲小说中的伦理悖论

弘扬道德伦理，使之符合统治者的要求并成为社会主要风气，是宣讲小说的核心价值导向。宣讲小说中诸多感人的故事所体现出的孝道、节义、忠诚等，是中华民族一直弘扬的美德，被宣讲者津津乐道。然而，这些故事在其所明确宣扬的道德伦理之外，还隐藏着诸多对另一种道德伦理的否定，在对此道德的宣扬中伴随着对彼道德的忽视或者否定。故事借助道德伦理悖论形成的叙事张力，愈加显示出此道德的崇高性。以牺牲彼道德而凸显此道德的伦理叙事，往往通过特别情节或行为而化解悖论遗留下的"后患"，更加显示出行为背后的此道德的正当性与彼道德的微弱性或可忽视性（即便"彼道德"在整个社会中也特别重要）。

第一节　不孝之孝（一）：
割肉疗亲的孝道悖论

古代中国，一直存在着割肉疗亲的行为，疗亲对象主要有二，一是子女（或媳妇）割肉疗父母，一是妻妾割肉疗丈夫。前者表现子女之孝，后者表现妻妾对丈夫之义。其中，以前者为多。割肉疗亲是宣讲小说孝行叙事的重要内容，在割肉之举中，一批孝子、孝妇的形象跃然纸上。

一、宣讲小说中割肉疗亲概况

割肉疗亲，是宣讲小说中最常见的题材，《浪里生舟·孝感狐仙》《萃美集·会圆寺》《万善归一·赐天巾》《同善消劫录·孝妇受累》《普渡迷津·巾帼证果》《醒心篇·孝善报》《了缘集·孝庇苍生》《福寿根·义鼠报》《文昌保命录·福寿桥》《一德宝箴·三年不雨》《宣讲汇编·孝逆异报》《宣讲金针·孝逆异报》《宣讲摘要·青龙山》《萃美集·鹦鹉报》《万善归一·孝义坊》《回生丹·孝贞成神》《感悟集·彭氏尽孝》《救世灵丹·割肝救姑》《救世灵丹·尽孝免灾》《千秋宝鉴·割股奉婆》，以及《同心挽劫录》之《陆然贵》《妙郎认母》《孝感天神》等等，或以割肉疗亲为主要情节，或以之为次要情节以突出主人公的孝。据统计，目前所见涉及此情节的宣讲故事有 54 篇（不包括重复者），如此多的篇目，足以说明宣讲者在宣扬孝道时对这一题材的喜爱。

割肉疗亲，早已有之。先秦时，有割股而食之行。《庄子·盗跖》云：“介子推至忠也，自割其股以食文公。”①介之推割股予晋文公，并非为医疗之需，而是因饥而为，属于割股奉君的忠君之行。自唐代开始有了股肉具有医疗之效的说法。《新唐书·孝友传》载唐代有名姓的割股者共 23 人，割股的重要原因是听闻人肉有医疗功效：“唐时陈藏器著《本草拾遗》，谓人肉治羸疾，自是民间以父母疾，多刲股肉而进。”②王友贞“母病，医言得人肉啖良已，友贞剔股以进，母疾愈。诏

①〔战国〕庄周著，〔晋〕郭象注：《庄子》卷九《盗跖》，上海古籍出版社，1989 年，第 152 页。
②〔宋〕欧阳修、〔宋〕宋祁撰：《新唐书》卷一九五《孝友》，中华书局，1975 年，第 5577 页。

旌表其门"①。王友贞割股疗母之举受到武则天表彰。唐玄宗、唐穆宗时,都有割股疗亲受旌表的。《本草拾遗》所言吃人肉所医疗的主要是"羸疾",然百姓的关注重点却不在于"羸疾",而在于"疾",无论何种疾病,皆以人肉为万能药方,故而"民间以父母疾,多刲股肉而进"。在帝王对割肉疗亲行为的嘉奖下,到了宋代,割肉疗亲行为更广,甚至出现了割肝、割乳疗亲等行为。此种行为又被政府大力彰表,出现了更多的"割股疗亲"者②,《古今图书集成·明伦汇编·闺媛典》卷三二《闺孝部》收录宋代女性割股者 18 人③,《宋元方志人物传记资料丛刊》载割股疗亲者 44 人④。明清时期,在程朱理学的影响下,割肉疗亲行为更多更广,《古今图书集成·学行典》记载因割股疗亲而被旌表的孝子达 435 人⑤,安徽地方志中仅《怀宁县志》所载涉及女性割股行为的记录数目就有 172 条⑥。明清皖北地方志中,女性割股疗亲者,《乾隆颍州府志》所载有 22 人,《道光阜阳县志》所载有 23 人,《光绪宿州志》所载有 31 人⑦。割肉疗亲之行,在文学作品中多有书写,在标题中直接呈现"割股""割肝"的即有《型世言》第四回《寸心

①〔宋〕欧阳修、〔宋〕宋祁撰:《新唐书》卷一九六《王友贞传》,中华书局,1975 年,第 5600 页。

②潘荣华、杨芳:《论宋代旌表政策对民间"割股"陋俗的影响——以〈名公书判清明集〉旌表文告为中心》,《南京中医药大学学报(社会科学版)》2012 年第 3 期。

③方燕:《宋代女性割股疗亲问题试析》,《求索》2007 年第 11 期。

④参见倪媛媛:《论宋代"割股疗亲"》,南京师范大学 2016 年硕士学位论文,第 31 页。

⑤范红娟:《精英文化和民间行为的交涉互动——明清"割股疗亲"戏曲的文化解析》,《南都学坛》2011 年第 3 期。

⑥曹亭、谢敬:《清代安徽地方志所载女性"割股疗亲"考》,《图书馆工作与研究》2014 年第 8 期。

⑦张文禄:《明清皖北妇女割股疗亲原因探论》,《安徽广播电视大学学报》2015 年第 3 期。

远格神明,片肝顿苏祖母》,《醒世姻缘传》第三十六回《沈节妇操心守志,晁孝子刲股疗亲》,《青楼梦》第五十三回《孝感九天割股医母,梦详六笏访恶知奸》,《八仙得道》第九十八回《白蛇历劫成正果,孝子割臂遇神仙》,《金钟传正明集》第二十二回《黄孝子割股医亲,陶万一良言劝妹》,《闺中秘术》第五回《孝子疗亲两番割股,娇娃救母一样诚心》等。官方的旌表、史书的宣扬、文学作品的渲染,割肉疗亲养亲似乎成为"孝行"的重要评价指标,在清中后期也极为流行。

宣讲小说对割肉疗亲故事的讲述,正是在当时社会盛行的割肉疗亲风气下的行为选择。小说中人物割肉奉亲的行为,正是整个古代社会割肉疗亲、奉亲行为的反映。从宣讲小说涉及此题材的 54 个故事来看,割肉奉亲、疗亲行为有以下特点:

一是割肉者多为女性,奉养、疗亲对象有父母、公婆、丈夫、恩人。54 篇故事所涉的 59 人中,37 人为女性,约占总数的 62.7%。这些女性,除了《救时宝筏·九戒打胎溺女顺案》中的玉英、《萃美集·双冠诰》中的王桂英、《孝逆报·忘恩变狗》中的孝姑割股是为自己的父母,《浪里生舟·苦节荣》《破迷录·一雷双报》中的谢氏、绉针割股肉为恩母,《破迷惊心集·富贵双全》中的方氏割肉是为丈夫外,其余的都是媳妇为公婆割股肉。

二是割肉的部位不一,肝、臂、股等皆有之。其中,直接割肝者 7人,割股者 27 人,割臂膀之肉者 18 人,还有割肺者,如《普渡迷津·巾帼证果》中的唐广真。另有故事直言割身上之肉,未言具体部位,如《清台镜·破镜重圆》中的秀容。有时,割肉不止一次,如《萃美集·鹦鹉报》中的长发夫妻既割股,也割肝;《善淫报·救母获福》中的龙氏,其婆母染病百药无效,割股疗亲后次日即愈,隔了十多天,复发,又割股肉,如是再三;《萃美集·双冠诰》未直接写王桂英如何割股,她在与人对答时说"不料得苦命娘又把病染,奴三次割股肉病难保全"①。有的虽言是割"股"，实则是割手膀，如《善淫报·孝感天神》中福珍割的就是"手股肉"，《同心挽劫录·妙郎认母》中柳氏所割的，就有"肱肉"。

三是割肉之前，大多数割肉者都有焚香祷告神灵的行为。59位割肉者中，47人有此行为。他们在祷告时，向神灵诉说割肉的原因，祈求神灵保佑。在割肉之时，他们甚至向神灵祈求情愿减寿益亲，如《同心挽劫录·妙郎认母》中的柳氏计无所出，"只得灶君位前做个减寿益亲，割股救父文书"②，同书《孝感天神》中，郑氏想道："靠人不如靠神，三炷信香，一堂九品，跪在灶君位前，甘愿减寿益亲，割股疗疾。"③宣讲小说中，割肉时许愿要"减寿益亲"者，达到10人，如《了缘集·孝庇苍生》中的杨琛先许愿减寿益亲，再割股疗疾病。祷告神灵后割肉时不疼痛、不流血、不昏迷者占大多数，也有昏迷后得神灵保佑很快苏醒的，如《感悟集·彭氏尽孝》中的彭氏割股后昏迷，几天后痊愈。

四是割肉者的主要目的是养亲与疗亲，以疗亲为主。因公婆或父母生病医药无效时，媳妇或儿子往往想到割肉疗亲，这类故事有49篇，约占总数的91%。另有3篇未言割肉的具体原因，如《一德宝箴·三年不雨》只言母想吃肉而家贫，遂有媳妇割股之事；《福寿根·义鼠报》则言因为灾荒，四个儿子轮流割股以养父。综观宣讲小说中的故事，割肉多是疗亲中兼有养亲，因疗亲而割肉者多数都因家贫，病人思肉吃而无法获得，遂割己肉以奉亲。

二、割肉之孝的悖论

割肉疗亲、奉亲之行固然可嘉，然细推究，却存在着孝的悖论。

①《萃美集》卷四，民国三年(1914)新刊本，板存铜邑大庙场成文堂，第17页。
②《同心挽劫录》卷二，光绪戊戌(1898)岁新刊本，版存仪邑凤仪场，第89页。
③《同心挽劫录》卷二，光绪戊戌(1898)岁新刊本，版存仪邑凤仪场，第44页。

中国传统孝道,极为重视作为形体本身的身体。"身"的存在,是一切社会的基础,一切伦理道德,都是建立在形而下之身的基础上,如郭店楚简《六德》中的"息"即为"仁"字①。保全身体,是孝道的重要方面。从生命的来源上看,自己的身体来源于父母,是父母身体的一部分或延续,既然此身为父母之身,自然不能毁伤。《礼记·祭义》载:"身也者,父母之遗体也。行父母之遗体,敢不敬乎? ……父母全而生之,子全而归之,可谓孝矣。不亏其体,不辱其身,可谓全矣。"②《大戴礼记·曾子大孝》云:"身者,亲之遗体也。"③子女是"父母之遗体",父母将自己的身体带来时是全的,子女也应将完整的身体交还父母。人子不能以身体为自己所有,任意妄为,应"敬身为大"。《礼记·哀公问》曰:"不能敬其身,是伤其亲;伤其亲,是伤其本;伤其本,枝从而亡。"④爱身,没有所谓大小贵贱,每一寸肌肤都在敬、爱、养的范围内。《孟子·告子上》亦曰:"人之于身也,兼所爱。兼所爱,则兼所养也。无尺寸之肤不爱焉,则无尺寸之肤不养也。"⑤故此,《孝经·开宗明义章》直接引曾子语,云:"身体发肤,受之父母,不敢毁伤,孝之始也。立身行道,扬名于后世,以显父母,孝之终也。"⑥身体是父母所给予,己之身即为父母之身,在保全己身的前提下,才能涵

① 荆门市博物馆编:《郭店楚墓竹简》,文物出版社,1998年,第187页。
② 〔清〕朱彬撰,饶钦农点校:《礼记训纂》卷二四《祭义》,中华书局,1996年,第714—715页。
③ 〔清〕王聘珍撰,王文锦点校:《大戴礼记解诂》卷四《曾子大孝》,中华书局,1983年,第82—83页。
④ 〔清〕朱彬撰,饶钦农点校:《礼记训纂》卷二七《哀公问》,中华书局,1996年,第742页。
⑤ 〔汉〕赵岐注,〔宋〕孙奭疏:《孟子注疏》卷一一《告子上》,《十三经注疏》(下),上海古籍出版社,1997年,第2752页。
⑥ 〔唐〕玄宗注,〔宋〕邢昺疏:《孝经注疏》卷一《开宗明义章》,《十三经注疏》(下),上海古籍出版社,1997年,第2545页。

养性情，修身行道，建功立业，扬名立万，以荣誉使父母得以显。

全身为孝，不毁伤身体为孝，奉养父母为孝，当亲有疾，为之疗治也是孝，这些本不冲突。但割肉疗亲的奉亲者们虽实践了疗亲、养亲，却在主观及客观上都以毁身伤身为代价，这显然与"孝之始"相冲突。孝敬父母，最起码是要能养父母，割肉奉亲只能养亲一时，身体不存，何以能久养？在医疗条件极差的社会，割肉者只有祷告上天这一行为，并无消毒杀菌等预防措施，割肉后难免会发生感染，尤其是割肝割肺等，危害更大。宣讲小说中，不少割肉者皆存在割肉后昏迷的情况。《石点头·逐媳化姑》中，庚香割肉后卧床不起，时值夏天，一连三日，肉烂如腐，蛆虫涌聚，臭秽不堪，七日七夜后肉化脓血而死。虽然宣讲者将庚香设定为假孝，割肉是为求名利，但抛开惩罚不说，其割肉后伤口感染而死却是事实。《福缘善果·彩霞配》中，春生割肝，谁知刀伤太重，"当时昏死在地，人事不醒"；《万善归一·孝义坊》中，周氏割肝后，不小心摔倒，"霎时形容大变，气息奄奄"；《一德宝箴·三年不雨》中，杨氏割肉，"奈刀太钝，连割数下不脱，昏死几次"；《浪里生舟·孝感狐仙》中，光先割股，"谁知下刀太重，血流不止。一时痛死在地"，魂魄进入冥府；《普渡迷津·巾帼证果》中的广真原来素有痼疾，常常吐血，在服侍公婆过程中受凉，又割肺损躯，得了破伤风，卧病于床，一连五日呕吐不止，奄奄待毙。当然，由于宣讲者有意宣扬他们的孝行，最终，这些人都得到神灵护佑而还阳，且病愈。事实上，神灵是管不了那么多事的，在极贫的情况下，割肉者本人的营养尚且得不到保障，又何以谈得上医疗保障呢？无医疗、无营养保障，割肉之后又如何能快速痊愈？庚香之死是反面教材，也是小说中割肉者身死的个例。但以理言之，若只是割大腿与手臂之肉，可能尚无生命危险，但若割肝割肺，岂有不疼痛，甚至还能亲自将其煮后给亲人吃之理？只不过，为孝道宣传之需，史学家及文学家有意略过了这些事实。谈迁《枣林杂俎》记载，林烃在修《福州府志》时删除了"孝子割肝疗亲者二人",林烃斥责割肝者:"使人割之耶?抑自割之邪?人割之,则世未有肯无故操刀而杀人者。自割之,其人已死矣,又安能内探五脏,辨其所谓肝者而后割之耶?甚哉!其妄也。"①确哉此言。退一步来讲,即便割肝者人不死,也不可能做到安然无恙。"知识的客观性与劝惩的主观性有时存在矛盾,有的小说家为了劝惩甚至不顾常识,表现出一种片面崇德尚善的反智倾向。"②文学作品中的割肉疗亲,显然也是重德反智的。

　　宣讲小说在彰显孝道伦理时,对割肉疗亲之类行为津津乐道,甚至形成传闻,以至于一些人在父母生病时,往往只想到历史上或传闻中的割股疗亲之事而仿效,并没有真正思考"割股"之行是否真正能够达到疗亲之效。《福善祸淫录·孝妇受累》载,钱氏的婆母病重想吃肉时,她的丈夫不在家,她又无钱去买肉,想到古人割股救亲,遂也焚香祷告天地,割下股肉以奉婆母。同样,《破迷惊心集·富贵双全》中的方氏在丈夫重病时,也是想道:"古有割股以救夫病,他亦人也,奴亦人也。"③《孝逆报·乳祖享福》中,孝姑在父亲病重时,想起观音能舍手眼以救亲病,"我不免割下股肉一块,煎汤奉亲,也好保全爹爹病体"④。《宣讲集要·劝孝戒淫》《救劫化民·救姑弃子》《宣讲汇编·孝逆异报》等故事中的割股行为,皆是奉亲者听闻或想到割股疗亲之事而为之。传闻的力量是巨大的,传闻中的知识谬误却被忽视,仿效者纷纷而起,看似孝之盛、孝之极,又何尝不是愚之极?或者说,孝心可嘉,其行则愚。

　　当然,宣讲小说作为劝善的主要力量,总是宣传割肉疗亲行为的

---

① 〔清〕谈迁著,罗仲辉、胡明校点校:《枣林杂俎》,中华书局,2006年,第243页。
② 刘勇强:《小说知识学:古代小说研究的一个维度》,《文艺研究》2018年第6期。
③ 《破迷惊心集》卷三,刊刻时间不详,第12页。
④ 〔清〕岳西破迷子编辑,〔清〕果南务本子校书:《孝逆报》卷一,光绪癸巳年(1893)刻本,第66页。

积极意义,所以,小说中生病之人,在吃了子、媳之肉后,多有病体好转者。然毕竟是割肉疗亲,不可能像一般的药物,分几个疗程吃,或如今日这般吃药一日三次之类,所以患病者吃肉,往往就那么一次,因久不吃肉,一旦有肉吃,自然精神爽快,看似痊愈。小说中的重患吃子、媳之肉者,痊愈者较多,但也有痊愈后复发的,如《宣讲摘要·青龙山》中张礼、张孝的母亲,《救母获福》中龙氏的婆母。龙氏的婆母食肉后次日即愈,隔了十多天,复发,如此反复。《救时宝筏·戒不孝父母顺案》中萧伦敦的父亲病愈后,未几复发身故。也有不愈的,《指南镜·红罗巾》中闺秀的继母,虽然食了股肉,但"怎奈孽重,病仍不愈"①。《结缘宝录·唆讼受刑》中,婆母食了吴氏股肉,但"寿数已尽,挽无可挽"②。《万选青钱·莲花现母》中仇仲的母亲却是"食毕而死"。《指南镜·梯仙阁》中的白僧,父服其股肉后,"疾稍减半,终不能痊"③。《清台镜·破镜重圆》中,秀蓉割股事恩母,但全无效验,恩母"夜静瞑目而逝"。《破迷惊心集·富贵双全》中方氏的丈夫则是因恶贯盈满,食肉无效而亡。宣讲者也承认,人肉疗效由食肉者的善恶或命定寿数来决定,这却也无意中说明,人肉疗亲并非传言中那么神奇。假若以善恶而论,食肉者可能是恶人,但割肉奉亲者则是孝行可嘉,属于大善了,何以不彰大善,使其亲人病愈? 如以寿命论,孰知人寿命之寿促,以寿而言食肉之效,不亦劝割肉奉亲者谨慎而行? 但整个故事,对此只有一句"寿算已尽"四字,实在不能引起听众警惕,因为故事讲述者并不存在提醒听众理性对待割肉奉亲之意。

割肉疗亲,于割肉者主观层面是孝,而在其亲人看来,未必是他

---

① 〔清〕广安增生李维周编辑校阅:《指南镜》卷一,光绪二十五年(1899)新镌本,板存广安长生寨,第56页。

②《结缘宝录》卷二,刊刻时间不详,第47页。

③ 〔清〕广安增生李维周编辑校阅:《指南镜》卷四,光绪二十五年(1899)新镌本,板存广安长生寨,第94页。

们所期待的。当食肉者知道所食乃是自己亲人之肉时，其反应往往是震惊、痛心。《宣讲摘要·专龙山》中，陈氏知道儿子张礼割股疗亲，"又悲又喜"。《普渡迷津·巾帼证果》中，广真婆母知道媳妇割肺救她，大叫一声"痛煞我也"，哭诉云："一见媳妇心伤痛，气得为娘手拍胸。……胸膛划个大洞洞，人不相同命相同。五脏受伤命必送，岂有不死世少逢。"[①] 显然，婆母是知道割肝之举有生命危险的。后幸亏有仙人疗救，广真才得以无恙。《宣讲汇编·孝逆异报》中，应江母知儿割肝，"大喊一声，痛煞我也。披衣急起，出堂大哭：听此言骇得我三魂飘荡，哭一声应江儿痛断肝肠。……满只望你弟兄齐齐壮壮，挑一担拿一头好挣家廊。娘有病不过是年灾月将，就死了年已迈也是无妨。是蠢人没得你这样装棒，谁叫你割肝子与娘掺汤。见血衣就像刀挖娘腑脏，见刀口就像箭穿娘心肠。也只因娘有病你才这样，倘若是割死了娘怎下场"[②]。这一段哭诉，可谓是大多数割肉者父母的心声。父母养子不容易，最大的期望莫过于子女健康。就生命本质而言，年轻者较于年长者，其生命力更旺，子女是父母生命的延续，动物的本能大都倾向于将活着的机会留给子女，尤其在知道自己死亡在即，或活不久的情况下，没有几个父母愿意自己的子女减寿益亲。可以说，割肉疗亲者、减寿益亲者将自己所谓的"孝"强加于父母，孝行感动的是自己与他人，而痛心的是父母。尤其是割内脏者，在当时衣食不足且医疗条件很差的情况下，几乎无活下的可能。父母依靠子女奉养，子女割肝而死，父母又由何人来养？应江母哭诉"倘若是割死了娘怎下场"，是伤心，也是担忧。白发人送黑发人，是人生的最大不幸。只不过，在对孝行的宣扬中，这一不幸也就被有意

①〔清〕岳北守一子编辑，〔清〕舟楫子校正：《普渡迷津》卷四，刊刻时间不详，第23页。

②《宣讲汇编》卷一，光绪戊申年（1908）经元书室重刊本，第33页。

掩盖了。

　　子女割肉后，父母伤心悲恸的不在少数。更有甚者，还有因此而死的。《回生丹·孝贞成神》中，乐仲的母亲孙氏吃斋念佛多年，后久病，医药无效，昏迷中神思混乱，说想吃肉。其时正在禁屠，乐仲听宣讲者言诸多孝子之事，其中就有割肉之孝，遂不假思索仿效，"孙氏昏迷之间，将肉吃完，其后不觉渐渐痊愈"。事实上，孙氏信佛吃斋，说要吃肉只是呓语，当她得知自己吃了儿子手臂之肉，悔恨不已，"持斋多年，一旦破戒，何用生为？"孙氏入房卧床不起，断绝饮食，无论儿子如何请求，"孙氏决意不食，悔恨而死"①。《缓步云梯集·莲花现母》与上个故事相同，此故事中，孙氏则是"食毕而死"。小说对于乐仲行孝是肯定的，但却不能否认，乐仲自作主张的"孝"却直接害死了自己的母亲。毕竟，中国古代的食人案例多发生在战乱或饥荒年代，人在食人之时往往不忍吃掉自己的孩子，多是"易子而食"。自有文明之后，对深受儒家"亲亲仁仁"观念影响的大多数普通百姓来讲，吃人肉是不可接受的野蛮行为，尤其当知道所食之肉是自己儿女身上的肉，父母又情何以堪？于割己身之肉者，在"孝"的名义下割得心安理得，而在父母，又如何能心安理得地食子女之肉？即使在不知情的情况下食了子女之肉，得知实情后又是如何的愧疚？当然，"孝子们"是没有考虑这一点的，宣讲者在讲述故事时也没有着力描绘食肉者的心态，但由乐仲之母的死与广真婆母、应江之母的哭，可见一斑。可以说，割肉者欲成自己之孝却无意中置食子肉之亲于不仁不慈的处境中。

　　当社会普遍以孝扬名，孝亲者甚至因此而受到褒奖时，伪孝也就因此而生。宣讲小说《回天救劫宝录·真假孝》载，袁大德夫妇在母亲生病时，以自己鲜血写下减寿益亲疏文，然后四处宣扬，因此声名

———————

① 《回生丹》卷一，同治四年（1865）刻本，第48页。

远播，为之送财物者无数。实际上，大德夫妇并不如他们自己所宣扬的那般孝顺。《石点头·逐媳化姑》中，马氏割股疗亲受到皇帝嘉奖，被封为孺人，修建牌坊，赐黄金百两。弟媳庚香为人不贞不孝，见嫂子有此荣耀，也仿效以求名，结果感染后身亡。《孝妇受累》这一故事，在《福善祸淫录》《同心挽劫录》《蓬莱阿鼻路》中皆有，《文昌保命录·福寿桥》故事与其相同，只不过将钱氏改为孙氏。故事叙述洪恩之母黄氏因思念两个儿子而得病，想肉吃。大媳妇马氏听而不闻，二媳妇钱氏见丈夫不在家，遂割股疗亲，谁知割股后昏迷，马氏将股肉煮给婆婆吃并谎称是自己割的股肉。为避免被钱氏揭穿，她起心暗害钱氏，谁知反害了自己儿子，马氏反诬告钱氏害命。在世俗社会看来，"割肉＝孝"，马氏暗将股肉夺来，说是她自己的孝心，足见"孝"已经成为名利之器了。伤身为不孝，以"孝"求名求利，亦不孝。

三、悖论之下的另一种声音

割肉疗亲、奉亲本就是孝的悖论，因此历史上对其有不少质疑、批判的声音。韩愈在《鄠人对》中表达了对表彰"剔股以奉母"者的反对：

> 愈曰：母疾则止于烹粉药石以为是，未闻毁伤支体以为养，在教未闻有如此者。苟不伤于义，则圣贤当先众而为之也；是不幸因而致死，则毁伤灭绝之罪有归矣。其为不孝，得无甚乎！……然或陷于危难，能固其忠孝，而不苟生之逆乱，以是而死者，乃旌表门闾，爵禄其子孙，斯为为劝已；矧非是而希免输者乎？曾不以毁伤为罪，灭绝为忧，不腰于市，而已黜于政；况复旌其门？[1]

----

[1] 〔唐〕韩愈著，马其昶校注，马茂元整理：《韩昌黎文集校注》，上海古籍出版社，2014年，第758—759页。

韩愈认为,父母有疾,以药医之则可,未闻有毁伤身体为养亲之道,毁身灭体者并不能与那些于危难中持忠孝之人相比较,且这类人还可能是以此躲避赋税,所以朝廷更不能对此孝加以表彰以劝世人。韩愈的这段话,在《新唐书·孝友传》中也得到认同:"善乎,韩愈之论也。"①皮日休《鄙孝议上篇》在比较了大舜与曾参之孝后指出,大舜虽孝,"然犹避乎大杖也",因为大杖伤身,"设死于大杖,谁养瞽叟哉"? 曾参因锄瓜伤根被父亲曾皙杖责,"几至于死",被孔子视为不孝,原因是"有参则皙安,无参则皙孤,参顺锄瓜之罪,设死于杖,谁养夫皙哉"? 他接着议论道:

> 夫以二孝(指大舜、曾参)之不受重责,恐夫糜骨节,臁肢体,有辱于先人也。岂有操其刃,剔己肉以为孝哉? 夫人之身者,父母之遗体也。剔己之肉,由父母之肉也。言一不顺,色一不怡,情尚以为不孝,况剔父母之肉哉? ……伤己之足,伤父母之足也;吮父之痈,吮己之痈也。伤之者不敬,吮之者过媟,是以圣贤不为也。今之愚民,谓己肉可以愈父母之病,必剔而饲之。大者邀县官之赏,小者市乡党之誉。讹风习习,扇成厥俗,通儒不以言,执政不以禁。……设使虞舜糜骨节,曾参臁肢体,乐正子春伤足不忧,汉景吮痈无难,今之有是者,吾犹以为不可,况无是理哉?②

身体是父母所有,存己身才能养亲身,伤己身即是伤父母之身,故此,伤身就是对父母不敬不孝,真正的圣贤不会做出如此愚昧的举动。

---

① 〔宋〕欧阳修、〔宋〕宋祁撰:《新唐书》卷一九五《孝友》,中华书局,1975 年,第5577 页。

② 〔唐〕皮日休著,萧涤非、郑庆笃整理:《皮子文薮》,上海古籍出版社,2017 年,第95—96 页。

割肉疗亲于理不合,官府表彰也毫无道理。如若真正倡导孝道,应严禁割肉疗亲之行,令天下之民知道他所保之身皆父母之身,如此"欲民为不孝也难矣哉!"

　　人们之所以割肉疗亲,有一部分原因是以为人肉有治疗功效,但这一说法遭到李时珍的否定。他在《本草纲目·人部》中指出,人肉属于内脏器官,主治瘵疾,其"发明"中对张杲《医说》引陈藏器《本草拾遗》进行说明:"按陈氏之先,已有割股割肝者矣;而归咎陈氏,所以罪其笔之于书,而不立言以破惑也,本草可轻言哉? 呜呼! 身体发肤,受之父母,不敢毁伤。父母虽病笃,岂肯欲子孙残伤其支体,而自食其骨肉乎? 此愚民之见也。……下礼部议曰:子之事亲,有病则拜托良医。至于呼天祷神,此恳切至情不容已者,若卧冰割股,事属后世。乃愚昧之徒,一时激发,务为诡异,以惊世骇俗,希求旌表,规避徭役。割股不已,至于割肝;割肝不已,至于杀子。违道伤生,莫此为甚。自今遇此,不在旌表之例。"为此,李时珍赞叹这一诏议:"呜呼! 圣人立教,高出千古,韪哉如此。"①他还引何孟春《余冬序录》中关于江伯儿母病,割胁肉以进,母病愈,江伯儿竟至于杀子祭神而被明太祖"杖而配之",以及明太祖因此事下礼部议之事说明割股疗亲并不是圣人所赞成之事②。李时珍还指出,陶九成(即陶宗仪)《辍耕录》

①〔明〕李时珍:《本草纲目校点本》(第4册),人民卫生出版社,1981年,第2968页。
②李时珍引用的诏议,与《明太祖实录》所载的略有区别。据《明太祖实录》卷二三四,朱元璋诏礼部议如下:"人子之事其亲,居则致其敬,养则致其乐,有疾则托之良医,投以善药。至于呼天告神,斯又恳切之至,此为人子所当为也。卧冰割股,前古无闻,虽出后世,亦为间见。至若割肝,残害尤甚。且如父母止有一子,割肝刲股或至丧生,卧冰或致冻死,使父母无依,宗祀永绝,反为不孝之大者。原其所自,皆愚昧之徒,务为诡异,以惊世骇俗,希求旌表,规避徭役。割股不已,至于割肝;割肝不已,至于杀子。违道伤生,莫此为甚。自今人子遇父母有疾,医治弗愈,无所控诉,不得已而割股卧冰,亦听其所为,不在旌表之例。"参《钞本明实录》(第2册),线装书局,2005年,第329页。

所载古今乱兵食人肉之事，"此乃盗贼之无人性者，不足诛矣"①。

虽然部分儒学家、医学家乃至皇帝有反对割肉疗亲的声音，但因种种原因，这些声音被湮没在大量的讴歌声中，大部分宣讲者也是这讴歌大军的跟随者。不过，偶尔也有较为理性的孝亲者或宣讲者，通过故事人物微弱的声音调和割肉伤身之不孝与孝亲的冲突。其中，"身体发肤，受之父母，不敢毁伤"为劝人谨慎割肉的最好说辞。《自召录·公道娘子》中，叶麟之父亲病笃，他想到古有孝子割股救亲之事，准备仿效，正要割股之时，七姑娘忽至，夺下刀斥责云："郎读书人，亦效此愚孝耶？割股割肝，例无旌奖，况《孝经》有云：'身体发肤，受之父母，不敢毁伤，斯之谓孝。'"又言其父亲不过是因为家贫而得抑郁之症，后在暴富之下"心花怒放，故痰气结胸，以致困备耳"②，并以散郁丹与之。《回天救劫宝录·真假孝》中，仕荣的父亲病重，仕荣反对以孝来沽名钓誉，"况为人子者，当贵其亲，能贵其亲，便不可降志辱身，以贱其亲也"。他并不仿照袁大德以血书写减寿益亲文，"表者表其心也，若不诚即割股也是无益"。他认为刺血写志并不代表心诚，原因有二，一是曾子"身体发肤，受之父母，不敢毁伤"之语，二是自己的血也是父母的精血，"割股奉亲，身体本是父母精血，亦不能惜，但我割其身，亲痛其心，我身易好，亲病不愈，又何益哉？"③既然诚心可以感天，完全可以采用其他方法。后来，仕荣请人宣讲圣谕三天，期间暗中为父母祷告，结果，父母病愈。故事标题为《真假孝》，显然是将仕荣之行视为真孝了。

民众对于割肉疗亲的态度不一。《宣讲汇编·孝逆异报》中，应

①〔明〕李时珍：《本草纲目校点本》（第4册），人民卫生出版社，1981年，第2968页。
②《自召录》亨集，刊刻时间不详，第93—94页。
③《回天救劫宝录》卷二，刊刻时间不详，第54—57页。据文意，引文中的"亦不能惜"似当为"亦不能不惜"。

江割股疗亲之后,宣讲者评价云:"正是愚孝格天。"其乡人"有称其孝者,有怜其愚者,有笑其疯者,并有疑而不信者"①。也有人从难易的程度论子女应尽常人之孝,而非所谓"割股"。《因果新编》第一回《大善士误入冥涂,三真人超升佛国》的结尾议论道:"或曰柳氏割股一事,最为人所难为。余曰父母之恩,碎身难报,片肉之疼,有何难乎?尔等既畏其难,且学其易。夫孝子之心只在真诚,若能诚于尽孝,即易亦胜于难也,何必割股而始为孝乎?"②王爷并不全盘否定割股行为,但认为没有必要都去仿效,从易处学也是真孝。《阴阳鉴》第四回《养二老白元感神,饿双亲上元遭报》中,秦广王的观念与此类似:"孝常道,非异事,能尽常道,便是孝,何必效法割股割肝的险事。倘一旦废命,致伤亲心,反为不孝,何若能真心救好之为愈也。故格言有云:'割股还是亲的肉,休残肢体恼亲颜。'"③道在于常,常道优于异常,常道的孝易行且安全,亦是敬亲之身。同书第六十三回《饿双亲阳世受报,累二老阴府遭刑》中,真君指出,"孝则以守身为大,知全受全归,人子所当勉也","保身孝子"因为"一生以保身为要,身体发肤,未曾毁伤"且能行善而受到褒奖,"克保其身,不亏体辱亲者,固人子所宜法也"④。《感悟集·彭氏尽孝》的结尾议论道:"但彭氏平日的孝道,做媳妇的都该学他。至于割肝一事,你们不必学。《礼记》说得有:'身体发肤,受之父母,无敢损伤。'这肝子怎么割得,一下割死了,自己不能保身,便是不孝了。"⑤故事虽然讴歌彭氏之孝,但更肯定平日之孝,特意提醒读者(或听众),什么可以学,什么不可以轻易仿效。

----

①《宣讲汇编》卷一,光绪戊申年(1908)经元书室重刊本,第 33 页。
②〔清〕桂宫赞化真官司图金仙编辑:《因果新编》,民国戊辰年(1928)重镌本,第 9 页。
③〔清〕义泉静虚子编辑:《阴阳鉴》卷一,光绪癸未年(1883)刻本,第 43—44 页。
④〔清〕义泉静虚子编辑:《阴阳鉴》卷八,光绪癸未年(1883)刻本,第 83—85 页。
⑤《感悟集》下卷,刊刻时间不详,第 41 页。

　　然而，在伤身不孝与割肉疗亲之孝中，后者却被大量讴歌与表彰，甚至还有直接要求人们仿效的。例如，《保命救劫录·如意扇》在结尾议论道："世之为人者，要效蒋元芳割股疗疾，孝心感动观音神圣，以扇相赠，美报何其巧欤！"①在大量的讴歌声中，那些劝人慎行割肉疗亲的声音太少、太微弱了。且在少量有此声音的故事中，这些声音也只是那么一句、两句，不能引起人们的注意，更无法引起人们的反思。

第二节　不孝之孝（二）：杀子卖子孝亲的悖论

　　如果说，割肉疗亲养亲是因为己身来源于亲身，这样做是对亲身生命来源的重视及感恩而导致的对自身生命的忽视，那么杀子卖子的孝亲行为则是在孝亲的号召下对自身生命延续者生命的漠视。在特定情况下，杀子卖子以养父母之孝与"不孝有三，无后为大"之孝发生悖论，然而多数宣讲者在这个悖论中，选择赞扬行为主体所体现的主观性的孝而忽视事实背后不孝的实质，一个个杀子卖子者在孝（忠）的大旗下得到褒奖。触目惊心的事实在一定程度上证明了鲁迅先生所言的"仁义道德"背后"吃人"的真相。

一、被反复言说的郭巨埋儿与曹安杀子

　　郭巨是二十四孝人物之一，他的孝，是因为杀子养母。最早记载郭巨之孝的是刘向的《孝子传》："郭巨，河内温人，甚富。父没，分财二千万为两分与两弟，己独取母供养。寄住，邻有凶宅，无人居者，共推与之，居无祸患。妻产男，虑养之则妨供养，乃命妻抱儿欲掘地埋之于土中，得金一釜，上有铁券，云：'赐孝子郭巨。'巨还宅主，宅主不

①《保命救劫录》卷三，刊刻时间不详，第19页。

敢受,遂以闻官,官依券题还巨,遂得兼养儿。"①到了干宝《搜神记》,
故事中增加了郭母分食与孙子喜儿的情节。敦煌小说《孝子传》中,
郭巨故事省去了其家富及将钱分与两个兄弟的情节,只强调其至孝,
"儿死再有,母重难得",券文易为:"金赐孝子,官不得侵,私不许取。"
其后还有诗赞:"郭巨专行孝养心,时年饥俭苦来侵。每被孩儿夺母
食,生埋天感以黄金。"②元代郭居敬将郭巨纳入二十四孝,采纳的是
敦煌本的故事。以孝埋儿,并不是虚构。刘向将其列为《孝子传》,说
明实有其人。干宝为史学家,《搜神记》于今看来是志怪小说,而在
《隋书·经籍志》《旧唐书·经籍志》中则分别属于史部杂传、杂史类。
《宋书·孝义列传》与《南史·郭世通传》中埋儿者为会稽人郭世通,
他孝顺继母,因家贫无力奉养,将儿"垂泣瘗之",不过其埋儿之时,并
无天赐黄金之事。

　　郭巨故事流传很广。六朝时就有郭巨埋儿图像③,北宋时有郭
巨埋儿砖雕(现藏北京故宫博物院),陕西清代传统民居雕刻中也有
《郭巨埋儿天赐金图》④,《二十四孝图说》《二十四孝题词》《二十四孝
书画》中皆有郭巨故事。在今河北内丘县境内有多处郭巨遗址,如郭
巨获金处、郭巨塔、郭巨祠等。郭巨故事在宣讲小说的孝道故事中多
次出现。《宣讲集要》"敦孝弟以重人伦"条列举的孝亲者中,二十四
孝中的人物就有十人,其中之一即是郭巨,故事的标题为《郭巨埋
儿》;《宣讲选录》将此故事选入,《千秋宝鉴》《孝逆报》《二十四孝案
证》之《埋儿获金》,《悄惺集·郭巨埋儿》等,都是讲述的此故事。郭

----

①茆泮林辑:《古孝子传》,中华书局,1985 年,第 1 页。
②窦怀永、张涌泉辑校注:《敦煌小说合集》,浙江文艺出版社,2010 年,第 49—
　　50 页。
③参见任佳佳:《"郭巨埋儿"孝子图像浅析》,《书画世界》2021 年第 6 期。
④王山水、张月贤编著:《陕西民居木雕集》,三秦出版社,2008 年,第 112 页。

巨之妻的姓氏，前三个故事中未交代，《孝逆报》《愊惺集》中则分别为施氏、李氏。上述故事，皆包含这几个要点：1.家境贫寒，遇灾荒；2.郭母爱孙，香儿与祖母分食；3.郭巨见母饥瘦而泣哭，与妻商议埋儿；4.郭妻万般痛苦，且又言"儿是夫君所生，任凭夫君所为"；5.埋儿获金，金上有字："天赐黄金，官不得取，民不得夺。"用一句话概括，就是郭巨埋儿得金。

与郭巨埋儿类似且在宣讲小说中多次出现的故事是曹安杀子。《最好听》《醒世录》与《宣讲摘要》中的《舍子养母》，《缓步云梯集·曹安杀子》皆是讲述的此故事。《舍子养母》故事的主要情节是：秀州曹安家贫，母病在床心想吃肉，但因干旱无钱置办，先卖子又无人买，便将儿子回香杀掉以肉奉母，神灵感其孝心，以猪替换其子。州牧闻之上奏，曹安被封为孝义大夫。《舍子养母》故事的发生地为秀州，曹安妻为苏氏。《缓步云梯集·曹安杀子》故事的情节与《舍子养母》大致相同，但故事发生地为太原，曹安妻为葛氏，故事的结尾是曹安果真杀了他的儿子回香，回香重新投生到母亲腹中，葛氏再生子，曹安被封为孝义大夫。

埋儿养母的郭巨与杀子养母的曹安成为诸多人仿效的榜样。《自新路·卖身遇仙》载："人能尽孝，自可格天。想古人尽孝格天的甚多，如郭巨尽孝，天就赐他黄金以养母。"①《阴阳鉴》第四十四回《拯沉溺扶危相报，隆学校助笔获隽》中，周尚贤家贫，为养母亲而欲毒杀独女，被母亲察觉后，又将女儿丢弃道旁："每食分甘，致母不饱，心实难安。古有埋儿全养，我虽不及古人，而对此高堂，何得惜此弱女，使奉养有缺，子道有亏耶！故欲毒死，以全孝养。"②《回生丹·孝

---

① 〔清〕果南务本子编辑，〔清〕淮海胡惠风校书：《自新路》卷三，刊刻时间不详，第16页。

② 〔清〕义泉静虚子编辑：《阴阳鉴》卷六，光绪癸未年（1883）刻本，第38页。

贞成神》中，叫花子唱的劝孝歌中即有："郭巨埋儿为米少，曹安杀子肉煎熬。唐氏乳姑尽孝道，朱氏割肝孝更高。自古惟有孝字好，留得芳名万古标。奉劝人子是则效，天赐吉祥乐滔滔。"①乐仲听到此歌后，想到有杀子、割肝奉母的，因自己未成婚无子，遂割股。《法戒录·夺米杀儿》中，一妇人因丈夫外出无音讯，想到："曹安杀子为母病，郭巨埋儿天赐金。古人行孝言难尽，未必今人不能行。"②因此卖子以养婆母。《宣讲摘要·还人头愿》中，李端公与胡文学的继母设计，要胡文学还人头愿，端公以曹安、郭巨事为自己辩解："昔曹安杀子，郭巨埋儿，也无非是尽孝，难道你先生教书，就不知道吗？"③《千秋宝鉴·忠孝节义》中，陈氏为孝婆母，言道："且想着几辈古人有埋儿奉母的，有杀子养亲的，难道我夫妇也就学将不来？"④由此可见郭巨、曹安故事影响力之大。从小说中涉及的杀子（或舍子）孝亲故事来看，人们是将郭巨、曹安之孝视为典范的。

正因为视郭巨埋儿、曹安杀子以养母为孝的典范，宣讲小说中很多人都效仿此行。甚至有儿媳舍幼子而救婆母的，如《立心化迷录·救母活儿》中，地震来临时，吴氏不是先救幼子而是跑去救婆母，"婆婆尚在睡卧，我们速快搀扶出来，庆儿尽他去"⑤。《浪里生舟·破舟脱难》中，贼兵来临，寡妇李氏不听婆母之劝先去救八岁的儿子，"为娘救得婆婆，就顾不得你了，你快到床底下去躲住，待我背起婆婆上了船，转来又好背你"。李氏硬着心肠扯脱，将儿子丁元掀在地，背起婆婆走了。《救劫化民·救姑弃子》中，古氏也是在匪徒来临时，舍子

①《回生丹》卷一，同治四年(1865)刻本，第47页。
②〔清〕梦觉子汇辑：《法戒录》卷五，光绪辛卯年(1891)明善堂新刻本，第30页。
③《宣讲摘要》卷二，光绪戊申年(1908)经元书室重刊本，第63页。
④〔清〕智善子校正，〔清〕善化善子参阅：《千秋宝鉴》卷四，同治五年(1866)同善坛刻本，第8页。
⑤《立心化迷录》卷二，刊刻时间不详，第13页。

背婆前逃。这些母亲，虽不是杀子，在兵荒马乱中弃子不顾，又何尝不是一种变相的杀子之行？

二、埋儿、杀子与孝亲的悖论

郭巨埋儿、曹安杀子，主观目的是养母。不用恶意去揣测他们行为的动机，毋庸置疑，他们是孝子，却不是慈父慈母。在母亲与幼子之间，他们义无反顾地选择母亲，原因乃母亲是唯一的，儿子可以再生。《宣讲集要·郭巨埋儿》中，郭巨埋子之前对妻子说："你我夫妻年少，子息尚有，老母饿死，岂可复得？鞠育不报，枉为人也。不如将儿活埋土内，诚心奉母。"①母亲是唯一的，"这一个"儿子也是唯一的，再生一个，只是另一个儿子，而不是三岁的香儿。香儿分食了郭母之食，导致郭母吃不饱，但也不至于饿死。然而，郭巨为了孝母，居然选择埋儿！"常言道老年人全靠饭衬，我的母不得饱定难久存。母饿死不但说终身抱恨，且落得千万年一个骂名。因此上你的父心中自忖，说母死不复得儿可再生。此时节全得儿难全母命，到不如将娇儿活埋土坑"②。可见，与其说他是孝母，不如说是对自己名声的追求。

郭巨埋儿，其过程十分冷酷。《宣讲集要·埋儿获金》中，郭巨要埋儿，其妻建议将儿子卖与人家，"一则放他一条活命，二则有钱供养母亲"，郭巨却以天旱无人有钱买而否定这个提议。妻子再言将儿丢在大路边，让人捡去，这个提议又被郭巨以饥荒无人哀怜而否定，非得活埋才行。若从生存的几率上看，郭妻的两个建议都是比较合理的，灾荒之年，亦有富裕人家，或有人买或捡到香儿，给香儿一条活路，但活埋则全然是绝了儿子的活路。曹安杀子故事中，曹安的表现

---

① 〔清〕王文选辑：《宣讲集要》卷一，光绪丙午年（1906）吴经元堂刻本，第37页。
② 〔清〕王文选辑：《宣讲集要》卷一，光绪丙午年（1906）吴经元堂刻本，第38页。

亦让人心惊。《宣讲摘要·舍子养母》中,曹安言:"我若不能顺从母,人道曹安是六畜。朝山拜佛皆枉路,堂上才是二活佛。……倘不以孝为急务,难免地灭与天诛。"他与妻子商议如何养母时,见到儿子,计上心来,"依为夫的主意,人云婴儿肉能被元气,不如把香儿杀了,将肉奉与母亲,贤妻以为何如?"虽然是商议,但他心中已有决断。在听其妻言怀胎哺育不易之时,他心中大不喜,"你我夫妻莫年纪,儿女后来谅有的。一日无子是小事,一日无母两孤栖。夫今杀子无二意,贤妻从今休再题"。并且他还威胁妻子:"贱人若不依夫的,夫妻从今两分离。"当儿子无人买,他决意要杀此子,"该因此子命绝,我非不知父母遗下一脉骨血,不可残伤,奈亲恩甚大,实难酬报,于今也说不得了"。然后,他找了一些理由,磨刀霍霍,"将刀举起照着回香顶上一砍"①。只因卖儿不成功,曹安并没有再多想其他方法获取食物以奉亲,面对娇儿的可爱知事,虽然舍不得,照旧杀子,他为子虽孝,为父不慈,为夫不义。在孝道与儿子生命之间,郭巨与曹安,无一例外地选择孝道优先而不是生命优先。

　　中国历朝历代都重视生命的传承。《孟子·离娄上》云:"不孝有三,无后为大。舜不告而娶,为无后也,君子以为犹告也。"赵岐注云:"于礼有不孝者三事,谓阿意曲从,陷亲不义,一不孝也。家穷亲老,不为禄仕,二不孝也。不娶无子,绝先祖祀,三不孝也。三者之中,无后为大。舜惧无后,故不告而娶,君子知舜告焉不得而娶。娶而告父母,礼也。舜不以告,权也。"②虽诸家对于"无后"及"舜不告而娶"的理解有分歧,但多数人认可赵岐之注,认为"无后"即是没有后代。中国人重视生前,也看重死后。子嗣是自身生命的繁衍,也是家庭家族

---

①《宣讲摘要》卷一,光绪戊申年(1908)经元书室重刊本,第31—35页。

②〔汉〕赵岐注,〔宋〕孙奭疏:《孟子注疏》卷七《离娄上》,《十三经注疏》(下),上海古籍出版社,1997年,第2723页。

传承之必需。人死为鬼,但亦需有血食,有人祭祀,乃有"孝祀"。《诗经·周颂·载见》曰:"率见昭考,以孝以享。"①《诗经·小雅·楚茨》曰:"苾芬孝祀,神嗜饮食。"②《尔雅·释诂》亦曰:"享,孝也。"③马瑞辰《毛诗传笺通释》云:"孝与享同义,故享祀亦曰孝祀。"④《孝经·孝治章》云:"生则亲安之,祭则鬼享之。"⑤《孝经·丧亲章》云:"春秋祭祀,以时思之。"⑥有论者从《诗经》之"孝"总结周人的孝道观有三:一是生儿育女,继承祖业;二是以传宗接代为美德、善行;三是以求子孙繁衍为目的的祖先祭祀⑦。人死之后倘若无人祭祀,无异于孤魂野鬼。无论是生前之养,还是身后之祭祀,没有后人都不可能完成。郭母六旬,香儿三岁,按照古代的结婚年龄,郭巨夫妇生子之时已不算年轻,且当时独有香儿一人,杀之后他们是否一定能再生子? 虽然郭巨以"夫妻年少子息尚有","儿饿死我夫妻还有生娩,谅不能断绝我郭家香烟"来自我安慰,但"谅不能"就已经透漏出其底气不足。几个故事中郭妻的哭诉皆有对能否再生育的担忧。例如,《宣讲集要·郭巨埋儿》载:"今日里娘的儿身归死径,百年后有何人送上山林。纵

---

① 〔汉〕郑玄笺,〔唐〕孔颖达等正义:《毛诗正义》卷一九《周颂·载见》,《十三经注疏》(上),上海古籍出版社,1997 年,第 596 页。

② 〔汉〕郑玄笺,〔唐〕孔颖达等正义:《毛诗正义》卷一三《小雅·楚茨》,《十三经注疏》(上),上海古籍出版社,1997 年,第 469 页。

③ 〔晋〕郭璞注,〔宋〕邢昺疏:《尔雅注疏》卷二《释诂》,《十三经注疏》(下),上海古籍出版社,1997 年,第 2577 页。

④ 〔清〕马瑞辰撰,孔子文化大全编辑部编辑:《毛诗传笺通释》,山东友谊书社,1992 年,第 1733 页。

⑤ 〔唐〕玄宗注,〔宋〕邢昺疏:《孝经注疏》卷四《孝治章》,《十三经注疏》(下),上海古籍出版社,1997 年,第 2552 页。

⑥ 〔唐〕玄宗注,〔宋〕邢昺疏:《孝经注疏》卷九《丧亲章》,《十三经注疏》(下),上海古籍出版社,1997 年,第 2561 页。

⑦ 宋金兰:《"孝"的文化内涵及其嬗变——"孝"字的文化阐释》,《青海社会科学》1994 年第 3 期。

说是生得出此事未定,倘后来无长生便成孤魂。"①《孝逆报·埋儿获金》载:"不料儿活鲜鲜送归死径,百年后有何人送上山林。纵说是生得出此事未稳,倘后来无生长便成孤魂。"②从后来的结果看,郭巨也只有香儿一子,倘若当时地下无金,香儿被埋,郭家也就真正绝后了。曹安在妻劝他时亦云"你我夫妻莫年纪,儿女后来谅有的"③,他同样不能确定日后是否能再有儿女。回香问曹安:"婆婆有病就要杀儿去救婆婆,倘爹爹异日有病,又杀那个来救爹爹?"所以,曹安不能回答,只能"气死在地"④。

郭巨、曹安孝母天经地义,孝母养母是人子当为之事,但这种孝养并不是一定得以埋儿杀子方能完成。设若埋儿并未得金,子肉吃完灾荒依然,母仍饥仍病,是不是又去杀妻?妻杀后又当杀谁?细思极恐。

孝母,并不仅仅是养。孝、顺相连,无顺不孝。郭母心疼孙子,愿意将食物分与香儿,足见婆孙感情深厚。小说写道:"婆婆爱痛孙儿,将饭分之","明知孙儿要饭吃,心中不忍,将饭分与孙儿吃了"。《惺惺集·郭巨埋儿》直言"其祖母也疼爱他,把饭分与他吃"⑤。《孝逆报·埋儿获金》亦言对香儿"郭母爱如珍宝,时刻抚摩不离","郭母素来疼爱孙儿,见得人又小,口又甜,声声喊婆婆,想起又可怜,只得忍口不食,将饭分些与他"⑥。《宣讲摘要·曹安杀子》中,曹母"爱回香

---

①〔清〕王文选辑:《宣讲集要》卷一,光绪丙午年(1906)吴经元堂刻本,第28页。
②〔清〕岳西破迷子编辑,〔清〕果南务本子校书:《孝逆报》卷四,光绪癸巳年(1893)刻本,第50页。
③《宣讲摘要》卷一,光绪戊申年(1908)经元书室重刊本,第32页。
④《宣讲摘要》卷一,光绪戊申年(1908)经元书室重刊本,第34页。
⑤〔清〕古阳瓜辅化坛尽心子编辑:《惺惺集》卷一,同治九年(1870)新镌本,板存蒙阳辅化坛,第9页。
⑥〔清〕岳西破迷子编辑,〔清〕果南务本子校书:《孝逆报》卷四,光绪癸巳年(1893)刻本,第46页。

如掌上之珠"。两位祖母心疼孙儿,宁可自己挨饿也要分食与孙,因为她们之故孙子被杀,她们岂不是要担负不慈之恶名?孝者,在不违背大义的情况下,要爱父母所爱,敬父母所敬,顺父母之情使之开颜。曹母与郭母年老,仅有一孙,希图的是孙子承欢膝下。郭巨"夫妇商议已定,瞒过婆婆,将香儿抱出",郭妻哭,也是忍着,担心婆母知晓,显然,他们是知晓郭母不会同意他们的做法的。曹妻劝丈夫时亦道:"非是为妻不依你,犹恐婆婆知消息。倘若知道触了气,怕的命死在旦夕。"曹安杀子后,不敢惊动母亲,"千万瞒过我的母,恐防知道难安服"。曹母病愈后"要孙甚急",不断询问孙子何在。可以说,郭巨、曹安的埋儿杀子之行,是违逆母意的。郭母因孙儿还在,故未载其反应,曹母则是在听说孙儿被杀,自己吃的是孙儿之肉后,"不禁仰面一交,跌在地下,半时醒转来",大哭道:

> 听此言不由人泪流不住,这一阵好似那箭穿肺腹。骂曹安小奴才良心尽负,为甚么忍得心将儿诛戮。纵不念你的妻怀他甚苦,也念他是曹门后代香炉。可怜他嘴巴乖眼睛又眵,可怜他常坐卧又不啼哭。……就是娘想吃肉来把皮补,莫得钱又何必杀子当肉。婆孙们分离话全未说出,这情节又叫人怎不啼哭。况常言生与死离别甚苦,我孙儿遭惨亡婆心怎服。这一阵只哭得胸前气阻,看谁人有如是伤心惨目。叫孙儿鬼门关等婆一路,婆不愿在阳世受此孤独。[1]

因食孙儿之肉而撕心裂肺,呼天抢地,恨不能与孙儿同去。若非神灵以猪替回香,恐怕她真的随孙去了。《缓步云梯集·曹安杀子》中,曹母听闻孙儿被杀,"大叫一声回香,昏死在地",斥责曹安:"你说杀了

---

[1]《宣讲摘要》卷一,光绪戊申年(1908)经元书室重刊本,第36—37页。

回香子，拿与为娘来充饥。我病情愿就害死，杀我孙儿为怎的。为娘非是好肉吃，有肉无肉不怪的。你若还我回香子，为娘今朝才肯依。你不还我回香子，娘要撕你夫妻皮。转面我把回香喊，你在阴灵慢走些。等你娘孃同一路，阎王殿上诉端的。非是娘孃害死你，你爹妈是个狗贱皮。"①然后曹母又诉说与回香日常相处的种种情况，气睡在床。

其他舍子救母的故事中，祖母亦都十分担心孙子。《宣讲福报·驾破舟》中，王氏逃难时哭诉："怕只怕遇贼子躲之不倒，怕只怕断绝了朱氏根苗。"王氏儿死，只留下丁元一根独苗，李氏背婆母逃难，才八岁的丁元的命运可想而知。李氏想道："欲把婆婆背起走，丢丁元在家，朱家又只有一根苗；想背丁元走，丢婆婆在家，则为不孝。"②李氏陷入两难，弃婆母不孝，在"不孝有三，无后为大"的情况下，弃朱家独苗不顾也是不孝。从人情角度，婆母固然当孝，但儿子乃自己怀胎十月所生，血脉相连，救得了儿，即是救了朱家香火，于理于情，于生态法则，先儿后婆母也无可非议。孔子在《孔子家语·六本》中曾怒责曾参："既身死而陷父于不义，其不孝孰大焉？"③《最好听·至孝格亲》中舜逃，原因是"我若焚死，致令父母有杀子之名，是陷亲于不慈了"。郭巨、曹安、李氏等杀子、弃子者，自以为孝而实陷亲于不义，实乃不孝；以所谓孝而导致无后，更是大不孝。故事中暗含着世俗社会中普遍存在爱子胜于孝母的情况，其中固然有批判，亦说明了人之常情。郭巨、曹安等固然有其独异之处，却也背离了人之常情。冷眼看之，他们的虚假超过于真实，冷酷甚于孝亲。

---

①《缓步云梯集》卷三，同治二年(1863)刊订本，版存富邑自流井香炉寺，第87—88页。

②《宣讲福报》卷四，光绪戊申年(1908)经元书室重刊本，第2页。

③〔三国〕王肃注：《孔子家语》卷四《六本》，上海古籍出版社，1990年，第42页。

关于郭巨埋儿,世之非议、批判者众。明人方孝孺《郭巨》云:"夫孝所以事亲也,苟不以礼,虽日用三牲之养,犹为不孝,况俾其亲以口体之养,杀无辜之幼子乎?且古之圣人,行一不义,杀一不辜而得天下,不忍为之。"圣人爱人,连杀动物都不忍为之,何况杀其子孙?"巨陷亲于不义,罪莫大焉,而谓之孝,则天理几于泯矣。"①郭巨获金是偶然,埋儿而儿死是必然,郭巨既然属于不孝,也就不存在天赐金之说。"设使不幸而不获金,死者不复生,则杀子之恶不可逃。以犯无后之大罪,又焉得为孝乎?俾其亲无恻隐之心则已,有则奚以安其生。"②以此,郭巨埋儿就不值得旌表,否则就是乱名教。方孝孺甚至认为,与其说天旌表郭巨之善,不如说哀怜其子之无辜:"或者天哀其子而相之欤?不然,则无辜之赤子不复生矣。"③明人何孟春《馀冬录·君道》采纳了方孝孺之论,结尾增加了一句:"然则宋文帝敕榜表世通门为孝行,非可为法者也。韩退之云:'不腰于市而已幸,况复旌其门?'"④袁枚在《郭巨论》中不仅质疑郭巨之孝,亦质疑郭巨其他品行:

> 吾闻养体之谓孝,养志之谓孝,百行不亏之谓孝。巨,孝人也,即慈父也,即廉士也。儿可埋,金可取耶?不能养,何生儿?既生儿,何杀儿?以儿夺母食,故埋,似母爱儿也;以爱及爱,儿请所与者矣,见抚杯棬者矣。杀所爱以食之,是以犬马养也。母

---

① 〔明〕方孝孺著,徐光大点校:《方孝孺集》卷五《杂著·郭巨》,浙江古籍出版社,2013年,第182页。
② 〔明〕方孝孺著,徐光大点校:《方孝孺集》卷五《杂著·郭巨》,浙江古籍出版社,2013年,第182页。
③ 〔明〕方孝孺著,徐光大点校:《方孝孺集》卷五《杂著·郭巨》,浙江古籍出版社,2013年,第182页。
④ 〔明〕何孟春撰,刘晓林、彭昊等校点:《馀冬录》,岳麓书社,2012年,第81页。

投箸泣矣，奈何？抑以埋闻，母弗禁，似母勿爱儿也；以恶名怼母，而以孝自名，大罪也。是儿者，宁非乃母之血食嗣乎？其绝之也。杀子则逆，取金则贪，以金饰名则诈，乌乎孝？……禁儿食可也，弃若儿可也，鬻之以济母食可也，杀之亦无不可也。而埋则何说？设当日者巨不生儿，无可埋，巨多儿不胜其埋，则奈何？使巨见金，挥锄不顾，如管宁然，则奈何？或掩其处，别掘之，以卜天心，则又奈何？韩愈书《鄠人对》，以其剔股欲腰诸市。若巨者，其尤出鄠人上哉！①

　　袁枚之论与方孝孺的观念大致一致，都是认为郭巨属于不孝之人，其养母之行无非是犬马之养，留给其母的，不过是恶名。《礼记·大学》云：“为人子，止于孝；为人父，止于慈。”②郭巨埋儿杀子、取金、获伪名三者皆有之，不仁、不慈、伪诈，实在是不能名为孝。

　　宣讲小说中与孝有一定关系的，还有为兄弟之情舍子的。表面上，舍子救侄关涉的是兄弟之间的情义，但兄弟之情由父母而起，兄弟皆为父母之根血，兄弟和睦是父母所期望的，故而也是对父母之孝了。宣讲者十分赞赏舍子存侄之行。《触目警心》《增选宣讲至理》《宣讲选录》《福缘善果》《辅化篇》中皆有《爱弟存孤》，讲述遭遇战乱时，主人公舍弃自己儿子而保全兄弟之子的故事。白文炳与白文举兄弟感情和睦，文举夫妇双亡后留下一子。遭逢战乱，文炳夫妻携子及侄逃走，路上行走不便，文炳给妻建议“欲效古人弃儿留侄”，不然，“弟之后代绝矣”，对不起兄弟，而他们夫妻正当壮年，“若神天有眼，

①〔清〕袁枚：《小仓山房文集》，王英志编纂校点：《袁枚全集新编》（第6册），浙江古籍出版社，2015年，第405页。

②〔清〕朱彬撰，饶钦农点校：《礼记训纂》卷四二《大学》，中华书局，1996年，第867页。

祖宗有灵,逃出罗网,后必不少生育"。《稷山赏贫》的故事亦在《宣讲
集要》《千秋宝鉴》《石点头》《宣讲大成》《闺阁录》《增选宣讲至理》《宣
讲选录》《法戒录》《捷采新编》中出现。故事讲述春荣在兄弟死后抚
养侄儿光前,逃难躲贼时粮食吃尽,遂舍弃年方二岁之子而抚养六岁
之侄。提出这个建议的是春荣妻杨氏,当春荣言"想你我四十以上才
有此子,若是弃了,岂不断了后根?"杨氏则言兄弟有嘱托不可辜负,
舍弃了侄儿则是断了兄弟后根,"我合你还有生育,谅不能绝香烟"。
但在春荣则如是想:"只说是得了你终身有靠,与邓家接一个后代根
苗。万不料到如今把儿难保,百年后谁披麻送上荒郊。纵然是生得
出此事难料,怕只怕无生产不孝名遭。"①送走儿子之后,春荣夫妻并
无生育,而侄儿光前却死于十九岁。若以"不孝有三,无后为大"而
言,侄儿亦是父母后代,但春荣却依旧认为若儿死自己没有再生儿依
然属于不孝,这一观念当属于那时多数民众的看法。然而,为了兄弟
有后,不顾自己孩子只有两岁而将其舍弃,即便再有生育,又岂是原
来之儿? 此是为所谓兄弟情义而舍父子情,父子天伦尚且可以舍弃,
兄弟情谊是否为真也就值得怀疑。光前于十九岁时死去,此时春荣
自己之子尚无音讯,若不是后来巧遇亲子,可不就是两家都绝后了?
兄弟和睦是孝,以兄弟之爱而杀子弃子则为不孝,不孝之孝,何可
讴歌?

三、悖论的消解与劝百讽一

杀子弃子虽然残酷,有人却在孝亲的名义下做得理所当然,这是
典型的不孝之孝。爱子是天然的,一般不教而能,孝敬父母则需要一
定程度的教化。宣讲小说中所言父子关系的故事,几乎都是褒奖孝
而贬斥不孝的,甚少有父母(主要是亲生父母)不慈的。父母对于子,

---

① 〔清〕梦觉子汇集:《闺阁录》第三册,光绪十五年(1889)本,第 4 页。

或严格教育，或娇惯溺爱，都是一种发自内心的爱。以故事数量看，宣讲小说重自身对父母之孝远甚于父母对子女之慈，在政府层面，褒奖或惩罚者，也与孝与不孝相关，这其实反映了慈的广泛性、普遍性，以及孝的相对稀少性。司马光认为，郭巨重孝而薄于慈"非中道"，社会上以此教民，"民犹厚于慈而薄于孝"①。由此可见，孝道教化之任重道远。

从孝道教化出发，一切孝，无论是何种形式，都是值得褒奖的。《孝逆报》《二十四孝案证》中的孝道故事，多数孝亲之行可以勉力去学，而如黔娄尝粪忧心、王祥卧冰求鲤、老莱子斑衣戏彩、郭巨埋儿等，都属于行为特异的孝行，一般人难以做到。郭巨埋儿因是杀子孝亲典型而被上天嘉奖、民众讴歌，其影响力不小。鲁迅《朝花夕拾·二十四孝图》指出他少年时代看到郭巨埋儿故事后的心态：

> 其中最使我不解，甚至于发生反感的，是"老莱娱亲"和"郭巨埋儿"两件事。……我最初实在替这孩子捏一把汗，待到掘出黄金一釜，这才觉得轻松。然而我已经不但自己不敢再想做孝子，并且怕我父亲去做孝子了。家景正在坏下去，常听到父母愁柴米；祖母又老了，倘使我的父亲竟学了郭巨，那么，该埋的不正是我么？如果一丝不走样，也掘出一釜黄金来，那自然是如天之福，但是，那时我虽然年纪小，似乎也明白天下未必有这样的巧事。②

鲁迅反感"老莱娱亲"和"郭巨埋儿"，前者"诈跌"而虚伪，后者因杀无

---

① 〔宋〕司马光著，夏家善主编，王宗志注释：《温公家范》卷五《子下》，天津古籍出版社，1995年，第90页。
② 鲁迅：《朝花夕拾》，江苏凤凰文艺出版社，2018年，第25—27页。

辜之幼儿而残忍。在小孩，故事还有代入感，免不了担惊受怕。鲁迅年纪小却已怀疑埋儿获金的可能性，而故事讲述者却一本正经地向大众叙说这个故事，以精诚感应说明天赐黄金的可能。曹安杀子亦是因为上天垂怜，以猪易子。似乎，只要心诚就可感天，感天动地之后，导致孝慈矛盾冲突的因素就会消失，无钱而有钱，无肉而有肉，自然也就不用埋儿杀子了。饥荒之时，卖儿卖女的何其多，上天若果垂怜，何必降下饥荒？如此消解孝慈的悖论，无异于画饼充饥，缺乏可信度。然而，正如多数故事一样，无法以人力解决的问题，只要神佛出面，一切困难就都迎刃而解，宣讲者在面对孝慈悖论时，亦采用此法，哪怕它十分牵强。

《孝逆报·埋儿获金》花大量篇幅说郭巨的品性，郭巨劝他人以孝悌忠信礼义廉耻，自己亦因孝而得金。然而从故事中所见，他并不具有上述美德，杀子奉亲，实为不孝，得金而据为己有，实为不廉，与其劝人之言有些背离。但故事开篇诗云："父母较儿孰重轻，堂前膝下两分明。还须留得双亲在，无子他年尚可生。"其后的议论中则有"既有我身，何患无儿，无儿尚可以再生，无亲不可以再得。……我之孝尽而我之子孙又岂有不昌大者乎？"[1]如果说《孝逆报》的作者直接表明了他对杀儿孝亲行为的赞同，其他杀儿孝亲故事的讲述者对待该行为的态度则又略微有别。

一方面，他们在叙述杀子舍子故事时，都是将其当成孝行讴歌，如《宣讲集要·郭巨埋儿》被放在"敦孝弟以重人伦"条目下。郭巨埋儿，"天赐黄金，即与孝子，官不得夺，民不得取"，在宣讲者看来，这就是因郭巨"平日孝心诚笃"方得如此，香儿后来也官至翰林学士，"尽孝之人，受尽美报，谁曰不宜"。曹安杀子，菩萨以猪代替而回香免遭杀害，曹安

---

[1] 〔清〕岳西破迷子编辑，〔清〕果南务本子校书：《孝逆报》卷四，光绪癸巳年（1893）刻本，第40—41页。

还因此而受封。宣讲者的叙事态度及主人公的结果无不表明,杀子之孝是有好报的,不仅得钱财,还能得功名,子嗣也不受影响。宣讲者除了在叙事中宣扬杀子之孝外,亦在结尾议论中点明可以此为法:

> 从此案看来,吴氏一女子耳,而能劝夫孝亲,舍子救母,故天佑之,不绝其嗣,而复昌其后者,非一孝之所感乎? 吾愿世之为儿媳者,其以吴氏之贤孝为法焉可。① (《立心化迷录·救母活儿》)

> 从此看来,可见人有孝念,天必佑之。世之爱子而不爱亲,甚至私妻子,不顾父母之养者,闻此孝子能勿愧哉。② (《孝逆报·埋儿获金》)

> 从这一案看来,正所谓家贫显孝子,世乱出忠臣。又道是皇天不负苦心人,诚哉是言也。……即如郭巨,但愿老母存,不惜幼子亡,这就是他的孝心发现,到那真实处了。所以感动上天,不惟保全儿命,而且赐以黄金,又何患家贫,无力孝亲吗? 此段书,也不是劝你们要埋儿,是劝你们要尽孝呀,当学郭巨这般真心实意的,自然皇天眷佑,家贫的,不但由困而亨通,更且子孙贵显了。所以说孝莫畏家贫,家贫总不贫,逆莫夸家富,家富终不富嘞。③ (《悄悒集·郭巨埋儿》)

> 奉劝今之为男子者,有如王么之弊病,当要速速回头,宜学郭巨之尽孝,不惟名利双收,而且流芳百世。④ (《悄悒集·神斩王么》)

---

①《立心化迷录》卷二,刊刻时间不详,第 13 页。

②〔清〕岳西破迷子编辑,〔清〕果南务本子校书:《孝逆报》卷四,光绪癸巳年(1893)刻本,第 51 页。

③〔清〕古阳瓜辅化坛尽心子编辑:《悄悒集》卷一,同治九年(1870)新镌本,板存蒙阳辅化坛,第 12 页。

④〔清〕古阳瓜辅化坛尽心子编辑:《悄悒集》卷一,同治九年(1870)新镌本,板存蒙阳辅化坛,第 21 页。

另一方面,也有宣讲者意识到,如果真相信杀子有好报,受神佑,普通民众定然仿效者众,而若仿效者众,会有什么样的结果? 所以,故事完毕,在褒奖杀子之孝之时,宣讲者又劝诫人们不要轻易以杀子为孝:"从此看来,孝子自有神拥护,其言信不诬矣。窃愿世人于父母近前,也不拘定要杀子嗣,但能不减损衣食,不吝财用,虽孝有未全,也不负我圣祖教孝之意云尔。"①《千秋宝鉴·忠孝节义》中亦有杀子孝亲的情节,在故事末尾,作者概括其主旨,道:"陈氏剪发奉婆的孝可学,以及孙儿孙女化钱卖女供养祖母的孝可学,惟有这杀子养亲,上不顺乎天理,下不近乎人情,切不可学。假如他硬是杀了,不惟绝后,且伤亲心,反成不孝。总要晓得他孝心真诚,天才如此报答,不然恐邀福而反招祸矣。"②《缓步云梯集·曹安杀子》《醒世录·舍子养母》中,宣讲者在叙事时赞赏曹安杀子救亲之行,结尾却告诫听众:"割股救亲谓之愚孝,至于杀子救亲,其愚更甚。是孝也,固不足为世法;是案也,似不必著于书。然每见世人谈及此事,足动人悲泣之情,故不妨书之,以为世之不孝者触耳。讲是案者,总要劝人效其心,切勿效其杀子之事,须于是案讲毕时剀切分明可也。"③也就是说,宣讲杀子埋儿只不过是因为现实社会中不孝者太多而讲故事以引导,但实际上,杀子之孝"乃是愚孝"。在郭巨埋儿叙事后,《宣讲摘要·舍子养母》中亦议论道:

　　　　从此看来,孝子有吉神拥护,其言信不诬矣。但此一件事,论大道,不孝有三,无后为大,又焉有杀子奉亲之理? 第曹安当

①《醒世录》卷一,刊刻时间不详,第 13 页。
②〔清〕智善子校正,〔清〕善化善子参阅:《千秋宝鉴》卷四,同治五年(1866)同善坛刻本,第 10—11 页。
③《缓步云梯集》卷三,同治二年(1863)刊订本,版存富邑自流井香炉寺,第 88—89 页。

日也是忠厚人，一心只知救母病好，并不虑及残伤骨月，绝了父
子之情。所以菩萨见安虽属愚孝，其心可取，怎忍他后裔断绝，
故使安夫妇昏迷，以野猪易之。此千古少有之事，固不可为后世
法，后世亦无有舍其子者。窃愿世人于父母前，亦不必定要杀
子，以伤一脉骨血，只要不减损衣食，不吝惜财用，不重孩子而轻
父母，虽孝有未全，也不负我圣祖教孝之意云尔。①

孝亲无罪，小孩亦无罪，亲恩不报不当为人，杀子报恩则十分残忍，
"上不顺乎天理，下不近乎人情"。亲恩当报，养亲不可或缺，但生命
之不可轻弃乃天地之大德，孝亲养亲，尽心尽力即可，完全没有必要
以杀子为代价。

　　宣讲小说在杀子孝亲的叙述中，固然有对父母杀子前痛心疾首
之状的铺陈，对祖母知晓孙儿被杀时痛苦万分之状的描写，但这些并
不是小说的主调。在对孝的宣扬中，杀子行为在一定程度上被赋予
正当性，所以故事结尾的一点点关于不要杀子孝亲的劝说，不过是
"劝百讽一"罢了。

第三节　节与孝的道德悖论

　　众多宣讲小说中，被大力书写的还有节孝。节与孝是两个不同
的道德范畴，前者主要存在于夫妻之间，尤其是妻对于夫，或者女子
对自身贞节的要求；后者是子女对于父母。当女子出嫁后，兼有妻子
与儿媳妇之职，既要忠于丈夫，又要孝敬公婆。平常之时，节孝并不
背离，而在特殊之时，女性往往处在节与孝的困境中，难以两全。

---

① 《宣讲摘要》卷一，光绪戊申年(1908)经元书室重刊本，第37—38页。

一、贞节与孝道

宣讲小说中关于节孝的故事甚多，其标题中含有"节孝"者，如《照胆台·节孝报》《同登道岸·节孝全身》《上天梯·节孝动天》《宣讲大全·节孝全义》《宣讲宝铭·李氏节孝》等。《宣讲集要》卷四的标题下注"敦孝弟以重人伦，旁引节孝案证十九条"，这十九个案证，具体情况又有所不同：有丈夫死后不改嫁，孝敬公婆者，如《鬻子节孝》《朱氏节孝》《黄氏节孝》《齐妇含冤》《邓氏节孝》等故事中的女主人公；有不得已改嫁以养公婆而在改嫁之时自尽者，如《尽孝全节》中的崔氏；有未过门而丈夫死，女子为夫守节的，如《断机教子》中的秦雪梅，《徐氏完贞》中的徐氏；有被休弃后不改嫁而暗中孝敬公婆者，如《孝媳化姑》中的珊瑚；有夫死后坚守贞节不改嫁抚养幼子者，如《崔氏守节》中的崔氏，《割耳完贞》中的郑氏；有全节救夫或全节从夫而死者，如《全节救夫》中的郭氏与《何氏全烈》中的韩凭妻；等等。要而言之，这些故事可分为守节且尽孝类与单纯守节类。值得思考的是，上述故事阐释的是"敦孝弟以重人伦"，有孝行的故事归于"敦孝弟"固然毫无疑问，但只有守节之行如何也归于其中呢？

"节孝"可作并列短语，即守节与行孝兼而有之，也可作偏正短语，即守节之孝。女子在家从父，出嫁从夫。女性的身体受到褒奖或鄙弃，直接关系娘家与婆家的荣辱。《礼记·祭义》篇多次论及孝与不辱父母之关系："孝有三：大孝尊亲，其次弗辱，其下能养"，"父母全而生之，子全而归之，可谓孝矣。不亏其体，不辱其身，可谓全矣。……不辱其身，不羞其亲，可谓孝矣"[①]。不辱亲的表现，在不同时代，不同等级之人或有不同，但只要是令父母遗羞之行，皆谓不孝。

[①]〔清〕朱彬撰，饶钦农点校：《礼记训纂》卷二四《祭义》，中华书局，1996年，第714—716页。

女子是否守贞,言行是否符合当时的社会行为规范,是否具有时人普遍认可的妇德,是女子家庭教育的结果,关系到其父母颜面;一旦出嫁,其身体属于夫家,若失节,丢娘家、夫家的面子,令两家父母乃至先人蒙羞。《一见回心·火完真》言:"于今有色蠢妇不替丈夫留脸,不与娘家争光,贪欢取乐,做出些伤风败俗的事来⋯⋯"①所以,女性守节,于两姓之家,皆是"不辱其身,不羞其亲"之行,甚至可以说,是扬两家、两族之名的光荣之举。《宣讲集要·释怨承宗》中有云,"家有节妇,一族之光也","三党中有个节妇,才算得名门望族"②,守节者以孝名之,符合儒家的孝道伦理。故无论是节、孝并重,还是守节之孝,皆可谓之"节孝"。也正因如此,众多有关守节或节烈故事的讲述,并未提及女性如何孝敬公婆或父母,而是大书特书她们的节烈,但当她们因节而死,其封诰往往有"节孝"二字,如《惩劝录·苦节完贞》中,焦氏得知被丈夫赌博卖掉后自杀,被准入节孝祠,以享春秋之祀;《照胆台·节孝坊》中的李氏、《宣讲大全·鬼断家私》中的梅氏等皆因守节而入节孝坊。

　　宣讲小说中守节的女性,往往受父母之教。《同登道岸·八箴保命》《更新宝录·贪淫报》等都写了父母以三从四德、五伦八德等教育女儿,鼓吹女性可以节孝而留名。《宣讲集要·卖身葬母》中,桂香之母张氏在临终前教育女儿要以《烈女传》中的女性为榜样(如割鼻的曹令姑、跳崖的陈仲之妻),"总要立个好志向,为娘九泉也增光"。《福善祸淫录·节孝坊》中,王正安教育次女十几条当注意的,其中就有:"妇女节操是根本,休贪富贵生外心。"并且他反复叙说贞节带来的好处:"能守贞节鬼神敬,贞节妇女享尊荣。也有贞节家道顺,也有

①《一见回心》卷四,刊刻时间不详,第1页。

②〔清〕王文选辑:《宣讲集要》卷一〇,光绪丙午年(1906)吴经元堂刻本,第27页。

贞节子成名。也有贞节享长命,也有贞节乐丰盈。也有贞节封一品,也有贞节为夫人。也有贞节成神圣,也有贞节上天庭。"要之,"人生气禀天地敬,不可卑污败令名"①。《更新宝录·全节受封》鼓吹节孝,极力夸大失节之耻:"岂知玷门败节之大耻,其为妻子耻,其为母翁姑耻,其为媳父母耻,其为女家族耻,其为本宗妇,辱其三宗,污流世代。"故事中,祁幺姑之母临终时告诫女儿:"有三从合四德谨记心上,是六戒与八箴佩服莫忘。闲无事切不可门前观望,惟恐怕外面人说短道长。"②正是在母亲的教育下,当幺姑受到汪七麻子调戏时,她自认为无面目于人世而自缢。妇女们自己也觉得失节会令两家父母蒙羞。《闺阁录·坠楼全节》中,满贞言父母生女指望她为满门争光,一旦闺门失事,外人知道,丑声四扬,"不说女子不成,反骂先祖无德,羞得父母无面见人"③。失节,不但违背了父母的教训,"玷污父母宗亲",还会毁了婆家数代福泽。《采善集·败节变猪》中,春桃是个烈女,被人造谣污蔑,又闻夫家断婚,暗想自己受冤枉,"使父母羞辱",父母又劝其另嫁,遂自缢。《宣讲福报·二子索命》斥责不守贞之女"玷辱父母羞满门"。《辅德嘉模》第十二回《宋帝殿追述往行,凸脸狱细诉前愆》中,狱官责骂不顾廉耻倚门卖面之女"遗羞两姓门墙"。总之,女性的身体,属于娘家与夫家,守节则两家、两姓同荣,失节则同辱。是以,节也就是孝,且此孝可以归于"尊亲"之大孝,是"扬名于后世,以显父母"之孝,非一般之孝可比。

《破迷录·龙凤剑》有云:"妇女节烈鬼神重,留得芳名万古传。"④《指南镜·一洞天》亦云:"乾坤正气节居多,无端谗言起风波。

①〔清〕明心子手著:《福善祸淫录》卷四,刊刻时间不详,第25—26页。
②〔清〕极静子著:《更新宝录》坎集,刊刻时间不详,第62、69页。
③〔清〕梦觉子汇集:《闺阁录》第四册,光绪十五年(1889)本,第9页。
④〔清〕龙雁门诸子编辑并校:《破迷录》卷二,光绪丁未年(1907)新镌本,第35页。

岂知节孝神鬼敬,留得芳名永不磨。"①《福善祸淫录·节孝坊》又云:
"浩然正气塞乾坤,莫谓今人让古人。节孝能教天地敬,万年青史著
芳名。"②古代有立德、立功、立言"三不朽"之说,但在父系社会,这三
不朽似乎与女性无关。不过,在文人的鼓吹下,女性重节与男性修
身、遵守三纲五常同等重要,也成为女性不朽的一种途径。《一见回
心·火完真》的开篇云:

> 妇女原重节烈,芳名永垂不灭。人间公论无隐,天神力为表
> 白。列位!这几句话的意思是怎么说法?从来为妇女者,莫重
> 于节烈二字,节则清白自守,受些磋磨,终身不失节操。烈则一
> 念激发,或丈夫死了,他也不要命去死了,或被人强奸,他就舍身
> 拼命,不受凌辱污秽死了,虽然生前死得苦,殁后皇上嘉奖,建立
> 牌坊,名传千载。③

《捷采新编·玉连环》中,孔学诗与表妹金花关于守节的谈论更
是将"节"夸上了天。孔学诗劝表妹:"又道是人不怕三十而死,只怕
死后无名。所以古人云:'死有重于泰山,死有轻于鸿毛。'怎样重于
泰山?就如你们坤道家,若强遇人威逼,宁可舍命,不可失身,或者不
幸丈夫早死,上无翁姑,下无儿女,立脚不住,便随夫而死,此便重于
泰山。"反之,若坏了自己名节,"不但臭名传于千载,而且故夫泣于九
泉"④。他还以白玉坠为喻,言道:"你们闺阁妇女,能够将自己的身

---

①〔清〕广安增生李维周编辑校阅:《指南镜》卷一,光绪二十五年(1899)新镌本,
　板存广安长生寨,第 68 页。
②〔清〕明心子手著:《福善祸淫录》卷四,刊刻时间不详,第 22 页。
③《一见回心》卷四,刊刻时间不详,第 1 页。
④《捷采新编》福集,咸丰四年(1854)新镌本,第 26 页。

子，守得如雪之白，如冰之洁，为乾坤立正气，与日月争光彩，就像这美玉无瑕，价重千金一般；若一旦失身于人，败名丧节，辱及亲族，羞及儿孙，就像这无价之宝，一旦坠地，便分文不值了。"①孔学诗还作《守节歌》，言守节之人是天地正气所注，"受尽了千磨万难苦，才全得个孝贞节烈妇。要有那顶天立地的志向，穿山凿海的气骨，才成得一个坤维贞女，这等人都是那天地正气所注"，守节可以"名芳留万古，子孙膺多福"②。《宣讲回天·全节美报》中的《全节歌》夸赞守节之美报："生前能受苦，死后尽为神。金字牌匾立，千载永传闻。族中有节妇，一族也光荣。乡中有节妇，一乡也沾恩。瘟蝗不入境，刀兵不相侵。皆因人守节，鬼敬神也钦。天地皆欢喜，吉曜永临门。"③《宣讲至理》于诸案证中，插入《守节歌》，言守节之人"天神喜悦看的重，死后千载为神灵"，"节孝妇女人重看，乡里说是女英雄。天也重看人也重，人间天上有美名"；如不守节，除了"两家门风都败净"，还要"死后地狱受酷刑"④。

　　上述言语固然是宣讲小说中所载，但现实生活中也不乏对节烈的极力鼓吹及表彰。正是在诸种举措之下，女性守节之行不胜枚举，各种方志中皆载有节妇。《明史·列女传》的序中言明代烈女"著于实录及郡邑志者，不下万余人"，其中以"节烈为多"⑤。光绪《山西通志·列女录》共载明代节孝烈女 1854 人，事迹详细记载者有 832 人⑥。乾隆《长元节孝祠志》载，从康熙十八年（1679）至乾隆五十七

① 《捷采新编》福集，咸丰四年（1854）新镌本，第 29 页。
② 《捷采新编》福集，咸丰四年（1854）新镌本，第 27—28 页。
③ 《宣讲回天》卷二，道光二十七年（1847）刻本，第 78 页。
④ 《宣讲至理》卷三，民国四年（1915）万善堂记重刻本，第 36 页。
⑤ 〔清〕张廷玉等撰：《明史》卷三〇一《列女一》，中华书局，1974 年，第 7690 页。
⑥ 郭燕霞：《明代山西"节孝妇"研究》，陕西师范大学 2008 年硕士学位论文，第 9 页。

年(1793)被旌表入祠烈女的人数有 364 人①。仍以《宣讲集要》言之，在其他非以孝悌为主旨或以女性之孝为主题的宣讲小说中，仍不乏节孝之女。该书卷一〇的主旨为"明礼让以厚风俗"，《血书见志》中，张氏为得聘金以埋葬婆母并能养活一子二女，同意改嫁，却于花轿中自杀，留下血书明志；《积米奉亲》中的三春被休后誓不改嫁他人，而是暗中孝敬婆婆；《释怨承宗》中的王氏，夫死后宁可忍受长嫂杜氏的折磨但心如铁石，坚不改嫁。该书卷一二阐释"训子弟以禁非为"，其中，《鸣钟诉冤》中的桂香莫名其妙肚大，欲死却担忧"羞惭我父""污辱身体""带坏世人"，鸣钟诉冤，真相得白；《焦氏殉节》中的焦氏被丈夫卖掉以还赌债，为完贞，写下绝命词自缢……至于其他小说中，守节之妇或作为主人公，或作为次要人物，无一不表明当时社会中节妇普遍存在，宣讲者对这类人物非常赞赏。

二、节与孝之间的道德困境

守节是为父母、婆家争光，固然是孝，然细读宣讲小说中的节妇故事，又能发现守节之孝与儒家所宣扬的孝之间，仍有悖论。

守节，往往以生命为代价。儒家重身，亦重生，然而，守节者，在特殊时候却并不惜生。节烈妇女信奉"好马不配双鞍，烈女不嫁二夫"。守节者，往往并未遵从父母与公婆之命。父母、公婆命女儿或媳妇改嫁，一是觉得她们无子，青年难守劝其改嫁；一是因家境难熬，期待女儿或媳妇改嫁得聘金以活全家。《福善祸淫录·节孝坊》中，当未婚夫死，王氏为之守孝三年后，父亲心疼女儿，劝其改嫁，她却宁死不从："自古烈女皆节孝两全，可以对天地，质鬼神。我若依得父母之意，微微尽点小孝，便失了大节；不依父母之意，纵全了大节，又失

---

① 薛名秀：《贞节、国家与地方社会：清代节孝祠研究》，台湾大学 2016 年硕士学位论文，第 68 页。

了小孝,欲节孝两全,势必如此","奴心想失了节遗臭万年,要守节惹动了双亲咒怨"①。两难之下,她选择了自杀。王氏并未成婚,与未婚夫谈不上有感情,为之守孝三年已经可以了,但她为了所谓大义、大节,不遵从父母之志,更不想身体发肤受之父母,不可损伤,也不想她的死会给生养自己的父母带来多大伤痛,只以为依父母之命为"小孝",全不想不报生养之恩反留痛苦于父母,甚至导致父母的悔恨伤心是多大的不孝。不听父母、公婆之命改嫁而自杀的,还有《一见回心·火完贞》《惩劝录·苦节完贞》《挽心救世录·双还魂》《宣讲金针·苦节受封》《渡人宝录·金丹换容》,以及《宣讲集要》中《徐氏完贞》《黄氏节孝》等故事中的主人公。

　　宣讲小说中,有在家境陷入极度贫苦之下,女性在一人贞节与全家能否安然度过饥荒之间进行选择,依旧坚持守节为大者。《救劫保命丹·曲全节孝》中,王之纪一家在灾荒之年无法存活,他劝三个媳妇改嫁,但他的长媳、次媳皆拒绝,她们说:"我们须是女流,略知大义。古云:'好马不配双鞍,烈女岂嫁二夫。'不能替夫侍奉双亲,罪大莫极,又何敢抛舍公婆,另嫁富豪,岂不惹万代骂名,纵饿死也在一团,不愿贪富足而弃贫寒矣。"②她们所言固然有理,但不改嫁,家中老少无米下锅,有饿死之危险,而改嫁得金则可避免于此。未听公婆之言,可视为未顺其意,既未"能养",又未"承志",以一己之节而置父母、子女于无衣食之境,父母无养老之资,子女亦可能有闪失,又如何能言孝? 更有甚者,还有女性为了守节,竟然以子女生命为代价。《千秋宝鉴·忠孝节义》中,陈氏的婆母生病时想吃肉但因家境贫寒不能实现,丈夫打算将她改嫁得聘金以养母亲。陈氏以改嫁后婆婆无人侍奉、烈女不嫁二夫为由坚不改嫁,又道:"且想着几辈古人有埋

①〔清〕明心子手著:《福善祸淫录》卷四,刊刻时间不详,第28—29页。
②《救劫保命丹》卷二,民国乙卯岁(1915)重刊本,版存乐邑松存山房,第6页。

儿奉母的,有杀子养亲的,难道我夫妇也就学将不来? 夫君呀! 你快去把儿叫来,与他商量嘛。"①俗话说,可怜天下父母心,作母亲的爱儿是其本能,然而,陈氏为了所谓的"节",居然想出杀子奉亲之计,她亦不想杀子之不仁,杀子后可能面临"无后"的结局。好在他们正欲杀子时神灵显灵,得白银万两解决了危机。孟子云:"行一不义,杀一不辜,而得天下,皆不为也。"②稚子何辜而忍心杀之以孝母,以保自己之节操? 杀子保节之节孝又何得谓孝?

在保节"大义"面前,"身体发肤,受之父母,不敢毁伤"之孝似乎不值一提。《宣讲集要·割耳完贞》中,郑氏夫死,她本欲从夫而去,却因有幼子需要抚养,随便父母怎么劝,意志坚定:"他人不知儿心硬,请把钢刀颈上横。头可断去不改性,终身从一岂分心。"因美貌遇无赖子调戏,她"将刀毁面,割去两耳"③。《宣讲集要·割鼻誓志》《宣讲管窥·割耳全节》《规劝庸言·四德免劫》等故事中的女性,都是为了全节,毁身伤体,或截发,或割耳鼻,或毁面容,用以表明自己的决心,或断绝他者对自己容貌的觊觎。

不少女子坚持守节,只是对节本身的坚持,而非对丈夫的爱。即便丈夫不才,将她们卖掉,她们依旧要守节,甚至以死反对再嫁。《千秋宝鉴·涂氏尽节》中,克桂浪荡非为,将家产败光,要求妻涂氏改嫁,涂氏即便遭受毒打,也不同意:"古人说忠臣不事二主,烈女不嫁二夫。又说嫁鸡随鸡,嫁犬随犬,夫虽淡泊,妻也不怨,到如今要我改嫁,万万不能。"因取笔砚在壁上书曰:"全贞本性成,不欲再联婚。一

①〔清〕智善子校正,〔清〕善化善子参阅:《千秋宝鉴》卷四,同治五年(1866)同善坛刻本,第8页。

②〔汉〕赵岐注,〔宋〕孙奭疏:《孟子注疏》卷三《公孙丑上》,《十三经注疏》(下),上海古籍出版社,1997年,第2686页。

③〔清〕王文选辑:《宣讲集要》卷四,光绪丙午年(1906)吴经元堂刻本,第24—25页。

夕名千古,视死更如生。"①题诗后涂氏自缢。涂氏并非爱丈夫,而是爱名节胜于爱生命。有些女子则是在被公婆休弃后依然不再嫁,如《宣讲集要·孝媳化姑》中的珊瑚、《宣讲集要·黄氏节孝》中的黄氏。珊瑚、黄氏没有以死明志,因为她们只是被休弃,还没有被逼迫改嫁,否则,以她们的个性,不难想象又是一条条生命的离去。这些女性,在遭遇这种情况时,不是想到身体属于生养自己的父母,而是"节"的本身,甚至为此"大义"之"节"而献身。

从宣讲小说中的故事看,守节并非是寡妇唯一的出路,她们的亲人(父母、公婆、丈夫)因为种种原因赞成改嫁,甚至还有将其出卖者。当此之时,她们完全可以改嫁以顺父母、公婆或丈夫。孀妇年轻守节,处境十分艰难。《宣讲集要·割耳完贞》中,公婆对郑氏说:"夫死妻必嫁,古之常理。"郑氏欲丢下幼子自尽,得小叔子相劝暂安,婆母又劝媳妇改嫁,言独守空房之凄凉、心酸:"夜间珠泪常湿枕,醒来独自守孤衾。更深那得愁人梦,辗转不寐听鸡鸣。"②这种独守空闺、夜间冷落,在漫长的岁月中慢慢煎熬直到老死的情况,是诸多守节寡妇的共同命运。《照胆台·明如镜》中,艳娘夫死,她坐在灵前痛哭,唱词以第一人称描述孀妇之苦:

> 夫呃!为甚么早早归阴府,为甚么抛妻在半途?虽说是有儿子,有家物,怎比得夫在共笑语,夫在同床铺。夫呃!可怜妻有话无处诉,有事谁招呼?白日里望夫,只见一堆土,到晚来望夫,只见满架书。试看那有夫的,闹闹热热,何等欢娱?我这无夫的,凄凄凉凉,何等寂寞?每夜坐到三更鼓,好似孤雁沙堆立。

---

① 〔清〕智善子校正,〔清〕善化善子参阅:《千秋宝鉴》卷四,同治五年(1866)同善坛刻本,第54—55页。
② 〔清〕王文选辑:《宣讲集要》卷四,光绪丙午年(1906)吴经元堂刻本,第22、24页。

这都是前世误，未能够修桥补路，持斋拜佛。致令我今生苦，落得个居孀守寡，茹苦受孤。不敢轻易出门户，不敢穿红与着绿。似这样，活在人世有甚趣，不如早死到酆都。入幽冥，会奴夫，做一个鬼夫妻，又待何如。（重句）。①

艳娘的哭诉，可谓是道尽大多数孀妇的心态。艳娘最终没能守节，她败给了现实。同为女性，婆婆与母亲都能体会孀妇的凄苦，无论是出于心疼，还是出于其他原因，她们总是劝孀妇改嫁。《宣讲集要·割鼻誓志》中，文宁夫妇劝女儿，既然无子应趁着年轻时改嫁："常言道得好：'养儿防老，积谷防饥。'你既无儿，后来所靠何人？讲嫁这也是正事，何必这样性烈？竟自断发截耳，你莫错想，把你终身误了。"②至于因家境贫苦而卖妻，或卖妻葬父母的故事，亦不在少数，如《宣讲至理》中的《忍饥成美》《拒淫获福》，《最好听》中的《助夫显荣》《乞人去擦》《忍口获福》等。不过，那些因为改嫁而令婆母、幼子有银钱得养的人，多被忽视，即便在叙述中，都是以三言两语带过。如《千秋宝鉴·陈情表》中李密的母亲，小说只通过李密祖母之口，言其在灾荒年受苦，受到兄长的逼迫改嫁，"改嫁银钱拿养我，婆孙二人才过活"，故事更多则写祖母带孙儿之艰辛。

社会越是鼓吹节妇烈女，也就越说明当时还存在大量的改嫁者，否则，这种宣扬就失去了意义。上述节妇叙事表明，当时社会中为了女子自身幸福，或为了家庭能有钱财以度时艰，或因贪聘金而逼嫁者甚多。迫使女性改节的，有她们的父母、兄弟，也有公婆或叔嫂等。当她们贤名在外，也有人愿意出高价彩礼而娶的，并未因其是改嫁者而嫌弃。从诸多故事来看，与其说是社会让节妇守节，毋宁说是她们

①〔清〕果南务本子编辑：《照胆台》卷二，宣统三年（1911）新刊本，第42—43页。
②〔清〕王文选辑：《宣讲集要》卷四，光绪丙午年（1906）吴经元堂刻本，第27页。

自己将"节"作为评价自己的标准，将"节"看得特别重要，甚至当成信仰。从当时的社会现实来看，寡妇改嫁的也不少。王美英《明清时期长江中游地区的寡妇改嫁》一文指出，明清时期，"尽管寡妇守节殉夫成为社会的一种主流婚姻习俗，得到多数人的认可，但是民间仍然流行寡妇再嫁的暗流习俗"，在长江中游地区，寡妇再嫁较为常见，江西吉水甚至有抢孀恶习，导致其乡间有"大村无鳏夫，小村无寡妇"之谚①。陈剩勇亦撰文指出，明代"寡妇再嫁在现实生活中也属平常之事"，"在明代浙江，寡妇再嫁在民间社会其实还是相当流行的"②。当社会男女比例失调，因为生计困难难以娶妻时，寡妇再嫁广有市场。虽然人们对改嫁的寡妇有一定程度的歧视，但当父母、婆家及迎娶之人都不介意之时，这点歧视对于寡妇的生命及漫长的人生而言也就可以忽视。当两家亲人都不以孀妇改嫁为耻，迎娶者也不以她是寡妇为羞时，也就不存在遗两家之羞之说。尤其是特殊时期的改嫁可以救家人于水火，更不存在改嫁就是贪淫的观点。为了"节"的名（或面子），置父母所遗之身体而不顾，置公婆子女之养而不顾，甚至置子女生命于不顾，这种"节"就显得特别偏激，应为不孝了。

三、悖论的调和

从宣讲小说来看，大多数节孝故事的发生有一个共同的特点，即夫家处境艰难，如遭遇饥荒、家如水洗、亲人病危、老人死后无所葬等。在这些情况下，妇女们往往就是可供出卖的货物，通过自嫁或被嫁以获聘金从而度过时艰；或者丈夫不才，欠下赌债，卖妻偿还；或者

---

① 王美英：《明清时期长江中游地区的寡妇改嫁》，陈锋主编：《中国经济与社会史评论·2012年卷》，中国社会科学出版社，2013年，第18—20页。
② 陈剩勇：《理学"贞节观"、寡妇再嫁与民间社会——明代南方地区寡妇再嫁现象之考察》，《史林》2001年第2期。

父母嫌弃未婚夫家境贫寒而悔婚。夫家贫寒，为贞节发生提供了必要的环境，才会让女性在贞节之孝与顺从父母之孝之间进行艰难选择。"伦理两难由两个道德命题构成，如果选择者对它们各自单独地做出道德判断，每一个选择都是正确的，并且每一种选择都符合普遍道德原则。但是，一旦选择者在二者之间做出一项选择，就会导致另一项违背伦理，即违背普遍道德原则"，"一般情况下，伦理两难是很难两全其美的。一旦做出选择，结果往往是悲剧性的。当然，如果不做出选择，也会同样导致悲剧"①。作出选择，必然是对另一道德的背弃，不选择同样是悲剧。

　　也有力图调和二者的，但依旧不能逃脱悲剧结局。《救劫保命丹》中的《双孝亭》《苦节报》《曲全节孝》三个故事，讲的皆是因某种原因，女子同意改嫁，却于成婚时自缢。《双孝亭》中，冯义春家贫难以养亲，只有嫁妻养母，蓝家买之，妻崔月英假意顺从，却身怀利刃，欲拜堂时自缢。"媳妇无非顺婆之意，顺夫之心，嫁到蓝门，要做一个自缢全节，上对天地，下对鬼神，才遂媳妇之心，死在幽冥地府"，"一来婆婆与夫有安家之费，二则保全奴的节操冰霜，三来奴也落得个安葬风光，岂不是两全其美？"②《苦节报》中的徐翠娥夫家贫寒，丈夫无辜陷入官司，需要赔偿白银四十两，丈夫无法，想卖妻换银，翠娥想不嫁，但无有银两，丈夫难以出狱，而若夫一死，婆婆年迈无依，丈夫又无嗣，"不应承嫁得来，岂见夫一死不成，况夫妻年将三旬，脚下乏嗣，岂不是断了黄门香烟？应承嫁得来，婆婆年迈，谁人侍奉，是为不孝，况又失节于人，如何是好？罢罢罢，不免将计就计，应承出嫁，愿将身掉换银两，救出奴夫，也好侍奉婆婆甘旨"③。翠娥在得到嫁银六十

①聂珍钊：《文学伦理学批评导论》，北京大学出版社，2014年，第262—263页。
②《救劫保命丹》卷一，民国乙卯岁（1915）重刊本，版存乐邑松存山房，第14—15页。
③《救劫保命丹》卷二，民国乙卯岁（1915）重刊本，版存乐邑松存山房，第35页。

两后，自缢于花轿中。《曲全节孝》的情节亦与此类似，崔氏若不改嫁，则公婆、丈夫等皆饿死，"若论愚媳也是不改嫁的，但事在危急，权从公婆丈夫之命"，她也于轿中自缢。《宣讲集要·血书见志》中，张氏婆母染病身亡而家无余财，亲邻无从借贷，卖出青苗之钱也被盗。为能葬母养子，张氏叫丈夫卖了自己："我夫妻恩爱，虽然不忍割舍，然婆婆养育劬劳，原为今日计，今日死无衣棺，难道忍心害理，将婆婆光埋不成？""人生在世，上为父母，下为儿女。于父母能尽孝道，儿女自然昌达。于父母不能尽孝道，虽有儿女，亦难保其无恙。"陕西周客人丧偶而聘之，张氏却以热丧在身不与周某同宿，七七满后，想道："我若不寻自尽，定然有玷名节。若无为而死，又恐娘家不知，弄是生非，累及无辜，此越更不美。不如写血书一封，置之怀内，死后可以表我生前节操，兼之可以平娘家人争讼。"①随后张氏自杀。

　　以生命为代价的守节，让自己的生命消失，子女无母，令公婆在一定程度上承担自私利己之名且可能愧疚终身，亦让生身父母因丧女而悲恸万分，让续娶者人财两空，所以，它并不能算"两全"之法，更说不上"美"。

　　但也不是没有做到两全其美的。《保命金丹·节孝双全》开篇的诗赞曰："妇女每多心不坚，谁能节孝两双全。嫁身养老身无玷，留得芳名万古传。"卢梦仙进京赶考，传言身死，家里已经穷得揭不开锅，梦仙父母无法，将媳妇李妙惠改嫁盐商谢启。妙惠自缢被救，姨母劝她道："女子身随夫死，可谓节烈。虽然烈则烈矣，恐在九泉之下，不能无憾。独不思尔翁姑嫁你，非为别件，原想得银以救性命。你若不从，大失翁姑之望，孝在哪里？"姨母劝告妙惠到谢启家，从实告之改嫁原因及守节之志，若谢家非仁人君子，"强逼成婚，那时从容就死，

---

① 〔清〕王文选辑：《宣讲集要》卷一〇，光绪丙午年（1906）吴经元堂刻本，第37—38页。

一则公婆得银,孝也尽了;二则不失节烈,岂不两全其美!"①妙惠从其言,谢启母亲艾氏听闻实情及妙惠意志,又听她哭得凄切,认她为侄女,从此妙惠为谢家操理家务,而守身如玉,后卢梦仙回家,夫妻团圆。《千秋宝鉴·嫁身娶媳》中,房氏守节抚孤,儿子长大后,为儿子娶亲,亲家却嫌弃其家贫困,以聘金为借口阻难。"都为我儿未婚配,家贫何以娶妻回。男子无妻少中馈,无后断了香炉灰。"②为了能让夫有后,房氏以聘金三十两改嫁富翁魏某。拜堂后,房氏自杀被救,向魏某说明实情,魏翁深为怜惜,从此同居异室,有夫妇之名,而无夫妇之实。房氏为之操持家务,亦无二心。儿子成亲后,虽经历一番挫折,魏翁亦让房氏回至儿子身边,并免除了原来娶房氏所付出的聘礼。

　　宣讲小说中还有许多为脱离困境而改嫁者,她们并没有以死殉节,其中重要的原因,是在窘境中遇到了"贵人"。《仁寿镜·守训获吉》中,廖蛮子逼光典还债,光典欲将妻沈氏卖于廖,沈氏是节烈妇人,坚决不应,准备自杀,遇冯炜,冯炜将剩银八两给他们救急,全了光典夫妇。《善恶现报·君子成人完全夫妇》中,三元遭遇自然灾害,欠下官粮,母又身亡,只好卖妻朱氏,在朱氏面临别子别夫改嫁的情况下,舒太公看见,将两年教学所得银三十两与之,三元夫妻母子终不分离。在宣扬主人公仗义轻财的故事中,多有助人钱财令遭遇不幸的人免于卖妻而全人夫妻者,《宣讲大观·美报现施》《触目警心·五桂联芳》《自招录·公道娘子》《宣讲大全·疏财美报》《宣讲回天·阴骘状元》《脱苦海·仗义全贞》等故事中的主人公都是仗义疏财,使

①〔清〕岳西破迷子编辑,〔清〕果南务本子校书:《保命金丹》卷四,刊刻时间不详,第116、122—123页。

②〔清〕智善子校正,〔清〕善化善子参阅:《千秋宝鉴》卷三,同治五年(1866)同善坛刻本,第17页。

卖妻者免于夫妻分离之人。因有贵人相助,将要被卖掉的妇女也就没有了两难选择,全了节与孝。

诸多能两全其美的节孝故事,都离不开善人的参与。前文中崔月英因遇到赵正德、张贡爷,在二人鼎力相助之下,终于保全了崔氏贞节,养老之资也得以解决。谢启之母艾氏是个良善之人,愿意保全妙惠节操,这才能让妙惠养老与守节得以两全。倘若妙惠不是遇到艾氏,张氏所嫁之人不是良善之人,其他被卖妇女未能遇到救助者,这些妇人又如何能得以两全? 当然,也有得到神明保佑,让坏人受到恶报,让死者复活的,如徐翠娥本已经死亡,雷劈恶人,得以复活;盗窃张氏钱财的小偷遭雷劈,其夫黄益修冤枉得申,张氏在被人盗墓时还阳。复活者在官府断案时都断还本夫,一家团圆,衣食无忧。"导致悖论的要素问题如果可以解决,这样的悖论就是可以消解的。"①上述故事几乎都表明,两难处境得以解决的前提是能遇到善人,或遇奇异事件。但谁都知道,这种几率是比较小的。指望善人、神明的介入而调和悖论,与画饼充饥类似。也就是说,只要社会还存在着严格的节操观念,只要政府还在大力表彰贞节,套在女性头上的贞节镣铐就一直存在,在节、孝之间艰难选择也就一直存在,这也就注定了大多数节妇的悲剧命运。

第四节　宣讲小说中的其他伦理悖论

悖论具有普遍性,"以宇宙发展的历史眼光看,一切事物皆是悖论的。悖论具有无可争议的普遍性"②,只要世界上还存在着道德选择,就必然存在道德悖论。宣讲小说以宣传各种伦理道德为主要目

---

① 李本来:《判断:让悖论现出原形》,九州出版社,2017年,第381页。
② 张无说:《宇宙悖论原理》,四川人民出版社,2012年,第29页。

的,为了凸显某一伦理道德,必然导致对另一种伦理道德的弱化或忽视,甚至导致悖论。宣讲小说的伦理叙事,除了上述三种悖论,还有其他种种。

一、忠、孝之间的伦理悖论

"忠"字从中,从心,本义是尽心竭力,是对人、对事而言。随着时代的演变,忠主要表现在奴仆对于主人、臣子对于皇帝。孝则主要表现在子女对于父母。但在古代中国,"忠"与"孝"往往同用,原因在于最初家天下的社会中家国同构,朝廷就是家的延展,臣多为君王之子孙,故而臣、子并称。如《白虎通·丧服》:"臣之于君,犹子之于父。"①《礼记·祭义》曰:"事君不忠,非孝也。"②忠是仆人应有的职分(关于主仆关系的论述,见第一章第四节)。忠、孝并提,似乎是没有冲突的。忠对于君,体现了君权,孝对于父,显现的是父权,君与主是大家长,父是小家长,故忠、孝之间实际上包含着君权与父权、公与私的关系。通常这两者并不矛盾,但在特殊情况下,也存在两难,迫使人们必须在二者之间进行选择,尽忠则舍孝,尽孝则舍忠,选择其一必然舍弃另一。

宣讲小说大力讴歌孝,也极力宣传忠。但由于面对普通民众,所讲内容倾向于日常行为规范以及于民众中最应具有的道德,由此,故事中对有关官员事迹的讲述更倾向于围绕他们的日常。《法戒录》与《千秋宝鉴》中的《陈情表》取材于历史上李密的故事,亦从其文章《陈情表》铺展而成。小说先铺叙李密为祖母抚养长大,祖母教训李密应

---

① 〔清〕陈立撰,吴则虞点校:《白虎通疏证》卷一一《丧服》,《新编诸子集成》(第 1 辑),中华书局,1994 年,第 504 页。

② 〔清〕朱彬撰,饶钦农点校:《礼记训纂》卷二四《祭义》,中华书局,1996 年,第 714 页。

孝顺，小孝服劳奉养，大孝扬名显亲。故事未言李密对于蜀国的忠心，只说朝廷再三召集而他不应，专一在家侍奉祖母，"普天之下，莫非王土，率土之滨，莫非王臣，何必以我为贤，真真难坏人"①。为了拒绝征召，李密写下《陈情表》一文，小说将此文原文照录。知晓历史背景者，可以将此事理解为李密对故国不忘，而不知历史者，只看到李密为了祖母，满腹才学却不为国做事，可谓是尽孝而弃忠了。"寿昌寻母"这一故事在《宣讲集要·寿昌寻母》及《二十四孝案证·弃官寻亲》皆有之。朱寿昌身为知府，思念因被迫改嫁远方而不知下落的生母，遂辞官寻母："你在家休得要把夫挂欠，我非是慕禄尊不孝儿男。只徒想身荣贵名列上官，竟把这二双亲丢在一边。也不管他父母容颜改变，也不管他父母受尽饥寒。……细思想你的身从何出现，枉谓他拜金銮还在做官。"在寻母的过程中他又自思："儿虽然做了官手执朝简，也不过上致君下泽黎元。倘若是儿做官母受苦难，在一边受冻饿无吃无穿。岂不是为人子孝道有忝，到后来怎算得忠孝两全。"②从大的方面而言，为官是显亲扬名，可以归于孝，但毕竟臣子与君主之间没有血缘关系，在忠与孝之间，应孝道优先。《论语·阳货》云："迩之事父，远之事君。"③父母为亲，君为疏，亲疏有别。孔子、孟子、曾子等都是倾向于"舍忠而取孝"的④。在以孝治天下的社会中，李密、朱寿昌因孝道不应征召或辞官，实在是最不能被拒绝的理由，所以，李密安然无事，寿昌寻到母亲后，又官复原职。

---

①〔清〕梦觉子汇辑：《法戒录》卷二，光绪辛卯年（1891）明善堂新刻本，第 11 页。

②〔清〕王文选辑：《宣讲集要》卷二，光绪丙午年（1906）吴经元堂刻本，第 32—33 页。

③〔汉〕郑玄注，〔清〕刘宝楠注：《论语正义》卷二〇《阳货》，上海书店出版社，1986年，第 374 页。

④刘清平：《儒家从"不能用"到"受重用"的命运转折——"忠孝不能两全"的悖论解析》，《社会科学家》2018 年第 3 期。

士农工商,皆可为国尽忠,但在一般人心目中,忠主要是针对为官者而言。欲为官,先得读书应试,于是就有不少读书人远离家乡读书或赶考,却将孝敬父母的重任托付于妻子。《同善消劫录·负图寻夫》改自高明的《琵琶记》。《琵琶记》又名《忠孝蔡伯喈琵琶记》《蔡中郎忠孝传》,原作中,忠孝是人物的重要特征,在实际叙事中,蔡伯喈进京赶考几年不回,导致父母无所养而死,可谓是不孝。《负图寻夫》将叙事重心集中于赵五娘在丈夫离家后的寻夫上。蔡邕为功名进京,成为郎中后又被董卓招为女婿,而陈留地方大旱三年颗粒无收,蔡邕父母忍饥受饿又病死,丧事亦是在他人帮助下完成的。蔡邕离开三年,忘记了父母所言"积谷无非防饥馑,养儿防老养终身。但愿皇天开文运,我儿高中头一名。还须早早修书信,归家改换旧门庭。惟愿团圆重聚庆,免致二老长倚门",在京三年,已获功名,又娶娇妻,蔡邕完全可以写信归家,或者寄银钱归家,但他并未如此。身为尚书,既未为父母养生,也未送死,他归家后邻居光才骂他:"羊有跪乳恩,鸦有反哺义。奴才可以人而不如禽兽乎?"又引经据典,举子路告官犹且养亲,而蔡邕身为中郎,父母却"口吃野菜,身如絮纳,饔飧莫继,活活饿坏"。蔡邕以"忠孝不能两全"为由辩驳,张光才再驳斥道:"邀钟鼎之荣厚为养亲计",官拜尚书,就该为父母请诰封,或遣一车并两马迎接父母同享荣华。故事的开篇有诗云:"漫道扬名可显亲,得官失养枉为人。不知巾帼裙钗女,剪发描容动鬼神。"①诗在褒奖赵五娘之时,又是对蔡邕的批评。蔡邕在父母生时未能侍亲,在父母死后未能葬亲,生养死葬亏孝道,空负高堂教子心,即便真是为国尽忠,但孝道却是有亏的。《保命金丹·节孝双全》中的卢梦仙亦是如此。卢梦仙赶考不利,留在西山寺苦读三年皆未给家传音

---

① 《同善消劫录》卷七,光绪二十二年(1896)新刊本,版存仪南新寺场,第1—12页。

讯，有谣传说他死于京城，养老重任落在其妻妙惠身上。逢年岁饥馑，朝不保夕，卢翁夫妇只有嫁媳以得银才能活下去。然若梦仙不去赶考就无法实现忠，为国尽忠则无法在家尽孝。卢梦仙未能调和二者之间的矛盾，虽然后来官为巡按，仍不能否定他为求功名，双亲险些饿死的事实。

宣讲小说中，忠、孝的矛盾冲突特别明显的叙事体现在当主人有难时，臣仆在忠、孝之间的艰难抉择，其中涌现出很多可歌可泣之人。最感人的，莫如以身救主、殉主者。《维世录·莺刁头》中，柏生茂陷入人命案中，其子常青愿替父受刑，父子争相认罪，县官将二人一同收监。待发现人头可免一人之罪，生茂的奴仆崔道成见主受冤，"恨不能以身替祸，日夜焦愁"。他与妻子商量，其妻青莲甘愿割头救主。杂剧《赵氏孤儿》被改成宣讲小说《圣谕六训醒世编·尽义存孤》。赵朔遭奸臣屠岸贾陷害，他留下的一婴儿也不被放过。门客公孙杵臼因藏真婴而遭杀害，另一门客程婴以己子替代，将真正的赵氏孤儿抚养长大，然后报仇。《宣讲大全·忠孝节义》与赵氏孤儿有些类似。樊德馨拒绝了魏忠贤走狗的招纳，甚至与之抗衡，被诬陷下狱。为防止幼主遭害，德馨仆人柳芳将亲子贵元假充小主出首，另一仆人顾婴则抱着幼主逃走，抚养成人，教以武艺，最后复仇。以死救主的，还有《大愿船·忠魂报主》中的王大伦，《萃美集·玉连环》中的苏籍、苏华、苏荣、秋红、春香，《圣谕六训醒世编·阖府全贞》中的一众仆人，《仁寿镜·久冤得伸》中的老仆顾城等。《维世录·六姑娘》的故事与《维世录·莺刁头》类似，都是主人陷入人命案，仆人之妻主动割头报主。但此故事不同者，是妻为女性，与死者性别不合，最终只好杀子救主。这一故事，在《浪里生舟》中，标题即为《杀子救主》。忠心可嘉，然身非独为主所有，也是父母之身，为留主之后代或主人性命，以自己及子女生命为代价，于自己家庭及家族，则是大不孝了。"君子之事亲孝,故忠可移于君。"①不亲、不仁于子,不孝于自己父母,而能移孝作忠,似不可能。但在国家及主仆之间,为社会秩序建构的需要,统治者不能不宣扬忠,甚至将为国为主尽忠者作为大孝,将对父母之孝作为小孝,以图调和忠孝悖论,但舍孝而作忠,二择一的选择仍旧说明二者悖论的难以调和性。

二、复仇叙事中的伦理悖论

所谓复仇之"仇",不是一般的仇,而是有深切的怨恨之仇。"礼之所谓仇者,盖以冤抑沈痛而号无告也。"②导致怨恨的缘由很多,能被称为"复仇"的,通常指亲人被杀或被深刻侮辱导致身亡之事。孔子并不倡导以德报怨,而主张"以直报怨,以德报德"③。在《礼记·檀弓上》中,孔子在回答子夏如何处理父母之仇与兄弟之仇时说道:"(父母之仇)寝苫、枕干、不仕,弗与共天下也。"④在《礼记·曲礼上》中又道:"父之仇,弗与共戴天;兄弟之仇,不反兵;交游之仇,不同国。"⑤儒家家庭伦理文化赋予复仇正义性,"复仇因人之至情,以立臣子之大义也。仇而不复则人道灭绝,天理沦亡,故曰父之仇不与共戴天,君之仇视父","复仇之义乃生民秉彝之道,天地自然之理。事虽若变,然变而不失正,斯为常矣"⑥。复仇是子女或妻子的义务。

①〔唐〕玄宗注,〔宋〕邢昺疏:《孝经注疏》卷七《广扬名章》,《十三经注疏》(下),上海古籍出版社,1997 年,第 2558 页。

②〔唐〕柳宗元:《柳河东集》卷四《议辩》,上海古籍出版社,2008 年,第 65 页。

③〔汉〕郑玄注,〔清〕刘宝楠注:《论语正义》卷一七《宪问》,上海书店出版社,1986年,第 321 页。

④〔清〕朱彬撰,饶钦农点校:《礼记训纂》卷三《檀弓上》,中华书局,1996 年,第98 页。

⑤〔清〕朱彬撰,饶钦农点校:《礼记训纂》卷一《曲礼上》,中华书局,1996 年,第42 页。

⑥〔明〕丘濬编,金良年整理:《大学衍义补》,上海书店出版社,2012 年,第 219 页。

故此，吕思勉认为："复仇之风，初皆起于部落之相报，虽非天下为公之义，犹有亲亲之道存焉。"①章太炎《复仇是非论》认为复仇并不是上古野蛮之事："平不平以使平者，斯谓复仇。著者乃有亲属反兵之事，报之得直，固无可非也。"②在复仇正义思想之下，复仇叙事成为文学的重要母题。中国古代小说中的复仇叙事极为丰富，研究者多从复仇者的性别，复仇的对象、类型、方式，复仇者的心态等方面进行探讨，本处所关注的，是部分故事所体现的复仇方式及复仇对象的残忍性，以此来说明其中的伦理悖论。

　　宣讲小说认可复仇，但并不将一般仇怨归于复仇的范围中，一般仇怨属于"圣谕十六条"之"解仇忿以重身命"条，所以，并不是什么仇都要报复回去，或者复仇时进行滥杀。《宣讲集要·解忿愈疾》中，胡驼子被豪强王四豪污蔑串通匪徒，串合差役百般诈索，在一次受逼时他的心中十分气愤，欲火烧其屋，以泄积忿，忽闻堂中有诵经之声，想道："吾仇其夫，何忍杀其子母"，遂弃火而返。此故事又载在《最好听·驼子伸腰》中，对驼子改杀人之心写得更详细。驼子想自身驼背可能是前生不修，杀人结怨可能来生又结怨，忍耐的话，一则保重今生的身命，二则解了来生的冤仇，结怨原因不过为田土，"并非父仇不共戴天，兄仇不与同国，何必轻视身命，不思解释"。驼子以此之善而驼背得伸，由此故事可见宣讲者的态度。一般的仇怨应该解释，父兄之仇则另当别论。《上天梯·解仇证果》中，温如玉被马如飞殴打，其子温良暗想："我父年已半百，非小孩子可比，如此无礼，殊堪痛恨"，"父仇不共戴天，今马如飞殴打吾父，是吾仇也，愿杀而甘心焉"。如玉劝诫儿子，所谓不共戴天之仇，应是父兄被人枉杀之类，以饮酒而导致的殴打不属其中，倘若以此为仇而报复，则有可能"地邻捉去

①吕思勉：《吕思勉读史札记（增订本）》，上海古籍出版社，2005年，第392页。
②章炳麟：《章太炎全集》（第四册），上海人民出版社，1985年，第270页。

送官,问成抵罪,受尽十磨九难,不能脱身归家,父子不相见,妻儿不团圆"①。

　　宣讲小说赞成为父复仇,为夫复仇。《保命金丹·烈妇报仇》叙述恶人方六一贪图申希光的美色,设计害了她丈夫董昌的性命。希光为了给丈夫复仇,假意答应与方六一成婚。安排好儿子后,在洞房花烛夜,希光灌醉方六一及婢女而杀之,又大呼引来方六一父母,一并杀之,再呼方妻与其二子并家人速来,众人一时仓促之间,皆未防备,先后奔入,皆死刀下。在祭拜丈夫时,希光哭诉云:"杀却奸贼与奴隶,又杀父母与他妻。儿媳一同把命毙,管教奸贼断根基。且为乡邻出恶气,免留世上害群黎。他杀奴夫伤天理,奴灭他家理应宜。"②希光之言,固然有理,然而就小说来看,真正为恶的,是方六一自己,其他人即便也有为恶者,也不过是帮凶,而且被杀之人中也不一定没有无辜者。《醒梦晨钟·赠剑锄奸》讲述同一故事,希光所杀,有方六一及其父母,帮凶方勇、春秀,两房妻子及四个儿女,"希光不管好歹,一阵乱砍,如斩瓜切菜一般。可怜方氏满门,尽作无头之鬼"③。以一人之仇而杀人之一家及侍女,将全家灭绝,其中又何尝没有无辜者?该故事改自《石点头》卷一二《侯官县烈女歼仇》,两者主要情节大致相同。两篇宣讲小说与原小说一样,都是对烈女的赞扬。《保命金丹·烈妇报仇》开篇诗云:"漫道佳人尽可求,贞操不败鬼神愁。心如铁石超千古,舍命殉夫报大仇。"④小说在赞扬希光节烈之时,对其

①〔清〕岳西破迷子编辑,〔清〕果南务本子校书:《上天梯》卷二,同治甲戌年(1874)新镌本,第92—93页。

②〔清〕岳西破迷子编辑,〔清〕果南务本子校书:《保命金丹》卷二,刊刻时间不详,第46页。

③《醒梦晨钟》卷六,刊刻时间不详,溥化文社石印本,第89页。

④〔清〕岳西破迷子编辑,〔清〕果南务本子校书:《保命金丹》卷二,刊刻时间不详,第35页。

过分的杀戮行为没有丝毫的批评。《宣讲选录·节妇诛仇》中,庚娘的丈夫被王十八谋害后,她趁与王十八成婚时,先杀王十八,王十八已死,庚娘又杀其母。不过,比起希光,庚娘所杀之人少了一些,但王十八之母却是无辜被杀。该故事改自《聊斋志异·庚娘》,杀人数量及细节未经夸饰,但作者赞颂庚娘是"女中魁元","奇男子烈丈夫难与比肩"。《破迷录·二仙剑》中,魏长荣欲谋蓝引娘,将引娘父亲害死后又求娶引娘为妾。引娘劝母亲答应,"母应允了姻亲,儿方能近身,不然焉能诛此贼"。在杀死长荣后,她又想道:"他杀我父,要将他父母诛戮,方除我恨。"她与玉珠二人直入上房,只见魏翁夫妇蒙眬睡去,"引娘一个一刀,好似切瓜一般"。故事的结局是县官断案,判道:"魏长荣谋女杀父,心甚狼毒,死者无愧,其父母不能善教,与子一同身亡,罪有应得。蓝引娘复仇完贞,节孝堪夸,可算烈女,真真难得,各自具结完案可也。"魏长荣之恶固然是他父母不能善教而致,但不善教并不能构成被杀的理由。"女子完贞报父仇,枉自恶人逞奸谋。试观古来贪淫辈,家破身亡不到头"①,开篇诗直接言明故事的主旨,显然是彰节烈而忽视杀无辜了。《善恶金鉴·滴血成珠》属于其他类型的复仇故事。田豹为亡故的姐姐、姐夫报仇,到巴州府衙,"一刀一个,如切南瓜一般",先杀巴州县太爷及好诉讼的吴秀才、两个跟班儿,又杀赵秉兰两儿两媳及两孙。

《左传·昭公十四年》云:"杀人不忌为贼。"②《明史·刑法志二》亦云:"复仇,惟祖父被殴条见之,曰:'祖父母、父母为人所杀,而子孙擅杀行凶人者,杖六十。其即时杀死者勿论。其余亲属人等被人杀

---

① 〔清〕龙雁门诸子编辑并校:《破迷录》卷二,光绪丁未年(1907)新镌本,第77、80、87、90页。

② 〔晋〕杜预注,〔唐〕孔颖达等正义:《春秋左传正义》卷四七《昭公十四年》,《十三经注疏》(下),上海古籍出版社,1997年,第2076页。

而擅杀之者,杖一百。'"①《大清律例》规定杀人复仇应在杀人案发当时进行,否则即是犯罪:"祖父母、父母为人所杀,凶犯当时脱逃,未经到官,后被死者子、孙撞遇杀死者,照擅杀应死罪入律,杖一百。"②上述三位复仇的女性及田豹,完全有"杀人不忌"之嫌,依照律法,应当受刑。但在世俗社会乃至官府方面,并未有对这种行为的惩罚,三位女性中,希光自杀,却被请封旌表,建节烈坊;庚娘后被朝廷封为勇烈夫人;引娘因"节孝堪夸"无罪释放。根据律法,她们的杀人之行即便不被定罪,但也不值得大力表彰。田豹杀不义,也杀了无辜,却被视为草莽英雄。

　　按照中国传统观念,父仇不报枉为人子,但在特殊情况下若执着于报仇,又将违背另一伦理道德。《圣谕六训醒世编·恩解仇怨》中,苏继先之父因争买货物,被商人彭大成殴杀于市,继先自思父仇不共戴天,图谋为父报仇。他在天津受赵千陷害入狱,商贾苏大成仗义疏财,救下继先,并与之结为兄弟。后继先发现苏大成即杀父之彭大成,遂与妻商议:"父仇当前,不共戴天,意欲报仇,负彼救援之德。若不报仇,殊失子道,为之奈何? 莫如咱夫妻,舍此他往,情义两尽,或是一道也。"他告别大成:"我与兄有不共戴天之仇,若遇仇不报,是为不孝;杀兄复仇,又为不义。不孝不义,何以立于天地间乎?"③大成听闻欲死,将所积之财物,尽归苏生承领,俨若一家;又请僧道作醮超度继先之父,两家仇怨遂解。报仇为孝,解仇怨以重身命,也为孝。仇怨不解,必至舍身丧命,甚至还有来世相报,"然仇怨结之于本身者,倘不自解,则仇怨遗于子孙。有结之于生前者,倘不自解,则仇怨

---

① 〔清〕张廷玉等撰:《明史》卷九四《刑法志二》,中华书局,1974年,第2316页。
② 张荣铮、刘勇强、金懋初点校:《大清律例》,天津古籍出版社,1993年,第501页。
③ 《圣谕六训醒世编》卷五,宣统元年(1909)石印本,营口成文厚藏板,第5页。

结于身后"①。宣讲小说反复言不结仇怨，即使仇恨结下后也当消解，但复仇又天经地义，冤冤相报，仇怨又如何能解？且《唐律疏议》《大明律》《大清律令》等律法规定，祖父母、父母、丈夫等为人所杀，是不允许私和的："凡祖父母、父母及夫，若家长为人所杀，而子孙、妻妾、奴婢、雇工人私和者，杖一百，徒三年。期亲尊长被杀，而卑幼私和者，杖八十，徒二年。"②既要解仇怨，又不允许私和，其中存在矛盾。继先受大成恩义而不杀大成，是不孝，杀之是不义，坚持复仇，不符合"解仇怨以重身命"之圣谕；私和，又不和律法之规定。总之，《圣谕六训醒世编·恩解仇怨》故事本身就是悖论复合体。

由《聊斋志异·席方平》改编的《宣讲珠玑·孝子伸冤》亦是关于孝子复仇之事，它所体现的是另一种悖论。席方平为父申冤，由于官官相护，导致他在地狱遭受酷刑。即便如此，席方平仍坚持为父报仇，并坚定地告诉督院，他将上告于玉皇大帝。督院如是告诉他："本院看你一心伸冤，刚强不屈，必是一个孝子，惜乎未得尽孝之道，夫孝子身体发肤，受之父母，不敢毁伤。今尔历尽苦刑，亏体辱身，守身之道未尽，一不孝也。且父母去世，得土为安，人子不可停尸不葬，今尔一味兴讼，久停亲尸，于心何忍？此二不孝也。况尔家有老母，正当服劳奉养，以终天年，今尔久讼不归，使白发老母倚门而望，温清定省之道皆缺，服劳奉养之事未尽，倘一旦遇有不测，无人收殓，尸归何所，岂不成天地间之大罪人？此三不孝也。"③督院提出让他的仇人给他补偿三千白银以息讼，"一可以事奉老母，二可以安葬父尸，三可以保全身体"，这同样遭到席方平拒绝。宣讲者议论道：

①《缓步云梯集》卷三，同治二年（1863）刊订本，版存富邑自流井香炉寺，第13页。
②怀效锋点校：《大明律》，法律出版社，1999年，第157页。
③《宣讲珠玑》卷二，光绪戊申年（1908）经元书室重刊本，第8—9页。

各位！这督院大人劝方平这一篇话，突然听之似乎近理，不知此是和事人的常谈。若按正理论来，此话亦依不得。何则？孝子处事须分轻重，人子当父母受屈而死，必以伸冤复仇为重，一切身家事故，及己身之生死利害，皆当置之度外。盖父母之恩，碎身难报，正命以终，犹深哀痛。况死者负屈，既含恨于泉台，必生者舍身，务求伸于人世，庶几冤消怨释，生顺死安。不然，或畏难而惧死，或受贿而忘亲，或借口于停尸，可痛时势难敌，孤亲需养等语，以自覆其短究之，呼天抢地，夜鬼哭于秋坟，断骨残躯，薄棺埋于荒冢，人间之囊橐虽充，地下之精灵莫慰，所谓孝者安在耶？吾愿世之抱父母仇者，莫为此督院大人之言所误也。①

　　督院之言与宣讲者之言皆有其理，但二者是冲突的。督院从生者方面言孝，是对现存之母之孝，久停尸身不葬，也是对亡者的不孝。宣讲者之言更侧重于对死者之孝。此二段议论，原小说未有，由此却也可以看出人们关于复仇的两种不同观点。王安石《复仇解》中有言："可以复仇而不复，非孝也；复仇而殄祀，亦非孝也。以仇未复之礼，居之终身焉，盖可也。仇之不复者，天也。不忘复仇者，己也。克己以畏天，心不忘其亲，不亦可矣。"②席方平入地狱报仇，属于可以复仇而复仇，是孝；而他为了复仇而置母亲未养，自己未婚，一旦身死，是"复仇而殄祀"，是非孝。王安石关于复仇议论中最后的几句话，值得深思。

　　"古代中国的复仇，通常是用暴力形式来呼唤正义公理，它在破

---

①《宣讲珠玑》卷二，光绪戊申年(1908)经元书室重刊本，第9页。
②〔宋〕王安石著，唐武标校：《王文公文集》卷三二《复仇解》，上海人民出版社，1974年，第384页。

坏社会法制的同时,产生出激发人们以野性豪勇实现惩恶扬善目的的力量"①,希光、庚娘诛仇,的确是惩恶,但也过分了。然宣讲者侧重于她们的节烈,却忽视了复仇背后无辜者被杀的事实。《孟子·尽心下》曰:"吾今而后,知杀人亲之重也。杀人之父,人亦杀其父;杀人之兄,人亦杀其兄。"②孟子本意指不要轻易杀人,但"人亦杀其父""人亦杀其兄"话语的背后似乎表明,在当时的复仇中,复仇的对象除了仇人本人外,仇人的亲属也包含在复仇范围内。宣讲者铺叙作恶者之恶,赋予复仇以正义性,使复仇行为符合孝与节,并具有惩恶功能,但对仇人的亲人进行复仇,固然可以增加仇人的内心痛苦,却也有滥杀之嫌,不符合儒家"仁"的规定,也不符合圣谕"解仇忿"的宗旨及古代法律的规定。

三、赏罚叙事的悖论:以《十美图》为中心

宣讲小说与其他大多数小说一样,主张戒淫,不贪淫,要节制自己的情欲,不觊觎他人美色。"二八佳人体似酥,腰中伏剑斩愚夫。虽然不见人头落,暗里摧君骨髓枯。"此为戒色的重要警示诗。很多贪色之人无好下场,大抵说来,不外乎灭己身或致自己妻妾被淫。《石点头·犯淫变犬》云:"从来万恶淫为首,夫恶类累万,而乃以淫恶居首,何哉? 盖惟淫之为害最深,亦惟淫之得报至惨,故特首列之以为戒也。"③这些都表明宣讲者的态度,即赞成节欲,惩戒纵欲。

宣讲小说中很多不贪色的人物都获得了好报。《感悟集·王姓悔淫》载王大郎妻胡氏貌美,但大郎却总是觊觎他人妻子,一心想法

①王立:《复仇心态及中国古代文学复仇主题的审美效应》,《求索》1994 年第 5 期。
②〔汉〕赵岐注,〔宋〕孙奭疏:《孟子注疏》卷一四《尽心下》,《十三经注疏》(下),上海古籍出版社,1997 年,第 2774 页。
③〔清〕遵邑梓人张最善刊刻:《石点头》卷一,咸丰八年(1858)刊刻本,第 12 页。

勾引,将一份家业败得干干净净,胡氏为饥寒所迫,只得当暗娼养活家人。小说宣称"我去淫人妇,人来淫我妻,天理循环,报应不爽"①。《仁寿镜·贪淫显报》中,吕四与众人暗夜奸淫一女,谁知此女正是其妻。不贪色,乃至拒色,是"善行",贪淫则为恶,而行善可以得善报,行恶则得恶报。如《大愿船·远色登第》中,茅生读书于钱家,拒绝使女秋香的诱惑,且自此更加谨小慎微,后以其拒色而登科,另一士人李素梅却因奸淫佃户之女而被黜落。同书《贪色显报》开篇云:"色字当头一把刀,女身执票谓之嫖。许多贪色好嫖辈,几个能将惨报逃。"②故事中,吴少廉与邻居文科之妻银氏勾搭成奸,二人为长久在一起,银氏杀害了丈夫,后来事情败露,二人皆被处以死刑。

　　拒色得善报,贪淫得恶报,所报除了功名利禄外,还有女色本身。在恶报故事中,我淫人妻、人淫我妻的一报还一报的方式较多,可谓是以色惩色。《萃美集·七层楼》中,太爷骂春山行恶害人,娶妻妾六人而膝下无子,除了将家财一半充公,一半赎罪外,还命将他的妻妾由娘家领回另行改嫁,"以尝尔贪淫之报"。假如贞节真的那么重要,惩罚恶人的方法有很多,以坏其妻妾贞节之行惩恶人固然达到了惩淫恶之目的,但若其妻妾中有特别节烈之女,不亦害了她们一生?

　　在褒奖善行的故事中,《惊人炮·十美图》尤其值得一提。

　　《惊人炮·十美图》开篇云:"教训子孙有义方,燕山五桂姓名扬。试观姑息养奸者,得一房妻失九房。"其后的议论也与父母严格教育子女,不可溺爱相关,显见得故事的主题是劝诫父母要好好教育孩子,但该故事的重点却在"十美图"上。故事讲述花万钟年近四旬才得一子花天保,十分溺爱。花天保年十六中秀才,娶妻赵氏碧英,一

①《感悟集》卷上,刊刻时间不详,第 14 页。
②〔清〕岳西破迷子编辑,〔清〕果南务本子校书:《大愿船》卷三,光绪六年(1880)重镌本,同善会善成堂藏本,第 38 页。

年无子，又娶，四年中又娶元姑、桂英、翠香三美，共有四美。有人送《十美图》，天保视为座右铭，便思娶十美。后五年，每年娶一妾，分别是凤仙、艳姬、天香、王三巧、冯小脚，凑成九美，仍不满足。万钟苦口婆心劝诫，天保初犹遵循，十余日后旧病复发，偷偷跑到苏州，见陈兰英生得极美，趁其夫李奎不在家而得手。天保为了与兰英相守，假装落水骗过仆人，归家十余日又偷偷跑去见兰英，中途遇到李奎并与之结为兄弟。李奎抓到天保与兰英偷情，却放了他们，将兰英赠与天保凑成十美。天保与十美朝欢暮乐，酒色过度，不满三十而亡。李奎因妻子出轨，误了公事被罚，从此家计日下，沦为乞丐，乞讨到花家，被花万钟收为义子，得了天保的九位妻子，后生五子五女，又做到兵部尚书。在这个故事中，除了原配碧英为丈夫天保守节外，天保其余妻子可谓都是不贞之人，且艳姬、天香本为妓女，李奎全盘接受，独享九美。九美改嫁，在李奎是善报，在九女是失节。

　　惩恶以失妻，赏善以多妻，妻的贞节与否似乎不在宣讲者考虑之内。然而，当碧英要守节时，却被誉为"巾帼女流"，有"冰清玉洁""冲天志向"，并且"后来与尔抚子，建立节孝牌坊，万古留名"。其他改嫁者，各自生子、生女。花天保十妻中，只有兰英来得不正当，就因如此，天保的十美享受失去了正当性，故而年纪轻轻而死。李奎不杀失节之妻且将其送与自己的结拜兄弟，又因其他善行，故九美独享而高寿。《惊人炮·十美图》之悖论有二：一是同样享受多美，对花天保乃为纵欲而受惩，对李奎则为善报，多美究竟是纵欲还是节欲？二是若善恶有赏罚，众美失节却生子，究竟是奖赏贞节，还是惩罚贞节？

　　宣讲小说以宣传伦理道德、化民成俗为己任，其大力宣扬的美德故事背后却存在着众多的悖论。"伦理两难的前提是必须在两项正确的选项中做出选择。"①然而，从今天的角度看，即便处境极为艰

<hr />

① 聂珍钊：《文学伦理学批评导论》，北京大学出版社，2014年，第263页。

难,在割肉、杀子与奉亲,贞节与生命之间都不存在选择,更不存在悖论。"任何悖论的消解都必须是随着同一性事物自身的消亡而被消除掉。"①上述悖论的存在,是历史的产物。宣讲者之所以对极致的孝与节津津乐道,与清后期中国社会的大变革有关。当传统社会的文化受到西方文化的冲击,宣讲者尚未接受西方文化(或接受甚少)时,他们的救世,主要在家庭、社会、人与自然等方面展开,其强烈的救世心理,也有鲜明的时代特色,诸如对溺女、赌博、看戏、吸洋烟等社会问题的披露与批判。其中原因,一是自康熙之后一直提倡的宣讲举措,另一方面,诚如陈寅恪在《王观堂先生挽词并序》中所言:"凡一种文化值衰落之时,为此文化所化之人,必感苦痛,其表现此文化之程量愈宏,则其所受之苦痛亦愈甚。"②晚清社会传统文化衰落,深受传统文化影响的人,在国家行为之下,力图复兴儒家传统文化,渴求以道德救世。宣讲小说积极参与到传统伦理道德复兴的主流中传播传统伦理,然而由于时代的限制,其所传播的伦理中存在不少悖论。面对伦理悖论,宣讲者往往选择一伦理,悬置另一伦理,或者以神异的方式调和这一悖论。"大团圆"叙事虽然满足了民众的审美,但经不住推敲,这在一定程度上反而削弱了宣讲者刻意宣传的伦理道德。

①张无说:《宇宙悖论原理》,四川人民出版社,2012年,第37页。
②陈寅恪:《寒柳堂集·寅恪先生诗存》,上海古籍出版社,1980年,第6页。

第六章 宣讲小说"说—听"
模式的伦理传达

中国古代小说有两种基本生成方式。一是"写—读"式的书面文学,无论故事从何而来,经由作者写成后,成为书面文字,受众通过阅读获得故事,阅读者需要识文断字,有一定的阅读能力,作者与阅读者的交流不受时空限制。二是"说—听"式的口头文学,接受者通过听来接受故事,对受众的文化知识水平要求相对较低。口头文学作品经由书面文字保存,若未经文人化处理,或只是简单处理,依旧保留了口头传统,它仍然是或主要是口头文学。"口头性具有现场演述的特征,演述者与观听者总是进行'面对面'的即时交流,文本的生成是一种'演述中的创编'(composition-in-performance)过程,观听者可以直接参与文本的创编活动","口头性具有可复制性特征,口头演述的程式性、群体性等要素渗透到口头文本从内容到形式的各个层面"①。口头传统的首要特征是口头性,在特定场景中以口头的形式讲述故事。就目前所见材料来看,宣讲小说尤其是白话宣讲小说,它具有口头传统,亦带有明显的地方性。

---

① 郭英德:《"说—听"与"写—读"——中国古代白话小说的两种生成方式及其互动关系》,《学术研究》2014 年第 12 期。

第一节　宣讲小说的"说—听"模式

宣讲小说"宣"与"讲"决定了它的"说—听"模式,这需要说者与听者的共同在场的现实或预设,其受众定位主要是文化程度不高的乡民。以"说—听"作为基本的传播方式,说者如何说,听者如何听,都是说听场景中说者与听者共同关注的。在面对面交流的场景中,宣讲者特别重视语言的地方性,说话时与受众的交流性,故而宣讲时多采用方言、多第一人称限制叙事及叙事干预。

一、古代小说的"说—听"与宣讲小说的"说—听"

小说之"说",从"言"从"兑",古代的诸多小说都是由"说"及"听说"得来。文言小说集《夷坚志》中的诸多故事即是如此,如《赵不他》《天宁行者》为"光吉叔说",《升平坊官舍》为"爔说",《韩世旺弓矢》为"王外孙刘模说"。《聊斋志异》也有许多听闻而得的故事,如《蛙曲》《鼠戏》为"王子巽言",《鸲鹆》为"王汾滨言"。再如《阅微草堂笔记》,多有直言故事为某人所言者,如《滦阳消夏录六》有"宏恩寺僧明心言""先姚安公曰""莆田林教授清标言""戴东原言""阳曲王近光言""吴惠叔言""大学士伍公弥泰言""副都统刘公鉴言""族叔棨庵言""孙虚船先生言""福建曹藩司绳柱言"等。故事皆奇奇怪怪,显然是民间听说的反映,只不过以文言的形式,化民间听说为书面表达罢了。

宣讲有官方的,也有民间的。从雍正皇帝要求"直省各州县大乡大村人居稠密之处俱设立讲约之所"来看,宣讲更多地是在民间进行。因宣讲而产生的宣讲小说更是民间的。宣、讲有其名,便有其实,即宣讲者与接受者乃是讲、说与听的关系。宣讲小说面向普通民众,部分故事来源于下层民众,也有不少来源于文人文学,是兼有书面传统与口头传统的文学。"宣讲"决定了它出现在受众面前时,其主要形态是声音,以声音作为主要传播方式。即便文本中有部分书面语,到宣讲者那里,也将其改变为适于听众口味的声音。如果说文言小说是将来自民间的故事改为书面表达,化俗为雅,将"说—听"转变为"写—看",适应封闭空间场景以供"雅人"阅读消遣,那么宣讲小说则是将部分"雅"的(如来自《聊斋志异》《子不语》《夜雨秋灯录》等文言小说中的故事)变成"俗",将封闭场景的案头阅读有意引到开放场景中去说与听,同时又将由民间"说—听"而来的故事大致保留其原貌,甚至让它更俗,以便更适合听。宋元白话小说是在文言小说基础上形成的。《醉翁谈录·小说开辟》言小说家须"有博览该通之理,幼习《太平广记》,长攻历代史书。……《夷坚志》无有不览,《琇莹集》所载皆通。……须还《绿窗新话》"①。这段话中提到的《太平广记》《夷坚志》《绿窗新话》皆是文言小说。另有学者考证罗烨《小说开辟》中所提到的当时流行的小说,还有不少源自于唐传奇及宋代文言小说《丽情集》《青琐高议》《云斋广录》②。改编不是为了阅读,而是为了讲,即所谓"烟粉奇传,素蕴胸次之间;风月须知,只在唇吻之上"③。让人听的目的性,决定了小说"说"与"讲"的特质,并将其作为主要表达方式。一些宣讲小说集在其序言中即指明小说的说唱结合的特点。《宣讲拾遗》言及该书将采集的故事"演作俚言,一宣而人皆乐闻,不讲而人亦必晓。不拘乎地,不择乎人,不限以时,不滞以礼。宣之而如歌词曲,讲之而如道家常",这样的结果是"较之设学谨教,尤便于家喻而户晓也"④。《化世归善》《劝善录》《宣讲四箴》等

---

① 〔宋〕罗烨:《醉翁谈录》,古典文学出版社,1957年,第3页。
② 凌郁之:《走向世俗:宋代文言小说的变迁》,中华书局,2007年,第143—147页。
③ 〔宋〕罗烨:《醉翁谈录》,古典文学出版社,1957年,第3页。
④ 〔清〕庄跛仙编:《宣讲拾遗序》,光绪二十年(1894)刻本,第2页。

小说中,借用关圣帝君等神灵之口,规定宣讲时要将圣谕牌位放在香案讲台上,宣讲生宣讲时,要登台高声朗诵,讲的内容应通俗易懂等等。

既然是"说—听",说者与听者都是在场的。宣讲时有宣讲台,宣讲者在台上,听者在台下。《辅化篇》"凡例"所列举的宣讲条规规定,宣讲时的态度要严肃庄重,身心干净,声音要洪亮,不能讲错字,如有台上讲错的,台下指出则有"功";宣讲时,不论听众多少,都要讲,见听者多方才宣讲,见听者少便不登台皆属于"过";于听者,避免人多嘈杂,必须安静虔诚听讲,男女异处,坛台不净、男女混杂、童儿啼笑不禁等,皆是"过"。由于宣讲多在圣谕台或有宣讲台的地方进行(如《救世灵丹·谤圣遭谴》载:"见得街市上,高设讲台,宣讲圣谕案证。"),所以讲圣谕往往以"台"来计量,如"求你们众人请先生帮我讲一台圣谕"(《保命金丹·灶君显灵》),"今日这台圣谕,正合我们之事"(《跻春台·平分银》),"遂请他讲三百台圣谕"(《救世灵丹·谤圣遭谴》),"绍基为父叩许圣谕一百台"(《维世六模·鸣悫劝世》)。宣讲者对听众的称呼也往往是"位台""各台",通过这些称呼,与听众交流,发表对事件的议论,或者提请听众注意即将讲述的内容。故事开始后,宣讲者在诗词或议论完毕后也以之提醒听众,接下来即将进入故事的讲述,如:"位台宽坐,听愚下说一新案以证之。""各台不信,愚下试引一证言之。""各台宽坐,吾为一一言之。"宣讲小说《萃美集》的宣讲者在讲述故事过程中与听众直接交流时,特别喜爱用"位台",如《会圆寺》中用了四次:"位台!你看天有不测之风云,人有旦夕之祸福,这孝妇受尽千磨万难,尽心竭力……""位台!你看梅氏尽孝,正是福不双降,福不单行。""位台!你看这一家人哭得天昏地震,实难割舍……""位台!那吉平在那房中听见他母那一夜不哭到五更天明,不觉得喊了一声:'妈呀!'就大哭起来……"①《破迷录·破镜团圆》中用了五次此类称呼。以"各台""位台"称呼对方,在其他文学作品中极为少见,可以说这是宣讲小说的特色语言。

当宣讲广泛推行以后,宣讲场所就不仅仅只是圣谕台,庙宇、家里、市场等公开场所皆有之。《福缘善果·孝妇免劫》载邓国栋每逢朔望之期,"必请端人正士在公所宣讲圣谕"。《同登道岸·宣讲脱劫》写国栋得到《法戒录》《救劫新谕》后,"立意遵行宣讲,沿门劝化"。《宣讲集要·冤孽现报》载,冥王对李氏言:"若你回阳,劝听宣讲。"《法戒录·报四恩》言:"家中大小男妇,静听宣讲圣谕。"《闺阁录》中有一故事,标题即是《劝听宣讲》。这里虽未言明宣讲的场所,但按听者的女性身份,宣讲更可能乃是在家里举行的。宣讲时往往要搭一个简单的台子。虽然有台,但宣讲者却不一定再用"位台""各台"了,更多以"各位""列位""在位"称呼听众,有时为"各公""在座",如"各公不信,待我引个案证你听"(《结缘宝录·慢神受诛》),"今劝在座男妇,共以色淫为戒可也"(《大愿船·贪色显报》),"吾言及此,偶记起一个案证,说来与在座一听"(《万善归一·当妇人》)。称呼不仅具有指称作用,也具有交际功能,尊敬之语可以拉近听众与说话者的心理距离。通过相应的称呼语,宣讲者与听众所建立的台上与台下的关系本身即包含着礼仪。如果称呼不具备伦理性,受众就会产生抵触心理,宣讲者会受到质疑,宣讲的"道"难以落到实处。反之,听众在"各公""各台"的称呼中因感觉自己成为宣讲者的长辈或同辈而受到尊重,从单纯的听而变为潜在的对话者,由被动变为主动,在享受亲近的温馨与参与的乐趣中,愉快地接受圣谕宣讲。再如《宣讲最好听案证》,最初由西湖侠汉从众多宣讲小说集中采摘故事编成,原名为

---

① 《萃美集》卷一,民国三年(1914)新刊本,板存铜邑大庙场成文堂,第 5、8、14、24 页。

《瑶函式集》，光绪壬辰年(1892)湖南郴州所刻该书改名为《宣讲最好听案证》(十二卷，版心为"最好听")，光绪丙申年(1896)益元书局重刊本之名亦为《宣讲最好听案证》，其后一些书局重刊本的书名皆含"最好听"三字，如光绪戊申年(1908)上海锦章图书局刻印时的书名为《新编宣讲大全最好听》，但版心及书内标题仍为"新编宣讲大全"；民国十七年(1928)上海广益书局本的书名为《新编宣讲大全》，而书内标题及版心则为"宣讲大全最好听"。从书名的变化，可以窥见宣讲小说的"说—听"传播特色。宣讲者与听众在同一环境中的"说—听"性，或者宣讲小说为"说—听"服务的目的性，在小说对受众的称呼中得到充分体现。宣讲的内容不少就是案证故事，以故事言道理。可以这样说，大多数民众对圣谕及圣谕故事的接受，不是通过文字阅读，而是通过听圣谕宣讲获得的。

二、叙述视角的伦理功能

凡是叙事必有人称问题，不同叙事人称达到的效果不同。按照法国学者热奈特的说法，叙述者有故事内的叙述者，有故事外的叙述者。前者采用第一人称限知叙事，后者采用第三人称，是全知叙事。两种叙事各自具有不同的功能，有特定的叙事效果。戴维·洛奇(David Lodge)在《小说的艺术》中指出："确定从何种视点叙述故事是小说家创作中最重要的抉择了，因为它直接影响到读者对小说人物及其行为的反应，无论这反应是情感方面的还是道德观念方面的。"[①]叙述视角是为特定叙事目的服务的一种修辞技巧，在一定程度上体现了作者的价值立场与情感态度。全知叙事可以宏观掌控整个故事发展走向，而限知叙事则可更真切地揭示人物形态。中国古代小说的叙事，主要以全知叙事为主。

①〔英〕戴维·洛奇著，王峻岩等译：《小说的艺术》，作家出版社，1997年，第28页。

全知视角类似于上帝视角，全知且全能。叙述者依靠自己"上帝"的身份，不受时间、地点、人物的限制，上可入天堂，下可入冥府，甚至可以窥见人物隐秘的内心世界，对神灵何时入梦，梦中发生了何种事情等，都知道得一清二楚。全知叙事中，唯作者独尊，他可以安排任何人的命运，主导任何事件的发展走向，可以将人物随意塑造成他所希望的样子。与中国其他古典小说一样，宣讲小说依然是全知叙事占主导。《济世良丹·尽孝善报》在介绍人物时，通常的模式是总括人物性情、好恶。例如，白玉"赋性温良，孝心纯笃。在父母前，子职无亏。早问安，晚送睡，父母饮食亲自检点，冬温夏清，出告反面之礼节，从未大意。父母焦愁，他则多方宽慰，父母有劳，他则服劳相代。父母之令无一不从，而且敬兄爱弟，和睦妻室，常以父母之心为心，真可谓一世子矣"①。这段话，是对人物言行的全方位概括。白玉遭遇刀兵，死后被封为文昌院内纯孝真君。再如，《结缘宝录·现眼报》中的魏之卿是无恶不作之人，小说开篇介绍他因好吃被人称为"魏不饱"，自幼受父母娇惯，及至成人后，"杀生害命、徒贪口腹，性最狼毒，宰牛马、杀鸡犬、打龟蛇、淹鳅鳝、捞虾蟆、捉螺丝、焚山林、毒江河、打野枪、网鱼鳖，无论一切飞禽走兽，他见了都莫活的。他又当厨子，十余年所伤生命，少说个都有数百万"②。其近邻张元善则喜好放生，他劝魏不饱反被骂。后来魏不饱遭报，子死，自己眼瞎，妻子改嫁。除掉故事中的唱词部分，整个故事都在全知视角下展开。从这些叙事来看，人物性格及事件性质、人物最后的结局等，都由叙述者"客观冷静"地讲述出来，但在"客观冷静"之中，却蕴含着叙述者对该人物及事件的情感态度及道德评判，听众听着这些"客观冷静"的叙述，却也无法做到客观冷静。

①〔清〕古阳瓜开化子校阅：《济世良丹》卷上，宣统二年（1910）保善坛本，第18页。
②《结缘宝录》卷二，刊刻时间不详，第35页。

　　宣讲小说故事中的限知叙事亦占有一定比例，它往往与全知叙事紧密结合。从韵散来看，全知叙事主要用散体，限知叙事多用韵体，二者共同推进小说的伦理叙事。《济世良丹·尽孝善报》中，白玉死后成神，受到四圣帝宣召，故事的叙述视角便发生变化，由全知叙事变成限知叙事，白玉用唱的方式讲述父母养育自己时如何如何辛苦，贼兵来时情况如何，又如何死亡、得封等。《结缘宝录·现眼报》中，张元善被魏不饱打伤，在龙王庙哭诉，说自己如何劝善，如何被魏不饱打伤，向神哭诉冤屈。魏不饱受到神罚，儿子死亡，他痛哭讲述自己平素好杀生之种种，以及误杀己子的原因。妻见儿死，再哭诉养育儿子一路的艰辛，怨恨丈夫错杀儿子等。三个人的哭诉，都不约而同指向魏不饱杀生为恶及恶果，这些均使用了限知叙事。在限知叙事中，叙事者对他所了解的事件的信息及在事件中的情感，较之于他者更清楚，更可靠，其情感也更真实。在小说教化方面，第一人称的限知叙事的功能不可忽视。

　　每个人都有特定的社会身份，在具体的"说—听"模式中，说者的身份与听者的身份不是简单的说者与听者，而可能是父子、夫妻、兄弟、邻里、师徒、朋友、官民等各种关系。宣讲小说中，人物在教育、训诫另一方时，往往采用第一人称形式进行。《大结缘·悔亲报》就是第一人称用得较多的故事之一。朱光烈与林茂兴同做生意，结为儿女亲家，朱光烈患病将死，临终托付妻子王氏："（讴）承蒙贤妻来相问，听夫从头说根生。为夫未曾读孔圣，自幼贸易找钱文。摆个摊摊卖糕饼，兼卖糖食与零星。不幸双亲早丧命，送老归山一洗贫。求张告李谁助兴，才邀伙计林茂兴……"①这一段临终之言，较为详细地说明了他与林茂兴共事时二人各自的分成，结为亲家的原因，对林家

---

①〔清〕绥阳兴化堂晋阳江夏居士同刊：《大结缘》卷三，刊刻时间不详，第75—76页。

的信任，对妻子的嘱托等。话中的信息是全知叙事中未有的，因为是临终之言，叙事与情感也就尤其可靠。光烈死后，林茂兴反悔，先是赖掉一起获利之银两，进而悔亲。光烈之子小狗与母帮人佣工，小狗极孝，将所得之肉祭祀神灵，于土地神前祷告："朱小狗焚信香双膝跪倒，尊一声土地公细听根苗。一方中善与恶分毫知晓，五行内算起来你是老么。……领文凭镇此方威灵不小，林茂兴骗账项未报丝毫。尘世上淡泊人却也不少，惟有我朱小狗实在艰熬。恨的是我岳父天杀强盗，害母子受贫困莫有下梢……"①朱小狗的神前之语是其内心的活动，这种心理活动又将事件再次呈现。第一人称与神前祷告，再一次说明事件的真实性与人物的苦闷无奈。朱小狗三炷香的许愿，分别求神保佑母亲健康长寿、主人家牛马健壮、自己能挣钱养家。这是私下行为，愈见得小狗之忠孝及林家之不义。故事中，还有兆熊误解未婚妻珍珠，二人彼此的抱怨，都在各自与母亲的对话中完成。通过他们之口，二人相见并产生种种误会的情景也得到一一揭示。在珍珠眼中，兆熊鲁莽、火性大。在兆熊眼中，珍珠又丑又无规矩。二人悔亲，茂兴之女金花嫁与兆熊，兆熊家败落又患病死亡，金花悔恨，追忆从前在娘家的境况及父母悔亲另嫁，自己见兆熊心动，婚后兆熊如何因贪酒色、吸洋烟家庭败落，而朱小狗如何发达，自己如何悔恨等。这个故事中，光烈与王氏，朱小狗与土地神，珍珠、兆熊与各自母亲的抱怨，以及金花的悔恨都以第一人称叙述，在说与听的对象上，是夫妻、神灵与信仰者、母子（女）关系，有对话，有个人内心独白。所涉及事件，因自述而"真实"，所有的情感，因特殊的听者而真实，信任、忠孝、怨愤、懊悔等，都得到真实的展示。作品通过这些第一人称叙述，也就达到贬斥林茂兴、兆熊之目的，完成了"一诺千金万古传，休因微利起心偏。机谋用尽终无益，恶

---

① 〔清〕绥阳兴化堂晋阳江夏居士同刊：《大结缘》卷三，刊刻时间不详，第79页。

报临头悔枉然"的主旨表达。

　　叙述视角作为手段,根据作者的叙事需要而选定。宣讲小说多在叙述事件后,再通过人物之口补叙或重叙,且多采用独白型或对话型。在某些特定情境下,通过人物独白回忆往昔,陈述事件,抒发情感。前文《大结缘·悔亲报》中各人物的自忏、哭诉等,都属于独白。一般而言,限知型的内聚焦叙事比较真实可靠,人物的评价就是叙述者的评价。但是,由于限知视角的主观性,第一人称的限知叙事的可靠性与客观性可能会受到质疑。如何让限知叙事真实可靠?宣讲者通常将限知叙事放在特定时间、特定场合、特定关系中实现,放在内心独白、祭祀时,或放在父子、夫妻、兄弟这些特定关系中完成。只不过,他们的独白,通常是在呼天抢地的哭诉中,在向神灵的祈祷中,在深更半夜时的吟唱中表现。特定时间、场合、对象等,排除了外界的干扰,事件的真实性及情感的抒发才能真正的"真实"。多层面的零聚焦与内聚焦,使故事的伦理性更强。"每个内部的叙述故事都从属于使它得以存在的那个外围的叙述故事"[1],前文《大结缘·悔亲报》中,关于悔亲谋财,首先是全知叙事,零聚焦叙事揭示林、朱二人的交往及结为亲家之事。接下来是多个内聚焦。朱小狗对神的祭拜中含有怨愤,金花的独白中含有懊悔幽怨,二人的内心独白,皆阐明林茂兴悔亲害人害己。同样,兆熊与珍珠对同一事件的不同态度的内聚焦所呈现的事件,一见兆熊只重外貌,一见珍珠对性情的看重,二人所重不同,品性亦不同,婚事自然不能成,其结果也大不同,一善报,一恶报,共同阐明小说"悔亲报"的主旨。也有几乎全用限知叙事的,《东厨维风录》中的故事几乎都是如此。其中,《灶君显神》除了故事开头引古语 27 字外,其余完全是"余"的自叙,讲述自己昏迷中所见

---

[1] 〔以色列〕里蒙—凯南著,姚锦清、黄虹伟等译:《叙事虚构作品》,生活·读书·新知三联书店,1989 年,第 164 页。

的灶君显灵，告诉造成"余"所遭不幸的很多原因皆是因自己丧德败行；再如《疯颠和尚》由黄复兴讲述文升遇道人传《维风录》一事，结尾补记："黄复兴自记。"显然，该故事全为限知叙事。

　　用叙述视角审查女性行为，亦可发现很多有价值的东西。利用全知视角聚焦于对女性行为的道德评判，表现出男性的自我中心意识。全知叙事中，小说中的多数女性要么好，要么坏。她们或者是高高在上的纯洁圣女，或者是荡女悍妇。但采用限知叙事，内聚焦于女性内心的情感表达，可以看到她们丰富的情感世界。宣讲小说中，将视点人物聚焦于节妇、烈妇，充分地表现了她们的心理感受，而这种心理感受愈强烈，就愈加突出其节与烈，以第一人称叙述，却也有意无意地表达了对女性内心的关注，表现出她们作为母亲、妻子、女儿的内心世界。《福寿根·全节雨》中，春茂爱风花雪月，见到朱寡妇，想法谋之为妾，其妻左氏闻之大怒，便大声叫骂。所骂之内容，有春茂曾经如何求娶于她，如何讨好于她，成婚后春茂变心，"你想把我不上算，丢我一人受孤单。这回背时怕不浅，剖命与你要横砖。越骂越忧越生厌，先踢煤鬼几脚尖。再用口水唾尔面，不准你擦要阴干。非怪我今来作贱，看你把色贪不贪"①。从这一段唱词，可见左氏的往昔，以及她丈夫纳妾后自己孤单与愤怒的心理。同故事中，谢秦氏的丈夫死后，她被婆母逼着改嫁，夜深人静，自缢前她又有一段哭诉，其内容有夫死子幼，春茂逼婚、自己如何逃脱，如何进退两难，欲全贞自缢，不舍幼儿、婆母、父母等。站在全知视角，这是对节烈的讴歌，对悍妇、妒妇的鞭笞，但站在女性角度，以第一人称进行限知叙事，则表现出女性主体强烈的情感，在生命与伦理矛盾冲突中的取舍、抗争或妥协。在这种限知视角的叙事中，主人公的生命感受是强烈的、感人的，听者由此所得到的道德感知也是激烈且感人的。但前者之感人

━━━━━━━━━━━━━━

① 〔清〕沐诚子著：《福寿根》卷一，光绪丁亥年（1887）新刻，第45页。

与后者之感人是两个层面的东西,前者是小说人物生命本真情感之感人,后者是道德生命之感人。前者建立起生命本身的不易,是对生命本身的认同与眷恋,以及在生命与道德抉择中的两难;后者则是文学审美,以道德生命消解了身体生命本身引起的震撼。限知叙事一般不会一直持续到故事结束,最终还是要转到全知叙事。由第一人称转化为第三者讲述,个体生命本身次于道德生命,道德生命甚至取代个体生命,叙述者力图阐释或建构的道德伦理经由人称变换最终完成。

三、叙事干预与叙事伦理

叙事干预是古典小说中常见的现象。"叙述者干预指的是叙事过程中叙述者对人物、事件,甚至文本本身发表评论的叙事现象,具体表现为叙述者对于所讲述的事件、人物发表看法、见解与评价。"[1]叙述者干预有两种,一是对叙述的干预,即话语干预,主要针对形式,也就是叙述者自身的叙述干预;二是对故事的干预,指主要针对内容的干预,也就是公开的评论。对故事的干预包括四种形式:解释、判断、概括,以及具有作者自我意识的叙述[2]。宣讲小说是交流型的小说,宣讲者在讲述故事时,开篇以全知视角交代故事,对人物品性、事件性质予以定性。其后,以全知叙事与限知叙事再对定性的人、事进行补充。但作为道德教科书来讲,这还不够,还需要进行叙事干预以强化人、事的伦理意义。

话语干预不是故事的构成部分,没有这些干预部分,并不妨碍故

---

[1] 伍茂国:《从叙事走向伦理:叙事伦理理论与实践》,新华出版社,2013年,第136页。

[2] 伍茂国:《从叙事走向伦理:叙事伦理理论与实践》,新华出版社,2013年,第138页。

事的完整性。在拟话本小说中，入话诗、开篇议论、头回、故事结尾的"以诗为证"，以及《女才子书》中"烟水散人曰"的开篇、"钓鳌叟评"式的他人评论，《聊斋志异》结尾的"异氏史曰"等，都属于此类。就文本形态来看，有些宣讲小说集前面大量的神佛谕旨也可算是叙事干预的一种。就单个故事来讲，部分宣讲小说集中，一些故事前亦有神佛谕文。《辅德嘉模》是一种类似长篇而实为短篇小说集的宣讲小说，每一回中皆有某仙官至的情节，然后是仙官之诗，这些诗并不一定与道德教化相关，如第二十二回《完大节忠贞独抱，造小反刑罚交加》前有镇坛正副二真官、侍驾仙官、保坛王马二天君、廖将军各自所作诗一首，内容都与降临之时的夜景有关，且都提到珍惜当下。马天君、廖将军的诗还有劝人之意，如"疚心内省问初衷，善恶分明月在中"，"善人为善月初圆，切莫慌忙看眼前"。结尾，是回坛诗，以"诗曰"引出，与一般通俗小说"有诗为证"类似："老来陈戒在贪得，贪得弗得成反贼。圣训昭昭不体行，诛心狱内受刑墨。"①但与通俗小说的末尾诗相比，宣讲小说末尾诗的劝诫之意更浓。"诗歌作为文体，在中国文化的文类等级中，其'真理价值'远远高过叙述流本身所使用的白话散文。'有诗为证'这套语本身就说明这些诗是从高一文化层次对叙述进行说明。"②不少宣讲小说都有开篇诗，中间亦有很多的诗赞，此外还有由"正是""真个是"等引出的一些带有一定诗歌意味的俗语、谚语、歇后语等，都表达了某种"真理价值"。

　　总体来说，话语干预虽不是故事的构成部分，却对故事的叙事伦理有主导作用。宣讲小说大量的干预性话语，奠定了故事的伦理指向，它引导听众听故事时不要随意发散思维，而是要朝着干预性话语

①〔清〕阳瓜慎独子参订，〔清〕阳瓜辅德坛校刊：《辅德嘉模》，刊刻时间不详，第1、8页。

②赵毅衡：《苦恼的叙述者》，四川文艺出版社，2013年，第48页。

的指向进行思考。"作者权威在场的视点形式有利于伦理立场和观念的表达与评价,而且一般而言不易产生内在价值的冲突与矛盾。即便人物之间在伦理上出现轩轾,也终将经由叙述者干预等方式对叙事加以调整,从而使不同的伦理意识在作品中形成有机的价值整体。"①听众的道德感知并不随意,而是受干预性话语的约束。

开头与结尾的话语干预,使听者从头到尾都处在宣讲者的道德控制范围内。仍以《大结缘·悔亲报》为例。其入话诗曰:"一诺千金万古传,休因微利起心偏。机谋用尽终无益,恶报临头悔枉然。"诗后有阐释议论:

> 这几句格言说与朋友交,言而有信,要如古季布一诺千金,毫不改移,方才全得这个信字。无如今世之人,靡不有初,鲜克有终,往往知有财利,不知有朋友,不但言不顾行,反要定计设谋,做出那些灭理丧心事来。及至报应临头,万事成空,那时方悔,亦无及矣。我今不辞琐碎,且引一件故事,说来与大众听听。②

故事的结尾是总结性议论:

> 嗟乎! 林茂兴那是谋财,明与朱小狗积财耳。费尽多年辛苦,小狗偏享现成。从头思想,有何益哉? 安葬毕,小狗领岳母奉养,家业愈加富豪。后珍珠所生二子,一文一武,皆夫妇尽孝之报也。金花亦生一子,永享富足。
>
> 从此看来,林茂兴以失信骗财而终不得其财,周兆熊以失信

---

①伍茂国:《现代小说叙事伦理》,新华出版社,2008 年,第 154 页。
②〔清〕绥阳兴化堂晋阳江夏居士同刊:《大结缘》卷三,刊刻时间不详,第 74 页。

　　弃妻而终不得其妻。可见这个信字,是断断少不得的。①

结尾的议论,是对故事的整体定性,善恶褒贬自在其中。因为是紧扣故事而下论断,每个评论,都似乎是恰当的,也能引起听者的精神共鸣,达到劝诫效果。

　　叙事干预主要在故事中,依据叙事情况,灵活插入说话者的主观评价即所谓解释、判断、概括,或者评论人物的性格特征(这往往与全知叙事对人物事件的总体偏向性评价相同),或者对事件性质进行评论。

　　对人物的评论。《石点头·窃贼经官》言:"匡龙闻得此信,前去一看,果如天仙一般。有诗为证:风流情态几多般,漫道生成画也难。身截巫山云一段,眉分银汉月双塆。行来只道花移步,看去方知玉作颜。莫讶歌声能快意,琴音几动大罗仙。"②"有诗为证"在古典小说中经常用来描写、评价人物。此处将描写与评价融为一体,但还缺少明显的道德评判。《万缘回生集·梅花枪》则不然:"列位! 你看花公子与李二捏词妄造,害得那伍步云夫妻这般伤惨,岂无报应? 真个是:谗言谤坏君子,暗箭射死好人。"③同样是叙议结合,"捏词妄造""害""报应"三词为事件定性,再引用俗语,增强情感态度。

　　对事件的评论。如《保命救劫录·如意扇》道:"各位! 这沧溪县的太爷想得如意宝扇,不辞银两,方才到手,就遇火烧新造的衙署,花银一万之数。一时之错,悔何及矣。正所谓:物各有主莫用夸,何必

---

① 〔清〕绥阳兴化堂晋阳江夏居士同刊:《大结缘》卷三,刊刻时间不详,第 90 页。
② 〔清〕遵邑梓人张最善刊刻:《石点头》卷四,咸丰八年(1858)刊刻本,第 2—3 页。
③ 《万缘回生集》卷四,刊刻时间不详,第 7 页。

一时心偏料。妄贪宝扇遭火厄,善恶之报果不差。"①这段文字以夹叙夹议的手法,解释了县太爷为"物"惹祸,在对事件的解释中含有对县太爷行为的批判。事件因人而起,故在评论事件时,也兼评人。《福善祸淫录·双生贵子》叙刘元普助孤,接下来插入议论:"有诗赞刘公云:故旧托孤天下有,空函认义古来无。世人尽效刘元普,何必相交在始初。"②诗赞刘元普之行,亦是在赞刘元普其人,同时,又劝导世人,以之为榜样。

对社会现象的评论。《绘图福海无边·义鼠盘粮》曰:

> 又道是:上山擒虎易,开口告人难。那有钱的亲戚,见得年岁不好,算定那淡泊的,要去皮绊他,就预先躲在屋里,不肯会面。你就去借,岂不是走条空路,即或途中遇着,向他借贷,他说起比你还难些,看你怎好开口。若对那些淡泊亲戚借,正是愁人莫对愁人说,说起愁来愁更多,更不便于起齿。像位台家富余足,若遇着这样年岁,正好积德修阴,舍施钱米,以培将来之福。你若存心救人,上天自不负你,明中舍施,暗中自然要填还的。切莫只图自了,以干天怒。③

这段议论,是就借债而生发。穷人借债过程中遇到的种种,都是社会普遍现象。但宣讲者却借此现象,劝导富人修德。

总之,无论是开篇的诗、入话的议论,还是故事中插入的有关评论、结尾的"卒章显志",都是叙述者的现身。各种形式的叙事干预不但显示了叙述者对故事主题的掌控能力,对道德主旨大力宣扬所体

---

①《保命救劫录》卷三,刊刻时间不详,第26页。
②〔清〕明心子手著:《福善祸淫录》卷一,刊刻时间不详,第17页。
③《绘图福海无边》卷四,民国元年(1912)重刻本,第25页。

现的道德感,亦可因人因事而发表感慨,进行评价,传达人生感悟、价值观念,总结经验教训,以为世人之鉴。

第二节　"说"与"唱"的伦理追求

　　在"说—听"的现场语境中,"从俗"是宣讲的必然要求。诸多小说在其序中反复阐明它的通俗性。《缓步云梯集》的叙言当时的劝善书"其语涉鄙俚,词近讴歌";《劝善录》中假托赵大真君所作的叙言及小说所集之案可作榜样,"莫言粗俗不雅,歌词大有关系,须知雅俗共赏,专在提醒痴愚"。《万选青钱》"其意浅,其词俗",宣讲时"必须声音嘹亮,情词恳切,喜怒哀乐,传其神气,自能动人,不可信口说过,亦不可游戏"。这些都说明宣讲小说说唱结合的特点。晚清宣讲时的说唱状况现今已不可见,但从《中国曲艺音乐集成·湖北卷》所载传统汉川善书的程式和用乐可见一斑。汉川善书的传统程式有请台—搭台—开台—讲书—收台,其中只有请台、开台时无乐①。

　　一、充满地方意味的"说"

　　说与唱是宣讲小说主要的表达方式。说的部分,主要是宣讲者的讲述,用以讲述故事,发表议论;唱的部分多是小说人物陈述事件、抒发情感,多为诉告、悲哭及谆谆告诫。何时说,何时唱,案证中多有提示。在文本中,说的部分少有明显标识,但有些宣讲小说集却刻意在段首标明"讲",以提醒宣讲者(或读者)下文的表达方式;唱段部分,大多低于说段部分两字,标记很明显,有的则在内容前标上"唱""讴""歌""哭""宣"等词。如《同登道岸》中,《地土搬家》叙述大远死,其妻痛哭的内容,以"讴"字引出;《修路获妻》中,众人修路,一起喊口

---

①李莉:《清代圣谕宣讲仪式用乐与说唱善书的兴起》,《歌海》2021年第1期。

号的内容,以"唱"字引出,而对贺全病愈改颜,其母欣喜异常,对儿子说的内容则以"讴"字引出。《宣讲拾遗》中,"讲""宣"同用,"讲"的内容多为散体,"宣"的内容多为韵体。

以大量的方言讲说案证,是宣讲小说的特色,以故,岭南宣讲小说中多粤语,西南宣讲小说中多西南方言。如岭南方言宣讲小说《俗话倾谈·横纹柴》中的两段语言描写:

> 一日,骂次子二成曰:"二成,你个乞食骨,你个盲虫头,你咁样做仔吗? 你睬你老婆咁大胆,遇时咒骂你,做丈夫总唔喝佢一声,打佢一棍,问你点解?"二成曰:"炬又冇得罪我,打佢做乜呀!"横纹柴曰:"照你讲来,唔使拘管佢,由得佢刻薄老母吗?"二成曰:"你原果亦系多气。我前者大嫂,你话佢唔好,如今我老婆,你又话唔好,唔知那一个中你意呢! 我老婆自己语好,我都语佢几好。"①

> 唔通都系铜银,伯爷真正系唔好人咯。佢所用之银,闻得俱是好的。我所用系假的,分明欺你愚蠢。你快快要佢换过。佢唔肯换,你唔怕共佢打,料得佢系教馆先生,有你咁好力。佢若不服,我走到佢屋内,睡倒地上诈死,怕佢唔换么!②

咁、佢、唔好、唔肯、乜呀、系等,是典型的粤方言。这些人物的对话,充满浓浓的广东味道。

很多在西南地区刊刻的宣讲小说,则会使用大量的西南方言。

---

① 〔清〕邵彬儒:《俗话倾谈》,林鲤主编:《中国历代珍稀小说》(2),九洲图书出版社,1998年,第272页。
② 〔清〕邵彬儒:《俗话倾谈》,林鲤主编:《中国历代珍稀小说》(2),九洲图书出版社,1998年,第278—279页。

如《惊人炮》前有《宣讲百子歌》,二十六个十字句,每句中皆有"子";
故事《贪嫖报》描绘妓女勾引浪子:"女子手里拿张票子,一见瓜娃子,
他便丢意子,专于引倥子,去进他门子。热了你心子,舍得花银子,与
他缝衫子,又要打簪子,天天去吓子,俨然两口子。搞成穷舅子,他才
一炼子,挪起像猴子,去见阎王老子。"①再如《指南镜·芙蓉镜》写兆
蓉沦为乞丐后与叫花婆的对话:

> (告化婆)后面跟一告化女,年二十岁之谱,脸是麻子,眼是
> 瞎子,背是驼子,脚是蹄子,臭气难闻,也来在此处投宿。告化婆
> 问道:"你是谁人,为何在此涕哭?"兆蓉道:"我姓魏,是个秀才,
> 因暂时落魄。"告化婆道:"你是个做绣鞋的,还做得脱白,我女现
> 莫得鞋穿,卖一双我女穿罢。"兆蓉道:"不是的,是个秀士。"告化
> 婆道:"你是那个的舅子?"……良久问道:"你女会不会做鞋?"告
> 化婆道:"会做,我去年买三尺布,喊他做鞋,做到今年才做起一
> 个,实在做得姑苏,打子插花,件件都能,就是一双眼睛不看见。"
> 兆蓉道:"你女一天讨饭,讨得好多?"告化婆道:"一天讨得到一
> 二十碗,我女人材又好,个个都肯打发他,就是一双脚杆走不
> 得。"兆蓉道:"你女晓不晓得存留?"告化婆道:"晓得存留,我前
> 年买斤棉花他纺,今年还未纺完,尚在背箕内面,怎么晓不得
> 存留?"②

这段对话连用"子"言女之丑陋,又结合老婆婆年老可能耳背,将

①〔清〕果南务本子编辑:《惊人炮》卷一,民国三年(1914)铜邑成文堂新刻本,第
59页。
②〔清〕广安增生李维周编辑校阅:《指南镜》卷一,光绪二十五年(1899)新镌本,
板存广安长生寨,第12—14页。

"秀才"作"绣鞋","秀士"作"舅子",言及女子的能力,都是欲抑先扬,方言与谐音,导致对话诙谐幽默,令人发笑。《惊人炮·嫌夫报》中,唐氏的奸夫对刘木匠说话以洗白自己:"刘师夫饮酒宽坐,且听我细把话说。因前番前门径过,师夫娘把我撞着。请缝衣焉敢难躲,绿布衫要盘四角。见你家少爷一个,眼眙眙手有十锣……"①这段话一共二十四句,按照方言都押"uo"韵,且重复者少,其后押韵之字分别为我、磨、错、阁、多、左、锅、祸、坨、破、簸、割、妥、壳。唐氏亦为奸夫辩解,也是句句押韵:"奴的夫你可听话,祝裁缝今把钱批。称鱼肉又把酒打,来洗心臭名不爬。妻制衣不为起假,无非是好走人家。夫出门一番大骂,是谁人乱嚼牙䶗。夫听得便把脸䶩,就把我数一吧哪……"②其后每句的韵脚分别为骂、䶗、䶩、哪、大、瑕等,皆为"a"韵。句句押韵,读来朗朗上口,也可见二人的巧舌善辩。《挽劫新编·坛装逆妇》用六字句描绘一懒惰妇人在"妇容"上不加修饰:"睡倒日上三竿,还在床上摊起。鼻子像吹叫筒,铺盖紧紧扎起。婆婆喊了数次,方把眼睛估起。一步跳下床来,衣裳还未扣起。不在房内收拾,一双奶子吊起。头上发髻钵大,长毛肩上吊起。脸上不搽光生,四它眼屎巴起。脚带挽做一匍,裤脚地下扫起。长衣大袖不扎,两块大卦捏起……"③上下两句构成一整句,整段话共三十二整句,除了开头两句,其余都以"起"字结尾,通过动作神态的描绘,一个懒散不重修饰的女性形象跃然目前。上文中,十锣、起假、嚼牙䶗、䶩、一把哪、摊起、估起、光生、巴起、一匍,皆是西南方言,于当地人而言,听着极为亲切。

----

① 〔清〕果南务本子编辑:《惊人炮》卷一,民国三年(1914)铜邑成文堂新刻本,第81页。

② 〔清〕果南务本子编辑:《惊人炮》卷一,民国三年(1914)铜邑成文堂新刻本,第82页。

③ 《挽劫新编》卷二,民国丁巳年(1917)刻本,第2页。

　　西南宣讲小说中的方言极为丰富,如说礼物为"礼信",强迫为"估住",结果为"煞搁",以为、认为是"默倒",暗中使绊子为"过脚",其他如:

　　　　《宣讲珠玑·作善团圆》:他父母见他拿些灯影木人,即忙说道:"这是当年你兄弟凤生耍的,切莫弄坏了,是点意念。"①(耍:玩;意念:留下的念想。)

　　　　《渡人宝录·哄医疤子》:这个背时婆娘,你把老娘骂得刮毒②。(刮毒:刻薄,恶毒。)

　　　　《醒世录·石头报》:萧氏骂夫莫答煞③。(莫答煞:差劲,无聊。)

　　　　《赞襄王化·忍辱全孝》:话虽如此,不知他心思如何? 于是乘着无人,就说些不中听的话,来试媳妇的钢口,那知许姑是个有节操的女子④。(钢口:厉害)

　　　　《福善祸淫录·双大刀》:"造死的杂种,你把我比着件婆娘那样蠢,叫来试个火色吗。"⑤(火色:厉害。)

　　　　《福缘善果·疑奸杀父》:若有人请他论理,动辄恶骂不休,武断乡曲,阄揽词讼,搕诈钱物,实在恶得起侠⑥。(起侠:凶狠)

　　　　《辅世宝训·名利双收》:你这两个相公,姿质太癫了⑦。

---

① 《宣讲珠玑》卷三,光绪戊申年(1908)经元书室重刊本,第 64 页。
② 《渡人宝录》卷二,刊刻时间不详,第 86 页。
③ 《醒世录》卷一,刊刻时间不详,第 57 页。
④ 《赞襄王化》卷四,光绪六年(1880)新镌本,板存四川夔州府云邑北岸路阳甲培贤斋,第 27 页。
⑤ 〔清〕明心子手著:《福善祸淫录》卷四,刊刻时间不详,第 58 页。
⑥ 〔清〕石照云霞子编辑,〔清〕安贞子校书:《福缘善果》卷二,光绪戊戌年(1898)新镌本,第 77 页。
⑦ 《辅世宝训》巽集卷五,光绪元年(1875)重镌本,蒙阳辅世坛藏版,第 37 页。

（瘰：差。）

《滇黔化》第三回《美乐村子孙歌祖训，白杨岭牛犬报人恩》：他说是鸡猪鹅鸭也都好吃，但多吃几片，便觉伤人①。（伤人：吃腻了。）

《惊人炮·嫌夫报》：木匠是个大恅棒，任我打骂都不躃……②（恅棒：傻瓜。）

很多宣讲的案证故事，于听众而言，并非讲述的是本地之事，但若以方言讲述，就拉近了听众与故事的距离，特别是那些熟悉的方言，还能增加故事的亲切感，在一定程度上促进了听众对故事所蕴含的圣谕之理的接受。

二、格言俗语的伦理意义

宣讲小说特别重视所讲内容的正当性，《辅化篇·宣讲仪注》中说，"讲二日三日，不讲忠孝节义案者，则不合圣神教人首重大本之意，恐自取罪戾，不可不知"③。为了突出内容的严肃性，达到劝说的效果，宣讲者在讲述故事时还多用格言、谚语、俗语。"格言是具有教育意义的警句。一般是出于名人之手，而在群众中广泛流传的语句。"④《三国志·崔琰传》又曰："盖闻盘于游田，《书》之所戒，鲁隐观

---

① 〔清〕晋良、钟建宁编：《滇黔化》，光绪三十年（1904）重刊本，第 26 页。

② 〔清〕果南务本子编辑：《惊人炮》卷一，民国三年（1914）铜邑成文堂新刻本，第78 页。

③ 〔清〕平羌扪心子选辑，〔清〕书痴子校订：《辅化篇》卷一，光绪丁未年（1907）新刊本，第 14 页。

④ 黄伯荣、廖序东主编：《现代汉语》（修订本），甘肃人民出版社，1988 年，第292—293 页。

鱼,《春秋》讥之,此周、孔之格言,二经之明义。"①《汉书·五行志》言:"谚,俗所传言也。"②《文心雕龙·书记》曰:"谚,直语也。丧言亦不及文,故吊亦称谚。廛路浅言,有实无华……夫文辞鄙俚,莫过于谚,而圣贤诗书,采以为谈。"③由此可见,教育性、通俗性是格言、谚语的重要特点。民俗学家乌丙安如是界定"谚语":"指那些民间流传的富于教训意义的完整形式的传言。"④为了达到教化效果,圣谕规定宣讲时要根据需要采用格言、谚语、俗语。例如,《宣讲集要》卷首罗列的宣扬旨意载,乾隆五年(1740)谕,"宣讲圣谕之后,即以方言谚语,为愚民讲说,至上谕十六条内择其轻重缓急,分别四时轮流布置之处,惟在该地方官因地制宜,随时办理"。乾隆十一年(1746)下旨,"择其明白浅近之词"贴于府州县卫大小乡村,宣讲圣谕后,"即以方言谚语为愚民讲说至上谕十六条内,择其轻重缓急,分别四时轮流布贴之处"⑤。《圣谕六训集解·六训问答原序》言当时宣讲宏兴,善书之刻"不下数十百种,率皆以方言俚语,阐发王章",所附案证"词意显浅,风调和谐,虽妇人孺子,皆能闻而歌之,村亥牧竖,皆能咏而和之"⑥。宣讲小说为了通"俗","说"部分乃是真正的说,即用白话进行宣讲,还时常插入俗话、谚语、格言等。

　　以俗语及方言进行宣讲,是宣讲小说宣讲语言的重要特色。以《宣讲拾遗》为例,"圣谕六训"的每一训下先有一段通俗的阐释,用以

①〔晋〕陈寿撰,〔宋〕裴松之注:《三国志》,中华书局,2006 年,第 224 页。

②〔汉〕班固:《汉书》卷二七《五行志》,中华书局,1962 年,第 1381 页。

③〔梁〕刘勰著,韩泉欣校注:《文心雕龙》,浙江古籍出版社,2001 年,第 149 页。

④乌丙安:《民间文学概论》,春风文艺出版社,1980 年,第 216—217 页。

⑤〔清〕王文选辑:《宣讲集要》卷首"钦定学政全书讲约事例",光绪丙午年(1906)吴经元堂刻本,第 14 页。

⑥〔清〕西蜀哲士石含珍编辑:《圣谕六训集解》卷一,光绪九年(1883)重镌本,第 1—3 页。

说明这条圣谕的含义及贯彻这条圣谕的必要性。卷五"各安生理"条下引用的俗语有："俗语云：道路各别，养家一般。""语云：为人莫要心高。"又云："自在不成人。""安常便是福，守分过一生。""古人又说得好：万事不由人计较，一生都是命安排。""古人云：食前方丈，不过一饱；大厦千间，夜眠八尺。"①阐释该条圣谕的案证故事《拒淫美报》引的俗语则有："俗言：九荟出败子，十荟主乏嗣。""俗言：上山擒虎易，开口告人难。"②大家都熟知的谚语、古人语、俗语等，具有高度概括性与说服力，用之于宣讲，更有利于对听众进行道德伦理教育。

宣讲者善于在不同时候，根据不同人物、不同事件灵活采用俗语、谚语，大体而言他们更偏向于使用那些劝诫类俗语、谚语。如为加强对小孩、媳妇的教育，有："古语云：子教婴孩，妇教初来。"(《万善归一·巧化妻》)告诫人们注意礼义廉耻，加强自我修养，多行善事，则有："古语有云：富贵犹如花间露，功名恰似水上沤。若是真心把节守，何难平步上瀛洲。"(《福缘善果·剪发完贞》)"语云：欲求来世福，今生将德蓄。欲求后辈福，前辈把基筑。"又云："喉咙断了三寸气，只余得善恶随己身。"(《阴阳鉴》第七十六回)劝导人们随时随地助人，则有："天生富者为何因，原为世间济贫民。""渴时一滴如甘露，济人须济急时无。"(《脱苦海·双魁状元》)告诫人们要家庭和睦，则有："俗语有云：猪吵卖，人吵败。"(《宣讲福报·一宝翻梢》)告诫世人要知错改错，则有："《明圣经》云：世人孰无过，改之为圣贤。传云：过而能改，善莫大焉。""俗语云：弥天之罪，一悔便消。"(《上天梯·利口刺舌》)劝人不可执着于财，则言："眼光落地成乌有，万贯家财一旦丢。罪孽缠身谁替代，不如趁此早回头。"(《脱苦海·仙药愈病》)"俗语

①〔清〕庄跛仙编：《宣讲拾遗》卷五"各安生理"条，光绪二十年(1894)刻本，第1—2页。

②〔清〕庄跛仙编：《宣讲拾遗》卷五，光绪二十年(1894)刻本，第55页。

云:风吹鸭蛋壳,退财人安乐。"(《同登道岸·友受无双》)"俗语所说:
友以义交情可久,财因公取利方长。"(《辅世宝训·灭礼害子》)再如
言真心行善,有:"俗语云:善求人知,不是真善。恶怕人知,乃成大
恶。"(《因果新编》第一回)劝人不可杀生,则有:"古语云:牢字从牛,
狱从犬,不食牛犬肉,牢狱才可免。"(《因果新编》第十六回)劝人父慈
子孝、兄弟和睦,则有:"俗语云:打虎总要亲兄弟,上阵还得父子兵。"
《宣讲选录·劝天友弟》劝人要注意言传身教,则有:"那知有那根苗
苗结那种瓢瓢,依样画葫芦,丝毫不走移。"(《脱苦海·乔梓双荣》)
"俗语说得好,孝顺还生孝顺子,忤逆必养忤逆儿,不信但看檐前水,
点点滴滴不差移。"(《救世灵丹·雷诛逆子》)劝人要知恩报恩,则有:
"俗言说得好:得人点水之恩,须当涌泉而报。"(《福海无边·恩义
亭》)劝人反对家庭暴行,尤其是父母对子女、丈夫对妻子的暴行,则
有:"又道是:天地有好生之德,父母无杀身之权……又道是好狗不咬
鸡,好夫不打妻。"(《惊人炮·灵官报》)当然,也有哲理谚语,如"俗话
说:不折磨,不能成佛"(《化世归善·烈妇驱鬼》),"下错一着棋,满盘
皆是输"(《脱苦海·三多吉庆》)。相对于劝诫类谚语、俗语数量而
言,哲理类要少得多,但也远远多于气象谚、农谚。

　　小说中也有很多格言,这些格言有长有短,多为劝善。如《宣讲
集要》中,《孝义善报》所引韩卫公治家格言云:"宅内多置水缸,故宜
富足也。"有时,格言与俗言是相同的,如阐释"讲法律以警愚顽"时,
其引语云:"那格言说得好,那饿死的事小,失节的事大。"更多时,格
言就是劝善的诗词。《贤媳劝翁》中周才美媳妇劝公公不要大斗小秤
害人,要多行善事,说了四段格言,其中一段即是:"得失成败总由天,
机关用尽也徒然。人心不足蛇吞象,事到头来螳捕蝉。无药可延卿
相命,有钱难买子孙贤。家常安分随缘过,便是逍遥自在仙。"[1]《刻

---

①〔清〕王文选辑:《宣讲集要》卷四,光绪丙午年(1906)吴经元堂刻本,第47页。

薄受报》《劝弟淡财》《天理良心》《自了汉》等故事,其中的一段乃至几段格言,皆是如此。

　　不同题材及主题的小说中,谚语、格言的倾向性有所不同,大体上都与作品题材相关,与所表现主题一致。如《三国演义》以战争为题材,运用兵法方面的谚语较多,如"知己知彼,百战百胜""兵贵神速";《水浒全传》用谚则是"更多表现反抗精神和见义勇为"①,如"一不做,二不休""不怕官,只怕管";《儒林外史》用谚多涉官场、士人,如"公门里好修行""秀才人情纸半张";《红楼梦》用谚表现大厦将倾,如"月满则亏,水满则溢""百足之虫,死而不僵"等②。宣讲小说以劝善为主,故事所劝之善不同,所用谚语、格言的伦理性也就有所区别,要之,主要服务于故事的劝善主题。

　　以《脱苦海》中的故事为例说明。《吟诗登第》主要劝人不要淫邪。开篇引诗"美色人间至乐春,我淫人妇妇淫人。若将美色思亡妇,遍体蛆钻灭色心",诗后议论紧紧围绕戒色、不淫人妇展开。议论中,插入了"我不淫人妇,谁敢戏我妻"这一俗语③。显然,该俗语与故事主题及诗的主题一致。《谈闺受谴》的主题是告诫人们不可乱说以作口孽,小说中引了《尚书》之"惟口出好兴戎",《诗经》之"好言自口,莠言自口"④。故事的主人公好说人是非,其宗师告诫他时,引了谚语:"病从口入,祸从口出。"该谚语与其后的《戒口孽歌》等,皆与主

――――――――――

①孟昭泉:《试论谚语在几部明清长篇小说中的运用》,《中州大学学报》1984 年第 1 期。

②参见孟昭泉:《试论谚语在几部明清长篇小说中的运用》,《中州大学学报》1984 年第 1 期。

③〔清〕岳西破迷子编辑,〔清〕果南务本子校书:《脱苦海》卷一,同治癸酉年(1873)新镌本,第 1 页。

④〔清〕岳西破迷子编辑,〔清〕果南务本子校书:《脱苦海》卷一,同治癸酉年(1873)新镌本,第 26 页。

题相符。再如《失业遇怪》言人要勤于自己的职业，做好职分之事，篇首诗中即引谚语：“一勤天下无难事，那见懒人好下场”，然后议论道：

> 这几句俗语说人生在世，无论士农工商都要各勤职业，能勤则名可成，利可就……语云：“勤俭黄金本，苦人天看成。”富贵都从勤俭做出来的，断未有坐地等花开，不做自然来之理。①

故事中，高登云训子，说道：“朝廷无空地，世上无闲人。莫谓耕耘苦，田地养命根。土中生白玉，地内出黄金。”②他教育儿子只要安生理，克勤克俭，家业自会兴旺：“朝廷无空地，世上无闲人”，“勤俭黄金本，苦人天看成”。这些谚语，皆关乎勤，与小说的主题“务本业”相契合。

宣讲小说对谚语、俗语、古语等的使用极灵活。据笔者对现有资料进行的大略统计，晚清至民国各种宣讲小说使用谚语、俗语、古语不下 1000 次，这些谚语、俗语和古语，往往以“古言（人）说得好”“常言道”“俗话说”等词引出，也有不用这些套话而直接说出的。前文《脱苦海·失业遇怪》即兼有这两种形式。宣讲小说运用谚语、俗语等并不呆板，它们有单句、双句、多句，可在不同的地方出现：或在句首以引出后文，或在句尾以作概括，或嵌入句中成为说话人“自己”的语言。它们的通俗性与口语性，并不只在语言的简洁明快、概括力强上，也在于它的修辞之美上，对偶、比喻、重复、对比等是其常用的修辞手法。如《采善集·训妻孝母》云：“自古道：财物如粪土，孝弟是根基。……古话说：受得苦中苦，方为人上人。”③将钱财比作粪土，突

---

① 〔清〕岳西破迷子编辑，〔清〕果南务本子校书：《脱苦海》卷一，同治癸酉年（1873）新镌本，第 38—39 页。
② 〔清〕岳西破迷子编辑，〔清〕果南务本子校书：《脱苦海》卷一，同治癸酉年（1873）新镌本，第 39 页。
③ 《采善集》卷二，宣统二年（1910）新镌，板存罗次县关圣宫，第 36—37 页。

出孝悌的重要,以前句反衬后句;"苦中苦"与"人上人"句式相同,组合相同,前后两句构成因果关系。再如《宣讲集要·刻薄受报》引俗语云:"古人说得好:家富提携亲戚,岁凶赈济邻朋。"①前后两句并列,有正对,也有反对,对仗精巧。有时,同一谚语中还有多种修辞。如《救劫保命丹·雍睦一堂》中有:"谚云:百行之中莫孝于先,先莫大于严父,严父莫大于配天。"②该句谚语,集合了排比、顶针、对比、反复,首句之"先"与尾句之"天"形成押韵。该句融合多种修辞,读来流畅又有气势,朗朗上口,强调了孝父这一德行。套语及多种修辞增强了谚语、俗语等的形式美,也使它的伦理美得到更充分的展现。

"在一切原生口语文化里,套语式风格还是思想与表达的标记。"③俗语、谚语、古语、格言等,是口头传统常用的表达方式,也是人们思想的反映。宣讲小说中大量蕴含着丰富的道德伦理思想的伦理型谚语、俗语、古语、格言等,体现了宣讲者的伦理倾向,诸如孝道观、兄弟观、友情观、财富观、义利观、生命观等等,由于其口头性、通俗性、教化性,有利于在故事讲述中增强小说人物形象的道德化意味及整个故事的道德感。

三、唱、念的道德感染及伦理强化

宣讲小说在说之外,还有大量的唱。宣讲小说文本所呈现的,是文学文字层面所体现的各种道德伦理。然而,因为唱,文学变成了音乐,又具有了音乐伦理性。劝善诗、劝善歌词是音乐的内容,曲调是形式,内容与形式的统一才能达到尽善尽美。关于音乐与伦理的关

---

① 〔清〕王文选辑:《宣讲集要》卷一〇,光绪丙午年(1906)吴经元堂刻本,第 46 页。
② 《救劫保命丹》卷五,民国乙卯岁(1915)重刊本,版存乐邑松存山房,第 18—19 页。
③ 丁松虎:《口语文化、书面文化与电子文化:沃尔特·翁媒介思想研究》,上海人民出版社,2017 年,第 109 页。

系,先秦时已有相关论述。"乐者,乐也"①,宣讲者在音乐表演中传递"乐",民众在音乐欣赏中感受"乐"。那么,当内容已确定时,选择何种形式配合这种内容?

说唱结合的宣讲小说,说为主体,唱为说服务。何时唱、唱什么、怎么唱、唱多久,都根据说的内容而定。唱的部分为韵文,大致是十字句,也有七字句、四字句、五字句、六字句、八字句、杂句的,如《大愿船·巧计完婚》《宣讲至理·淡色轻财》多四字句,偶尔杂入语气词"兮"。宣讲小说亦是"文备众体",其中大量的劝善歌谣皆通过唱来呈现。抛开故事前面仙佛降临时的歌与文,小说中还杂入不少有名称的劝善歌、劝善文,它们成为小说人物劝说其他人的重要内容。音乐是情感与观念的载体,宣讲小说中,大量直接引用或自创的歌谣几乎没有私情、艳情之作,而是以劝善为主要题材。以岳西破迷子编辑的《大愿船》《脱苦海》《上天梯》为例,劝善歌文有标题且全文照录的,有《惜字歌》《慎交歌》《戒污秽歌》《敬灶歌》《孚佑帝君戒溺女歌》《吕祖醒世词》《戒酒歌》《五穷歌》《戒平古墓歌》《怜牛歌》《孝弟歌》《泼妇歌》《娇养歌》《戒口孽歌》《安分息祸歌》等;没有题名而歌文主旨明确的,则有孝顺歌、戒闹洞房歌、劝忍气歌、敬夫歌、劝行善歌、戒淫歌、礼神俗歌等。这些劝善歌谣成为小说的有机组成部分,使小说的表达方式有所变化,对故事的主题与人物形象的塑造产生影响。"如果一首歌曲的内容是有悖于礼会伦理的,人们就很难突破道德意识的界限去认定这首作品是'美'的","从控制论的角度来说,效应可以理解为主体对客体的影响以及客体对于主体的反馈。在音乐传播的链条中,音乐作品作为信源会对社会群体产生诸多影响,比如审美趣味、文化风气、经济效益、社会风尚的影响等。其中,审美效应和道德

---

① 〔清〕朱彬撰,饶钦农点校:《礼记训纂》卷一九《乐记》,中华书局,1996年,第582页。

效应是最主要的影响"①。劝善歌本身充满道德认同及强化作用,引导着人们的道德伦理走向。严肃的内容需要严肃的说唱态度,《辅化篇》中的《宣讲仪注》云:"咏唱歌词,声音勿似演戏,方与俳优有别,不被正人讥笑谈,但喜怒哀乐之间,妙在歌咏情色能传其神,乃足动人,苦惟照书直说,恐台下倦听欲卧,台上亦讲说无兴趣矣。"②讲述故事时,辅以相应的声乐、旋律,不仅改变了故事的叙事节奏,增添了故事的音乐性,更强化了故事的劝善性,同时又避免了简单说教的乏味性,这也是宣讲小说异于其他说唱文学,乃至其他劝善文学的重要方面。

　　宣讲小说中唱劝善歌的时间及内容,依据故事的主题及情节而定,与主题具有一致性。如《上天梯·柳神指恶》反对唆讼,故事中的戴君实智慧聪明却时常"打些主意,做些事情",他偷杀老师的鸡鸭,老师担忧他以后成为害世的奸人,以"良言"劝之:"天生物人最灵原不一等,有智愚有贤否那得均匀。人之过我莫说第一口稳,我有过怕人觉将心比心。有能干莫矜夸休把才逞,人称很我让他何必强争。……爱小利学鼠盗玷人坏品,取伤廉却误尔远大前程。纵然是不如愿富贵有命,居乡里也不可稍坏良心。"③后来君实放利、吃黑货,与衙门人勾结害人,人称他为"奸鬼"。其友李元兴劝他,说了一番道理之后,又以歌文劝之:

　　　　恨恨恨,恨世人一味糊行,不安本分。讲的诡诈阴谋,习的

①袁茜:《音乐的网络化生存:网络音乐文化的伦理思辨和审美批判》,湖南大学出版社,2018年,第58页。

②〔清〕平羌扣心子选辑,〔清〕书痴子校订:《辅化篇》卷一,光绪丁未年(1907)新刊本,第14页。

③〔清〕岳西破迷子编辑,〔清〕果南务本子校书:《上天梯》卷二,同治甲戌年(1874)新镌本,第40页。

奸贪谗佞,竟把那天理灭绝,良心丧尽。逞他能讲会说,便出来揽干作证。……专使人角孽打捶,专使人怀仇挟怨。就是父子兄弟,亲族邻近,被他一阵叨唆,也要彼此相争。阋墙起衅,甚至包揽词讼,操习光棍。理之曲直不分,事之大小不论。弄得你不安不静,他才好饮酒索财,那管殒身丧命。……曾不闻尹大德唆人争讼,绝了后根。金禹门自己好讼,变牛把形更。我劝人急早改心性,遇人忿争须要口稳心正。设法解散,多积德行。务使讼息人安,方徵大顺。天佑尔寿数绵延,家有余庆。①

这段劝善歌文长达 459 字,有道理,有例证,言好讼者为一己私利包揽词讼,导致他人陷于牢笼、妻儿受苦,以此唆讼之人必将受报,不如早改心性,否则家无余庆。在西南方言中,前鼻音"n"与后鼻音"ng"不分,因此歌文中的恨、行、佞、证、定、赢、胜、忿、近、争、衅、棍、命、根、更、性、正、行、庆等,都是押韵的。即便该歌文不是歌,亦具有歌之美。

再如《上天梯·通盗殒命》,故事主要阐释"圣谕十六条"之"联保甲以弭盗贼"。邬洪兴身为甲长,却与其二子把持同人团,兼通贼党,为害一方,乡里本朴之人无不暗受其殃。张举人以"嘉言"劝众人组保甲弭盗,全用"三三四"句,押"n"或"ng"韵。洪兴要打牧童长生,雷神附体长生怒骂洪兴,先数落其"五不该",告知他如不改悔,将受严惩:

你父子休得要自己夸很,难道你做的事神不见闻。一不该耍势力操习光棍,若有人不依你便把状呈。二不该为甲长全不

---

① 〔清〕岳西破迷子编辑,〔清〕果南务本子校书:《上天梯》卷二,同治甲戌年(1874)新镌本,第 44—45 页。

公正,些小事滥派钱估住乡邻。三不该通红黑暗把财进,放起偷教起窃养贼害民。四不该逞武断欺压贫困,正是那无钱死有钱则生。五不该将人打乱动拳棍,若是人钱稍迟称强耍横。……你父子速改悔今略寄信,白羊儿夜出拦定遇凶星。吾本是中雷神前来指引,快快的改恶习众善奉行。①

此段歌文,依旧是"三三四"式,押"n"或"ng"韵。歌文数落郃洪兴为恶一方,通红黑,养贼害民,言其该当受报。唱词铺陈主人公过恶,紧扣故事"通盗殒命"的主题,不枝不蔓,做到内容、形式与伦理的有效统一。

　　劝善歌文的标题亦显示了它与故事主题的一致性。以《保命金丹》中的故事为例说明。在这部小说中,故事《保命金丹》认为真正的长生之诀在于积德累功,广结善缘,故有道长劝善堂行善以保寿命的《保命歌》;《骄奢遇贼》反对骄奢浪费,宣扬勤劳节俭,其中有王仲义以之教儿媳的《惜福歌》;《烈女报仇》告诫人们莫逞英雄,否则害人害己,其中就有张公艺的《百忍歌》;《同日双报》的开篇诗指出全家保命最好的方法是"忍",逞豪强则无好结果,何公以忍让谦逊传家,用《忍气歌》劝慰遭遇不公的家人;《灶君显灵》中的劝善歌则为《敬灶歌》等。据统计,整个《保命金丹》一书中的劝善歌文,有名称的就有15篇(首)之多。再如《上天梯·利口刺舌》中的《戒口孽歌文》,同书《斗很杀身》中的《安分息祸歌》等,劝善歌文的标题与故事主题也一致。

　　宣讲小说中的歌文,有时念出,有时则是唱出。《保命金丹·会缘桥》中的陈茂才要拜梁打卦为师,梁打卦将歌诀一张给他,歌诀全押"a"韵,但陈茂才却是"朗声念道"。同书《烈女报仇》中的商明斌将

①〔清〕岳西破迷子编辑,〔清〕果南务本子校书:《上天梯》卷二,同治甲戌年(1874)新镌本,第85页。

张公艺《百忍歌》"念给长子德春"。《上天梯·牛犬报恩》中的长春劝王大洪的《悯牛歌》是念的，但劝众人不食狗肉的歌文是唱的；同书《礼神证果》中的一段古歌及另一段歌文皆是"唱来"，但同书《口德遇仙》中的一篇歌文与《息讼歌》则是"念道"，《谦光化人》中有"骄傲满假"词各一首，其中有念，有说。《觉世新编》中的诸多唱词皆特以"歌"标示，《同登道岸》中的歌文则以"歌曰""讴"等字提示。《孝逆报》的唱词也是有念有唱，《宣讲集要》中的歌文则是与"讲"对应的"宣"。歌文是唱还是念，并无定准，但都不妨碍它的音乐特性。

劝善歌文嵌入，并非只是宣讲小说"文备众体"使然，更为重要的是，它是说唱结合型宣讲小说文本形态的重要构成，亦是宣讲小说作为劝善型小说的重要标识。宣讲小说的歌文，有的是从当时流行的劝善歌中"拿来"的（如《万空歌》），有的则是小说人物所作，作歌的目的很明确，即"劝世"。作歌劝世、歌以劝世是宣讲小说区别于其他说唱文学的重要方面。如《宣讲集要》卷三至卷五皆阐释"敦孝弟以重人伦"，其《不孝冥报》中的应武听"作歌传世"之劝，自叙地狱果报；《改过成孝》中的逆妇不孝，受到灶君惩罚，"乃哭哭啼啼请人作歌劝世"（又见《宣讲选录·怀粽看妻》）。《宣讲集要》卷一三阐释"解仇忿以重身命"，其《小忿丧身》叙彭公子因小忿而行凶，被丢监受罪，懊悔无及，"令禁役取纸笔，自愿现身说法，作歌劝世"，歌言"气"之害人，"忍"之重要。

作歌劝世，作歌者可以是事件的当事人或与主要人物关系密切之人，也可以是事件之外的他人，其中以第一种情况为多，即当事人作恶受报而后悔不及，主动或被动地将自己的经历及遭遇告知世人要引以为戒。《遇福缘·意淫遭报》中，郑祖康"欲将我过犯及所受惨报，作成歌词，以戒世之年少医生"，歌词结尾道："但愿闻歌即寡过，福多寿多子孙多。"①《口里慈航·一月三火》中的黄灿杀生，观音使其入梦以警诫，要求其作歌文"普劝市镇"，于是黄灿"作劝世文一篇，戒人勿食牛杀牛，刊刻印刷，布施数百余张"。受到恶报或惩罚后作歌劝世者，有的是主动而作，有些则是被神命令或要求而作。倘若为阴谴型或冥游型故事，作歌者往往都是被动的，神灵要求犯人作歌劝世。对作歌的模式及内容，《扶世良丹》有比较明确的说明：

> 　　大王说："既然善士替你讲情，你可愿作歌劝世么？"罪犯说："大王，歌是如何作法？劝世是如何劝法？"大王说："狗奴，叫你作歌，是叫你将那偷人抢人，不孝父母，日嫖夜赌那些过恶一概诉出，作成一篇，故曰'作歌'。叫善士替你带回阳间，劝你地方与你同党的那些狗党，使他们听了此案，改恶从善，除邪归正，乃为劝世也。"（第五抄传《强盗估奸，断绝轮回》）②
>
> 　　犯妇说："大王！如何叫作歌劝世？"大王说："叫你作歌劝世是叫你将阳世所行所为的过恶，作成一章拿去劝人。"（第八抄传《忤逆子油锅惨报，长舌妇血湖久居》）③
>
> 　　大王说："狗奴，作歌劝世是叫你将你作尽诸恶的故事叙成一章，请善士帮你带回阳世劝那些男女，以改恶从善也。"（第十三抄传《不孝霜母贪嫖赌，黑暗狱中身人翻》）④

　　作歌是作歌者自己意志的表达，也是神灵意志的体现。《遇福缘·意淫遭报》中郑祖康与冥府大王之言，皆表明忏悔型歌文几乎全

---

① 〔清〕清贞子编阅，〔清〕虚贞子校正：《遇福缘》亨集，刊刻时间不详，第31、33页。
② 〔清〕南滇毕清风抄传：《扶世良丹》，光绪三十四年（1908）本，第43页。
③ 〔清〕南滇毕清风抄传：《扶世良丹》，光绪三十四年（1908）本，第8页。
④ 〔清〕南滇毕清风抄传：《扶世良丹》，光绪三十四年（1908）本，第43—44页。

是融合了惩罚—忏悔母题，在表达上则为交代恶行—受罚陈述—忏悔告诫模式。当然，作歌者若是冥游或梦游，歌词中自己受惩的陈述也会有相应的内容，如说本人不能还阳，则由其他游冥者将此歌传出以警世。

　　当人有某种不良之习而执迷不悟，他的家人、朋友，或亲人、师长在苦口婆心劝导之后，还经常作歌以劝。《大愿船·远色登第》中，茅翁为让儿子明白贪淫之害，"作一歌以为鉴"。《照胆台·明如镜》中，张从俭溺爱儿子又惜钱如命，请先生教授其子却又处处护短。先生见此，"作篇《姑息养奸歌》以醒东君"，"乃凝神作云：闷坐书斋提笔管，作篇俗歌醒愚顽。堪叹而今世风变，只重衣冠不重贤。有钱人人把肥恬，口称老爷开笑颜。无钱贵者转为贱，满腹经纶不值钱……"①《采善集·训妻孝母》中，周廉为训妻而作《醒气歌》。《宣讲福报·戒烟获报》中，高自明种洋烟获利，其子国治、正栋亦食烟上瘾。正栋同学兼好友易善言劝他戒烟，作篇《流泪歌》，歌词从一怜到十怜，说尽吃烟后之痛苦，又一一指示吃烟十害。《维世六模·重义轻财》载，陈明一家人众，三个媳妇皆大族之女，恃娘家富足，不修妇职。陈明之兄"录一歌以儆之"，歌词长达 1500 字，涉及到穿衣吃饭、待人接物、生产劳作等方方面面。长者作歌诫子弟者，还有《宣讲汇编·忍口获福》中李定对门生们所作"以戒子弟"的《戒口孽俗歌》，《更新宝录·宜早戒》中许学书诫乡人提防匪徒，"以劝世道"的俗歌等等。

　　当某人事情做得太过，有旁观者作文作歌以讥讽之者。《宣讲集要·恶媳变牛》写恶媳钟氏有诸多恶行，"有人传出此等恶习，遂将钟氏所为的事，作歌一篇"②。《宣讲珠玑·鬼避孝妇》叙祝氏欺

①〔清〕果南务本子编辑：《照胆台》卷二，宣统三年（1911）新刊本，第 58 页。
②〔清〕王文选辑：《宣讲集要》卷三，光绪丙午年（1906）吴经元堂刻本，第 38 页。

负弟媳,"侧近书房贾先生见他欺人太甚,心中不平,便作俗歌一篇,以笑之"①。《照胆台·节孝坊》叙姚氏姑息溺爱子女,丈夫听之任之,"方境见他家规不严,莫把风俗带坏,因作俗歌一篇,以为家长谨戒"②。讥讽类歌文描述、揭示恶习恶行,语带讥讽,又含劝诫他人之意。

也有官员审案后有感于案而作歌以劝世者。《跻春台·双冤报》中,王氏被疑为下毒害死丈夫者而入监,白公审知其夫之死乃蛇放毒入汤而致,原因是王氏平日杀生过多。有感于此,白公"遂作歌以劝之",歌词乃是劝人心要慈善,既言伤物命之罪,又言救生放生之功,劝人莫贪口腹之欲而伤生。《宣讲集要·施公奇案》中,施公结案后"作歌以劝世";《宣讲福·报审牙床》中,县太爷在案件完毕后作俗歌告诫人们不要闹洞房,"命将歌文刻成,四处发散","拿去四乡劝化";《福善祸淫录·节孝坊》中,王大老爷案后"撰一歌以劝民"。

乡里的善人及德高望重之人见证某些事,欲化民,亦常作歌劝人。《口里慈航·釜中鱼跃》中,程嗣昌见一邑之人好杀生,心中不忍,作《戒杀文》一篇以劝世人,虽言"文",实则是句式整齐、句句押韵的歌。《脱苦海·逆妇变驴》中,好事者见忤逆之妇汪丁秀变驴,问明情由后,"作歌劝世"。《孝逆报·忘恩变狗》中,一逆妇不孝,有诸多过恶,对门马先生听不过意,乃作歌以笑之。亦有善人见不善之行而作歌以劝人者,如《宣讲汇编·见利忘义》中尚贤在街上见人扭打,问明情由,乃作《借账歌》《放账歌》以劝。

作歌劝世,歌的主题与主要目的须有益于劝世。作歌者自己的遭遇及亲眼所见、亲耳所闻具有最大程度的"真实",自曝其短又能体现作歌者的忏悔心。宣讲时,"凡是唱口的地方总要拖长声音唱,特

①《宣讲珠玑》卷三,光绪戊申年(1908)经元书室重刊本,第11页。
②〔清〕果南务本子编辑:《照胆台》卷四,宣统三年(1911)新刊本,第81页。

别是悲哀的时候要带着哭声。有的参加些金钟和鱼筒、简板之类,以助腔调"①。宣讲小说中,以忏悔之歌劝世者,常以哭调作出,甚至有"哭歌劝世"之说。《擎天柱》之《无廉丧家》《知耻捷先》中的鬼卒说:"你可愿哭歌劝世?"《无廉遭谴》中有:"令他苏醒,哭歌劝世。"《扶世良丹》《阴阳鉴》《渡生船》等小说中皆有多个故事涉及神灵令案犯作"哭歌"劝世的。为了达到劝世效果,人物所作之歌常刊印、张贴或赠送。

　　歌文嵌入宣讲小说,与故事文本形成文本间性。根据不同社会问题而作的歌文是对宣讲小说所宣扬的相应伦理道德的肯定和强调,对悖逆伦理道德行为的否定与斥责。故事中插入大量的主旨极明确的劝善歌文,是白话宣讲小说独有的风景。乐者,乐也。承载着道德教化意味的歌及唱,正是整个社会劝善运动的有机组成部分,它参与到文本中,成为故事的结构单元,揭示了小说从娱乐性向劝善性的偏转。古人特别重视音乐的教化作用。《礼记·经解》云:"广博易良,乐教也。"②音乐自心而发,对社会秩序的维护有重要的作用。《荀子·乐论》亦云:"乐者,圣人之所乐也,而可以善民心,其感人深,其移风易俗,故先王导之以礼乐而民和睦。"③《礼记·乐记》也云:"乐者,天地之和也。礼者,天地之序也。和,故百物皆化;序,故群物皆别。"④劝善歌文中有根据自己亲身经历而作的极具个人性之作,

①郭沫若:《沫若自传第一卷——少年时代》,《郭沫若全集·文学编》(第11卷),人民文学出版社,1992年,第36页。

②〔清〕朱彬撰,饶钦农点校:《礼记训纂》卷二六《经解》,中华书局,1996年,第736页。

③〔清〕王先谦撰,沈啸寰、王星贤点校:《荀子集解》卷一四《乐论》,《新编诸子集成》(第1辑),中华书局,1988年,第381页。

④〔清〕朱彬撰,饶钦农点校:《礼记训纂》卷一九《乐记》,中华书局,1996年,第569页。

也有针对某一现象而作的具有普遍性之作。因个人遭遇而作的，多哭而歌，声音长短高低，极有感染力；具有普遍性的歌文，亦因音乐性，好听易记，易入人心。故事采纳劝善歌谣，使宣讲小说具有故事性，也具有音乐性，不仅增强了小说的抒情性与说书现场的表演性、娱乐性，也强化了故事本身的劝善性。

大多数宣讲小说很少提及人物在歌、唱时所用之调，但也有少数篇目将每个唱段用调标得十分清楚。如《救正人心》，故事《鹅项岭》中的潘新发之子死，用"哭皇天词"；潘大郎在外给父亲写信，用"离乡怨词"；潘小郎梦潘大郎索命，用"一剪梅词"。故事《水晶印》中，朝弼、朝辅兄弟在监狱中对话，伤心痛哭，分别用了"东岭阳词""皂袍莺词""昭君怨词"；兄弟归家团圆，则用"相见欢词"；龙王请朝辅教授于龙宫，二人对话，用了"夏牡丹词""秋桂子词""春芙蓉词""冬玉梅词"等，整个故事，用的各种"词"多达16首，皆因事而异。上述两个故事其他唱的部分虽未言何调，但依忏悔歌、哭歌的体式及情感表达的需要，必定也具有强烈的感染力。此外，还有陈述事件、表达祈求诉求、抒发痛苦悲愤之情的唱，几乎都是一唱三叹、反复讴歌的。一般来讲，单一的表达形式容易令人产生审美疲劳，宣讲小说嵌入歌文，不仅是声音的变化，还是叙事节奏的变化，是抒情与叙事的表达方式的变化，它的伦理教化效果也是非单一叙事或单一吟唱形式所能匹敌的。

第三节　故事的地方化、神异化与叙事伦理

宣讲是宣讲者与受众面对面的交流，宣讲的目的性、宣讲者与听众的同在场性，使得宣讲者在宣讲时要关注听众是否能接受，以及接受效果如何。《辅化篇》中的《仪注要则》云，"若日日止讲格言，便是不合规

例"，"倘有故典之处，宜叙明来历，则人自能洞澈于胸中，久记不忘"①。王尔敏在提及清代的圣谕宣讲时，指出故事宣讲的重要性，即只讲圣谕难免陷入重复唠叨，没有吸引力，达不到宣讲的效果，原因在于"村里细民尤不习于申说道理"，要达到宣讲的目的，"能使村民自愿聚听者，必须在内容上有所变化。大抵以故事性之叙述最能吸引听众，因是'宣讲圣谕'通行民间，在内容上就知书之士，多予附加民间流行善书，尤其故事性之短篇说唱，成为《圣谕》之外之附加品，并在民间兴盛流传"②。故事虽然是圣谕的附加，但于爱好听故事的民众而言，这已经是很好的娱乐了。不过，宣讲者的目的不在于娱乐，而在于教化。讲述故事时，宣讲者要抓住听众的心态，用他们熟知的语言、歌谣来讲述，亦要通过故事的神异性、惊悚性，使听众乐意听，且听之而信、而畏、而惧，从而确立道德的崇高性、神圣性，以及可实践性。

一、地方性与伦理道德的可实践性

讲故事需要听众，人越多的地方潜在的听众越多，这也是为何小说在经济发达的地方较为盛行的重要原因之一。在"说—听"模式中，讲故事是群体性行为，群体参与及认同十分重要，背景认同、知识认同、信仰认同、价值认同等，都贯穿在宣讲的整个过程中。宣讲者表达的观点与经验是个人的，也是群体的。听者与宣讲者有相同或相近的思想观念十分重要，这是听者能进一步听下去并产生认同的重要因素。相同、相近地域的故事较之他方故事更能对听众产生吸引力。欲令故事充满熟悉性，拉近宣讲者与听众的心理距离，除了用本地语言讲述他乡故事外，讲述本地或附近地的故事，或者是将他方

①〔清〕平兑扪心子选辑，〔清〕书痴子校订：《辅化篇》卷一，光绪丁未年（1907）新刊本，第13—14页。
②王尔敏：《明清社会文化生态》，广西师范大学出版社，2009年，第17页。

故事变成本地故事，是最重要的手段。特定地域的宣讲小说，通常都由本地人编撰，并在本地区刊刻。如岭南宣讲小说《俗话倾谈》《吉祥花》《活世生机》《谏果回甘》的编撰者邵彬儒，为广东四会人，《俗话倾谈》有"省城学院前华玉堂藏板"。《跻春台》《挽心救世录》《万善归一》《阴阳宝律》《解倒悬》《辅化篇》等，都是四川地区的小说，其编辑者都是四川籍贯或长期生活于四川之人。《采善集》《辅世宝训》《千秋宝鉴》《辅道金针》《二十四孝案证》等，都在云南地区刊刻，编者亦多为云南本地人。《阴阳鉴》《石点头》《因果新编》的编撰者则是贵州人，这些书亦刻于该地区。由于西南地区的宣讲小说有很多，现将部分有编撰者姓名或刊刻地的小说列表于下：

书　　名	编撰者或刊刻地	书　　名	编撰者或刊刻地
《二十四孝案证》	云南腾阳	《救生船》	乐至（四川乐至县）
《阴阳鉴》	义泉（贵州遵义）静虚子编辑	《退思补过》	川北补过子编辑
《万善归一》	石照（重庆合川）云霞子编辑	《萃美集》	铜邑（重庆铜梁）大庙坝
《照胆台》《惊人炮》《自新路》	果南（四川南充）务本子编辑	《挽心救世录》	平邑（四川绵阳市平武县）明月斋
《辅化篇》	平羌（四川乐山市）扪心子选辑	《同登道岸》	广安州长生寨
《明心集录》	绵东宣讲、钱景明撰辑	《采善集》	云南罗次县
《辅世宝训》	蒙阳（云南）	《福缘善果》	成都王成文斋
《石点头》《因果新编》	播郡（今贵州遵义）	《辅道金针》	阳瓜（巍山县）

　　宣讲小说的宣讲者（或编撰者）与听众共同生活在此地，因而他往往选择本地或附近区域最近发生的事件进行宣讲或编成故事。

晚清贵州长篇宣讲小说《阴阳鉴》中的案很多,其中明确说出主人公籍贯及主要生活之地的,贵州有 40 案,四川有 26 案①。《同登道岸》现存 22 个案证故事中,故事发生地在四川的有 12 案(分别是什邡县、江油县、江津县、江北厅、温江县、三台县、华阳县、剑州、蜀南、邻山、邻邑、会理州)。另外,只言"昔邑之南"的故事的发生地亦当为四川。还有的故事发生在四川附近区县,如湖北施南府咸丰县、陕西米脂县。《宣讲集要》由居住在四川万州而祖籍为湖北潜江的王文选编辑,该书共有 209 案,其中一些案证改自其他小说或戏剧,如孝道故事多选自《二十四孝》,经改编的小说甚少更改故事发生地,另有一些故事未言发生在何处,但在说明发生地的故事中,四川地区的故事就有 76 案,卷一四的 13 案中,除了《欺贫睹眼》及改自《聊斋志异》的《施公奇案》外,其他故事则多发生在湖北中西部的恩施、江陵、枝江、荆州城、潜江等地。果南(今四川南充)务本子编辑的《惊人炮》共有 24 个案证故事,主人公为四川人或故事发生在四川地区的就有 15 案。再如《闺阁十二段锦》为"安邑(今湖北安陆)彭梧轩先生所订",共 12 段故事,其中发生于四川、湖北的有 7 案。《同登道岸》共 24 案,发生在四川的有 10 案。《跻春台》共 40 案,发生在四川的有 20 案。《吉祥花》例言指出该书"专载本省获验之事,或得之志书、族谱,或得之目击耳闻,皆有证据,方敢采入"。《宣讲集编》(包括《初集》)为广东宣讲小说,47 个案证故事中,发生在广东的故事达到 29 案。

　　宣讲小说的案证故事,还有一部分改自于史传或其他小说、戏曲等,在改编这一类作品时,编者一般不妄改故事发生地。也有编撰者(或宣讲者)往往并不言故事改自何处,而是跳过对原作者及原作的

①杨宗红:《新见晚清贵州长篇宣讲小说〈阴阳鉴〉的圣谕演绎》,《西华师范大学学报(哲学社会科学版)》2021 年第 1 期。

介绍，直接"拿来"，由此模糊了原作者及原作，使人以为是宣讲者或编撰者本人所作，忽视他者的地域性，强调故事或文本的在地性。更有将"他乡"故事变成"我乡"故事的情况。兹将《聊斋志异》《夜雨秋灯录》及"三言二拍"等部分拟话本小说的故事在改编为宣讲小说时，编撰者坚守"我乡"或转化"他乡"为编撰者"本乡"、邻近县乡的篇目列表如下：

原小说及故事地	改编后的宣讲小说及故事地
《聊斋志异·珊瑚》（重庆）	《宣讲集要·孝媳化姑》《绘图福海无边·孝感姑心》《宣讲摘要·孝化悍婆》《自召录·孝逆互报》《缓步云梯集·紫薇窨》（重庆）
《聊斋志异·菱角》（楚人）	《保命金丹·敬神获福》（湖南太平村）
《聊斋志异·毛大福》（太行）	《跻春台·审豺狼》（茂州）《宣讲选录·善医美报》（湖南长沙府善化县）
《聊斋志异·姊妹易嫁》（山东掖县）	《缓步云梯集·姊妹易嫁》（四川郫县）《宣讲集要·无福受》（湖南常德府桃源县）
《聊斋志异·冤狱》（山东阳谷）	《跻春台·血染衣》（四川宜宾）
《聊斋志异·赵城虎》（赵城）	《孝虎祠》（《宣讲汇编》《宣讲选录》《宣讲大观》《宣讲集要》均收录）（川北达县）
《聊斋志异·杜翁》（沂水）	《救正人心·善业寺》（会理州）
《聊斋志异·大男》（成都）	宣讲引证·大男速长》《万善归一·自讨贱》（成都）
《聊斋志异·乐仲》（陕西西安）	《回生丹·孝贞成神》（陕西西安金洋县）
《聊斋志异·绿衣女》（山东益都）《聊斋志异·莲花公主》（山东胶州）	《救正人心·钟贯山》（四川眉山丹棱县）
《聊斋志异·义犬》（潞安）	《一德宝箴·义犬护尸》（贵州安平县）
《聊斋志异·梅女》（太行）	《缓步云梯集·缢鬼鸣冤》（四川定远郡）

续表

原小说及故事地	改编后的宣讲小说及故事地
《夜雨秋灯录·槐根银瓮》(无)	《自召录·槐根银瓮》(江北石梁县)
《夜雨秋灯续录·返生香草》(东淘)	《惊人炮·死复生》(江北昭阳县)
《拍案惊奇》卷二一《袁尚宝相术动名卿,郑舍人阴功叨世爵》(长安)	《劝善录·阴骘变相》(宜昌府东湖县) 《赞襄王化·天助奇缘》(四川绵阳) 《上天梯·错姻缘》(四川新津) 《宣讲大成·阴骘得妻》《劝善录·阴骘得妻》(湖北沙市街)
《醒世恒言·钱秀才错占凤凰俦》(吴郡)	《上天梯·错姻缘》(四川新津) 《赞襄王化·姻缘巧配》(四川简州)
《警世通言·吕大郎还金完骨肉》(江苏无锡)	《宣讲集要·石玉寻父》(云南昭化县) 《劝善录·兄弟奇报》(宜昌府东湖县)
《十二楼·三星楼》(成都)	《自新路·三星楼》(四川成都)
《十二楼·生我楼》(湖北郧阳)	《照胆台·巧团圆》(贵州) 《跻春台·巧姻缘》(四川嘉定府) 《宣讲集要·小楼逢子》(湖北郧阳)
《无声戏·美男子避惑反生疑》(四川成都)	《福缘善果·碧玉圈》(四川华阳县)

　　从上表可见,原本发生在宣讲者所在之地的故事,改编时并不更改故事发生地,但若原故事发生地离宣讲之地颇远,则改"他地"为"我地"。由于《上天梯》《福缘善果》《跻春台》《惊人炮》的编撰者是四川人,故而改编时,"他乡"多改编成四川某地或临近四川的云贵地区;《劝善录》主要在湖北中西部流传,改编时,"他乡"也就改编成湖北西部某地。物理距离与心理距离有一定联系,物理距离越远,心理距离也就越远。将他乡改为"我乡",就人为地改变物理距离而拉近了心理距离。

　　其他类型的明清小说中经常有大量的地方风物介绍,地方传说中也常出现当地有代表性的中心地点或纪念物,这类介绍越具体,有关小说或地方传说的地方性越明显。当将这些小说或传说改编为宣讲小说时，编撰者（或宣讲者）会将原有风物描写省掉，只是改地点为当地人熟知的地名。"任何传说的母题或者情节，只有放在特定的语境中才有意义"①，将他地改为本地，他方故事才能具有本地感，也才能变得更加真实。《跻春台·巧姻缘》的主要情节来自《十二楼·生我楼》，原故事发生在湖北郧阳，宣讲小说将故事发生地改在四川："嘉定府金顺斌……且说洪雅有一富户……家住花溪乡，离飞仙阁十里，其地险峻……洪雅离飞仙阁只四十里……且说这渔翁姓杨，乃川北仓溪县人……贼来之时，他父子四人出外逃难，闻在乐山县遇贼，全家已被害矣……有飞鸽子从农安扰出四川，来到川北广元各隘口屯扎……"②《照胆台·巧团圆》则将故事发生地改为贵州："贵州大定府平远县……高高修一楼，名曰'引凤楼'。……再说凤生自那年端阳日，被歹人拐至遵义府双龙场……父有一友，名朱世有，贩布为业，常在云南省大理府太和县往来贸易。……一路顺缘结缘，遇善作善，走至云南赵州乡场……"③宣讲小说对发生地的变更并不是随意而来，非本地或长期生活于本地并熟悉当地的人写之不出。

　　经典文本在传播的过程中，往往更改原作中的人物、时间与地点，一般来讲，只要主要情节不变，人物、时间、地点的改变并无多大关系。然而，口头文学中，讲故事之人与听故事者同时在场时，于听者而言，故事发生地的临近性与故事发生时间的近时性，都会对听众的心态产生一定程度的影响。由于宣讲者宣讲时十分重视与听众的同时在场，宣讲者或编撰者所讲述故事的发生地与听众所在地越接

①李然：《山东秃尾巴老李传说与信仰研究》，山东人民出版社，2015年，第48页。

②〔清〕刘省三编辑，蔡敦勇校点：《跻春台》卷二，江苏古籍出版社，1993年，第167—179页。

③〔清〕果南务本子编辑：《照胆台》卷四，宣统三年（1911）新刊本，第101—111页。

近乃至为同一地域,也就越容易引起听众因与故事发生环境相近或相同而产生的"在场"感,以及由此产生的空间认同感。有研究者指出,"发生地的民众对待传说的态度一般是因知而信,值得注意的是他们的相信最初不具有传播的目的,而是因为他们认为这就是生活的一部分,按照生活的常识来接受的"①。这种心态也可用到与民众比较接近但又非"我地"的地方故事。真实的地理空间加上真实的历史时间、生活场景(如《照胆台·巧团圆》中的老虎吃人、山贼抢劫、人口拐卖、城隍庙、寺院等),也让故事具有生活真实而易被听者所接受。一些宣讲小说往往将原作指代不明之地或明显为"他地"的故事变成"我地",由此而展开故事。这样一来,故事的空间背景与听者所在的地理空间具有一致性,故事的真实性得到了强化,可信度增加。空间上的"我地",使外来故事成为本地故事,首先就给听众一种心理上的认同感及亲切感。

　　具体的地名可以增加故事的真实性,为了令故事更真实,宣讲小说中有一种现象特别值得注意。许多有过恶之人,往往都会在遭受神谴或神罚之后自曝其短,例如《千秋宝鉴·改逆成孝》中的陈氏受灶神谴责惩罚,必须四处显化,以自身遭遇劝人。任何人、事都在特定空间发生,唱文看似只说某人某事,未言某地,实则已包含了具体的空间。宣讲小说中当事人的自诉自告,若旁听者是其邻里、乡党,是熟人社会中的经常见面之人,主人公的忏悔性歌文,于听者而言,内容是熟悉之地、熟悉之人所说,其真实性也就不容置疑,亲眼所见与亲耳所闻带来的震撼与触动,自会令听者惊惧胆寒,从而止恶向善。正因如此,神灵才会令犯人作歌劝世,且作歌劝世者可以减轻罪行。在唱时,有时还会召集众人到齐后,才说或唱自己所作恶及所遭受的神灵惩罚,如《擎天柱·无廉遭谴》中

①李然:《山东秃尾巴老李传说与信仰研究》,山东人民出版社,2016年,第52页。

的贼跪在灶君面前,房主张大用"即时喊邻舍之人一起来到",听其忏悔。《扶世良丹》第五抄传《强盗估奸,断绝轮回》中的罪犯听闻所作歌要在其本方之坛上传唱,他甘愿受刑罚也不愿作,原因是"人人有面,树树有皮,坛立本方,就是宣讲要由本方讲起,作成歌章,我怎对得住人?岂不害羞死也?因此才不作的"[①]。该书第八抄传《忤逆子油锅惨报,长舌妇血湖久居》中有人在本方设坛,冥府大王叫犯人作歌,犯妇同样不愿作,云:"小妇人亦是此处的,自己的牙齿怎肯与人家数?就是受罪死,小妇人也不愿作了","坛又立在本方,不便开口"[②]。鬼神附体、遭受神罚本是非真实的,但在此地、本境发生,众人得以亲见、亲闻,故事也就成了"真实"的事件。听众是本方之人,犯过者在熟人社会中说自己的过恶,于犯人自己及其家人都是极丢脸之事,这不仅令听众因"真实"而引以为戒,亦令他们监督自己及家人朝善而行。

二、神异性叙事与伦理道德的崇高性

"说—听"场域中,说者尤其关注"听"。如同前面所言,陷入茫茫劫海苦苦挣扎的人们所遭受之劫,正是自身作孽而天降灾难使然。宣讲者的救劫之行,不是应付差事,而是需要切切的实施效果。现实中,人们相信异人、神人,爱听具有一定神异色彩的故事。在民众心中,神人是非常之人,能为非常之事,能赏人,能罚人,冥冥之中自有神意,这种神意也给故事带来"神异"。郁达夫指出,人们"对于人生或社会的秘密,抱一种好奇的心思",好奇多事之心是小说神异性得以产生的基础,"人生经验不丰富,对世上的事事物物都还抱有着探险心的时候,做小说的兴致格外的来得好,同时读小说的趣味,也特

---

① 〔清〕南滇毕清风抄传:《扶世良丹》,光绪三十四年(1908)本,第46页。
② 〔清〕南滇毕清风抄传:《扶世良丹》,光绪三十四年(1908)本,第9页。

别的来得浓厚"①。对于鬼神，对于未知的世界，人们都有一种"探险"心理，这与人们好奇尚异的心态有关。"世好奇怪，古今同情。不见奇怪，谓德不异。"②"盖人莫不有好奇之性，他种奇异之事，其奇异皆为限界的，惟神怪则为超绝的。而魔人好奇之性，则超绝的恒胜于限界的故也。"③奇异故事"以奇僻荒诞、若灭若没、可喜可愕之事，读之使人心开神释、骨飞眉舞"④。即便是"常"，也要从中见"奇"。以此之故，讲故事之人也乐意采用奇异的题材。"说书家是惟恐其故事之不离奇、不激昂的，若一落于平庸，便不会耸动顾客的听闻。所以他们最喜取用奇异不测的故事、惊骇可喜的传说，且更故以危辞峻语，来增高描叙的趣味。"⑤《宣讲博闻录》的序言直接表明为何要将"奇"引入故事："夫世情好尚，大都厌故喜新。"⑥"奇"固然不是"新"，却可使人耳目一新，提高听众的兴趣。

　　宣讲小说中有很多神异性情节，诸如显灵、神灵附体、死而复生、鬼魂现形、善恶立报等，这些奇异性，可从部分故事的标题中窥见一斑，如《同登道岸》中的《死尸咬人》《义娘显魂》《观音赐靛》《天仙换胎》《韩婆显应》，《浪里生舟》之《猪说话》《孝感狐仙》《节烈遇仙》，《采善集》之《抚侄出乳》《铜变金》《应梦床》等。宣讲小说中神异情节的多寡不好一概而论，有时一个故事中往往会出现多个神异情节。《指

---

① 郁达夫：《小说与好奇的心理》，《郁达夫文论集》，吉林出版集团股份有限公司，2017 年，第 420 页。

② 〔东汉〕王充：《论衡》卷三《奇怪篇》，上海人民出版社，1974 年，第 52—53 页。

③ 成之：《小说丛话》，黄霖、韩同文选注：《中国历代小说论著选（修订本）》（下册），江西人民出版社，2000 年，第 373 页。

④ 〔明〕汤显祖：《点校虞初志序》，黄霖、韩同文选注：《中国历代小说论著选（修订本）》（上册），江西人民出版社，2000 年，第 187 页。

⑤ 郑振铎：《论元刊全相平话五种》，《郑振铎古典文学论文集》，上海古籍出版社，1984 年，第 410 页。

⑥ 〔清〕西樵云泉仙馆编：《宣讲博闻录》，广西师范大学出版社，2015 年，第 33 页。

南镜·芙蓉镜》叙述魏春和救蚌,其子初恶而后善之事。故事中神异情节有九处:1.魏春和救蚌并放入池中,旁边十年未开的芙蓉忽花开满树,其妻于该年怀孕。2.老道出现,以剑指芙蓉。春和之子兆蓉以剑砍道人,道人化为顽石。3.芙蓉树上每朵花中皆有一女。兆蓉以剑击女,女忽不见,剑正中顽石,顽石化一厉鬼。4.兆蓉昏迷入冥遭受刑罚。5.兆蓉妻死子亡,困窘哭泣,来一丑陋叫花婆,硬将丑女嫁他。兆蓉后回至原处,见雕栏画栋,丑女已成美妻。6.复买原来宅地,芙蓉树复又开花,且更见茂盛。7.女有芙蓉宝镜,照之可见功名。8.女乃蚌壳仙,后化作清风而去。9.兆蓉入山修道,人皆以为他已成仙。此故事涉及天人感应、变化、鬼魂、宝物、地狱、神仙等诸多异常之人、物、事、现象,令故事跌宕起伏,可读性极强。此故事改自《阴阳镜·芙蓉镜》。与原故事相比,改编之作中,1、5、6、9皆为就增添的情节。"添加叙事的趣味有一个前提,那就是重释故事的人发现原有的故事存在不足或缺陷,若照着原样来叙述,总会觉得欠缺了什么,不满足,不过瘾,不够'意思'。于是,冲着这样的不足或缺陷,自己动手动脚,来一番'重释',以此满足自己的叙事欲望,也借此使一个可爱的故事变得更为可爱。"①《指南镜·芙蓉镜》增加的情节,也是因为某种"不足或缺陷"而作的弥补。增加的情节单元中,4是不善受惩罚,5是心性考验,6照应前面情节并显示善功之大,9同样是奖善,符合世人的一大追求。总之,所添加的情节,的确对原故事有"重释"之用,但重释中,有对世俗欲望的满足,更有对伦理道德的重视。

有些故事可谓奇异至极。《同登道岸·天仙换胎》叙述张建国因抗击盗匪而亡,其妻有孕,拜祷于神,神感其行,改女胎为男胎。女子因拜神、感神而变男身的,还有《惊人炮·女化男》,该题目下有副标

①董上德:《古代戏曲小说叙事研究》,广东高等教育出版社,2011年,第144—145页。

题概括故事内容："善孝感神，女变男身。"再如《惊人炮·阴阳纸》，下有小字的说明："奸谋遭报，借尸还魂。"故事叙述文孝到城隍庙告阴状，得阴阳纸护身，因上阵杀敌能隐藏身形而立功封侯，其妻姣娘借尸还魂，夫妻破镜重圆。死为城隍乃一奇，隐形之阴阳纸为二奇，借尸还魂为三奇。大言之，小说中的奇异情节，或为特殊人物（包括具有情感的独特个体的动植物乃至鬼魂）介入故事，以其无所不能或灵应改变人物活动轨迹，或改变人物命运；或有非常之变，人、物改变了它本来面貌，达到褒奖或惩处之目的；或是具有特殊功能的宝物参与叙事（如前文中的"芙蓉镜"，《惊人炮·光明丹》中的"光明丹"等）；或是普通人物突现异象（如被神鬼附体，人变其他动物）等。还有一些难以归类，如雷击不孝、死而复生、投生转世、六道轮回等等。简言之，有关情节均是日常生活中的"非常"现象。非常之中，道德伦理似乎是至上神，起着决定性作用。奇异事件的背后，隐藏着宣讲者对奸谋的贬斥，对忠孝之行的歌赞。

　　扶鸾宣讲小说中最典型的模式是仙人引导凡人游历天堂地狱，以便游者返阳后向世人"阐道"。至若一般宣讲小说，常见的情节是主人公在昏迷之际，魂游地狱。《文昌保命录·双游冥》叙田氏、陈氏游冥，见证地狱刑罚。《指南镜·绿杨桥》叙元义打柴昏迷，恍惚间至绿杨桥，有差人捉拿其母至阴司。《同登道岸·血河救母》叙江北陈光灿生一女名佛引。佛引之母樊氏不洁净，堕入血湖地狱。佛引至孝，画母像悬挂中堂，日日诵经超度，又魂游地狱救母。有时，天堂与地狱并举。《指南镜·一洞天》中，碧莲夫死，又遭遇陷害，魂被道姑引至阴阳界，又引入"一洞天"，"只见栋宇辉煌，奇花异卉，莺歌燕语，真仙府不啻也"，而陷害她之人则于地府受刑。至于《冥案纂集》，从其命名可见故事侧重于主人公的地狱游历，以见证善恶报应。

　　虽然，宣讲小说的叙事充满神异性，但又给人真实感，可谓真实中的奇幻，奇幻中的真实。真实者在于，故事所讲述的都是普通百姓的日常生活,所涉及的无非是家庭伦理、社会伦理,讲述亲人、朋友、师生、亲戚、邻里关系。概言之,是个体与他人、群体、社会、国家之关系,讲述作为社会之人所遇到的一切,即作为常态的日常生活。即便小说前的圣谕与神佛谕文,也并非表现超越于人世的出家修道观,而是实实在在的世俗伦理,如孝敬老人、和睦兄弟姒娌、敬惜字纸、不抛洒五谷、戒打胎溺女、戒斗戒赌戒嫖戒淫戒讼戒杀生等。日常伦理以圣谕、神意形式出现,借助民众对圣与神的崇拜,融入其心中,"即在儒、佛、道之三教合一的,或者是混合了民众宗教的意识下,劝说民众力行实践那些不仅超越了贵贱贫富,而且在普遍庶民的公共社会中广泛流传的道德规范"①。清代民众具有全神信仰、冥府信仰的趋向,小说中的神佛、冥府是现实生活中人们的普遍崇信②。今天看来不大可信的神佛,在宣讲者及听讲者看来,都是真实的存在。有研究者调查发现,萨满世界中有跳神治病习俗,经由萨满跳神治愈的病人为数不少,其中就有医院医生及机关干部的家属。"将萨满跳神治病一概视为迷信,恐怕有失是简单。"③再如对萨满昏迷术中的神附体、降神、出魂等,虽然难以给予准确的科学解释,却是真实存在④。至于梦中世界,更是神奇多变。以此,神佛、异人、异事出现,看似奇幻,实则在民众的真实感知之中。

---

①〔日〕酒井忠夫著,刘岳兵、孙雪梅、何英莺译:《中国善书研究》(增订本),江苏人民出版社,2010年,第445页。

②道光时地方官僚黄育楩言及当时民众神灵信仰泛滥的情况,他在《又续破邪详辩》中言:"今邪教做会,将天上人间并阴间所有诸神,尽数安置一棚之内,名为全神,而不论尊卑,不分男女,不知伦类之异同,不察性行之向背。"〔清〕黄育楩:《破邪详辩》,中国社会科学院历史研究所清史研究室编:《清史资料》(第3辑),中华书局,1982年,第121—122页。

③郭淑云:《多维学术视野中的萨满文化》,吉林大学出版社,2005年,第174页。

④参见郭淑云:《多维学术视野中的萨满文化》,吉林大学出版社,2005年,第178—193页。

　　宣讲者虽然讲述故事时多采纳神异之事、神异之情节，却也强调故事的真实。《宣讲集要》称所采古今故事"均有实证"，《劝善录》言书中"所集之案均皆实迹，可以作人榜样"。小说中诸多死而复生者、癫狂者、自残者的自述、自说、自表，游冥者的游历抄案无一不表明，所谓"神异"实则为"真"。于宣讲者而言，他们需要宣扬圣谕及伦理道德，虚构的故事可能使听者产生怀疑，有碍劝诫效果达成，故而在宣讲姿态上，他们一定要证明故事的真实；即便是奇异之事，也需要为其覆盖上"真实"的面纱。诸多故事后的"灵验记"即有表明故事的真实性之意。《宣讲集要》中有《冥案实录》《因果实录》，此类标题中所言"实录"的故事皆含有鬼神报应等奇异之事。《圣谕灵征》"息诬告以全善良果报"条下的几个案证也被言明是"真真实实的事"①。还有一些故事的标题即标示故事是经历者的"自说"，如《宣讲拾遗·还阳自说》。有些故事，宣讲者特意指出其是"自说"或"实证"。《宣讲集要·哭灵咒子》叙岳池县吴通友肆行无忌，不孝母亲张氏，张氏哭灵咒子，通友因母亲的诅咒而死。故事结尾言明，此报应情节"皆系张氏亲自说出"。《宣讲大全·梦佛赐子》叙杨璜父子赴水而死，尸首不见，后因张氏祷告而得出，"两手相挽，颜容宛如在生一般"。神言将赐张氏一子孰知却生女，不久女又变为儿，此儿后来中进士。小说补充道："此宣城汤君谟亲见其事，曾作传以记之。"②《最好听·孝逆异报》中神灵对凡人的奖惩，"此系耳闻目见之案，故录之以为世人炯鉴云"。《度世救劫·鞭打恶妇》叙述恶妇遭到菩萨惩罚，对众人交代自己的恶行及受冥罚后七孔流血而死，众人把此事当成新闻家家传说，宣讲生亦四处宣讲，恶妇之夫梦妻言其因悔过而得以轮回，宣讲生因宣讲而增寿，他醒来后逢人便说："愚得同人面述，故录之以为

————————

① 《圣谕灵征》卷五，嘉庆十年（1805）刻本，第 26 页。
② 〔清〕西湖侠汉：《宣讲大全》卷五，光绪戊申年（1908）刻本，第 1—2 页。

实证。"①《东厨维风录·疯颠和尚》叙述大邑县黄复兴的经历,乃是黄复兴的"自记"。在《现报新新》中,还有很多神灵"述行",皆述自身经历。奇幻之事,以"自说""实录""实迹""自记"标榜,从而证明奇幻不是虚假,不是谎造而是真实。此外,大量直接点明故事发生的时间、地点、人物等类似于史传的叙事,也给故事增添了真实感。故事的真实性被反复提及的重要原因,不在于其是否具有了真实的事实本身,而在于故事具有了真实性才能突出故事的警示意义。

当人们遭遇非常之变,通过非"常"的途径渡过各种劫难,看似神异,却是真实,或者说是人们心理期待的真实反映。充满神异、果报色彩的宣讲小说之所以能在晚清乃至于民国初年盛行,与其神异性与真实性并存的叙事特色应有一定关系。

三、暴力与狂欢叙事的伦理意义

暴力是自然界与人类社会的常态。作为群体的人类社会需要相互亲爱,遵守固定的规则,但人作为动物天生就有暴力因素。弗洛伊德认为,"人类不是温和的动物",他的"本能的天赋中具有很强大的进击性","人对人是狼",他对邻人、朋友怀有进攻性欲望②。暴力是破坏性因素,也是建设性力量,与社会伦理道德有密切关联。当暴力破坏了大部分人认可的价值观与现世的和平稳定时,它是被否定的,然而当它能重建价值、重建秩序时,它又是被认可的。历史上不乏暴力事件与暴力讲述被载之于典籍的事例,文学中的神话、侠客、剑客、公案、英雄侠义、神魔斗法的小说,历史演义,近现代的革命小说等,无不充满暴力叙事。"叙事为什么与暴力结缘? 不是叙事需要暴力,

---

①《度世救劫》卷四,刊刻时间不详,第 127 页。

②〔奥〕西·弗洛伊德著,傅雅芳、郝冬瑾译:《文明及其缺憾》,安徽文艺出版社,1987 年,第 56—57 页。

而是暴力需要叙事。"①吊诡的是,人们一方面具有暴力因子,崇尚暴力,一方面又反对暴力。

　　宣讲小说期图建立良性的社会秩序,反对各种形式的破坏社会与自然和谐的暴力,但又赞成为恢复和谐而采用的暴力。当人的暴力行为对社会的善造成危害,其暴力便被定性为恶,对"恶"暴力行为描写得越细致,鞭笞意味也就越浓。小说的暴力惩罚叙事中,暴力实施过程是小说叙事的重点,如《宣讲集要·嫌媳恶报》《蓬莱阿鼻路·苦媳报冤》中恶婆婆之暴行:

　　　　家中有一小媳妇,年方一十二岁,他婆婆常将烙铁烧红,烙他周身,或将打烟签子烧红,钻他两腿,惨不可言。一日,小媳妇才捡柴归家,王氏恶妇说他迟了,将媳妇双手吊起,用棉花裹在中指拇上,将桐油淋过,拿火去烧起,如像点烛一般,这种刑法,世上稀少。小媳妇痛死几次,醒来哭道⋯⋯"这一阵为娘的手也打软了,口也骂干了,肚皮也在饭了,暂且放你下来,即速去煮饭来与为娘吃。"⋯⋯一日,前去要脱媳妇衣裳来当了挑烟吃,媳妇不允,惹着这恶妇就将媳妇捆绑在地,用烙铁烧红,断气一阵,就烙死了。当下心生一计,买些柴来架起柴炉,想把尸首煅过,做个死无对证(《宣讲集要·嫌媳恶报》)。②
　　　　那活阎王又骂道⋯⋯就随手拿根棒棒,一阵乱打。阿秀跪在地下,口叫婆婆饶命,二回再不先瓜饭了。活阎王打了一阵,把手打软了,就叫拿饭来吃。阿秀即忙起去瓜来,又不敢哭。活阎王见他不哭,当又骂道⋯⋯当时又抓倒阿秀一阵棒棒⋯⋯阿

---

①周建华:《新时期以来小说暴力叙事研究》,中国社会科学出版社,2018年,第5页。
②〔清〕王文选辑:《宣讲集要》卷五,光绪丙午年(1906)吴经元堂刻本,第32—36页。

秀战战兢兢就来跑倒,只见活阎王把他双手捆住,拿颗锥来按倒那十个指头乱锥……活阎王边骂边看,见门后有根顶门杠,随手拖来就往脚骭上一扛子……又把阿秀那头发抓过来,弄脚踩,身上就是几锭子……那活阎王才把阿秀拉去吊起,他起先煮饭的时候就把火钳烧红了,此时才去拿来……就把那红朗朗的火钳拿在腿骭上几烙。阿秀就叫喊连天,活阎王见阿秀喊得狠……又把火钳拿在嘴吧上几烙,阿秀登时就痛死了。活阎王只说他装死……你等老娘再去烧红点来。他又把火钳放在灶里烧红,然后拿来……又拿在膀上烙一歇,看见老实不衷了,他即忙解下来一看,才当真死了(《蓬莱阿鼻路·苦媳报冤》)。①

王氏与活阎王对儿媳妇都使用了暴力。小媳妇与阿秀都才十一二岁,可算未成年,也并非恶人。当她们被毒打时,无论如何哀求,哭得如何凄惨,都不能令施暴者产生恻隐之心,停止暴行。王氏与活阎王的暴力行为很恐怖,最终酿成人命。宣讲者讲得越详细,就越暴露出施暴者的恶及残忍,越容易引起听者的情感共鸣,激发他们对暴行的否定。前者是行为暴力,后者是对暴力的审美。在上述暴力叙事中,暴力审美不是对暴力本身的肯定而是否定。

当暴力被视为是对伦理的维护,有利于社会秩序的建构时,便具有了正当性,这时对暴力描写越细致,褒奖或惩罚意味也就越浓。王氏与活阎王最终没有得到好结果,她们同样遭到暴力惩罚:

　　(王氏被告到官府)太爷容他不过,命人把烙铁拿来,仍旧烧红,吩咐将王氏身上衣服脱了。太爷骂道:"王氏!你会烙人,于今有甚说的,也与我烙起来。"衙役听得,将烙铁一举,王氏见了,

────────

①《蓬莱阿鼻路》卷五,咸丰十年(1860)刻本,第50页。

叫喊连天,一时考试先生、看审案的,有千余人,个个都叫着实烙,烙去烙来,周身都烙烂了(《宣讲集要·嫌媳恶报》)。①

(做法事时)只见何氏恶妇,手拿截刀一把,跑在挂神案那桌子上坐着,口叫自己的姓名:"陈何氏呀! 你的媳妇无过无错,你嫌他没得陪奁,起心刻苦,朝日打骂,又还用些非刑治死媳妇,媳妇诉与阎君,特来挖你的心肝五脏。"恶妇说毕,照自己胸膛上一刀,心肝五脏暴出而死(《蓬莱阿鼻路·苦媳报冤》)。②

以暴力惩罚暴力,是现实生活中的以暴制暴的文学化。犯错必须付出代价,其中之一便是接受肉体受罚。福柯通过调查发现,十八的世纪的犯罪真相通过公开的刑罚直接鲜明地表现出来有几种方式,一是"使犯罪者成为自己罪行的宣告者";二是"沿用、复活了忏悔的场面。这是用一种主动的公开认罪的方式复制了强制的当众认罪,将公开处决变为昭示真理的时刻";三是"将公开受刑与罪行本身联系起来";四是"行刑的缓慢过程、突如其来的戏剧性时刻、犯人的哀号和痛苦可以成为司法仪式结束的最后证据"③。肉体惩罚在刑罚中十分重要,通过肉体惩罚,才能确保真理:"真理—权力关系始终是一切惩罚机制的核心。"残暴是重大犯罪的一个特征,"因为惩罚必须以极其严峻的方式将罪行暴露于众目睽睽之下,所以惩罚也必须对这种'残暴'承担责任:它必须通过忏悔、声明和铭文揭示残暴;它必须用仪式复制它,以羞辱和痛苦的方式将其施加于犯罪者的肉体上。"④

---

① 〔清〕王文选辑:《宣讲集要》卷五,光绪丙午年(1906)吴经元堂刻本,第36页。
②《蓬莱阿鼻路》卷五,咸丰十年(1860)刻本,第53页。
③〔法〕米歇尔·福柯著,刘北成、杨远婴译:《规训与惩罚:监狱的诞生》,生活·读书·新知三联书店,1999年,第47—49页。
④〔法〕米歇尔·福柯著,刘北成、杨远婴译:《规训与惩罚:监狱的诞生》,生活·读书·新知三联书店,1999年,第61页。

宣讲小说中一些人在犯过之后受罚的整个过程,与福柯所言的惩罚过程极为相似。《法戒录·换布受刑》中,布商吴湛七偷偷换林商布匹,以致林商自缢。吴湛七正在贸易时,"被恶鬼劈头一铜锤打下,吴湛七大喊一声,口吐鲜血而死。鬼卒将魂魄锁押而去。见了冥王,王命林商对案。吴湛七低头不出一言,王命恶鬼押去,绑于将军柱上,打条子三百,解下押于剥皮亭上,剥皮破肚,剜心抽肠,极尽其苦"。又令他附体复苏,"命家人脱衣视之,见周身尽是条子伤痕,青肿难堪"。吴湛七又叫家人鸣锣叫来乡邻,对众忏悔自己的过恶,以及自己在冥府所受之刑,将自己所作之恶一一袒露于世,"讲至十日,自将十指啮尽,忽大叫一声噯哟哟,口吐鲜血而死"①。《宣讲选录·纵虐前子》中的李氏因虐待前子,被贬岭南,一路受些烟瘴之气,周身溃烂,鲜血长流,渐至毙命。《法戒录·狼毒心》中的林春妻不给幺女饭吃,以致幺女饿饭六天而死,结果林春与妻拿刀相互伤害同日而死。《阴阳鉴》第九回《勘二殿楚江论狱,度众魂圣帝游冥》中,真君言:"上古人心浑朴,行事端方,不讲因果,亦知为善去恶。迨中古人心变迁,行为不正,仅以圣贤大道教之,未免难于迁善改恶,故令淡痴仙阐发各殿地狱诸苦恼,以警世人。今则下元已尽,上元复来,人心益险,世道愈偷,非假因果报应以为暮鼓晨钟,将举世沉沦,昏昏宇宙,何以成得世界?此书实不得已之举也。"②书的卷首有地府十殿图,图中有不同的刑罚。其后各卷关于地狱各殿的叙述模式大致相同,大体是先对地狱刑罚详细描述,再写作恶者在地狱受刑,以及被要求回阳,将自己平素为非作歹的事情及在地狱遭受的酷刑一一讲述,以便警醒世人。宣讲小说中大量的自陈其过、自陈其罪然后自残其身的情

①〔清〕梦觉子汇辑:《法戒录》卷五,光绪辛卯年(1891)明善堂新刻本,第36、38页。

②〔清〕义泉静虚子编辑:《阴阳鉴》,光绪癸未年(1883)刻本,第3—4页。

节,向世人表明以暴力(包括语言暴力与行为暴力)破坏家庭与社会秩序者,皆会受到暴力反制。既然施暴者或作恶者以暴力、奸巧给他人带来极大伤害,那么他也应该受到相应的甚至更严厉的暴力反噬,以免助长施暴者对暴力及奸猾的崇拜从而破坏整个社会的和谐。

　　暴力在惩罚恶行时获得了正当性,故但凡为神灵所惩者,都要被示众。由于叙事的焦点在对恶行的否定,宣讲小说并不多写看客及听众的反应,反倒有受罚者期望看客看后四处宣讲,让人引以为戒,从而减轻或减免自己的罪刑。正当性暴力主要体现在被主流社会认可的行为上,如复仇、制恶。为父复仇、为夫复仇,因为父权、夫权的原因,成为复仇者孝顺、节烈的表现形式。《保命金丹·烈妇报仇》中申希光的丈夫被方六一所害,希光为了复仇,假意应允与方六一成婚,却在成婚之日携带利器,"手起刀落,从六一胸前刺下,登时气绝。二使女正在瞌睡,被希光一刀一个,送了性命……父母闻呼,披衣入房,希光一并杀之,又呼妻与二子并家人速来,一时仓猝之间,皆未防备,先后奔入,皆死刀下"[1]。因为是为夫报仇,希光被官府请旌表彰,并被认为"贞烈盖世,古今罕有,宜其名传万古不朽"[2]。同书《烈女报仇》中商三官为父报仇,假扮戏子进入仇家,将仇人灌醉后"抽出利刀……向颈项很心一刀截下,竟为两段,手脚几弹而死。三官心犹未足,又将肚皮破开,心子挖出,细细切之"[3]。杀人后,三官自缢不死,被皇帝封为节烈夫人。《宣讲选录·节妇诛仇》中庚娘为丈夫复仇,"静悄悄执菜刀走至床前,气忿忿伸玉腕揪住发辫,恶恨恨照颈项

---

[1]〔清〕岳西破迷子编辑,〔清〕果南务本子校书:《保命金丹》卷二,刊刻时间不详,第45页。

[2]〔清〕岳西破迷子编辑,〔清〕果南务本子校书:《保命金丹》卷二,刊刻时间不详,第48页。

[3]〔清〕岳西破迷子编辑,〔清〕果南务本子校书:《保命金丹》卷三,刊刻时间不详,第24页。

就使刀残。使尽力砍下去气犹未断,只见他号而起将要声喧,急忙忙又几刀连切带砍,魂悠悠一霎时即归阴间"[1]。庚娘诛仇后又杀仇人之母,被皇上敕封勇烈夫人。《破迷录·仙驭恶妇》讲述的是以恶驯恶妇。万石在马介甫的"再造丈夫散"的支撑下,"一脚就踢尹氏几个翻兜,未及起身,他复捡些石头瓦片打去,如擂鼓一般,打得尹氏遍身是伤,尹氏方开言要骂,他于腰间取出佩刀就割尹氏股肉一块,掷于地上,方欲再割,尹氏只是求饶,家人见万石凶狂,俱来死力拖出",尹氏改嫁张屠夫,旧习复发,"屠户气发,将他捆起,拿屠刀川屁股,用牛索穿过,悬吊梁上,荷肉竟出,不管死活"[2]。暴力叙事依附于伦理道德,成为表达观念、传播圣谕的重要叙事内容与手段。同样是暴力,在恶人那里,暴力就是作恶犯罪,其行为令人不齿,而一旦被赋予正义性,暴力"直播"则是惩恶扬善、宣示正义。如果神灵参与以暴制暴以宣扬某种伦理,暴力甚至获得了神圣性。

　　以因果报应警醒世人,最好的方法是让人"实见",实见的效果强于听闻:"民众不仅应该耳闻,而且应该目睹,因为必须使他们有所畏惧,而且有必要使他们成为惩罚的见证人","判决必须通过犯人的肉体向所有的人昭示"[3]。负面人物的身上几乎均具有双重性,他们依照自己的意愿行事,不遵守社会规则;他们可能不爱他人却爱自己及家人,不爱媳妇却爱儿女,不爱女儿却爱儿子……他们的种种行为构成了对社会秩序的挑战。宣讲小说中的不少惩罚,几乎都有众多旁观者,旁观者们"见识"到暴力惩罚,并不会厌恶惩罚的血腥,而是深深认同、肯定暴力后面的道德权威。暴力(无论是故事中的人物施暴

---

[1]〔清〕庄跛仙编:《宣讲选录》卷七,同治壬申年(1872)刻本,第12—13页。

[2]〔清〕龙雁门诸子编辑并校:《破迷录》卷四,光绪丁未年(1907)新镌本,第88、93页。

[3]〔法〕米歇尔·福柯著,刘北成、杨远婴译:《规训与惩罚:监狱的诞生》,生活·读书·新知三联书店,1999年,第47、63页。

于他人还是自身受到暴力惩罚）后的精神镜像是世俗伦理道德。暴力书写被置于宣讲圣谕、宣讲伦理道德的主题下，实则是对恶人施暴行为的否定，对彰显正义的肯定，蕴含着宣讲者建构良性社会秩序的良苦用心。

论及"狂欢"，人们一般都会想到巴赫金的狂欢诗学理论。事实上，中国也有狂欢。民俗学研究专家钟敬文指出，"所谓'狂欢'一词，我国过去在学术上还不曾作为术语来使用，但在中国的社会史和文化史里面，的确存在着这种现象"。"狂欢化"应该包含两个层次："狂欢现象和狂欢化的文学现象。"①在中国传统社会，从民间到官方，都有狂欢性活动，如骂社火、节日庆典、民间庙会等。文学作品中也有狂欢化现象，如《水浒传》中的大碗喝酒、大块吃肉，《红楼梦》中的宴会等。巴赫金在论述欧洲狂欢节文化时指出："在狂欢中，人与人之间形成了一种新型的相互关系，通过具体感性的形式、半现实半游戏的形式表现了出来。"②宣讲小说讲述圣谕，倡导的是规规矩矩的生活与思维，借以维护三纲五常、五伦八德。宣讲过程中严肃的仪式性行为似乎与狂欢挂不上钩，但一旦将视线转移到宣讲小说中诸多暴力叙事便会发现，民众对暴力的观看乃是人们谨小慎微生活中精神上的释放，听书场合中听众通过一系列的暴力叙事，尤其是暴力惩罚叙事，调节、缓解心理压力，调适自己的行为。暴力行为本身并不属于狂欢，但当小说将恶人受罚置于大众视野中，引领大众前来观看时，在一定程度上就具有了狂欢色彩。或者说，人们日常生活中不能实施的种种暴力，通过听、看恶人受惩得以宣泄。

①钟敬文：《略谈巴赫金的文学狂欢化思想》，包莹编：《钟敬文集》，广东人民出版社，2018年，第431—432页。
②〔苏〕巴赫金著，白春仁、顾亚铃译：《陀思妥耶夫斯基诗学问题：复调小说理论》，生活·读书·新知三联书店，1988年，第176页。

"狂欢并不意味着精神的绝对自由,规训是狂欢背后的精神镜像。"①狂欢化的一个特征是对权威的颠覆。地府暴力惩罚叙事中,所有受罚之人都是同一个身份——罪犯,他们在地府的待遇,依就他们在阳世的作为而定,财富、地位、职业、性别、年龄、身份、姿色等在这里都得到消解,起作用的,只是道德。每个人都可以站在道德高度,对各色人——不同财富等级乃至平日不敢直视之人实施惩罚,以此获得快感。宣讲小说有着对权威的颠覆,这体现在众多的审判叙事上。犯人受到审判似乎是天经地义,神灵似乎都是高高在上的,但小说中的很多神灵也是受审判的对象,如《法戒录·审坛神》《劝惩录·土神受鞭》《赞襄王化·城隍受贬》《辅化篇·审财神》等故事中的神灵,故事中,坛神、土神、城隍、财神等都受到审判。《法戒录·审坛神》讲述李氏将前妻的儿子丁丁弄死,施公审案,知李氏家旁边的罗公坛神灵验,遂令人将坛神请来,焚香后,又令人将坛神吊起来打了一百多鞭,坛神附体于衙役说出实情,施公又令坛神找回丁丁魂魄,之后才让其回归本位。《劝惩录·土神受鞭》叙述孝妇郑氏在灾荒年乞讨奉养婆母杨氏,一日乞讨之时却因狂风大作而跌倒于地,再次乞讨之时却因天晚大雨,以致杨氏未得食。当地的土地神被大神审判,遭到责打,而推倒孝妇的鬼差则被城隍斩首。《赞襄王化·城隍受贬》写王大从逼迫妹妹秀英改嫁,秀英自缢,大哥王大顺气死,但大从依旧怙恶不悛。大顺虽为城隍,亦受到玉帝斥责,被贬为土地神。上述故事中的神灵是"真实"的,他们在自身未能处理好一些事务时,受到人间官吏或比他们地位更高的神灵的处罚。《辅化篇·审财神》中受审判的神灵则是另一种情况。李氏与包洪贵通奸,欲杀侄子以祭祀财神,事件暴露,官吏审案,知为祭祀财神之事,令人将财神拿到。财神乃是由他人装扮,官吏审财神,查出真相。

---

① 刘文辉:《中央苏区红色戏剧研究》,中国戏剧出版社,2017年,第203页。

　　神灵因为一些原因可受审，其他的动物乃至无生命物同样可受审。《跻春台》之《审烟枪》《审豺狼》《审禾苗》，《浪里生舟》之《审花狗》《判铁钉》等故事，都有戏剧化的审案，甚至还有人装神弄鬼，如《照胆台·雷打雷》《辅化篇·魁神作媒》、《惩劝录》之《魁神显灵》《假无常》等故事。为宣传圣谕，这些故事是严肃的，但也是诙谐的。诙谐的、狂欢的形式可以表现严肃的主题，呼唤狂欢后的道德回归。

　　巴赫金认为，诸多文体中，最具狂欢色彩的是民间诙谐文学。"那些哪怕多少同庄谐体传统有点联系的体裁，还都保存着狂欢节的格调（布罗基洛），这使它们同其他体裁产生明显的区别。"[①]最具有狂欢精神的文体就是小说。宣讲小说融合民间说书与民间歌谣的"唱"，相较于一般的拟话本或话本，它的表演性更明显，民间性更突出，也就是说，它的狂欢性更突出。小说颠覆权威，调戏鬼神，惩罚过恶，调侃丑陋，以及忏悔情节的广场化，正是狂欢精神之体现。在狂欢的文本里，宣讲者与听众见证负面化的主人公脱离了生活的正轨而遭受暴力惩罚，或者遭到调侃、戏谑，从而审视"反面的生活"背后的真正意图，朝回归正常社会轨道而努力。

---

① 〔苏〕巴赫金著，白春仁、顾亚铃译：《陀思妥耶夫斯基诗学问题：复调小说理论》，生活·读书·新知三联书店，1988 年，第 157 页。

第七章　宣讲小说程式化的伦理意味

　　程式即法式、规则,也指特定的格式。任何体式的文学都有其特定程式,只有遵守其程式,才能成为"这一类"文体。比如时文遵循八股体例,铭文有铭文的程式,戏曲表演及表达皆遵循特定的程式。程式"可能是陈旧的,但并不妨碍其有效性"①。口头文学的程式化尤其明显,有关于此,阿尔伯特·贝茨·洛德《故事的歌手》提出了口头程式理论。程式是一种经常使用的表达方式。程式化过程中有重复,却不能等同于重复。宣讲小说是书面化的口头作品,它最大限度地记载了宣讲者的"声音",在同一时空的创作、传播与接受中,口传的思维及表述非常重要。

第一节　宣讲仪式的程式化

　　仪式是社会中广泛存在的一种模式化的行为方式,它具有目的性,与程式关系十分密切,须通过程式化的语言、情节、场景来呈现。仪式与文学的关系可以归于两点,一是文学在仪式中产生,如先秦歌谣《蜡词》的神咒,就是举行法事仪式时的咒词;二是文学描写与记载仪式,如《楚辞》中的《九歌》就是楚国巫师祭祀神灵,屈原见而形之于

————————
①〔法〕阿莫西、〔法〕皮埃罗著,丁小会译:《俗套与套语:语言、语用及社会的理论研究》,天津人民出版社,2003年,第64页。

诗。无论哪一种,都是仪式先于文学。仪式本身具有程式。"'仪式程式'有两个内涵所指:一是口头叙事传统中的程式,主要由传统性片语、主题和故事类型三个层面构成;二是指仪式中的程式,主要由仪式程序、仪式主题、仪式类型等三个层面构成。"①宣讲小说是宣讲的产物,宣讲乃是一种仪式化的行为,其中有诸多程式。

一、圣谕宣讲的仪式程序

清朝规定,各乡村大邑每逢朔望都要进行宣讲,宣讲者主要是从举荐的生员中挑选出的老成持重之人。具体宣讲时,有一套仪轨。《辅化篇》中的《宣讲仪注》等对宣讲仪式介绍得甚为详细:

> 凡宣讲,夙兴洒扫,将圣谕牌、香案、讲台,一一安排停妥,务要精洁。首人、讲生严整衣冠,焚香炳烛。讲生赞礼,首人排班,各捧香一炷,惟中一人三炷。宣讲既设,大众肃静,恭歌捧香。诗:龙涎三炷手中擎,袅袅香烟透玉京。一片恭诚通帝座,降真端不在虚名。歌毕进位,讲生在前,首人在后,向外迎圣三礼,恭歌迎圣诗:(诗略)。歌毕,圣驾临台,转身恭设圣座,恭设诸神座,所设已毕,诸生香插玉炉,拱立台下,恭歌神降诗:(诗略)。歌毕,恭于圣谕台前,朝参九礼,礼毕献香,恭歌献香诗:(诗略)。歌毕献帛,恭歌献帛。帛以黄纸白纸为之。诗:(诗略)。歌毕,请旨下案,俯伏长跪,恭读我朝世祖章皇帝《圣谕六训》(内容略)。读毕叩谢圣恩,三礼,礼毕,恭读圣祖仁皇帝《圣谕十六条》(内容略)。读毕,叩谢圣恩,三礼。圣谕读毕,神戒当宣恭读《文昌帝君蕉窗十则》(内容略)。读毕,再读士子六愿(内容略)。读

---

① 杨杰宏:《东巴祭天仪式的程式化特征及结构形态》,《黔南民族师范学院学报》2016年第1期。

毕,叩谢神恩,三礼,礼毕,恭读《武圣帝君天地君亲师五大愿》(内容略)。读毕,再读孝弟忠信礼义廉耻八宝训(内容略)。读毕,叩谢神恩,三礼。礼毕,恭读《孚佑帝君家规十则》(内容略)。读毕,叩谢神恩,一礼,礼毕,恭读《灶王府君男子六戒》(内容略)。读毕,再读《女子六戒》(内容略)。读毕,叩谢神恩,三礼。礼毕,恭读祝文,恭维圣天子御极之光绪年月日。

　　读谕良辰,今△△地奉行宣讲,信士下民△△△(随事变化一二句)。为遵崇宣讲,劝善改过,祈保合家(地)清平无事,虔具香烛辉煌,敢昭告于昊天金阙玉皇上帝、三教圣人、文武夫子、本朝历代皇祖、当今天子、皇帝万岁万岁万万岁陛下、镇台夫子位前,祝曰(内容略)。读毕化帛。此乃尘凡闹扰之地,不可久留圣驾,诸生向外送圣三礼,恭歌送圣诗:(诗略)。歌毕转身,复面恭撤圣谕龙牌,谨设格言座位,鞠躬台前,恭歌格言诗(诗略)。歌毕,宣读台规十条(内容略)。以上十条,各宜凛遵,毋违。再读台规十则(内容略)。台规宣毕,各宜谨遵,首人一礼撤班,讲生一礼登台,明声宣读《宣讲要则八条》(内容略)。……宣讲之前,在城市先鸣锣四街,在乡里先鸣锣各村,告以某处宣讲,招人多集,否则人少,未免徒费唇舌。至众人齐集之时,鸣锣一通,以三十三下止,肃仪排班,依前仪注行礼。礼毕,宣讲前护四川总督布政使司游《示兴宣讲歌》(内容略)。①

　　《宣讲集要》所载的宣讲规则大致如下:先要求大众肃静,然后鸣金、击鼓,诸生虔诚排班就位,"跪、叩首、三叩、兴、亚跪、叩首、叩首、六叩、兴、三跪、叩首、叩首、九叩、兴",到圣谕台后,代读生先恭读"圣

---

① 〔清〕平羌扪心子选辑,〔清〕书痴子校订:《辅化篇》卷一,光绪丁未年(1907)新刊本,第1—14页。

谕六训",引读宾再依次引众人恭读"圣谕十六条";其后引读生、引赞生依次叫读《文昌帝君蕉窗十则》《武圣帝君十二戒规》《孚佑帝君家规十则》《灶王府君新谕十条》《宣讲坛规十条》,后读谕生、代读生恭读具体内容。谕戒坛规诵毕,还要:"叩首、叩首、叩首、叩首、兴、礼成。司讲者登台恭读王章。"《宣讲坛规十条》的要求是:坛内安排停妥,礼仪洁净;入坛身体洁净,衣冠整齐;宣讲言语温文,明白晓畅;每日黎明即起,诵维圣谕格言;于训语虚心体会,不可自作聪明……于退坛时,静坐默揣,不可浮言妄动。《圣谕六训集解》前面罗列了关圣帝君、孚佑帝君、桓侯大帝、复圣颜帝、弘教真君、王雷君、康夫子等各自的宣讲坛规若干条,还有单独的圣谕坛规。归纳整个宣讲过程,有几个步骤:进坛肃静—焚香跪叩—读圣谕及神谕—解读圣谕—宣讲故事—退坛。私家请人宣讲时,也极有仪式性。《宣讲四箴》将"四箴"概括为遵、诚、导、化,每一箴都有具体的礼仪要求,以及行为所体现的虔诚心态。

　　徐心余《蜀游闻见录》中记载了四川地区人家有生病者时请人说圣谕的情况:

　　　　所谓说圣谕者,延读书寒士,或生与童,均称之曰讲师。或设位大门首,或借设市店间,自日暮起,至十点钟止,讲师例须衣冠,中供木牌,书圣谕二字,高仅及尺,宽三寸余,香烛燃之,主人行三跪九叩首礼。讲师先将圣谕十六条目录读毕,即将木牌换转,现出格言二字。讲师设座于旁,择格言中故事一则,或佐以诗歌,或杂以谐谑,推波助澜,方足动人观听。①

　　郭沫若曾回忆他所见的圣谕宣讲:"在街门口由三张方桌品字形

①徐心余:《蜀游闻见录》,四川人民出版社,1985 年,第 95 页。

搭成一座高台,台上点着香烛,供着一道'圣谕'的牌位。在下边的右手一张桌上放着一张靠椅,如果是两人合演的时候,便左右各放一张。讲'圣谕'的先生到了宣讲的时候了,朝衣冠楚的向着'圣谕'牌磕四个响头,再立着拖长声音念出十条'圣谕',然后再登上座位说起书来。"①相对于《宣讲集要》《辅化篇》所言的仪式,私家宣讲的仪式相对较为简单。

扶鸾宣讲小说同样具有仪式性。庚子年(1900)台湾新竹府宣讲小说《换骨金丹》是"专为宣讲而著"(《例言》),这部扶鸾宣讲小说共有善恶案证六十则。书前有《序言》,然后列举了一系列的"奉旨"飞鸾督造该书的系列神灵,如南天文衡关圣帝君、九天司命张真君、南宫孚佑吕帝君等,书成后,还"奉派"系列人物总理、校正、参校、鉴定、抄录、宣讲、请诰、司香、司茶、迎送等等。每一则案证,都是请神降乩而成,因而每则案证皆是某年月日时冥都统司降临讲述的故事。贵州长篇宣讲小说《阴阳鉴》受庚子阐教影响,亦是当地文人扶鸾造作之书,"原为发聋启聩,化民成俗而设"(《凡例》)。参与扶鸾的有近三十人,各有不同分工。全书九十九回,讲的是真君与冥府各殿阎王一同审案,过程大概相同:真君进入某一殿,与该殿的冥君共同审判善案恶案,要求主人公自述或作歌返回阳间劝善,同时真君阐释相应的律法。故事的程式化是过程的程式化,长达九十多回的篇幅,显然不是短时间内完成的。成书后,又召集各参与者,加封各神灵,封赠参与者,"却说诸子书板告竣,各具衣冠,一堂拜跪"(第九十九回),神又降乩作诗敦勉诸人。可以说,《阴阳鉴》反映了扶鸾仪式的整个过程,在宏大的仪式中,或歌或文,或叙或议,各条圣谕得到阐释。小说中不同回目讲述不同善恶情形,演绎不同圣谕,具体有伯叔律、兄弟律、

①郭沫若:《沫若自传第一卷——少年时代》,《郭沫若全集·文学编》(第11卷),人民文学出版社,1992年,第35—36页。

夫妇律、子女律、端蒙律、宗亲律、主仆律、格致诚正律、朋友律、涵养立身律、言语律、戒淫律、财利律、崇俭律、接人待物律、救济律、劝善律、爱物律、士人律、居官律、蠹役律等。可以想见,在扶鸾场景中演绎这些律条时,参与者如何一步步地行动。从某种程度上说,《阴阳鉴》是一部扶鸾仪式感极强的长篇宣讲小说。同为扶鸾宣讲小说的《因果新编》《广化新编》,也是如此。

二、宣讲仪式的程式化

作为仪式,圣谕宣讲遵循程式却不照本宣科,而是根据时间、场所、气候、受众等具体情况而有所改变。宣讲小说不同的文本形态,亦与此有关。整个宣讲仪式中,搭台、请台、开台与收台都是附加,宣讲的内容,即仪式主题本身才是重心。宣讲的案证文本中,亦不乏对此重心的记载。《普渡迷津·同挽浩劫》中,张祁仁离任,民众自发送行,"但见男女满道,鼓乐盈途",于是张晓谕百姓:

> (讴)众百姓休得要闹闹嚷嚷,听本州说一段救世良方。叹于今这世道实系难讲,善者少恶者多昧尽天良。……自本州上任来告示先放,能讲者给衣顶何等光扬。看各处学官到圣谕先讲,传生员进文庙济济跄跄。……众百姓休得要去学这样,从今后各人要改换心肠。或一村或一团各兴会讲,或初一或十五锣鸣四方。讲圣谕必须要声音高朗,又还要讲格言报应昭彰。更劝你各人们兴个家讲,一个月讲一次教训儿郎。……这一段言虽浅理实正当,但愿得众百姓谨记无忘。但愿得众百姓太平同享,但愿得众百姓富贵绵长。舍不得众百姓回头观望,舍不得众百姓泪下几行。欲再与众百姓从头细讲,又怎奈君命

召道阻且长。①

　　这一段晓谕，在一定程度上说明了宣讲的过程。宣讲的语境：人
数众多之时；宣讲缘由：天道有差，欲以救世；宣讲内容：宣讲对于士
农工商的重要性；宣讲场所及时间：村、团，初一及十五；宣讲方法：讲
圣谕，还要讲格言，讲善恶昭彰的故事；宣讲前的准备：锣鸣四方，召
集人众；宣讲完毕时：表达愿望与离别不舍。放在表演仪式下分析，
这段宣讲，是整个故事宣讲的构成部分，也是宣讲表演的一个过程，
与其说是张祁仁的宣讲表演，不如说是宣讲者的表演。宣讲者在表
演这一段时，将由"说"的表演转到"讴"的表演，当张祁仁离开，"讴"
的表演再转到"说"的表演。关于讲书时的方式，《跻春台·审禾苗》
《孝逆报·周将诛逆》亦有说明。《跻春台·审禾苗》中，"差领票四处
访问。一日，来到坨子店，见有人在公庙宣讲，二差去听，讲的是文帝
《遏欲文》，又讲个犯淫的报应"②。这个讲书程式是"神谕＋故事"。
《孝逆报·周将诛逆》通过王沛与妻舅陈在兴的对话说明为何要讲圣
谕、格言、案证。对待宣讲，在兴与王沛态度不一，前者认为宣讲可以
广见闻，后者则认为宣讲是邪说。二人一问一答："'讲圣谕就讲圣
谕，为甚么要讲格言？''讲格言原劝人孝弟忠信，并未曾引诱你奸盗
邪淫。''格言就算是好的，为何要讲甚么案证呢？''讲古案不过是借
来引证，使愚人知善恶报应分明。''讲就讲吗，为何在台上歌吟哭泣，
岂不是亵渎皇上吗？''讴与吟原使那听者喜幸，能入耳他方可记之于

---

① 〔清〕岳北守一子编辑，〔清〕舟楫子校正：《普渡迷津》卷四，刊刻时间不详，第
　　60—63 页。
② 〔清〕刘省三编辑，蔡敦勇校点：《跻春台》卷四，江苏古籍出版社，1993 年，第
　　513—514 页。

心。这都是从权变辅助王命,之图人陷溺久厌故喜新。'"①在兴之言阐明了宣讲时引入故事、歌谣的必要性。讲书时作辅的讴、吟有时本身也极富表演性。如《济世良丹·不弟恶报》中,通过夫妻对唱《十二月歌》,将双方的矛盾加以突出:

　　妻:正月里,把夫赗,叫他趁早想个方。你本堂堂男子汉,何必帮兄把男盘。

　　夫:二月里,贱婆娘,离人骨肉实可伤。你教我与哥嫂嚷,快分家业遂心肠。

　　妻:三月里,把夫赗,劝夫各人早打量。趁此我们年少壮,正好走路趁太阳。

　　夫:四月里,贱婆娘,枕边告状假悲伤。竟把我心说翻了,与兄打架忧爹娘。

　　妻:五月里,把夫赗,家家户户要栽秧。刁唆丈夫来睡起,忧得哥嫂泪不干。

　　夫:六月里,贱婆娘,推病睡着不栽秧。你叫为夫也睡起,那管哥嫂忙不忙。

　　妻:七月里,把夫赗,请个端公去关亡。喃咐就说先祖说,唗骂哥嫂心不良。

　　夫:八月里,贱婆娘,中秋赏月吵一番。你说这家不分了,情

---

① 〔清〕岳西破迷与编辑,〔清〕果南务本子校书:《孝逆报》卷四,光绪癸巳年(1893)刻本,第 57 页。一般来讲,案证与格言是不同的。《惩劝录·豹魂报》言宣讲生来场,"宣讲格言果报。是夜登台,格言一遍,复读《惜生歌》一篇"。《广化新编》第十一回《观音堂女尼讲格言,灵应寺天君垂宝训》中,女尼讲的格言乃是《太微仙君训闺门功过格》。但在《辅化篇序》中,案证与格言应是相同的,如"讲格言必先讲顺案,而后讲逆案,使善恶分明,报应显著,方能醒豁人心"。可见时人对案证与格言,分得并不十分清楚。

愿一命丧黄粱。

　　妻：九月里，把夫喷，家家收获正奔忙。假装头疼不吃饭，那管收获睡在床。

　　夫：十月里，贱婆娘，梅花先放遭寒霜。只为你唆把罪犯，地狱受刑苦难当。

　　妻：冬月里，把夫喷，叫声奴夫听端详。若是不把家分了，奴家情愿见阎王。

　　夫：腊月里，贱婆娘，为听你话心乱慌。因此才与哥吵闹，弟兄打吵告到官。①

　　倘将这段对唱改成一般对话，固然也能将妻如何教唆丈夫不睦家庭，丈夫由不接受妻言到一步一步与妻同心，最后与兄打官司这一情节说清楚，但不如对唱效果明显。对唱不仅能将情节交代清楚，亦使对话具有表演功能，句式整齐押韵，程式化语言及其铺排夸饰，将妻之不贤，夫之软弱，真实呈现于听众之前。可以想见，在圣谕台上，两人的表演，或者一人扮演二人，以男女双音来争吵，是什么样的情景；这一段具有表演性的对唱，又为整个故事宣讲表演增添了怎样的趣味。

　　再如关于案证排列的顺序。很多宣讲小说，都是顺案与逆案交互排列，同一主旨，先顺案，后逆案，顺逆对比，善恶分明，更能让人心醒豁。如《孝逆报》的48案，孝案与逆案依次排列。以卷一为例，卷一有8案，依次是《万古孝模》《逆报一家》《尝药愈病》《淫逆变猪》《弃官寻母》《忘恩变狗》《乳祖享福》《诬祖遭诛》。一顺一逆，形成鲜明对照。古阳瓜开化子校阅的《济世良丹》借杨真官之口说道："今以孝弟忠信礼义廉耻八字而传，一善一恶之案证，善字在上，恶字在下。善案者，引与他一个榜样；能善而孝者，有如是之善报。恶案者，讲与他

_____

①〔清〕古阳瓜开化子校阅：《济世良丹》卷上，宣统二年（1910）保善坛本，第30页。

一个比方，若是忤逆，就是这样下场，自然回头而不忤逆了。"①《辅世宝训》的《凡例》亦云："是书体本朝之圣谕十六条，切实发挥，每条四案，一正一反，悖谕者报应不爽，遵谕者获福无量，每案后之结穴，无非示人改过迁善，复还本性，讲过自明。"按一顺一逆编排者，还有《惺惺集》《大愿船》《渡生船》《擎天柱》等。在讲书仪式中，若也按此宣讲，便成为程式，其劝善效果自然强于单一的善或恶的案证。

　　不论是出于什么原因，一般的白话宣讲，其过程可谓是融合了诗、歌、故事、议论的说唱结合的仪式表演。宣讲文本"诗＋议论＋案证＋总结"的结构，也成为宣讲的程式，"今举一案证，说与众公听""从此案看来"等语言，成为引入案证及结束案证故事的套话。扶鸾时神灵降临的开场诗及离开时的返驾诗，表明讲书仪式的开始与结束。

　　宣讲仪式的说书环节中，故事是主要形态，其中的情节本身就是仪式，或仪式化了。人物的仪式性行为赋予其行动以特别的意义。以割肉疗亲、减寿益亲为例，整个情节是程式化的：亲病—祷告神灵—割肉疗亲（减寿益亲）—亲病愈。祷告神灵属于一种祈祷仪式，需要先烧香，再跪拜、祈祷请求、再拜等，其过程特别庄重严肃。通过此仪式，祷告者的虔诚才能被显现，神灵才会接受，也才有割肉后身体仍无异于常人或很快苏醒病愈。祷告行为，在疗亲益亲叙事中只是一个情节，但它却赋予整个情节仪式感，呈现出主人公的牺牲精神。再如被雷击或鬼神惩罚的恶报叙事中，其结构程式是：被罚—苏醒—自虐—自数过恶—死亡（或被赦免）。这个过程中，自数过恶仪式感极强，主人公必须在大庭广众之下，跪于地上，以讴、歌的方式一一数落自己曾经做过的坏事，以及因此遭受的惩罚，进一步劝众人以此为戒。从仪式视角看，这是忏悔仪式，可以凸显惩罚主题。跪着祷

---

① 〔清〕古阳瓜开化子校阅：《济世良丹》卷上，宣统二年（1910）保善坛本，第 12 页。

告、跪着忏悔皆是民俗行为,它成为仪式叙事的单元,在宣讲表演或宣讲仪式中,能够强化道德的神圣性,也使宣讲行为在娱乐中神圣化;表演时的"歌"又使神圣仪式具有一点娱乐色彩。

在圣谕台上进行表演的宣讲小说具有表演性是毋庸置疑的,其表演性,亦可以从经典剧目的改编中看出来。现有宣讲小说文本来源很多,其中一种就是戏曲,如《窦娥冤》《赵氏孤儿》《琵琶记》《杀狗记》《三元记》等;另有原本是史传,后来又改成戏曲小说的,如朱买臣休妻的故事,就有宋元戏文《朱买臣休妻记》《渔樵记》等;也有原本是文言小说,后被改编为戏曲而广为流传的,如《聊斋志异》中的《珊瑚》《张诚》《商三官》《仇大娘》《胭脂》《庚娘》等,这些故事多被改成戏曲。虽不能判定聊斋宣讲小说究竟是改自小说,还是改自聊斋戏曲、杂剧,但故事能被改编皆说明这些故事具有表演性,适合表演。将文本故事变为口头展演,改变了原文本的僵化形态,故事文本由静态变为动态,由文字变为声音,由古板变为活泼,将个人的阅读变成多人参与的集体行为,故事在宣讲的语境中,增强了仪式感,于民众的教化及社会秩序的建构,具有极为重要的作用。

学界在研究仪式与文学的关系时,多集中在讨论口头文学的相关问题,如神话、史诗、民间传说等。随着文学的发展,更多样式的口头文学陆续出现,以中国为例,从敦煌变文到宋元话本、明清俗曲及通俗小说等,它们都可以用口头文学的研究方式进行研究。"仪式使生产、生活的实践活动象征化、程式化。仪式通过讲述、解释、表现、记忆等手段在特定时空坐标中展演社会生活。从这个角度说,仪式性叙事是使社会生活文学化的关键。"[1]宣讲小说诠释圣谕、神谕及日常伦理,也呈现了一个个仪式化的日常生活,如为主尽忠、为亲割肉的祭献性仪式,通过几世轮回最终成人的通过性仪

①韩高年:《礼俗仪式与先秦诗歌演变》,中华书局,2006年,第43页。

式,犯过受惩的惩罚性仪式,经历磨难最终美满的考验性仪式等。
"仪式通过文学化的形式(戏曲、故事、诗文等)和文学'乐语'的诵
唱,才能使其观念形象化、具象化,调动仪式参与者的集体情感和
想象,进而有效地将其观念植入。而正是在这种仪式中,文学不仅
被生产、被传播,而且被升华。仪式既是文学存在的模式,也是文
学得以生产的模式。"①以此考察宣讲小说,二者十分地契合。从故
事记载看,很多受众,正是因为听了宣讲,转变观念,改过自新。以
《宣讲集要》中的故事为例,如《逆媳斫手》中:"谭氏说毕,四处晓谕。
从此以后,谭氏回心,孝敬公婆,手足方愈。于是理民府宣讲人等,又
将此断手,拿至各场市镇劝化,人人畏服。"②《石隙限身》中:"那一方
之乐善者,就在岩中起一宣讲亭,从此显遭忤逆不孝恶报,人人亲眼
来看见的不是虚说,所以听圣谕之人甚众,劝化之人亦多。"③正因为
宣讲化人之功极大,它才能成为民众的一大功德,甚至成为四川人的
信仰。大量的宣讲小说亦因宣讲而生,成为晚清社会显著的文化现
象,一直影响到民国,乃至现今。

三、圣谕宣讲的仪式主题

　　杨利慧在《表演理论与民间叙事研究》一文中指出,表演理论在
探讨民俗文化时,特别关注特定语境中的民俗表演事件,交流过程中
导致的文本复杂演变及演变原因,表演者与参与者的交流④。从表
演仪式的视角考察,宣讲小说是在国家政策这个大的语境下的宣讲
行为的文本呈现,宣讲者在与民众交流的过程中不断采纳其他小说

---

① 陈烁:《敦煌文学:雅俗文化交织中的仪式呈现》,中国社会科学出版社,2013
　　年,第18页。
② 〔清〕王文选辑:《宣讲集要》卷三,光绪丙午年(1906)吴经元堂刻本,第38页。
③ 〔清〕王文选辑:《宣讲集要》卷五,光绪丙午年(1906)吴经元堂刻本,第21页。
④ 杨利慧:《表演理论与民间叙事研究》,《民俗研究》2004年第1期。

乃至劝善歌谣,将纯故事讲述变成说唱结合的表演,在表演中讲故事,说圣谕。特定的时间、特定的宣讲场所、特定的宣讲者、特定的宣讲步骤,都令宣讲成为仪式性行为。"每一部作品都可以看作是一场仪式"[1],其原因在于,文本的很多仪式因素(包含大型的正规的礼仪、日常交际行为所体现的礼仪规范,以及日常礼仪用语),都是对各种仪式的描写。案证故事前大量的圣谕与神谕、神降诗,引诗及议论,案证及案证后的结论,皆是对整个宣讲仪式的记载,或专为宣讲仪式而写。所以,每一次宣讲都是一次仪式行为,每一个故事都是仪式文本。"仪式是诸多行为的方式,它们把集体的心凝聚在一起,其功能就是创造、保持、再创造群体中的某些精神状态。"[2]"仪式属于社会化的,群体认可的重复行为和活动。它对社会秩序的稳定和道德形象的塑造起到了其他许多社会活动无法替代的作用。"[3]仪式的类型大致可以分为生活仪式与信仰仪式(宗教仪式)两种。从宣讲的整个流程来看,宣讲仪式是一种生活仪式,即仪式的主题是宣扬圣谕与神谕所包含的世俗礼仪,故而在讲书之前,往往先不厌其烦诵读"圣谕六训"与"圣谕十六条",以及其他诸多神谕,一则它们是整个仪式中的一个环节,二则是以此确立讲书的主旨。

或许是因为神谕、圣谕的"神圣",即便是世俗伦理,也因此变得神圣了,所以与之有关的宣讲行为本身也具有了神异性,甚至成为信仰。从这个方面说,宣讲仪式也具有宗教意味。宣讲是侧重于口头表演的艺术,在主观目的上更注重对社会秩序的影响,因此,它成为仪式最重要的环节,具有神异之功。所谓"大愿船""回

---

① 马硕:《小说仪式叙事研究》,《新疆师范大学学报(哲学社会科学版)》2018 年第 5 期。
② 金泽:《宗教人类学导论》,宗教文化出版社,2001 年,第 86 页。
③ 彭兆荣:《人类学仪式的理论与实践》,民族出版社,2007 年,第 23 页。

生丹"(或"救生船""救世宝筏"及众多命名中含有"船""舟""筏"
"丹"等词的故事)、"脱苦海""上天梯",或者"同登道岸"之命名,明
显含有"通过仪式"的特点。在客观上,受众在经历了宣讲仪式之
后,也的确与原来的自己分离,突破阈限,成为一个新的自己,为社
会,为神灵所接纳。在劫难深重的晚清社会,宣讲行为大行其道,
不仅仅是国家教化的需要,也因为它们是民众仪式生活的重要组
成部分。这些仪式让曾经的社会化过程中的失败者重新接受仪式
洗礼,重新实现社会化。

　　一些宣讲小说因扶鸾而产生。扶鸾基本的仪式是请神、扶鸾、
书写故事、送神,这些仪式的主题分别是请神、善恶案证、送神,由
此而产生相应的扶鸾叙事形态:神降诗—叙述游历(或经历)—送
神诗。请神而神降,可见扶鸾参与者的救世虔诚,降后讲述的故
事,或者是神自己的经历,或者是入冥者天宫地府的游历所见(这
类为主要)。由于追求劝世救世,扶鸾不是一次性完成,而是具有
多次性,故基本形态是不同时刻不同神灵降临,见证不同场景、不
同案证。扶鸾所请之神很多。《济世良丹》自言受道光庚子年西蜀
阐书垂案的影响,有感于世道变乱,因而圣贤仙佛悲天悯人,垂书
济世。扶鸾时所请之神有桓侯大帝、康天君、柳真君、王天君、杨真
官、宏教真君、苏东坡大仙等,如该书卷上由雷阙至尊桓侯大帝鉴
定,王天君保路,邓天君镇坛。神灵降临时,都有诗、话、案证。案
证部分,多为冥游者因某种原因特意冥游,在冥游中,"抄录"善恶
果报,以使晓谕民众。原因在于,"游冥要抄近案,本方人才信
的"[1]。由此而观,案证故事就是扶鸾过程中冥游仪式所言故事的记
载,其主题自然是冥游所见善恶案证。

─────────

[1]〔清〕古阳瓜开化子校阅:《济世良丹》卷上,宣统二年(1910)保善坛本,第12页。

第二节　结构程式化的伦理道德审美

按照一定的程式讲述故事，句子程式只是其中小的方面，结构程式是最重要的。本节所讲的结构程式包含文本体制形态上的程式与故事组合的程式，前者是静态的，后者是动态的。

一、体制形态程式化的伦理强调

宣讲小说的结构程式并不完全统一，最基本的形态是"案证＋议论"式，如《宣讲集要》《感悟集》《宣讲金针》《渡人舟》等，其他程式类型都是在此程式基础上的变化。一是"议论＋案证＋议论"式，如《孝行集录》；二是"诗＋案证＋议论"式，如《活人金针》《换骨丹》；三是"诗＋议论＋案证＋议论"程式，如《化世归善》《护生缘》《广化篇》等。中长篇宣讲小说则是将案证含在每一回中，每一回的体式大致相同，主要是"某（或几个）神降＋诗＋故事＋返驾诗"式，如《新阐观心鉴》《新阐辅德嘉模》，不过后者的结尾多了一句"欲知后来所传，又看下回钞录"。《阴阳鉴》除了每卷开头的首回是"诗曰"后加"却说"引出故事加上"不知所阅何事，且看下回分解"外，其余每回前皆无诗；《因果新编》则是每一回都用诗开头，每回故事自然结尾，无引出下回的套话。

中国古典小说一直标榜它的劝善惩恶性，此可从小说集的命名中窥见一斑。如"三言一型"，分别用"醒世""警世""喻世""型世"；此外，还有将小说比作"钟""针"等以醒人、救人、化人者，如《警寤钟》《鸳鸯针》等。故事的标题体现了小说家的救世愿望，一些故事的标题道德评判性质极为明显。同样是采用说话体制，宣讲小说与明清其他说话体的话本小说或章回体小说最大的不同在于它的劝善性更浓。对此，可将同题材同故事的拟话本小说"三言二拍"及由其改编的宣讲小说进行比较来说明。

"三言二拍"部分篇目改编为宣讲小说的情况如下表所示:

拟话本小说集名	篇　名	宣讲小说集名	篇　名
《喻世明言》	《陈御史巧勘金钗钿》	《宣讲集要》	《玷节现报》
		《缓步云梯集》	《贪利赔妻》
		《宣讲管窥》	《骗人害己》
	《滕大尹鬼断家私》	《保命金丹》	《行乐图》
		《劝善录》	《遗画成美》
	《范巨卿鸡黍死生交》	《宣讲汇编》	《生死全信》
	《吴保安弃家赎友》	《宣讲汇编》	《弃家赎友》
	《羊角哀舍命全交》	《宣讲汇编》	《舍命全交》
《醒世恒言》	《两县令竞义婚孤女》	《保命金丹》	《三义全孤》
		《度世救劫》	《败礼害女》
		《法戒录》	《清廉为神》
	《三孝廉让产立高名》	《宣讲集要》	《让产立名》
	《钱秀才错占凤凰俦》	《度世救劫》	《全义得妻》
《警世通言》	《桂员外途穷忏悔》	《大愿船》	《负义变犬》
	《吕大郎还金完骨肉》	《宣讲拾遗》	《阻善毒儿》
		《保命金丹》	《刻财绝后》
		《保命金丹》	《换金得子》
		《福善祸淫录》	《嫁嫂失妻》
		《宣讲拾遗》《宣讲选录》	《天工巧报》
		《劝善录》	《兄弟奇报》

拟话本小说集名	篇　　名	宣讲小说集名	篇　　名
《拍案惊奇》	《张员外义抚螟蛉子，包龙图智赚合同文》	《照胆台》	《狼心妇》
	《诉穷汉暂掌别人钱，看财奴刁买冤家主》	《宣讲拾遗》	《偿讨分明》
		《宣讲摘要》	《收债还债》
	《丹客半黍九还，富翁千金一笑》	《宣讲集要》	《烧丹诈财报恶》
	《袁尚宝相术动名卿，郑舍人阴功叨世爵》	《宣讲至理》	《善念格天》
		《劝善录》	《阴骘变相》
	《占家产狠婿妒侄，延亲脉孝女藏儿》	《宣讲管窥》	《孝女藏儿》
	《李克让竟达空函，刘元普双生贵子》	《宣讲集要》	《卖身葬父》
		《宣讲选录》	《盛德格天》
		《福善祸淫录》	《双生贵子》
	《东廊僧怠招魔，黑衣盗奸生杀》	《劝善录》	《和尚遇魔》

　　标题。标题是文章的灵魂，于小说而言亦是如此。通过标题，可以大致判定故事的主要情节或主题，如《醒世恒言》之《两县令竞义婚孤女》《刘小官雌雄兄弟》《施润泽滩阙遇友》，标题点出故事的主要人物、主要情节，部分还涉及道德评价（如"义婚"）。标题的道德评价有更强一些的，如《型世言》之《烈士不背君，贞女不辱父》《不乱坐怀终友托，力培正直抗权奸》《凶徒失妻失财，善士得妇得货》等。烈士、贞女、凶徒、善士、培正直、抗权奸等词皆含有对人物及行为的褒贬。实际上，很多标榜劝世的话本小说中有不少故事本身并不着力于教化，这在其标题中亦有体现。如《醒世恒言》中的《卖油郎独占花魁》《刘小官雌雄兄弟》《苏小妹三难新郎》《独孤生归途闹梦》等，标题只概括故事，无主观评判。从上表看，宣讲小说的标题既有采用原标题部分

词语的，更有概括故事主题、情节并加以褒贬的。《拍案惊奇》中的《丹客半黍九还，富翁千金一笑》标题含蓄，难以直接看出作者态度，但《宣讲集要》中的《烧丹诈财报恶》则直接将故事的主要情节说出，褒贬从"报恶"二字中可见。"三言"中的《陈御史巧勘金钗钿》《滕大尹鬼断家私》《钱秀才错占凤凰俦》等故事，标题则集中在"巧""鬼""错"，并无褒贬；但据其改编的宣讲小说《玷节现报》《贪利赔妻》《骗人害己》《遗画成美》《全义得妻》等，其标题直言善恶果报，令人一见而知善恶褒贬。《桂员外途穷忏悔》言"途穷"，不知何因；言"忏悔"，亦不知为何忏悔，据其改编的《负义变犬》则交代因果，"负义"与"变犬"是原小说的主要情节，二者构成因果关系，惩戒意义大为强化。标题改变后，主人公及关注重点都发生变化，日常伦理被关注。

与历史演义、神魔小说相比，长篇小说中的世情小说，其回目标题相对能体现作者褒贬。《醒世姻缘传》可作其代表，如该书第四回的标题《童山人胁肩诌笑，施珍哥纵欲崩胎》，第五回的标题《明府行贿典方州，戏子恃权驱吏部》，第八回的标题《长舌妾狐媚惑主，昏监生鹘突休妻》，第十回的标题《恃富监生行贿赂，作威县令受苞苴》等，褒贬之意，见于"诌笑""纵欲""行贿""恃权""长舌""惑主""昏""鹘突"等用词中。但这种情况不具备普遍性，《金瓶梅》《红楼梦》及才子佳人小说《平山冷燕》《玉娇梨》等中，回目标题直接表现褒贬的没有几回。长篇宣讲小说以世情题材为主，宣传圣谕及伦理道德，标题更喜言善恶、奖惩、劝诫。如《阴阳鉴》中的《勘一殿孝子蒙休，征庶狱流僧受罪》《重手足济兄获赏，恤孤寡敬嫂受旌》《害兄嫂刑罚不宥，纵妻孥报应难逃》《勤授徒冥府逍遥，懒教子阴司惨凄》等，标题融叙事、评价、规劝于一体。《阴阳鉴》《扶世良丹》《滇黔化》等长篇宣讲小说的回目标题几乎都是如此。

篇首诗及入话议论。话本小说与宣讲小说中的不少故事前有篇首诗。"诗词出现于中国古典小说中，表面上看是文体交叉渗透，属于寻常的写作现象,仔细探究则是修辞问题。因为这些渗透到小说中的诗词事实上在小说篇章结构中担负了一定的修辞功能,对作者意欲实现的特定修辞目标是发挥了重要作用的。"[①]篇首诗的主要作用大致有:点明主题,概括全篇大意;预叙故事内容,引起读者注意;造成意境,烘托特定的情绪[②]。有论者指出,《警世通言》中部分故事的"篇首诗就显得更加随意、草率","篇首诗与故事情节的毫无关联极大地浪费了宝贵的篇首位置"[③]。话本小说中的不少篇首诗可以表达说书人的劝诫与评判,如《陈御史巧勘金钗钿》《羊角哀舍命全交》《吴保安弃家赎友》中的篇首诗。宣讲小说篇首诗的作用比话本小说更狭窄,但作用更集中。倘若是改编之作,一般不将原诗直接拿来,而是根据题材及主题改作。《警世通言》的《吕大郎还金完骨肉》有入话,有正话,其篇首诗云:"毛宝放龟悬大印,宋郊渡蚁占高魁。世人尽说天高远,谁识阴功暗里来。"[④]诗中"毛宝放龟""宋郊渡蚁"言放生,故事本身与此无关,只有"阴功"与故事关联。《宣讲拾遗·阻善毒儿》改自原故事头回,改其篇首诗道:

> 堪叹世人太昏迷,不知为善把福积。行奸弄巧成何济,刻薄悭吝终无益。
>
> 不思报应循环理,人虽瞒过天早知。阴毒害人即害己,欺天欺人终自欺。
>
> 不如守分把命依,随缘随分过佳期。方便子孙永远计,何须

① 吴礼权:《诗词在中国古典小说篇章结构中的修辞功能》,《北华大学学报(社会科学版)》2019年第4期。
② 参见梁冬丽:《论通俗小说篇首诗的嬗变》,《广西社会科学》2012年第7期。
③ 施文斐:《性别书写与近世短篇话本小说中的价值观念变迁研究》,西安交通大学出版社,2016年,第128页。
④ 〔明〕冯梦龙编,严敦易校注:《警世通言》,人民文学出版社,1995年,第52页。

妄求劳心力。

　　　　富贵贫贱天定理，大善大恶能转移。诸位莫言须留意，听我细讲金剥皮。①

此篇首诗是对原作头回中金钟吝啬毒心，最终落得家破人亡结局的概括与评价，既有对主人公的指责、批评，又有以此警醒众人的苦口婆心。《保命金丹·还金得子》改编自原故事的正话部分，篇首诗云："自古还金胜得金，莫因些小起贪心。皇天有眼分明报，过后方知善可钦。"②相较于原故事的篇首诗，此诗与故事关系更密切，道德劝善不亚于原作。再如《拍案惊奇》中《东廊僧怠招魔，黑衣盗奸生杀》的篇首诗："参成世界总游魂，错认讹闻各有因。最是天公施巧处，眼花历乱使人浑。"③《劝善录》中据其改编的《和尚遇魔》，其篇首诗及议论云：

　　　　叹世间修行苦非同小可，那几个学道人不遭坎坷。切莫说修行人应该无祸，自古道天地间有道有魔。试看那真金子也要过火，好玉石也难免不受琢磨。果能够有把持安心稳坐，任凭他祸患起切莫蹉跎。且讲那山东省一段因果，出家人遭冤枉无风生波。无非是冤孽债丝毫不错，尊诸公莫嘈嚷听我细说。④

两首篇首诗重点不一样。《东廊僧怠招魔，黑衣盗奸生杀》言"错认讹

---

① 〔清〕庄跛仙编：《宣讲拾遗》卷四，光绪二十年（1894）刻本，第 50 页。
② 〔清〕岳西破迷子编辑，〔清〕果南务本子校书：《保命金丹》卷二，刊刻时间不详，第 61 页。
③ 〔明〕凌濛初著，陈迩冬、郭隽杰校注：《拍案惊奇》，人民文学出版社，1995 年，第 640 页。
④ 《劝善录》卷二，光绪十九年（1893）仁记书局重刊本，第 36 页。

闻""天公施巧",《和尚遇魔》则言"修行""安心""冤孽",不仅更符合原故事主题,也更符合宣讲的教化性。其后的议论除了交待故事地点及主题,强调"冤孽债""遭冤枉"这两个关键词及二者的关系,同样含有褒贬。

话本小说的篇首诗并不一定为主题服务。如《醒世恒言》中《钱秀才错占凤凰俦》的篇首诗充满诗情画意:"渔船载酒日相随,短笛芦花深处吹。湖面风收云影散,水天光照碧琉璃。"①诗写景抒情,充满诗情画意,为故事的发生设置了具体的空间,但丝毫不涉道德评判。因其如此,《度世救劫·全义得妻》则省掉这首诗,直接进入叙事。宣讲小说篇首诗更关注现实,更重劝世,褒贬意味更重。如《大愿船》各篇的篇首诗,紧扣标题之礼、义、忍、廉、信等,告诫人们勿贪、勿逞气斗狠、远色戒酒等。

短篇宣讲小说的结构程式中,篇首诗多是对人物或故事所体现的善恶的提炼,都有浓郁的道德评价之意。如《自新路·双人头》曰:"人在公门正好修,莫因势利造愆尤。害人还是祸归己,报应临头哭破喉。"②《万善归一·白玉圈》曰:"天眼恢恢在上,疏而不漏毫分。善恶到头彰报应,自然福善祸淫。"③有些故事的诗中暗含有对事件的概括。《指南镜·红罗巾》曰:"闺中纯孝出性真,血心救姑感天神。受尽辛苦皆无怨,信是群仙会里人。"④诗中的"纯孝""血心救姑""感天神""受尽辛苦",以及成为"群仙会里人"都是小说的情节,是女

---

① 〔明〕冯梦龙编,顾学颉校注:《警世恒言》,人民文学出版社,1995年,第135页。
② 〔清〕果南务本子编辑,〔清〕淮海胡惠风校书:《自新路》卷三,刊刻时间不详,第64页。
③ 〔清〕石照云霞子编辑,〔清〕安贞子校书:《万善归一》卷二,光绪癸未年(1883)刻本,第1页。
④ 〔清〕广安增生李维周编辑校阅:《指南镜》卷一,光绪二十五年(1899)新镌本,板存广安长生寨,第45页。

主人公闺秀的经历及结局,诗是"纪实",讴歌意味却很强。中长篇宣讲小说中的篇首诗亦是在叙事中间含道德评价。《因果新编》第二十回《大秤小斗饿鬼飞禽,巧语花言敲牙拔舌》的开篇诗云:"典铺何为被火灾,端因心地自招来。家存大斗量人谷,利完三分网彼财。法码双双皆是烬,铜钱个个尽成灰。世人各要回头早,莫累妻儿作鬼哀。抛弃高堂念已差,为僧破戒罪愈加。矧将巧语攻人恶,犹复花言摘彼瑕。舌有锋芒宜拔舌,牙多尖利应敲牙。倘然不犯三般孽,岂至阿鼻永叹嗟。"①诗中言店铺遭火之事,原因是"大斗量人谷";又言"巧语攻人恶""花言摘彼瑕",结果"拔舌""敲牙",叙事中含褒贬。

篇首诗后的议论,如前所言,属于叙事干预。此处仍就改编之作与原作进行比较,探究宣讲小说中入话部分的议论对小说伦理表达的影响。《警世通言》中《桂员外途穷忏悔》的篇首诗有感于人情冷暖,从交游而言,希望有陈雷、管鲍之类的朋友,诗后无议论,直接进入正话。由其改编的《大愿船·负义变犬》的开篇诗则为:"大义昭然重若金,世人何故太欺心。须知报应多无爽,难免骂名播古今。"②诗的中心由原作的交游转移到大义、欺心,与故事的标题呼应。其后的议论曰:

> 这几句格言说,人生世间原要疏财仗义。这个"义"字,可以参天地,可以动鬼神,比那金银还值价些。怎奈今世的人,人以恩义待他,他竟以寇仇待人,做出许多欺心事来。那知天网恢

---

① 〔清〕桂宫赞化真官司图金仙编辑:《因果新编》,民国戊辰年(1928)重镌本,第65页。

② 〔清〕岳西破迷子编辑,〔清〕果南务本子校书:《大愿船》卷二,光绪六年(1880)重镌本,同善会善成堂藏本,第38页。

恢,疏而不漏,一旦恶报临头,无由解脱,那时哭干眼泪,悔断肝肠也是枉然了,不但人身难保,而且骂名永传。①

议论紧扣标题、篇首诗之"义",谴责无义、负义、欺心,并引出"恶报"与"悔",顺理成章引出故事。篇首诗及议论,精准地概括了故事的主题,比原文本更可见教化苦心。

　　篇尾诗及议论。总的来说,篇尾诗多是总结或评论故事的内容,带有一定劝惩意味。明代拟话本小说中篇尾诗较多,清初小说的篇尾诗则缺失严重,如《人中画》《云仙笑》《醉醒石》《连城璧》《照世杯》《风流悟》等55篇小说中只有12篇有篇尾诗②。短篇宣讲小说中,故事结尾有诗者更少。以众多改编自拟话本及文言小说的宣讲故事而论,就笔者所见,除了《宣讲拾遗》之《阻善毒儿》《天工巧报》的结尾有"有诗为证"夹杂在议论中,《拨云金针·施公奇案》的结尾有"诗曰"对整个故事进行总结评价,《宣讲集要·施公奇案》《宣讲拾遗·燕山五桂》的结尾有劝世之歌外,其他皆无篇尾诗。几乎所有宣讲故事的结尾都有议论,或者概括故事,或对故事中某一情节、人物进行评价。结尾的诗及议论,是对故事的盖棺论定,也是对前面诗歌及议论的部分呼应。与原故事相比,宣讲小说结尾的议论更多,更直击要害。《宣讲拾遗·阻善毒儿》的篇首诗批判悭吝、不积善,篇尾"有诗为证",曰:"饼内砒霜谁得知,害人反害自己儿。举心动念天知道,报应昭彰岂有私。"诗与原文本同,但比原文多了一小段议论:"依此案看来,为人处世,万不可欺心,又不可阻人为善,免得到结局之时,追悔

---

① 〔清〕岳西破迷子编辑,〔清〕果南务本子校书:《大愿船》卷二,光绪六年(1880)重镌本,同善会善成堂藏本,第38页。
② 施文斐:《性别书写与近世短篇话本小说中的价值观念变迁研究》,西安交通大学出版社,2016年,第131页。

无及矣。"①篇尾诗概括了故事的主要情节，与篇首诗呼应，议论则由故事上升为道理，苦口婆心地劝人为善。《保命金丹·还金得子》除了以篇首诗及诗后议论强化主题外，结尾亦有议论："从此看来，吕玉拾金不昧，父子重逢，舍银救人，弟兄后会。王氏贞烈不嫁，一家团圆。独吕宝欺兄卖嫂，卒至妻嫁身亡，人财两空。可见人巧于机谋，天更巧于报应也。"②此议论原文未有。议论总结了吕玉的拾金不昧及善报，点明吕宝之恶报，还点出王氏的贞烈，最后一句则将整个故事上升为普遍之"理"，可谓面面俱到又层层递进。《喻世明言》中《吴保安弃家赎友》的结尾无议论，只有篇尾诗，诗云："频频握手未为亲，临难方知意气真。试看郭吴真义气，原非平日结交人。"据其改编的《宣讲汇编·弃家赎友》无篇尾诗，而是有一段议论：

> 夫吴保安以未面之交，而弃家赎友，历尽辛苦而不怨，郭仲翔虽未报恩于生前，其后报恩之事，亦令死者心悦。二人皆谊高千古，至杨安居全人之义，毫不居恩，亦义士哉！今人谁肯如此？故陶渊门欲息交，稽叔夜欲绝交，刘孝标又作绝交论，虽属忿激之谈，实见交情之太薄也。凡交友者法诸古人可。③

这段议论高度概括故事情节，赞美二人高谊，又将原作篇首诗所表现的情感移到结尾，有感于现实的冷漠，回想古人交谊，呼唤人们效法吴、郭，与开篇的议论相呼应。从首尾引出故事、总结故事并互相照应、主旨鲜明上看，《宣讲汇编·弃家赎友》明显优于原文本。再如

---

① 〔清〕庄跛仙编：《宣讲拾遗》卷四，光绪二十年(1894)刻本，第57页。
② 〔清〕岳西破迷子编辑，〔清〕果南务本子校书：《保命金丹》卷二，刊刻时间不详，第72页。
③ 《宣讲汇编》卷三，光绪戊申年(1908)经元书室重刊本，第12页。

《大结缘·将就错》的结尾议论道：

> 从这案看来，江财来回家诵经，不数月而恶疮痊愈，所谓弥天之罪，一悔便消，其富久享。花正开回心戒赌，虔诵《灶王经》，心诚梦中指点，皆由杨氏贤淑才得身荣贵显。世之为父者，当效江致仁千方百计，把子化转，可谓教子有方。为女子者，要效杨氏助夫为官。正是家有贤妻，男儿不遭混祸。娶妻不在容颜，只要贤淑，好女解得金腰带，此言信不诬也。①

议论中既有对故事的总结，在总结时又侧重点明情节所蕴含的道德意义，如忏悔可以消罪，回心戒赌则身荣贵显等。其中提到为父者当如何，为妻者当如何，为女子者当如何，都依故事而来，不是空洞无物的说教。可以说，宣讲小说"诗＋议论＋案证＋议论"程式，对于道德宣讲，是极为有利的。

二、叙事程式化的伦理强调

洛德在讲述"主题"问题时指出，"实际情况是，在从这一次演唱到那一次演唱中，歌手根本不去记诵某个'文本'，无论演唱本身当时的情形可能是多么的不同寻常和值得记忆。他们只是记住'故事'的要素。每次讲述故事时他们都创造了一个新的文本"②。这段论述是针对故事的主题而言。所谓主题，是一些意义单元，如集会、征兵、宴会等等。小说的众多主题可以架构作品的叙事范型。按照故事形态学的观点，民间故事有一套公式，是不同情节的功能组合。每个故

---

①〔清〕绥阳兴化堂晋阳江夏居士同刊：《大结缘》卷三，刊刻时间不详，第104页。
②〔美〕约翰·迈尔斯·弗里著，朝戈金译：《口头诗学：帕里—洛德理论》，社会科学文献出版社，2000年，第138页。

事中情节组合的方式本应不同，但实际上，诸多故事却又有意无意遵循了一定的程式，这种程式不仅利于故事讲述，也有利于增强故事的劝善意图。

按照主题类型，从宏观上看，宣讲小说多是善有善报、恶有恶报型，具体则又有所不同。以动物报恩为例，其模式为：救动物＋遭遇危险＋动物报恩＋解除危难。如《一德宝箴·义犬护尸》中，邱光福从屠夫手中买下一只待宰的狗，在经商时他被歹徒打入江中，狗衔着他的衣服将他救出又找到真凶，邱光福亦找回原来钱财。虽然动物报恩故事的模式相同，但主旨未必相同，有时是为了突出不杀生，如《一德宝箴·义犬护尸》是劝人不食牛犬，突出"犬于人有义"；更多时是为其他道德宣扬，如《惊人炮》中《洋蛛报》《乌鸦报》的叙事重点都不在放生杀生上，放生只是主人公经历事件中的一件小事。《惊人炮·洋蛛报》中，柳含金救了洋蛛（蜻蜓与蜘蛛），后他陷入杀人案件中，当其妻自杀时，有蜻蜓至扑熄灯火，惊动县太爷。县太爷无法断案，有蜘蛛吐红丝圈出柳含金名字，受此启发，找出真凶。开篇诗叫人不杀生，结尾议论也点出不杀生，但该故事的主旨更侧重于其他善行。虽然故事主旨不同，但都采纳了动物报恩模式，只不过，将主人公遭遇危险与解除危难的过程写得极为详细，令小说具有了公案色彩。再如"巧姻缘"的故事范型，其模式大致是：原新郎有某种不足＋请人代娶＋（代娶者）守礼＋（代娶者与新娘）真成婚。之所以请人代娶，是原新郎才貌欠缺，或是身体有疾。《照胆台·巧姻缘》中，新郎方大不学无术，担心迎娶时被岳父考试才学，要丰才猷前去代迎，谁知天降滂沱，河水陡涨，不能转回，才猷被迫留在新娘家，才猷恪守礼仪，不与王小姐同房。后经一番挫折，最终迎娶王小姐的，依然是丰才猷。《赞襄王化·姻缘巧配》则讲述冯老之子患痨瘵之疾，在迎娶途中死亡，冯老让义子天保顶替娶亲，所娶之女正是他原来定亲之女。天保之所以会成为冯老义子，是因他拾金不昧。《赞襄王化·天

助奇缘》亦是讲杨子因拾金归还失主而被人收为义子,他代替病重的
原新郎去迎亲,也是因涨水不能回,但他并不与新娘成婚。新娘父亲
发现杨子正是还金之人,因恰巧原新郎病死,杨子与新娘成为真正
夫妻。

　　故事类型不同,叙事范式也就有别。如"美女引诱＋正色拒绝＋
获得好报"的不淫故事,"拾金不昧＋失主报答＋获得善报"的拾金还
金故事,"遭遇不幸＋悔过改行＋善报"的悔过故事等等,都是在善恶
有报的叙事范型中展开。"程序是一种固定的词语模式,它受传统的
口头诗歌的主题支配。"①主题有大有小,有同有异,所以故事中的很
多程式也就大同小异。但是,与其他类型的小说相比,宣讲小说结构
程式中的一些主题道德褒贬更为明显。或者说,正是选择了典型主
题构成的结构程式,宣讲小说的宣讲功能才易于达成。

　　与其他类型的小说相比,宣讲小说的情节相对比较简单,"道德
规范对一个共同体的所有成员都是有效的,并不是因为外在的强制
力量,而是他们参与到道德规范的论证。依靠强制力量,人们遵守道
德规范只是暂时的,不会长久地遵守,只有得到论证的道德规范对人
们的行为才更具有约束力。"②"圣谕六训""圣谕十六条"实则也是伦
理表述,这种伦理本就是保证日常生活正常开展的必备常态,被"圣
谕"之后,更具有了神圣性。圣谕被论证,不仅仅是在《圣谕广训》中
详细的道理阐释,更是在故事讲述中的阐释。总体来讲,宣讲小说采
用"善因→善果""恶因→恶果"的结构程式,它们有时是故事的整体
程式,有时是部分程式,但都遵循了将善恶伦理一以贯之的原则。善
恶有报,是民众在日常生活中已经论证过的,在小说中一些人物的自

----

① 尹虎彬:《古代经典与口头传统》,中国社会科学出版社,2002年,第113页。
② 刘光斌:《社会道德秩序的三种模式研究:福柯、哈贝马斯与霍耐特》,湖南大学
　　出版社,2018年,第98页。

述中(包括大量作为部分情节的自述单元,以及以作为整个故事内容的自述,如台湾宣讲小说《现报新新》中神灵自述其经历的"行述"故事)再次得到论证。宣讲者宣讲时,将已经得到论证的道理再次通过案证论述,以加强民众对于道德规范的理解。程式化的情节,在宣讲者与接受者双方的多次论证中,具有了更加深刻的伦理内涵与更显著的教化作用。

　　结构受观念的影响,不同观念需要不同的结构支撑。观念为"道",结构为"技","道"以驭"技","技"以传"道"。所有的道、技都处于具体的时空中。时空具有重要的结构作用。"空间在故事中以两种方式起作用。一方面它只是一个结构,一个行动的地点。在这样一个容积之内,一个详略程度不等的描述将产生那一空间的具象与抽象程度不同的画面。空间也可以完全留在背景中。不过,在许多情况下,空间常被'主题化':自身就成了描述的对象本身。这样,空间就成为一个'行动着的地点'(acting place),而非'行为的地点'(the place of action)。"①故事发生的空间不只是故事的背景,宣讲小说并不特别重视对空间本身的描绘,它的主题化不是静态的环境描写而是故事的空间开展。时间叙事与空间叙事,皆服务于"道"的达成,时空叙事也即主题叙事。不同的时空结构,对伦理道德的侧重也不一样。

　　宣讲小说几乎不对场景进行细致刻画,空间只是故事发生的场景。小说场景中静态风景的缺失是为了突出动态的风景——人物的行动。中国讲究家国天下,父子伦理、兄弟伦理、夫妇伦理主要在家庭中体现。宣讲小说阐释"敦孝弟以重人伦"时,几乎都将故事置于家庭空间内。家庭空间相对私密,父母教育子女,子女给父母请安、

―――――――

① 〔荷〕米克·巴尔著,谭君强译:《叙述学:叙事理论导论》,中国社会科学出版社,1995年,第108页。

烹茶煮饭、侍奉汤药，兄弟姒娌之间亲爱、帮助，甚至后母不慈虐待子女，子女不孝顶撞乃至虐待父母等，都在这个空间进行。当然，家庭空间不仅仅只是房内室内，还包括庭院、自家山林田地，甚至坟场等。《宣讲集要》按照"圣谕十六条"的体例编排，卷一至卷七的116个故事皆以家庭伦理为题材，故事发生的主要空间皆在家庭空间内，其中有大舜耕田、闵翁训后妻、后妻磋磨闵损、丁兰灵堂哭母并刻母像供于堂上、丁妻刺木像、老莱子于九旬父母面前戏彩、王褒泣墓、杨一哭坟、耿万发卧病在床而母呼天抢地等。即便是因不孝而遭受雷击或其他惩罚的故事，也多发生在家庭空间内，如《雷打周二》《雷击钟二》《诛逆子》《逆子分尸》《神谴败子》《树夹恶子》《逆媳斫手》等故事中的主人公因忤逆不孝则于室内、自家田边遭雷击或神诛，或在后院被树夹死。

倘若家庭空间中有人物的流动，家庭伦理叙事也随之适当扩展至家庭外的空间，但叙事重点仍旧是表现人物的孝悌之德，如蔡顺桑林拾椹、杨香打虎、潘综背父逃难等。至于寻父、寻母者，必然离家，如《宣讲集要》之《子诚寻父》《寿昌寻母》中的主人公。子诚母亡后决意寻父，"走天涯，奔海角，都去探访""或穿州，或过省，无处不访。走几多，崎岖路，市镇山岗"。历尽磨难，他终于将父亲寻回尽孝。朱寿昌身为知府，辞官寻找分别四十多年的母亲，历时三载方寻得其母。子诚、寿昌，《新民鉴·千里寻兄》之钱青，《触目警心·凤凰山》之王宜寿等人之寻，系基于孝亲的天性，也更能体现他们的孝悌。父母或兄弟因为不同原因流落天涯，为子为兄弟者不辞辛劳，坚持寻回亲人，寻亲之途是故事展开的重要空间。小说设置"寻"的旅途空间，却忽视此空间的自然风景而将重点放在叙事上。王宜寿告别妻儿寻生母，"凡遇乡村市镇，触处徘徊"，又于古庙中求神保佑，过山林途中遇强人被抢劫一空，终于在凤凰山中遇母。此故事未像一般通俗小说那样对路途的"物景"以"但见"的方式加以铺陈，而是将重点放到"事景"上，以事言理，王宜寿孝的形象亦在旅途叙事中得到凸显。

　　能表现邻里、乡族之间伦理的故事则多以乡族空间为主要背景，以"笃宗族以昭雍睦"为主题的故事多发生在这个空间内。《宣讲集要》中,《七世同居》叙孝感洪乐里程氏家族遵祖训族训七世同居,《创立义田》写范仲淹在苏城外买田千亩后订条款从各方面照顾族中需要帮助者,《大德化乡》载明朝尚书杨公举及家人与邻里相处之事。至于争田夺树、斗殴、诉讼、奸情等,多发生在乡党空间。

　　不同的德性需要不同的空间呈现。如若表现人放生、不贪、拾金不昧、助人为乐的品质,开放空间必不可少。以拾金不昧为例。得自己家之银不为"拾",得他人家中的银两也不为"拾",只有当银两由其主人带出家门丢失后,他人捡到才为"拾"。所以,拾金之处,是在家室之外的。《劝善录·兄弟奇报》中的吕宝外出寻子,"难免涉水与登山,走过江淮与河汉,又从江西到江南,四路找寻三年满"[1],寻子途中,他在长江岸拾得一包银子。宣讲小说中的拾金之地并不固定,江边、水边、路上皆有可能。《增选宣讲至理·还金美报》中有三个拾金故事,分别发生在三个地方,一是吊楼下的水中,二是沙滩,三是舟中。《跻春台·错姻缘》《醒世奇音·还银偿妻》《维世六模·皮匠翻稍》中人物的拾金之地在土地庙中、修鞋摊上。有意思的是,东池似乎是失金及拾金发生频率较高之地。吕玉买卖货物,于陈留某东池拾得一青布串袋,内有六封银两,遇失主而还之(《保命金丹·还金得子》);袁宝离开主人家,搭船到荆州府于茅厕拾银约三百两交还失主(《劝善录·阴骘变相》);何老外出时在东池拾银两(《圣谕六训集解·拣银不昧》)。《指路碑·善符天心》之张长泰,《宣讲大成·阴骘得妻》之胡成名,《救劫化民·还银捡银》之何义,《缓步云梯集·双贵荣亲》之黄云,都是在外出入厕时拾银。拾金场合是开放的,往来者

____

[1]《劝善录》卷二,光绪十九年(1893)仁记书局重刊本,第8页。

甚多,也只有往来者多失银拾银之事才易发生。但同时,拾银之时只有拾银者本人,这个空间又有一定的封闭性。因其封闭,拾银之人淡财不贪之美德也就越突出,失主重得银两自然会感激拾主,也因对拾银者的感激及其品行的欣赏而回报之,环环相扣,促进情节发展。

"叙述的地点有时起到主题功能,有时起到结构功能,或者起到人物塑造功能。"[1]章回体宣讲小说往往由一两个人物作为主线,通过游历将彼此不一定有关联或关联不大的故事串联起来。游历不仅具有结构功能,也有主题功能,在不断延展的空间中呈现各种善行、恶行,并串起大量的劝善诗文,事、文一道致力于教化。《滇黔化》叙述崇祯时吴地孙家庄之孙庆荣携妻子上京师赶考,子为人拐走,庆荣与吴姓友人一边说圣书格言以劝人,一边寻人。他们的寻历路线先为京师,后经由四川、贵州至云南,寻到儿子后,定居云南。孙、吴二人"由京而逝而蜀而滇黔,随缘劝化","始化于某氏某族也,继化于某乡某村也,渐化于某市某镇也,且遍化于某寺某观也","惩之风俗人情,俱变化而益验"(《原序》)。游历情节并不复杂,简单地说,到一地见某事某现象,作文以劝以化,游历过程也是劝化过程。《滇黔化》中因游历而串《孝亲词》《不孝词》《悔过俗歌》《忍气俗歌》《戒杀牛食牛歌》等劝善文不下于20篇。《广化新编》通过人物的游历串联起劝善诗文近百首(篇),如《劝世西江月30首》《西江月引首22首》《太上感应篇》《文昌帝君阴骘文》《钟离祖师戒淫歌》《吕祖戒淫歌》等。《阴阳鉴》属于冥游型故事,主人公在游历中见证真君与冥君审判各种案件,其游历串起各色人物、各种案件,使并不复杂的情节敷衍至近一百回。案中人物的自述及忏悔,真君与冥君的案中说教及案后感悟,构成了庞大的说教体系。

特定的时间结构也利于观念的表达。"在小说的艺术世界中,时

---

① 〔美〕杰拉德·普林斯著,徐强译:《叙事学:叙事的形式与功能》,中国人民大学出版社,2013年,第35页。

空的设置也有惯例,这种惯例往往对应着特定的题材与情节类型。"①如午睡与夜晚,皆以"睡""夜"而放松,此时发生的故事也因此有了不一样的意味。《救生船·漾月亭》中的述公达"闭目趺坐",一猿猴从他身上跃出,歌舞不休,见美女自称仙女便与之成婚,然后生子享受荣华,恍然成仙,但家人皆为虎所食,公达惊醒,身尚卧庭中,方知乃是一梦,由此而悟心正则正,心邪则邪,人生一大梦。现实的谨守与梦境的放纵是人的两个侧面,这种内外冲突具有普遍性,正好说明心性修养的不易。宣讲小说中有大量的夜晚叙事。夜晚是静谧与闲暇的象征,意味着休息与夜生活,它是最为私密的时间。私密时间往往与私密空间相伴随,私密时空阻隔了外在的人与物,断绝了他人的视听,空间主人成为这个空间的"国王",可以肆无忌惮地展示真实的自我,所以私密空间中的夜容易引发潜藏在人们心底的恶魔。能否拒绝恶魔引诱,就是君子与小人、人与兽的分界。宣讲小说在褒奖或鞭笞人物对待美色的态度之时常常借助夜晚这一特殊时间。《救生船·文昌阁》中的周吉端午独自在馆,一女久慕周吉人才雅俊,欲引他并趁夜私奔。但周吉劝女拒女,女含羞而去。《破迷录·吕子劝幽》中的吕天爵自外归家,天色将晚,路遇一美女请求送她归家,并试图勾引他,吕生斥之,原来此女乃为鬼。《救生船·红杏村》载古梅香见教书先生李方才人才俊秀,夜晚到其所处馆中,躺倒在李床上,李见之而正色以拒。《大愿船》中的《远色登第》《贪色显报》叙拒淫、贪淫之事。前者叙茅鹿门幼年承父教,以柳下惠为榜样。就馆于富豪家,富豪家使女秋香夜入鹿门卧室勾引,鹿门正色以拒。后者叙吴少廉趁着李文科不在家挑逗勾引李妻银氏,银氏竟然趁丈夫病重将其害死,又与吴密谋抛尸。《度世救劫·全义得妻》中的钱青受表兄

---

① 刘勇强:《古代小说的时空设置及关联性叙事》,《北京大学学报(哲学社会科学版)》2014 年第 3 期。

之托冒名娶亲,突然风雪交加受阻三日,不得不与新娘同处一室,但他于洞房之夜坐以待旦,次日故意大醉和衣而卧,第三日依然如此。拒淫叙事中,傍晚及夜晚为叙事背景,对女子勾引男子及男子拒绝都叙述较为详细,于私室于夜晚,面对美色而能不乱愈见男子的端方君子之品格。在私密空间里,君子愈加自慎,小人愈加肆意,美德光芒与肆虐的私欲在这个特定空间、时间中也愈加突出。冥游型长篇宣讲小说因为"冥游",故夜笼罩在整个游历过程。因为冥游,沟通了阴与阳、现实与虚幻、人与鬼神。时间与空间紧密结合,丰富了小说的善恶报应叙事,惩劝效果更强。

夜晚是万物回归、身心放松之时,此时人的情绪最为真切。通俗文学中的"五更调"可谓真实地反映了人们在这一特殊时刻的心情。如敦煌五更调,其内容就多涉思妇思夫、思春私情及慨叹人生无常①;明清时的五更调中多闺怨、艳情,也有一些劝诫类。相较于其他文学中的五更调,宣讲小说诸多主人公唱五更调、十二月调及烧香词等都发生在傍晚或夜晚。唱五更调之地,有卧房、岩洞、寺庙、监狱、孝堂等,所唱内容多是对自己遭遇、冤屈、孤苦的诉说,充满悲伤、哀怨、痛恨,可谓是"哭"五更,"叹"五更。特定空间与时间中五更调的伦理意味特别明显。《宣讲珠玑·金玉满堂》载李善瑜极孝公婆,丈夫出征,家里入不敷出,善瑜受到公婆质疑责骂。寒冬之时,善瑜忍饥受饿,在房中为公婆缝制衣裳,夜坐灯前,唱起五更调:

> 一更里抡棕线丝丝拙起,一尺五二尺六长短不齐。分两股合一根鸳鸯交递,痛奴夫到边关永无归期。二更里线绩成粗中有细,进一针出一针两眼泪滴。奴纵然受冻冷权且遮体,只可怜二公婆身上战栗。三更里接棕袖手腕自比,一要短二要窄举动

①参见高启安:《流传在甘肃的"五更词"研究》,《敦煌研究》1997年第2期。

合宜。奴在家受冻冷到有妙计,奴夫君在边关怎样下席。四更里开棕领圆圆剪起,雪风飘冷彻骨手僵难提。耳听得二公婆牙床叹气,想必是被盖薄睡不安席。五更里绽纽绊残灯常剔,恨油干灯草尽好不着急。虽缝就一件袄未把眼闭,只好比耕田人雨中蓑衣。千行泪百行针万不得已,谁怜我李善瑜身受窄逼。这身旁防火烛自家仔细,奴只愿二公婆身体安逸。①

寒冬腊月,孤房独处,善瑜固然思夫,但她却更担心公婆身体,如此无我之孝,令人感动。《宣讲集要·丁兰刻木》写丁兰母亡后刻母像,从一更哭到五更,哭母亲的恩情,表达对母亲的思念。《宣讲集要·送米化亲》中,汝威被继母厌弃,又遭父亲打骂,在岩洞歇息,哭五更,其中有:"既受冻又受饿谁来看管,怕只怕命难保死在今天。但愿得虚空神有灵有验,默佑我二双亲寿考万年。"②其他如《宣讲金针·孝亲感神》中的李氏于深夜为丈夫守灵,对亡夫诉说为养公婆不得不卖身,但一定会为他守节;《宣讲汇编·矢志守贞》《保命金丹·双槐树》中的主人公皆是在深夜哭诉,表达哀伤而又坚定守贞之念;《宣讲至理·改过成仙》中的夏氏被丈夫逼着回娘家,深夜哭诉,言自己所受三从四德之教,以及对公婆的不舍,以死全贞的决心;《指南镜·哭监禁》中的康人瑞于深夜在监中忏悔,"看将来母爱儿反把儿害,一丧德二败家三惹祸胎。劝世间为亲者切莫溺爱,到后来子而孙发贵发财"③。深夜之时,主人公所想,是孝、贞、悔,这在其他通俗文学中少见,却几乎是宣讲小说五更调的主调。

---

① 《宣讲珠玑》卷四,光绪戊申年(1908)经元书室重刊本,第 36 页。
② 〔清〕王文选辑:《宣讲集要》卷二,光绪丙午年(1906)吴经三堂刻本,第 14 页。
③ 〔清〕广安增生李维周编辑校阅:《指南镜》卷二,光绪二十五年(1899)新镌本,板存广安长生寨,第 67 页。

还有在夜晚或花园中烧香祈求神灵护佑公婆者。"从明代的民歌、小说来看,女子的烧香往往与男女之间的私情有关。"①然而,宣讲小说中的深夜烧香、花园烧香,情节却多是表现对公婆之孝。面对张驴儿的纠缠,窦娥在花园烧香望空祷告,期望父亲早登第、亡母早升仙界、婆婆安泰(《宣讲汇编·慈孝堂》);王氏女夜晚在楼上烧香祷告,表示不愿改嫁,以死全节(《福善祸淫录·节孝坊》);介受父亲染上重病,三更时,他手捧香烟,跪地祝告,愿减己寿益亲龄,消灾延亲康宁,愿意替死报亲恩(《回生丹·孝配节义》)。深夜焚香祷告,愿意割股疗亲、减寿益亲者,还有《触目警心·虐母化慈》中的荆氏,《宣讲摘要·青龙山》中的张礼、张孝,《指南镜·绿杨桥》之元义,《萃美集·会圆寺》之梅氏等。

"对于那些本地的居民、修行的僧道、劳役的随从来说,大地是他们生活的凭依和家园,而非风景。就与大地的关系而言,他们的身份是'当局者'(insider)","对于当局者来说,自我与场景、主体与客体之间并没有明确的分离,他们不享有离开场景的特权"②。宣讲时,听宣讲者多为乡野小民,他们并不把自己所生活的家园及山川田野当风景去欣赏,反倒是更重视动态的画面:故事与情节。因其如此,宣讲小说不重视静态场景的结构、布局及具体摆设,不写旅途的各种自然风光,而是关注经典的情节及情节背后的伦理内涵。上面所言"道"与"技"涉及的故事的时间及空间选择,仍然属于故事的程式,具体表现为家庭空间与孝悌伦理、乡族空间与乡族伦理程式,离家寻亲与得亲程式,路途拾金—不昧—善报程式,深夜孤馆—引诱—拒美程

①陈宝良:《明代妇女的情感表达及其性情生活》,《福建论坛(人文社会科学版)》2007年第10期。

②李贵:《南宋行记中的身份、权力与风景——解读周必大〈泛舟游山录〉》,《复旦学报(社会科学版)》2020年第1期。

式,深夜—唱五更程式,深夜祷告—割肉—亲愈程式,等等。"看不见的风景决定了看得见的风景。"①宣讲小说用小程式构成善恶因果的大程式,融合德性伦理与规范伦理,构成更宏大的伦理风景画,以此感人、化人,完成宣讲的使命。

第三节　语言程式化的伦理效果

语言的程式化,是口头文学的一个重要特点。按照帕里—洛德的定义,程式本身存在于特定语境中,是"基于表达某个确定的基本意义而有规律地运用的一组词汇"②,程序句法是"填充在诗行中相同位置并具有相等功能(虽然通常与实际的动词搭配没有关联)的片语"③。帕里认为,歌手没有时间从容不迫地构思精致的平衡与对比,所以必须采用程式遣词造句,让歌者有更大的自由度,"使他能在故事或诗行需要之际安排句子顺序,或将句子抻长"④。这些关于程式的观点,都指向语言。虽然所论以史诗为对象,却也适用于其他口头文学。

一、叙述议论程式化的伦理导向

宣讲小说中存在丰富的片语,如说到某事某现象,引格言、谚语、俗语,则用"语云""常言道""俗话说""古语云"等;为提醒听众应该注

---

① 〔意〕卡尔维诺著,陈实译:《隐形的城市》,花城出版社,1991年,第18页。
② 〔美〕约翰·迈尔斯·弗里著,朝戈金译:《口头诗学:帕里—洛德理论》,社会科学文献出版社,2000年,第65页。
③ 〔美〕约翰·迈尔斯·弗里著,朝戈金译:《口头诗学:帕里—洛德理论》,社会科学文献出版社,2000年,第57—58页。
④ 〔美〕约翰·迈尔斯·弗里著,朝戈金译:《口头诗学:帕里—洛德理论》,社会科学文献出版社,2000年,第63页。

意某事,或者表明宣讲者某种观点,则以"各位""众位""在位""位台"引起。中长篇宣讲小说中,承接上回、展开叙事时以"话说""且说""又说"引出,回末则以"不知如何?且听下回分解"及类似表达提醒听众关注下回故事。

程式化的语言有利于介绍、描绘人物、场景。古典小说描绘美女时,通常是"沉鱼落雁""闭月羞花""蛾眉螓首""明眉皓齿""柳叶眉樱桃口"等词的组合。如《警世通言》之《崔待诏生死冤家》中的秀秀:"云鬟轻笼蝉翼,蛾眉淡拂春山;朱唇缀一颗樱桃,皓齿排两行碎玉。莲步半折小弓弓,莺啭一声娇滴滴。"①《警世通言》之《一窟鬼癞道人除怪》中的李乐娘:"水剪双眸,花生丹脸,云鬟轻梳蝉翼,蛾眉淡拂春山;朱唇缀一颗夭桃,皓齿排两行碎玉。意态自然,迥出伦辈,有如织女下瑶台,浑似嫦娥离月殿。"②再看《东周列国志》第九十九回中的赵姬:"云鬟轻挑蝉翠,蛾眉淡扫春山,朱唇点一颗樱桃,皓齿排两行白玉。微开笑靥,似褒姒欲媚幽王;缓动金莲,拟西施堪迷吴主。万种娇容看不尽,一团妖冶画难工。"③由于使用程式化语言及套语,三段描写中,人物虽然不同,但外貌似乎没有多少区别。

宣讲小说甚少费笔墨直接描写人物外貌,而将重心投注到他们的品行介绍上,在男则聪明俊秀、幼读儒书、素知大义,在女则三从四德、幼读《女戒》《烈女传》、孝敬公婆等。介绍正面人物,有大致相同的套语,如《护生缘·节孝报》中,崔氏"在娘家时,幼习《女儿经》《烈女传》,诗词歌赋,女工针黹,无所不通,兼能孝顺公婆,和睦妯娌,谨守灶君六戒,三从四德,无不克备"④;《渡人宝录·善遇奇缘》中,王

①〔明〕冯梦龙编,严敦易校注:《警世通言》,人民文学出版社,1995年,第96页。
②〔明〕冯梦龙编,严敦易校注:《警世通言》,人民文学出版社,1995年,第196页。
③〔明〕冯梦龙著,〔清〕蔡元放编:《东周列国志》,人民文学出版社,1996年,第1010页。
④《护生缘》卷四,刊刻时间不详,第33页。

桂芳"幼读诗书,言行不苟",妻杨氏"性极贤淑,举止端庄"①;《法戒录·培文教》中,杨柳堂"聪敏过人,五岁读书,十岁能成文"②;《观心宝鉴》第三十四回《存嫉妒弟兄参商,敦和睦贤妇解怨》中的刘贡爷之女"自幼聪明,读过《烈女传》,谙熟三从四德。年及笄,于归臧姓。自过门以来,贤淑无比,善于孝公婆,待小叔,敬丈夫,有理有法"③。由于宣讲小说直面普通民众,故而相对缺少话本小说那样对人物外貌、特点等详细的描写,而多概括性介绍。

　　宣讲小说中,场景介绍不多见,偶有介绍时则程式化特色明显。《阴阳鉴》每一卷介绍一个地狱,介绍的程式也几乎相同:

　　　　却说第一殿秦广大王,居大海正西,黄泉黑路中,沃燋石外。专司人间寿夭生死,统辖幽冥胥吏,摄理天下各省府厅州县城隍。……孽镜台,高一丈一尺,镜大十围,向东悬挂,上横"孽镜台"三字,上面横书几行小楷云:……(第二回《勘一殿孝子蒙休,征庶狱流僧受罪》)④

　　　　却说二殿楚江大王,居大海之底,在正南沃燋石下。所掌活大地狱,纵横五百由旬,外设十六重小地狱……(第九回《勘二殿楚江论狱,度众魂圣帝游冥》)⑤

　　　　却说三殿宋帝大王,掌大海之底,居东南沃燋石下。管黑绳大地狱一座,纵横五百由旬,在大殿右,居众小狱上……(平称台)如孽镜台样,面有小楷云:……(第十七回《巡三殿先明学识,

---

①《渡人宝录》卷二,刊刻时间不详,第62页。
②〔清〕梦觉子汇辑:《法戒录》卷四,光绪辛卯年(1891)明善堂新刻本,第2页。
③《观心宝鉴》,刊刻时间不详,第22页。
④〔清〕义泉静虚子编辑:《阴阳鉴》卷一,光绪癸未年(1883)刻本,第12—14页
⑤〔清〕义泉静虚子编辑:《阴阳鉴》卷二,光绪癸未年(1883)刻本,第1页。

演诸律首重知行》)①

　　　却说七殿泰山大王……谋于商曰:"本殿居大海之底,西北沃燋石下,管十六重小地狱,势如蝉联,刑分先后……即展步正殿,见丹楹刻桷,较平素庄严,出殿外见对云:……(第四十九回《辞六殿再录铁案,谒万灵大敲金钟》)②

　　　却说十殿居幽冥沃燋石外,正东震位,万物发生之地,五浊世界之中。自枉死城移设第一殿后,唯左列紫霞宫,右设血洿池,前立速报司,后树转劫所……(殿宇)对云:……(第七十三回《考十殿总窍恶案,收全律备演善条》)③

　　　却说速报司,设自中古,居十殿内,立转轮殿前,向正东震位。宫殿较转劫所狭隘,森严肃静,十倍转劫,内有三层宫殿……大殿上匾额,书"报应森严"四大金字,下对云:……(第八十一回《速报司法定十六,显应使罚警三千》)④

　　小说在介绍这几殿时,模式大致相同,即某一殿掌管者是谁、所处方位、掌管何种事务、殿堂内的对联为何等等。程式化的介绍,同样形成并列式结构,这种模式亦可以不断延展。

　　一些宣讲小说的议论也有程式化倾向。在开篇部分的诗词之后,由"这几句话是说"解释诗词,然后议论说理,说理之时常引诗或古人语,议论完毕,则是用"如若不信,引一案证证之"等类似话语引出故事,其程式大致是"诗＋这几句话是说＋议论＋讲案以证之"。如《护生缘·方头鱼》诗后的议论:

①〔清〕义泉静虚子编辑:《阴阳鉴》卷三,光绪癸未年(1883)刻本,第1—3页。
②〔清〕义泉静虚子编辑:《阴阳鉴》卷七,光绪癸未年(1883)刻本,第1—3页。
③〔清〕义泉静虚子编辑:《阴阳鉴》卷一〇,光绪癸未年(1883)刻本,第1页。
④〔清〕义泉静虚子编辑:《阴阳鉴》卷一一,光绪癸未年(1883)刻本,第1—3页。

　　(诗略)这几句话是说人生须当爱惜物命,无故不可伤生。《礼》云:"天子无故不杀牛,诸侯无故不杀羊,大夫无故不杀犬,庶人无故不杀豕。"以及山禽水族、胎卵湿化,皆是性命……由此而推之,可知人民爱物之心,庶历历可想也。君如不信,听愚试讲一伤生遭报的案来,大众一听。①

　　议论时是否引用古语、格言等,依情况而定。引古人言则议论相对较长,不引则长话短说。《广化篇·毒蛇奇报》开篇曰:"(诗略)这几句格言说妇女之性,以慈良为主,不可起一点害人心肠。可恨世间有等妇人,当面说话光生,背后做事阴毒,总想谋占绝业,残害骨月,到头来害人终害己,何曾占得丝毫便宜? 及至报应临头,方才识悔,已悔之晚矣。众位宽坐,待我讲个眼前的恶报。"②这段议论并未用俗语、谚语,但并不妨碍其严肃性。当然,有些宣讲小说无开篇诗而直接议论,其程式大致是"议论＋讲案以证之"。

　　结尾的程式则是以"从此案看来"及类似之语引出对整个故事的总结,总结的内容可能是单一的,也可能是对故事的每一个人物及事件定性,然后是告诫,模式大致是:"从此案看来＋评 A(行为、品质)＋评 B(行为、品质)＋告诫语"。如《同善消劫录·借妻回门》的结尾是:"从此案看来,李聚平为奸臣诈害,尽节忠也。张氏卖身葬父,孝也。李春林处贫不馁,王正魁仗义疏财,皆得显贵。此天之报施也,不亦宜乎!"③同书《天降麒麟》的结尾:"从此案看来,人可以田姓为法,不宜学魏三保、王媒婆,其庶几乎。"④这两个故事结尾的总结议

────────

①《护生缘》卷二,刊刻时间不详,第 28 页。
②《广化篇》卷四,刊刻时间不详,第 55 页。
③《同善消劫录》卷七,光绪二十二年(1896)新刊本,版存仪南新寺场,第 19 页。
④《同善消劫录》卷七,光绪二十二年(1896)新刊本,版存仪南新寺场,第 29 页。

论虽然字数较少,却都采用了上述模式。若故事涉及人物、事件较多,则可能增加评 C(行为)、评 D(行为)等。当然,也有只对故事作总体评价的,于是,结尾的程式则变为"从此案看来＋评事＋告诫",如《同心挽劫录·妙郎认母》所言:"从此案看来,不是柳氏尽孝,子不过寄,家中贫苦,也难成名。奉劝妇女以柳氏为法,以冶氏为戒也可。"①程式化的议论虽不能表现宣讲者的个性,却有利于模仿,也有利于引导听者把握宣讲者的主要意图。

二、唱文程式化的道德感染

宣讲小说中,唱的部分,最具有民间特色,也更能体现口头诗学的特征。相对于通俗小说擅长于以程式化的语言描绘场景人物,宣讲小说则善于通过程式化的宣唱传达浓烈的情感,如唱五更调。《保命金丹》多个故事中皆有五更调,如《行乐图》中,梅氏夫死守孝,在孝堂中痛哭,述说眼前的清冷与对未来的担忧:

> 一更里,月初升,怀抱娇儿泪沾巾。自叹红颜真薄命,夫妻配合仅六春。二更里,月正明,痛夫死去如孤魂。儿媳不来把孝尽,空负劬劳养育恩。三更里,白露侵,夫为太守是缙绅。死后堂前冷清清,不及乡间士庶民。四更里,风敲门,儿在怀中睡沉沉。可怜娇儿如嫩笋,年方五岁丧父亲。五更里,金鸡鸣,忙向柩前把香焚。丫环奠茶然九品,岂可空空过早晨。娇儿睁眼梦方醒,贱妾眼泪透衣襟。望夫灵魂长庇荫,保佑娇儿无灾星。后来成人知报本,扫墓焚香报亲恩。②

①《同心挽劫录》卷二,光绪戊戌岁(1898)新刊本,版存仪邑凤仪场,第71页。
②〔清〕岳西破迷子编辑,〔清〕果南务本子校书:《保命金丹》卷一,刊刻时间不详,第45—46页。

再如《双槐树》中，冯蕙兰想起丈夫身死不明，婶母无故磋磨，不禁悄悄痛哭：

> 一更里见檐前皓月朗朗，月光神那知道奴的心肠。红颜女多薄命话不虚诳，万不料到今日受这凄凉。二更里又听得风声扰攘，婶母娘估嫁奴所为那桩。曾不思妇人家贞节为上，只可怜打得奴横身是伤。三更里百虫鸣声音嘹亮，奴岂肯背夫君另配鸳鸯。在磨房好似那牛马一样，婆婆娘他累次替奴着忙。四更里玉露滴寒气下降，冯蕙兰纵受苦理应皆当。为甚么赏麦饭奴把炖当，饿得奴与婆婆面皮皆黄。五更里天又明金鸡三唱，包郎夫抛别奴竟赴黄粱。到不如解腰带高挂颈项，保全奴名与节好见阎王。①

同书中，《梅花金钗》《翰林碉》中皆有主人公从一更数到五更的哭唱，都是先言每一更景象，再言自己的经历或心事。上面所举虽然都是五更调，内容却完全不一样。五更调在宣讲小说中出现的频率较高，据笔者统计，不计重复者约有 60 篇故事皆采用了此调。

有时不用五更调而用其他调，皆从一开始数起，如《惩劝录·苦节完贞》的"十不美"，《同登道岸·节孝全身》的"六杯歌"，《宣讲福报·戒烟获报》的"十怜"，《福缘善果·善恶分明》中道人化人时的"十化歌"，《破迷惊心集·天仙送子》的"十愿歌"等。"十不美"以唱腔的形式唱赌钱坏心术、丧品性、伤性命、玷祖宗、失家教、荡家产、生事变、离骨肉、犯国法、遭天谴等等。再如《福缘善果·善恶分明》中的"十化歌"："贫道来家别不化，不化针来不化麻。一化你心莫奸诈，

———————

① 〔清〕岳西破迷子编辑，〔清〕果南务本子校书：《保命金丹》卷一，刊刻时间不详，第 79—80 页。

二化气性莫乱发,三化紧拴心猿马,四化周济贫寒家,五化骄傲与满假,六化修路并造塔,七化酒色财气寡,八化四恩当报答,九化棺木当施舍,十化孝顺二爹妈。"①又如《破迷惊心集·天仙送子》中的"十愿歌":"第一愿人有疾闻请即诣,第二愿不坐轿不把马骑。第三愿凡药材如法炮制,第四愿贫穷人不要药资。第五愿先贫穷富家后去,第六愿应病丸四时常施。第七愿助贫人以买贵济,第八愿富酬谢救人燃眉。第九愿遇疫年良方酌拟,刊流传遍贴于大道通衢。第十愿贫者死棺木不庀,施棺木免尸骸暴露惨凄。"②《辅世宝训·笃亲美报》中的桂联芳亦有十愿,包括敬重天地、孝顺父母、友于兄弟、和睦宗族、代完婚娶、代人嫁女、代人丧葬、修建宗庙、买置义地、义田义学等,通过"十愿",铺陈他的善念善行。这十愿本写于纸张、贴于墙壁上,但故事讲述时,则以"歌"的形式来突出。在宣讲场合,采用化文字为歌唱的方式,通过章节复沓的唱来宣传主人公所力行的善,不仅利于刻画道德化的主人公形象,还改变了故事的节奏、旋律,赋予了故事音乐性,更利于听者接受。用重复歌唱的方式,可以将十愿增加或减少(如《辅化篇》中的"士子六愿""武圣帝君天地君亲师五大愿"等),歌唱时十分灵活。

　　唱文中数字的递增意味着对某事、某情感的重复或强化。宣讲者(或人物)通过数字变化,一一展示他们的处境、曾经的经历,以及愿望、期待等,配以曲调,较之于一般的陈述,其教化效果也得到大大增强。如《回生丹·孝配节义》主人公的"四炷心香调":

　　　　一炷心香插在尘,祷告虚空过往神。皆因民父身染病,服药

───────────

① 〔清〕石照云霞子编辑,〔清〕安贞子校书:《福缘善果》卷一,光绪戊戌年(1898)新镌本,第36页。
② 《破迷惊心集》卷三,刊刻时间不详,第28页。

不效久呻吟。倘若数止命该尽，愿减己寿益亲龄。惟祈神圣相
庇荫，将民微忱达天廷。起死回生挽天命，朝日礼拜谢神恩。二
炷心香插在尘，祷告三官北斗星。赐福赦罪多灵应，解厄转斗运
元辰。能拔生死苦，无量度人民。膏肓即时愈，沉疴一旦倾。默
佑我生身之父，消灾延寿得康宁。三炷心香插在尘，祷告南海观世
音。大慈悲，显威灵，救苦救难无暂停。张介受，出至诚，菩萨鉴我
一片心。灾星退，福星临，甘露一滴长精神。再炷香，抒忧恫，哀告
地府十阎君。判善恶，掌权衡，注定生死不徇情。纵然我父大数
定，民愿替死报亲恩。若将我父寿命永，民丧黄泉亦欣欣。①

主人公祷告，从第一炷香唱至第四炷香，每一炷香，都是对一个事实
的陈述，都是一个心愿，这些心愿，都与期待父亲病好相关。祷告的
虔诚、对神灵神力的信奉、对父疾的担忧及病愈的期待，都在唱词中
得到体现。程序化的唱，让人物的心情得到淋漓尽致的抒发，也让一
个至诚至性的人物形象跃然纸上。

　　再如其他程式的唱。人物的唱，依据内容，有的是告诫，有的是
数落，有的是陈述，有的是撕心裂肺的痛哭，有的是深夜的念叨，往往
用"尊一声×××""喊一声×××""骂一声×××""哭一声×××"
引出唱的内容。这些语句，可以在段首，也可以在段中。自诉、斥责、
呼告，表达的都是比较强烈的情感。训诫劝告型多是长辈对晚辈、官
长对下民、丈夫对妻子的训诫，通常采用的句式是"听为父（娘、
夫）……"。也有不采用上述句式而劝诫的，如"听一言好叫娘珠泪长
滴，枉自我教训你费尽心机。想你父在生时何等望你，恨不得头顶你
步上云梯……"（《最好听·双枕帕》）。劝告型的对象相对广一点，可
以是对长辈，也可以是对平辈，甚至是下对于上。例如，商三官劝兄

①《回生丹》卷一，同治四年（1865）刻本，第22页。

长们和母亲先安葬父亲,暂缓诉讼:"商三官含珠泪将言禀告,二兄长与母亲细听根苗……"训诫、劝告的唱,情感相对缓和,少有呼天抢地的情况。当控制不住自己感情时,其语言程式是"不由为母(娘、父、子、妻、夫)……",如"一见爹爹泪滚珠,不由为子悔当初""怀抱娇儿心如醉,不由为娘泪长挥""你儿(注:方言,即"您")哭得泪满面,不由为儿泪不干""哭声夫君把命丧,不由为妻泪汪汪""一见我儿泪如雨,不由为娘放声哭""一见夫君珠泪滚,不由为妻好伤情""骂声贱人把我哄,不由为夫怒气冲""一见贤妻把命废,不由为夫泪长挥""姣儿死三魂骇吊,不由为父放悲声""坐在堂前把媳诲,不由为婆泪伤悲""一见娘死放悲声,不由为媳泪盈盈""见兄惨情好惆怅,不由为弟泪悲伤""一见兄弟这模样,不由为兄泪几行""叔儿死好悲伤,不由为嫂哭凄凉"等。有时,少了"为"字,变为"不由(娘、父、子、妻、夫)……"。这些语言程式出现时,前面都有场景或事件,或者说,在特定场景或事件中,自然而然生出这些程式化的语言,其后又因之自然诱发出对相应事件的追述及特定情感的倾诉,事件不同、对象不同,程式句中的部分词语可以变换。前文中,娘、父、子、妻、夫等都是家庭成员的身份,因其如此,情感表达才那么强烈。

　　程式利于表现某种观念。程式是"在相同的步格条件下,经常用来表达一个特定基本观念的一组词汇","是思想和被唱出的诗句彼此密切结合的产物"[1]。观念的内涵十分丰富,本处关注的是包含道德伦理的价值观念。《挽劫新编·坛装逆妇》中婆婆训诫汪氏,采用的程式语言为"一来……二来……三来……四来……":"汪女子,早起三日当一工吗!你看人家烟子出得早,定说讨得媳妇好。一来有个兴发的样子,二来才是家中的规矩,三来做活路的才有劲吗,四来

---

[1]〔美〕约翰·迈尔斯·弗里著,朝戈金译:《口头诗学:帕里—洛德理论》,社会科学文献出版社,2000年,第98页。

教后人才有个榜样,你怎么太阳出来三丈半,还在床上扯鼾鼾。若是那个惊动你,一双眼睛都估滥。"①用"一来……二来……三来……四来……"的句法程式,有利于铺陈事件及观点,宣讲小说中的不少人物都喜爱以此程式劝说别人,如《清台镜》之《双孝图》《双冠诰》,《救劫保命丹·双孝亭》《萃美集·会圆寺》等,皆有此句法程式。

　　程式本身也是一种规范。作为定格联章体的五更调、十愿歌、十化歌、十二月歌等,既是诗,又是音乐,也是作为道德规范宣扬的宣讲小说的一部分。作为诗,则有诗教,其中的唱词,要么是伦理规范的说唱,要么是对不良之行的揭露;作为音乐,则有乐教。这些由人物依据特定情景而自创的程式化歌谣,具有宣泄、教化功能,在故事的情景中,其教育功能更易入受众之耳,感其心志。可以说,宣讲小说中程式化而又具有自创意味的诸多歌谣,与故事一样,都是宣传伦理时常用的表达方式。

　　从教化角度而言,引用俗语、谚语、古人言等,最能将"理"与所陈述的内容连接起来。所以,宣讲小说中,当讲述某件事或某种道理之后,插入"俗话说""常言道"引出俗语、谚语以补充或进一步阐释事件之理或原道理。《捷采新编·玉连环》中,白金花丈夫死,张婆劝她改嫁:"死了丈夫莫埋怨,十字路上有万千。人生在世,一夫不得到头,二夫不得到老,又怎结局?常言道:'男子无妻家无主,女子无夫寸步难。'"②张婆所引的俗语,说明家庭生活中丈夫对于妻子的重要性。《闺阁十二段锦·全节保家》中,蒋氏、崔氏不肯改嫁,哭诉道:"儿们虽是女流,却也晓得大义。常言道:好马不披双鞍子,烈女不嫁二夫君。"③"常言道"后面的俗语,是对大义的重复。《采善集·节俭传

---

①《挽劫新编》卷二,民国丁巳年(1917)刻本,第3页。
②《捷采新编》福集,咸丰四年(1854)新镌本,第23页。
③《闺阁十二段锦》,民国三十年(1941)新印,上海锦章图书局发行,第27页。

家》中，议论人不能浪费，不然，"不怕你家财万贯，都会败得干干净净。俗话说：'发财不过三代。'就是这个缘故了"①。"发财不过三代"是对前面一句话的强调。"事件＋常言道（俗话说、谚曰）"的句法程式，在宣讲小说中比比皆是，其所阐释的"理"，也极为丰富。五更调、十二月歌等不直言道理，而是通过铺排不同时间（从一更到五更，从一月到十二月）的景象，以及相应的事件、情感以突出道德人物在处于困境时进行艰难选择时的真实心态，或因犯过而受惩罚时的无限懊悔。重句联章便于铺排，使情感的抒发在小说的歌唱中得到体现。

迈尔斯·弗里与瓦尔特·翁等所言的口头诗学主要是针对于史诗，其后的一些研究者也多以歌为文本对象分析口头诗学。宣讲小说不同于史诗以讲述英雄人物的故事或者民族传说为主要内容，而是以普通人物、普通知识为讲述内容，作为口头的文学，自然也就具有口头程式，尤其是在进行脱离文本的口头讲述时，程式也就极为重要。故事都似曾相识，"一旦某种套话式的表达法结晶成型，就最好原封不动。在没有书写体系的情况下，把思想打碎而进行条分缕析是有着高度风险的程序"②。完全脱离文本且篇幅仍为绵长的叙事诗如此，脱离文本而临场宣讲的小说更有此特性。为了能在临场中有话可说，或者在讲已经说过的故事时，宣讲者并非一字不变，比如同一故事，有的在前面加上议论，有的在中间增加说唱，有的在中间介入宣讲者自己的观点。这就导致人们觉得一些故事内容或其中的情节单元似曾相识。诚如民俗学家刘魁立所言，口头作品具有即兴创作的特点："一般说来，讲述人所讲的口头作品，都是经过多次流传

---

① 《采善集》卷五，宣统二年（1910）新镌，板存罗次县关圣宫，第 11 页。
② 〔美〕瓦尔特·翁著，张海洋译：《基于口传的思维和表述特点》，《民族文学研究》2000 年增刊。

的作品，他听来、学来，现在重新讲给新的听众，这本身就是一次对作品的再创作、再加工。"①宣讲小说中的不少故事从民间来，化为文人作品，然后由宣讲者再变为口头作品。在口头传统—文人传统—口头传统的变化中，文人小说保留了口头文学的部分程式，宣讲者向文人小说学习时，借鉴了经由文人小说固化的某些口头程式，如篇首诗、议论等，使得宣讲小说即便是口头文学，其体制、主题、内容、意图等，都大异于史诗、神话。

---

①刘魁立：《文学和民间文学》，《刘魁立民俗学论集》，上海文艺出版社，1998年，第85页。

第八章　宣讲小说"重复"的伦理强化

　　口头文学程式理论中包含重复，但重复并不等于程式。重复更有超越于程式之外的意义。重复作为一种普遍的生活现象，在文学艺术活动中广泛存在，例如对同一题材，手艺、绘画、文学都可进行表现。在文学活动中，诸如模仿、互文、回忆、排比等，都是重复。无论是书面语还是口头语，无论是叙事文学，还是抒情文学，都离不开重复。书面文学以文字为载体，形之于具体的物（纸张、墙壁、碑刻），可以超越特定时空而存在，阅读者可以在阅读到某一段落后停下，去干其他事，然后接着阅读，甚至重温前面的故事。声音叙事却没有这一优势。声音具有瞬时性，宣讲者与接受者必须处于同一时空，听者不能离开，亦无法重温，除非宣讲者自己重温，重复就成为重温故事或主题的有效方式。所以相对而言，口头文学对于重复的需要更为强烈。诗歌通过章句复沓、反复吟唱以抒情，宣讲小说亦通过不断的重复表达作者的深层思考。J. 希利斯·米勒（J. Hillis Miller）以《德伯家的苔丝》为例，指出文本重复有三种类型，即从细小处着眼的重复（词、修辞格、外形或内在情态），从大处看是事件或场景的重复（即"复制"），最后是重复其他小说中的动机、主题、人物或事件①。罗伯特·阿尔特（Roberto Arlt）以《圣经》为例将重复分为主导词重复、题

---

① 〔美〕J. 希利斯·米勒著，王宏图译：《小说与重复：七部英国小说》，天津人民出版社，2008 年，第 2 页。

旨重复、主题重复、情节次序重复和典型场景重复等①。作为面向听众的小说,宣讲小说从内容到形式,都采用了重复,既有话语重复,也有叙事重复。大多数的重复,是显性的,但也有隐性的重复。显性重复多体现在言语上,而隐形重复则多体现在类似的故事情节及主旨上。重复,不仅体现在同一故事中,也体现在同一小说集不同故事的编排上。同一故事在不同小说集中出现的情况,仍可归于重复。

第一节　言语重复及其伦理意蕴

言语重复属于细微处的重复。"冗赘是口语思维和表述的特点,所以与书写造成的勉强线性相比,它在深层意义上对思维和表述更为自然。"②细微处的重复,看似"细",却是表现故事意图的重要部分。

一、字词重复及其伦理意义

词语的重复是指相同的词语在文本中多次出现。它是最细微处的重复,也是最常见的重复。比如中国古典诗歌,就充满音韵、个别词的重复。《诗经·芣苢》的整首诗中,只有六个字有变化,其余都是"采采""芣苢""薄言""之"的反复出现,但读此诗并不使人感觉单调乏味,而是在这些重复中,感觉了女性在劳作时的愉快,言有尽而意无穷。《诗经传说汇纂》引陆深语云:"案:此诗凡三章,章四句四言,总之为四十八字,内用'采采'字凡十三,'芣苢'字凡十二,'薄言'字

---

① 〔美〕罗伯特·阿尔特著,章智源译:《圣经叙事的艺术》,商务印书馆,2010年,第130—131页。

② 〔美〕瓦尔特·翁著,张海洋译:《基于口传的思维和表述特点》,《民族文学研究》2000年增刊。

凡十二,除为语助者,才余五字耳,而叙情委曲,从事始终,与夫经行道途,招邀俦侣,以相容与之意,蔼然可掬,天下之至文也。即此亦可以见其和平矣。"①方玉润《诗经原始》亦言该诗:"读者试平心静气,涵泳此诗,恍听田家妇女,三三五五,于平原绣野、风和日丽中群歌互答,余音袅袅,若远若近,忽断忽续,不知其情之何以移而神之何以旷,则此诗可不必细绎而自得其妙焉。"②可见,重复不但令诗歌朗朗上口,音韵铿锵,富有节奏感,还有场面描绘、情感抒发等功能。

宣讲小说中的词语重复非常灵活。为了达到表达效果,实词与虚词都可以重复。有时,虚词重复所达到的效果往往出奇的好。《平常录·养女失教》叙宋氏不教育女儿燕儿,燕儿失德,成婚后对丈夫伊四娃不满,被丈夫逼着去听宣讲。宣讲生读《了了歌》。该歌每句都以"了"字结尾,88句共用176个"了",前面86句用每个"了"字句说明女子的某种情况,既有负面的,也有正面的。最后四句曰:"世人既已来听了,句句都莫大意了。你若照样去做了,就是女中君子了。"③这4个"了"字句从正面引导,以重复的形式,召唤道德回归。《惊人炮·嫌夫报》写刘木匠妻唐氏不守妇道,"自幼娘家当女子,操起嘴吧子,开腔带把子,沾动骂舅子,不孝娘老子,妈喊老婆子,爹喊老头子,不怕大伯子,又不敬嫂子,爱穿红绿衫子,好吃黄肝肚子,喜的摆尾子,常行买鸡子,眼睛像鹞子,打拌学当子。"④15个"子"字句将唐氏嘴尖舌利、不和家庭、好吃懒做的形象描绘得活灵活现。正是

①〔清〕王鸿绪等撰:《钦定诗经传说汇纂》,〔清〕纪昀等编纂:《影印文渊阁四库全书》(第83册),北京出版社,2012年,第95页。

②〔清〕方玉润撰,李先耕点校:《诗经原始》卷一《国风·芣苢》,中华书局,1986年,第85页。

③《平常录》卷三,刊刻时间不详,第56页。

④〔清〕果南务本子编辑:《惊人炮》卷一,民国三年(1914)铜邑成文堂新刻本,第74页。

有这个个性,才有她嫌弃丈夫的行为。面对丈夫,唐氏"两手挽袖子,去挪毛辫子,便用耳巴子,打脱他帽子。木匠搞忙了,假意捏锭子。唐氏捉住手,向下扯肾子。木匠立在地,口口喊妻子"。她早睡晚起,起床后,"头也不梳,头发鬈起;衣裳不穿,衣一披起;脚也不缠,鞋子踏起;一步一哆,眼屎弯起;灶房一看,嘴巴嘴起。"①重复的"子""起"句将唐氏的凶悍、懒惰展现于人们目前。这些描写,与前面的议论"奈何世间有等妇人未闻大义,乖张性情,或嫌夫丑,或怨夫贫,欺夫本分,背夫贪淫,谋夫害命,暗起毒心……"②构成上下文语意上的重复。重复成为刻画人物的手段,宣讲者重复用"子""起"等句凸显了人物的性格特征,也将褒贬都隐含于其中。"说一听"场合中,喋喋不休的"了""子""起"等,似乎为小说施加了某种魔法,不仅不会让人厌烦,反而增加了幽默的效果,让人忍俊不禁。幽默使人愉悦,愉悦中感受到的褒贬使劝善效果更易实现。

　　虚词的重复还有利于营造某种意境,进而表现人物。《宣讲汇编·贤妾抚子》中,孙氏深夜独自抱着幼儿,饥寒交加,此时来一道人,唱道:"静悄悄兮无人,水潺潺兮有声。荻苇萧萧兮秋满江心,船靠沙洲兮待彼知音。"③歌描绘了夜深情景,大致也可见歌者的性情,但增加且重复的"兮"字,延缓了歌的节奏,更见得他的舒缓与飘然,恰与其道人身份相适应。《宣讲至理·淡色轻财》中,尤生拒绝奔女,复援笔而歌,歌词 100 字,叙事与抒情融合,"兮"字重复八次,愈见得主人公淡泊守正。

　　在宣讲小说中,实词重复不仅只是词语本身的重复,与之相关的

---

① 〔清〕果南务本子编辑:《惊人炮》卷一,民国三年(1914)铜邑成文堂新刻本,第 75—76 页。

② 〔清〕果南务本子编辑:《惊人炮》卷一,民国三年(1914)铜邑成文堂新刻本,第 74 页。

③ 《宣讲汇编》卷四,光绪戊申年(1908)经元书室重刊本,第 29 页。

事件叙述与观念展开也是一种重复,二者不可分割。

　　动词的重复有利于强调某种动作以及该动作所达到的效果。标题直接表明主旨的小说,关键词的重复较多。《同登道岸·宣讲脱劫》标题中的"宣讲""脱劫"是全故事的关键词。标题中,名词"宣讲"与动词"脱劫"都具有实际意义,其后的叙事皆围绕它们展开。全故事中,"宣讲"出现 7 次,"劫"出现 5 次,其他句子再重复说明该词。开篇诗云:"诸圣尊经本最灵,宣讲不可太看轻。人能虔诵超人鬼,父脱深坑子脱兵。"诗的前三句是对"宣讲"的重复,一言宣讲内容的重要,二言宣讲行为的重要,三言宣讲的功能,三重有变化的重复皆紧扣"宣讲"。接下来议论道:"这几句话是言诸品尊经,能除灾难而消劫运,化愚顽而为善良,真实训也。"①这段话直接表明该议论是对前面诗句内容的重复,其中"宣讲劝化"一词,则为直接重复。诗句与议论构成对"宣讲""脱劫"二词的二重、三重重复。该故事中,既有句子重复关键词,也有词语直接重复关键词。咸丰年间,"常见天上嘒星出现",王国栋叹曰:"此星一出,必是凶兆,不久定有杀戮之灾,我遭其涂炭死不足惜,最可惨者,一切老小幼女、节妇难免淫污之苦","蓝大顺布衣起兵,扰乱各州府县,不觉闹至蜀南地界","不觉失足坠下枯井而去",这些都是重复"劫";得老人传授《法戒录》《救劫新谕》,于是"开设宣讲,挽劫救世,费尽心血","立意遵行宣讲,沿门劝化","国栋夫妇德泽大,宣讲诵经感菩萨",念诵六字真言,这些则是重复"宣讲";最后众鬼得以超生,国栋夫妇平安归家,儿子也从贼匪手中脱身,这些是对"脱劫"的重复。结尾的一段议论同样指明"宣讲"与"脱劫"的直接联系:"从此案看来,国栋堕岩而无损,坠井而弗伤,此乃险中之险。旱生身陷贼营而得归,危中之危。合而观之,乃宣讲诵经所

①《同登道岸》卷三,光绪庚寅岁(1890)新镌本,第 62—63 页。

感也。"①显然,议论又是对"宣讲脱劫"四字的重复。同书《八箴保命》亦是如此。其开篇诗云:"吉人天相古今传,大劫能逃非偶然。倘若不敦忠与孝,焉知镜破又重圆。"②诗句重复的是"保命",忠、孝是保命的重要法宝。其后的议论中有"劫难""生死""转灾为祥"这些词语重复保命原因及效果。故事中亦有强调五伦四德,部分重复"八箴"的内容。廖琢堂教女,有三从四德六戒,其特意强调的"八箴",采用父女问答的方式将孝顺、和睦、慈良、贞静的内容一一阐释,廖女到了夫家,谨守"八箴",张献忠攻打四川时,她因"八箴"而无恙。《宣讲脱劫》《八箴保命》对关键词的重复并不是简单的言语的重复,而是由言语层面的重复延伸到了内容层面的重复,进而关联到意蕴层面,凸显故事的意义。克洛德·莱维-斯特劳斯在谈到神话的重复时指出,神话及口头文学对同样序列的重复,其原因是"重复的作用是使得神话的结构明显"③。以此观照宣讲小说中的重复,亦可以这样说:重复使宣讲小说的结构及宣讲意图外显出来。

　　动词重复、形容词的重复还有利于表达某种观念。《宣讲集要·用先改过》《明心集录·硬看不穿》《普渡迷津·二休士》皆有《万空歌》,歌云:"南来北往走西东,看得浮生总是空。天也空,地也空,人生渺渺在其中。日也空,月也空,东升西坠为谁功。田也空,土也空,换了多少主人翁。妻也空,子也空,黄泉路上不相逢。金也空,银也空,死后何曾在手中。房也空,屋也空,转眼荒郊土一封。官也空,职也空,数尽孽随憾无穷。车也空,马也空,物存人去永无踪。世上万

---

①《同登道岸》卷三,光绪庚寅岁(1890)新镌本,第64—72页。

②《同登道岸》卷二,光绪庚寅岁(1890)新镌本,第1页。

③〔法〕克洛德·莱维-斯特劳斯著,谢维扬、俞宣孟译:《结构人类学——巫术·宗教·艺术·神话》,上海译文出版社,1995年,第247页。

般快意事,移时兴过总是空。看来只有一事实,为善点点在厥躬。"[1]
歌词反复说"空",既在观念上重复,又形成韵律上的重复。《万空歌》
在不同的故事中起不同的作用,《用先改过》中是主人公用先在醒悟
后所作,起总结作用;《硬看不穿》是宣讲者陈可化见刘芳父子为富不
仁,吝啬钱财,遂以《万空歌》劝之。《硬看不穿》在结尾处指出此歌与
志公和尚有关,言"万空"起劝诫作用。刘芳因不听,看不穿钱财,最
后入地狱受刑。《保命金丹·烈女报仇》中的《百忍歌》亦与此同。全
歌 15 句,"忍"字出现 23 次,劝日常生活的各种忍,且列举古人之不
忍与忍之结果,最后总结道:"传家忍字为上等,夜半敲门心不惊。能
忍自无寿数永,无忧无虑享长春。"[2]《劝惩录·斤半脎》中亦有《百忍
歌》,内容与《烈女报仇》中的有所不同,全歌 375 字,分两段,"忍"字
出现 50 次,第一段言不忍之害,后一段言忍的好处。此外,小说中多
处出现的不同的"忍气歌","忍"字出现的频率也很高。《万选青钱·
忍气旺夫》中有未明言为"忍气歌"的歌文共 174 字,"忍"字出现 17
次。此外,《最好听·烂瓷坛》《石点头·游枉死城》中劝人忍气的歌
亦是如此。"如果人们重复一个词,那是因为这个词重要,因为人们
想在一段、一页的空间中让它的音响和意义再三地回荡。"[3]反复出
现的"忍"字除了赋予歌以音乐性,还强化了故事的劝诫性,歌所要表
达的中心思想,常是故事的旨意所在。

　　"原始民族用来咏叹他们的悲伤和喜悦的心情的歌谣,通常也都
非常简单,不过是采用了一些最简单的审美形式,诸如有规律的节奏

---

[1]〔清〕王文选辑:《宣讲集要》卷一二,光绪丙午年(1906)吴经元堂刻本,第47页。
[2]〔清〕岳西破迷子编辑,〔清〕果南务本子校书:《保命金丹》卷三,刊刻时间不详,
　　第17页。
[3]〔法〕米兰·昆德拉著,余中先译:《被背叛的遗嘱》,上海译文出版社,2012年,
　　第139页。

和重复等。"①宣讲小说中大量的劝善歌谣及带有哭诉、呼告性质的五更调、十二月歌等，或为平行式重复或为递进式重复，具有反复吟唱的性质。重复言语与韵律以描绘人物及书写情感，是宣讲者宣讲时所用的重要策略。这些词语的重复没有导致劝说主题的晦涩，反而更将晦涩的含义表达得更为清晰。尤其是小说中的劝善歌文，它有自身的独立性，又是故事的构成部分，是宣讲者或故事人物观念的传达。无论是功能性人物，还是小说中的主要人物，通过这些歌文，反复渲染感情，或者表达哲理，用以劝人化人。

二、句子、段落重复的伦理表达

句子重复也是言语重复的重要方式。《文心雕龙·熔裁》曰："同辞重句，文之疵赘也。"②同辞重句在文人文学中被视为多余，但却是古体诗或民间歌谣的重要特色。"文句在辞中重复次数既多，自令人易生联想；在工师学习、听众感染方面，均得事半功倍之效。辞之含义本来散漫者，随所重复，得集中于一二点，贯注于一二句，对之呼唱不已，浅出深入，于不知不觉间，将渗透入听众之精神意识，楔而不移，非其他联章体用所能及也。"③一般情况下，句子重复在人物对话或抒情时出现。在说唱结合的宣讲小说中，它常出现在人物对话唱词的开头或结尾，用以强调某种值得注意的内容。

对话中的重句，无论说话者是有意还是无意，都是对前一句话的强调。宣讲小说中，常以"重句"代替被重复的前一句。诸如《照胆

---

① 〔德〕格罗塞著，谢广辉、王成芳编译：《艺术的起源》，北京出版社，2012年，第130—131页。

② 〔梁〕刘勰著，韩泉欣校注：《文心雕龙》，浙江古籍出版社，2001年，第176页。

③ 任中敏编著，何剑平、张长彬校理：《敦煌歌辞总编》，凤凰出版社，2014年，第663—664页。引文中，"楔而不移"之"楔"似当为"锲"。

台·巧姻缘》中,天官称呼王布政为"亲家",王十分生气,答道:"那个与你是亲家,好没廉耻(重句)!"①即在口头说话时,应该是"好没廉耻! 好没廉耻!"。前面重复的句子无论多长,皆以"重句"二字代替,在刊印时相对省时省力。

宣讲小说中,重句的使用情况比较灵活。有重复之后再"重句"的,如《惊人炮·女化男》中,严氏骂媳妇息香:"倘有那点稍迟钝,皮鞭条子不容情。谨记心,谨记心(重句)。以后须谨慎,饶你命残生。"②"谨记心"已经重复一次,而后"重句",则形成二次重复。三个"谨记心"愈见得严氏对媳妇要求的严苛及威吓,突出其恶婆婆形象。

有段首重句的。段落开头的重复,或者是呼告对方,或是对某情感的强调,奠定其后说话歌吟的基调。《福缘善果·麒麟阁》中,八钱控诉妖道:"妖道胆大(重句)。不由人咬碎银牙。……任随你是妖是邪,忙拿棒棒打,那怕会使法(重句)。"③这里,重复之句即有呼喊,也有斥责。《文昌保命录·秋月赋》中,徐氏闻知儿子坠崖后大哭:"闻言语好伤心(重句),冷水浇头怀抱冰……"④"好伤心"在段前重复,在说明徐氏的伤心之外,亦是后面叙述的情感基础。徐氏一一数落往事,回忆中点明伤心之由。也有对重要内容的强调,如《萃美集·双冠诰》中,玉娥送儿子赶考,临前告诫:"儿呀! 为娘有几句话,你弟兄须当谨记,须当谨记。"⑤"你弟兄须当谨记"可见玉娥的谆谆叮嘱,也是要求儿子对后文"几句话"的内容加以重视。《更新宝录·全节

①〔清〕果南务本子编辑:《照胆台》卷一,宣统三年(1911)新刊本,第105页。

②〔清〕果南务本子编辑:《惊人炮》卷二,民国三年(1914)铜邑成文堂新刻本,第67页。

③〔清〕石照云霞子编辑,〔清〕安贞子校书:《福缘善果》卷三,刊刻时间不详,第65—66页。

④《文昌保命录》利集,刊刻时间不详,第26页。

⑤《萃美集》卷四,民国三年(1914)新刊,板存铜邑大庙场成文堂,第38页。

受封》中的重复又复杂一点。故事中,全福因女儿之死而大哭:"见姣儿死得苦(重句),不由为父放声哭。……难舍我儿人颖悟,难舍我儿性温柔。难舍我儿品俊秀,难舍我儿女工熟……"①这是句子的完全重复与部分重复的混杂。"死得苦"是全句重复,是对女儿之死的定性与不甘;"难舍我儿"是句子的部分重复,表达了因女儿之死其所遭受的痛苦。

有句中重句的。《阴阳鉴》第六十四回《惩众逆分类切指,表诸孝逐事详明》中的冥卒唱冥府各种刑法,在唱每一殿的刑法时"好哥哥"在前后出现,如"一名车崩狱,好哥哥,快上前,马儿饱,车儿坚,分体裂形,不存半点。好哥哥,你休得叫苦连天。"②唱词中共列举了16种刑法,"好哥哥"出现32次。每一段中,前一"好哥哥"引出刑法名称,言所惩罚的内容,后一"好哥哥"引出的内容则主要转到劝诫上。

有段尾重句的。段尾的重复,有归纳总结之用,也有其他之用。《救劫保命丹·谋嗣报》中,向登荣刚死,其妻林氏恸哭:"……呀哑夫,呀哑夫! 这一阵妻有话难以尽诉,要相会三更时梦里回屋(重句)。"③三更时梦里相逢是对未来的想象,而这种想象是建立在前面哭诉事件之上的。《最好听·烈妇还魂》中,太爷审判之后,又将案件解释一下,说明贪淫的种种恶果,从历代君王荒淫之事,到当前因淫而犯过的案件,劝人不能荒淫,最后道:"众百姓呀! 我今男女都劝过,莫以吾言为繁琐。只要尔等紧紧记,莫错讹,自然灾消福集,其乐如何(重句)。"④显然,这个故事唱词结尾的重句有概括之用。

有段首与段尾都出现重句的。段首重句或为呼告对方,点名某

---

① 〔清〕极静子著:《更新宝录》坎集,刊刻时间不详,第72页。
② 〔清〕义泉静虚子编辑:《阴阳鉴》卷八,光绪癸未年(1883)刊刻本,第97页。
③ 《救劫保命丹》卷四,民国乙卯岁(1915)重刊本,版存乐邑松存山房,第70页。
④ 《最好听》卷二,光绪二十九年(1903)刻本,第40页。

种值得注意的东西,或直言某心情、情况,为下面唱的内容作铺垫;段尾重句的主要作用为表达某种观念、期待。《万善归一·借尸配》中,马淑兰对梦霞言投生之苦,开篇即道:"相公容禀(重句)。听女魂泣诉分明,为鬼仙阴曹修省。……须念奴一片真心,相公慨然允,转世报大恩(重句)。"①同书中的故事《黑神庙》亦是这种模式,狐狸向菩萨祈祷:"菩萨容禀(重句)。听小畜泣诉分明。在洞中朝夕三省,并未敢迷惑一人。……从今养心性,菩萨要留情(重句)。"②再如《浪里生舟·天作合》中,王正魁对表弟说:"听一言,好着气(重句)。贤弟借得好稀奇。尘世只有借钱米,未闻那个借娇妻。……连我不顺肯从你,看兄问明是怎的(重句)。"③"好着气"表明生气程度,"看兄问明是怎的"是转折,也是将问题转移。

　　亦有在唱词中间出现重复的现象。《醒心篇·孝善报》中,一孺子假装大老爷审案,训斥贪淫的王麻子,唱词中间采用了重复:"……人人有姐己有妹细思细想,汝不该戏人妻任意轻狂。有许多好淫人曾把命丧,有许多好淫人莫有下场。有许多好淫人大祸下降,有许多好淫人败尽田庄。尔不信有辈古细对你讲,小奴才你听我细说端详……"④唱词中间四次重复"有许多好淫人",是对前面内容的承接,更是对好淫人的否定。

　　还有一种顶真式重复,即上一句唱词的结尾句,是下一句的开头。《脱苦海·姊妹异报》中,黄文理在女儿玉娥出嫁时告诫她道:

――――――――

① 〔清〕石照云霞子编辑,〔清〕安贞子校书:《万善归一》卷三,光绪癸未年(1883)刻本,第21—23页。

② 〔清〕石照云霞子编辑,〔清〕安贞子校书:《万善归一》卷三,光绪癸未年(1883)刻本,第65页。

③ 〔清〕石照云霞子编辑,〔清〕自省子校书:《浪里生舟》卷三,民国甲寅年(1914)重镌本,新都鑫记书庄藏板,第29页。

④ 《醒心篇》卷五,刊刻时间不详,第38页。

养女从来如养花,花开移向别人家。探花才子银河站,专等嫦娥去泛槎。去泛槎,不必嗟,小心孝顺二爹妈。公婆能把尔身养,好似堂前活菩萨。活菩萨,有灶君,厨前言语莫高声。秽污之事须当禁,早夜焚香不可轻。不可轻,是丈夫,终身仰望莫心粗。齐眉举案寻常事,相敬如宾人称呼。人称呼,妯娌贤,莫因小事生闲言。相亲相爱如兄弟,和气长长共一团。共一团,小儿多,侄男侄女勤抚摩。待之能如亲生样,妯娌同堂齐孝和。齐孝和,各怀胎,莫嫌多了打下来。溺女定然欠命债,直待百年泪盈腮。泪盈腮,怕断粮,五谷爱惜莫践伤。你能重他他跟你,儿孙世代拥仓箱。拥仓箱,莫奢华,龙凤艳妆易败家。不繁不简秀而雅,此身洁白玉无瑕。玉无瑕,好女娃,那个不称顶瓜瓜。儿能争气爹娘爱,方可欢欣到汝家。到汝家,也光辉,说我教女有家规。女儿都能如此样,即是出嫁孝庭帏。①

整段唱词采用了顶针重复的手法,所重复的,不是单个的词,而是词组。"去泛槎""活菩萨""不可轻""人称呼""共一团""齐孝和""泪盈腮""拥仓箱""玉无瑕""到汝家"都是重复,在重复中强调了所行之事的效果。顶针兼重复,读来流畅自然,对于听众的闺箴接受,大有裨益。

　　重句或重复的位置并不是很重要,重要的是它们在对话或抒情中的作用。重句或用来表明某种重要观点,如《阴阳鉴》第四十七回《慢灶神诸狱悉堕,著淫书众美频除》中,道人唱道:"牛肉食不得也哥哥,牛肉食不得也哥哥。哥要偏食可奈何,屏声息气莫言他,好食牛

---

① 〔清〕岳西破迷子编辑,〔清〕果南务本子校书:《脱苦海》卷四,同治癸酉年(1873)新镌本,第31—32页。

肉的哥哥。"①首句重复,强调不能食牛肉,这是后面唱词的中心观
点。重句或用来表明某种心情,如《孝逆报·孝感仙姬》中,仙姬化作
清风离开,董永痛哭:"仙妻去,好伤情(重句),珠泪滚滚湿衣襟。只
因遭不幸,卖身在豪门。"②首句重复,突出董永的"伤情",其后则围
绕伤情展开,说明伤情之因。重句或用来概括某种场面,如《同登道
岸·节孝全身》中,李氏将亡夫之弟中梁抚养成人,中梁进了学台后
归家,四境之人羡慕,同来迎接,场面极其热闹,有一段唱词形容这场
面:"耳闻叮咚三大炮,边炮胀得爆了腰。人人齐来把喜道,恭贺老爷
禄位高。……穿靴戴顶也不少,顶子都有大半挑。你看热闹不热闹
(重句)。"③重句或用来描绘某种情态,如《大愿船·欺兄遭谴》中,殷
贵欲读书,新婚妻子柳氏难忍寂寞,去书房找丈夫:"慢步金莲(重
句)。金莲慢步,来至画堂前,袖遮银灯,手按书篇。"④重句或用来肯
定、强调某种事件(或现象)、某种结果,如《同登道岸·真仙化俗》中
的真仙知东京有灾劫,"吕道人入城喊街,以醒世人。停步而云:二人
两边分,银勾挂当心。去刃合一个,三日看分明。善人早识透,搬也
安宁,不搬也淹泞(重句)。"⑤《触目警心·便人自便》中,帮贤到西天
问佛,路上遇一道长唱歌:"嘎嘎呵呵,痴人听我唱山歌。唱山歌,方
便事儿宜多作。作得多来利益多,无如人多不知觉。……果能够随
缘方便无懈惰,可以动天地,惊鬼神,感弥陀,自有时成仙成佛步大罗

①〔清〕义泉静虚子编辑:《阴阳鉴》卷六,光绪癸未年(1883)刊刻,第83页。
②〔清〕岳西破迷子编辑,〔清〕果南务本子校书:《孝逆报》卷五,光绪癸巳年
　(1893)刻本,第13页。
③《同登道岸》卷二,光绪庚寅岁(1890)新镌本,第35页。
④〔清〕岳西破迷子编辑,〔清〕果南务本子校书:《大愿船》卷一,光绪六年(1880)
　重镌本,同善会善成堂藏本,第43页。
⑤《同登道岸》卷四,光绪庚寅岁(1890)新镌本,第89页。

（重句）。"①无论重句重复的内容是什么，重复在圣谕表演时所体现的强调与抒情，在文字、音乐上造成的美感，都给宣讲增添了吸引力。

诗歌或散曲中，重句联章体较多。宣讲小说毕竟是小说而不是诗歌，故事中的唱多是对叙事的补充，或是对人物的劝化。它的重复具有多样性、灵活性，其中有联章体重复（如前文提及的五更词、十愿歌、十二月歌等），也有非联章体重复。唱词中的重复不仅强化了小说的曲艺体形态，为故事增加音乐性，亦且令唱词富有抒情性、劝化性。

倘若将整个宣讲小说视为一个整体，不少故事还往往重复某一俗语（或谚语）。如劝诫人们教育孩子要从小开始，教育媳妇要从进门开始，有"教子婴孩，教妇初来"之说。这一俗语在不同故事中反复出现，但重复比较灵活，或以"古人有言""古人云""古言"引出（《维世八箴·重义轻财》《明心集录·送节失妻》《救世铭箴·有理得第》《触目警心·修路获金》等），或以"常言道""自古道""俗语云""俗言"引出（《闺阁录·教女成媳》《救劫化民·和气致祥》《宣讲珠玑·闺女逐疫》《福海无边·双孝子》《宣讲福报·嫌媳恶报》等）。在《宣讲选录·纵虐前子》中，则以"谚云"引出（由此可见，民众对谚语、俗语的区分还很模糊）。具体文本中这一俗语的表述又有适当变化，如《救劫化民·和气致祥》只有后半句"教妇初来"，《宣讲珠玑·闺女逐疫》只有前半句"教子婴孩"，并且与俗语"人生养子不难，教子甚难""桑条从小鬱"齐言。在《宣讲福报·嫌媳恶报》中，则是先引俗语"夸讲妻子，必非好人"，再引此语。《救世铭箴·有理得第》则将次序颠倒，先言教媳，再言教子，且每句增添一个"在"字："古人云：'教媳在初来，教子在婴孩。'"宣讲时，宣讲者并不都是按照俗语（或谚语）的"本来面目"进行表述，如可将"妇"

---

①《触目警心》卷二，光绪十九年（1893）镌，沙市善成堂藏梓，第9—10页。

改为"媳"，改"初"为"新"，成为"教媳初来""教妇新来"。更有甚者，将此句打散，重新组合。《照胆台·明如镜》曰："劝人趁早把理辨，教子婴孩是格言。"《赞襄王化·还金昌后》曰："正是：'教子婴孩君不信，犁弯已就总难伸。'"《辅世宝训·闺中令范》则曰："教子婴孩莫错过，教妇初来莫放松。"《脱苦海·训媳成家》亦曰："儿女则教在婴孩，媳妇则教在初来。"这些以不同形式重复的俗语（或谚语），都是强调趁早教育的重要性。虽两者并而言之，但在故事中则有偏重，或重教子，或重教妇。这些俗语（或谚语）有的是宣讲者的议论与总结，有的是故事人物的劝言或思考。

　　也有在多个故事中重复某一劝善歌谣的情况，如前文提到的《万空歌》《百忍歌》，这种重复构成段落重复。再如《劝弟兄歌》，在《最好听·二牛打墙》《宣讲金针·欺兄逼寡》中都曾出现。《宣讲集要·忍让睦邻》中，大荣恐二子在家中闹事，乃作《忍让歌》一篇："为父寄书训尔曹，须当字字仔细瞧。为人原是忍让好，不可傲躁逞横豪。监内犯人有多少，皆因气暴方坐牢。自古圣贤垂训教，谁个不言忍字高。……昔日张公百忍好，永垂万古把名标。这辈古人要体效，吾今将来训尔曹。尔辈要体吾训教，切勿各自逞英豪。倘若不遵要傲躁，归家定打不恕饶。"①唱词352字，"忍"直接重复5次，从孔圣人之忍到现实中的不忍及危害，重复强调了忍的重要。整段唱词，与标题"忍让"重复，也是对张公艺《百忍歌》的重复。这种重复，就是段落重复了，是较关键词、句子重复更大的重复。

　　上述重复是文本之间俗语（或谚语）、歌谣的重复。单就同一文本而言，引谚语、俗语，也是一种重复。周俊锋认为，诗歌中用典故就是一种特殊的重复，四种不同层次的用典衍生出借代证言、参差对照、

---

① 〔清〕王文选辑：《宣讲集要》卷八，光绪丙午年（1906）吴经元堂刻本，第38页。

反讽悖谬、联想隐喻四个功能①。俗语、谚语或流行的劝善歌谣进入小说，与诗歌中的用典相类，它们在小说整体或部分情节中的功能也有类似性。"说—听"模式需要重复，但听众并不喜欢太多与情节不相关的重复。同一故事文本"用典"（俗语、谚语、劝善歌文等），在语言形体上不构成重复。如果说诗歌用典"是对文化记忆和源头印迹的迷恋"②，那么宣讲小说用俗语、谚语、劝善歌谣之"典"则是对它们大众教育功能的迷恋，非重复式的重复避免了语言的乏味及枯燥感，却唤醒了民众对生活智慧的相关记忆，并将此延伸到宣讲者（或说话者）所关注的生活伦理世界。

第二节　情节与主题重复的伦理价值

瓦尔特·翁的研究表明："口头的思维和表达的特征之一，就是冗赘或'复言'（copia）。把同一件事情或同一个意思重复几遍，是为了适应口头思维的延续性而在口头表述上呈现的古老传统。"③情节是小说的基本要素，情节的重复是较大层面的重复。英国文论家福斯特举例，说"国王死了，不久王后也死去"是故事，而情节更强调前后两件事之间的因果关系，如"国王死了，不久王后也因伤心而死"便是情节。故事与情节虽有区别，却不可分开，因此，本节论述时，一并言之。

---

① 周俊锋：《重复与书写：论现代汉语诗歌用典的功能结构》，《文学评论》2022 年第 2 期。

② 周俊锋：《重复与书写：论现代汉语诗歌用典的功能结构》，《文学评论》2022 年第 2 期。

③ 转引自祝秀丽：《重释民间故事的重复律》，《民俗研究》2005 年第 3 期。

一、情节重复的伦理传达

在宣讲小说文本内部，情节的重复通常是散体叙事，韵文复述散体陈述的事件。散体叙事详而韵文复述则简练、概括，二者以不同形式的语言表达形成文本内互文。散体叙事按照时间流向展开，从宏观视角将故事的人、事、物一一道来；韵体部分则多以第一人称，用限知视角，多采用回忆性手法，交代曾经发生过的事。同一人物及事件，在概括与详叙、全知叙事与限知叙事、冷静叙述与情绪性叙事中得到重复。《救劫保命丹·苦节报》中，黄正修因为顾客寄存银两之事陷入官司，被要求赔偿损失中的一半。其妻翠娥探夫，正修无可奈何要妻改嫁。提笔写婚书时，有一段 474 字的唱词，一一数说妻的贤惠及整个事件：

> 提羊毫写婚书咽喉哭破，泪滚滚湿衣衫心似箭夺。想当初贤德妻才把门过，家贫寒受苦楚未对谁说。母亲娘年纪迈侍奉不惰，早晚间常定省问饥问渴。家淡泊无生息难以安坐，妻叫我去帮人挣钱回屋。元林店他夫妇说我不错，又说我秉忠心为人本朴。三年内挣功价不敢用过，拿回家备甘旨报母养育。又谁知到今朝天降大祸，因只为捡银子才惹风波。郑洪顺转铺前交银八个，是你夫双手接拿进铺屋。那知道掌柜娘又把门锁，柜抽匣放内面何人知觉。二晨早射香客又来问我，银不见好叫人三魂下落。大老爷在法堂把夫问过，夫无奈将实情对官说。但不知偷银贼他是那个，害得我糊涂涂来坐牢狱。大老爷将案情以存断妥，要赔银四十两才得命活。多蒙得贤德妻用计救我，愿将身掉银两救夫出狱。愿贤妻到包门天爷拥护，到后来生贵子享享安乐……①

---

① 《救劫保命丹》卷二，民国乙卯岁（1915）重刊本，版存乐邑松存山房，第 38—39 页。

这段唱词,除了第一句及最后三句是对当前境况及心情的概述外,其余都是对妻过门后所发生事件的复述。"故"本就有原来的、从前的、旧的等义项,《广韵》云:"故,旧也。"故而,"故事"也就是旧事、曾发生过的事,讲故事即为回忆、讲述过去之事,也即在思维中、语言上重复往事。"对希腊人而言,重复是表达他们所谓'回忆'的一个关键词。"①此论断对广大民众都适用。在宣讲小说中,人物回忆、交代某些涉及已经叙述的事情,无论其表达方式为何,都形成对原事件(或情节)的重复。翠娥死后,正修母哭诉,再次说及儿媳翠娥嫁到黄家后吃苦孝顺及儿子受审入狱、儿媳被迫改嫁之原因等,这些都是回忆,形成对"说"的内容的第二次重复,两次重复各有变化,但都突出儿子老实无辜、儿媳孝顺的事实。翠娥死亡之因在黄母的哭诉中又得以重复。这段话,通过对前文的重复,突出了一个母亲的悲凉痛苦,与黄母见儿媳改嫁而昏迷的情节相呼应,也从一个侧面说明了翠娥行为感人之深。除了人物的唱重复说的内容外,后文的说仍然可以重复前文所说。重复是对前面内容的回忆,使文本前后呼应,形成一个封闭而又开放的系统。县令所斥责的赛诸葛与包天和之恶,在前文中都有所交代,但因县令之斥,恶徒之恶由地方痛恨上升到被官方贬斥,惩恶的意图也就更明显。不过,因为重复的内容较为具体,所惩之恶与所扬之善又具有了针对性。

　　文本内的重复,从表现方法上,可以概括为说的重复(包括对故事的介绍及议论)、唱的重复。"无论什么样的读者,他们对小说那样的大部头作品的解释,在一定程度上得通过这一途径来实现:识别作品中那些重复出现的现象,并进而理解由这些现象衍生的意义。"②

---

① 〔丹麦〕克尔凯戈尔著,王柏华译:《重复》,百花文艺出版社,2000年,第4页。
② 〔美〕J.希利斯·米勒著,王宏图译:《小说与重复:七部英国小说》,天津人民出版社,2008年,第1页。

《救劫保命丹·苦节报》的开篇诗云："忠孝节义人堪夸,瞒心昧己天鉴察。请看而今现眼报,霹雳一声定赏罚。"其后的议论又紧扣忠孝节义展开,云："这几句话说人生在世,这忠孝节义四字是离不得的,人果能全其忠孝节义四字,则上天必喜,鬼神必钦,人如不能全其忠孝节义四字,则上天必怒,鬼神必瞋。这节孝能感天地,能格鬼神,天欲全此尽节孝之人,而必诛此害尽节孝之人,固有案可证,请听之。"①结尾的议论重复忠孝节义:

> 从此看来,养女者要效徐太翁教女有方,名传万古。当妇女的,要效徐翠娥孝敬婆婆,舍身救夫,感动天地,死而复生,富贵寿终。帮人者,都要效黄正修,一片忠心,果受磨难,苦尽甜来,日后大振家声,并享富贵寿考。莫效乔天冲,淫人妻女,见财起意,误害好人,上天不容,霹雳丧身。开店之人,莫效赖元林,朝日盘算,算尽则死,日后家败人亡。讨亲人,莫效包天和无子娶妾,只图俊美,拆散姻缘,日后终于无子,家事一败如灰。愿世人好者效法,恶者戒勉。正是:忠孝节义能动天,危难临时神必灵。试看奸贪淫恶辈,种种活报在眼前。②

不同表达形式的重复详略各有不同,陈述性的说与唱的重复相对详细,而议论性重复需要高度概括。一般情况下,议论是对事件性质的提炼,主要是对主要情节的重复。上面这段议论,既有对徐太翁教女有方的赞扬,也有对翠娥节孝、黄正修忠心的欣赏,还有对赛诸葛、包天和不义行为的谴责,形成对篇首诗、篇首议论或故事的第二次、第三次,乃至第四次的重复。此故事的标题为"苦节报",结尾议论以高

①《救劫保命丹》卷二,民国乙卯岁(1915)重刊本,版存乐邑松存山房,第23页。
②《救劫保命丹》卷二,民国乙卯岁(1915)重刊本,版存乐邑松存山房,第50页。

度凝练的语言重复主要情节，也重复其他多非苦节的情节。议论关涉的内容都由故事而来，诸多内容通过议论性重复让事与理高度统一，事因议论而重现，故事所蕴含的忠孝节义因重复而得到提炼及强调，其道德评价较之于苦节更深、更广。

　　还有一种情节的重复，即同一人经历不同的事件，每次事件与前次事件大致相同却又不完全相同，如《宣讲金针·五世轮回》《护生缘·钱秀才》就是典型的情节性重复。《宣讲金针·五世轮回》中，郑心田有五世轮回，但轮回过程中不饮孟婆汤，每一世都有上世或上几世的记忆。他第一世因作恶受罚，去吴家变马填债，有意跌下高崖而死；第二世至王家为狗，咬死恶主而被打死；第三世被罚为峨眉山之蛇，听经悔过，被车轮压死；第四世为巴州陈家之子，因生下后能说话而被视为妖孽遭溺死；第五世为赵家子，后成为状元。五世轮回中，前四世轮回都是"生—死"的表述，即罚为某动物，记得前世，寻死，然后再投生。第二次、第三次、第四次轮回都是对前世轮回情节的重复，轮回情节重复又构成对轮回叙事模式的重复。《护生缘·钱秀才》与《宣讲金针·五世轮回》相比，其轮回情节相同，主人公姓名、籍贯不同，对轮回过程的交代较为简洁。秀才刘大章因贪钱财，帮张邦国设计污蔑张妻失贞以便张休妻，张妻自缢，刘大章被惩罚，开始了五世轮回之旅。《宣讲集要·方便美报》与《触目警心·便人自便》乃同一个故事，是民间"西天问佛"故事的书面化，两者的表述略有区别。邦贤行善反而贫苦，于是前往西天问佛，途径流沙河，赵老翁托他问佛三件事，再至西藏山，老龙因修行千年不能升天托其问佛。三次有疑而欲问佛（或受托问佛）是平行式重复，它的所指是"便人自便"，路途受人之托的先后顺序并不重要，重复的关键是有困惑故而委托邦贤问佛。受人之托，忠人之事，邦贤到了西天，先问他人问题，等到自己事问佛时，佛祖即隐去，自己想问之事未能问，当他再返回先前所曾经过之处，告诉托问之人佛祖所给答案时，自己原有的困惑也——解开。"聚合式重复通过增扩叙事空间的厚度来强化表达的力度,以引发强调、应和与共鸣等多重诗学效果。"①重复将互不相关的情节聚合,使情节不断复制,从而延长故事长度,增强故事的哲理性。

　　长篇宣讲小说的情节重复更多。以《阴阳鉴》为例来说明。该小说以真君与冥君审案为线索,情节大致一样:每一殿二人审案、阐释某一律条、审判犯人、犯人作歌自陈善恶。但每一殿审判的对象不一,犯人所犯律不一,阐释律条不一,作歌内容不一,是典型的同质而兼异质的重复。以单人而论,妖道冷山谷法力高深,在第五回、第十二回、第二十九回、第三十六回皆有他在受审时施展法力的情节。第五回《摩镜台国丰鉴罪,鬼门关山谷行术》中冷山谷被提时,他"遂逞狂妄,舞弄妖术,念动咒语,锁提绳索,便自解开",到地狱时,"只见道人口中念念有词,所捆铁绳自落"②。第十二回《重辛勤欣开雀选,蓄阴谋堕入狼吞》中他被拘入第二殿,"(在云沙狱)只见道人念念有词,那一派沙,飚开尺许,不能粘身","(在石硙狱)道人又念念有词,只见石硙空转,道人横担硙内,肌肤不损分毫,又提入剑叶锋狱内,那剑叶锋利快非常,夜叉抛去,道人即念其词,剑锋都被他滚坏,如无事一般"③。第二十九回《毁厘局放生痴哑,骗佃租堕落穷乞》中,在经受两世轮回后,冷山谷到了第四殿砟池狱内,"妖道口中默念,虽不能动摇,然砟池内顽石仍不能伤,连治数狱,俱无奈何"④。第三十六回《工盘算玉琦灭首,恃咒章山谷诛心》中,他再次轮回后进入第五殿,"只见道人双目暴露,舌已长伸,而口犹念咒,奈仙带难松,不比诸地

①赵崇璧:《重复叙事的空间逻辑》,《内蒙古社会科学(汉文版)》2019年第1期。
②〔清〕义泉静虚子编辑:《阴阳鉴》卷一,光绪癸未年(1883)刻本,第54页。
③〔清〕义泉静虚子编辑:《阴阳鉴》卷二,光绪癸未年(1883)刻本,第37页。
④〔清〕义泉静虚子编辑:《阴阳鉴》卷四,光绪癸未年(1883)刻本,第59页。

狱之刑法,一念即动摇,不能近身"①。然因多次轮回,冷山谷最后终于被制服。岭山谷受刑是小说中的类型场景之一,与其他罪犯犯过而受刑的场景,形成异质重复中的同质重复。

按照米勒的重复理论,重复有倾向于同质的柏拉图式重复与偏向于异质的尼采式重复。前面提及的《救劫保命丹·苦节报》中黄正修与其母的哭诉同时指向翠娥贤惠、孝顺,但表达的方式有异。不同人的重复,也凸显了她的这一美德,但恶人却毁灭了这一美好的人物,也就更见其恶,更是当惩了。《阴阳鉴》中五世轮回、西天问佛、冷山谷地狱施法的重复,每一次重复都是对前面行为的模仿,是一种同质性重复,但在重复时又有区别,都有其差异,又含有异质性因素。两种重复相互缠绕,构成叙事的类型化与奇异化,便于引起读者兴趣,引导他们的道德情感。

前面的重复是文本内重复,此外还有文本之间的重复。重复与互文有密切关系。按照互文性理论,"任何文本都是其他文本的吸收与转化"②,"'重复'都是'互文性'的本质含义。在历代'互文性'理论家关于'互文性'的概念中,'重复'都被作为'互文性'的题中之意被反复强调"③。按照此说法,此文本与被吸收转化的原文本,就有诸多重复之处,诸如引用、模仿、复述。原文本的情节模式,因其稳定性,成为一种定式。一些典型的情节,常在不同的文本内反复出现,诸如灰姑娘遇王子、神仙被贬谪下凡、凡人修行成仙、才子遇到佳人、宝物改变处境等。宣讲小说文本间的重复有很多,如某人拾金不昧

---

① 〔清〕义泉静虚子编辑:《阴阳鉴》卷五,光绪癸未年(1883)刻本,第46页。
② 〔法〕朱丽娅·克里斯蒂娃著,史忠义等译:《符号学:意义分析探索集》,复旦大学出版社,2015年,第87页。
③ 蒋好霜:《"重复"与"互文性"的理论关联及其实践面向——以 J.希利斯·米勒的"重复"理论为例》,《华中学术》2021年第3期。

改变了自己原有的命运。拾金不昧的情节,在《保命金丹·还金得
子》《劝善录·阴骘变相》《宣讲大成·阴骘得妻》《宣讲拾遗·天公巧
报》《上天梯·天助奇缘》等故事中皆有出现,大致情节是主人公处于
困境,偶然捡到银两,皆能急人之所急,忧人之所忧,将银两交还失
主,失主由此走出了困境。故事发生地、主人公身份及个性可能不
同,但都有拾银、还银情节,因为这一典型情节的存在,一些故事读来
有大致相同之感。再如前文中的"五世轮回"在《护生缘·钱秀才》
《宣讲金针·五世轮回》中都有,这也是文本间的重复。

　　文本间重复的重要手段之一是改编(或改写)。改编是对原故事
的重新编排,一是保留原著的主旨、人物的性格特征、主要情节等的
忠实于原著的改编,类似于"复述";二是以原著中的某一情节为基
础,结合其他故事作局部改编;三是将原著中的某个情节移植过来。
这几种改编,都是以原著整体或部分为基础,换句话说,原著的某些
内容或形式,被后来的作品重复。任何重复都有其意义,宣讲小说对
其他作品的改编,其伦理价值不容忽视。本节所述的改编之作不区
分是首次改编还是改编之改编,因为不管哪一种情况,原文本的基本
内容都存在,后续文本都存在对前面文本的重复。

　　宣讲小说中,很多作品都是改编之作,其来源颇多。有的改编之
作系从白话小说改编而来。其中,"三言二拍"头回与正话被改编得
最多。此外,李渔的《无声戏》《十二楼》、世情小说《欢喜冤家》、公案
小说《包公案》等,都有被改编的情况。有的改编之作系从文言小说
改编而来。《聊斋志异》以其在社会上流行程度较广,被改编也最多。
据目前收集到的宣讲小说所见,《聊斋志异》中《珊瑚》《细柳》《二商》
《纫针》《张诚》《仇大娘》《陆判》《胭脂》等49个故事被一次或多次改
编为宣讲小说,聊斋宣讲小说总数达到100多篇。咸同年间汤承赟
的《阴阳镜》也是被改编篇目较多的文言小说之一,其中有57个故事
被改编,改编之作被收入《同登道岸》《万善归一》《救生船》等宣讲小

说集中。此外，宣鼎《夜雨秋灯录》中的《闺侠》《博山两贤妇》《铁锁记》《路九郎》等，也被改编成宣讲小说。还有的改编之作改自戏曲、传奇、弹词等，如《赵氏孤儿》《杀狗记》《窦娥冤》《四下河南》等，都曾被改编成宣讲小说。

　　众多的改编篇目中，《聊斋志异·珊瑚》被多次改编。《宣讲集要·孝媳化姑》《绘图福海无边·孝感姑心》《宣讲摘要·孝化悍婆》《自召录·孝逆互报》《缓步云梯集·紫薇窨》等都改自此篇。改编的诸故事都忠实于原作，只不过表述有异，结尾增添了一些人物的唱，但唱的内容有所不同。《宣讲集要·孝媳化姑》中唱的内容是珊瑚被休之时的哭诉与被休之后再见婆母时婆媳相对痛哭的对话，沈氏死后臧姑的哭诉；《宣讲摘要·孝化悍婆》中唱的内容则为大成向母亲的恳求及被迫休妻时的哭诉，臧姑痛哭则变成发誓悔改。与前两者比较，《绘图福海无边·孝感姑心》又增加了开篇诗及议论，王氏对沈氏说的话变成唱，对臧姑的简单介绍变成描写："长大像个牯牛，满脸尽是横肉，两眉生来带愁。说话时常挈手，吵架白泡长流。素来不开笑脸，声气吼偏几沟。双手拖起手袖，蹄子像把挖锄。纽绊解开懒扣，沾动滚地不羞。口里常把人咒，心中好似格兜。礼法全不讲究，惹着就把脸丢。"①《自召录·孝逆互报》中则有臧姑对沈氏咒骂之唱，沈氏小叔安得对沈氏唱无名帖，臧姑在两个儿子死后号啕大哭时所唱的内容。《缓步云梯集·紫薇窨》的段首有劝婆婆爱媳妇的唱。故事由多个情节构成，重复一个故事，就是重复了原故事中的多个情节。同一故事，被不同的宣讲小说重复着，在重复时增加的内容，或见得珊瑚被休时的无辜及痛苦，大成的软弱与不舍，臧姑的粗笨不孝，街坊对沈氏的鄙弃，也更加突出故事贬斥恶婆、褒奖孝顺之媳的意图。

―――――――――

①《绘图福海无边》卷一，民国元年（1912）重刻本，第18页。

有的改编故事系截取原故事某一情节铺展开来。据《拍案惊奇》卷一二《李克让竟达空函,刘元普双生贵子》改编的宣讲故事较多,如《宣讲集要·卖身葬父》《宣讲选录·盛德格天》《福善祸淫录·双生贵子》。《宣讲选录·盛德格天》《福善祸淫录·双生贵子》讲述的都是原故事的主体部分,即刘元普救孤,最后双生贵子。《宣讲集要·卖身葬父》讲述的则是原故事中的一个情节,即叙述裴安卿去世,女儿兰孙卖身葬父,最后为刘元普所助之事。原故事讴歌刘元普热心助人,而《宣讲集要·卖身葬父》的重点则在叙兰孙之孝,刘元普助孝,更愈见得其侠义。据《警世通言》第五卷《吕大郎还金完骨肉》改编的宣讲小说中,依据原故事而改编的,如《宣讲拾遗·天工巧报》;也有将其中一个情节扩展开来的,即《万缘回生集》《宣讲珠玑》《福善祸淫录》《宣讲大全》《善恶金鉴》中的同名故事《嫁嫂失妻》,叙主人公趁着兄长不在家,欲将嫂子改嫁,却将自己妻子嫁了。各故事中,人物姓名、地点或略有区别,情节却相同。还有依据故事头回改编的,如《宣讲拾遗·阻善毒儿》,重点讲述金钟吝啬,欲毒害和尚却将自己儿子毒死。

另有一些改编故事是其他作品中部分情节的组合。《跻春台·失新郎》融合了《聊斋志异》中的《小翠》《新郎》,《上天梯·天助奇缘》的主体中有还金情节与洞房不乱情节,是对《拍案惊奇》卷二一《袁尚宝相术动名卿,郑舍人阴功叨世爵》与《醒世恒言》中《钱秀才错占凤凰俦》相应情节改编后的融合。再如《跻春台·审豺狼》,乃是融合了《聊斋志异》中《毛大福》《二班》的情节。

当然,也有在故事讲述时直接说出另一故事情节的,如《醒心篇·佛禳灾》中,钟庆余要进京赶考,临行时叮嘱妻王氏殷勤侍奉婆母,不要效臧姑。王氏道:"官人呀!你言的就是安大成之妻珊瑚,他每每不仁,将他赶出,全不埋怨,复后回来,依然孝养他婆婆,他的兄弟安二成之妻臧姑不孝,将他婆婆百般辱骂,后来家道倾败,横生倒产。夫叫奴须学珊瑚，勿效臧姑，是也不是？"①钟庆余夫妻二人交谈中所说的大成与珊瑚、二成与臧姑的事情，就是《聊斋志异·珊瑚》的主体故事。再如《保命金丹·富贵有命》中，范仲仁夫妻多年无子，张氏劝丈夫：

> 尊夫君且不必长呼短叹，妻有辈先贤古要对你言。想当初窦禹钧家财万贯，奈膝下未生育一女半男。偶一夜梦祖父前来责谴，骂窦公不行善断他香烟。窦禹钧醒转来浑身是汗，立誓愿积阴功，广种福田。到后来生五子声名齐显，人称为五桂芳科甲蝉联。又还有刘元普缺少生产，买一妾到衙中珠泪不干。问明白才知是前官女眷，因父死尸难搬含羞卖钱。刘元普心不忍当作女看，出银两搬尸骸回葬故园。又将女配名门毫不看贱，出阁时又替办全幅妆奁。忽夜梦前官说感德不浅，将阴德奏上帝送子临凡。未数月妻有孕双双分娩，身长大登科弟同做高官。②

窦禹钧之事，《宋史·窦仪传》中有之，王稚登《窦禹钧全德记》、释文莹《玉壶清话》卷二、冯梦龙《醒世恒言》卷一八《施润泽滩阙遇友》头回亦有之，《文昌帝君阴骘文》《三字经》也载之。宣讲小说中，《宣讲金针》《触目警心》《宣讲福报》之《五桂联芳》，《宣讲拾遗·异方教子》都是对该故事的演绎。刘元普因侠义之举而双生贵子的故事，在《阴德录·刘弘敬》，元杂剧《施仁义刘弘嫁婢》，明传奇《尺素书》《燕居笔记·刘元普天赐佳儿》、《拍案惊奇》之《李克让竟达空函，刘元普双生

---

① 《醒心篇》卷五，刊刻时间不详，第20页。
② 〔清〕岳西破迷子编辑，〔清〕果南务本子校书：《保命金丹》卷一，刊刻时间不详，第107—108页。

贵子》,潮州歌册《刘元普双生贵子》中皆载之,亦被改编为多篇宣讲小说。在其他宣讲小说中,刘元普也是被提及并成为仿效的人物。张氏劝丈夫时提及的窦禹钧、刘元普之事,与其他戏曲小说中的相关故事,形成文本间的互文性重复。

宣讲小说对很多作品的改编,都是作者在回忆时将曾经阅读、听过的故事或情节自然而然的"拿来"之作,新的作品与原作品之间存在着互文关系。宣讲者在讲述仗义抚孤、拾金不昧、婆母虐待媳妇、坚守正心、嫌贫爱富等等故事时,他所熟知的其他文本中相应的故事及情节自然涌入头脑,通过诸多方式形诸故事中,新故事与原文本有意无意地形成重复。重复也是行动,作品中人物在重复中实践他的追求,并实现其人生价值;作者在重复中构建宣讲小说文本,并赋予小说中人物的行动以道德意义与艺术价值。

二、主题重复的伦理强化

任何文学文本都有很大的阐释空间。重复意味着对其他东西的排斥。在同一小说集中,主题重复在某种程度上即是类推思维,通常的编撰体例是以类相从,即将众多故事放到某一类下。当然,由于宣讲宗旨的明确性及主题的规定性,不同小说集对同一主题的重复普遍存在。同一类的各故事,如若情节不复杂,又有议论及诗歌的加持,及宣讲者的"在场",已经形成了主题重复的语境,在这种情况下,民众对故事主题的接受也就不大会出现多少偏差。

在罗伯特·阿尔特那里,主题重复是"叙事的价值体系中的一个理念思想——它也许是道德的、道德心理的、法律的、政治的、历史的或神学的——以某些重复样式得到明确表达"[1]。宣讲小说中,最典

---

[1]〔美〕罗伯特·阿尔特著,章智源译:《圣经叙事的艺术》,商务印书馆,2010 年,第 130 页。

型的题旨及主题的重复是多个故事讲述同一主题。

　　当主题限定之后，围绕主题进行重复最主要的一种形式就是按照主题编排故事，该主题下所有的故事都是对它的重复。"圣谕六训"与"圣谕十六条"是官方规定的宣讲内容，《宣讲集要》除了将这些圣谕置于全书之前外，在每一圣谕下还有若干案证故事，如卷一中有17条案证、卷二至卷四各有19条案证、卷五中有14条案证都是阐释"敦孝弟以重人伦"之"孝"，其中卷四的案证则属于"节孝"，卷六中有17条案证则阐释"敦孝弟以重人伦"之"弟"；除了卷七主要言夫妻关系外，卷八至卷一四阐释"圣谕十六条"中的其他条，案证多寡不等，"戒匿逃以免株连""完钱粮以省催科"条下只有一个案证，其余都有两条以上的案证。卷一至卷五共有88案证，这其中的每一条案证，其主题都是阐释同一主旨"孝"。换句话说，如此多的案证，都在重复同一主题，此故事与彼故事构成主题重复。又如《孝逆报》中共有48案，虽未直言阐释何条圣谕，但只要熟悉圣谕之人都明白它们同证"圣谕六训"中的第一条"孝顺父母"，"圣谕十六条"中第一条"敦孝弟以重人伦"之"孝"。《宣讲拾遗》《圣谕六训醒世编》《圣谕六训集解》《度世救劫》《宣讲引证》（案证本）等，都属于《宣讲集要》式的主题重复。也有以多个故事阐释某一条神谕的，如《一德宝箴》以关圣帝君的十二戒规为纲，每一戒后有两个案证同时对其加以阐释。另有大量的宣讲小说，每卷并未直接指明宣讲的主旨，但也大致遵循围绕每一条圣谕讲多个故事的写法，如《宣讲汇编》《宣讲福报》等。至于不言讲圣谕、神谕而是劝人遵守五伦八德等，此情况在同一小说集及不同小说集中就更多了，它们都构成了主题的重复。

　　在同一部宣讲小说集中通过不同故事重复同一主题是宣讲小说最基本的编排体例。重复即是强调，不同故事不断重复同一主题，极大地强化了主题，故事所体现的道德价值也就在重复中深深影响受众。但是，倘若重复没有变化，就会显得极为单调乏味，宣讲小说也注意到了这一点,所以重复中也时有变化,众多故事重复同一主题,则人物、情节、事件皆有不同。同样言孝,《缓步云梯集》《法戒录》《千秋宝鉴》等,皆在其后注明尽孝者身份的差异。以《缓步云梯集》为例,《沉香报孝》是"贫儿孝",《林星喂蚊》是"幼儿孝",《莲花现母》是"富儿孝",《闺女代刑》是"节妇孝",《榴花塔》是"贫媳孝";同时,又以反面例证言不孝,《桥边弃母》是"媳孝儿不孝",《四逆遭诛》是"儿媳俱不孝"等。同一主题下的故事,在注重题材变化的同时,还注意形成对举或对比,使孝与不孝案证形成正反对比,如《双孝报》的"儿媳俱孝"是与《四逆遭诛》的"儿媳俱不孝"的对比。又如《敦伦宝训》的卷一阐释"孝",共 8 个案证,主人公的职业身份分别是士、农、工、商,每一职业身份之人各有 2 案,从孝与不孝角度演绎。《孝逆报》的案证中有 24 案为孝,24 案为不孝,孝与不孝相互交替,构成柏拉图式重复与尼采式重复。即便是在同质重复中,亦有异质的。同言"孝",就年龄而言,有老者之孝、有幼儿之孝;以性别论,有男子之孝,也有女子之孝;以血缘分,有亲子之孝,媳妇之孝,也有继子之孝;以贫富分,有贫者之孝,亦有富者之孝;以等级分,有皇帝、官者之孝,也有贫民之孝,有圣人之孝,也有小民之孝;以行为分,或尝药,或尝粪,或卧冰,或扇席,或刻木,或乳祖。同言"不孝",有诬祖、偷食、厌恶、不祭祀等不同类型。同中有异、异中有同的重复,使故事具有多样性,更贴近民众日常生活,使每一类人都可以从中找到自己的影子,从而产生共情,行孝而弃不孝。

在所有被重复的主题中,还有一种可谓是对宣讲效果的重复,简言之,是对"效果"主题的重复,即反复宣扬宣讲某部经典的功效,可形成"灵验记"主题,以达到使民众信奉宣讲,信奉经典文本之用。

无论是文言宣讲小说还是白话宣讲小说,无论是长篇宣讲小说还是短篇宣讲小说,无一例外都为宣讲服务,力图达到宣讲目的,之所以命名为"福报""救生船""保命金丹""脱苦海"等,无不表明对宣讲故事及宣讲功效的看重。宣讲者有一种强烈的心理意图，力图使听者相信宣讲本身及宣讲文本是神圣的，是有价值的，这是宣讲及宣讲文本存在的基础。所以，除了在小说集前点明小说乃是"圣谕""神谕"之外，还多次讲述信奉、尊重或不信奉乃至毁谤宣讲及善书的灵异，形成有关宣讲灵验记。将宣讲及善书文本的灵验视为主题而形成的重复多属于互文性主题重复，即所言的灵验记多在不同故事文本中出现。

重复灵验的方式与宣讲小说其他主题重复的方式大致相同，既有按类编排的汇编式重复，如《东厨维风录》《阴阳鉴》与《圣谕灵征》附录的《灵验记》，其中所载，常是灵验之事的汇编；也有以单个灵验故事文本讲述宣讲或善书灵验的独立式重复，如《宣讲集要·孝善逃劫》；还有在非灵验记故事中讲述灵验的插入式重复，如《污俗化新·子散复聚》《度世救劫·转妄成真》等。在灵验主题的分类上，主要有三种，一是言善书之灵异，二是言神灵之灵异，三是言宣讲之灵异。

在诸多善书中，最灵异者当数"三圣经"。《宣讲集要·孝善逃劫》中，赛霸王要求张以伟讲述关夫子《觉世真经》，张翻开书，前面即有灵验记数段，分别讲浙江王慕五个儿子无子，崇信关帝，皆生子且子大富大贵；吴医刊印关帝条幅而免于舟覆之难，张以伟亦讲《觉世真经》而免于匪难。《污俗化新·子散复聚》则是宣扬《太上感应篇》之灵验。李得章因刻《太上感应篇》，父子免于难且分散后重逢。将宣讲的案证故事汇集而成的宣讲小说因为劝善成为善书而具有灵异性，宣讲传播它们也自有灵验，如《孝逆报》的首篇即是《刊送善书灵验记》，刊印者言王润卿之子病，医药无效，最后王润卿因刊印《孝逆报》而痊愈。至于附于小说后的《灵验记》，则主要是该小说之灵验记，《圣谕灵征》附录的《灵验记》在主要言《圣谕灵征》之灵验外，还言及刻印《因果新编》《指路碑》的灵验。《阴阳鉴》附录的《灵验记》所载各种灵验，亦主要是刻印《阴阳鉴》之灵验，兼有宣讲之灵验。

　　言神之灵验者,则有关圣帝君、文昌帝君、灶君等。《宣讲管窥·诈银挂头》言关圣帝君灵验。《东厨维风录》是灶君灵验的汇集,该书的附录有《灶君灵验记》,从题目及内容上看,是说灶神之灵验的。书中各案以故事形式再讲灶君显灵的种种情况,围绕次要主题(即敬天奉神、奉祖孝亲、和睦六亲、敬惜五谷、痛惜生灵、戒食牛肉、敬惜书字等)展开。书名为《东厨维风录》,该书的确是灶神"维风"灵验的集合,因此《东厨维风录》也成为灵验之书,其中《想得到》《疯颠和尚》《道人送药》《求签合神》《悔过回生》皆言刻印《东厨维风录》后的灵验。《度世救劫·转妄成真》中的主人公听了老先生讲述《俞公遇灶王灵验记》后,也将此书刻印赠送,最后高升,这也可算《东厨维风录》灶君灵验的补充式重复。

　　宣讲因为其化人的目的及效果而被视为神圣,虔诚从事宣讲或信奉宣讲者与不信、毁谤宣讲者,有不同的结果。《济世良丹·守义善报》中,李氏三次不听宣讲,死后入地狱受刑;《救时宝筏·六戒污秽灶君顺案》中,赵凌汉不听圣谕,甚至毁谤圣谕被灶神惩罚;《度世救劫·鞭打恶妇》中,敬氏不听宣讲,甚至在宣讲生宣讲时咒骂他,遭到神灵谴责,在虔诚听宣讲后才得到解脱。《圣谕灵征》的"讲法律以警愚顽违谕案目"按类编目,具体有:《绅士不兴宣讲》《童生不兴宣讲》《耆老不兴宣讲》《父母不许儿子宣讲》《夫不许妻听宣讲》《妻不遵命听宣讲》《东家阻师宣讲》《听者说话不休》《举人谤阻宣讲》《廪生谤阻宣讲》《童生谤阻宣讲》《庶人谤阻宣讲》《贡生谤阻宣讲》《秀才谤阻宣讲》《耆老谤阻宣讲》《衙役谤阻宣讲》《遵谕善报》。概言之,不兴宣讲、不听宣讲者,听宣讲不诚、毁谤宣讲的种种行为,皆会受到不同程度的惩罚,可谓是未直接标明为"灵验记"的灵验记。不是灵验记而实为宣讲灵验记的,还有《宣讲集要·毁谤受谴》《脱苦海·悔过敬夫》《缓步云梯集·双目重明》等等。

　　有意味的是,对灵验的讲述,他述式虽多,自述式亦不少。《阴阳鉴·灵验记》为全知式叙述,非灵验记的灵验讲述,也是以全知视角讲述的。《东厨维风录·俞净意遇灶神》则是自述与他述的结合。整个故事以全知叙事讲述俞都遇灶神始末,临结尾则言俞都归家后生七子,皆子嗣书香,"因手书遇灶神并实行改过事,以训子孙"。《圣谕六训醒世编·悔过逞祥》同样讲述俞都遇灶神事,叙事手法亦与《俞净意遇灶神》同,其后亦言:"公居家常,以己身遇灶神,并实行改过事,以训子孙。"①《东厨维风录》从《敬天神章》到《教训妇女章》,每一章皆是在灶君训谕后有灵验案证数条,案证全为全知叙事;从《敬灶愈目》到《悔过回生》共有 9 案,有以"余"视角讲述的限知叙事,也有全知叙事。限知叙事者,如《敬灶愈目》云:"光绪甲辰,应试榆城,术者相之,谓余当瞽……余沐洪恩,不敢隐匿,特将始末叙出,以告世之有灾有难者。"②《灶君显灵》云:"余自乾隆辛酉岁,住西蜀之西安县……特将始末述出,为之自警。"③又有全知叙事而结尾处却有某人所"录"或"自记"字样的,如《想得到》云:"杜仕祥,盐邑人也。……爰录出以公诸世,道光二十三年仲冬月记。"④《疯颠和尚》云:"大邑县黄复兴,自幼贩布为业……黄复兴自记。"⑤《道人送药》云:"灌县庠生陈光遂……余沐洪恩,不敢隐藏,特述出以显灶君之灵异也。"⑥其后的《求签合神》《悔过回生》皆是限知叙事。因为讲述的是自己的"亲身"经历,限知叙事具有"可靠性",能使民众相信宣讲及宣讲的善书之"灵验",从而主动去听宣讲,信宣讲,去传播圣谕。

需要特别强调的是,小说对灵验主题的不断重复,其最终指向不

①《圣谕六训醒世编》卷二,宣统元年(1909)石印本,营口成文厚藏板,第 30 页。
②《东厨维风录》,民国癸亥年(1923)重镌本,第 81—82 页。
③《东厨维风录》,民国癸亥年(1923)重镌本,第 82—85 页。
④《东厨维风录》,民国癸亥年(1923)重镌本,第 85 页。
⑤《东厨维风录》,民国癸亥年(1923)重镌本,第 89—90 页。
⑥《东厨维风录》,民国癸亥年(1923)重镌本,第 90—92 页。

在于灵验文本、行为及神灵本身,而在于圣谕及神谕之"谕"的本身,以及由尊崇"谕"而构建的和谐型的理想社会。灵验主题不同于具体的指向某种道德层面的诸如孝悌、仁爱、礼让等主题,而是聚集这些主题的能指式主题,其重复也就是"聚合式重复",即"以自我为所指,将互无干涉的故事表象转化为能指形式,进而凝结为环绕自身的共时形态"的重复,"它寻求所指形式的同一性时,又追求能指形式的多样性,在延异性能指与趋同性所指的两极寻求动态的平衡",且"能指越具有超越性,所指就越具有恒久性"①。汇编式、独立式、插入式重复,都加强了叙事的厚度,对灵验的强调无非在于刺激听众听之信之行之,不仅赋予文本及行动以神异性,使文学有奇异审美,更在于它对民心的刺激、引导作用。

　　文学需要重复,口头文学更是需要重复,宣讲小说尤其如此。"在大量听众面前进行口头表述的自然条件也在一定程度上要求冗赘。在这种场合下,冗赘事实上比面对面的对话更受重视。"②古斯塔夫·勒庞认为,乌合之众擅长于形象思维,容易接受也期待接受各种暗示,他们没有什么个性,有着相似的本能与情感,易轻信,却又偏执、专横,可以杀人放火、无恶不作,但也可以有爱国主义、献身精神、崇高道德,只要"在巧妙的暗示作用下,群体甚至比孤立的个人更会表现出这些品质","群体夸大自身的情感,因此也只会被极端的情感所打动"。在这种情况下,"想要抓住群体注意力的演说家,就必须措辞激烈。夸张、断言、重复,并且绝不试图以说理的方式证明任何事情。这些都是公共集会上的演说家们所惯用的论说手段"③。宣讲

---

① 赵崇璧:《重复叙事的空间逻辑》,《内蒙古社会科学(汉文版)》2019年第1期。
② 〔美〕瓦尔特·翁著,张海洋译:《基于口传的思维和表述特点》,《民族文学研究》2000年增刊。
③ 〔法〕古斯塔夫·勒庞著,陈剑译:《乌合之众:大众心理研究》,译林出版社,2018年,第34—35页。

者宣讲时，往往在庙会或其他节庆之时，面临一大群人，重复的内容，其真实性固然很重要，但未必是事实上的真实。"文本内的重复产生艺术性"，"文本外的重复形成互文增殖"①，宣讲者利用集会时个体之人变成群体之人以后的宣讲，对于"缺乏推理能力"的群体，以重复的表达方式加强某种形象或事实、道理，从而激起他们相应的情感。以此，宣讲小说虽也有案头之作，但更是"说—听"的文学，恰恰因为这种口头性及重复，它的伦理意义才尤其突出。

---

① 陆正兰：《重复：艺术的基本构建方式》，《中外文化与文论》2015 年第 3 期。

结语　宣讲小说与被压抑的传统性

——从王德威《没有晚清，何来"五四"?》说起

《没有晚清，何来"五四"?》是王德威《被压抑的现代性——晚清小说新论》一书的导论部分①，该文又被置于《想象中国的方法：历史·小说·叙事》一书中，该书的首篇即是《被压抑的现代性：没有晚清，何来"五四"?》。文章认为中国新文学的起源早于"五四"，审视中国现代文学的来龙去脉，应该认识到晚清时期的重要性。晚清小说"一跃而为文类的大宗"，保守统计，出版当在 2000 种以上，作者推陈出新，较之于"五四"毫不逊色。"殊不知'新小说'内包含多少旧种籽，而千百'非'新小说又有多少诚属空前的创造力"，"称小说为彼时最重要的公众想象领域，应不为过"②。王德威强调的被压抑的现代性作品，多指自晚清以来的种种不入流的"文艺实验"，"从科幻到狭邪、从鸳鸯蝴蝶到新感觉派、从沈从文到张爱玲，种种创作，苟若不感时忧国或呐喊彷徨，便被视为无足可观。即便有识者承认其不时发抒的新意，这一新意也基本以负面方式论断"③。他强调狭

① 〔美〕王德威著，宋伟杰译：《被压抑的现代性——晚清小说新论》，北京大学出版社，2005 年，第 1 页。
② 〔美〕王德威：《想像中国的方法：历史·小说·叙事》，生活·读书·新知三联书店，1998 年，第 3—4 页。
③ 〔美〕王德威：《想像中国的方法：历史·小说·叙事》，生活·读书·新知三联书店，1998 年，第 12 页。

邪、公案侠义、谴责、科幻四类小说所包含的现代性:"对欲望、正义、价值、知识范畴的批判性思考,以及对如何叙述欲望、正义、价值、知识的形式性琢磨。"①这些包含现代性的东西,却被"五四"新文学所压抑。

　　实际情况是,自"五四"以来,晚清文学的现代性被压抑,其传统性被压抑更甚。原因在于,此后小说的研究者及作者们,一方面忽视或未看见其中的现代性,一方面又否定其中的"负面式论断"。凡是小说中所说的旧道德,几乎都被认为是封建落后的,是民主科学的阻碍而必须被摒弃。于是乎,致力于说教的宣讲小说,即便它在晚清民国极为流行,甚至成为部分地方的民众信仰,却很难看到有研究者介绍、提及,甚至收藏这类书籍。文学史在介绍晚清小说时多侧重它们"新"的一面,将其对传统的批判精神津津乐道,四大谴责小说以其"谴责"的姿态受到编撰者的青睐,而对维护传统内容及思想的小说则以贬词言之,如文康《儿女英雄传》序言中认为其所体现的儿女之情"完全被曲解为忠孝之心","把理学中强调的社会伦常强加在人物身上,安学海是忠臣,安骥是孝子,张金凤是孝妇,何玉凤是侠义之女,一家人忠孝节义俱全。这实际上不过是为其没落的满洲贵族编织的一场十分不着边际的陈腐之梦"②。诚如王德威所言,受"五四"影响的作者们,"视狭邪小说为欲望的污染、侠义公案小说为正义的堕落、谴责小说为价值的浪费、科幻小说为知识的扭曲"③。阿英《晚清小说史》、欧阳健《晚清小说简史》皆从"新"

---

① 〔美〕王德威:《想像中国的方法:历史·小说·叙事》,生活·读书·新知三联书店,1998年,第16页。

② 《中国古代文学史》编写组编:《中国文学史》(下册),高等教育出版社,2018年,第303页。

③ 〔美〕王德威:《想像中国的方法:历史·小说·叙事》,生活·读书·新知三联书店,1998年,第16页。

的角度看待晚清小说，对于旧小说或小说中"旧"的内容，评价都不高，如曹亦冰《侠义公案小说简史》中言《三侠五义》"表现出了浓厚的封建迷信思想和封建伦理道德观念，应予否定"①。神魔小说的寓意较为浓厚，其中有不少的讽喻与道德劝诫，至于文言小说，更不消说了，但相关研究，对它们亦多是揭露、批判。

　　然而，在言现代性应往晚清推移时，其他论述也当注意。王德威强调无意夸大晚清文学的现代性，而是"从不现代中发掘现代，揭露表面的前卫中的保守成分，从而打破当前有关现代的论述中视为当然的单一性与不可逆向性"②，"从不现代中发掘现代"从本质上说明，现代性只是"发掘"出来的，既然是发掘，说明它并不普遍；"揭露表面的前卫中的保守成分"亦说明所谓的"前卫"也只是表面，而深层的东西仍然是传统。王德威继续指出"五四"及从人抱持着的"强势"的"现代迷思"，认为重新评价晚清小说，"毋宁说我是试图去了解，'五四'以来被主流文学所压抑的是什么。我的取法不在于搜寻新的正典、规范或源头，而是自处于'弱势思想'（weak thought），将一个当代词汇稍加扭转以为己用"③。在特定时代下，传统性在"现代性正义"的呼声之下被掩盖，但传统依然存在，当下虽处于弱势思想的地位，然而在晚清时，却是事实上的相对强势。"鲁迅一辈对晚清谴责作家的失望，其实泄漏出他们的正统儒家心事。"④陈森通过《品花宝鉴》揭示"忠孝节义、至情至爱等美德的真实含义"，在写作过程中

①曹亦冰：《侠义公案小说简史》，山西人民出版社，2005年，第120页。
②〔美〕王德威著，宋伟杰译：《被压抑的现代性——晚清小说新论》，北京大学出版社，2005年，第29页。
③〔美〕王德威著，宋伟杰译：《被压抑的现代性——晚清小说新论》，北京大学出版社，2005年，第29页。
④〔美〕王德威：《想像中国的方法：历史·小说·叙事》，生活·读书·新知三联书店，1998年，第15页。

暴露出来"急于调和伦理规则和情欲诱惑之间的辩证关系"①，这正是大多数同类型小说的特点。晚清不少小说中都有浓厚的道德说教，如《二十年目睹之怪现状》中吴继之关于行善的论述："我以为一个人要做善事，先要从切近地方做起，第一件对着父母先要尽了子道，对着弟兄要尽了弟道，对了亲戚本族要尽了亲谊之道，夫然后对了朋友要尽了友道。果然自问孝养无亏了，所有兄弟、本族、亲戚、朋友，那能够自立，绰然有余的自不必说……"②道德说教在《青楼梦》《绘芳录》《花月痕》等中皆不乏其例。直接的道德说教之外，对一些现象的批判固然有一些"新"的意味在其中，但批判又何尝不是建设？反传统虽然口号喊得很响，但传统仍然是社会主流。从王德威的论断中，可以看得出他的思考中有对传统与现代的思考，也即传统中有现代，那么反过来思考，现代何尝能离开传统？时人所批判的，不是传统道德本身，而是在坚守传统文化时应考虑人情人性，回归于早期儒家的传统。

　　回头再看圣谕所宣传的内容，"圣谕六训"言"孝顺父母，尊敬长上，和睦乡里，教训子孙，各安生理，无作非为"；"圣谕十六条"言"敦孝弟以重人伦、笃宗族以昭雍睦、和乡党以息争讼、重农桑以足衣食、尚节俭以惜财用、隆学校以端士习、黜异端以崇正学、讲法律以儆愚顽、明礼让以厚民俗、务本业以定民志、训子弟以禁非为、息诬告以全良善、诫匿逃以免株连、完钱粮以省催科、联保甲以弭盗贼、解仇忿以重身命"，这些圣谕无不关涉民众传统价值的建构与社会的和平稳定。正因如此，圣谕宣讲才能从清初到清灭亡间一直都在进行。现

①〔美〕王德威：《想像中国的方法：历史·小说·叙事》，生活·读书·新知三联书店，1998年，第22、24页。

②〔清〕吴趼人著，宋世嘉校点：《二十年目睹之怪现状》，上海古籍出版社，2005年，第68页。

在已收集到的岭南宣讲小说并不多,但鸦片战争后,岭南地方官重视宣讲传统文化,仅同治年间,"广州知府戴肇晨上任伊始,就建立了181所宣讲所,延聘通儒宣讲"①。现在所见清代岭南宣讲小说即有《吉祥花》《谏果回甘》《俗话倾谈》《宣讲博闻录》《龙纹卷》《宣讲集编初集》《宣讲余言》《圣谕十六条宣讲集粹》等。民国二十三年(1934)《上海富晋书社书目(上册)》"子部"中著录的宣讲小说有:王锡鑫编《宣讲集要》十三卷,光绪年刊《宣讲直说》六卷,石印白纸本《宣讲拾遗》六卷,戴奎光绪纪元刊《宣讲引证》十三卷,史致谟集证、光绪年刊《圣谕广训集证》一卷。笔者所得之清末成书而民国重刊,或者民国新刊的宣讲小说还有《救劫保命丹》《清台镜》《换骨金丹》《换骨丹》《指路碑》《宣讲逆报》《宣讲新编》《龙文卷》《宣讲新奇》《宣讲四箴》《拨云金针》《宣讲福报》《二十四孝宣讲》《化世归善》《宣讲至理》《宣讲指迷》《善恶金鉴》《善缘异录》《宣讲宝铭》《挽劫新编》《因果新编》等。民国新编的宣讲小说则有:《宣讲明快》《广化金丹》《新编宣讲宝鉴》《案证真言》《圣谕广训集证》《拯民集》《三才图(中长篇)》《三才图(短篇)》《福寿宝集》《永登盛世》《回心广善编》《兰亭集》《回天救劫宝录》《崇化新编》《归真集》《度世宝筏》《舨一舰舟》《代天勉世录》《救世铭箴》《警世格言》《守善金图》《宣讲新录》《洞冥宝记》《蟠桃宴记》《八宝金针》等。此外,一些宣讲小说案证故事的单行本在民国时期亦流行于世,如汉口鑫文出版社刊印、大同书局发行、石阳周去非选辑的宣讲小说集《宣讲全集》中的案证故事,以单行本刊印的有:《滴血成珠》《骗债失子》《五子哭坟》《蛛丝红》《嫁嫂失妻》《一口血》《双槐树》《金玉满堂》《杀子报》《白鸡公》《珍珠塔》《不孝惨报》《孝子得宝》《萝卜顶》《马前泼水》《恶盈满贯》《雪里救母》《送寒衣》等等,另附有《刻薄成家》《弟道可风》《挖坟讨饭》《淫妇巧报》《苦心行孝》《纯孝化逆》

①耿淑艳:《圣谕宣讲小说:一种被湮没的小说类型》,《学术研究》2007年第4期。

《修路得妻》《不孝遭雷》等等。据《清末民国时期上海的宗教出版概观:以佛道教为中心》介绍,自然书局 1931 年出版的《民国时期出版书目汇编》第 15 册《自然书局新书目录》中共收录 46 种道书或善书,其中属于宣讲小说的有:《宣讲拾遗》《宣讲宝铭》《化世归善》《宣讲集要》《福海无边》《宣讲大全》《宣讲醒世编》《续宣讲拾遗》《善恶金鉴》①。短篇宣讲小说往往成集,一部宣讲小说中的案证故事多达十几个乃至几十个;长篇宣讲小说通过游历,也贯穿了众多故事,由此可以推知民国宣讲小说中所载案证之多。

对于民国说善书的情况,不少地方志中都有记载。1994 年出版的《长宁县志》载:"说善书又称讲圣谕,解放前在县城、集镇街道较为常见。"②石永言《遵义往事》也载,20 世纪 20 年代,遵义的街头巷尾时常有人讲圣谕。2011 年出版的《遵义县毛石镇志(1600—2007)》载:"清末至民国年间,夏秋的晚上或冬天的火塘旁,常有农村知识分子为乡民唱读故事书或通俗唱本,这些唱本多为 7 字句式,押韵,读之自然婉转,听之悠扬动听。大部头的书如《醒闺编》,通俗唱本有《柳荫记》《蟒蛇记》《鹦哥记》《清官图》等。"③《成都通史·清时期》介绍,四川有近 300 部善书,善书可谓"家传户诵"④。另据《中国曲艺志》的统计,20 世纪 20 年代末期,成都市有圣谕宣讲艺人 150 人左右,30 年代,成都的圣谕宣讲盛行一时⑤。据《乾州史话》介绍,清末

---

① "中研院"近代史研究所编:《"改变了中国宗教的 50 年"主题计划成果发表会》,台北"中研院"近代史研究所,2013 年,第 156 页。

② 四川省长宁县志编纂委员会编纂:《长宁县志》,巴蜀书社,1994 年,第 704 页。

③ 遵义县毛石镇志编纂委员会编:《遵义县毛石镇志(1600—2007)》,成都春晓印务有限公司,2011 年,第 472 页。

④ 《成都通史》编纂委员会主编,张莉红、张学君著:《成都通史·清时期》,四川人民出版社,2011 年,第 498 页。

⑤ 中国曲艺志全国编辑委员会、《中国曲艺志·四川卷》编辑委员会编:《中国曲艺志·四川卷》,中国 ISBN 中心,2003 年,第 67 页。

民国年间讲圣谕在乾州城内盛行，"听讲'圣谕'的人们在街头巷尾，或院坪、寺庙之中，一边乘凉，一边听讲。……讲的多数是宣扬忠孝节义、因果报应等封建道义的民间故事，但也不乏劝人行善，讽刺贪官等内容"。民国时期，在乾州讲圣谕的就有饶玉成、饶厚伯、陈远扬等诸位先生①。

　　《中国曲艺志·河南卷》载，河南圣谕宣讲盛行，清道光年间，宣讲时有《宣讲拾遗》《宣讲大观》《宣讲大全》《宣讲大成》《宣讲管窥》等文本供宣讲人使用，"民国以后，佛堂有增无减，培养出一大批善书宣讲者，仅汝南一县就有百余名"②。全省较有影响的宣讲人较多，有些宣讲者不仅在本地佛堂宣讲，同时还互相邀请、交流，甚至到省外宣讲。"由于宣讲善书活动对稳定社会局势起到一定作用，中华民国政府给予一定重视，逢有重大活动，头面人物争相参加。"③在湖南黔阳、辰溪、沅陵、常德、湘西土家族苗族自治州等地，叙事性较强的圣谕宣讲比较普遍④。游子安著《劝化金箴：清代善书研究》中专有一节《清末民初的"说善书"》，介绍了清末民初说善书的情况。李德复、陈金安主编的《湖北民俗志》载，清中叶至民国初年，全国印刷善书案传的书局、作坊就有"宏文""崇文""广益""六艺""锦江"等数家，提及的宣讲小说集有《宣讲大全》《宣讲拾遗》《宣讲集成》《增图宣讲集要》《宣讲摘要》《福海无边》《触目警心》《原覃广化》《照胆台》《劝善录》

---

① 中国人民政治协商会议湖南省吉首市委员会学习文史委员会编：《乾州史话》，《吉首文史》（第 6 辑），2004 年，第 155—156 页。

② 中国曲艺志全国编辑委员会、《中国曲艺志·河南卷》编辑委员会编：《中国曲艺志·河南卷》，中国 ISBN 中心，1995 年，第 93 页。

③ 中国曲艺志全国编辑委员会、《中国曲艺志·河南卷》编辑委员会编：《中国曲艺志·河南卷》，中国 ISBN 中心，1995 年，第 93 页。

④ 中国曲艺志全国编辑委员会、《中国曲艺志·湖南卷》编辑委员会编：《中国曲艺志·湖南卷》，新华出版社，1992 年，第 101 页。

《闺阁十二段锦》等,搜集到的案传有 365 案①。《中国曲艺音乐集成·湖北卷》载,湖北的善书有 152 种,其中笔者所见载于宣讲小说集的有:《四下河南》《一口血》《盗玉镜》《血罗衫》《安安送米》《珍珠塔》《萝卜顶》《雪梅吊孝》《金玉满堂》《白公鸡》《巧化妻》《珍珠衫》《滴血成珠》《白玉圈》《巧断绣鞋》《双槐树》《兄弟齐容》《吉祥花》《大团圆》《真假姻缘》《双悔婚》《双凤山》《双状元》《舍子救主》《独脚板》《吵分家》《舍命申冤》《因果实录》《忠孝节义》《灵龟穴》《善恶异报》《望江亭》《双封诰》《代友完婚》《节烈坊》《双善桥》《冤中冤》《和尚遇魔》《恩义亭》《血掌印》《买母敬孝》《杀子报》《望烟楼》《孝儿迎母》《天赐金马》《梅花金钗》《处女守孀》《血书并》《阴恶遭雷》《破毡帽》《巧嫁妻》《平分银》《悍女传法》《双屈缘》《冥案实录》《友爱致祥》《嫌贫惨报》《一窍不通》《嫁嫂失妻》《修桥获金》《七星剑》《唆夫吵嫁》《吃得亏》《尿泡鸡》《五子哭坟》《双教子》《正南风》《贪妻失银》《狗报恩》《孝遇奇缘》《义仆救主》等等②。

　　之所以列举大量的宣讲小说集与一些篇目,以及民国时各地的宣讲盛况,无非为表明,民国时虽广泛受到西方思想影响,文学对于封建社会的批判似乎成为主流,但事实上仍有大量的宣传传统文化的文学在地方上广泛存在,成为地方的娱乐乃至教化手段。在民间社会,对人们产生广泛而深刻影响的,依然是儒家文化,即便偶有西学、新学的影响,也并未成为主流。

　　宣讲小说中的一些故事在中华人民共和国成立以后,仍旧在部分地方宣讲着。据《中国曲艺音乐集成》载,新中国成立后,云南、四川、重庆、广西、湖南、河南等地皆有说善书的情况。1978 年以后,河

①李德复、陈金安主编:《湖北民俗志》,湖北人民出版社,2002 年,第 1220 页。
②《中国曲艺音乐集成》全国编辑委员会、《中国曲艺音乐集成·湖北卷》编辑委员会编:《中国曲艺音乐集成·湖北卷》,新华出版社,1992 年,第 1494—1495 页。

南"在沁阳、济源、浚县、淮阳等地的乡村庙会上,善书宣讲活动偶尔能见"①。在汉川地区,20世纪五六十年代曲坛的老艺人,有不下于20人②,传统的案传有300种左右,代表性的如《窦娥冤》《乌金记》《生死牌》《四下河南》等。到了21世纪,说善书在一些地方成为非遗项目:汉川善书于2006年入选国家第一批非物质文化遗产名录,索河善书在2011年入选湖北省非物质文化遗产名录,双槐善书2010年列入重庆市第三批非物质文化遗产。其中宣讲的案传,既有传统的,亦有新编或改编的。在汉川,每年春节到三月三期间及中元节,民众消闲和娱乐时,"往往邀请善书艺人上门演出",甚至还保持着用善书来还愿、祭祖、祝寿的习俗。宣讲的内容多涉传统道德。汉川善书团队每新到一地,"开讲的首要书目便是'劝孝'。其中包含着的尊老、敬老、养老正是中华民族家庭和睦、邻里相亲、社会稳定的重要因素"③。传统说善书善采实事,现今的说善书同样如此,如汉川善书传人熊乃国根据汉川涉毒案例新编而成《迷途知返》以劝时人。袁大昌编辑的《索河善书选》中除了有大量的传统故事之外,《双教子》《戒牌》《四个婆婆说媳妇》都是根据当时的故事改编的。以眼前人说现实事,即兴演唱及独特的唱腔、饱满的情感、向上的道德内容,使听者极易产生亲切感、真实感,说善书甚至成为"劝善积德的文化奇葩","善书扬善除恶,年轻人听了行孝、做善事,老年人听了心里舒服、延年益寿"④。"无论长书短案,必有一个'忠、孝、节、义'的正面典型贯

① 中国曲艺志全国编辑委员会、《中国曲艺志·河南卷》编辑委员会编:《中国曲艺志·河南卷》,中国ISBN中心,1995年,第94页。
② 李德复、陈金安主编:《湖北民俗志》,湖北人民出版社,2002年,第1218页。
③ 侯姝慧:《传统曲艺与新农村文化建设——以"汉川善书"为例》,《文化遗产》2008年第1期。
④ 沈婉梅:《劝善积德的文化奇葩——汉川善书业探访》,胡雪城主编:《走近文化孝感》,武汉出版社,2015年,第232、235页。

穿其中，主宰整个故事"，故有人以"正派、雅致、动听、感人、完整"评价汉川善书、索河善书①。简言之，善书与时俱进，传统说唱的部分中不适合当代的东西在宣讲中已经被替换为积极向上的内容。宣讲小说的故事中或有一点迷信色彩，但在整个故事的宣讲中其只是一种叙事手段，而非目的，犹如《西游记》说鬼说神而立足于现实，《红楼梦》的大荒山、太虚幻境、僧道及第五回的谶诗、海棠花败的预兆，《三国演义》中诸葛亮呼风唤雨、能掐会算，《水浒传》中的一百单八将是天罡地煞转世一样，"汉川善书倾向于世俗性真实性的根本特性决定其与陈旧保守的迷信之作不可能水乳交融"②。所以，不能以宣讲小说中有所谓"迷信"，或因为有神佛出现，进而轻易全部否定晚清大量以宣讲圣谕为主旨的宣讲小说。

　　宣讲小说宣传的善极为广泛，绝大多数是社会必须遵守的善行，诸如孝悌忠信礼义廉耻之八德，君臣有义、父子有亲、夫妇有别、长幼有序、朋友有信又何尝不是社会和谐的理想状态？只不过，时代不同，理解时不能僵化。如君臣在传统社会是君主与臣子，在当前则可以理解为上下级的关系、中央与地方的关系、国家与个人的关系，夫妇有别可以理解为体能、性格差异等。"圣谕六训"与"圣谕十六条"作为宣讲小说之纲，虽然体现了统治者的意志，却也是广大民众意愿的反映。

　　考察晚清宣讲小说，不能不思考，何以它们作为晚清的一种文学现象，数量众多且影响较大？为何几乎被湮没？是新文学、新道德的巨大影响，还是其他原因？由此再回到王德威的"没有晚清，何来'五四'？"的提问及问题背后的深意，可否这样猜想：晚清社会大量其他

---

① 李任：《"非遗"视阈下的善书保护与传承——以武汉索河善书为例》，《天中学刊》2017 年第 4 期。

② 董国炎：《汉川善书活力与特点初探》，《荆楚学刊》2015 年第 6 期。

类型的说唱文学,因为重视消遣,道德教化功能在一定程度上被隐藏,故未被时代否定或否定意味不强,而宣讲小说因为宣传的是被视为专制制度的君主的圣谕,以及被视为与科学背离的神灵之旨意,是封建社会宣传了几千年的道德——哪怕现实生活中需要,但因担忧它们湮没了"新"的声音,所以受到新思想影响的众多代表先进文化的知识分子,心照不宣地选择了沉默,而后又因其他原因,对其更加避而不谈?倘若如此,那么翻用王德威的话:"因有'五四',故无晚清。"在进行学术研究时,正确的态度是客观、冷静,在肯定新文学的意义的同时,也要看到受西方影响的思维对传统文化的否定,而被否定的未必完全是有过失的,或者负面的。"在村落中生活的人们常常在不自觉中接受大历史的表述及其传播的思想,受到大历史的潜移默化并自觉地皈依到大历史的叙述之中,在大历史的书写框架内,讲述着不违背大传统的小传统群体记忆中的对村落社会部分的历史经历从'失忆'到'失语'的过程。"①仅就清代社会而言,受遍及全国的宣讲之风影响,即便是比较偏远地方的民众,也因此增强了国家认同与儒家文化认同。

总之,对待传统文化的态度应该是"扬弃",该扬则扬,该弃则弃,全盘接收与全盘否定,都是错误的。任何时候,都应以客观冷静的态度,审视宣讲小说所宣扬的家庭、社会、生态、职业伦理等传统道德,既不能一味拔高,也不能一概否定。对宣讲小说文本本身,也应如此。

---

①岳永逸:《乡村庙会传说与村落生活》,《宁夏社会科学》2003年第4期。

主要参考文献

一、古代典籍

〔汉〕董仲舒:《春秋繁露》,上海古籍出版社,1989 年。

〔汉〕孔安国传,〔唐〕孔颖达等正义:《尚书正义》,《十三经注疏》(上),
　　上海古籍出版社,1997 年。

〔汉〕许慎撰,〔清〕段玉裁注:《说文解字注》,上海古籍出版社,
　　1981 年。

〔汉〕赵岐注,〔宋〕孙奭疏:《孟子注疏》,《十三经注疏》(下),上海古籍
　　出版社,1997 年。

〔汉〕郑玄笺,〔唐〕孔颖达等正义:《毛诗正义》,《十三经注疏》(上),上
　　海古籍出版社,1997 年。

〔汉〕郑玄注,〔唐〕贾公彦疏:《周礼注疏》,《十三经注疏》(上),上海古
　　籍出版社,1997 年。

〔汉〕郑玄注,〔清〕刘宝楠注:《论语正义》,上海书店出版社,1986 年。

〔魏〕王弼等注,〔唐〕孔颖达等正义:《周易正义》,《十三经注疏》(上),
　　上海古籍出版社,1997 年。

〔晋〕郭璞注,〔宋〕邢昺疏:《尔雅注疏》,《十三经注疏》(下),上海古籍
　　出版社,1997 年。

〔唐〕释道世:《法苑珠林》,中国书店出版社,1991 年。

〔唐〕玄宗注,〔宋〕邢昺疏:《孝经注疏》,《十三经注疏》(下),上海古籍

出版社,1997 年。

〔唐〕长孙无忌等著,袁文兴、袁超注译:《〈唐律疏议〉注译》,甘肃人民出版社,2017 年。

〔宋〕朱熹:《四书章句集注》,《新编诸子集成》(第 1 辑),中华书局,1983 年。

〔明〕丘濬编,金良年整理:《大学衍义补》,上海书店出版社,2012 年。

〔明〕王守仁撰,吴光、钱明等编校:《王阳明全集》,上海古籍出版社,1992 年。

〔清〕鄂尔泰、尹继善、靖道谟纂修:《(雍正)云南通志》,《四库提要著录丛书·史部》(第 242 册),北京出版社,2010 年。

〔清〕顾炎武著,〔清〕黄汝成集释,栾保群、吕宗力校点:《日知录集释》,花山文艺出版社,1990 年。

〔清〕昆冈等修,刘启端等纂:《钦定大清会典事例》,《续修四库全书》(第 804 册),上海古籍出版社,1996 年。

〔清〕王聘珍撰,王文锦点校:《大戴礼记解诂》,中华书局,1983 年。

〔清〕薛允升著,怀效锋、李鸣点校:《唐明律合编》,法律出版社,1999 年。

〔清〕袁枚撰,王英志编纂校点:《袁枚全集新编》(第 6 册),浙江古籍出版社,2015 年。

〔清〕张廷玉等撰:《明史》,中华书局,1974 年。

〔清〕朱彬撰,饶钦农点校:《礼记训纂》,中华书局,1996 年。

怀效锋点校:《大明律》,法律出版社,1999 年。

徐心余:《蜀游闻见录》,四川人民出版社,1985 年。

张荣铮、刘勇强、金懋初点校:《大清律例》,天津古籍出版社,1993 年。

《清朝文献通考》,浙江古籍出版社,1988 年。

《圣祖仁皇帝实录》,《清实录》,中华书局,2008 年。

二、小说

〔宋〕罗烨:《醉翁谈录》,古典文学出版社,1957 年。

〔明〕冯梦龙编,顾学颉校注:《警世恒言》,人民文学出版社,1995 年。

〔明〕冯梦龙编,许政扬校注:《古今小说》,人民文学出版社,1958 年。

〔明〕冯梦龙编,许政扬校注:《喻世明言》,人民文学出版社,1990 年。

〔明〕冯梦龙编,严敦易校注:《警世通言》,人民文学出版社,1995 年。

〔明〕凌濛初著,陈迩冬、郭隽杰校注:《拍案惊奇》,人民文学出版社,
　　1995 年。

〔明〕凌濛初著,陈迩冬、郭隽杰校注:《二刻拍案惊奇》,人民文学出版
　　社,1996 年。

〔明〕陆人龙编撰,陈庆浩校点:《型世言》,江苏古籍出版社,1993 年。

〔清〕古阳瓜辅化坛尽心子编辑:《悎惺集》,同治九年(1870)新镌本,
　　板存蒙阳辅化坛,笔者存。

〔清〕古阳瓜开化子校阅:《济世良丹》,宣统二年(1910)保善坛本,理
　　善罗焕章重刊本,笔者存。

〔清〕广安增生李维周编辑校阅:《指南镜》,光绪二十五年(1899)新镌
　　本,板存广安长生寨,笔者存。

〔清〕桂宫赞化真官司图金仙编辑:《广化新编》,咸丰元年(1851)重镌
　　本,笔者存。

〔清〕桂宫赞化真官司图金仙编辑:《因果新编》,民国戊辰年(1928)重
　　镌本,笔者存。

〔清〕果南务本子编辑,〔清〕淮海胡惠风校书:《自新路》,刊刻时间不
　　详,笔者存。

〔清〕果南务本子编辑:《惊人炮》,民国三年(1914)铜邑成文堂新刻
　　本,笔者存。

〔清〕果南务本子编辑:《照胆台》,宣统三年(1911)新刊本,笔者存。

〔清〕怀真子编辑,〔清〕破迷子校正,〔清〕务本子校书:《善恶镜》,光绪乙未年(1895)镌,笔者存。

〔清〕极静子著:《更新宝录》,刊刻时间不详,笔者存。

〔清〕嘉陵悟性子:《清台镜》,民国庚辰年(1940)重刊本,博古斋印行,笔者存。

〔清〕晋良、钟建宁编:《滇黔化》,光绪三十年(1904)重刊本,笔者存。

〔清〕克一子校,〔清〕许元善书,〔清〕守一子注:《劝惩录》,刊刻时间不详,笔者存。

〔清〕梁延年编:《圣谕像解》(影印本),四川大学出版社,2017年。

〔清〕凌虚主、正一子、师古子编辑:《救正人心》,刊刻时间不详,笔者存。

〔清〕刘省三编辑,蔡敦勇校点:《跻春台》,江苏古籍出版社,1993年。

〔清〕龙雁门诸子编辑并校:《破迷录》,光绪丁未年(1907)新镌本,板存长安寺,笔者存。

〔清〕吕咸熙:《八宝金针》卷上,光清丁未年(1907)刻本,笔者存。

〔清〕梦觉子汇集:《闺阁录》,光绪十五年(1889)新镌本,笔者存。

〔清〕梦觉子汇辑:《法戒录》,光绪辛卯年(1891)明善堂新刻本,笔者存。

〔清〕明心子手著:《福善祸淫录》,刊刻时间不详,笔者存。

〔清〕沐诚子著:《福寿根》,光绪丁亥年(1887)新刻本,笔者存。

〔清〕南滇毕清风抄传:《扶世良丹》,光绪三十四年(1908)刻本,笔者存。

〔清〕平羌扪心子选辑,〔清〕书痴子校订:《辅化篇》,光绪丁未年(1907)新刊本,笔者存。

〔清〕蒲松龄著,任笃行辑校:《聊斋志异》,人民文学出版社,2008年。

〔清〕清贞子编阅,〔清〕虚贞子校正:《遇福缘》,刊刻时间不详,笔者存。

〔清〕三山吴玉田镌:《宣讲引证》,光绪纪元年(1875),闽书宣讲总局藏板,笔者存。

〔清〕邵彬儒:《俗话倾谈》,林鲤主编:《中国历代珍稀小说》(2),九洲图书出版社,1998年。

〔清〕石照云霞子编辑,〔清〕安贞子校书:《福缘善果》,光绪戊戌年(1898)新镌本,笔者存。

〔清〕石照云霞子编辑,〔清〕安贞子校书:《万善归一》,光绪癸未年(1883)刻本,笔者存。

〔清〕石照云霞子编辑,〔清〕自省子校书:《浪里生舟》,民国甲寅年(1914)重镌本,新都鑫记书庄藏板,笔者存。

〔清〕绥阳兴化堂晋阳江夏居士同刊:《大结缘》,刊刻时间不详,笔者存。

〔清〕汤承萁编辑,〔清〕荣斋吴光耀校正:《阴阳镜》,林庆彰、赖德明、刘兆祐、张高评主编:《晚清四部丛刊》,同治元年(1862)影印本。

〔清〕王文选辑:《宣讲集要》,光绪丙午年(1906)吴经元堂刻本,笔者存。

〔清〕务本子校书:《保命金丹》,刊刻时间不详,笔者存。

〔清〕西湖侠汉:《宣讲大全》,光绪戊申年(1908)刻本,笔者存。

〔清〕西樵云泉仙馆编:《宣讲博闻录》,广西师范大学出版社,2015年。

〔清〕西蜀哲士石含珍编辑:《圣谕六训集解》,光绪九年(1883)重镌本,西蜀川东报国坛原本,笔者存。

〔清〕宣鼎:《夜雨秋灯录》,黄山书社,1985年。

〔清〕阳瓜慎独子参订,〔清〕阳瓜辅德坛校刊:《辅德嘉模》,刊刻时间不详,笔者存。

〔清〕义泉静虚子编辑:《阴阳鉴》,光绪癸未年(1883)刻本,笔者存。

〔清〕岳北守一子编辑,〔清〕舟楫子校正:《普渡迷津》,笔者存。

〔清〕岳西破迷子编辑,〔清〕果南务本子校书:《大愿船》,光绪六年(1880)重镌本,同善会善成堂藏本,笔者存。

〔清〕岳西破迷子编辑,〔清〕果南务本子校书:《脱苦海》,同治癸酉年(1873)新镌本,笔者存。

〔清〕岳西破迷子编辑,〔清〕果南务本子校书:《上天梯》,同治甲戌年(1874)新镌本,笔者存。

〔清〕岳西破迷子编辑,〔清〕果南务本子校书:《孝逆报》,光绪癸巳年(1893)刻本,笔者存。

〔清〕智善子校正,〔清〕善化善子参阅:《千秋宝鉴》,同治五年(1866)同善坛刻本,笔者存。

〔清〕周小峨:《维世六模》,光绪十三年(1887)刻本,笔者存。

〔清〕庄跛仙编:《宣讲拾遗》,光绪二十年(1894)刻本,笔者存。

〔清〕庄跛仙编:《宣讲选录》,同治壬申年(1872)刻本,笔者存。

〔清〕遵邑梓人张最善刊刻:《石点头》,咸丰八年(1858)刊刻本,笔者存。

北京市民族古籍整理出版规划小组辑校:《清蒙古车王府藏子弟书》,北京国际文化出版公司,1994年。

陈新主编:《中国传统鼓词精汇》,华艺出版社,2004年。

《保命护身丹》,刊刻时间不详,笔者存。

《保命救劫录》,刊刻时间不详,笔者存。

《采善集》,宣统二年(1910)新镌本,板存罗次县关圣宫,笔者存。

《惩劝录》,光绪十四年(1888)刻本,笔者存。

《触目警心》,光绪十九年(1893)镌刻本,沙市善成堂藏梓,笔者存。

《催原登舟》,民国庚申年(1940)重镌本,版存绵东永定场,笔者存。

《萃美集》,民国三年(1914)新刊本,板存铜邑大庙场成文堂,笔者存。

《东厨维风录》,民国癸亥年(1923)重镌本,笔者存。

《度世救劫》,刊刻时间不详,笔者存。

《渡人宝录》，刊刻时间不详，笔者存。

《渡人舟》，刊刻时间不详，笔者存。

《渡生船》，同治乙丑年（1865）刻本，笔者存。

《二十四孝案证》，光绪八年（1882）重刊本，版存腾阳明善堂，笔者存。

《福海无边》，光绪十七年（1891）镌刻本，笔者存。

《辅道金针》，光绪戊子年（1888）镌刻，报恩辅道坛藏板，笔者存。

《辅世宝训》，光绪元年（1875）重镌本，蒙阳辅世坛藏版，笔者存。

《复元集》，光绪癸巳年（1893）新镌本，版存绵南兴顺场火神宫，笔者存。

《感悟集》，刊刻时间不详，笔者存。

《观心宝鉴》，刊刻时间不详，笔者存。

《广化篇》，刊刻时间不详，笔者存。

《闺阁十二段锦》，民国三十年（1941）新印本，上海锦章图书局发行，笔者存。

《桂兰金鉴》，刊刻时间不详，笔者存。

《护生缘》，刊刻时间不详，笔者存。

《化世归善》，宣统辛亥年（1911）新刊本，板存平原城东南魏庄广济善局，笔者存。

《缓步云梯集》，同治二年（1863）刊订本，版存富邑自流井香炉寺，笔者存。

《回生丹》，同治四年（1865）刻本，笔者存。

《回天救劫宝录》，刊刻时间不详，笔者存。

《绘图福海无边》，民国元年（1912）本，笔者存。

《活人金针》，刊刻时间不详，笔者存。

《济世宝筏》，民国乙卯岁（1915）重镌本，笔者存。

《结缘宝录》，刊刻时间不详，笔者存。

《捷采新编》，咸丰四年（1854）新镌本，笔者存。

《救劫保命丹》,民国乙卯岁(1915)重刊本,版存乐邑松存山房,笔者存。

《救劫追心录》,刊刻时间不详,笔者存。

《救生船》,同治壬申年(1872)重刊本,会仙堂藏本,笔者存。

《救生丹新案》,刊刻时间不详,笔者存。

《救时宝筏》,刊刻时间不详,笔者存。

《救世金丹》,刊刻时间不详,笔者存。

《救世灵丹》,刊刻时间不详,笔者存。

《口里慈航》,光绪二十六年(1900)刻本,板存仁邑文公场,笔者存。

《立心化迷录》,刊刻时间不详,笔者存。

《冥案纂集》,光绪戊申年(1908)新刊本,古鹿同化文社藏板,笔者存。

《蓬莱阿鼻路》,咸丰十年(1860)刻本,笔者存。

《平常录》,刊刻时间不详,笔者存。

《破迷惊心集》,刊刻时间不详,笔者存。

《劝善录》,光绪十九年(1893)仁记书局重刊本,笔者存。

《善恶巧报》,光绪乙亥岁(1875)重刊本,笔者存。

《圣谕灵征》,嘉庆十年(1805)刻本,笔者存。

《圣谕六训醒世编》,宣统元年(1909)石印本,营口成文厚藏板,笔者存。

《顺天宝筏》,刊刻时间不详,笔者存。

《同登道岸》,光绪庚寅岁(1890)新镌本,笔者存。

《同善消劫录》,光绪二十二年(1896)新刊本,版存仪南新寺场,笔者存。

《同心挽劫录》,光绪戊戌岁(1898)新刊本,版存仪邑凤仪场,笔者存。

《挽劫新编》,民国丁巳年(1917)刻本,笔者存。

《挽生救劫传》,刊刻时间不详,笔者存。

《万选青钱》,光绪二十八年(1902)刻本,笔者存。

《万缘回生集》,刊刻时间不详,笔者存。

《维世八箴》,刊刻时间不详,笔者存。

《维世录》,刊刻时间不详,笔者存。

《文昌保命录》,刊刻时间不详,笔者存。

《醒梦晨钟》,刊刻时间不详,溥化文社石印本,笔者存。

《醒世录》,刊刻时间不详,笔者存。

《醒心篇》,刊刻时间不详,笔者存。

《宣讲福报》,光绪戊申年(1908)经元书室重刊本,笔者存。

《宣讲回天》,道光二十七年(1847)刻本,板存南正街书局藏版,笔
　者存。

《宣讲汇编》,光绪戊申年(1908)经元书室重刊本,笔者存。

《宣讲集编初集》,同治十一年(1872)刻本,笔者存。

《宣讲金针》,光绪戊申年(1908)经元书室重刊本,笔者存。

《宣讲摘要》,光绪戊申年(1908)经元书室重刊本,笔者存。

《宣讲至理》,民国四年(1915)万善堂记重刻本,笔者存。

《宣讲珠玑》,光绪戊申年(1908)经元书室重刊本,笔者存。

《一德宝箴》,刊刻时间不详,笔者存。

《一见回心》,刊刻时间不详,笔者存。

《因果明征》,同治五年(1866)重镌本,庙北山扬善坛藏板,笔者存。

《赞襄王化》,光绪六年(1880)新镌本,笔者存。

《增选宣讲至理》,刊刻时间不详,笔者存。

《指路碑》,刊刻时间不详,笔者存。

《自召录》,刊刻时间不详,笔者存。

《最好听》,光绪二十九年(1903)刻本,现存国家图书馆。

三、论著

鲍震培:《清代女作家弹词研究》,南开大学出版社,2008年。

蔡国梁:《明清小说探幽》,浙江文艺出版社,1985年。

蔡元培:《中国伦理学史(外一种)》,商务印书馆,2010年。

曹亦冰:《侠义公案小说简史》,山西人民出版社,2005年。

陈昌文主编:《宗教与社会心理》,四川人民出版社,2003年。

陈川雄:《中华伦理读本》,陕西人民出版社,2002年。

陈东原:《中国妇女生活史》,商务印书馆,1998年。

陈汝衡:《陈汝衡曲艺文选》,中国曲艺出版社,1985年。

陈烁:《敦煌文学:雅俗文化交织中的仪式呈现》,中国社会科学出版社,2013年。

陈霞:《道教劝善书研究》,巴蜀书社,1999年。

陈寅恪:《寒柳堂集·寅恪先生诗存》,上海古籍出版社,1980年。

程丽红:《清末宣讲与演说研究》,社会科学文献出版社,2021年。

丁松虎:《口语文化、书面文化与电子文化:沃尔特·翁媒介思想研究》,上海人民出版社,2017年。

董上德:《古代戏曲小说叙事研究》,广东高等教育出版社,2011年。

樊美筠:《中国传统美学的当代阐释》,中国社会科学出版社,1997年。

费孝通:《乡土中国》,生活·读书·新知三联书店,1985年。

冯天瑜、何晓民、周积明著,徐勇民绘画:《插图本中华文化简史》,上海人民出版社,1993年。

傅惜华:《曲艺论丛》,上杂出版社,1953年。

关意宁:《在表演中创造——陕北说书音乐构成模式研究》,上海音乐出版社,2018年。

郭沫若:《沫若自传第一卷——少年时代》,《郭沫若全集·文学编》(第11卷),人民文学出版社,1992年。

韩高年:《礼俗仪式与先秦诗歌演变》,中华书局,2006年。

何仁富、汪丽华:《生命教育十五讲:儒学生命教育取向》,中国广播影视出版社,2018 年。

何一民、姚乐野等主编:《民国时期社会调查丛编·四川大学卷》(第 3 编),福建教育出版社,2014 年。

胡士莹:《话本小说概论》,中华书局,1980 年。

胡雪城主编:《走近文化孝感》,武汉出版社,2015 年。

胡中生著,黄山市档案局(馆)编:《徽州家族文化》,北京时代华文书局,2017 年。

蒋蓝:《春熙路史记:一条街与一座城》,四川文艺出版社,2010 年。

蒋守文著,成都市群众艺术馆编:《半方斋曲艺论稿》,四川大学出版社,2006 年。

金健人:《小说结构美学》,浙江文艺出版社,1987 年。

金泽:《宗教人类学导论》,宗教文化出版社,2001 年。

李本来:《判断:让悖论现出原形》,九州出版社,2017 年。

李德复、陈金安主编:《湖北民俗志》,湖北人民出版社,2002 年。

李然:《山东秃尾巴老李传说与信仰研究》,山东人民出版社,2015 年。

林珊妏:《清末圣谕宣讲之案证研究》,台北文津出版社有限公司,2015 年。

凌郁之:《走向世俗:宋代文言小说的变迁》,中华书局,2007 年。

刘魁立:《刘魁立民俗学论集》,上海文艺出版社,1998 年。

刘守华:《中国民间故事史》,商务印书馆,2017 年。

刘小枫:《沉重的肉身》,华夏出版社,2007 年。

刘运好:《文学鉴赏与批评论》,安徽大学出版社,2002 年。

娄子匡、朱介凡编著:《五十年来的中国俗文学》,正中书局,1975 年。

鲁迅著,郭豫适导读:《中国小说史略》,上海古籍出版社,1998 年。

吕思勉:《吕思勉读史札记(增订本)》,上海古籍出版社,2005 年。

聂珍钊:《文学伦理学批评导论》,北京大学出版社,2014 年。

欧阳代发:《话本小说史》,武汉出版社,1994 年。

彭兆荣:《人类学仪式的理论与实践》,民族出版社,2007年。

尚丽新、车锡伦:《北方民间宝卷研究》,商务印书馆,2015年。

沈湘平:《理性与秩序:在人学的视野中》,北京师范大学出版社,2003年。

盛志梅:《清代弹词研究》,齐鲁书社,2008年。

四川省政协文史资料委员会编:《四川文史资料集粹·文化教育科学
　编》(第4卷),四川人民出版社,1996年。

谭正璧、谭寻辑:《评弹通考》,《谭正璧学术著作集》,上海古籍出版
　社,2012年。

唐君毅:《文化意识与道德理性》,广西师范大学出版社,2005年。

童庆炳:《文体与文体的创造》,云南人民出版社,1994年。

汪丽华、何仁富:《爱与生死:唐君毅的生命智慧》,中国广播电视出版
　社,2014年。

王尔敏:《明清社会文化生态》,广西师范大学出版社,2009年。

王见川、皮庆生:《中国近世民间信仰:宋元明清》,上海人民出版社,
　2010年。

王昕:《话本小说的历史与叙事》,中华书局,2002年。

王元林、孟昭锋:《自然灾害与历代中国政府应对研究》,暨南大学出
　版社,2012年。

伍茂国:《从叙事走向伦理:叙事伦理理论与实践》,新华出版社,
　2013年。

伍茂国:《现代小说叙事伦理》,新华出版社,2008年。

姚达兑:《现代的先声:晚清汉语基督教文学》,中山大学出版社,
　2018年。

殷鼎:《理解的命运:解释学初论》,生活·读书·新知三联书店,
　1988年。

尹虎彬:《古代经典与口头传统》,中国社会科学出版社,2002年。

郁达夫:《小说与好奇的心理》,《郁达夫文论集》,吉林出版集团股份

有限公司，2017 年。

张怀承：《中国的家庭与伦理》，中国人民大学出版社，1993 年。

张建民、宋俭：《灾害历史学》，湖南人民出版社，1998 年。

张康之：《寻找公共行政的伦理视角》，中国人民大学出版社，2002 年。

张寿崇主编，北京市民族古籍整理出版规划小组辑校：《满族说唱文学：子弟书珍本百种》，民族出版社，2000 年。

张舜徽：《爱晚庐随笔》，华中师范大学出版社，2005 年。

张无说：《宇宙悖论原理》，四川人民出版社，2012 年。

赵炜：《乡土伦理治道：传统视阈中的家与国》，中国矿业大学出版社，2011 年。

赵毅衡：《苦恼的叙述者》，四川文艺出版社，2013 年。

郑功成、张奇林、许飞琼：《中华慈善事业》，广东经济出版社，1999 年。

中国民间文艺研究会上海分会、上海文艺出版社编：《中国民间文学论文选（1949—1979）》（上），上海文艺出版社，1980 年。

《中国曲艺音乐集成》全国编辑委员会、《中国曲艺音乐集成·湖北卷》编辑委员会编：《中国曲艺音乐集成·湖北卷》，新华出版社，1992 年。

中国曲艺志全国编辑委员会、《中国曲艺志·河南卷》编辑委员会编：《中国曲艺志·河南卷》，中国 ISBN 中心，1995 年。

中国曲艺志全国编辑委员会、《中国曲艺志·湖南卷》编辑委员会编：《中国曲艺志·湖南卷》，新华出版社，1992 年。

中国曲艺志全国编辑委员会、《中国曲艺志·四川卷》编辑委员会编：《中国曲艺志·四川卷》，中国 ISBN 中心，2003 年。

周振鹤撰集，顾美华点校：《圣谕广训：集解与研究》，上海书店出版社，2006 年。

〔奥〕西·弗洛伊德著，傅雅芳、郝冬瑾译：《文明及其缺憾》，安徽文艺出版社，1987 年。

〔丹麦〕克尔凯戈尔著,王柏华译:《重复》,百花文艺出版社,2000年。

〔德〕艾伯华著,王燕生、周祖生译:《中国民间故事类型(修订版)》,商务印书馆,2017年。

〔德〕彼得·渥雷本著,湘雪译:《动物的精神生活》,译林出版社,2017年。

〔德〕彼得·渥雷本著,周月译:《动物的内心戏》,北京联合出版公司,2019年。

〔德〕黑格尔著,贺麟、王玖兴译:《精神现象学》(上卷),商务印书馆,1979年。

〔德〕格罗塞著,谢广辉、王成芳编译:《艺术的起源》,北京出版社,2012年。

〔德〕尼采著,谢地坤、宋祖良、程志民译:《论道德的谱系·善恶之彼岸》,漓江出版社,2000年。

〔德〕尼采著,王颖斌编译:《尼采超人哲学》,九州出版社,2019年。

〔法〕阿莫西、〔法〕皮埃罗著,丁小会译:《俗套与套语:语言、语用及社会的理论研究》,天津人民出版社,2003年。

〔法〕古斯塔夫·勒庞著,陈剑译:《乌合之众:大众心理研究》,译林出版社,2018年。

〔法〕克洛德·莱维－斯特劳斯著,谢维扬、俞宣孟译:《结构人类学——巫术·宗教·艺术·神话》,上海译文出版社,1995年。

〔法〕米兰·昆德拉著,余中先译:《被背叛的遗嘱》,上海译文出版社,2012年。

〔法〕米歇尔·福柯著,刘北成、杨远婴译:《规训与惩罚:监狱的诞生》,生活·读书·新知三联书店,1999年。

〔法〕米歇尔·福柯著,汪民安主编:《福柯读本》,北京大学出版社,2010年。

〔法〕米歇尔·福柯著,严锋译:《权力的眼睛:福柯访谈录(修订译本)》,上海人民出版社,1997 年。

〔法〕卢梭著,何兆武译,何兆武选编:《社会契约论》,商务印书馆,
　　2002 年。

〔法〕卢梭著,李常山译:《论人类不平等的起源和基础》,商务印书馆,
　　1962 年。

〔荷〕米克·巴尔著,谭君强译:《叙述学:叙事理论导论》,中国社会科
　　学出版社,1995 年。

〔荷〕田海著,赵凌云等译:《讲故事:中国历史上的巫术与替罪》,中西
　　书局,2017 年。

〔美〕阿尔伯特·贝茨·洛德著,尹虎彬译:《故事的歌手》,中华书局,
　　2004 年。

〔美〕杰拉德·普林斯著,徐强译:《叙事学:叙事的形式与功能》,中国
　　人民大学出版社,2013 年。

〔美〕克利福德·格尔兹著,纳日碧力戈等译:《文化的解释》,上海人
　　民出版社,1999 年。

〔美〕孔飞力著,陈兼、刘昶译:《叫魂:1768 年中国妖术大恐慌》,上海
　　三联书店,1999 年。

〔美〕罗伯特·阿尔特著,章智源译:《圣经叙事的艺术》,商务印书馆,
　　2010 年。

〔美〕罗威廉著,李里峰等译:《红雨:一个中国县域七个世纪的暴力
　　史》,中国人民大学出版社,2013 年。

〔美〕J. 希利斯·米勒著,王宏图译:《小说与重复:七部英国小说》,天
　　津人民出版社,2008 年。

〔美〕王德威著,宋伟杰译:《被压抑的现代性——晚清小说新论》,北
　　京大学出版社,2005 年。

〔美〕王德威:《想像中国的方法:历史·小说·叙事》,生活·读书·
　　新知三联书店,1998 年。

〔美〕余英时:《红楼梦的两个世界》,上海社会科学院出版社,2006年。

〔美〕约翰·迈尔斯·弗里著,朝戈金译:《口头诗学:帕里—洛德理论》,社会科学文献出版社,2000年。

〔美〕朱迪斯·巴特勒著,张生译:《权力的精神生活:服从的理论》,江苏人民出版社,2009年。

〔日〕酒井忠夫著,刘岳兵、孙雪梅、何英莺译:《中国善书研究》(增订本),江苏人民出版社,2010年。

〔苏〕巴赫金著,白春仁、顾亚铃译:《陀思妥耶夫斯基诗学问题:复调小说理论》,生活·读书·新知三联书店,1988年。

〔以色列〕里蒙—凯南著,姚锦清、黄虹伟等译:《叙事虚构作品》,生活·读书·新知三联书店,1989年。

〔意〕卡尔维诺著,陈实译:《隐形的城市》,花城出版社,1991年。

〔英〕S.马尔霍尔著,亓校盛译:《海德格尔与〈存在与时间〉》,广西师范大学出版社,2007年。

〔英〕彼得·辛格著,孟祥森、钱永祥译:《动物解放》,光明日报出版社,1999年。

〔英〕戴维·洛奇著,王峻岩等译:《小说的艺术》,作家出版社,1997年。

四、期刊、博硕学位论文

曹亭、谢敬:《清代安徽地方志所载女性"割股疗亲"考》,《图书馆工作与研究》2014年第8期。

车锡伦:《读清末蒋玉真编〈醒心宝卷〉——兼谈"宣讲"(圣谕、善书)与"宣卷"(宝卷)》,《文学遗产》2010年第2期。

陈秋云:《清代闽浙苏地区的义田制度及当代启示》,《社会科学家》2014年第4期。

陈剩勇:《理学"贞节观"、寡妇再嫁与民间社会——明代南方地区寡妇再嫁现象之考察》,《史林》2001年第2期。

陈时龙:《圣谕的演绎:明代士大夫对太祖六谕的诠释》,《安徽师范大学学报(人文社会科学版)》2015 年第 5 期。

程民生:《宋代的野生动物保护法》,《野生动物》1984 年第 3 期。

崔蕴华:《民间视野下的法律唱叙:近代文学中的圣谕宣讲与公案书写——以小说〈跻春台〉为中心的考察》,《社会科学论坛》2013 年第 9 期。

崔蕴华:《牛津大学藏中国宣讲唱本研究》,《北京社会科学》2018 年第 7 期。

党晓虹:《中国传统乡规民约研究》,西北农林科技大学 2011 年博士学位论文。

董国炎:《汉川善书活力与特点初探》,《荆楚学刊》2015 年第 6 期。

樊和平:《善恶因果律与伦理合理性》,《上海社会科学院学术季刊》1999 年第 3 期。

范红娟:《精英文化和民间行为的交涉互动——明清"割股疗亲"戏曲的文化解析》,《南都学坛》2011 年第 3 期。

方燕:《宋代女性割股疗亲问题试析》,《求索》2007 年第 11 期。

耿淑艳:《圣谕宣讲小说:一种被湮没的小说类型》,《学术研究》2007 年第 4 期。

郭燕霞:《明代山西"节孝妇"研究》,陕西师范大学 2008 年硕士学位论文。

郭英德:《"说—听"与"写—读"——中国古代白话小说的两种生成方式及其互动关系》,《学术研究》2014 年第 12 期。

何九盈:《"家人"解诂辨疑——兼论女强人窦太后》,北京师范大学民俗典籍文字研究中心编:《民俗典籍文字研究》(第 12 辑),商务印书馆,2013 年。

侯姝慧:《传统曲艺与新农村文化建设——以"汉川善书"为例》,《文化遗产》2008 年第 1 期。

胡莲玉:《再辨"话本"非"说话人之底本"》,《南京师大学报(社会科学版)》2003 年第 5 期。

蒋好霜:《"重复"与"互文性"的理论关联及其实践面向——以 J.希利斯·米勒的"重复"理论为例》,《华中学术》2021 年第 3 期。

冷天吉:《儒家"礼禁"自然的生态学意蕴》,《河南社会科学》2016 年第 3 期。

李丰楙:《传承与对应:六朝道经中"末世"说的提出与衍变》,《中国文哲研究集刊》1996 年第 9 期。

李莉:《清代圣谕宣讲仪式用乐与说唱善书的兴起》,《歌海》2021 年第 1 期。

李任:《"非遗"视阈下的善书保护与传承——以武汉索河善书为例》,《天中学刊》2017 年第 4 期。

李停停、刘世仁:《〈跻春台〉研究现状及展望》,《四川文理学院学报》2013 年第 4 期。

刘海年、杨一凡:《中国最早的有关自然环境保护的法律规定》,《人民司法》1983 年第 4 期。

刘俐俐:《人类学大视野中的故事问题》,《中国社会科学报》2013 年 9 月 13 日。

刘清平:《儒家从"不能用"到"受重用"的命运转折——"忠孝不能两全"的悖论解析》,《社会科学家》2018 年第 3 期。

刘守华:《从宝卷到善书——湖北汉川善书的特质与魅力》,《文化遗产》2007 年第 1 期。

刘永国:《探寻"炎帝神农文化"的轨迹——首次"炎帝文化暨炎帝故里研讨会"综述》,《理论月刊》1991 年第 2 期。

刘勇强:《古代小说的时空设置及关联性叙事》,《北京大学学报(哲学社会科学版)》2014 年第 3 期。

刘勇强:《小说知识学:古代小说研究的一个维度》,《文艺研究》2018

年第 6 期。

陆正兰:《重复:艺术的基本构建方式》,《中外文化与文论》2015 年第
　　3 期。

路文彬:《忠仆:文学或现实中的权力与主体》,《东方论坛》2011 年第
　　6 期。

马硕:《小说仪式叙事研究》,《新疆师范大学学报(哲学社会科学版)》
　　2018 年第 5 期。

倪媛媛:《论宋代"割股疗亲"》,南京师范大学 2016 年硕士学位论文。

潘荣华、杨芳:《论宋代旌表政策对民间"割股"陋俗的影响——以〈名
　　公书判清明集〉旌表文告为中心》,《南京中医药大学学报(社会科
　　学版)》2012 年第 3 期。

任佳佳:《"郭巨埋儿"孝子图像浅析》,《书画世界》2021 年第 6 期。

宋金兰:《"孝"的文化内涵及其嬗变——"孝"字的文化阐释》,《青海
　　社会科学》1994 年第 3 期。

汪燕岗:《论清代圣谕宣讲与白话宣讲小说——以四川地区为考察中
　　心》,《文学遗产》2014 年第 6 期。

汪燕岗:《论清代圣谕宣讲在民间之演变及其文化价值》,《社会科学
　　研究》2019 年第 6 期。

汪燕岗:《清代川刻宣讲小说集刍议——兼述新见三种小说集残卷》,
　　《文学遗产》2011 年第 2 期。

王海云:《明清之际江南地区民间慈善事业流变探析》,陕西师范大学
　　2019 年硕士学位论文。

王立:《复仇心态及中国古代文学复仇主题的审美效应》,《求索》1994
　　年第 5 期。

王雪华:《清代吏胥的血缘、地缘和业缘关系》,《武汉大学学报(人文
　　科学版)》2012 年第 3 期。

夏明方:《从清末灾害群发期看中国早期现代化的历史条件——灾荒

与洋务运动研究之一》，《清史研究》1998 年第 1 期。

许文继：《"义男"小论》，《中国社会经济史研究》2002 年第 4 期。

薛名秀：《贞节、国家与地方社会：清代节孝祠研究》，台湾大学 2016
年硕士学位论文。

杨利慧：《表演理论与民间叙事研究》，《民俗研究》2004 年第 1 期。

杨宗红、冯尉斌：《论晚清宣讲小说的宗教性特征》，《西北民族大学学
报（哲学社会科学版）》2019 年第 2 期。

姚文放：《文学传统与生态意识》，《社会科学辑刊》2004 年第 3 期。

叶显恩、韦庆远：《从族谱看珠江三角洲的宗族伦理与宗族制的特
点》，《学术研究》1997 年第 12 期。

游子安：《从宣讲圣谕到说善书——近代劝善方式之传承》，《文化遗
产》2008 年第 2 期。

岳永逸：《乡村庙会传说与村落生活》，《宁夏社会科学》2003 年第
4 期。

张首先：《天人感应与灾异天谴：传统中国自然与政治的逻辑关联及
历史面相》，《深圳大学学报（人文社会科学版）》2019 年第 1 期。

张文禄：《明清皖北妇女割股疗亲原因探论》，《安徽广播电视大学学
报》2015 年第 3 期。

张一舟：《〈跻春台〉的性质、特点、语言学价值及蔡校本校点再献疑》，
《西南民族学院学报（哲学社会科学版）》1999 年第 1 期。

张祎琛：《清代圣谕宣讲类善书的刊刻与传播》，《复旦学报（社会科学
版）》2011 年第 3 期。

赵崇璧：《重复叙事的空间逻辑》，《内蒙古社会科学（汉文版）》2019
年第 1 期。

赵凯杰：《善在官民之间——清代浙江慈善组织研究》，浙江大学 2016
年硕士学位论文。

赵杏根：《论清代动物保护思想与实践》，《哈尔滨工业大学学报（社会

科学版）》2014 年第 3 期。

周景勇：《中国古代帝王诏书中的生态意识研究》，北京林业大学 2011 年博士学位论文。

周俊锋：《重复与书写：论现代汉语诗歌用典的功能结构》，《文学评论》2022 年第 2 期。

朱贻庭：《"伦理"与"道德"之辨——关于"再写中国伦理学"的一点思考》，《华东师范大学学报（哲学社会科学版）》2018 年第 1 期。

竺青：《稀见清代白话小说集残卷五种述略》，《上海师范大学学报（哲学社会科学版）》2005 年第 5 期。

祝秀丽：《重释民间故事的重复律》，《民俗研究》2005 年第 3 期。

〔美〕瓦尔特·翁著，张海洋译：《基于口传的思维和表述特点》，《民族文学研究》2000 年增刊。

〔日〕阿部泰记：《宣讲本〈跻春台〉是不是"公案小说"？》，*Journal of East Asian Studies*，No.9，2011.3。

后 记

　　这本专著,是国家社会科学基金一般项目"稀见晚清宣讲小说整理与研究"(批准号18BZW093)的最终成果。对这一问题的研究,始自我已结项的另一个国家社会科学基金课题"文学地理学视域下明清白话短篇小说研究"。当时,我在统计明清白话短篇小说的地理分布时发现,各种中国古代小说史、小说书目或叙录提及的"话本",西南地区只有《跻春台》,岭南地区只有《俗话倾谈》。以此为线索进一步查找,我却发现了与中国社会科学院竺青研究员、四川师范大学汪燕岗教授所介绍的《跻春台》类似的20余种清末川刻白话短篇小说"集群",以及与广州大学耿淑艳博士所介绍的一系列与《俗话倾谈》类似的"圣谕宣讲小说"。宣讲小说由此"闯入"我的研究视野。

　　宣讲小说虽然属于俗文学,但被学界关注甚晚,目前已经出版的被视为"小说"的,只有《跻春台》《俗话倾谈》。竺、汪、耿等所介绍的宣讲小说,我只知其名或主要内容,但未能见故事文本。对其他宣讲小说,按图索骥也只能在国内部分图书馆及日本早稻田大学图书馆官网上找到《缓步云梯集》《宣讲福报》《万选青钱》等几部相关文本。由于没有小说书目或小说史提供更多的宣讲小说文本信息,只能边研究边发现,可以说,每一种宣讲小说的发现,都具有偶然性。在不知书名的情况下,在浩如烟海的书籍中淘到可以视为宣讲小说的书谈何容易!我采用了最笨拙的方法,即通过各种网站,尤其是孔夫子网站在售、已售、已拍书影仔细辨别,不断搜罗、不断累积。研究开始后，我几乎每天都上网关注网站新上的图书，主要是关注其中的小说及文学类。事实上，孔夫子网中很多的宣讲小说分散在线装古籍的小说、文学、宗教类中，这就需要耗费大量的时间浏览各种图书，通过书影进行鉴别，然后再购买或竞拍。宣讲小说被售主或拍主视为古籍，标价较高，但为了便于研究，我也会忍痛买下。虽然宣讲小说在清后期才大量出现，但因学界的忽视，善本少而残本多，即便不断搜寻，所购之书往往也以残本为主，甚至只是全书的一册或一卷。当确定某书为宣讲小说，但它已经被出售或拍出，则又须在各图书馆继续搜寻。有些宣讲小说虽在部分图书馆有藏，但藏书不允许拍照，允许复印的要么复印费贵得吓人，要么因书籍本身有残损不允许全部复印，只能靠手抄，一种书通常抄十来天也未必能抄完，北京、郑州、上海、昆明、广州等地的图书馆皆留下我与先生蒲亨乐的身影。

考察郑振铎《中国俗文学史》提及的宝卷、弹词、鼓词、子弟书等俗文学作品，于今被学界整理出版的有不少，宝卷有《中国民间宝卷文献集成》《民间宝卷》《靖江宝卷》《凉州宝卷》《酒泉宝卷》《金张掖民间宝卷》等，弹词有《再生缘》《笔生花》《来生福》《描金凤》《玉钏缘》《廿一史弹词》等，鼓词有《中国传统鼓词精汇》《中国珍稀本鼓词集成》《清末上海石印说唱鼓词小说集成》《鼓词汇集》等，子弟书有《子弟书珍本百种》《清蒙古车王府藏子弟书》《子弟书集成》《子弟书全集》等。与小说名著并行的宝卷、鼓词、子弟书等也被整理或影印出版，如《雷峰宝卷》《红楼梦子弟书》《说唱西游记》等。一些介绍上述说唱文学的相关书目（或叙录）也不断出现，如傅惜华编《子弟书总目》、李豫等著《中国鼓词总目》、胡士莹编《弹词宝卷书目》、李世瑜编《宝卷综录》、谭正璧编著《弹词叙录》等。由于资料众多，相关研究也就比较丰富。宣讲小说作为"国家行动"的产物，在晚清民国十分盛行。迄今为止，笔者通过各种途径搜集到的宣讲小说多达 200 余种，涉及故事 3000 多个。令人困惑的是，如此多的文本为何在诸多文学史、小说史中未被提及？如今已被整理出版者为何只有被视为话本小说的《跻春台》《俗话倾谈》两种？抛开具体原因不说，宣讲小说的整理与研究确有必要。

中国古代小说具有很强的教化意图，但与宣讲小说相比，似乎是小巫见大巫。相比较而言，话本小说题材更丰富，编撰者重视作品的道德教化性，同时也重视作品的商业性。宣讲小说在形式上与话本小说有很多相似之处，它围绕"圣谕六训"及"圣谕十六条"，围绕五伦八德等传统伦理道德讲述故事，关注底层人民的道德教化。正因如此，人们才乐意捐刻宣讲小说并将其视为积功累德的一种方式，书成之后也多免费赠送于人。宣讲不仅娱乐了民众，也的的确确影响到了他们的世界观。民众十分喜爱、崇信宣讲，当下在一些地方流行的、被视为非物质文化遗产的"说善书"即是宣讲的遗风，这也说明了宣讲小说对民众的深刻影响。本书将宣讲小说中所反映的伦理分为家庭伦理、乡族伦理、职分伦理、生态伦理，并分析小说为达到这些道德伦理之目的而采用的宣讲策略，尽可能全面体现宣讲小说的伦理面貌。

书稿的真正动笔，开始于 2019 年。从动笔到出书，经历了新型冠状病毒肆虐、俄乌战争爆发、全球大部分国家被热浪袭击……恶劣的社会与自然环境，愈加让人觉得，良好的社会环境与良性的自然生态秩序是何等的可贵！医护人员、志愿者向疫而行，重庆山火时消防人员及志愿者向火而行，城市需要静默时全民的全力支持与配合……民众所体现的奉献精神、牺牲精神令人泪目。他们之所以如此，乃是根植于心的家国一体观念。在此观念下，他们爱父母、亲人、朋友，自然会推己及人而爱他人；因爱家，自然也就会爱国、爱自然。这些伦理道德，与宣讲小说所表达的和谐之思、生态之思是一脉相承的，只不过由于时代的发展，继承中有所扬弃而已。在书稿撰写的过程中，往往因小说所宣讲的伦理而思当下，又由当下而思小说对伦理道德的宣扬，深深体会到了文学的强大社会功能，也因此坚定了自己研究的信心。

很多后记都有"感谢"，似乎感谢成为了套话；而出于内心的感谢，从来不因"套话"而鄙俗。一直以来，我都觉得我属于比较幸运的一类人，在人生的每一个阶段，都能因遇到"贵人"而改变自己的人生轨迹。幼年时我体弱多病，家人们对我细心照顾，父母并不重男轻女，他们一直坚持送我读书，让我上完大学。毕业后我到乡下中学任教，大学好友陈玉芬从遥远的广州打来电话，告知她考上了中山大学的研究生，鼓励我也考研，并把她的复习资料邮寄给我。中学的教学任务繁重，闲暇时间很少，工作八九年后重拾大学课本，复习的过程很艰苦，但在先生蒲亨乐的鼓励、支持、监督下，我没有因复习艰难而气馁和放弃。研究生入学考试前两天，当正愁找不到离考场近一点的宾馆时，巧遇大学同学叶光喜，他让我住在他家，为我提供了安静的复习环境与休息环境，考试时我也因此能正常发挥。读硕士研究生时，导师陈筱芳特别耐心细致，她让我反复修改论文，并给我生活上的照顾；读博三年，得拜恩师项楚先生门下而受教。博士毕业后就职于贺州学院，在同事建议下，我又幸运地进入暨南大学做了程国赋教授的博士后。出站后，因何亮师妹在重庆师范大学任教，于是我从南向西北，成为重庆师范大学文学院的一员，并得到领导与同事的关爱，顺利完成"文学地理学视域下明清白话短篇小说研究"这一国家级课题，之后，又成功申报了国家社会科学基金项目"稀见晚清宣讲小说整理与研究"并结题，两个课题的结项等级都是"良好"。2022年，"稀见晚清民国宣讲小说叙录及相关研究"也获得国家社科基金立项。所有的幸运，都来自于家人的关爱与付出、良师益友的帮助、学校的支持；所有的言语，都不足以表达我内心的感谢之情。

科研是极琐碎之事。材料的搜集与文字输入、书稿的撰写与核对都需要花费大量的时间与精力。在此，最应感谢的是我的先生蒲亨乐。自课题研究开始,他就一直关注网上相关的图书信息,陪着我北上南下查阅、抄写资料,又将资料输入电脑。每当我懈怠之时,他却一丝不苟地在电脑前一个字一个字地敲击着键盘,于是乎我也振奋起精神继续做事。书稿初成,他逐字逐句阅读、核对。当我因网上售卖的图书价格较高而退却时,他却鼓励我购买。一个课题下来,购买古籍的投入不菲,但他却毫无怨言。我较粗心,他却很细心,我看书看文章一目十行,他却逐字逐句,于是,他总能发现我书稿中存在的问题。可以说,没有他的付出,书稿就不会顺利完成。感谢同事及同门。文献中有很多异体字、生僻字难以辨识,也有很多方言难以理解,当在群里问及,他们都会给予回答以解我之困惑。感谢结题时的盲审专家,他们给予了很多中肯的意见。还要特别感谢本书的责任编辑王贵彬老师,他一接到我的书稿,就指出里面存在的很多不足,即便是细微之处,他也能目光如炬发现问题。书稿能成功出版,王老师付出了很多。本书的出版,受到重庆师范大学文学院的大力资助,在此,也一并感谢!

我并不是一个思维敏捷之人,对事、物的反应通常比别人慢半拍,总是喜爱新的东西却又难以割舍旧的事物。我已经花了很多的时间与精力在宣讲小说的研究上,未来还将继续围绕它从新的视角进行研究。虽然一直"在路上",但我始终相信,只要前行,即便缓慢,也仍会不断地见到新的"风景"。

杨宗红

2023 年 7 月 18 日